André
MALRAUX

Die Hoffnung

Roman

Aus dem Französischen
von Hans Kauders

VERLAG
VOLK UND WELT
BERLIN

Mit einem Nachwort von Brigitte Sändig

ISBN 3-353-00041-0

1. Auflage
Lizenzausgabe des Verlages Volk und Welt, Berlin 1986
für die Deutsche Demokratische Republik
L. N. 302, 410/100/86

Printed in the German Democratic Republic
Einbandentwurf: Gerhard Medoch
Satz, Druck und Einband: Karl-Marx-Werk Pößneck V15/30
LSV 7351
Bestell-Nr. 648 629 6

0[redacted]

Meinen Kameraden
in der Schlacht von Teruel

ERSTES BUCH

Die lyrische Illusion

Die lyrische Illusion

I

ERSTES KAPITEL

Madrid war in dieser Sommernacht vom Getöse der mit Gewehren beladenen Lastwagen erfüllt. Vor mehreren Tagen schon war von den Arbeiterverbänden der nahe Ausbruch des faschistischen Aufstands angekündigt worden, man wußte von Zellenbildungen in den Kasernen und von Munitionstransporten. Marokko war bereits besetzt. Endlich – ein Uhr morgens – hatte die Regierung beschlossen, das Volk zu bewaffnen, ab drei Uhr galt die Mitgliedskarte einer Gewerkschaft als Ausweis für den Empfang von Waffen. Es war höchste Zeit. Die Telefonmeldungen aus der Provinz, die von Mitternacht bis zwei Uhr noch optimistisch gewesen waren, klangen nun ganz anders.

Die Telefonzentrale des Nordbahnhofs rief einen Bahnhof nach dem andern an. Ramos, der Sekretär der Eisenbahnergewerkschaft, und Manuel, sein Helfer für diese Nacht, hatten die Leitung. Abgesehen von Navarra, wohin die Verbindung unterbrochen war, hatte es von überall ziemlich gleichlautende Antworten gegeben. Entweder hieß es: Die Regierung ist Herrin der Lage, oder: Die Arbeiterverbände beherrschen die Stadt und warten auf die Weisungen der Regierung. Jetzt aber änderte sich das Bild:

»Hallo, Huesca!«

»Wer spricht?«

»Der Arbeiterausschuß von Madrid.«

»Nicht mehr lange, ihr Dreckskerle! Arriba España!«

An die Wand war mit Reißnägeln die Sonderausgabe von *Claridad* (7 Uhr abends) geheftet, die Schlagzeile über die ganze Breite des Blattes: »Zu den Waffen, Genossen!«

»Hallo, Avila! Wie geht's bei euch? Hier der Bahnhof.«

»Komm nur her, du Schweinehund! Es lebe König Christus!«

»Auf bald. Salud!«

Man hatte Ramos dringend verlangt.

Die Knotenpunkte der Nordbahnlinien waren Saragossa, Burgos und Valladolid.

»Hallo, Saragossa! Ist dort der Arbeiterausschuß des Bahnhofs?«

»Erschossen. Und euch wird's bald nicht anders gehen. Arriba España!«

»Hallo, Tablada! Hier Madrid Nord, der Verantwortliche der Gewerkschaft, des Syndikats.«

»Ruf im Gefängnis an, du Hurensohn! Wir werden dich an den Ohren herholen.«

»Gut, Treffpunkt auf der Alcala, zweite Kneipe links.«

Die Leute der Zentrale schauten auf die fröhliche Gangstervisage des lockigen Ramos.

»Hallo, Burgos!«

»Hier der Platzkommandant.«

Ramos hängte ein.

Ein Apparat läutete.

»Hallo, Madrid! Wer ist dort?«

»Syndikat der Eisenbahntransporte.«

»Hier Miranda. Der Bahnhof und die Stadt sind unser. Arriba España!«

»Aber Madrid gehört uns. Salud!«

Wenn man Valladolid ausnahm, war also mit Hilfstruppen aus dem Norden nicht mehr zu rechnen. Blieb noch Asturien.

»Hallo, Oviedo! Wer ist dort?« Ramos war vorsichtig geworden.

»Hier der Volksbeauftragte vom Bahnhof.«

»Hier Ramos, Gewerkschaftssekretär. Wie geht's bei euch?«

»Oberst Aranda hält zur Regierung. In Valladolid steht es nicht gut. Wir schicken dreitausend Bergleute zur Verstärkung hin.«

»Wann?«

Gewehrkolben rasselten um Ramos, so daß er nichts mehr verstand.

»Wann?«

»Sofort.«

»Salud!«

»Versuche, diesem Zug mit dem Telefon zu folgen«, sagte

Ramos zu Manuel. Er rief Valladolid an: »Hallo, Valladolid! Wer ist dort?«

»Der Volksbeauftragte vom Bahnhof.«

»Wie steht's?«

»Unsere Leute halten die Kasernen. Wir erwarten Verstärkungen von Oviedo. Sorgt dafür, daß sie so bald als möglich eintreffen. Aber seid unseretwegen unbesorgt; wir halten durch. Und wie steht's bei euch?«

Vor dem Bahnhof wurde gesungen. Ramos hörte sein eigenes Wort nicht.

»Wie?« fragte Valladolid.

»Famos, *famos*!«

»Meutert das Militär?«

»Noch nicht.«

Valladolid hängte ein. Von dort aus konnte man alle Hilfstruppen aus dem Norden umdirigieren.

Verwirrt durch Berichte über Umleitungen, die er nicht richtig verstand, notierte Manuel die Anrufe aus den Städten in dem Büro, das nach Pappe, Eisen und Lokomotivenrauch roch (wegen der heißen, schwülen Nacht stand die Tür weit offen). Von draußen drang der Lärm singender Stimmen und das Rasseln von Gewehrkolben herein; er mußte sich ständig die Angaben wiederholen lassen (die Faschisten hängten ein). Er trug die Positionen auf der Karte des Eisenbahnnetzes ein: Navarra unterbrochen; der ganze Osten des Golfes von Biscaya – Bilbao, Santander, San Sebastian – war regierungstreu, aber in Miranda die Verbindung unterbrochen. Auf der andern Seite waren Asturien und Valladolid treu. Es klingelte unaufhörlich.

»Hallo! Hier Segovia. Wer ist am Apparat?«

»Ein Beauftragter der Gewerkschaft«, antwortete Manuel und sah Ramos mit einem fragenden Blick an. Was war er eigentlich?

»Wir kommen und schneiden sie dir ab!«

»Macht nichts, kommt nur! Salud!«

Jetzt riefen die faschistischen Bahnhöfe schon selber an: Sarracin, Lerma, Aranda del Duero, Sepulveda und noch einmal Burgos. Von Burgos bis zur Sierra liefen die Drohungen schneller ein als die Züge mit den Verstärkungen.

»Hier das Innenministerium. Ist dort die Nordzentrale? Geben Sie an alle Bahnhöfe durch, daß die Zivilgarde und die Sturmgarde auf seiten der Regierung stehen!«

»Hier Madrid Südbahnhof. Wie geht es im Norden, Ramos?«

»Es scheint, daß der Feind Miranda besetzt hat und noch etliche Bahnhöfe weiter unten. Dreitausend Bergarbeiter sind auf der Fahrt nach Valladolid. Wir erwarten von dort Verstärkung. Und bei euch?«

»Die Bahnhöfe von Sevilla und Granada sind in der Hand der Aufständischen. Der Rest hält aus.«

»Wie steht's in Córdoba?«

»Genaues weiß man nicht. In den Vorstädten wird gekämpft. Aber die Aufständischen haben die Bahnhöfe. In Triana ernste Zusammenstöße. Ebenso in Penarroya. Aber ich wundere mich über dein Märchen von Valladolid. Gehört denn das nicht den andern?«

Ramos ging an ein anderes Telefon und rief an.

»Hallo, Valladolid! Wer ist dort?«

»Der Volksbeauftragte vom Bahnhof.«

»Ah, wirklich? Es hieß, daß bei euch die Faschisten sind.«

»Irrtum. Alles steht gut. Und bei euch? Haben die Soldaten revoltiert?«

»Nein.«

»Hallo! Ist dort Madrid Nordbahnhof? Wer spricht?«

»Der Verantwortliche für Transport.«

»Hier Tablada. Hast du nicht eben hier angerufen?«

»Ja. Aber man hat erzählt, ihr seid erschossen oder im Gefängnis.«

»Wir sind wieder herausgekommen. Jetzt sitzen die Faschisten drin. Salud!«

»Hier das Volkshaus. Geben Sie an alle regierungstreuen Bahnhöfe durch, daß die Regierung, gestützt auf die Volksmilizen, Barcelona, Murcia, Valencia und Malaga, ganz Estremadura und den gesamten Osten in der Hand hat.«

»Hallo! Hier Tordesillas. Wer dort?«

»Hier der Arbeiterrat von Madrid.«

»Die Schweinehunde von deiner Sorte sind erschossen. Arriba España!«

Mit Medina del Campo verlief das Gespräch genauso. Die Strecke nach Valladolid blieb als einzige große Verbindungslinie mit dem Norden übrig.

»Hallo! Ist dort León? Wer ist am Apparat?«

»Der Beauftragte der Gewerkschaft. Salud!«

»Hier Madrid Nord. Ist der Zug mit den Bergleuten von Oviedo durchgekommen?«

»Ja.«

»Weißt du, wo er jetzt ist?«

»In der Gegend von Mayorga, denke ich.«

Draußen in den Straßen von Madrid immer noch Singen und Waffengeklirr.

»Hallo! Mayorga! Hier Madrid. Wer ist am Apparat?«

»Wer sind Sie?«

»Der Arbeiterrat von Madrid.«

Es wurde eingehängt. Ja, wo war nun der Zug?

»Hallo! Valladolid! Seid ihr sicher, bis zum Eintreffen der Bergleute durchhalten zu können?«

»Bombensicher.«

»Mayorga antwortet nicht!«

»Tut nichts.«

»Hallo! Ist dort Madrid? Hier Oviedo. In Aranda ist der Aufstand ausgebrochen, es wird gekämpft.«

»Wo ist der Zug mit den Bergleuten?«

»Zwischen León und Mayorga.«

»Bleibt in Verbindung mit ihm!«

Manuel rief an, Ramos wartete.

»Hallo! Mayorga? Hier ist Madrid.«

»Wer?«

»Der Arbeiterrat. Wer ist dort?«

»Ein Offizier der spanischen Falangen. Euer Zug ist durchgekommen, Idioten. Alle Bahnhöfe bis Valladolid sind in unserer Hand. Auch Valladolid selbst seit Mitternacht. Eure Bergleute erwarten wir mit Maschinengewehren. Aranda ist sie los. Auf bald!«

»Auf recht bald!«

Manuel rief die Bahnhöfe zwischen Mayorga und Valladolid einen nach dem andern an.

»Hallo! Sepulveda! Hier der Arbeiterrat Madrid Nord.«

»Euer Zug ist durchgekommen, ihr Saubande. Ihr seid alle Arschlöcher, und diese Woche kommen wir und schneiden sie euch ab.«

»Das wird technische Schwierigkeiten geben. Salud!«

Immer wieder kamen Anrufe.

»Hallo, Madrid! Hallo! Hallo! Ist dort Madrid? Hier Navalperal de Pinares. Ja, der Bahnhof. Wir haben das Nest wieder genommen. Die Faschisten sind entwaffnet und im Kittchen. Geben Sie es weiter. Die andern telefonieren alle fünf Minuten, wollen wissen, ob die Stadt noch in der Hand Ihrer Leute ist. Hallo! Hallo!«

»Man müßte überallhin falsche Nachrichten schicken«, meinte Ramos.

»Sie werden sie kontrollieren.«

»Immerhin gäbe das ein Durcheinander!«

»Hallo! Ist dort Madrid Nord? Hier U. G. T.* Wer ist am Apparat?«

»Ramos.«

»Es heißt, daß ein Zug mit gut bewaffneten Faschisten auf der Fahrt hierher ist. Er kommt angeblich aus Burgos. Weißt du Näheres darüber?«

»Wir müßten es hier wissen; alle Bahnhöfe bis zur Sierra sind in unserer Hand. Immerhin ist es besser, vorsichtig zu sein. Moment! – Manuel, ruf die Sierra an.«

Manuel rief die Bahnhöfe einen nach dem andern an. Er hielt ein Lineal in der Hand und schlug den Takt damit. Die ganze Sierra war regierungstreu. Diesseits des Gebirges hatten die Faschisten entweder keinen Putsch versucht oder waren geschlagen worden.

Allerdings hatten sie halb Nordspanien. In Navarra war Mola, der ehemalige Chef der Madrider Sicherheitspolizei; drei Viertel der Armee waren gegen die Regierung, wie ge-

* U. G. T. – Unión General de Trabajadores

wöhnlich. Auf ihrer Seite standen die Sturmgarde und das Volk, vielleicht auch die Zivilgarde.

»Hier U. G. T. Ist Ramos am Apparat?«

»Ja.«

»Also, wie steht's mit dem Zug?«

Ramos berichtete.

»Und wie ist die allgemeine Situation?« fragte er zurück.

»Gut. Sehr gut. Nur nicht beim Kriegsministerium. Um sechs Uhr sagten sie, daß alles verloren sei. Wir haben ihnen geantwortet, daß sie mehr Mut haben müssen. Sie behaupteten, daß die Milizsoldaten sich drücken werden. Wir pfeifen auf ihr Geschwätz. Ich kann dich kaum verstehen, weil die Kerle auf der Straße so laut grölen.«

Ramos hörte im Telefon das Singen, das mit dem draußen im Bahnhof in eins zusammenschmolz.

Obwohl die Faschisten überall fast gleichzeitig losgeschlagen hatten, schien eine Armee im Anmarsch zu sein: jeder neu als besetzt gemeldete Bahnhof lag etwas näher bei Madrid. Da die Atmosphäre seit einigen Wochen so gewitterschwül gewesen war, das Volk so unruhig in Erwartung eines Angriffs, dem es vielleicht ohne Waffen gegenüberstehen würde, empfand man diese Kampfnacht wie eine ungeheure Befreiung.

»Ist deine Skikarre noch da?« fragte Ramos Manuel.

»Ja.«

Er vertraute die Zentrale einem der Funktionäre vom Bahnhof an. Manuel hatte aus zweiter Hand ein kleines Auto erstanden, um damit in die Sierra zum Skilaufen zu fahren. An den Sonntagen benützte es Ramos für seine Propagandatouren. Heute nacht hatte es Manuel der Kommunistischen Partei wieder zur Verfügung gestellt. Die Partei hatte alle Hände voll zu tun, und Manuel hatte beschlossen, wieder einmal mit seinem Freund Ramos zusammenzuarbeiten.

»Wir wollen nicht ein neues 1934 erleben«, sagte Ramos. »Rutschen wir nach Tetuan de las Victorias hinüber!«

»Wo ist das?«

»Cuatro Caminos.«

Dreihundert Meter weiter hielt der erste Posten sie an.

»Legitimation!«

Die Legitimation war die Mitgliedskarte der Gewerkschaft. Manuel trug fast nie das Parteibuch der kommunistischen Partei bei sich. Er war beim Film beschäftigt (als Tonmeister) und gab sich der Illusion hin, sich schon durch den quasi Montparnasse-Stil seiner Kleidung von den Bourgeois zu unterscheiden. In seinem sehr braunen, ein wenig massigen Gesicht mit den regelmäßigen Zügen konnten indessen nur die dichten Augenbrauen einigen Anspruch auf eine proletarische Note erheben. Übrigens hatten die Milizmänner kaum einen Blick in den Wagen geworfen, als sie den lustigen runden Lockenkopf von Ramos erkannten. Schulterklopfen, zum Gruß erhobene Fäuste, schallende Saludrufe, und das Auto fuhr weiter: Die Nacht war nur Brüderlichkeit.

Und doch waren der Streit zwischen Rechts- und Linkssozialisten, der Widerstand Caballeros gegen die Möglichkeit eines Ministeriums Prieto in den letzten Wochen recht heftig gewesen ... Bei der zweiten Kontrolle übergaben Leute der F. A. I.* ein verdächtiges Subjekt Arbeitern der U. G. T., ihren Gegnern von gestern. Es hat doch sein Gutes, dachte Ramos. Die Verteilung der Waffen war noch nicht beendet: Eben kam ein mit Gewehren beladener Lastwagen an.

»Man könnte meinen, es sind Schuhsohlen«, sagte Ramos.

In der Tat sah man von den Gewehren nichts als die Stahlplatte an der Unterseite des Kolbens.

»Wirklich, Schuhschohlen«, bestätigte Manuel.

»Was hast du? Warum zischelst du denn?«

»Ich hab mir beim Essen einen Zahn abgebrochen, und meine Zunge beschäftigt sich nur noch mit der Lücke, sie pfeift auf den Antifaschismus.«

»Worauf hast du denn gebissen?«

»Auf die Gabel.«

Die Männer küßten die Gewehre, die sie eben in Empfang genommen hatten, andere, dicht gedrängt wie Zündhölzer in einer Schachtel, warteten im Dunkeln und schimpften vor Ungeduld. Frauen kamen vorbei, die Einkaufstaschen voller Patronen.

»Es war höchste Zeit«, sagte eine Stimme. »Wo wir schon so lange darauf warten, daß sie uns vor die Flinte kommen!«

* F. A. I. – Federación Anarquística Ibérica

»Ich habe tatsächlich geglaubt, daß die Regierung uns zerquetschen läßt wie Wanzen.«

»Reg dich nicht auf! Jetzt wird diese Bande von Schweinehunden wenigstens sehen, mit wem sie es zu tun hat!«

»Heute nacht ist das Volk von Madrid sein eigener Herr.«

Alle fünfhundert Meter wurde von neuem kontrolliert, denn die faschistischen Autos rasten mit Maschinengewehren durch die Stadt. Und immer wieder die gleichen erhobenen Fäuste, die gleiche Brüderlichkeit. Und immer wieder die sonderbare Gebärde der die Nacht durchwachenden Männer, die nicht aufhören konnten, ihre Gewehre zu betasten: seit einem Jahrhundert waren sie waffenlos. Bei der Ankunft warf Ramos seine Zigarette zu Boden und trat sie aus. »Rauchen einstellen!«

Er verschwand eilig und kam zehn Minuten später, gefolgt von drei Genossen, zurück. Alle trugen in Zeitungspapier gewickelte verschnürte Pakete.

Manuel hatte seelenruhig eine neue Zigarette angezündet.

»Fort mit der Zigarette!« sagte Ramos gelassen. »Das ist Dynamit.« Die drei anderen brachten die Pakete zum Teil auf dem Vordersitz, zum Teil im Kofferraum unter und kehrten in das Haus zurück. Manuel hatte seinen Fahrersitz verlassen, um die Zigarette auszutreten, ohne sie zu werfen. Jetzt wandte er Ramos sein verstörtes Gesicht zu.

»Was ist los? Wie schaust du denn drein?« fragte dieser.

»Ramos, du bist ein Ekel.«

»Schon gut. Fahren wir weiter!«

»Läßt sich denn nicht eine andere Karre auftreiben? Ich kann auch einen andern Wagen fahren.«

»Wir müssen die Brücken in die Luft sprengen. Zuerst die Avila-Brücke. Wir bringen das Dynamit hin, es muß so schnell wie möglich an Ort und Stelle sein. Nach Peguerinos und so weiter. Du wirst doch nicht wollen, daß wir zwei Stunden verlieren. Von dieser Karre weiß man wenigstens, daß sie läuft.«

»Ja«, stimmte Manuel traurig bei.

Ihm lag nicht so sehr an der Karre als an den aufregenden Umständen. Das Auto fuhr wieder los. Manuel saß vorn, Ramos hinten, er hielt ein Paket Handgranaten an seinen Bauch gepreßt. Und plötzlich begriff Manuel, daß dieser Wagen ihm gleichgültig geworden war: es gab keine Skikarre mehr, es gab nur diese von einer unbestimmten, grenzenlosen Hoffnung geschwellte Nacht, diese Nacht, in der jedermann eine Aufgabe auf Erden hatte. Ramos hörte ferne Trommeln, als wäre es das Pochen seines eigenen Herzens.

Alle fünf Minuten wurden sie von einem Posten angehalten.

Die Milizmänner, von denen viele nicht lesen konnten, klopften den Insassen des Wagens auf die Schultern, sobald sie Ramos' Gesicht erkannten, und fingen vor Freude wild zu trampeln an, wenn er »Nicht rauchen!« brüllte und sie im Wagen die vielen Pakete sahen. Das Dynamit war die phantastische alte Waffe Asturiens.

Das Auto fuhr weiter.

Auf der Alcalá kam Manuel erst in Schwung. Ein mit bewaffneten Arbeitern beladener Lastwagen der F. A. I. rechts von ihm schwenkte plötzlich nach links. In dieser Nacht fuhren alle Wagen mit achtzig Kilometern in der Stunde. Manuel versuchte, dem Lastwagen auszuweichen, fühlte, wie seine leichte Karre ihn hochschleuderte, und dachte: Schluß!

Er fand sich auf dem Bauche wieder, mitten unter den Dynamitpaketen, die wie Kastanien umherkollerten. Zum Glück war er auf dem Trottoir gelandet. Unter seinem Gesicht blinkte im Schein einer elektrischen Bogenlampe sein Blut; Schmerzen hatte er kaum, blutete nur wie ein heldenhaftes Kriegsopfer aus der Nase und hörte Ramos brüllen: »Nicht rauchen, Genossen!« Er brüllte das gleiche, wälzte sich endlich auf den Rücken und sah seinen Freund mit gegrätschten Beinen, die Locken zerzaust im Gesicht, wie er die Handgranaten wild gegen seinen Leib preßte, während flintentragende Männer hastig die Pakete umkreisten, aber nicht wagten, sie anzurühren. Mitten unter ihnen rauchte sich ein Stummel allein (Ramos hatte sein Alleinsein auf dem Rücksitz dazu benützt, wieder einmal eine Zigarette anzuzünden). Manuel löschte ihn mit seinem Fuße aus. Ramos befahl, die Pakete an der Hausmauer aufzuschichten. Was die Skikarre betraf, so redete man besser nicht mehr von ihr.

Ein Lautsprecher rief: *»Die aufrührerischen Truppen marschieren auf die Stadtmitte von Barcelona zu. Die Regierung ist Herr der Lage.«*

Manuel half beim Aufschichten der Pakete. Ramos, der sonst so eifrige, rührte sich nicht.

»Worauf wartest du denn? Leg doch auch Hand an!«

»Achtung! Die aufrührerischen Truppen marschieren auf die Stadtmitte von Barcelona zu.«

»Ich kann die Arme nicht mehr bewegen, die Erschütterung war zu heftig. Na, es wird schon wieder werden. Halten wir den nächsten Wagen an und fahren wir weiter.«

ZWEITES KAPITEL

In der Frische, die von dem nassen Pflaster aufstieg, erschien über dem hochsommerlichen Barcelona das erste Morgengrauen. Die enge Kneipe mit dem Blick auf die endlose, leere Avenue war die ganze Nacht über offengeblieben; jetzt verteilte dort Sils, genannt der Negus, Sils von der Federación Anarquística Ibérica und der Gewerkschaft der Transportarbeiter, Revolver an seine Gefährten.

Die Truppen der Rebellen erreichten eben den Stadtrand.

In der Kneipe sprachen alle durcheinander.

»Was wird das Militär hier tun?«

»Uns über den Haufen schießen, darauf kannst du Gift nehmen.«

»Noch gestern haben die Offiziere Companys Treue geschworen.«

»Das Radio gibt dir Antwort.«

Aus dem kleinen Apparat ganz hinten in dem engen Raum ertönte es jetzt alle fünf Minuten: *»Die aufrührerischen Truppen marschieren auf die Stadtmitte zu.«*

»Verteilt die Regierung Waffen?«

»Nein.«

»Gestern sind zwei von der F. A. I., die mit Gewehren herumliefen, verhaftet worden. Durruti und Oliver mußten sich persönlich bemühen, um sie freizukriegen.«

»Es ist ein Jammer!«

»Was sagt man in der *Tranquilidad**? Werden wir Gewehre bekommen? Ja oder nein?«

»Eher nein.«

* Das Café, in dem die Anarchisten zusammenkamen

»Und wie steht's mit den Revolvern?«

Der Negus fuhr gelassen fort, die seinen zu verteilen.

»Die hier sind von den faschistischen Herren Offizieren den anarchistischen Genossen freundlichst zur Verfügung gestellt worden. Mein Bart hat etwas Vertrauenerweckendes.«

Er hatte mit zwei Freunden und der Hilfe von einigen Komplicen in der Nacht die Offiziersmessen zweier Kriegsschiffe ausgeplündert und trug noch immer den blauen Mechanikeranzug, dank dem es ihm gelungen war, die Schiffe zu betreten.

»Jetzt«, sagte er, indem er den letzten Revolver hinhielt, »müssen wir unser Geld zusammenlegen. Sobald der erste Waffenhändler aufmacht, kaufen wir Patronen. Jeder fünfundzwanzig. Der Vorrat genügt nicht.«

»Die aufrührerischen Truppen marschieren auf die Stadtmitte zu . . .«

»Heute öffnen die Waffenhändler nicht, es ist Sonntag.«

»Tut nichts. Wir werden sie selber öffnen. Jeder soll jetzt gehen, seine Freunde holen und später mit ihnen zu uns stoßen.«

Sechs bleiben zurück. Die übrigen entfernen sich.

»Die aufständischen Truppen . . .«

Der Negus hat den Oberbefehl. Nicht etwa wegen seiner Funktionen in der Gewerkschaft, sondern weil er fünf Jahre Gefängnis abgesessen hat; weil er, als die Straßenbahngesellschaft von Barcelona nach einem Streik vierhundert Arbeiter fortjagte, mit Hilfe von etwa einem Dutzend Genossen die Straßenbahnwagen im Depot auf dem Tibidabo in Brand steckte, ihre Bremsen löste und sie, begleitet vom entsetzten Hupengeheul der Autos, in die Stadtmitte von Barcelona rollen ließ. Die weniger wichtige Sabotageaktion, die er dann leitete, dauerte zwei Jahre.

Sie zogen aus in der bläulichen Dämmerung, und jeder fragte sich, wie wohl der nächste Tagesanbruch aussehen würde. An jeder Straßenecke stießen unter der Führung der Männer, die die Kneipe früher verlassen hatten, kleine Gruppen zu ihnen. Als sie das *Diagonal* erreichten, tauchten im ersten Morgenschein die Truppen auf.

Das Hämmern der Schritte setzte aus, eine Salve bestrich den Boulevard der Länge nach: durch die größte, schnurgerade Avenue von Barcelona marschierten die Soldaten der Kaserne Pedralbes, angeführt von ihren Offizieren, auf das Stadtzentrum zu.

Die Anarchisten nahmen in der ersten Querstraße Dekkung, der Negus und zwei andere kehrten um.

Diese Offiziere – sie sahen sie nicht zum erstenmal. Sie waren von der gleichen Art wie jene, die die dreißigtausend Gefangenen von Asturien verhaftet hatten, die gleichen wie im Jahre 1933 in Saragossa, die die Sabotage der Agrarrevolte begünstigt hatten und denen zuzuschreiben war, daß die seit einem Jahrhundert zum sechstenmal befohlene Beschlagnahme der Güter des Jesuitenordens sechsmal ein toter Buchstabe blieb. Die gleichen auch, die des Negus Eltern von Grund und Boden vertrieben hatten. Nach katalonischem Gesetz verliert der Pächter des Reblands seine Rechte, wenn der Weinberg nicht bebaut wird. Als die Reblausplage ausbrach, wurden alle befallenen Weingärten als unbebaut betrachtet und die Winzer von den Pflanzungen verjagt, die sie geschaffen hatten, die sie seit zwanzig oder fünfzig Jahren gehegt und gepflegt hatten. Ihre Nachfolger, die auf das Rebland kein Anrecht mehr hatten, wurden schlechter bezahlt – vielleicht von den gleichen faschistischen Offizieren ... Da kamen sie in der Mitte der Fahrbahn an der Spitze der Truppen; ihnen voran auf den Trottoirs zu beiden Seiten Schutzstaffeln, die an jedem Eckhaus haltmachten und, bevor sie weiterzogen, in die Tiefe der Querstraße hineinschossen. Die elektrischen Lampen brannten noch; die farbigen Neonreklamen strahlten heller als das Morgenlicht. Der Negus gesellte sich wieder zu seinen Genossen.

»Sie haben uns sicher gesehen. Wir müssen einen Umweg machen und ihnen weiter oben auf den Hals rücken.«

Sie setzten sich lautlos in Trab: fast alle trugen Leinenschuhe mit Bastsohlen. In den Tornischen einer zum *Diagonal* quer verlaufenden Straße versteckten sie sich und lauerten: ein reiches Stadtviertel mit schönen, tiefen Portalen. Die Bäume des Boulevards waren voller Vogelgezwitscher. Jeder Mann sah gegenüber auf der andern Straßenseite einen reglosen Kameraden mit dem schußbereiten Revolver in der Hand.

In die leere Straße drang allmählich das gleichmäßige Dröhnen der nahenden Schritte. Einer der Anarchisten fiel: aus einem Fenster war auf ihn geschossen worden. Aus welchem? Das Militär war fünfzig Meter entfernt. Und von den Fenstern aus mußte man alle Haustüren des gegenüberliegenden Trottoirs überblicken! Unter jedem Portal der leeren Straße, in die der stampfende Tritt der Soldaten schallte, stand unbeweglich ein Anarchist und wartete darauf, aus einem der Fenster abgeknallt zu werden, wie ein Ei in einer Schießbude. Eine Salve der Patrouille. Die Kugeln flogen vorbei wie ein Heuschreckenschwarm; die Patrouille zog weiter. Kaum war der Großteil der Truppe an der Straße vorbei, als die Revolver unter allen Toren losgingen.

Die Anarchisten zielten nicht schlecht.

»Vorwärts!« kommandierten die Offiziere; nicht in diese Straße, sondern zum Stadtzentrum: ein jedes Ding zu seiner Zeit. Zwischen dem Schnörkelwerk des Prachtportals, das ihn beschützte, konnte der Negus die Soldaten nur vom Gürtel bis zu den Füßen sehen. Er sah keine einzige Waffe. Sie feuerten im Gehen mit angelegtem Gewehr; aber unter den Schößen der Waffenröcke liefen oft Beine in Zivilhosen; das waren die militanten Faschisten.

Die Patrouillen der Nachhut kamen vorbei, das Geräusch der Schritte verhallte.

Der Negus sammelte seine Leute und zog mit ihnen in eine andere Straße. Dort machte er halt. Was sie taten, war wirkungslos. Zum eigentlichen Kampf würde es im Zentrum kommen, vermutlich auf der Plaza de Cataluña. Man müßte die Truppen im Rücken angreifen. Aber wie?

Auf dem nächsten Platz hatte das Militär eine Abteilung zurückgelassen. Das war vielleicht ein wenig unvorsichtig ... Freilich besaß sie ein leichtes Maschinengewehr.

Ein Arbeiter lief vorüber, den Revolver in der Hand.

»Man bewaffnet das Volk!«

»Uns auch?« fragte der Negus.

»Wenn ich dir doch sage, daß man das Volk bewaffnet!«

»Auch die Anarchisten?«

Der Mann lief weiter, ohne sich umzuwenden.

Der Negus ging in ein Café und rief die anarchistische Zeitung an. In der Tat, das Volk wurde bewaffnet, aber die Anarchisten hatten bisher nur sechzig Revolver erhalten. »Da holen wir sie uns eben selber auf den Kriegsschiffen.«

Eine Fabriksirene blökte in den Morgen hinein. Wie an den Tagen, an denen das Schicksal nur kleine Entscheidungen trifft. Wie an den Tagen, an denen der Negus und seine Genossen beim Ton der Sirenen rascher an den langen grauen und gelben Mauern vorbeigelaufen waren, den Mauern ohne Ende. In dem gleichen Morgengrauen mit den gleichen noch brennenden elektrischen Bogenlampen, die an dem Draht der Straßenbahn zu hängen schienen. Jetzt eine zweite Sirene. Dann zehn, zwanzig.

Hundert!

Die ganze Gruppe blieb in der Mitte der Fahrbahn stehen wie kataleptisch erstarrt. Noch nie hatte einer dieser Leute mehr als fünf Sirenen zugleich gehört. Wie einst die Städte Spaniens in Zeiten der Bedrohung vom Dröhnen aller Kirchenglocken widerhallten, so antwortete das Proletariat von Barcelona auf die Salven mit dem keuchenden Alarmruf der Fabriksirenen.

»Puig ist auf der Plaza de Cataluña«, rief ein Bursche, der, gefolgt von zwei andern, auf das Stadtzentrum zulief. Sie hatten Gewehre.

»Ich glaubte, er sei noch im Krankenhaus«, sagte einer der Gefährten des Negus.

Diese alle auf einmal aufheulenden Sirenen hatten nichts mehr von dem Klagelaut abfahrender Dampfer, sie stellten den sieghaften Aufbruch eines revoltierenden Geschwaders dar.

»Die Waffenverteilung werden wir selbst in die Hand nehmen«, sagte der Negus mit einem Blick auf seinen Trupp und das leichte Maschinengewehr.

Er lächelte verbissen, in dem schwarzen Gestrüpp seines Bartes erschienen seine Zähne. Von allen besetzten Fabriken kam, bald langgezogen, bald in schnellen kurzen Stößen, das Geheul der Sirenen und füllte die Häuser, die Straßen, die Luft, den ganzen Golf bis an die Berge.

Die Truppen der Parkkaserne marschierten – genau wie alle anderen – auf die Stadtmitte zu.

Puig, in schwarzem Trikot, hatte mit dreihundert Mann

einen Platz besetzt; er war der kleinste und stämmigste von ihnen. Nicht alle waren Anarchisten; mehr als hundert hatten bei der Verteilung von der Regierung Gewehre erhalten. Einige, die noch nicht schießen konnten, ließen sich den Gebrauch der Waffe erklären. »Das hat mit Eigentumsbegriffen nichts zu tun«, sagte Puig, der unter allgemeiner Zustimmung die vorhandenen Gewehre den besten Schützen zuwies.

Die Soldaten rückten durch die breiteste Avenue heran; er verteilte seine Leute in allen gegenüberliegenden Straßen. Soeben war der Negus mit seinen Gefährten und dem leichten Maschinengewehr angekommen, freilich wußte er allein, wie man mit einem Maschinengewehr umgeht. Nichts war zu hören, weder die Schritte der Milizmänner in ihren Leinenschuhen noch die Straßenbahnwagen, nicht einmal die Soldaten, sie waren noch zu weit entfernt. Nach dem Verstummen der Sirenen lastete über Barcelona eine lauernde Stille.

Die Soldaten gingen mit schußbereiter Waffe vor, an den Mauern über ihnen die riesigen Reklameflächen eines Hotels und einer Parfümerie. »Gehört Reklame schon der Vergangenheit an?« dachte Puig.

Alle Anarchisten standen mit angelegtem Gewehr.

Das erste Glied der Soldaten – in Zivilhosen – schoß in eine der Straßen hinein und schwärmte aus inmitten auffliegender Tauben mit hellem Gefieder, von denen viele auf den Boden zurückfielen. Das zweite Glied schoß in eine andere Straße, schwärmte aus. Puigs Leute schossen aus der Deckung heraus, aber nicht auf einen Straßenabschnitt, wie es die Leute des Negus getan hatten, sondern in Punktfeuer; und der Platz war nicht groß. Das erste Glied der Soldaten stürmte im Laufschritt gegen das leichte Maschinengewehr des Negus vor – und, wie eine Woge, die leere Muschelschalen am Strande läßt, wenn sie zurückfällt, flutete sie, vom wütenden Tacken des Maschinengewehrs verfolgt, in wildem Durcheinander zurück. Eine Schlange hingestreckter oder zusammengekrampfter Körper zeichnete ihre Spur. Aus den Fenstern eines Hotels klatschten Leute in Hemdsärmeln Beifall (den Zivilisten oder den Soldaten?), es waren ausländische Sportsleute, Besucher der Olympischen Spiele. Wieder heulte eine Fabriksirene wie das Nebelhorn eines Schiffs.

Die Arbeiter rannten los, den Soldaten nach.

»Zurück auf eure Posten!« brüllte Puig, mit den kurzen Armen fuchtelnd. Sie hörten ihn nicht.

In weniger als einer Minute war ein Drittel der Verfolger gefallen: die Soldaten standen in Deckung unter den Portalen der Avenue, und die Arbeiter waren jetzt in der gleichen exponierten Lage wie fünf Minuten vorher ihre Gegner. Im Hintergrund des Platzes Leichen und Verwundete in Khakiuniform; weiter vorn Leichen und Verwundete in dunkler oder blauer Kleidung; dazwischen die toten Tauben; über all dem begannen im feiertäglichen Sonnenschein zwanzig Sirenen zu heulen.

Puig und seine Leute, die trotz den Verwundeten auf dem Platz immer zahlreicher wurden, setzten im unaufhörlichen Geknatter der Schüsse und im abflauenden Sirenengeheul dem Militär hart zu. Die Soldaten mußten im Laufschritt den Rückzug antreten; sonst hätten die Kämpfer der Volksfront sie durch eine der Parallelstraßen umgangen und im Schutze einer Barrikade erwartet.

Rasselnd schlossen sich die Tore der Kaserne.

»Puig? Bist du's?«

»Ja. Und was weiter?«

Die Volksfrontleute erhielten unablässig neuen Zulauf. Da die Zivilgarde und die Sturmgarde im Zentrum fochten und da es in Barcelona nur wenige Kommunisten gab, wurden die Führer der Anarchisten ganz von selbst auch zu Führern des Kampfes. Puig war verhältnismäßig wenig bekannt: er schrieb nicht in der »Solidarität der Arbeiter«. Aber man wußte, daß er die Kinderhilfe für Saragossa organisiert hatte, deshalb hatten die Nichtanarchisten lieber mit ihm als mit den Chefs der F. A. I. zu tun. (Im Frühling 1934 hatten die Arbeiter von Saragossa unter der Leitung von Durruti fünf Wochen lang den größten Streik durchgehalten, den Spanien je gesehen. Sie verzichteten auf jede Unterstützung durch Geld, sie stellten an das solidarische Proletariat einzig die Forderung, sich ihrer Kinder anzunehmen. Mehr als hunderttausend Personen brachten der *Solidaridad* Geld und Nahrungsmittel, die sofort von Puig verteilt wurden; und eine von ihm in Eile zusammengestellte Lastwagenkolonne schaffte die Kinder der Arbeiter von Saragossa nach Barcelona.) Da aber die Anarchisten keine Mitgliedsbeiträge zahlten, hatte Puig in früherer Zeit, ebenso wie Durruti, wie die ganze Gruppe der »Solidarischen«, um den Streikenden und der »Anarchistischen Bücherei« zu Hilfe zu kommen, die Lastautos, die das Gold der Bank von Spanien transportierten, überfallen und ausgeraubt. Alle, die seinen abenteuerlichen Lebenslauf kannten, waren überrascht, wenn sie diesen winzigen, untersetzten Räuber mit der krummen Nase und dem ironischen Gesicht sahen, der seit heute morgen unaufhörlich lächelte. Das einzige, was zu seiner Biographie paßte, war das schwarze Trikot.

Er ließ ein Drittel seiner Leute da, die immer zahlreicher wurden und sich daranmachten, Barrikaden zu errichten, und auch das Maschinengewehr. Einer der Neuangekommenen verstand damit umzugehen. Viele Soldaten, die zum Volke übergelaufen waren, stießen zu ihnen: alle in Hemdsärmeln, um nicht verwechselt zu werden, aber die Helme auf dem Kopf. Man hatte ihnen am Morgen zwei Gläser Rum gegeben und gesagt, es gelte ein kommunistisches Komplott niederzuschlagen.

Puig begab sich mit den anderen nach der Plaza de Cataluña. Zunächst sollten die Rebellen im Stadtinnern zerschmettert werden, dann wollte man gegen die Kasernen vorgehen.

Sie rückten über den Paseo de Cataluña an. Vor ihnen lag das Hotel Colon, es überragte mit seinem ananasförmigen Turm und seinen Maschinengewehren den ganzen Platz. Die Truppen der Kaserne Pedralbes – sie waren isoliert – hielten die drei wichtigsten Gebäude besetzt: im Hintergrund das Hotel, rechts die Telefonzentrale, links das Eldorado. Die Mannschaft kämpfte nicht, aber mit den Maschinengewehren beherrschten die Offiziere und die vom Kopf bis zum Gürtel als Militärs verkleideten Faschisten den Platz mit den Leuten, die erst seit vierzehn Tagen Soldat waren.

Etwa dreißig Arbeiter stürmten über das erhöhte Square in der Mitte des Platzes und suchten die wenigen Bäume, die es umgaben, als Deckung zu nützen. Die Maschinengewehre begannen zu feuern; sie fielen reihenweise. Die Schatten der Tauben, die, ohne sich zu entfernen, ziemlich hoch im Kreise flogen, glitten über die liegenden Körper hin und über einen einzelnen Mann, der schwankend noch stand und mit ausgestrecktem Arm das Gewehr über seinem Kopf hielt.

Um Puig herum gab es jetzt Abzeichen aller Linksparteien.

Zum erstenmal stürmten Liberale, Leute der U. G. T. und der C. N. T.*, Anarchisten, Republikaner, Gewerkschafter und Sozialisten gemeinsam gegen die feindlichen Maschinengewehre vor. Zum erstenmal waren die Anarchisten, um die Befreiung der asturischen Gefangenen zu erreichen, zur Abstimmung gegangen. Das asturische Blut schuf die Einigkeit von Barcelona, entzündete in Puig die Hoffnung, daß das endlich entfaltete rot-schwarze Banner, das bisher fast immer eine Geheimfahne gewesen war, nun dauernd wehen würde.

»Die Soldaten vom Park haben sich in ihre Kaserne zurückgezogen!« rief ein Bärtiger, der mit einem Hahn unterm Arm vorbeilief.

»Soeben ist Goded von den Balearen eingetroffen«, rief ein anderer.

Goded war einer der besten faschistischen Generale.

Ein Auto fuhr vorbei; die Lettern U. H. P.** waren in weißer Farbe auf die Motorhaube gemalt. »Das ist unsere Reklame«, sagte sich Puig, der an die Reklameflächen auf dem kleinen Platze dachte.

Neue Angreifer suchten an den Mauern entlang vorzudringen und Regendächer und Balkone als Deckung zu nützen, doch sie waren immer dem Feuer von wenigstens zwei Maschinengewehrnestern ausgesetzt. Mit trockener, brennender Kehle, als hätte er drei Päckchen Zigaretten geraucht, sah Puig sie einen nach dem andern fallen.

Sie gingen vor, weil es zur Tradition des Aufstands gehört, gegen den Feind vorzugehen. Vor dem Hotel, wo die vielen runden Kaffeehaustischchen sie aufhielten, würden sie im hellen Sonnenschein auf dem Trottoir abgeknallt werden. Heldentum, das nur eine Nachahmung des Heldentums ist, führt zu nichts. Puig liebte tapfere Männer, und er liebte diese Männer, die fielen. Aber er war niedergeschmettert. Sich wegen des Staatsschatzes mit ein paar Polizisten herumzuschlagen, war etwas ganz anderes als die Eroberung des Hotels Colon. Immerhin reichten seine bescheidenen Erfahrungen, ihm

* C. N. T. – Confederación Nacional de Trabajo
** U. H. P. – Unión de Hermanos Proletarios

die Einsicht zu verschaffen, daß die Angreifenden weder einen bestimmten Plan noch bestimmte Ziele hatten.

Auf dem Asphalt der breiten Straße rings um das Square hüpften die Kugeln wie Flöhe. Wie viele Fenster! Puig zählte die des Hotels: mehr als hundert. Zudem schien ihm, daß in den beiden O, den riesigen Buchstaben auf dem Dach – Colon –, Maschinengewehre standen.

»Puig?«

»Was?«

Er antwortete dem Kahlköpfigen mit dem kurzen grauen Schnurrbart in fast feindseligem Ton. Man würde Befehle von ihm verlangen, und sein Gewissen verbot ihm, welche zu geben.

»Geht's los?«

»Warte!«

Immer wieder versuchten kleine Gruppen, auf den Platz vorzudringen. Puig hatte seinen Leuten befohlen zu warten. Sie hatten Vertrauen zu ihm und warteten. Aber worauf?

Eine neue Welle – Angestellte mit steifem Kragen, sogar welche mit Hüten – kam im Laufschritt aus der Cortes-Straße hervor und brach unter dem Hagel der Maschinengewehre, der vom Turm des Hotels und vom Eldorado auf sie niederprasselte, an der Ecke des Paseo de Gracia zusammen.

Über den hingestreckten Körpern und dem Blut wölbte sich der heitere Himmel.

Puig hörte den ersten Kanonenschuß.

Wenn die Kanonen den Arbeitern gehörten, war das Hotel verloren; aber wenn das Militär, unterstützt von den Kanonen, gegen den Platz vordrang, dann war es – wie im Jahr 33, wie im Jahr 34 ...

Puig lief und telefonierte. Es gab nur zwei Kanonen, aber sie gehörten den Faschisten.

Er sammelte seine Leute, drang in die erstbeste Garage ein, verlud sie alle auf Lastwagen und fuhr mit ihnen los unter den sommerlichen Bäumen, aus denen die Sperlinge aufflogen.

Die zwei Kanonen, 75-mm-Geschütze, waren zu beiden Seiten einer breiten Avenue, die sie bestrichen, aufgefahren. Vor ihnen Soldaten, alle in Zivilhosen, mit ihren Gewehren und einem Maschinengewehr; dahinter eine größere Anzahl Soldaten, vielleicht an die hundert, doch allem Anschein nach ohne

Maschinengewehr. Die Avenue endete zweihundert Meter weiter, sie mündete in eine andere, die quer im rechten Winkel zu ihr lief. In der Mitte dieses T war ein Portal; unter dem Portal stand eine 37-mm-Kanone und schoß.

Puig schickte ein paar Leute, um die Truppe in den beiden Querbalken des T auszukundschaften, und stellte seine Schar in einer Seitenstraße auf.

Hinter ihm kamen mit keuchendem Geheul zwei Cadillacs in fegendem Zickzack wie in Gangsterfilmen heran. Der erste, gelenkt von dem Kahlköpfigen mit dem kurzen Schnurrbart, raste unter den Granaten, die über ihn hinweggingen, durch das konzentrierte Feuer der Gewehre und des Maschinengewehrs, brach zwischen den beiden Kanonen durch, warf wie ein Schneepflug die Soldaten zur Seite und zerschellte an der Hausmauer neben dem Portal mit der 37er-Kanone, auf die er es zweifellos abgesehen hatte. Schwarze Trümmer und Flekken von Blut, eine an der Wand zerdrückte Fliege.

Das 37er-Geschütz schoß weiter auf das zweite Auto, das mit Hupengebrüll zwischen den beiden Kanonen durchbrach und sich mit hundertzwanzig Stundenkilometern in das Portal stürzte.

Das 37er-Geschütz hörte zu schießen auf. In der von keinem Hupenruf gestörten Stille spähten die Arbeiter aus allen Seitenstraßen auf das schwarze Loch des Portals. Sie warteten auf das Wiedererscheinen der Männer aus dem Auto. Doch die Männer aus dem Auto erschienen nicht wieder.

Die Sirenen hatten wieder zu heulen begonnen. Es war, als ob der Ton der Hupen, der noch in der Luft schwang, ins Ungeheure anschwoll und nun die ganze Stadt erfüllte, als erste Heldenehrung der Revolution. Taubenschwärme, an den täglichen Trubel der Stadt gewöhnt, kreisten über der Avenue. Puig beneidete die getöteten Kameraden; und doch wollte er so gern die nächsten Tage erleben. Barcelona war schwanger mit allen Träumen seines Lebens.

»Keine Übertreibung!« sagte der Negus. »Das war eine recht anständige Arbeit, aber keine solide.«

Die Leute, die Puig auf Kundschaft geschickt hatte, kamen zurück.

»Hinter den Kanonen rechts stehen höchstens zehn Burschen.«

Offenbar waren die Faschisten nicht zahlreich genug, um alle Straßen ringsum zu bewachen; und der Stadtplan von Barcelona sieht wie ein Schachbrett aus.

»Übernimm den Befehl!« sagte Puig zum Negus. »Ich werde versuchen, sie von rückwärts zu fassen. Nähere dich mit deinen Leuten den Kanonen so weit als möglich, und wenn wir hinten durch sind, so stürzt euch auf sie.«

Er zog mit fünf Kameraden ab.

Der Negus und seine Leute rückten vor.

Kaum zehn Minuten vergingen. Die Soldaten drehten sich entsetzt um, die Artilleristen versuchten ihre Geschütze zu wenden. Puigs Auto rollte, nachdem es den kleinen Wachtposten überrannt hatte, mit dem leichten Maschinengewehr zwischen zwei Scheiben des Windschutzes und von links nach rechts wie ein rasender Pendel schwingendem Heck auf die Kanonen los. Puig sah die Kanoniere, die von ihren Schutzschilden nicht mehr gedeckt wurden, größer und größer werden wie im Film. Ein faschistisches Maschinengewehr feuerte, wuchs und wuchs. Vier runde Löcher in der Schutzscheibe. Vorgebeugt, durch seine kurzen Beine behindert, trat Puig den Gashebel nieder, als wollte er den Boden des Autos durchstoßen, um seine Gefährten auf der anderen Seite der Kanonen zu erreichen. Zwei neue ausgezackte Löcher in der Schutzscheibe. Krampf im linken Fuß, die Hände fest um das Steuer geklammert, das Knattern des leichten Maschinengewehrs in den Ohren, Gewehrläufe, die gegen die Vorderscheibe schnellen, Schaukeln der Häuser und Bäume und hoch der Flug der Tauben, die gerade eine Schwenkung machen und in eine neue Farbe hinüberschillern – dann die Stimme des Negus, der etwas ruft . . . Puig erwachte aus einer Ohnmacht. Da war die Revolution wieder da, und die Kanonen waren erobert. Er hatte, als das Auto umschlug, nur einen sehr starken Stoß in den Nacken abgekriegt. Zwei seiner Gefährten waren tot. Der Negus verband ihn.

»So, jetzt hast du einen Turban, siehst aus wie ein Araber, und alles ist wieder gut!«

Am andern Ende der Avenue kamen Zivilgardisten und Sturmgardisten vorbei. Die Offiziere und die Männer mit den Zivilhosen wurden zur Polizeidirektion abgeführt, die Soldaten entwaffnet und in eine Kaserne geschickt. Sie sprachen mit den Arbeitern der Eskorte, die ihre Gewehre unter sich verteilt hatten. Alle anderen begaben sich nach der Plaza de Cataluña zurück.

Dort hatte sich die Lage nicht verändert, nur die Zahl der Leichen war gewachsen. Puig kam diesmal über den Paseo de Gracia, dessen Ecke das Hotel Colon bildete. Ein Lautsprecher rief: *»Die Luftflotte von Prat kämpft auf der Seite der Verteidiger der Volksfreiheiten.«*

Gut und schön, aber wo?

Wieder drangen aus allen dem Hotel gegenüberliegenden Straßen Anarchisten, Sozialisten und Kleinbürger mit steifem Kragen hervor. Auch einige Gruppen von Bauern: die Sonne stand schon recht hoch, die Bauern kamen in der Stadt an. Puig befahl seinen Leuten, sich ruhig zu halten. Die Angriffswelle, von den drei Maschinengewehrnestern beschossen, flutete zurück, ihre Girlande von Toten hinter sich lassend.

Gleich einem Taubenschwarm flatterten aus den Fenstern geworfene Flugblätter eines faschistischen Verbandes langsam zu Boden oder ließen sich auf den Bäumen nieder.

Zum erstenmal hatte Puig das Gefühl, statt vor einem verzweifelten Wagnis (wie 1934 oder wie sonst immer) vor der Möglichkeit eines Sieges zu stehen. Trotz seinen bescheidenen Kenntnissen der Schriften Bakunins – und zweifellos war er von dieser ganzen Gruppe der einzige, der je einen Blick hineingeworfen –, war die Revolution in seinen Augen immer nur vergebliche Volksempörung gewesen. Einer Welt der Hoffnungslosigkeit gegenüber erwartete er vom Anarchismus nichts als exemplarische Revolten; seiner Ansicht nach löste man politische Probleme durch Kühnheit und Festigkeit.

Er dachte an Lenin, der vor Freude auf dem Schnee tanzte an dem Tage, als die Sowjets vierundzwanzig Stunden länger bestanden als die Kommune von Paris. Heute handelte es sich nicht mehr darum, ein leuchtendes Beispiel zu geben, sondern Sieger zu sein; und wenn seine Leute einfach losgingen wie die anderen, würden sie wie diese fallen und das Hotel nicht erobern.

Von den beiden Boulevards, die in V-Form auf das Colon zulaufen, und aus der Cortes-Straße, die sich wie ein Querstrich davorlegt, kamen genau zur gleichen Zeit drei Regimenter der Zivilgarde anmarschiert. Puig sah die zweispitzigen Käppis seiner alten Feinde in der Sonne blitzen. Da sie von den Hochrufen der Menge empfangen wurden, mußten sie auf seiten der Regierung stehen. Auf dem Platze trat eine solche Stille ein, daß man den Flügelschlag der Tauben vernahm.

Auch die Faschisten zauderten, verblüfft, daß die Polizei mit der Regierung ging. Zudem wußten sie, daß die Zivilgarde aus vortrefflichen Schützen bestand. Oberst Ximenes ging hinkend die Stufen zum Square hinauf, geradewegs auf das Hotel zu. Er trug keine Waffen. Ein Drittel der Breite des Platzes legte er zurück, ohne daß ein Schuß fiel. Dann eröffneten von drei Seiten her die Maschinengewehre das Feuer. Puig lief in den ersten Stock des Hauses, vor dem er stand. Von allen ihren Feinden haßten die Anarchisten die Zivilgarde am meisten. Oberst Ximenes war ein glühender Katholik. Und heute kämpfte man gemeinsam in einer sonderbaren Brüderlichkeit.

Ximenes wandte sich um; er hob seinen Kommandostab als Chef der Zivilgarde, und aus allen drei Straßen setzten sich die Männer mit den Käppis in Bewegung. Ximenes, immer hinkend (Puig erinnerte sich, daß er bei seinen Leuten den Spitznamen »der alte Enterich« hatte), ging von neuem auf das Hotel zu, ganz allein inmitten der pfeifenden Kugeln auf dem großen Square. Die Zivilgardisten links rückten längs der Telefonzentrale vor, von der aus man nicht senkrecht nach unten schießen konnte, die andern rechts längs des Eldorado. Die Maschinengewehrschützen im Eldorado hätten auf die von links Herankommenden schießen müssen, aber angesichts der Polizeitruppen war jede Faschistengruppe einzig darauf bedacht, sich selbst zu verteidigen, anstatt auch den Verbündeten beizustehen. Die Maschinengewehrschützen im Colon zielten mal nach rechts, mal nach links und hatten einen schweren Stand, denn die Gardisten gingen nicht in Linie, sondern hintereinander vor und nützten präzise die Deckung durch die Bäume aus. Ihnen folgten die Anarchisten, die jetzt aus allen Straßen hervorbrachen, und gleichzeitig kamen an Puig in dröhnendem Sturmschritt die Gardisten aus der Cortes-Straße vorbei, auf die nicht mehr geschossen wurde. Mitten auf dem Platz verfolgte der Oberst hinkend seinen Weg. Zehn Minuten später war das Hotel Colon genommen.

Die Zivilgarde hielt den Cataluñaplatz besetzt. Das nächtliche Barcelona hallte von Liedern, von Rufen und von Flintenschüssen.

Bewaffnete Zivilisten, Bürger, Arbeiter, Soldaten, Sturmgardisten tauchten im Lichtkreis des Bierrestaurants auf, drinnen saßen an allen Tischen Gardisten und tranken.

In einem kleinen Salon des ersten Stocks, der zum Stabsquartier geworden war, saß Oberst Ximenes und trank auch. Er kontrollierte diesen ganzen Stadtteil; seit einigen Stunden kamen viele Gruppenführer, um seine Befehle entgegenzunehmen.

Puig trat ein. Er trug jetzt eine Lederjacke und einen schweren Revolver, was zusammen mit seinem beschmutzten und blutfleckigen Turban ein Kostüm von einem gewissen romantischen Reiz ergab. Er sah so noch kleiner und noch breiter aus.

»Wo können wir uns am besten nützlich machen?« fragte er. »Ich habe ungefähr tausend Mann.«

»Nirgends, im Augenblick steht alles gut. Die Faschisten werden versuchen, aus den Kasernen rauszukommen, zum mindesten aus der von Atarazanas. Am besten, Sie warten eine halbe Stunde; ich könnte neben meinen Leuten noch Ihre Reserven nötig haben. Es scheint, daß die Aufrührer in Sevilla, Burgos, Segovia und Palma Sieger sind, von Marokko ganz zu schweigen. Aber hier werden sie geschlagen werden.«

»Was machen Sie mit den gefangenen Soldaten?«

Der Anarchist benahm sich sicher und ungezwungen gegenüber dem Oberst, als hätten sie seit einem Monat Schulter an Schulter gekämpft; zugleich gab er durch sein Verhalten diskret zu verstehen, daß er gekommen sei, Ratschläge, nicht Befehle zu empfangen. Ximenes kannte zwar seine Gesichtszüge vom polizeilichen Erkennungsdienst her, wunderte sich aber über seine kleine stämmige Korsarengestalt. Wiewohl Puig nur ein zweitrangiger Parteiführer war, interessierte er ihn wegen der Hilfe für die Kinder von Saragossa mehr als die andern.

»Die Instruktion der Regierung lautet«, sagte der Oberst, »daß die Soldaten zu entwaffnen und freizulassen sind. Die Offiziere werden vor ein Kriegsgericht gestellt . . . Das waren doch Sie, der im Cadillac fuhr und die Eroberung der beiden Kanonen ermöglichte?«

Puig erinnerte sich daran, wie er in diesem Moment am andern Ende der Straße die Käppis der Zivilgarde zusammen mit Mützen der Sturmgarde hatte vorbeiziehen sehen.

»Ja.«

»Das war gut. Denn wenn sie mit den Kanonen hierher gekommen wären, würde alles vielleicht anders ausgefallen sein.«

»Sie haben Glück gehabt, als Sie den Platz überquerten ...«

Der Oberst, der sein Spanien leidenschaftlich liebte, war dem Anarchisten dankbar, nicht für sein Kompliment, sondern wegen des Stils, dessen noch heute viele Spanier fähig sind und der ihn eine Antwort hatte finden lassen, eines Feldherrn Karls V. würdig. Denn es war klar, daß er unter »Glück« Mut verstand.

»Ich hatte Furcht«, sagte Puig, »Furcht, die Kanone nicht zu erreichen. Lebendig oder tot, aber erreichen mußte ich sie. Und Sie, was dachten Sie?«

Ximenes lächelte. Er war barhäuptig, seine kurz geschnittenen weißen Haare ähnelten dem Flaum der Enten, nach denen ihn seine Leute wegen seiner kleinen, sehr schwarzen Augen und seiner Spatelnase benannten.

»In solchen Fällen sagen die Beine ›Holla, worauf läßt du dich denn da ein, du Dummkopf.‹ Besonders das hinkende spricht so ...«

Er kniff ein Auge zu und hob den Zeigefinger.

»Aber das Herz sagt: ›Vorwärts!‹ ... Ich hatte noch nie vorher die Kugeln auf dem Boden tanzen sehen wie die Tropfen bei einem Platzregen. Übrigens verwechselt man von oben den Menschen leicht mit seinem Schatten, das ergibt eine geringe Treffsicherheit.«

»Der Angriff war gut«, sagte Puig voll Neid.

»Ja. Ihre Leute schlagen sich tapfer, aber sie verstehen es nicht zu kämpfen ...«

Unter ihnen auf dem Trottoir wurden Bahren getragen, sie waren leer und blutbefleckt.

»Ja, sie schlagen sich tapfer«, sagte Puig.

Blumenverkäuferinnen hatten auf die Bahren Nelken geworfen, und die weißen Blumen lagen nun auf den Gurten neben den Blutflecken.

»Im Gefängnis«, sagte Puig, »hätte ich niemals gedacht, daß ich eine solche Brüderlichkeit erleben würde.«

Bei dem Wort »Gefängnis« wurde sich Ximenes erst richtig bewußt, daß er, der Oberst der Zivilgarde von Barcelona, mit einem der anarchistischen Rädelsführer an einem Tische saß und trank. Wieder mußte er lächeln. Alle diese Führer extremistischer Gruppen waren tapfer gewesen, viele waren verwundet oder tot. Für Ximenes wie für Puig war auch die Tapferkeit ein Vaterland. Anarchistische Kämpfer gingen unten vorbei, im Lichtkreis des Hotels sah man ihre blauschwarzen Gesichter, keiner war rasiert, der Kampf hatte zu früh begonnen. Wieder wurde eine Bahre vorbeigetragen, an einer ihrer Tragstangen steckte eine Gladiole.

Hinter dem Platze färbte ein rötlicher Schein den Himmel, ein anderer ähnlicher stand in der Ferne über einem Hügel; dann erhoben sich aus dem Häusermeer an verschiedenen Stellen zitternde, kugelartige Gebilde von leuchtendem Rot. Wie Barcelona bei Tagesanbruch mit allen seinen Sirenen keuchend um Hilfe gerufen hatte, so brannte es jetzt in der Nacht mit allen seinen Kirchen. Der Brandgeruch drang in den Salon, dessen Fenster der Sommernacht weit geöffnet waren. Ximenes betrachtete die riesigen granatroten Rauchmassen, die sich, von unten her erleuchtet, hoch über den Cataluñaplatz wälzten. Er stand auf und machte das Zeichen des Kreuzes. Nicht ostentativ wie einer, der sich verpflichtet fühlt, seinen Glauben zu bekennen, sondern als ob er mit sich allein gewesen wäre.

»Kennen Sie die Theosophie?« fragte Puig.

Vor der Türe des Hotels ereiferten sich Journalisten, die er nicht sehen konnte. Sie sprachen von der Neutralität des spanischen Klerus oder von den Mönchen in Saragossa, welche die Soldaten Napoleons mit Kruzifixen niedergeschlagen hatten. Trotz den Detonationen und den fernen Rufen drangen die Stimmen der Zeitungsleute in der Nachtluft sehr deutlich herauf.

»Eh!« brummte Ximenes, ohne die Rauchwolken aus den Augen zu lassen, »Gott ist nicht dazu da, in die Kämpfe der Menschen verwickelt zu werden wie ein Ziborium, das ein Dieb in die Tasche steckt.«

»Durch wen haben die Arbeiter von Barcelona von Gott erfahren? Doch nur durch jene, die ihnen in seinem Namen die Vorzüge der Repressalien in Asturien predigten. Oder nicht?«

»Nun, durch die einzigen Dinge, die ein Mann in seinem Leben wirklich begreift: durch die Kindheit, den Tod, den Mut ... aber nicht durch die Reden der Menschen! Nehmen wir einmal an, daß die Kirche von Spanien ihrer Aufgabe nicht mehr würdig sei. Lassen Sie sich etwa von den Meuchelmördern, die sich auf Sie berufen – und an solchen fehlt es nicht –, daran hindern, Ihr Ideal zu verfolgen? Es ist verkehrt, die Menschen nur nach den Niedrigkeiten, die sie begangen haben, zu beurteilen ...«

»Wenn man eine Volksmenge zwingt, niedrig zu leben, so trägt das nicht dazu bei, daß sie hoch denkt. Wem ist seit vierhundert Jahren die Sorge für das ›Heil der Seelen‹, wie Sie sich ausdrücken würden, übertragen? Wenn man sie nicht so gut den Haß lehrte, würden sie vielleicht besser die Liebe lernen.«

Ximenes blickte auf die Flammen in der Ferne.

»Haben Sie jemals die Porträts oder die wirklichen Gesichter von Männern gesehen, die für die erhabensten Dinge gekämpft haben? Man sollte meinen, daß sie fröhlich – oder wenigstens abgeklärt aussehen ... Das erste, was einem auffällt, ist immer ihre Traurigkeit ...«

»Die Priester sind ein Ding, und das Herz ist ein anderes. Ich kann mich darüber mit Ihnen nicht verständigen. Ich bin gewöhnt zu reden und keineswegs ein Ignorant, ich bin Typograph. Aber da ist noch etwas anderes im Spiel: Ich habe in der Druckerei oft mit Schriftstellern gesprochen. Das ist etwa so, als ob ich mit Ihnen redete: Ich erzähle Ihnen von den Pfarrern, und Sie erwidern mir mit der heiligen Therese. Ich erzähle Ihnen vom Katechismus, und Sie erwidern mir ... mit was denn gleich? – sagen wir mit Thomas von Aquino.«

»Der Katechismus ist für mich wichtiger als der heilige Thomas.«

»Ihr Katechismus ist nicht der meine, ist nicht der gleiche, dazu sind unsere Lebensformen zu verschieden. Ich habe ihn mit fünfundzwanzig Jahren wieder gelesen, hatte ihn in einem Rinnstein gefunden (das gäbe eine moralische Geschichte).

Man kann doch Menschen, die seit zweitausend Jahren nichts als Ohrfeigen erhalten haben, nicht lehren wollen, die andere Backe hinzuhalten.«

Puig verwirrte Ximenes, weil die Intelligenz und die Dummheit bei ihm anders verteilt waren als bei den Leuten, mit denen zu verkehren der Oberst gewohnt war.

Die letzten befreiten Hotelgäste kamen aus den Wäschekammern, Aborten, Kellern und Speichern hervor, in die die Faschisten sie eingesperrt hatten; der orangene Widerschein der Feuersbrunst lag auf ihren erschreckten Gesichtern. Die Rauchwolken wurden immer dichter, der Brandgeruch so stark, als stünde das Hotel in Flammen.

»Die Geistlichkeit, nun ja: Erstens habe ich Leute nicht gern, die reden und nichts tun. Ich gehöre zu einer andern Menschengattung. Aber ich gehöre auch zu der gleichen, und darum verabscheue ich sie. Man darf nicht die Armen lehren, man darf nicht die Arbeiter lehren, die Repressalien in Asturien gutzuheißen. Und noch dazu im Namen ... im Namen der Liebe, sehen Sie, das ist das Widerwärtigste! Kameraden von mir sagen: ›Ihr Dummköpfe, ihr tätet besser daran, die Banken zu verbrennen!‹ Ich sage: Nein. Wenn ein Bürger so was tut, ist es nur in der Ordnung. Aber Priester dürfen es nicht. Daß Kirchen brennen, in denen man die dreißigtausend Verhaftungen, die Folterungen und alles das gebilligt hat, ist recht. Natürlich ist es schade um die Kunstwerke, die Kathedrale brennt ja nicht.«

»Und Christus?«

»Er ist ein Anarchist, der Erfolg gehabt hat. Der einzige. Und über die Priester möchte ich Ihnen noch etwas sagen, was Sie vielleicht nicht ganz verstehen werden, weil Sie nie arm gewesen sind. Ich hasse einen Menschen, der mir vergeben will, was ich nach meinem besten Wissen und Gewissen getan habe. *Ich will nicht, daß man mir vergibt.*«

Auf dem nächtlichen Platz brüllte ein Lautsprecher:

»Die Truppen von Madrid haben sich noch nicht erklärt.

In Spanien herrscht Ordnung.

Die Regierung ist Herr der Lage.

General Franco wurde soeben in Sevilla verhaftet.

Das Volk von Barcelona hat über die Faschisten und die aufrührerischen Truppen einen vollständigen Sieg erfochten.«

Der Negus kam, mit den Armen fuchtelnd, herein und rief Puig zu: »Die Soldaten der Parkkaserne sind wieder ausgerückt! Sie haben eine Barrikade errichtet.«

»Salud!« sagte Puig zu Ximenes.

»Auf Wiedersehen«, erwiderte der Oberst.

In einem requirierten Auto fuhren Puig und der Negus mit höchster Geschwindigkeit durch die brandrote, von Gesang erfüllte Nacht.

Im Stadtviertel Caracoles warfen Milizmänner aus den Fenstern der Bordelle Matratzen in Lastautos, die sofort zu den Barrikaden abgingen.

Überall in der nächtlichen Stadt entstanden jetzt Barrikaden: aus Matratzen, Pflastersteinen, Möbeln ... eine ganz absonderliche bestand aus Beichtstühlen; eine andere, vor der Pferde gefallen waren, sah in dem vorüberflitzenden Licht der Scheinwerfer aus, als hätte man aus Köpfen toter Pferde einen Haufen aufgeschichtet.

Puig verstand nicht recht, was die Faschisten, die jetzt allein kämpften, umgeben von der Feindseligkeit der Soldaten, mit ihrer Barrikade bezweckten. Sie feuerten hinter einer Art Stachelberg hervor, aus dem Stuhlbeine ragten; im Halbdunkel ließ sich nicht viel unterscheiden, die Bogenlampen waren heruntergeschossen worden. Puig mit dem Turbanverband wurde von seinen Leuten erkannt und mit Freudengeschrei empfangen: wie bei allen andauernden Kämpfen wuchs die Beliebtheit der Führer. Immer vom Negus begleitet, fuhr Puig in die nächste Garage und bemächtigte sich eines Lastwagens.

Die Avenue war lang; Bäume, blau im Nachtdunkel, säumten sie. Die unsichtbaren Faschisten schossen. Sie hatten ein richtiges Maschinengewehr. Bei den Faschisten gab es immer richtige Maschinengewehre. Puig schaltete den dritten Gang ein, er trat so wuchtig auf den Gashebel wie heute morgen auf den des Personenwagens. Als das Geräusch des Umschaltens verklungen war, hörte der Negus zwischen zwei Salven des Maschinengewehrs einen einzelnen Schuß und sah, daß Puig plötzlich aufschnellte und sich mit beiden Händen auf das Steuer stützte, als wäre es ein Tisch. Dabei stieß er einen Schrei aus wie einer, dem eine Kugel die Zähne zerschmettert.

Ein Spiegelschrank der Barrikade sprang wie ein Stein auf die Scheinwerfer des Wagens los, deren Licht er reflektierte;

unter dem wütenden Geknatter des vom Negus bedienten leichten Maschinengewehrs öffnete sich der Möbelberg wie eine eingetretene Tür.

Die durch die Bresche eingedrungenen Milizmänner waren dem Lastwagen, der zwischen den Möbeln steckengeblieben war, schon voraus. Die Faschisten flohen in die nahe Kaserne. Ohne das Schießen einzustellen, sah der Negus auf Puig: Von seinem Turban verdeckt, lag er über dem Steuer zusammengebrochen – tot.

DRITTES KAPITEL

20. Juli

In einem Gewimmel von nackten Oberkörpern und Hemdsärmeligen, zwischen Frauen, die fortgewiesen wurden und unaufhörlich wiederkamen, versuchten Zivilgardisten und Sturmgardisten vergeblich, Ordnung zu schaffen. Vorne war die Volksmenge lockerer, weiter hinten aber ungeheuer und dicht. Von dorther ertönte Stimmenlärm wie ein stetes tiefes Grollen. Ein Offizier ging mit einem Soldaten, dem es gelungen war, aus der Montaña-Kaserne zu entweichen, in eine Bar. Jaime Alvear hatte bemerkt, daß die beiden der Bar zustrebten, und trat vor ihnen dort ein. Die regelmäßigen Schläge der Kanone waren wie der Herzschlag dieser Volksmenge selbst, dröhnend über dem dünnen Geknatter der aus all den Fenstern und Türen abgefeuerten Flintenschüsse, über den Schreien, über dem Geruch nach erhitztem Quaderstein und Asphalt, der von der Stadt Madrid aufstieg.

Die Köpfe der Bargäste sammelten sich um den Soldaten wie ein Fliegenschwarm. Er keuchte.

»Der Oberst hat gesagt, daß wir die Republik retten müssen.«

»Die Republik?«

»Ja. Weil sie in die Hände der Bolschewiken . . . der Juden und der Anarchisten gefallen ist.«

»Was haben die Soldaten geantwortet?«

»Bravo!«

»Bravo? Wieso denn?«

»Nun ja, was sonst? . . . Es war ihnen doch stinkegal. Das heißt, vor allem die Neuen antworteten. Seit acht Tagen gab es so viele Neue.«

»Und die Soldaten der Linksparteien?« fragte eine Stimme.

In den Gläsern, die unbeweglich auf den Tischen standen, zitterte der Cognac und der Manzanilla im Rhythmus des Kampfes. Der Soldat trank. Er kam allmählich wieder zu Atem.

»Es sind nur die da, von denen man es nicht weiß. Alle andern sind seit zwei Wochen umgeschwenkt. Von Linksleuten gab es bei uns vielleicht noch fünfzig. Aber sie waren nicht da. Es heißt, daß sie alle gefesselt in irgendeinem Loch liegen.«

Die Rebellen hatten angenommen, daß die Regierung das Volk nicht bewaffnen würde, und warteten nun auf die Faschisten von Madrid, die sich aber noch nicht zu rühren wagten.

Plötzlich trat Stille ein: der Lautsprecher ertönte. Da die Zeitungen bloß täglich einmal erscheinen, kam das Schicksal Spaniens nur noch durch den Rundfunk zu Wort.

»Die Übergabe der Kasernen in Barcelona nimmt ihren Fortgang.

Die Kaserne Atarazanas wurde von den Gewerkschaften unter der Führung von Ascaso und Durruti genommen. Ascaso fand bei dem Angriff auf die Kaserne den Tod.

Die Festung Montjuich hat sich dem Volke kampflos ergeben . . .«

Die ganze Bar schrie vor Begeisterung auf. Selbst in Asturien gab es keinen Namen von so grauenvollem Klang wie den von Montjuich.

». . . da die Soldaten sich weigerten, die Befehle ihrer Offiziere auszuführen, nachdem sie durch die Lautsprecher der rechtmäßigen Regierung von Spanien erfahren hatten, daß sie des Gehorsams gegen die aufrührerischen Offiziere entbunden sind.«

»Wer verteidigt jetzt noch die Kaserne?« fragte der Offizier.

»Die Offiziere und die Neuen. Die Genossen verdrücken sich, wo sie können. Der ganze Keller muß voll von ihnen sein. Als eure Kanone zu schießen begann, machte keiner mehr mit. Wir haben die Sache gleich erfaßt: wir wissen doch, daß die Anarchisten und die Bolschewiken keine Kanonen haben. Ich habe zu meinen Kameraden gesagt: ›Diese Rede des Obersten ist wieder so ein Faschistenstreich!‹ Aufs Volk schießen? Das wäre noch schöner! Und so bin ich schnell zu euch herübergelaufen.«

Es gelang dem Soldaten nicht, das Zittern seiner Schultern

zu meistern. Die Kanone feuerte noch immer, und die Explosion der Granate folgte dem Schuß wie ein Echo.

Jaime hatte die Kanone gesehen. Sie wurde von einem Hauptmann der Sturmgarde bedient, der nicht Artillerist war. Es gelang ihm zwar zu schießen, aber nicht, das Geschützrohr zu richten. Neben ihm machte sich der Bildhauer Lopez, der Kommandant der sozialistischen Miliz, der auch Jaime angehörte, eifrig zu schaffen. Die Sicht erlaubte es nicht, die Kanone gegenüber dem Tor zu postieren; infolgedessen schoß der Hauptmann auf gut Glück gegen die Mauern. Das erste Geschoß ging zu hoch und platzte irgendwo in die Vorstadt. Das zweite traf die Ziegelmauer und wirbelte eine riesige Staubwolke auf. Nach jedem Schuß rollte das Geschütz, das nicht festgemacht war, wütend zurück, und Lopez' Milizsoldaten brachten es, indem sie, wie auf den Stichen von der Französischen Revolution, die nackten Arme zwischen die Radspeichen steckten, schlecht und recht wieder an seinen Platz. Immerhin war eine Granate durch ein Fenster in das Innere der Kaserne geflogen und dort explodiert.

»Paßt auf, wenn ihr hineinkommt«, sagte der Soldat. »Denn meine Freunde haben natürlich nicht auf euch geschossen. Sie drehen es so. Aber die andern!«

»Woran erkennt man denn die Neuen?«

»Auf den ersten Blick? ... Weiß ich nicht ... Aber später schon ... Ich will Ihnen was sagen: Sie sind ohne Familie ...«

Damit wollte er sagen, daß die Faschisten, die in die Armee eingetreten waren, um am Aufstand teilzunehmen, ihre eleganten Frauen versteckten. Die nächstliegenden ungefährdeten Straßen waren voll von den wartenden Frauen der Soldaten, sie bildeten in der riesigen Volksmenge die einzigen schweigenden Gruppen.

Plötzlich wildes Geschieße der Belagerten über dem Bremsenkreischen anfahrender Lastwagen: Ein neuer Schub von Sturmgardisten traf ein. Eines ihrer gepanzerten Autos war schon da. Immer noch brachte der Kanonendonner den Wein in den Gläsern zum Schwappen. Burschen, das Gewehr unterm Arm, tauchten auf, erzählten die letzten Neuigkeiten; es war fast wie im Erfrischungsraum eines Filmateliers, wenn die Schauspieler zwischen zwei Aufnahmen in ihren Kostümen hereinkommen, um einen Schluck zu trinken. Aber auf den weißen Fliesen der schachbrettartig gepflasterten Bar blieben Abdrücke blutiger Schuhsohlen zurück.

»Ein neuer Sturmbock!«

Ein riesiger Balken, von fünfzig Männern zur Rechten und zur Linken getragen, setzte sich wie ein geometrisches Ungetüm in Bewegung. Die Männer beugten sich vor wie Tauzieher, manche waren mit, manche ohne Kragen, aber allen hing ein Gewehr auf dem Rücken. Der Balken überquerte die Trümmer auf der Fahrbahn, den Gipsschutt und die Gitterstücke, stieß wie ein gewaltiger Gong gegen das Tor und wich wieder zurück. Obwohl die Kaserne mit Stimmenlärm, Detonationen und Pulverrauch erfüllt war, tönte unter dem Anprall ihr klösterliches Innere hinter dem hohen Tore hallend nach. Drei von den Männern, die den Balken trugen, fielen unter den Schüssen der Faschisten. Jaime trat an die Stelle eines der Gefallenen. In dem Moment, da der Sturmbock sich wieder in Bewegung setzte, griff ein Gewerkschafter mit struppigen Augenbrauen sich mit beiden Händen an den Kopf, als wollte er sich die Ohren zuhalten, und sank auf den wandernden Balken hin: die Arme auf der einen Seite, die Beine auf der andern. Die Mehrzahl der Träger hatte den Vorfall nicht bemerkt, und der Sturmbock setzte seinen Weg langsam und schwerfällig fort, während der Mann noch immer zusammengeknickt über dem Holz hing. Für Jaime, der sechsundzwanzig Jahre alt war, war die Volksfront diese Brüderlichkeit im Leben wie im Tode. Von den Arbeiterorganisationen, in die er seine ganze Zuversicht um so mehr setzte, je weniger er den in seinem Vaterlande seit Jahrhunderten herrschenden Einrichtungen traute, kannte er vor allem diese anonymen, zu jeder Aufgabe willigen »Militanten«, die in Spanien die Verkörperung der Opferbereitschaft waren. Unter den Kugeln der Falangisten, den ungeheuren Balken vorstoßend, der den toten Gefährten gegen die Torflügel trug, kämpfte er im heißen Sonnenschein aus vollem Herzen. Der Sturmbock dröhnte von neuem gegen das Tor, vor dem der Leichnam auf den Boden kippte; Jaimes beide Nebenmänner – der eine war Ramos – hoben ihn auf und trugen ihn fort. Der Balken bewegte sich langsamer zurück. Wieder fielen fünf Mann. Dort, wo der Sturmbock durchgegangen war, zog sich zwischen zwei Reihen von Toten und Verwundeten eine leere weiße Gasse hin.

Der Julimorgen war schon vorgerückt, und die Gesichter waren von Schweiß wie lackiert. Unter den dumpfen Schlägen der Kanone und des Mauerbrechers, die dem Getöse des Kampfes gleichsam den Takt angaben, wartete in den Straßen unten am Fuße der Treppen, die zur Kaserne hinaufführten, eine bunt wimmelnde Menge: Angestellte, Arbeiter, Kleinbürger, das Gewehr an einer Schnur in der Hand (die Regierung hatte Gewehre verteilen lassen, aber nicht die dazugehörigen Tragriemen), die Patronentaschen an viel zu kurzen Riemen um den Hals gehängt. Sie warteten auf den Befehl zum Angriff und blickten zum Kasernentor hinauf.

Der Sturmbock bewegte sich langsamer, die Kanone feuerte nicht mehr, unbedeckte Köpfe und Köpfe mit Käppi bogen sich zurück; sogar die Faschisten hörten zu schießen auf. Das Dröhnen eines Flugzeugmotors war zu hören.

»Was hat das zu bedeuten?«

Etliche Augen schielten zu Jaime hinüber. Seine Genossen von den sozialistischen Miliztruppen wußten, daß dieser lange Indianer mit den schwarzen wehenden Haarsträhnen Ingenieur bei der »Hispano« war. Das Flugzeug war ein alter Bréguet der spanischen Armee, aber die Faschisten gehörten ja gleichfalls der Armee an. Über der atemlosen Stille der Menge ging er in einer weiten Kurve tiefer: Zwei Bomben explodierten im Hof der Kaserne, und Flugblätter fielen im Konfettiregen, schwebten über dem Jubel des Volkes langsam nieder.

Aus den Straßen unten stürmte die Menge über die Treppen zum Angriff. Wiederum dröhnte der Mauerbrecher gegen das Tor; verzweifeltes Gewehrfeuer antwortete. In dem Augenblick, da er zurückprallte, glitt aus einem Fenster der Fassade ein Leintuch heraus, an dessen Ende ein dicker Knoten angebracht war, damit man es besser schwingen konnte. Die vom Sturmbock sahen es nicht, er nahm einen neuen Anlauf, und unter seinem Stoße sprang das Tor auf, das die Faschisten soeben öffneten.

Der Innenhof war völlig menschenleer.

Jenseits dieser Leere hinter den geschlossenen Türen und Fenstern des Patio fing die Welt der Gefangenen an.

Zuerst kamen die Soldaten, ihre Gewerkschaftsbüchlein schwingend, heraus, viele mit nacktem Oberkörper. Einer der ersten schwankte; während das Volk ihn mit Fragen bedrängte, warf er sich auf alle viere und trank aus dem Rinnstein. Dann die Offiziere mit hochgehobenen Armen. Manche gleichgültig oder bemüht, so zu erscheinen; einer vergrub sein Gesicht in seine Mütze, ein anderer lächelte, als wäre alles nur ein guter Spaß; dabei hob er die Hände nur in Schulterhöhe, so daß es aussah, als käme er den Milizmännern mit offenen Armen entgegen.

Über ihnen löste sich der letzte Laden eines der Mittelfenster los, ein Kanonenschuß hatte ihn abgesprengt. Im Rahmen des Fensters auf dem Balkon, der nur noch zur Hälfte vorhanden war, tauchte mit schallendem Gelächter ein junger Kerl auf; drei Gewehre hatte er auf dem Rücken, zwei andere schleppte er mit der linken Hand am Lauf hinter sich her wie Hunde an der Leine. Er schleuderte sie in die Straße hinunter und rief: »Salud!«

Die Frauen der Soldaten, die Milizmänner vom Sturmbock, die Zivilgardisten rannten los. Die Frauen liefen, Namen rufend, in die klösterlichen Korridore der Kaserne, die nun seltsam still waren, seit die Kanone nicht mehr schoß. Jaime und seine Gefährten, das Gewehr mit dem Lauf nach unten, stiegen in den ersten Stock hinauf. Andere Milizleute waren durch irgendeine Bresche eingedrungen. Vergnügte Zivilisten mit steifem Kragen, das Gewehr angelegt und Patronentaschen über ihren Bureaujacken, eskortierten Offiziere.

Offenbar war die Bresche breit, denn die Milizmänner wurden immer zahlreicher. Von draußen her drang das Hurra einer ungeheuren Volksmenge die Mauern erschütternd herein. Jaime blickte zum Fenster hinaus: Tausend Arme mit geballter Faust schnellten aus der hemdsärmeligen Menge auf wie bei einer Turnübung. Die Verteilung der eroberten Waffen begann.

Die Mauer, an der sich jetzt moderne Gewehre und Theatersäbel häuften, verbarg der Straße einen großen Hof, den Jaime überschauen konnte. Im Hintergrund des Hofes befand sich ein Fahrradlager.

Es war, während die Miliz im Kampfe stand, geplündert worden, und der Hof war übersät mit großen Fetzen von Packpapier, mit Lenkstangen und Rädern. Jaime dachte an den Gewerkschafter, der zusammengeknickt über dem Mauerbrecher gehangen hatte.

Im ersten Saal saß ein Offizier, den Kopf in die Hand gestützt, darunter auf dem Tisch eine große Lache Blut, in die es immer noch herabtropfte. Zwei andere lagen auf dem Boden, einen Revolver neben ihrer Hand.

Im zweiten, ziemlich dunklen Saale, lagen Soldaten und brüllten: »Salud! He! Salud!« aber rührten sich nicht: sie waren gefesselt. Das waren die, welche die Faschisten der Regierungstreue oder der Sympathie für die Arbeiterbewegung verdächtigt hatten. In ihrem Jubel trampelten sie trotz der einschneidenden Stricke mit den Füßen. Jaime und die Milizleute umarmten und küßten sie beim Losbinden nach spanischer Sitte.

»Unten gibt es noch mehr von uns«, sagte einer.

Jaime und seine Gefährten stürzten über eine neue Treppe in einen noch dunkleren Raum und warfen sich mit Umarmungen und Küssen auf die gefesselten Kameraden: Sie waren am Tag vorher erschossen worden.

VIERTES KAPITEL

21. Juli

»Guten Abend«, sagte Shade zu einer schwarzen Katze, die ihn mißtrauisch anblickte. Shade stand von seinem Tisch im Café Granja auf und hielt ihr die Hand hin, die Katze verschwand im Dunkel und Gedränge. »Seit der Revolution sind auch die Katzen frei, aber ich bin ihnen noch immer zuwider. Ich bin eben noch immer ein Unterdrückter.«

»Setz dich nur wieder hin, Schildkröte!« sagte Lopez. »Katzen sind unfreundschaftliche Mistviecher, vielleicht sogar Faschisten. Pferde und Hunde sind ein schlappes Gesindel, du kannst in der Bildhauerei mit ihnen nichts anfangen. Das einzige Geschöpf, das des Menschen Freund ist, ist der Adler der Pyrenäen. In meiner Raubvogelperiode besaß ich einen Pyrenäenadler; das ist ein Vogel, der sich nur von Schlangen nährt. Schlangen sind teuer, und da ich sie im Zoologischen Garten nicht stibitzen konnte, kaufte ich billiges Fleisch und schnitt es in Riemen. Die schwang ich vor dem Adler hin und her, und er – aus Liebenswürdigkeit – tat, als ob er sich täuschen ließe, und fraß sie gierig.«

»Hier Radio Barcelona«, sagte der Lautsprecher. *»Die vom Volke eroberten Geschütze wurden vor der Capitanía, wohin sich die Führer der Rebellen geflüchtet haben, in Stellung gebracht.«*

Während Shade die Alacalá-Straße beobachtete und sich Notizen für seinen morgigen Artikel machte, stellte er fest, daß der Bildhauer mit seiner bourbonischen Nase und trotz der dicken Unterlippe und dem Haarschopf Washington ähnlich sah, vor allem aber einem Ara, das um so mehr, als Lopez in diesem Augenblick mit den Flügeln schlug.

»Zur Aufnahme, ihr da drinnen«, brüllte er, »es wird gedreht!«

In dem grellen Licht der Bogenlampen glich Madrid mit seiner Maskerade von Revolutionskostümen einem ungeheuren nächtlichen Filmatelier.

Aber Lopez beruhigte sich: Milizmänner kamen und schüttelten ihm die Hand. Seine Beliebtheit bei den Künstlern, die im Café Granja verkehrten, beruhte nicht so sehr darauf, daß er gestern auf die Art des 16. Jahrhunderts mit einer Kanone auf die Montaña-Kaserne geschossen hatte, ja nicht einmal auf seinem Bildhauertalent, sondern auf der Tatsache, daß er unlängst dem Botschaftsattaché, der ihm die Aufforderung überbrachte, eine Porträtbüste der Herzogin von Alba zu machen, geantwortet hatte: »Aber nur, wenn sie mir als Nilpferd sitzt.« Als Stammgast des Zoologischen Gartens und mit den Tieren inniger vertraut als der heilige Franziskus selbst, behauptete er mit der ernstesten Miene von der Welt, daß das Nilpferd auf einen Pfiff komme, sich völlig ruhig verhalte und wieder gehe, wenn man es nicht mehr brauche.

Die unvorsichtige Herzogin konnte übrigens noch von Glück sagen. Lopez arbeitete nämlich in Diorit, und das Modell, nachdem es stundenlang ein Gehämmer wie von einem Hufschmied hatte anhören müssen, sah schließlich seine Büste um kaum sieben Millimeter verändert.

Soldaten in Hemdsärmeln marschierten vorbei, inmitten von Hochrufen und gefolgt von einer Kinderschar . . . Das waren Truppen, die die aufrührerischen faschistischen Offiziere von Alcalá de Henares im Stiche gelassen hatten und zum Volke übergelaufen waren.

»Schau nur die Gören an, die hier vorbeikommen«, sagte Shade, »sie sind ganz närrisch vor Stolz. Es gibt hier etwas, was ich gern habe: Die Menschen sind wie Kinder. Und was ich gern habe, ähnelt mehr oder weniger immer den Kindern. Du schaust einen Menschen an, siehst zufällig das Kind in ihm und bist einfach weg. Wenn es sich um eine Frau handelt, bist du natürlich verloren. Schau nur, sie zeigen alle das Kind in sich, das sie gewöhnlich verbergen. Milizmänner schwelgen hier im Zähnestochern, andere sterben in der Sierra, und es ist dasselbe . . . In Amerika stellt man sich die Revolution als einen Zornausbruch vor. Hier herrscht im Augenblick die gute Laune.«

»Nicht nur die gute Laune allein.«

Lopez war nur feinsinnig, wenn er von Kunst sprach. Er fand die richtigen Worte nicht und sagte bloß: »Horch!«

Autos rasten in beiden Richtungen vorüber, sie waren mit den riesigen weißen Anfangsbuchstaben der Arbeiterverbände oder mit den Buchstaben U. H. P. bemalt. Ihre Insassen grüßten sich mit erhobener Faust und riefen: »Salud!« Und dieser Ruf schien die ganze sieghafte Menge wie durch einen dauernden brüderlichen Gesang zu vereinen. Shade schloß die Augen.

»Jeder Mensch hat irgendwann einmal das Bedürfnis nach einem poetischen Überschwang«, sagte er.

»Guernico meint, daß die größte Kraft der Revolution die Hoffnung ist.«

»Das sagt auch García. Alle sagen das. Aber Guernico langweilt mich: Die Christen langweilen mich. Sprich weiter!«

Shade sah wie ein bretonischer Pfarrer aus, Lopez hielt das für den Hauptgrund seiner Kirchenfeindlichkeit.

»Und trotzdem ist es wahr, Schildkröte! Schau zum Beispiel mich an. Was will ich seit fünfzehn Jahren? Die Wiedergeburt der Kunst. Alles ist hier dazu bereit. Diese Mauer da drüben, all das Gesindel kommt täglich daran vorbei und wirft einen Schatten drauf, ohne hinzugucken. Und dabei gibt es hier einen Haufen Maler, zwischen den Pflastersteinen sprießen sie hervor, letzte Woche habe ich sogar einen unter den Dachsparren des ›Escorial‹ entdeckt – er schlief. Den Malern muß man die Mauern geben. Wenn man eine Mauer braucht, immer ist sie schmutzig, mit Ocker oder

Terra di Siena gestrichen. Laß sie weiß tünchen und gib sie einem Maler!«

Shade, der mit der Miene eines Indianerhäuptlings seine Tonpfeife rauchte, hörte ihm aufmerksam zu. Er wußte, daß Lopez jetzt in vollem Ernst sprach. Der Narr kopiert den Künstler, und der Künstler ähnelt dem Narren. Shade mißtraute den Kunsttheorien, von denen jede Revolution bedroht ist, aber er kannte das Œuvre der mexikanischen Künstler und die großen wilden Fresken von Lopez, die mit ihren spanischen Krallen und Hörnern in der Tat die Sprache des kämpfenden Menschen sprachen.

Zwei mit Milizleuten beladene, von Gewehren starrende Autobusse gingen nach Toledo ab. Dort war die Rebellion noch nicht niedergeschlagen.

Lopez fuhr fort.

»Laß uns die Mauern den Malern geben, die nackten Mauern. Und dann, an die Arbeit! Zeichnet, malt! Die Menschen, die daran vorübergehen, brauchen es, daß ihr zu ihnen sprecht. Man kann nicht eine Kunst schaffen, die zu den Massen spricht, wenn man ihnen nichts zu sagen hat; aber wir kämpfen zusammen, wir wollen zusammen ein neues Leben schaffen, und wir haben einander alles zu sagen. Die Kathedralen kämpften für alle und mit allen gegen den Teufel – der übrigens die Fresse von Franco hat. Wir . . .«

»Die Kathedralen wachsen mir zum Hals heraus. Hier in dieser Straße herrscht mehr Brüderlichkeit als in irgendeiner Kathedrale bei denen drüben. Sprich weiter!«

»Die Kunst ist keine Frage des Themas. Warum gibt es keine große revolutionäre Kunst? Weil man immerfort über Richtungen streitet, statt einfach vom Wirken zu reden. Man muß also an die Künstler die Frage stellen: Fühlt ihr das Bedürfnis, zu den Kämpfern zu sprechen? Zu ganz bestimmten Menschen, nicht zu einer Abstraktion, wie es die Massen sind. Nein? Schön, dann macht was anderes. Ja? Bitte, hier ist die Mauer! Die Mauer, mein Freund, damit ist alles gesagt. Zweitausend Menschen gehen täglich daran vorbei. Ihr kennt sie. Ihr *wollt* zu ihnen sprechen. Jetzt seht, wie ihr es anstellt. Ihr habt die Freiheit und das Bedürfnis, euch dieser Mauer zu bedienen. Und nun los! – Wir werden keine Meisterwerke hervorbringen, so etwas macht man nicht auf Befehl, aber wir werden einen Stil schaffen.«

Die spanischen Bank- und Versicherungspaläste dort oben im Schatten und etwas weiter unten der ganze Kolonialpomp der Ministerien, all das war zum Untergang bestimmt, zusammen mit den barocken Leichenwagen, den Lüstern der Klubs, den Armleuchtern, den Standarten der Galeeren, die jetzt im Hofe des Marineministeriums in der Nachtschwüle schlaff herabhingen.

Ein alter Mann verließ das Café; er hatte im Vorbeigehen zugehört und legte jetzt Lopez die Hand auf die Schulter.

»Ich werde das Bild eines Alten malen, der fortgeht, und eines Burschen, der sich wäscht. Der junge Idiot, der sich wäscht, so ein sportlicher, blöder und aktiver Kerl, ist ein . . . Faschist.«

Lopez hob den Kopf. Der Sprecher war ein guter spanischer Maler, der offenbar bei sich dachte: oder ein Kommunist.

»Ja, also sagen wir: ein Faschist. Und der Alte, der weggeht, ist das alte Spanien. Mein lieber Lopez, ich empfehle mich.«

Er humpelte davon, umbraust von dem ungeheuren Jubel, der die Nacht erfüllte: Die Sturmgardisten hatten die Rebellen in Alcalá geschlagen und kehrten nach Madrid zurück. Überall, von den Tischen, auf den Gehsteigen hoben sich Arme mit geballten Fäusten in die Nacht. Die Gardisten marschierten vorbei, auch sie mit erhobener Faust.

»Es ist einfach unmöglich«, sagte Lopez, der in Schwung gekommen war, »daß aus Menschen, die das Bedürfnis haben, etwas zu sagen, und aus andern, die das Bedürfnis haben, aufzunehmen, nicht ein Stil entsteht. Man soll sie nur machen lassen, ihnen die ganze moderne Technik zur Verfügung stellen und später die Keramik, da wirst du was erleben!«

»An deinem Plan ist schon was Gutes«, meinte Shade, nachdenklich an den Enden seiner zur Schleife gebundenen Krawatte zerrend, »nämlich, daß du ein Idiot bist. Ich habe nur die Idioten gerne. Das, was man ehemals die Einfalt nannte. Alle diese Leute haben viel zu dicke Köpfe und wissen nichts damit anzufangen. Alle diese Burschen sind Idioten wie wir . . .«

Schaltgeräusche von Autos, Stimmenlärm erfüllten die

Straße, dazu Schritte, einzelne Takte der Internationale. Eine Frau, die eine kleine Nähmaschine wie ein krankes Tier mit beiden Armen an ihre Brust drückte, kam am Café vorbei.

Shade saß unbeweglich, die Hand auf dem Rohr seiner Pfeife. Er schob, nur mit einem Stubs, seinen kleinen weichen Hut mit der aufgeschlagenen Krempe zurück. Ein Offizier, den Messingstern auf seinem blauen Overall, schüttelte im Vorbeigehen Lopez die Hand.

»Wie geht's in der Sierra?« fragte dieser.

»Der Feind wird nicht durchstoßen. Es treffen ständig neue Milizen ein.«

»Famos«, sagte Lopez, während der Offizier seinen Weg fortsetzte.

»Und dieser Stil wird sich eines Tages über ganz Spanien ausbreiten, so wie sich die Kathedralen über ganz Europa ausgebreitet haben, so wie man in ganz Mexiko den Stil der revolutionären Freskomaler findet.«

»Gewiß. Aber nur, wenn du dich ausdrücklich verpflichtest, mich mit den Kathedralen zu verschonen.«

Sämtliche Autos der Stadt waren requiriert und mit Höchstgeschwindigkeit auf den Weg geschickt worden, im Dienste des Krieges oder eines Traumes, und wo sie aufeinandertrafen, ertönten brüderliche Rufe. Die von den Fotoreportern der früher faschistischen, jetzt nationalisierten Zeitungen vor der Montaña-Kaserne gemachten Aufnahmen gingen auf der Caféterrasse von Hand zu Hand; Milizmänner erkannten sich darauf. Shade schwankte, ob er seinen heutigen Artikel dem Projekt von Lopez, dem malerischen Treiben vor dem Café Granja oder der Hoffnung, die die Straße erfüllte, widmen sollte. Vielleicht allem zusammen. (Eine Landsmännin von ihm, auf deren Brust eine vierzig Zentimeter lange amerikanische Fahne prangte, gestikulierte hinter ihm; sie tat es, wie man ihm sagte, weil sie taubstumm war.) Konnte ein Stil entstehen aus diesen vereinzelten Mauern, aus diesen Menschen, die an ihnen vorübergehen würden, denselben, die jetzt wie Fastnachtsschemen in wildem Freiheitstaumel an ihm vorüberzogen? Sie hatten mit ihren Malern etwas gemeinsam: jene unterirdische Gemeinschaft, die ja das Christentum gewesen war und die jetzt die Revolution war. Sie hatten das gleiche Leben gewählt und auch das gleiche Sterben. Und dennoch . . .

»Ist das nun bloß so ins Blaue hinein geredet, oder soll es von dir organisiert werden oder von dem Verband revolutionärer Künstler oder durch das Ministerium oder durch den Verein der Adler und Nilpferde oder von wem sonst?« fragte Shade.

Leute mit einem Pack Wäsche kamen vorbei, zusammengefalteten Leintüchern, die sie würdevoll unterm Arm trugen wie ein Advokat seine Aktentasche; dann ein Kleinbürger mit einem im Licht des Cafés sehr roten Deckbett, er hielt es an die Brust gepreßt wie vorhin die Frau ihre Nähmaschine; andere trugen Lehnstühle umgestülpt auf dem Kopf.

»Das wird sich zeigen«, erwiderte Lopez. »Vorläufig jedenfalls nicht von mir, denn meine Miliztruppe geht nach der Sierra ab. Aber du kannst dich darauf verlassen, daß was draus wird!«

Shade pustete den Rauch von seiner Pfeife aus.

»Du kannst dir nicht vorstellen, mein alter Lopez, wie mies mir vor den Menschen ist!«

»Dazu ist es vielleicht nicht gerade der passende Moment . . .«

»Vergiß nicht, daß ich vorgestern in Burgos war. Und es war genau das gleiche, zum Donnerwetter noch mal, genau der gleiche Rummel . . . Die armen Idioten verbrüderten sich mit den Soldaten . . .«

»Hör mal, Schildkröte! Hier sind es doch aber die Soldaten, die sich mit den armen Idioten verbrüdern.«

»Und in den feinen Hotels tranken halbnackte Gräfinnen mit monarchistischen Bauern, die die Baskenmütze trugen und ihre Decke über der Schulter . . .«

»Und die Bauern ließen sich für die Gräfinnen totschießen, die sich allerdings nicht für die Bauern totschießen ließen. Ordnung muß halt sein.«

»Und sie spuckten aus, wenn sie Worte wie Republik oder Gewerkschaft hörten, die traurigen Wichte . . . Ich habe einen Priester mit einem Gewehr gesehen, er bildete sich ein, seinen Glauben zu verteidigen. In einem andern Stadtviertel sah ich einen Blinden, der eine ganz neue Binde über den Augen hatte. Darauf stand mit violetter Tinte: ›Es lebe Christus König!‹ Wahrscheinlich hielt er sich für einen Kriegsfreiwilligen, der Kerl . . .«

»Er war blind . . .«

Wie immer, wenn aus dem Lautsprecher die Bauchrednerstimme »Achtung! Achtung!« rief, trat plötzlich Stille ein.

»Hier Radio Barcelona. Sie hören jetzt eine Erklärung des Generals Goded.«

Alle wußten, daß Goded der Führer der Faschisten in Barcelona und der militärische Befehlshaber des Aufstandes war. Das erwartungsvolle Schweigen schien sich bis an den Stadtrand von Madrid auszubreiten.

Eine müde, gleichgültige Stimme ließ sich nicht ohne Würde vernehmen:

»Hier spricht General Goded. Ich wende mich an das Volk mit der Erklärung, daß das Schicksal gegen mich entschieden hat und daß ich Gefangener bin. Ich sage dies, damit alle, die den Kampf nicht fortzusetzen wünschen, sich jeder Verpflichtung gegen mich entbunden fühlen.«

Das war die gleiche Erklärung, wie sie der besiegte Companys im Jahre 1934 abgegeben hatte. Ein ungeheures Jubelgeschrei ging über die nächtliche Stadt hin.

»Das ist ein neuer Beweis für das, was ich eben sagen wollte«, nahm Lopez wieder das Wort und leerte zum Zeichen der Freude mit einem einzigen Zug sein Glas. »Als ich die Basreliefs machte, die du mein skythisches Zeug nennst, fehlte es mir an Material. Der gute Stein ist ziemlich teuer, aber auf den Friedhöfen ist er im Überfluß vorhanden, ja eigentlich gibt's dort nichts als das. Also plünderte ich bei Nacht den Friedhof. Alle meine Skulpturen dieser Periode sind aus ›Ruhe in Frieden‹ gemeißelt worden. Auf diese Weise kam ich vom Diorit ab. Jetzt soll das alles in größerem Maßstab geschehen: Spanien ist ein Friedhof voller Steine, wir werden Skulpturen daraus machen. Verstehst du, Schildkröte?«

Männer und Frauen trugen in schwarze Wachsleinwand gewickelte Packen vorbei; eine Alte hielt eine Pendeluhr im Arm, ein Knabe ging mit einem Handkoffer, ein anderer mit einem Paar Stiefel. Alle sangen. Einige Schritte hinter ihnen schob ein Mann einen Handwagen, auf dem sich ein ganzer Trödelladen befand, und klappte mit seinem Gesange nach. Ein junger aufgeregter Bursche hielt, die Arme wie Windmühlenflügel schwingend, die Gruppe an, um sie zu photographieren. Er war Photograph und hatte einen Apparat mit Blitzlicht.

»Was haben denn alle die Übersiedlungen zu bedeuten?« fragte Shade, sich den kleinen Hut in die Stirne drückend. »Haben die Leute Angst vor Bombardements?«

Lopez sah auf. Zum erstenmal war in dem Blick, den er zu Shade hinübersandte, weder Leidenschaft noch Komödiantentum.

»Du weißt doch, daß es in Spanien eine Menge Leihämter gibt. Heute nachmittag hat die Regierung befohlen, sie zu öffnen und alle Pfänder ohne Entgelt zurückzugeben. Das ganze Elend von Madrid hat sich auf die Beine gemacht; es kam nicht angestürmt, durchaus nicht, sondern ziemlich langsam. (Sicher konnten viele an das Wunder nicht glauben.) Und jetzt kommen sie zurück mit ihren Deckbetten, ihren Uhrketten, ihren Nähmaschinen ... Die Nacht der Armen ...«

Shade war fünfzig Jahre alt. Er hatte einiges erlebt (unter anderem die amerikanische Misere, dann die lange tödliche Krankheit: die Liebe zu einer Frau) und legte keinen Wert mehr auf das, was er Idiotie oder das Animalische nannte, das heißt, auf das fundamentale Leben: Schmerz, Liebe, Demütigung, Unschuld. Die Leute kamen in Gruppen vorüber mit Karren, aus denen Stuhlbeine hervorragten, oder mit ihren Pendeluhren; und die Vorstellung von all den Leihhäusern Madrids, die sich in dieser Nacht den für diesmal geretteten Armen aufgetan hatten, dieser sich zerstreuende Haufen, der mit seinen wiedereroberten Versatzgegenständen nach den Elendsquartieren zurückkehrte, war das erste Erlebnis, das Shade verstehen ließ, was das Wort Revolution für die Menschen bedeuten kann.

Auf die faschistischen Autos, die mit ihren Maschinenpistolen durch die dunklen Straßen rasten, machten alle requirierten Autos Jagd; und über ihnen bebte die Luft vom Ruf »Salud!«, der – allgegenwärtig, auf- und niederwogend, plötzlich brüllend hervorgestoßen, verhallend – die Nacht und die Menschen zu einer einzigen brüderlichen Friedensfeier vereinigte – Hohn des Schicksals, da neuer Kampf bevorstand. Die Faschisten hatten die Sierra erreicht.

II

ERSTES KAPITEL

Anfang August

Mit Ausnahme derer, die den Mechaniker-Overall mit Reißverschluß trugen, der zur Uniform der Milizen geworden war, wirkten die Freiwilligen der Internationalen Fliegertruppe mit ihren munteren Mienen und den in der spanischen Augusthitze geöffneten Hemden, als kämen sie von einem Ferienaufenthalt, aus Villen und von den Bädern am Meer zurück. Nur die Piloten der Verkehrsflugzeuge und die Maschinengewehrschützen aus China und Marokko standen im Kampf; die anderen – es trafen ständig neue ein – sollten im Laufe des Tages einer Prüfung unterzogen werden.

Mitten im ehemaligen Verkehrsflughafen von Madrid stand eine gekaperte dreimotorige Junkers, strahlend in all ihrer Aluminiumherrlichkeit (der Pilot war, als er von Radio Sevilla die Einnahme von Madrid hörte, vertrauensvoll gelandet).

Mindestens zwanzig Zigaretten wurden gleichzeitig angezündet. Camuccini, die Ordonnanz des Geschwaders, hatte eben gesagt: »B hat im ganzen zweieinviertel Stunden . . .«

Das hieß, daß das mehrsitzige Kampfflugzeug B nur Treibstoff für diese Zeitspanne hatte. Nun wußten alle, sowohl Leclerc, der wie ein Affe auf der Theke hockte, wie auch die andern, die die Verbesserungsmöglichkeiten des Maschinengewehrs durchbüffelten, sie alle wußten, daß das Flugzeug mit ihren Kameraden vor zwei Stunden und fünf Minuten nach der Sierra abgeflogen war.

Die Bargäste bliesen nicht mehr lange, schöngewundene Rauchschlangen von sich, sondern pafften kurz, schnell und stoßweise. Durch die hohen schmalen Fensterscheiben schauten sie alle in der gleichen Richtung auf den Kamm der Hügelkette.

Jetzt oder morgen, auf alle Fälle bald, würde zum erstenmal ein Flugzeug nicht mehr wiederkommen. Jeder wußte, daß sein Tod für die, die auf seine Rückkehr warteten, nichts anderes sein würde als dieser Rauch nervös angezündeter Zigaretten, in dem die Hoffnung flackerte wie eine Flamme, die am Ersticken ist.

Polsky, genannt Pol, und Gardet verließen die Bar, doch ohne ihren Blick von den Hügeln abzuwenden.

»Der Patron ist im B.«

»Bist du sicher?«

»Spiel doch nicht den Idioten! Du hast ihn selbst abfliegen sehen.« Alle dachten mit Zuneigung an ihren Patron.

Er war in diesem Flugzeug.

»Zwei Stunden zehn Minuten.«

»Halt! Deine Uhr geht schlecht. Es ist doch gerade erst ein Uhr gewesen. Macht also zwei Stunden fünf Minuten.«

»Nein, nein, Raymond! Fang nur nicht wieder damit an! Zwei Stunden zehn Minuten sind's, mein Alter. Schau doch den kleinen Scali dort oben, wie er am Telefon hängt.«

»Was ist dieser Scali eigentlich für ein Landsmann? Italiener?«

»Ich glaube ja.«

»Er könnte seinem Aussehen nach auch Spanier sein.«

In der Tat konnte man den ein wenig mulattenhaften Kopf Scalis in allen Gebieten des westlichen Mittelmeers finden.

»Schau nur, wie er zappelt!«

»Das geht schief, das geht schief! ... Ich sage dir ...«

Als hätten die beiden Angst, vom Tode gehört zu werden, setzten sie ihr Gespräch mit gedämpfter Stimme fort.

Das Ministerium hatte Scali eben davon verständigt, daß zwei spanische Jagdflugzeuge und zwei Mehrsitzer der Internationalen Fliegertruppe durch eine Staffel von sieben Fiats außer Gefecht gesetzt worden seien.

Der eine Mehrsitzer war in den republikanischen Linien abgestürzt, der andere versuchte, den Ausgangshafen wiederzugewinnen. Scali, das fast krause Haar wild zerzaust, hatte sich im Laufschritt zu Sembrano begeben.

Magnin, der »Patron«, befehligte die Internationale Fliegertruppe, Sembrano den Zivilflughafen und die zu Kampfzwekken umfunktionierten Passagierflugzeuge; Sembrano sah wie ein junger, gutmütiger Voltaire aus. Unterstützt von den alten Militärflugzeugen der Flugplätze von Madrid, konnten die von der Regierung gekauften neuen Douglasmaschinen der spanischen Luftlinien zur Not den Kampf mit den italienischen Kriegsfliegern aufnehmen. Vorläufig ...

Unten brach das Lärmen der »Pelikane« plötzlich ab. Und doch war nicht das geringste Motorengeräusch, keine Sirene vernehmbar. Aber die Pelikane zeigten einander mit ausgestreckten Arm etwas: knapp über einem Hügelkamm schwebte ein Mehrsitzer, beide Motoren waren abgestellt. Über dem sandfarbenen Flugfeld, dem der Glast der zweiten Nachmittagsstunde das öde Aussehen eines ausgebrannten Planeten verlieh, glitt lautlos der Körper des Flugzeugs hin, in dem sich lebend oder tot die Kameraden befanden.

»Die Anhöhe!« sagte Sembrano.

»Darras ist Verkehrsflieger«, erwiderte Scali, mit dem Zeigefinger seine Nasenspitze hochschiebend.

»Die Anhöhe«, wiederholte Sembrano, »die Anhöhe . . .«

Das Flugzeug sprang über sie hinweg wie ein Pferd. Jetzt begann es den Flugplatz zu umkreisen. Unten atemlose Stille, nicht einmal ein Stückchen Eis klirrte in einem Glas; alle warteten auf Rufe.

»Es wird sich überschlagen«, sagte Scali. »Sicherlich hat es keine Bereifung mehr . . .«

Er fuchtelte mit seinen kurzen Armen, als könnte er damit dem Flugzeug nachhelfen. Es berührte jetzt den Boden, blieb mit dem Ende einer Tragfläche hängen und kam endlich zur Ruhe, ohne sich zu überschlagen. Die Pelikane rannten schreiend um die geschlossene Kabine.

Pol, ein Karamelbonbon in der Kehle, an dem er zu lutschen vergaß, sah die Türe des Flugzeugs an, die nicht aufgehen wollte. Da drinnen waren acht Kameraden. Gardet, mit nach vorn fallendem Haarschopf, rüttelte aus Leibeskräften vergeblich an dem Griff, und aller Blicke waren auf diese wütende Hand gerichtet, die so hartnäckig die verklemmte Tür zu öffnen suchte. Endlich hob sie sich zu halber Höhe: Füße erschienen, dann der untere Teil eines blutbefleckten Overalls. Die Langsamkeit der Bewegungen ließ deutlich erkennen, daß der Mann verwundet war. Vor diesem für eine Weile anonymen Blut, vor diesen Beinen, die sich in dem mit Kameraden vollgestopften Flugzeugrumpf nur vorsichtig bewegten, dachte der an seinem Karamelbonbon halb erstickte Pol, daß sie nun alle im Begriff seien, am eigenen Leib zu erleben, was Solidarität bedeute.

Der Flugzeugführer schob seinen Fuß, von dem im blendenden Sonnenschein das scharlachrote Blut herabtropfte, allmählich immer weiter aus dem Innern hinaus. Endlich erschien auch sein Kopf, das kupfrige Gesicht eines Weinbauern aus der Loiregegend, unter dem Gärtnerhut, den er als Talisman trug.

»Du hast die Blechkiste zurückgebracht!« rief Sembrano mit seiner schüchternen Stimme aus.

»Und Magnin?« brüllte Scali.

»Er ist unverletzt«, sagte Darras, der sich bemühte, herauszukommen, indem er sich gegen die Tür stemmte.

Sembrano stürzte auf ihn zu, umarmte und küßte ihn, dabei fielen den beiden die Hüte vom Kopf. Darras' Haar war weiß geworden. Die Pelikane witzelten nervös.

Nachdem Darras sich herausgearbeitet hatte, sprang Magnin zu Boden. Er war im Fliegeranzug; mit seinem aschblonden Schnauzbart und dem Kopfhörerbügel sah er wie ein Wikinger aus, infolge seiner Schildpattbrille wie ein erstaunter Wikinger.

»Wo ist der S?« rief er Scali zu.

»In unseren Linien. Beschädigt, aber nur leicht.«

»Nimm dich der Verwundeten hier an. Ich laufe zum Telefon, um Bericht zu erstatten.«

Die Unverletzten, die inzwischen herausgesprungen waren, bewegten sich aufgeregt zwischen den Kameraden hin und her; jetzt wollten sie wieder in das Flugzeug zurück, um den Verwundeten beizustehen. Aber Gardet und Pol waren ihnen zuvorgekommen.

Im Innern lag ein ganz junger Bursche auf dem mit roten Flecken und blutigen Abdrücken der Schuhsohlen besudelten Boden. Er hieß House, »Captain House«, und hatte noch keine Fliegeruniform erhalten, Maschinengewehrschütze in der Rumpfwanne, fünf Kugeln in den Beinen vom ersten Flug. Er sprach nur Englisch, vielleicht auch klassische Sprachen, denn ein kleiner griechischer Platoband, den er am Morgen dem wie ein Rohrspatz schimpfenden Scali abgerungen hatte, schaute aus der blutbefleckten Tasche seines rot und blau gestreiften Blazers hervor. Der Bombenschütze – zwei Kugeln im Oberschenkel – wartete, gegen den Beobachtersitz gelehnt. Er war bretonischer Matrose, Bombenschütze in Marokko gewesen und spielte den Hartgesottenen, er biß die Zähne zusammen; sein trotz der Verwundungen blühendes Vollmondgesicht änderte keinen Augenblick den vergnügten Ausdruck, während Gardet ihn langsam und vorsichtig aus dem Flugzeug herauszuziehen bemüht war.

»Wartet, Jungens!« rief Pol, dem vor Aufregung die Augen aus dem Kopf traten. »Ich hole eine Trage. Sonst klappt die Sache nicht, und wir machen ihn zuschanden.«

An die Schulter seines Freundes Séruzier gelehnt, der wegen seiner ewigen Verwirrtheit der kopflose Flieger genannt wurde, begann Leclerc, ein magerer Affe im Overall, aber mit grauer Melone, ein Heldengedicht aufzusagen.

»Mußt warten, bis man dich aus der Klemme zieht, mein Kleiner. Um dir die Zeit zu vertreiben, will ich dir eine Geschichte erzählen. Nämlich von meinem letzten Verdruß mit einem Hausgewaltigen. Da hatte ich einen Freund, den konnte sein Concierge nicht verknusen. Ein Ekel, dieser Schnurzieher! Vor den mit Dollars gespickten Mietern kroch er auf dem Bauch, und gegen die Proletarier und Brosamenaufklauber benahm er sich wie ein ausgekochter Schweinehund! Mein Freund wurde von ihm angefaucht, angeblich weil er, wenn er nachts nach Hause kam, seinen Namen nicht nannte. ›Schön‹, sag ich, ›du sollst was erleben.‹ Gegen zwei Uhr morgens spanne ich einen einsamen Droschkengaul aus, klingle, schiebe ihn zum Tor hinein und verkünde mit Grabesstimme: ›Roß!‹ Dann, entschuld'ge, mach ich mich sachte davon . . .«

Der Bombenschütze sah Leclerc und Séruzier an, ohne auch nur mit den Achseln zu zucken, dann überflog er mit einem Herrscherblick die Pelikane unter ihm und befahl: »Holt mir eine Zeitung!«

Er sprach kein Wort mehr, bis die Trage kam.

ZWEITES KAPITEL

Eine kleine runde Rauchwolke erschien über dem Kamm der Sierra. Die Gläser hüpften, das Klirren der kleinen Löffel darin zeigte wie ein Läutwerk die donnernde Explosion genau eine Zehntelsekunde später an: Die erste Granate war am andern Ende der Straße niedergegangen. Dann purzelte ein Ziegel vom Dach auf den Tisch, die Gläser kollerten, eilige Schritte waren im strahlenden Mittag zu hören: die zweite Granate mußte näher der Straße gefallen sein. Die bewaffneten Bauern drängten sich in den Saal des Cafés; ihr Reden war hastig, aber der Blick ganz wach und aufmerksam.

Bei der dritten Granate (in zehn Meter Entfernung) platzten die großen Glasscheiben und sprangen den Männern mit den Patronengürteln, die sich wie gelähmt an die Wand drückten, in tausend Scherben ins Gesicht.

Ein Glassplitter war in einem mit Wassertropfen bespritzten Kinoplakat steckengeblieben.

Eine neue Explosion. Und noch eine, viel weiter entfernt, diesmal auf der linken Seite: Das ganze Dorf war schon voll Geschrei. Manuel hielt in der Hand eine Nuß und hob sie jetzt zwischen zwei Fingern über seinen Kopf. Wieder platzte eine Granate, und zwar sehr nahe.

»Danke«, sagte Manuel und zeigte die geöffnete Nuß (er hatte sie selbst zwischen seinen Fingern geknackt).

»Was machen wir nur«, fragte leise einer der Bauern, »um nicht die Granaten auf uns zu ziehen?«

Keiner gab Antwort. Ramos war beim Panzerzug. Da waren sie nun, drückten sich bald an die Wand, rückten wieder von ihr ab, warteten auf die nächste Granate.

»Das hat doch alles keinen Sinn, was wir da tun«, sagte erregt der alte Barca. »Wenn wir hier bleiben, werden wir ... noch alle verrückt ... wir müssen ihnen auf den Leib.«

Manuel warf ihm einen prüfenden Blick zu, der Ton seiner Stimme gefiel ihm nicht.

»Auf dem Platz stehen Lastwagen«, sagte er.

»Kannst du fahren?«

»Ja.«

»Auch einen schweren Lastwagen?«

»Ja.«

»Jungens!« brüllte Barca.

Eine Explosion, so fürchterlich, daß alle sich auf die Steinfliesen hinwarfen. Als sie sich wieder erhoben, hatte das Haus gegenüber dem Café keine Fassade mehr. Die noch vorhandenen Balken des Zimmerwerks rollten wie Streichhölzer durcheinander und plumpsten hinunter; hoch über dem leeren Raum klingelte ein Telefon.

»Es gibt Lastwagen«, sagte Barca. »Wir fahren los und schlagen ihnen die Schädel ein!«

»Wird gemacht!« riefen sofort alle zugleich.

»Man wird uns abschießen wie Hühner.«

»Es gibt keine Befehle.«

»Kreuzschockschwerenot, ihr Hurensöhne!«

»Da hast du einen Befehl. Auf zu den Lastwagen, statt zu meckern!«

Manuel und Barca waren vorangelaufen, fast alle andern hinter ihnen drein. Alles war besser, als hier bleiben. Immer noch Granaten. In einem gewissen Abstand schlossen sich die Nachzügler an; das waren die, die an den Wert der Überlegung glaubten.

Etwa dreißig Mann kletterten in ein Lastauto. Die Granaten fielen auch am Ausgang des Dorfes. Barca erkannte, daß die faschistischen Kanoniere zwar das Dorf sahen, aber nicht das, was darin vorging (im Augenblick waren keine Flugzeuge in der Luft). Beladen mit Zivilisten, die ihre Gewehre schwangen und mit dem Gesang der Internationale das Motorengeräusch überbrüllten, fuhr der Lastwagen ab.

Die Bauern kannten Manuel von Ramos' Propagandafahrten in der Sierra her und empfanden für ihn eine gewisse Sympathie, die zunahm, je schlechter rasiert er war und je mehr sein etwas massiges Römergesicht mit den hellgrünen Augen und den tiefschwarzen Brauen dem eines südländischen Matrosen glich. Das Lastauto fuhr auf der Landstraße im hellen Sonnenschein, über ihm die Granaten mit einem Ton wie Taubengurren, auf das Dorf zu. Manuel saß, alle Sinne gespannt, am Steuer. Nichtsdestoweniger sang er aus voller Kehle eine Arie aus der Oper »Manon«: *»Adieu, notre peutiteu table . . .«* Die andern, gleichfalls erregt, fielen mit der Melodie der Internationale ein. In der Ferne sahen sie zwei tote Zivilisten, auf die sie mit höchster Geschwindigkeit zufuhren; und jenes Gefühl freundschaftlicher Rührung ergriff sie, das Männer, die in den Kampf ziehen, beim Anblick der ersten Gefallenen empfinden. Barca fragte sich, wo wohl die Kanonen seien. »Die Rauchwölkchen können täuschen.«

»Ein Bursche ist heruntergefallen!«

»Halt!«

»Vorwärts, vorwärts«, rief Barca, »zu den Kanonen!«

Der andere schwieg. Jetzt war Barca der Kommandant. Das Schaltgeräusch des Lastwagens klang wie der Aufschrei einer verwundeten Maschine als Antwort auf eine Explosion. Schon fuhr man an den beiden Toten vorbei.

»Hinter uns kommen noch drei Laster!«

Alle Milizleute, selbst Manuel, der am Steuer saß, drehten sich um und brüllten: »Hurra!«

Dann begannen sie wieder aus Leibeskräften zu singen und trampelten mit den Füßen den Takt dazu: *»A-dieu! Notre peu-titeu ta-ble!«*

Am Eingang eines Tunnels, aus dem die Lokomotive des Panzerzugs wie eine Nase hervorsah, sah Ramos auf die Lastwagen herab, durch vierhundert Meter Pinienwald von ihnen getrennt.

»Mensch«, sagte er zu Salazar, »mit neunzig Prozent Wahrscheinlichkeit sind sie verloren.«

Ramos war an die Stelle des Kommandanten des Panzerzugs getreten, der zu den Faschisten oder in die Kneipen von Madrid entwischt war.

In der gewaltigen Gebirgslandschaft wirkten die Lastwagen klein. Die Sonne blitzte auf ihren Motorhauben. Es war einfach unmöglich, daß die Faschisten sie nicht bemerkten.

»Wollen wir sie nicht unterstützen?« fragte Salazar, seinen prächtigen Schnurrbart zwirbelnd. Der Mann war Sergeant in Marokko gewesen.

»Der ausdrückliche Befehl lautet, nicht zu schießen. Es ist ausgeschlossen, sich einen anderen zu verschaffen; dein zusammengeflicktes Telefon funktioniert zwar wie ein richtiges, nur ist keiner auf der andern Seite des Drahtes.«

Drei Milizleute in Overalls waren damit beschäftigt, auf den Schienen vor der Lokomotive, nur wenige Meter von ihr entfernt, zwei Meßgewänder und eine Stola auszubreiten. Dabei behielten sie die beiden Lastwagen im Auge, die auf der blaßblauen Asphaltstraße herankamen; sie war von den beiden toten Zivilisten blockiert.

»Fahren wir los?« rief einer von ihnen.

»Nein«, erwiderte Ramos.

»Wir haben Befehl, uns nicht zu rühren.«

Die Lastwagen rückten immer näher. Man konnte sie zwischen den wuchtigen Schlägen der Kanonen deutlich hören. Ein Milizmann kam aus dem Tender, hob die Meßgewänder auf und legte sie zusammen.

Es war einer von den kastilischen Bauern mit dem schmalen, gleichsam zusammengedrückten Kopf, die ihren Pferden ähnlich sehen. Ramos trat zu ihm.

»Was machst du da, Ricardo?«

Der Bauer wickelte die Stola ein wenig auf und schnitt eine verlegene Grimasse; der Brokat funkelte im Licht: »Ich tu's, weil auch die andern sagen . . .«

Die Lastwagen fuhren immer weiter die Straße hinauf. Der Lokomotivführer steckte aus seinem Verschlag den Kopf heraus, sein von der Sonne grell beleuchtetes Gesicht lachte vor dem schwarzen Hintergrund des Tunnels. Die Lastwagen näherten sich jetzt den Batterien.

»Weil man«, fuhr Ricardo fort, »nicht vorsichtig genug sein kann. Dieses Sauzeug da wäre noch imstande, uns zu einer Entgleisung zu verhelfen oder unsern Kameraden in den Lastern Unglück zu bringen!«

»Schenk es doch deiner Frau«, sagte Ramos. »Sie kann sich vielleicht etwas daraus zurechtschneidern.«

Dieser große lustige Bursche mit dem krausen Haar, offensichtlich überall der Hahn im Korbe, flößte den Bauern Vertrauen ein. Aber sie wußten nie genau, ob er scherzte oder nicht.

»Das, das, an meiner Frau?«

Und der Bauer schleuderte das goldblinkende Bündel mit aller Kraft in den Abgrund.

Das Geratter der feindlichen Maschinengewehre setzte ein.

Der erste Lastwagen geriet ins Schleudern, beschrieb einen Viertelkreis und schlug um, wobei seine Besatzung wie aus einem Waschkorb ausgekippt wurde. Die Männer, die nicht tot oder verwundet waren, flüchteten hinter das umgeworfene Fahrzeug und schossen. Die Männer des Panzerzuges sahen von Ramos nur noch die beiden großen Rohre des Feldstechers und sein gelocktes Haar; in ihrem Radioapparat sang irgend jemand ein andalusisches Lied, und das Harz der entwurzelten Pinien erfüllte mit seinem Sarggeruch die Luft, die zitterte, als würde sie vom Rattern der Maschinengewehre ins Wallen gebracht. Zu beiden Seiten des umgeworfenen Lastwagens wuchsen Ölbäume. Eins, zwei ... fünf Milizleute kamen hinter dem Fahrzeug hervor, liefen auf die Bäume zu, fielen einer nach dem andern. Da der Wagen die Straße versperrte, hatten die nachfolgenden angehalten.

»Wenn die Burschen sich wenigstens hinwerfen wollten«, sagte Salazar, »das Terrain ist nicht ungünstig . . .«

»Ich pfeife auf die Befehle! Lauf zum Zug! Laß schießen!«

Salazar, kriegerisch, aber doch behindert in seinen prächtigen Stiefeln, setzte sich in Bewegung.

Jetzt konnten die Milizleute nicht mehr vorrücken, also riskierte Ramos auch nicht mehr, sie zu treffen. Die Wahrscheinlichkeit, daß er die feindlichen Maschinengewehre traf, deren Stellung er nicht kannte, war freilich eins zu hundert.

Güterwagen, die auf einem Nebengeleise standen, trugen noch die Aufschrift »Es lebe der Streik!« Der Panzerzug stieß aus dem Tunnel hervor, drohend und blind. Ramos wurde sich wieder einmal darüber klar, daß ein Panzerzug nichts als eine Kanone und einige Maschinengewehre ist.

Die Männer hinter dem Lastwagen zielten nach dem Gehör. Sie begannen zu begreifen, daß es im Kriege wichtiger und auch schwieriger ist, an den Feind heranzukommen, als zu kämpfen, daß es nicht darum geht, sich im Kampf zu messen, sondern sich gegenseitig umzubringen. Heute waren sie es, die umgebracht wurden.

»Schießt nicht, wenn ihr nichts seht!« rief Barca. »Sonst habt ihr keine Munition mehr, wenn sie uns auf den Hals kommen.«

Wie wünschten alle den Angriff der Faschisten herbei! Kämpfen, endlich kämpfen, statt dieses krankmachenden Wartens! Ein Milizmann lief schnurstracks auf die Batterien zu. Beim siebenten Schritt wurde er abgeknallt, genau wie jene, die versucht hatten, hinter den Ölbäumen in Deckung zu gehen.

»Wenn sie mit ihren Kanonen auf uns schießen . . .«, sagte Manuel zu Barca.

Das war zweifellos aus dem einen oder dem andern Grunde unmöglich, sonst wäre es sicher schon längst geschehen.

»Genossen!« ertönte eine weibliche Stimme.

Fast alle drehten sich verblüfft um: ein Mädchen in Milizuniform. »Das ist kein Ort für dich«, sagte Barca ohne Überzeugung, denn im Grunde waren ja alle dankbar dafür, daß sie da war.

Sie schleppte einen dicken, kurzen, von Konservenbüchsen ausgebuckelten Sack hinter sich her.

»Wie hast du es denn fertiggebracht, zu kommen?« fragte er.

Sie kenne das Gelände gut, ihre Eltern seien Bauersleute aus dem Dorf. Barca blickte aufmerksam hin: Vierzig Meter waren ungedecktes Terrain.

»Also kann man hier durch?« fragte ein Milizmann.

»Ja«, sagte die Kleine. Sie war siebzehn Jahre alt und strahlte.

»Nein«, sagte Barca, »die ungedeckte Stelle ist zu breit. Sowie wir uns dorthin wagen, werden wir allesamt abgeknallt.«

»Sie hat es aber doch fertiggebracht. Warum sollten wir es nicht auch können?«

»Paßt auf! Sicher haben sie sie mit Absicht passieren lassen. Wir sitzen schon dick genug in der Tinte, brauchen uns nicht noch tiefer einzutunken.«

»Nach meiner Meinung können wir ins Dorf kommen.«

»Ihr fragt mich doch nicht aus, weil ihr wieder hinunter wollt?« rief die Kleine tief bestürzt. »Das Volksheer muß alle seine Stellungen halten, der Rundfunk hat es noch vor einer Stunde gesagt!«

Sie hatte mit dem theatralischen Pathos gesprochen, das den spanischen Frauen so naheliegt, und dabei unbewußt die Hände gefaltet.

»Wir werden euch alles bringen, was ihr nur wollt . . .«

Es war, als verspräche sie Kindern Spielzeug, damit sie sich ruhig verhalten. Barca überlegte.

»Genossen«, sagte er, »werden wir uns klar! Das kleine Mädel da sagt . . .«

»Ich bin kein kleines Mädel.«

»Gut. Die Genossin sagt, daß wir weg können, aber bleiben müssen. Ich hingegen sage, daß wir zwar weg müßten, aber es nicht können. Bringen wir nicht alles durcheinander!«

»Du hast schönes Haar«, sagte Manuel halblaut zu dem Milizmädchen, »schenk mir doch eins!«

»Genossen, ich bin nicht zu Dummheiten hierhergekommen.«

»Gut, behalte dein Haar, du Geizige!«

Während er spielerisch mit ihr sprach, hörte er nicht auf, in die Ferne zu lauschen.

»Horcht!« rief er plötzlich aus. »Horcht!«

Alle lauschten in den Wald hinein, in dem kein Vogel sang. Die feindlichen Maschinengewehre feuern Patronengurt auf Patronengurt ab. Eines versagt, nein, es ist nur eine Ladehemmung, es rattert wieder weiter. Aber um den Lastwagen herum schlägt nicht eine Kugel mehr ein.

»Schau dort drüben!« rief ein Milizmann mit ausgestrecktem Finger. »Nieder mit dem Kopf, du Tölpel!«

Er duckte sich. In der Gegend, nach der er gezeigt hatte, bewegten sich blaue Punkte aufwärts den faschistischen Batterien entgegen, zwar parallel zur Landstraße, aber das Gelände geschickt zur Deckung benützend: die Sturmgardisten.

»Natürlich«, dachte Barca, »so hätten wir's machen sollen . . .«

Je weiter die Sturmgardisten hinaufkamen, desto weniger wurden es.

»Das laß ich mir gefallen«, sagte ein Milizmann. »Jungens, gehen wir los?«

»Achtung!« rief Manuel. »Nicht wieder alle auf einen Haufen! Zählt euch zu zehn ab! – Der erste jeder Gruppe ist verantwortlich. Der Abstand zwischen den einzelnen hat mindestens zehn Meter zu betragen. Ihr müßt in vier Gruppen vorgehen. Ihr müßt alle zugleich ankommen. Die ersten werden einen Vorsprung haben, aber da sie weiter ausschwärmen müssen als die andern, macht das nichts aus.«

»Das ist nicht klar«, sagte Barca.

Trotzdem hörten alle andächtig zu, als hielte man ihnen einen Vortrag über erste Hilfeleistung bei Verwundeten.

»So. Jetzt zählt zu zehn ab!«

Sie taten es. Die Verantwortlichen traten an Manuel heran. Die Kanonen feuerten noch immer auf das Dorf, aber die Maschinengewehre schossen jetzt bloß auf die Sturmgardisten, die Welle auf Welle bergan schickten. Manuel verstand es, mit den Leuten seiner Partei umzugehen, aber davon waren hier zu wenig.

»Du führst den Befehl über die zehn ersten. Wir schwärmen alle auf der rechten Seite der Straße aus, damit wir nicht etwa in zwei Teile gespalten werden, falls diese Schweinehunde mit einem gepanzerten Auto oder sonst einem Teufelszeug losgehen. Auch kommen wir auf diese Weise näher an die Sturmgardisten heran. – Zehn Genossen, hundert Meter. – Du mit deinen zehn Kameraden läufst zuerst los. Nach dreihundert Metern stellst du alle zehn Meter einen ab. – Sobald die Gruppe zu deiner Linken vorrückt, rückst du auch vor. Falls etwas schiefgehen sollte, übergibst du den Befehl einem Nebenmann und gehst zurück, du findest dort . . .«

Ja wen eigentlich? Manuel hatte Barca mit der Einteilung der Leute von den andern Lastautos betrauen wollen. Sollte er sich selbst im Hintergrund halten? Nein, unter diesen Umständen mußte er in der ersten Linie sein. Es blieb nichts anderes übrig.

»Du findest dort Barca.«

Für den Einsatz der Leute in den hinteren Lastautos mußte er eben einen andern bestimmen.

»Wenn ich pfeife, ziehen sich alle auf Barca zurück, verstanden?«

»Verstanden.«

»Wiederhole es noch einmal!«

Alles ging gut.

»Wer von euch ist gewerkschaftlicher oder politischer Funktionär? . . .«

»Jungens, der Panzerzug feuert!«

Am liebsten wären sich alle um den Hals gefallen. Der Panzerzug feuerte zwar nur auf die Gegend, wo sich möglicherweise die Batterien und die Maschinengewehre befanden, aber die Milizleute, die hörten, daß ihre Kanone den Kanonen der Faschisten antwortete, fühlten sich jetzt nicht mehr wie gehetztes Wild. Den zweiten Schuß begrüßten alle mit einem Freudengeschrei.

Manuel ließ Ramos durch einen Kommunisten, die Sturmgardisten durch einen U. G. T. benachrichtigen, endlich wurde der älteste der Anarchisten zu den andern Lastwagen geschickt, um sie von den getroffenen Maßnahmen zu verständigen.

»Nehmt etwas zu essen mit«, sagte das Milizmädchen, »das ist gescheiter.«

»Vorwärts, Jungens, los!«

»Ich werde euch mit Essen versorgen«, sagte das Mädchen mit wichtiger Miene.

Sie brachen auf, während Barca zu den Lastwagen zurücklief. Zwar wurde auf sie geschossen, aber nur aus Gewehren. Jetzt ging die zweite Gruppe vor, dann die dritte, endlich die letzte, die Manuel befehligte.

Zwischen den Reihen der Olivenbäume lag alles in vollem Licht. Barca sah, wie in einer dieser großen unbeweglichen Alleen ein Milizmann auftauchte, dann zehn, dann eine lange Reihe. Er konnte nicht weiter als fünfhundert Meter sehen; die Reihe der Männer, die im Rhythmus der hämmernden Kanonen vorwärtsgingen, füllte sein ganzes Blickfeld aus, den ganzen Wald, soweit er für ihn sichtbar war. Auf dem benachbarten Abhang, den Barca nicht mehr überblicken konnte, seitdem er sich unter den Bäumen befand, schossen die Sturmgardisten. Zweifellos besaßen sie ein leichtes Maschinengewehr, denn zwischen den Gewehrschüssen hörte man mechanisches Klickern, das sich auf die aus immer gleicher Entfernung feuernden faschistischen Maschinengewehre zubewegte. Die Linie der Milizleute rückte vor. Die Faschisten beschossen sie mit ihren Gewehren, doch ohne viel Erfolg. Manuel ging im Laufschritt vor, die ganze Reihe in einer Kurve, wie die eines Schifftaus im Wasser, hinter ihm drein. Barca lief gleichfalls, Teil einer inbrünstigen Gemeinschaft, die er das Volk nannte und die sich zusammensetzte aus dem bombardierten Dorf, einem unbestimmbaren Durcheinander, umgeworfenen Lastwagen und der Kanone des Panzerzugs, und die jetzt wie ein einziger Leib zum Angriff auf die faschistischen Kanonen bergan stürmte.

Unter den Füßen der Laufenden knackten abgebrochene Äste: die Maschinengewehre hatten vor der Ankunft der Sturmgardisten den Olivenhain beschossen. Harzduft ersetzte den Geruch der trockenen Erde. Vom Kugelhagel nur halb gelockerte Blätter lösten sich erst jetzt ab, fielen wie im Herbstwind; die laufenden Milizleute, immer vom Taktschlag der Kanonen begleitet, tauchten auf, verschwanden, waren bald im vollen Sonnenschein sichtbar, bald im Schatten der

Ölbäume kaum zu bemerken. Barca horchte auf den Lärm des leichten Maschinengewehrs und auf den der Kanone des Panzerzugs wie auf glückverkündende Vorzeichen; niemals mehr würde man den Bauern die Weinpflanzungen, die sie selbst geschaffen hatten, wegnehmen dürfen.

Jetzt waren zwanzig Meter ungedecktes Gelände zu überqueren. In dem Augenblick, da die Milizleute aus dem Olivenwald ausbrachen, drehten die Faschisten eines ihrer Maschinengewehre. Um Barca durchschnitten die Kugeln wie Wespen schwirrend die Luft; er lief auf die feindlichen Gewehre zu, immer in hohen Tönen umsummt, ein Gefeiter. Dann plötzlich schlug er hin, in beide Beine getroffen.

Trotz des Schmerzes hielt er den Blick nach vorn gerichtet, die Hälfte der Milizleute war gefallen und stand nicht wieder auf; die übrigen waren durchgekommen. Nahe bei ihm lag der Dorfkrämer – tot; der Schatten eines Schmetterlings huschte über sein Gesicht. Die erste Reihe derer aus den andern Lastautos stand unschlüssig am Ausgang des Olivenwaldes. Jetzt hörte Barca das Motorengeräusch von Flugzeugen. Die Unsern oder die andern? Ganz nahe der Stelle, wo das leichte Maschinengewehr schoß, stieg eine Rakete prächtig zum Himmel auf. Der Panzerzug stellte das Schießen ein.

»Sind die Sturmgardisten bei der Batterie?« fragte Salazar.

Sie hatten einen Boten mit der Mitteilung gesandt, daß sie eine Rakete steigen lassen würden, »sobald sie bei den Batterien angelangt wären«. Da nun die Batterien zweifellos ganz nahe beieinanderstanden, hatte Ramos das Feuer eingestellt.

»Es muß wohl so sein«, sagte er.

»Und was ist mit den Milizleuten passiert?«

»Sie sind nicht mehr zu sehen ... Durchgestoßen sind sie nicht, sonst würden die Batterien und die Maschinengewehre nicht mehr schießen.«

»Soll ich schauen gehen, was los ist?«

»Manuel scheint sich zusammen mit Barca recht gut aus der Affäre zu ziehen. Er hat mir jemand geschickt.«

Durchs Fernglas war Ramos der heitere Glanz von Felsen, Pinien, Ölbäumen nahe gerückt mit all den der Natur geschlagenen Wunden.

Sonst keinerlei Auskunft, keine Möglichkeit, etwas zu erfahren, er konnte nur lauschen.

»Das Dumme ist«, sagte er, »daß die drüben richtig Krieg führen, wir aber nicht.«

Die Faschisten beschossen das vorbereitete Gelände, säuberten es und schickten dann ihre Leute vor. Das Volk, ohne Führer, ja fast ohne Waffen, kämpfte . . .

»In diesem Moment werden die armen Kerle von unten wahrscheinlich niedergemetzelt . . .«

»Aber da sie trotzdem angegriffen haben, werden die Sturmgardisten vielleicht die Batterie nehmen . . .«

Ramos sprach nervös, sein sinnlicher Mund war schmal geworden, sein Lächeln verschwunden, seine lustige Frisur glich einer Perücke.

»Auf alle Fälle kommen die Faschisten nicht durch!«

»Die linke Batterie schießt nicht mehr.«

Beiden schmerzten von der Anstrengung des Lauschens die Schläfen. Hellglänzend tauchte am strahlenden Himmel ein Flugzeug auf. Es war ein ziemlich schnelles Verkehrsflugzeug. Ungefähr fünfhundert Meter vom Panzerzug fiel eine Bombe nieder; es hatte zweifellos weder eine Zielvorrichtung noch einen Bombenschacht und warf durchs Fenster ab. Der Lokomotivführer verkroch sich gemäß der von Ramos erhaltenen Instruktion mit seinem Zuge gemächlich im nächsten Tunnel. Nachdem der Flieger alle seine Bomben zwischen die Pinien gesetzt hatte, flog er zufrieden wieder ab. Es roch jetzt noch stärker nach Harz.

Vom Panzerzug war nichts mehr zu sehen. In dem Eisenbahnwagen, der bei jedem Schuß der 75-mm-Kanone wie ein Amboß nachdröhnte, erzählte der Asturier Pepe seinen Kameraden mit den schwitzenden, nackten Oberkörpern:

»Hier ist die Panzerung durch Zement ersetzt. Das ist ein Anblick zum Kotzen, aber die Sache ist solide und stark. Der Zug sieht aus wie aus Papier, aber er verträgt einen Puff. Im Jahr 34, mein Junge, panzerte man die Waggons mit allen Schikanen. Das war pikfeine Arbeit! Nur kam die Schlamperei dazu, denn die Revolution ist schlampig. So vergaßen also die Jungens, die Lokomotive zu panzern. Stell dir mal vor: ein Panzerzug, der mit höchster Geschwindigkeit durch die Linien des Tercio durchbricht und vorne eine ganz gewöhnliche

Lokomotive hat! Fünfzig Kilometer weiter erwischt sie ich weiß nicht wie viele Kugeln, und sie ist futsch – und der Lokomotivführer auch. Wir aber brachten es fertig, uns während der Nacht ganz sachte mit einem andern Zug heranzumachen und auch mit einer andern Lokomotive – diesmal mit einer gepanzerten – und mit unseren Kameraden auf und davon zu dampfen, ehe noch der Tercio seine Artillerie in Stellung gebracht hatte.«

»Pepe?«

»Was?«

»Ihre Batterie feuert immer noch nicht!«

Ramos, der aus dem Tunnel hervorgekommen war, bewegte heftig sein Fernglas vor den Augen, um zu erkennen, was bei den Rebellen vorging; er glich einem Blinden, der sich mit den Händen zurechtzutasten sucht.

»Die Unsern fallen auf das Dorf zurück«, sagte er.

Die Milizleute traten plänkelnd den Rückzug an – ziemlich ungeschickt übrigens. Sie verschwanden im Geländeeinschnitt. Die sie verfolgenden Faschisten hatten dreihundert Meter ungedecktes Terrain zu überqueren.

Ramos sprang in die Lokomotive und ließ den Zug so weit vor fahren, bis er das baumlose Terrain beherrschte und doch der feindlichen Batterie, die noch feuerte, verborgen blieb.

Die Faschisten rückten vor; nach dem ungeordneten Auftreten der Milizleute wirkten sie wie ein mechanisches Spielzeug.

Die Maschinengewehre des Panzerzugs traten in Tätigkeit.

Von links nach rechts begannen die Faschisten zu fallen, sackten zusammen, warfen die Arme in die Luft oder preßten die Hände an den Bauch.

Die zweite Welle zögerte am Saum der letzten Bäume, entschloß sich endlich, setzte zum Laufschritt an, und die Männer fielen diesmal von rechts nach links: die Milizleute, die die Maschinengewehre des Zuges bedienten, waren zwar schlechte Soldaten, aber gute Schützen. Zum erstenmal an diesem Tage sah Ramos die vervielfältigte seltsame Gebärde der im Laufe zu Tode getroffenen Feinde: ein Arm hochgeworfen, die Beine unterm Körper wie weggemäht, als suchte der Mann mit einem Sprunge den Tod zu erhaschen. Die Nichtgetroffenen bemühten sich, wieder den Wald zu gewinnen, aus dem die von den Maschinengewehren des Panzerzuges verschonten Faschisten feuerten.

Von rechts her ertönten Schüsse. Eine neue Schar von Milizleuten rückte an. Die Faschisten zogen sich plänkelnd durch den Wald zurück.

Sie haben zwar Führer und haben Waffen, sagte sich Ramos, die Hand in seine Locken vergrabend, aber durch kommen sie doch nicht. Das steht fest: Sie kommen nicht durch!

DRITTES KAPITEL

Die Prüfung der Piloten wurde fortgesetzt.

Durch die glühende Stille des Sommertages näherte sich Magnin ein Freiwilliger, der trotz der Hitze einen Pullover trug.

»Hauptmann Schreiner«, stellte er sich vor.

Ein kleiner, nervöser Wolf mit spitzer Nase und hartem Blick, ehemals Chefstellvertreter im Jagdgeschwader Richthofen. Magnin betrachtete ihn von der Höhe seines buschigen Schnurrbarts herab mit Wohlwollen.

»Seit wann sind Sie nicht mehr geflogen?«

»Seit dem Krieg.«

»Donnerwetter! Wieviel Zeit brauchen Sie, um wieder in Form zu kommen?«

»Ich denke, einige Stunden.«

Magnin schaute ihn prüfend an, ohne etwas zu sagen.

»Ich denke, einige Stunden«, wiederholte Schreiner.

»Haben Sie inzwischen im Flugwesen gearbeitet?«

»Nein. Im Bergwerk von Alès.«

Schreiner blickte, während Magnin antwortete, nicht diesen, sondern das Probeflugzeug an, dessen Propeller sich drehten. Die Finger seiner rechten Hand zitterten.

»Die Postanweisung kam zu spät«, sagte er. »Ich bin bis Toulouse von Lastautos mitgenommen worden.«

Er schloß seine schmalen Augen und lauschte dem Motor. Seine Finger, die immer noch zitterten, spielten mit den erhabenen Streifen seines gestrickten Pullovers. Magnins Leidenschaft für Flugzeuge war groß genug, daß er sich diesem Mann, dessen Hand krampfhaft den Pullover knetete, menschlich verbunden fühlte. Ohne die Augen zu öffnen, atmete Schreiner tief die vom Surren des Motors erschütterte Luft ein. Sicher atmet man so, wenn man aus dem Gefängnis kommt, dachte Magnin, der Mann da könnte befehlen (Magnin suchte Offiziere unter seinem Kommando), seine Stimme hat jene klare Bestimmtheit, wie sie viele kommunistische Funktionäre und auch die Militärs haben.

Sibirsky, der erste Fluglehrer, kam eben über das im Licht zitternde Feld; der zweite rief Schreiner, der sich ohne Hast, aber mit immer noch verkrampften Fingern zum Flugzeug begab.

Von der Bar und der Rollbahn aus schauten alle Piloten zu.

Einige von ihnen hatten den Krieg mitgemacht, weshalb Magnin gewisse Befürchtungen hegte. Aber diesem Manne gegenüber, der zweiundzwanzig alliierte Flugzeuge abgeschossen hatte, empfanden alle, die die Bewegung des Flugzeugs Sekunde für Sekunde verfolgten, selbst die Söldner, nur ein Gefühl: das der Rivalität im Beruf.

Auf dem Platze neben der Bar reichten sich Scali, Marcelino und Jaime Alvear abwechselnd das Fernglas. Jaime Alvear, der in Frankreich studiert hatte, war der Internationalen Lufttruppe als Kombattant und Dolmetscher zugeteilt. Neben diesem großen schwarzhaarigen Indianer mit der gebuckelten Stirn und den sie immer umwehenden Strähnen stand ein kleiner puterroter Indianer. Das war Vegas, genannt der heilige Antonius, der die Pelikane im Namen der U. G. T. mit Zigaretten und Grammophonplatten überschüttete. Zwischen den beiden schob sich die lange Schnauze von Jaimes schwarzem Dackel Raplati vor, der bereits zum Maskottchen geworden war. Jaime war ebenso wie Scali Kunsthistoriker.

Vom andern Ende des Flugfeldes her, wo Karlitsch die MG-Schützen prüfte, hörte man einige Feuerstöße. Das Flugzeug startete recht und schlecht.

»Wir werden es mit den Freiwilligen nicht leicht haben«, sagte Sibirsky zu Magnin.

Dieser wußte, daß es schwierig sein würde, die Söldner den Freiwilligen zu unterstellen, besonders wenn jene eine ausgesprochen sachliche Überlegenheit für sich anführen konnten.

»Ich danke Ihnen, Herr Magnin, daß Sie mir so viel Vertrauen geschenkt und mich zum Fluglehrer gewählt haben . . .«

Sie machten noch einige Schritte, ohne einander anzusehen; beide blickten nach oben auf das Flugzeug.

»Sie wissen doch über mich Bescheid?«

»Ich denke wohl . . . Gar nichts weiß ich«, dachte Magnin und knabberte, während er redete, an seinem Hängeschnurrbart. Sibirsky war ihm sympathisch, trotz seinem gelockten Blondhaar und dem Schnurrbärtchen; die Traurigkeit seiner Stimme schien Intelligenz oder wenigstens Lebenserfahrung auszudrücken. Unbestreitbar war jedenfalls seine fachliche Tüchtigkeit, und das war das einzige, was er wirklich von ihm wußte. »Ich möchte Ihnen was sagen, Herr Magnin. Man hält mich hier für einen Roten . . . Nun, das ist vielleicht ganz nützlich . . . Ich danke Ihnen . . . Aber ich möchte gerne, daß Sie wissen, daß ich ebensowenig ein Weißer bin. Alle diese Flieger hier, selbst die, die nicht mehr jung sind, kennen nicht viel vom Leben . . .«

Sibirsky blickte verlegen auf seine Füße. Dann hob er wieder die Augen zum Flugzeug und verfolgte es etwa eine Minute lang.

»Nun, alles was man sagen kann, ist, daß er fliegt . . .«

Er sprach ohne Ironie, vielmehr mit einer Art Beklommenheit. Schreiner war einer der ältesten Piloten, und es gab auf diesem Felde nicht einen einzigen Flieger, der nicht ohne ein Angstgefühl die Antwort auf die Frage erwartet hätte, was wohl sechsundvierzig Jahre – davon zehn in der Industrie verbrachte – aus einem großen Flieger gemacht haben mochten.

»Wir brauchen morgen für die Sierra mindestens fünf Flugzeuge«, sagte Magnin beunruhigt.

»Das Leben, das ich bei meinem Onkel führte, war mir zuwider. Immer hörte ich von Kämpfen reden und mußte ins Gymnasium gehen . . . Als dann die Weißen kamen, bin ich mit ihnen fortgezogen . . . Später kam ich nach Paris. Erst Chauffeur, dann Monteur, dann Flieger. Ich bin Oberleutnant in der französischen Armee.«

»Ich weiß. Sie möchten gern nach Rußland zurück, nicht wahr?«

Viele Russen, die ehemals Weiße gewesen waren, dienten

jetzt in Spanien, um ihre Linksgesinnung zu beweisen, in der Hoffnung, später in die Heimat zurückkehren zu dürfen.

Über das sonnenglänzende Flugfeld drang wieder vom andern Ende her das Rattern der Maschinengewehre herüber.

»Ja, ich bin nicht als Kommunist hier, sondern als Parteiloser. Ich bin hier durch Vertrag gebunden; aber selbst für den doppelten Sold würde ich nicht zu den andern gehen. Ich bin, was Sie einen Liberalen nennen. Karlitsch trat für die Ordnung ein, er war weiß; jetzt sind Ordnung und Macht bei uns, und er ist rot. Ich hingegen liebe die Demokratie, die Vereinigten Staaten, Frankreich, England ... Aber Rußland ist eben meine Heimat ...«

Wieder schaute er nach dem Flugzeug aus, diesmal, um Magnins Blick nicht zu begegnen.

»Darf ich Sie um etwas bitten? Ich möchte auf keinen Fall Ziele bombardieren, die in einer Stadt gelegen sind. Zum Jagdflieger bin ich vielleicht nicht mehr jung genug ... Aber Aufklärung oder Bombenabwerfen über der Front ...«

»Bombardierung von Städten ist durch die spanische Regierung verboten.«

»Nämlich, ich hatte einmal Befehl, den Generalstab zu bombardieren – und die Bomben sind auf eine Schule gefallen ...«

Magnin wagte nicht die Frage zu stellen, ob das Generalstabsgebäude und die Schule deutsch oder bolschewistisch gewesen seien.

Schreiners Flugzeug machte Anstalten zum Landen.

»Zu lang!« brummte Magnin, beide Hände an seinem Fernglas.

»Vielleicht will er wieder Gas geben ...«

In der Tat gab Schreiner Gas. Magnin und Sibirsky blieben stehen. Sie wandten keinen Blick mehr vom Flugzeug. Das Flugfeld war sehr groß, und ein solches Versagen bei der ersten Landung ... Magnin hatte Übung in solchen Prüfungen, er war Leiter einer französischen Luftverkehrsgesellschaft gewesen.

Das Flugzeug kam zurück, nahm das Terrain ein wenig zu kurz; der Pilot zog am Knüppel; die Maschine machte einen Sprung wie ein aufprallender Stein und fiel mit ihrem ganzen Gewicht zu Boden – zertrümmert.

Zum Glück war das Probeflugzeug für Kriegszwecke unbrauchbar, dachte Magnin.

Sibirsky lief zum Flugzeug und kam, gefolgt von Schreiner und dem zweiten Fluglehrer, zurück.

»Entschuldigen Sie«, sagte Schreiner.

. Der Klang seiner Stimme bewirkte, daß Magnin sich scheute, ihm ins Gesicht zu blicken.

»Ich habe Ihnen gesagt, daß ich zwei Stunden brauche, um wieder in Form zu kommen ... Es genügen weder zwei Stunden noch zwei Tage. Ich habe zu lange im Bergwerk gearbeitet. Meine Reflexe funktionieren nicht mehr.«

Sibirsky und der zweite Fluglehrer entfernten sich.

»Wir wollen die Sache später besprechen«, sagte Magnin.

»Hat keinen Sinn. Danke. Ich habe keine Fliegeraugen mehr ... Lassen Sie mich in die Milizen einreihen, ich bitte Sie darum.«

In dem Lärm der in immer kürzeren Abständen feuernden Maschinengewehre schoben die Milizleute ein neues Probeflugzeug auf das Feld: eines der Privatflugzeuge der vornehmen Herren.

Schreiner ging, seine Augen starrten ins Leere. Die Flieger zogen sich vor ihm zurück wie vor dem Sterben eines Kindes, wie vor allen Katastrophen, denen gegenüber menschliche Worte ohnmächtig sind. Der Krieg vereinte die Freiwilligen und die Angeworbenen in der Romantik, aber das Fliegen vereinte sie noch ganz anders, so wie die Frauen in der Mütterlichkeit eins sind. Leclerc und Séruzier hatten aufgehört, Geschichten zu erzählen. Jeder wußte, daß er einem Ereignis beigewohnt hatte, das eines Tages auch sein Los sein würde. Und kein Blick wagte es, dem des Deutschen zu begegnen, der scheu von dannen ging.

Aber ein Blick war auf Magnin gerichtet: der des Piloten, der nach Schreiner geprüft werden sollte, des jungen Marcelino.

»Ich brauche morgen für die Sierra fünf Flugzeuge«, brummte Magnin noch einmal in seinen Bart.

Das Maschinengewehr gab fünf Schüsse, zehn Schüsse ab, versagte.

Als Karlitsch, der Leiter der Maschinengewehrabteilung, Magnin kommen sah, ging er ihm entgegen, salutierte, zog ihn beiseite und holte ohne ein Wort aus seiner Tasche drei Patronen heraus: an der Aufschlagfläche sah man deutlich die Spur des Bolzens, aber die Patronen waren nicht losgegangen.

»Sie stammen aus Toledo«, sagte Karlitsch, mit dem Nagel auf die Fabrikmarke weisend.

»Sabotage?«

»Nein. Fabrikationsfehler. Und um die Ladehemmung während des Luftkampfes zu beseitigen . . .«

Karlitsch war enttäuscht und gedemütigt nach England gekommen, und das Erlebnis der schlimmsten Not hatte das, was er bis dahin für seine unerschütterlichen Überzeugungen gehalten hatte, zerstört. Nach einigen Jahren schwärzester Misere hatte er, der ehemals der Stolz der Maschinengewehrschützen in der Wrangelarmee gewesen war, sich der »Rückkehr in die Heimat« angeschlossen, jener Sympathiebewegung für die Sowjet-Union, die sich damals unter den russischen Emigranten auszubreiten begann. Vielleicht war er unter allen Freiwilligen der einzige, der den Feind hassenswert fand, nur weil er der Feind war.

»Und die Maschinengewehre für den Erdkampf?« fragte Magnin.

»Wir brauchen sobald wie möglich Maschinengewehre für die Sierra.«

Die Milizleute waren unfähig, ein Maschinengewehr, welcher Art immer, zu bedienen und vor allem es zu reparieren. Magnin hatte seine besten Maschinengewehrschützen zu Instruktionsoffizieren gemacht und sie Karlitsch unterstellt. Während man die Maschinengewehrschützen am Boden das Schießen vom Flugzeug aus lehrte, wurden gleichzeitig ausgewählte Milizleute mit der Bedienung und Reparatur der Maschinengewehre am Boden vertraut gemacht. Magnin wollte eine motorisierte Maschinengewehrabteilung schaffen.

»Die Milizleute«, sagte Karlitsch, »sind schon recht. Man hat eine gute Auswahl getroffen. Sie sind diszipliniert, gewissenhaft und passen auf. Soweit wäre alles in Ordnung. Mit Wurtz, Genosse Magnin, ist nicht viel los: er ist immer bei der Partei, nie bei der Arbeit. Eine Hilfe habe ich nur an Gardet. Unsere Leute kennen jetzt das Maschinengewehr für den Luftkampf. Über ihr Können kann ich keine Auskunft geben.

Ich kann sie ja nicht in der Luft exerzieren lassen. Kein Treibstoff mit Äthylzusatz, keine Filmkamera, keine Schleppsäcke, kaum Patronen, und die sind nicht mal gut. Zielscheiben kann ich zur Not selber herstellen, aber Treibstoff nicht. Die Leute kennen die Bedienung ihrer MG-Kanzel; in die hintere Kanzel werde ich nur die stecken, die von der Luftwaffe herkommen, damit sie mir nicht in das Schwanzsteuer schießen. Üben müssen sie sich am Feind.«

Und Karlitsch, Haarschopf und Augenbrauen gesträubt, die Nase lustig erhoben, gab ein schrilles, etwas kindliches Gelächter von sich. Er war wieder bei seinen lieben Maschinengewehren, wie Schreiner bei seinen Flugzeugen gewesen wäre, wenn . . . Scali, der dem Ende der Unterredung beigewohnt hatte, begann zu begreifen, daß der Krieg auch ein physiologisches Element enthält.

Alle roten Piloten, die aus Pazifismus den Militärdienst aufgegeben hatten, mußten entweder neu ausgebildet oder ausgeschlossen werden; aber es war ja doch nicht daran zu denken, Franco schon im nächsten Jahr aufzuhalten. Magnin konnte nur auf die ehemaligen Verkehrsflieger und auf jene zählen, die jährlich ihre Reserveübungen gemacht hatten.

Er hatte auch etliche Piloten aus dem Marokko-Krieg abgeschoben, die, an die veralteten Flugzeuge und den wehrlosen Feind gewöhnt, sich nun bei der Rückkehr der ersten Verwundeten veranlaßt fühlten, die Erhabenen zu spielen: »Begreifen Sie: Was soll sich unsereins mit diesen Leuten herumschlagen, die uns im Grunde nichts getan haben! . . .« Aber auf die Vorteile ihres Kontrakts wollten sie auch nicht verzichten. Weg damit nach Frankreich!

Jetzt kam Dugay an die Reihe, der erste Freiwillige, der ihn um eine persönliche Unterredung gebeten hatte, er war fünfzig Jahre alt, mit einem weißen Schnurrbart, der heller war als sein Gesicht. »Schicken Sie mich nicht nach Frankreich zurück, Genosse Magnin«, sagte er. »Nein wirklich nicht, das wär' nicht recht. Ich war im Krieg Fluglehrer. Zum Flugzeugführer bin ich zu alt, das ist wohl richtig. Aber geben Sie mir einen Putzlumpen in die Hand und behalten Sie mich als Gehilfe des Monteurs oder was Sie sonst wollen: Aber bei einer Blechkiste, bei einer Blechkiste!«

Sembrano kam eilig angeradelt, schon von weitem fuchtelte er mit dem rechten Arm.

»Hör mal, Magnin ... Wir brauchen sofort eine Maschine für San Benito ... Der Feind rückt auf Badajoz vor ...«

»Hm, ja ... hm. Du weißt doch, daß alle Jagdflieger in der Luft sind. – Ohne Jagdflieger?«

»Ich habe Befehl erhalten. Gebraucht werden drei Maschinen, und ich habe nur zwei Douglas!«

»Hm, so! Ist es eine motorisierte Kolonne?«

»Ja.«

»Gut.«

Er ging ans Telefon. Sembrano zog mit vorgeschobener Unterlippe ab.

»Also, Genosse Magnin«, sagte Dugay, »wie steht es mit mir?«

»Hm ... abgemacht. Sie bleiben. – Was habe ich nur wieder vergessen?«

Er vergaß nie etwas. Das »Vor-lauter-Arbeit-den-Kopf-Verlieren« war ebenso wie sein voriger Ausruf bei ihm zu einer Art Marotte geworden, aber in seinem Handeln war er die Exaktheit selbst.

Dugay ging. Nach ihm wollten sich ein paar »Privatflieger mit Patent« einschmuggeln, die bereit waren, »sich für den Kriegsdienst ausbilden zu lassen«, dann mehrere habgierige Kleinbürger, die den Anwerbesold einstecken wollten, aber fest entschlossen waren, sich zu drücken. All das wurde umgehend über die Pyrenäen zurückspediert.

Jaime trat ein, zwischen seinen Beinen der Dackel Raplati. Magnin hatte ihn nicht erwartet.

»Genosse Magnin, ich möchte Ihnen etwas sagen ... Ich komme nicht als Übersetzer, sondern ... Mit einem Wort: der Probeflug von Marcelino war vielleicht nicht erstklassig ... aber Sie wissen vielleicht nicht, Genosse Magnin, daß Marcelino unter dem Faschismus zwei Jahre im Gefängnis gesessen hat ...«

Magnin hörte dem großen Burschen mit dem stramm gegürteten Overall wohlwollend zu. Stirn und Kinn, die mächtig hervortraten, sowie die scharf gekrümmte Nase, dieses ganze gebirgige, harte Gesicht schien der Freundschaft keinen Platz zu gewähren: Sie konnte sich nur im Blick des Auges äußern.

»Er war Verkehrsflieger und flog ein Wasserflugzeug. Dann, nach dem Tode von Lauro de Bosis, warf er über Mailand Flugzettel ab und wurde von den Flugzeugen Balbos abgeschossen, was nicht zu verwundern war, denn er hatte ja nur eine Sportmaschine. Er wurde zu sechs Jahren verurteilt, entkam aber von den Liparischen Inseln. Seit seinem Prozeß hat er kein schweres Flugzeug mehr geflogen und seit seinem Austritt aus der italienischen Armee keine Jagdmaschine. Er ist vom Unglück verfolgt. Und ich möchte Ihnen sagen, Genosse Magnin, ohne auf Ihre Entschlüsse Einfluß nehmen zu wollen – und natürlich könnte man ihn nicht als Flugzeugführer verwenden –, aber wenn sich etwas für ihn tun ließe, so würde das seine spanischen Kameraden hier sehr freuen.«

»Auch mich wird es sehr freuen, wenn ich etwas für ihn tun kann«, sagte Magnin.

Jaime verabschiedete sich, Hauptmann Mercery trat ein. Auch er war an die fünfzig Jahre alt. Grauer, waagrechter Schnurrbart und wettergebräuntes Gesicht eines alten Piraten (ein Aussehen, das er selbstgefällig unterstrich), dazu hohe Stiefel zum Anzug eines kleinen Angestellten.

»Ja, mein bester Herr Magnin, es ist einfach eine Frage der technischen Ausbildung. Sehen Sie, die Technik . . .«

»Sie wollen nach Frankreich zurück?«

Mercery hob die Arme zum Himmel.

»Herr Magnin, meine Frau war am sechzehnten hier. Beim Philatelistenkongreß. Am zwanzigsten schrieb sie mir: ›Ein Mann darf es nicht dulden, was hier an scheußlichen Dingen vorgeht!‹ So schreibt eine Frau, Herr Magnin! Eine Frau! Aber ich war schon abgereist. Ich stehe zur Verfügung Spaniens! In welcher Funktion immer, aber zur Verfügung Spaniens! Man muß mit dem Faschismus Schluß machen! Wie ich schon in Noisy-le-Sec zu unsern sogenannten Konservativen gesagt habe: ›Es sind nicht die Mumien, die Ägypten konservieren, sondern Ägypten konserviert die Mumien, meine Herren!‹«

»Schön, schön . . . Sie haben Hauptmannsrang. Möchten Sie, daß ich Sie dem Kriegsministerium empfehle?«

»Gewiß, das heißt . . . Ich bin Hauptmann, nicht wahr . . . Ich könnte selbstverständlich Reserveoffizier sein, aber ich habe es aus Gesinnungsgründen abgelehnt, zu den Reserveübungen einzurücken . . .«

Magnin war berichtet worden, Mercery habe den Krieg als Feldwebel mitgemacht, in Wirklichkeit sei er Feuerwehrhauptmann. Magnin hatte das für einen schlechten Witz gehalten.

»Hm, ja, hm. Natürlich in diesem Fall . . .«

»Aber erlauben Sie mal! Ich weiß, was ein Schützengraben ist, ich habe den Krieg mitgemacht . . .«

Unter der Verschrobenheit schaute deutlich das hochsinnige Herz hervor. Schließlich, dachte Magnin, ist ein guter Feldwebel ebenso nützlich wie ein Hauptmann.

Marcelino trat herein. Er trug einen Overall ohne Gürtel und blickte beklommen auf seine Füße. Jetzt sah er traurig auf.

»Das Gefängnis, wissen Sie, ist nicht gut für die Reflexe . . .« Eine Salve der Maschinengewehre unterbrach ihn. Das war Karlitsch am andern Ende des Flugfelds. »Ich war ein guter Bombenschütze«, fuhr Marcelino fort. »Das müßte eigentlich noch gehen.«

Vor etwa zwei Wochen war Magnin, der damals außer mit dem Aufruf der Freiwilligen und der Anwerbung der Söldner noch damit beschäftigt war, für die spanische Regierung alles aufzukaufen, was sich auf dem europäischen Markt auftreiben ließ, eines Tages mit hängendem Schnurrbart, im Nacken sitzendem Hut und beschlagenen Brillengläsern in seine Wohnung zurückgekehrt und hatte diesen Jungen zwischen zwei Türen vorgefunden. Sämtliche Telefone klingelten, Besucher, die einander nicht kannten, durchmaßen ungeduldig die Räume, in dieser Situation ließ er Marcelino auf dem Kinderbett seines Söhnchens mit dem Rücken zu einem offenstehenden Schrank Platz nehmen und vergaß ihn dann. Als er gegen zwei Uhr nachmittags das Kinderzimmer wieder betrat, fand er ihn, wie er sich mit den Figuren eines Puppentheaters etwas vorspielte, die er aus dem Schrank gezogen hatte.

»Wenn ich als Bombenschütze mitfliege, könnte ich vielleicht auch sonst noch zur Hand gehen . . . Ich glaube sicher, daß ich schnell wieder in Form komme . . .«

Magnin betrachtete diesen Kopf mit den gewellten Haaren, der einer venezianischen Gemme glich, und diesen sackartigen Overall.

»Wir werden morgen eine Übung mit Zementbomben machen«, sagte er.

Die Douglasmaschinen von Sembrano und ein mehrsitziges Kampfflugzeug von Magnin wurden an das andere Ende des Flugfeldes gerollt.

Nachdem in Algerien italienische Militärflugzeuge kettenweise abgestürzt waren, hatten sich mehrere Regierungen bereit erklärt, veraltete Modelle ihrer entwaffneten Kampfflugzeuge zu verkaufen. Aber diese Maschinen, die jetzt zum andern Ende der Piste rollten, konnten sich gegenüber den modernen Savoias nicht lange halten, wenn die italienischen Piloten Ernst machten.

Magnin wandte sich Schreiner zu, der nach Marcelino erschienen war. Das Schweigen dieses Mannes war nicht wie die schüchterne Hartnäckigkeit des jungen Italieners oder wie die Verwirrtheit von Dugay, es war ein verbissenes Schweigen.

»Genosse Magnin, ich habe mir die Sache überlegt. Ich habe Ihnen gesagt, daß ich kein Flugzeug mehr sehen kann. Keine Flugzeuge mehr sehen, das geht nun einmal nicht. Aber ich bin ein guter Schütze. Das ist mir geblieben: Ich weiß es vom Jahrmarkt im Dorf – und auch vom Revolverschießen.«

Sein Gesicht war unbewegt, aber in der Pause zwischen seinen Sätzen spürte man etwas wie Haß. Den Kopf zwischen die Schultern geduckt wie ein lauernder Raubvogel, heftete er den Blick seiner schmalen Augen auf Magnin. Dieser schaute einem anarchistischen Auto nach, das an dem Fliegerschuppen vorbeifuhr. Es war das erstemal, daß er die schwarze Fahne sah.

»Die Flugzeuge wollen von mir nichts mehr wissen. Gut! nehmen Sie mich in die Fliegerabwehr auf.«

Noch drei- oder viermal das Rattern von Maschinengewehren.

»Ich bitte Sie darum«, sagte Schreiner.

Gibt es einen Stil der Revolutionen? Am Abend gehen Milizleute, die ebenso denen der mexikanischen Revolutionen wie denen der Pariser Kommune ähneln, hinter den Gebäuden Le Corbusiers auf dem Flugfeld spazieren. Alle Flugzeuge sind festgemacht. Magnin, Sembrano und sein Freund Vallado trinken laues Bier: seit dem Kriege gibt es auf dem Flugplatz kein Eis mehr.

»Auf dem Militärflughafen steht's schlecht«, sagt Sembrano. »Die Armee der Revolution muß überhaupt erst geschaffen werden ... Wenn nicht, dann schafft Franco Ordnung: Er spediert uns allesamt auf den Friedhof. Wie, glaubst du, haben sie es in Rußland gemacht?«

In der Beleuchtung der Bar wirkt er im Profil mit seiner vorgeschobenen Unterlippe mehr und mehr wie Voltaire in weißem Fliegeroverall.

»Sie hatten Gewehre. Vier Jahre Disziplin und Front. Und der Kommunismus ist an sich eine Disziplin.«

»Warum sind Sie Revolutionär, Magnin?« fragte Vallado.

»Hm ... ja, hm. Ich habe viele Fabriken geleitet. Männer wie wir, die immer für ihre Arbeit interessiert waren, machen sich keine Vorstellung davon, was es bedeutet, ein ganzes Leben lang acht Stunden vom Tag zu verlieren ... Ich will, daß die Menschen wissen, warum sie arbeiten.«

Sembrano glaubt, daß die Eigentümer in Spanien meist nicht imstande sind, ihre Unternehmen zu führen, und sie den Händen von Fachleuten überlassen müssen. Er als Fachmann arbeitet lieber für die gesamte Belegschaft der Fabrik als für ihren Besitzer. (Ähnlich denken Jaime Alvear und fast alle Fachleute der Linksparteien.)

Vallado seinerseits sehnt die Wiedergeburt Spaniens herbei und erwartet von der spanischen Rechten nichts Gutes. Vallado gehört dem Großbürgertum an; er war es, der die Flugblätter über der Montañakaserne abgeworfen hat, und sein Gesicht ist das eines Señorito, nur daß er sich seit der Rebellion das typische Schnurrbärtchen hat abrasieren lassen.

Magnin staunt innerlich, wie der Verstand den Menschen dazu verhilft, ihre Leidenschaften zu rechtfertigen.

»Nun ja«, sagt er, »ich war eben links, weil ich links war ... und schließlich entwickelten sich zwischen mir und der Linken engere Beziehungen, Treuebeziehungen; ich begriff, was diese Leute wollten, ich half ihnen, es zu verwirklichen, und ich kam ihnen näher, je mehr man sie daran hindern wollte, es zu tun ...«

»Solange man mit einer politischen Richtung bloß verheiratet ist«, sagt Sembrano, »so ist das noch nicht wichtig; aber wenn man einmal Kinder mit ihr hat...«

»Sag mal, was warst du eigentlich? Kommunist?«

»Nein, Rechtssozialist. Und du? Kommunist?«

»Nein«, sagt Magnin, »auch Sozialist, aber Sozialrevolutionär.«

»Ich«, sagt Sembrano mit einem trübseligen Lächeln, das gut zu der einbrechenden Dunkelheit paßt, »war vor allem Pazifist...«

»Die Ideen ändern sich«, sagt Vallado.

»Die Menschen, für die ich kämpfe, haben sich nicht geändert. Und schließlich zählt nur dies allein.«

Von Mücken umschwirrt, reden sie miteinander.

Die Nacht läßt sich auf das Flugfeld nieder, feierlich wie alles, was sich weit hinbreitet; eine warme Nacht, ähnlich allen andern Sommernächten.

VIERTES KAPITEL

August

Ungefähr zwanzig Milizmänner in Overalls kamen zum Mittagessen aus der Sierra herunter. Keine Offiziere: Vermutlich hatten die Verantwortlichen zu der Bewachung der Pässe während der Essenszeit kein Zutrauen und übernahmen sie selbst. Ein Glück, daß es auf der andern Seite genauso ist, dachte Manuel.

Fünf der neuangekommenen Milizmänner hatten Damenhüte nach der Mode von 1935 auf dem Kopf, pistaziengrüne und zartblaue Tellerhüte – dazu einen drei Tage alten Bart. Hinter die Hutbänder hatten sie die letzten wilden Rosen der Sierra gesteckt.

»Von nun an«, sagte Manuel, »werden nur die von den Arbeiter- und Bauernverbänden eigens dazu beauftragten Genossen die letzten Moden vorführen. Vor allem ältere Leute mit dem Garantiestempel von wenigstens zwei Gewerkschaften. Das wird Aufsehen erregen.«

»Als wir angriffen, schien uns die Sonne ins Gesicht, und wir konnten die Feinde nicht sehen. Da war das Geschäft einer Putzmacherin, der Laden war zwar geschlossen, aber schließlich kamen wir doch hinein. Und dann haben wir die Hüte behalten.«

Das Dorf, das heute ihren Stützpunkt und den des Panzerzuges bildete, lag etwa sechshundert Meter weiter: ein Platz mit Holzbalkonen, der wie der Innenhof eines Bauerngehöftes wirkte, ein Turm mit spitzem Dach wie der des Escorial und ein paar Sommerfrischlerläden, orange oder karminrot, einer von ihnen mit einem großen Spiegel.

»Das steht uns nicht schlecht!« sagte einer der Milizleute. »Wir sehen nach was aus!«

Sie nahmen, das Gewehr auf dem Rücken, den Pamelahut auf dem Kopf, an den Tischen der Wirtschaft Platz. Im Hintergrund, in etwa dreißig Kilometer Breite, dehnten sich die Hänge des Gebirges, auf denen über der Ebene mit den Getreidefeldern die letzten Flecken der Hyazinthenpracht, die vor zwei Monaten die Sierrafelsen bedeckte, in der sengenden Glut verbrannten. Das Geräusch eines mit hoher Geschwindigkeit fahrenden Autos näherte sich, und plötzlich kam durch das Tor ein khakifarbener Ford, aus dem drei parallele Arme zum Faschistengruß aufschnellten. Unter den erhobenen Händen erblickte man, von der Sonne hell beschienen, die napoleonischen zweispitzigen Käppis und die gelben Litzen auf den graugrünen Uniformen: Zivilgardisten. Sie hatten die Milizmänner nicht bemerkt, die links von der Tür beim Essen saßen, und glaubten, in ein faschistisches Dorf zu kommen. Die bewaffneten Bauern in der andern Wirtschaft erhoben sich langsam.

»Freunde!« riefen die Gardisten und hielten mit einem Ruck den Wagen an, »wir sind auf eurer Seite!«

Die Bauern legten die Flinten an, die Milizmänner schossen bereits: zwar waren schon viele Zivilgardisten aus den faschistischen Linien herübergekommen, aber nicht mit dem Faschistengruß. Mindestens dreißig Gewehre gingen los. Manuel konnte den weniger harten Laut der platzenden Autoreifen unterscheiden: Fast alle Bauern hatten auf den Wagen gezielt. Aber einer der Zivilgardisten war verwundet.

Ein Windstoß erfüllte den Platz mit dem Geruch der versengten Blumen.

Manuel ließ die Zivilgardisten entwaffnen, sorgfältig durchsuchen und, von Milizmännern bewacht (die Bauern haßten die Gardisten), in einen Saal des Gemeindehauses bringen. Dann telefonierte er an das Hauptquartier von Oberst Mangada.

»Besteht irgendeine Bedrohung oder unmittelbare Gefahr?« fragte der diensttuende Offizier.

»Nein.«

»Also vor allem keine Lynchjustiz. Wir schicken einen Offizier für das Kriegsgericht. In einer Stunde werden sie abgeurteilt.«

»Jawohl. Noch etwas. Ihre Ankunft beweist, daß die Möglichkeit besteht, aus einem faschistischen Dorf ungehindert zu uns herüberzukommen. Ich habe am Eingang des Dorfs und auf der Landstraße eine Wache aufstellen lassen. Aber das genügt nicht...«

Die Verhandlung des Kriegsgerichts fand im Gemeindehaus statt. In dem großen weißgetünchten Raum waren im Rücken der Angeklagten die Bauern in grauen und schwarzen Kitteln und die Milizleute versammelt – alle stehend und schweigend; zuvorderst die Frauen der von den Faschisten getöteten Bauern, alle mit der Würde des kriegerischen Islam.

Zwei der Zivilgardisten sagten aus. Gewiß, sie hatten auf römische Weise gegrüßt, aber nur weil sie glaubten, sich in einem faschistischen Dorf zu befinden, durch das sie sich in die republikanischen Linien begeben wollten. Eine Lüge, so peinlich für den, der sie anhört, wie für den, der sie ausspricht, wie jede grobe Lüge. Die Gardisten hatten sich darin verheddert und keuchten in ihrer steifen Kleidung, als hätten sie schon den Strick um den Hals. Eine Bäuerin trat vor den Richter. Ihr Dorf, nicht weit von hier, war von den Faschisten besetzt und dann von den Republikanern zurückerobert worden. Sie hatte die Gardisten im Auto kommen sehen.

»Sie haben mich wegen meines Sohnes kommen lassen, ich dachte, wegen des Begräbnisses ... aber nein, sie wollten mich vernehmen, die Niederträchtigen ...«

Sie trat einen Schritt zurück, wie um die Angeklagten besser zu betrachten: »Er war auch dort, dieser da, er war auch dort ... wenn man ihm auch seinen Sohn umbringen würde, was würde er sagen, he? Was würde er sagen? Was würdest du sagen, Elender?«

Der verwundete Zivilgardist verteidigte sich. Er keuchte immer heftiger, zuckte krampfhaft wie ein Fisch auf dem Trokkenen. Manuel bezweifelte seine Schuld: der Sohn war füsiliert worden, noch ehe seine Mutter verhört worden war, und sie glaubte nun überall seine Mörder zu erblicken. Der Gardist beteuerte seine Treue zur Republik. Auf die rasierten Backen seines Nebenmannes trat allmählich der Schweiß; die Tropfen rollten zu beiden Seiten des gewichsten Schnurrbarts herab, und dieses Perlen auf dem erstarrten Gesicht gab ihm das Aussehen der leibhaftigen Angst.

»Sie behaupten, gekommen zu sein, um sich uns anzuschließen«, sagte der Vorsitzende, »und haben uns doch keine Auskünfte zu überbringen?«

Er wandte sich an den dritten Gardisten, der bisher noch nicht gesprochen hatte. Dieser sah ihn durchdringend an, wie um zu verstehen zu geben, daß seine Worte sich ausschließlich an ihn richteten: »Hören Sie! Sie sind Offizier, obwohl Sie es mit diesen Leuten halten. Das Geschwätz wird mir zuviel. Ich habe die Karte 17 der Falange von Segovia. Es ist Ihre Pflicht, mich erschießen zu lassen. Gut. Es wird wohl schon heute sein. Aber bevor ich sterbe, möchte ich noch die Genugtuung haben, daß diese beiden Schufte da vor meinen Augen erschossen werden. Sie haben die Karten 6 und 11. Sie widern mich an. Und nun von Soldat zu Soldat: Verbieten Sie ihnen den Mund oder lassen Sie mich hinausführen.«

»Wie stolz er ist für einen, der Müttern die Kinder umbringt!« sagte die Alte.

»Ich bin auf eurer Seite!« rief der verwundete Zivilgardist dem Vorsitzenden zu.

Der Vorsitzende beobachtete den Offizier, der soeben gesprochen hatte: platte Nase, dicke Lippen, kurzer Schnurrbart und gekräuselte Haare, ein Kopf wie aus einem mexikanischen Film. Einen Augenblick lang erwartete der Vorsitzende, er würde den verwundeten Zivilgardisten ohrfeigen. Aber nichts dergleichen geschah. Seine Hände waren nicht die eines Gendarmen. Hatten die Faschisten ebenso wie die Montañakaserne auch die Zivilgarde mit ihren Leuten durchsetzt?

»Seit wann gehören Sie der Zivilgarde an?«

Der Mann antwortete nicht, das Kriegsgericht interessierte ihn nicht mehr.

»Ich bin auf eurer Seite!« schrie wiederum der Verwundete, zum erstenmal in einem Ton, der überzeugend klang. »Wenn ich euch doch sage, daß ich auf eurer Seite bin!«

Manuel kam erst nach der Salve des Hinrichtungspelotons auf den Platz. Die drei Männer waren in einer Seitenstraße erschossen worden: Die Leichen lagen auf dem Bauch, mit den Köpfen in der Sonne, den Füßen im Schatten. Ein ganz kleines wolliges Kätzchen tunkte seinen Schnurrbart in die Blutlache des Mannes mit der platten Nase. Ein Bursche trat hinzu, schob die Katze beiseite, tauchte seinen Zeigefinger in das Blut und begann auf die Mauer zu schreiben. Manuel, dem es die Brust zusammenschnürte, folgte der schreibenden Hand: »Tod dem Faschismus!« Der Bauernjunge krempelte die Ärmel auf, ging an den Brunnen und wusch sich die Hände.

Manuels Blick streifte den toten Körper, das zweispitzige Käppi, das ein paar Schritte entfernt lag, den über das Wasserbecken gebeugten Burschen und die Inschrift, die noch ein beinahe frisches Rot zeigte. Es muß ein neues Spanien geschaffen werden, sowohl gegen den einen wie gegen den andern, dachte er. Und das eine wird nicht leichter sein als das andere.

Die Sonne brannte mit aller Macht auf die gelben Mauern.

FÜNFTES KAPITEL

Ramos und Manuel gehen am Bahndamm entlang. Der Abend gleicht den Abenden ohne Kanonendonner. Vor dem Hintergrund eines Dämmerhimmels, der wie auf alten Reiterbildnissen ist, in dem Geruch der Pinien und der duftenden Felsenkräuter wellt sich die Sierra mit malerischen Hügeln zu der Ebene von Madrid hinab, auf die sich die Nacht niedersenkt wie auf ein Meer. Der Panzerzug in seinem Tunnel ist dort seltsam verschollen und vergessen, als wäre zugleich mit dem hellen Sonnenschein auch der Krieg gegangen.

»Ich habe eben eine halbe Stunde lang mit meinen Kameraden herumgebrüllt«, sagt Ramos. »Zehn von ihnen wollen nach Hause zum Abendessen gehen, drei sogar nach Madrid!«

»Es ist Jagdsaison, sie verwechseln das. Und das Ergebnis deiner stimmstarken Unterhandlungen?«

»Fünf bleiben, sieben ziehen ab. Wenn sie Kommunisten wären, würden sie alle bleiben.«

Vereinzelte Schüsse und in der Ferne grollender Kanonendonner heben den Frieden des nächtlichen Gebirges noch hervor.

»Warum bist du eigentlich Kommunist geworden, Ramos?«

Ramos denkt nach.

»Weil ich alt geworden bin ... Zweiundvierzig Jahre ist ja noch nicht besonders alt. Aber als ich Anarchist war, liebte ich mehr den einzelnen Menschen. Der Anarchismus war für mich die Gewerkschaft, aber vor allem die Beziehung von Mensch zu Mensch. Die politische Entwicklung eines Arbeiters nimmt erst später persönlichen Charakter an; im Anfang ist sie eine Frage der Einflüsse ...«

Eine schöne, klare Nacht beginnt.

»Hör mal, Manuel, versuche doch, es mir zu erklären, wenn du etwas davon begreifst. Uns gegenüber steht die spanische Armee. Nehmen wir an, daß es sich hauptsächlich um die Offiziere handelt. Auf den Philippinen haben sie sich nach Noten verdreschen lassen. Auf Kuba ebenfalls. Wegen der Amerikaner? Mag sein. Du wirst sagen, daß es die Überlegenheit der Massenerzeugung und die erstklassige Industrie waren. In Marokko haben sie sich verdreschen lassen; Abd el Krim, das waren nicht die Amerikaner. Warum kneifen unsere eleganten Herren mit den Pinselschnurrbärtchen vor Abd el Krim, aber heute nicht? Immer hat es geheißen: die Operettenarmee. Warum haben sie sich vor Melilla gedrückt, aber heute nicht?«

Die Beziehungen zwischen Manuel und Ramos waren im Begriff, sich zu wandeln. Bis dahin waren es die eines erfahrenen Gewerkschaftsmannes zu einem Dreißigjährigen gewesen, der trotz seiner Späße ernst veranlagt, sich ehrlich bemühte, die Welt, auf die er seine Hoffnung gesetzt hatte, kennenzulernen und das Erkannte mit dem Erträumten nicht zu verwechseln – freilich besaß er keine politische Erfahrung. Diese Erfahrung begann er sich jetzt zu erwerben, und Ramos wußte wohl, daß Manuel viel mehr Kenntnisse besaß als er.

Wie Manuel damals in der Telefonzentrale ein Lineal geschwungen hatte, so schwang er heute wie einen Staubwedel den Pinienzweig, an dessen Ende noch ein Büschel Nadeln saß; er mußte immer etwas in seiner rechten Hand halten.

»Es gibt keine Operettenarmeen, mein guter Ramos, es gibt nur Operetten über die Armee. Was man eine Operettenarmee nennt, ist eine Armee für den Bürgerkrieg. In unserer Armee, der spanischen Armee, gibt es auf sechs Mann einen Offizier. Glaubst du etwa, daß ihr Ausgabenetat für den Krieg bestimmt ist, du Unschuldspinsel? Keine Spur. Für die Gehälter der Offiziere, die Großgrundbesitzer sind oder in deren Dienst stehen, für den Ankauf von automatischen Waffen, die wegen der Schmiergelder für den Krieg keineswegs genügen, wohl aber für die Polizei. Da hast du zum Beispiel unsere Maschinengewehre Modell 1913, unsere Flugzeuge, die über zehn Jahre alt sind: gegenüber einem fremden Staat machtlos, entscheidend gegenüber einer Revolte. Ausgeschlossen, damit einen auswärtigen Krieg zu führen, nicht einmal einen Kolonialkrieg. Vom spanischen Heer ist nur die Rede, wenn es sich um Niederlagen oder Bestechungsskandale handelt. Und um die Niederschlagung von Aufständen. Aber es ist keine Operette, sondern eine schlechte Reichswehr.«

Aus Tälern in der Ferne steigen einige Detonationen auf. Man trägt verwundete Milizmänner herbei, auf Decken, die an allen vier Enden gehalten werden.

»Das Volk rettet Madrid jeden Tag«, sagt Manuel, auf die Bergkämme blickend, hinter denen sich die Faschisten von Segovia befinden.

»Ja. Und nachher legt es sich schlafen.«

»Aber am nächsten Tage fängt es von neuem an.«

»Du hast was gelernt, Manuel . . . gegen die feindliche Batterie hast du gut befehligt . . .«

»Vielleicht hat sich etwas in mir gewandelt – für den Rest meines Lebens. Aber das hängt nicht mit der vorgestrigen Attacke auf die Batterie zusammen, es entstand heute in mir, als ich den Burschen mit dem Blut des erschossenen Faschisten auf die Mauer schreiben sah. Ich fühlte nicht mehr Verantwortung bei der Erteilung der Befehle im Olivenwald als am Lenkrad des Lastwagens oder früher der Skikarre . . .«

»Früher«, wiederholte Ramos.

Es war seitdem kein Monat vergangen.

»Es kommt bei der Vergangenheit nicht darauf an, wieviel Zeit verflossen ist. Aber dort angesichts des Burschen, der auf die Mauer schrieb, hatte ich das Gefühl, daß wir verantwortlich sind. Ich habe die Jungfernschaft des Befehlens verloren, mein lieber Ramos . . .«

Fern in dem von den Regierungstruppen besetzten Gebiet brennt ohne Rauch das Feuer eines Hirten oder Bauern.

Die in großen Nebelschwaden aus dem Boden aufsteigende Nacht drängt sich von überallher um dieses Feuer. Die Erde verschwindet, die Flammen bilden auf den Hängen den einzigen hellen Fleck; der von den Bergen verjagte, wie der Panzerzug in seinen Tunnel unter die Erde gekrochene Friede scheint sich durch dieses fröhliche Feuer kundzutun. Noch ein anderes gibt es, viel weiter, ganz rechts.

»Wer kümmert sich um die Verwundeten?« fragt Manuel.

»Der Oberarzt des Sanatoriums. Ein sehr verläßlicher Mann.«

»Linksrepublikaner?«

»Nein, Rechtssozialist, glaube ich. Die Milizmädchen helfen auch sehr tüchtig.«

Manuel erzählt, wie die Kleine hinter den Lastautos hergelaufen kam. Ramos, die Hände in seinen Locken vergraben, lächelt.

»Was hast du für einen Eindruck von den weiblichen Milizen, Manuel?«

»Im aktiven Kampf gleich Null; nur dazu da, die Spannkraft der Männer zu schwächen. Im passiven Widerstand ausgezeichnet. Mut ziemlich schwankend – so wie es auch oft bei den Männern ist –, in gewissen Augenblicken hervorragend.«

»Weißt du, was mir gefällt? In jedem Dorf, das Franco genommen hat, wird alles versklavt: nicht nur die Unsrigen, das versteht sich von selbst, aber auch die Kinder, die man wieder dem Pfarrer anvertraut, die Frauen, die man wieder in die Küche steckt. Alle in irgendeiner Weise Unterdrückten haben sich um uns gesammelt, kämpfen mit uns . . .«

Seltsame Kraft in diesem Feuer: Steigend und fallend, rhythmisch wie in einer Schmiede, scheint es über allen Toten dieses Tages zu brennen, über dem Wahnsinn der Menschen der aus dem Boden aufsteigenden Nacht zu gebieten.

Ramos fühlt, wie sein Lächeln erstarrt. Er beobachtet das andere Feuer, greift nochmals zum Fernglas.

»Das sind keine Hirtenfeuer, das sind Signale.«

Sieht er nicht, wie die Milizleute, überall verdächtige Signale? Er ist mit der Signalgebung durch Feuer vertraut; übrigens (er zählt) versuchen diese Idioten sich durch Morsezeichen zu verständigen – aber die Sprache ist nicht klar.

Auch das andere Feuer ist ein Signalfeuer. Die Faschisten haben ihre Aktion gut vorbereitet. Wie viele ähnliche Feuer mögen um diese Stunde im Rücken der republikanischen Linien brennen? Auf allen diesen Hängen, so weit Ramos sehen kann und so weit das Zirpen der Grillen reicht, liegen schlafende Milizmänner. Ihre Rufe sind verstummt. Die Gefallenen des Tages, die schon mit ihrem ganzen Gewicht auf dem Asphalt der Landstraßen oder auf den Büschen der Hänge lasten, beginnen, an die Erde gebunden, ihre erste Nacht als Tote. In der durchsichtigen Heiterkeit, die über die Sierra ausgebreitet ist, spricht in der vom Boden aufsteigenden Finsternis einzig die lautlose Stimme des Verrats.

III

ERSTES KAPITEL

Manuel war sich darüber klar, daß Krieg hieß: alles daran setzen, um Eisenstücke in lebendiges Fleisch zu befördern.

Das wilde anhaltende Schreien eines Mannes oder einer Frau (der höchste Schmerz hebt den Unterschied des Stimmklangs auf) durchdrang den großen Saal des Spitals San Carlos und verlor sich darin. Der Saal war sehr hoch und nur durch weit oben angebrachte Fenster erhellt, die, fast ganz von großblättrigen Pflanzen überwuchert, das Hochsommerlicht durchsickern ließen. Die grünliche Beleuchtung, die breiten Wandflächen ohne Öffnungen, außer wenn man den Blick hob, die Gestalten im Pyjama, deren behinderte Körper sich in dem unheimlichen Spitalfrieden auf Krücken fortbewegten, die Schatten, die mit dickem Verbandzeug bekleidet waren wie mit einem Faschingskostüm – all das wirkte wie ein ewiges Reich der Wunden, errichtet außerhalb von Raum und Zeit.

Dieses Aquarium stieß an das Zimmer für die Schwerverwundeten, aus dem das Schreien kam: ein Raum von durchschnittlicher Höhe, acht Betten und richtige Fenster. Beim Eintreten gewahrte Manuel nur die großen Musselinwürfel der Moskitonetze und eine Krankenschwester, die neben der Tür saß. Dem wieder ins volle Tageslicht Zurückgekehrten erschien der Raum als unbewohnt, ein helles Krankenzimmer, ganz verschieden von dem Inquisitionskeller mit den in Verbandszeug gewickelten Phantomen; aber die Laute übernahmen es, sein wirkliches Leben auszudrücken.

Aus einem der Betten in der Mitte kam pausenlos dieses Stöhnen, in dem der Schmerz jede menschliche Ausdrucksform sprengt, die Stimme nur zum universalen Geheul des Leidens wird, das bei den Menschen und Tieren das gleiche ist: ein Kläffen im Rhythmus der Atmung, das, wie der Zuhörer fühlt, nur mit dem Versagen des Atems selbst aufhören kann. Und in der Tat, als es aufhörte, trat wie beim Kreißen der Gebärenden das grauenvolle Zähneknirschen an seine Stelle. Und Manuel fühlte, daß das Schreien wieder anheben würde, sobald der Mann zu Atem käme.

»Was fehlt ihm?« fragte er leise die Wärterin.

»Ein Flieger. Er ist mitsamt seinen Bomben abgeschossen worden, die beim Aufschlagen explodierten. Fünf Maschinengewehrkugeln, siebenundzwanzig Splitter.«

Der Schleier des Moskitonetzes bewegte sich von innen her, als säße der Verwundete in seinem Bett.

»Seine Mutter«, sagte die Wärterin. »Er ist zweiundzwanzig Jahre alt.«

»Sie sind an solche Dinge gewöhnt«, sagte Manuel bitter.

»Wir haben nicht genug Krankenschwestern. Ich bin Chirurgin.«

Das Schreien begann von neuem, wurde lauter und lauter, als wollte der Verwundete seinem Schmerze Gewalt antun, sich in Bewußtlosigkeit hinüberschreien. Plötzlich brach es ab. Nicht einmal das Zähneknirschen war mehr vernehmbar. Aber Manuel wagte keinen Schritt vorwärts zu tun.

Woran merkte er, daß der Verwundete mit krampfigen Fingern über die Bettdecke fuhr? Ein neues Geräusch begann, zuerst so leise, daß Manuel sich fragte, was es wohl sein könne – bis es ihm plötzlich aufging: Das waren küssende Lippen. Was taugt die Sprache vor einem zerfetzten Körper? Jetzt, da der Junge seinen Schmerz zum Schweigen gebracht hatte, tat die Mutter das einzige, was sie tun konnte: sie küßte ihn.

Manuel konnte deutlich die Küsse hören, sie wurden immer stürmischer, als hätte die Frau in dem Gefühl, daß der Schmerz nur für eine kurze Zeit aufgehoben, aber bereit sei wiederzukommen, ihm mit der Macht ihrer Küsse Einhalt gebieten wollen. Eine Hand griff krampfhaft in den Stoff des Moskitonetzes und drehte ihn zusammen; Manuel fühlte diesen Schmerz, der sich an den leeren Raum klammerte, wie in seinem eigenen Arm. Die Hand ließ los, und das Schreien hob wieder an.

»Seit . . . wann?« flüsterte Manuel.

»Seit vorgestern.«

Nun endlich faßte er die Krankenschwester ins Auge: ein kleines, ganz junges Geschöpf. Sie trug nicht den Schleier, ihre Haare waren schwarz und glänzend.

»Auch für uns ist es nicht leicht«, sagte sie nach einigem Zögern. »An das Schreien der Verwundeten gewöhnt man sich schließlich. Aber nicht an das Schreien ihrer Angehörigen. Wenn man sie nicht wegschickt, ist es unmöglich, zu operieren.«

»Ist Barca noch da?« fragte Manuel, als das Schreien wieder einmal aussetzte. Dieses Schreien schien sich im Raum für alle Ewigkeit festzusetzen.

»Er ist nebenan.«

Manuel fühlte sich erleichtert. Empfänglich für den Schmerz der andern, aber nicht imstande, seine Teilnahme auszudrücken, empfand er lebhaft sein Versagen und litt darunter.

Das Zimmer, in dem sich Barca befand, lag zwischen dem eben verlassenen und dem Aquarium. Manuel öffnete die Türe und zögerte, sie hinter sich zuzumachen, als ob er damit über dem Verwundeten einen Sargdeckel schlösse. Endlich ließ er sie ein wenig offen.

Barca saß in seinem Bette. Nein, er wünschte weiter nichts. Er hatte Orangen, illustrierte Zeitungen und gute Freunde. Dumm war nur, daß man ihm keine Morphiumspritzen geben wollte. Glaubte man etwa, daß er auf seine alten Tage noch Morphinist werden würde? Das war doch zu unsinnig. Da sein Bein an zwei Stellen gebrochen war und man ein Gewicht daran gehängt hatte, konnte er nicht schlafen. Wenn er nur schlafen könnte, dann wäre alles erträglich.

»Könntest du denn schlafen bei diesem . . .?«

Manuel meinte das Schreien des Verwundeten, das jetzt durch die angelehnte Türe nur gedämpft vernehmbar war.

»Wenn ich nur nicht im selben Saal mit ihm bin . . . In einem andern könnte ich schlafen. Aber man sollte die stillen Kranken zusammenlegen. Mach die Türe zu, hier drin schreit keiner . . .«

»Was war er denn?« fragte Manuel, als könnte er durch sein Reden über ihn die Türe, durch die er sich von ihm geschieden hatte, wieder öffnen.

»Autoschlosser. Erst war er bei den Milizen, später bei den Fliegern als Bombenschütze.«

»Hat er sich politisch betätigt?«

»I wo!«

»Warum kämpfte er dann auf unserer Seite?«

»Auf welcher Seite hätte er denn sonst sein sollen, als Mechaniker? Vielleicht bei den Faschisten?«

»Er hätte doch nirgends sein können.«

»Ach, weißt du ...«

Barca zog die Brauen hoch und hob den Kopf: Der Schmerz überfiel ihn wieder. Sein Kopf sank auf das Kissen zurück, und in sein altes Gesicht mit den in ihre Höhlen gesunkenen Augen, dessen Züge immer bereit waren, sich zu verändern, trat der Ausdruck der Qual – jener kindhafte Ausdruck, preisgegeben und feierlich, ein Zustand, in dem das Leiden aus jedem Antlitz den verborgenen Adel hervorholt. In der Sierra waren Manuel Barcas Augen aufgefallen. Der ganze Ausdruck dieses Gesichts mit den banalen Zügen, der gebräunten Haut, die dunkler war als das Haar, und der kleine weiße Schnurrbart, dunkler als die hellen Augen, lag in seinen schweren dicken Lidern. Diese Lider sprachen von der Last bitterer, noch nicht überwundener Erfahrungen, doch ihre tausend winzigen Fältchen, so zahlreich wie die feinen Sprünge im Porzellan, zeugten von bäuerlichem Humor. Mit geschlossenen Augen schien er zu lächeln.

»Wie steht es beim Panzerzug?«

»Ich glaube gut«, erwiderte Manuel. »Aber sicher weiß ich es nicht, ich bin nicht mehr dort. Ich bin zum Kommandeur einer Kompanie des 5. Regiments ernannt worden.«

»Freust du dich?«

»Ich habe noch viel zu lernen ...«

Obwohl die Tür geschlossen war, hörten sie von neuem das Schreien. »Der Junge da nebenan, er war auf unserer Seite, weil er nun mal auf unserer Seite war ...«

»Und du, Barca?«

»Ach, da gibt es tausend Gründe ...«

Er schnitt eine Grimasse, versuchte eine Bewegung zu machen und wandte den Kopf Manuel zu, als erwartete er von ihm eine Erklärung.

»Du warst durch nichts dazu gezwungen«, sagte Manuel.

»Ich war doch in der Gewerkschaft, Donnerwetter noch mal!«

»Gewiß. Aber nicht politisch exponiert, nicht direkt bedroht.«

»Sag mal, mein Junge, hätte dir die Geschichte mit der Reblaus vielleicht Freude gemacht?«

Barca war früher Halbpächter in Katalonien gewesen, wie

schon sein Vater und sein Großvater es gewesen waren. Das Auftreten der Reblaus hatte den Grundbesitzern erlaubt, auch ihn, wie so viele andere, des Ergebnisses einer mehr als fünfzigjährigen Mühsal zu berauben. »Du hast dir doch wieder eine Existenz geschaffen, du hattest genug zum Leben . . .«

An dem Ton seiner Stimme erkannte Barca, daß Manuel ihm keinen Vorwurf machen wollte, sondern ihn nur besser zu begreifen suchte.

»Willst du damit sagen, warum ich nicht neutral geblieben bin?«

»Ja.«

Barca lächelte, ein Lächeln, dem der Schmerz ein seltsames Wissen zu verleihen schien.

»Es sind immer die gleichen, die nicht neutral sind. Wann bin ich jemals neutral geblieben?«

Im Rahmen der offenen Tür des Aquariums schlichen, einer nach dem andern, die Krückengänger vorbei.

»Und trotzdem, diese Frage ist kein Spaß, sondern bitterer Ernst. Selbst der schlimmste Faschismus ist nicht so schlimm wie der Tod!« Er schloß die Augen.

»Mein Bein tut mir mehr weh, als mich ein Faschist piesakken kann . . . Darum müßte ich also . . .«

Er hielt vor Schwäche in seiner Bewegung inne, noch ehe der Schmerz wieder einsetzte.

»Und dennoch nein, trotz allem, nein! Ich würde ein nächstes Mal genauso handeln. Also? . . .«

Das Schreien des Verwundeten drang wieder durch die geschlossene Tür. Ob der wohl auch ein nächstes Mal genauso handeln würde?

Barca dachte darüber nach.

»Deine Frage trifft mich nicht ganz unvorbereitet. Schau, damals unter den Pinien, als ich meinte, es ist vielleicht aus mit mir, begann ich zu denken. Zu denken wie jeder andere. Vielleicht nicht ganz so wie du, aber ich dachte. Lernen, was ich nicht weiß, das kann ich zuweilen mit viel Geduld; aber begreifen, was ich bin . . . Da fehlen die Worte. Du verstehst doch, was ich meine?«

»Ja. Natürlich.«

»Weil du intelligent bist. Um es geradeheraus zu sagen:

Ich will nicht, daß man mich verachtet. Paß auf, mein Junge!«

Er erhob die Stimme nicht, sprach nun langsamer im Tone eines, der am Tische sitzt und den Zeigefinger hebt.

»Das ist der springende Punkt. Alles andere ist Nebensache. Wegen des Geldes, da hast du recht, hätte ich mich mit ihnen verständigen können. Aber sie verlangen, daß man sie achtet, und ich, ich will sie nicht achten. Weil sie nicht achtenswert sind. Gewiß bin ich bereit, jemand zu achten, aber nicht sie. Ich bin gern bereit, Herrn García zu achten, der ein Gelehrter ist. Aber nicht die da.«

García war ein hervorragender spanischer Ethnologe. Er wohnte im Sommer in San Rafael, und Manuel hatte bereits festgestellt, wie beliebt er bei den Kämpfern in diesem Teil der Sierra war.

»Und dann noch was. Ich will dir etwas aus meiner Vergangenheit erzählen. Vielleicht wirst du es für wichtig halten, vielleicht auch nicht. Als ich noch ein Bauer war, damals, bevor ich nach Perpignan ging, kam der Marquis einmal zu uns. Er sprach zu seinen Leuten über uns und sagte, ich wiederhole es Wort für Wort: ›Schaut euch nur diese Kerle an! Sie ziehen die Menschheit ihrer Familie vor!‹ Voller Verachtung sagte er das. Ich hätte im Augenblick nichts antworten können, aber ich habe nachgedacht, auch damals. Und dann hab' ich's erfaßt: Wenn wir etwas für die Menschheit tun wollen, dann tun wir es *auch* für unsere Familie. Das ist ein und dasselbe. Sie aber, sie wählen aus, verstehst du, was ich meine? Sie wählen aus.«

Er schwieg einen Augenblick.

»Herr García hat mich besucht. Wir kennen uns schon lang. Er ist ein Mann, der sich für Politik schon immer interessiert hat. Jetzt, wo er beim militärischen Nachrichtendienst ist, möchte er wissen, was in den Dörfern vorgeht. Aber was verlangt er von mir? Die Gleichheit. Hör mal, Manuel, ich will dir was sagen, was ihr beide, du und er, nicht wißt, weil ihr zu ... weil ihr zu ... na, sagen wir mal, im Leben zuviel Dusel gehabt habt. Ein Mann wie García hat im Grunde keine Ahnung davon, was das heißt: gepiesackt werden. Und nun paß auf: das Gegenteil davon, von der Demütigung, wie er sich ausdrückt, ist nicht die Gleichheit. Die Franzosen mit ihren Inschriften auf allen Bürgermeisterämtern waren gar nicht so dumm; denn das Gegenteil von Gepiesacktwerden ist die Brüderlichkeit.«

Durch die offene Türe sah man draußen im großen Saal Verwundete mit dick verpacktem Gipsarm vorbeiziehen, den eine Schiene weit vom Körper abhielt – man mußte an Geiger mit ihrem Instrument denken. Gerade diese hatten etwas besonders Unheimliches: der eingegipste Arm erweckt den Anschein einer Bewegung, und alle diese gespenstischen Violinisten, die ihren unbeweglich gemachten Arm angewinkelt vor sich her trugen, schienen wie Statuen in der Stille des Aquariums dahingeschoben, die durch den Unterton heimlichen Fliegengesummes noch tiefer wirkte.

ZWEITES KAPITEL

14. August

In allgemeiner Aufregung und einer Hitze zum Umfallen starteten sechs moderne Flugzeuge. Die maurische Kolonne, die in Estremandura angriff, marschierte von Merida nach Medellin. Es handelte sich um eine starke motorisierte Kolonne, zweifellos die Elite der faschistischen Truppen. Sembrano und Magnin waren vom Oberkommando durch Telefonanruf verständigt worden: Franco befehligte diese Truppen persönlich.

Ohne Führer, ohne Waffen versuchte die Miliz von Estremadura dennoch einen Widerstand. Von Medellin zogen der Weinwirt und der Gastwirt, der Sattler, Landarbeiter, etliche tausend der ärmsten Männer von Spanien mit ihren Jagdflinten gegen die Maschinengewehre der maurischen Infanterie aus.

Drei Douglas und drei mehrsitzige Kampfflugzeuge mit Maschinengewehren Modell 1913 nahmen die eine Hälfte des Flugplatzes ein. Keine Jagdflieger: sie waren alle in der Sierra. Sembrano, sein Freund Vallado, die Piloten der spanischen Verkehrslinien, Magnin, Sibirsky, Darras, Karlitsch, Gardet, Jaime, Scali, einige Neue, der alte Dugay und die Mechaniker der Flugzeughallen samt dem Dackel Raplati – die ganze Fliegerei war aufgeboten.

Jaime sang ein provenzalisches Lied.

Zu zwei Dreiecken formiert, flogen die Maschinen nach Südwesten ab.

In den Flugzeugen war es frisch, aber man sah die Hitze unten auf dem Erdboden liegen, wie man die heiße Luft über den Schornsteinen zittern sieht. Hier und dort tauchten aus den Feldern die großen Strohhüte einiger Bauern auf. Von den Bergen Toledos bis zu denen Estremaduras dehnte sich, noch abseits des Krieges, die getreidefarbene Erde im Nachmittagsschlaf, von einem Horizont zum andern in Frieden gebettet.

In der Staubwolke, die zur hellen Sonne aufstieg, hoben sich die Umrisse von Anhöhen und Hügeln als ganz flache Schatten ab; weit dahinten lagen Badajoz, Merida – am 8. von den Faschisten genommen –, Medellin, noch unsichtbar, lächerlich winzige Punkte in der Unermeßlichkeit der zitternden Ebene.

Die Gegend wurde steiniger. Endlich, spröde wie sein felsiger Boden, Dächer ohne Baumumrandung, alte, von der Sonne graugebrannte Ziegel, zeigte sich wie ein Berbergerippe auf afrikanischer Erde Badajoz, sein Alcázar, seine leere Arena. Die Piloten schauten auf ihre Landkarte, die Bombenschützen auf ihre Zielfernrohre, die Maschinengewehrschützen auf die kleinen Zielpunkte, die außerhalb des Flugzeugs mit großer Geschwindigkeit vorbeiflogen. Dort unten lag die alte, zernagte spanische Stadt mit ihren schwarzen Frauen hinter den Fenstern, mit ihren in Eimern voll Brunnenwasser kühlgestellten Oliven- und Anislikören, mit ihren Klavieren, auf denen die Kinder mit einem Finger spielten, und ihren mageren Katzen, die den Tönen aufzulauern schienen, wie sie sich einer nach dem andern in der Hitze verloren. Und all das vermittelte einen solchen Eindruck von Dürre, als müßten Ziegel, Quader, Häuser, Gassen beim ersten Bombenaufprall mit dem knirschenden Geräusch von Knochen und Kies zerbröckeln und zersplittern. Über dem Marktplatz winkten Karlitsch und Jaime mit den Taschentüchern. Die spanischen Bombenschützen warfen Wimpel in den Farben der Republik ab.

Jetzt eine faschistische Stadt: Die Beobachter erkannten das antike Theater von Merida, die Ruinen aus der Römerzeit: eine Stadt wie Badajoz, wie ganz Estremadura. Endlich Medellin.

Auf welcher Chaussee kam die Kolonne? Die Chausseen ohne Bäume blinkten gelb im prallen Sonnenschein, ein wenig heller als die Erde und leer, so weit das Auge reichte ...

Die Staffel überflog einen viereckigen Platz und die ihn umgebenden Häuser – Medellin – und folgte dann einer Landstraße, die auf die feindlichen Linien zu, aber auch der Sonne entgegen führte. Diese Fünfuhrnachmittagssonne blendete sie alle. Die Landstraße vermochten sie gerade noch als ein weißglühendes Band zu erkennen. Die beiden Douglas-Maschinen hinter Sembrano wurden langsamer und formierten sich hintereinander zur Reihe: Die feindliche Kolonne war in Sicht.

Darras übergab die Steuerung dem ersten Piloten und beugte sich, so weit er konnte, aus dem Flugzeug. Sein ganzer Leib war Spähen. Damals im Kriege hatte er nur nach irgendeiner deutschen Brigade ausgespäht, heute suchte sein Blick nach dem, was er seit Jahren in seiner Mairie in den mit zäher Geduld geschaffenen, dann wieder vernichteten und von neuem aufgebauten Arbeiterorganisationen in so vielen Gestalten bekämpfte, nach dem Faschismus. Erst Rußland, dann Italien, China, Deutschland ... Und hier in Spanien war kaum der Hoffnung, die Darras für die Welt hatte, eine Chance gegeben, als auch schon der Faschismus da war – dort, fast unter seinem Flugzeug; und alles, was er davon zu sehen bekam, war, daß die Flugzeuge seiner eigenen Partei ihre Flugformation änderten.

Um sich der Kolonne einzugliedern, machte das Flugzeug, in dem er sich befand (das von Magnin, das erste der internationalen Gruppe), eine Wendung. Die Landstraße vor ihnen war auf einer schnurgeraden, wohl einen Kilometer langen Strecke in regelmäßigen Abständen mit roten Punkten gesprenkelt. Das Flugzeug befand sich jetzt darüber, die Sonne war wieder da, und Darras sah nichts als eine weiße Chaussee.

Dann bog die Straße ab, die Sonne stand nun seitlich: Die roten Punkte tauchten wieder auf. Zu klein, um Autos zu sein, in ihrer Bewegung zu mechanisch, als daß es Menschen hätten sein können. Und die Straße war wie ein Tier, das sich rührte.

Mit einemmal begriff Darras. Und, als ob er nun mit seinem denkenden Hirn, nicht bloß mit den Augen sähe, begann er jetzt Formen zu unterscheiden: auf der Landstraße fuhren

Lastautos, ganz gelb vor Staub, und die roten Punkte waren die ungetarnten, mit Mennige gestrichenen Motorhauben.

Bis an den unermeßlichen Horizont Schweigen, Landschaft, Friede; drunten die Chausseen um die drei Städte sternförmig eingezeichnet wie der Abdruck von riesigen Vogelfüßen; und unter diesen drei unbewegten Chausseen diese eine. Für Darras war der Faschismus diese Chaussee, die zitterte.

Zu beiden Seiten der Chaussee explodierten die Bomben. Es waren Zehnkilobomben: ein spitzes, rotes Aufflammen und Rauch über den Feldern. Nichts zeigte, daß die faschistische Kolonne ihre Bewegung beschleunigte, aber die Landstraße zitterte stärker.

Die Lastautos und die Flugzeuge kamen einander entgegen. Im blendenden Sonnenschein konnte Darras die Bomben nicht fallen sehen, aber er sah, wie sie explodierten, jetzt schon in ganzen Reihen und immer noch in den Feldern. Sein verbundener Fuß begann ihn wieder zu schmerzen. Er wußte, daß in einer der Douglas-Maschinen keine Abwurfvorrichtung war und die Bomben dort durch das vergrößerte Loch des Klosetts geworfen wurden. Plötzlich erstarrte eine Strecke der Chaussee: die Kolonne hielt. Ein Lastauto war von einer Bombe getroffen worden und lag nun quer über der Straße, aber Darras hatte den Vorgang nicht gesehen.

Als ob der Kopf eines Wurms seinen Weg allein fortsetzte, so bewegte sich das vordere Bruchstück der Kolonne, etwa ihr dritter Teil, in der Richtung auf Medellin weiter. Immer noch fielen Bomben. Das Flugzeug, in dem sich Darras befand, war jetzt über diesem Bruchstück. Der zweite Pilot sieht nicht, was unter ihm vorgeht.

Scali, Bombenschütze der dritten internationalen Maschine, sah, wie die Bomben immer näher der Landstraße fielen. Da er bis zu seiner Emigration in der italienischen Armee jährlich zu den Übungen eingerückt war und zudem in drei Flügen nach der Sierra seine Präzision neu erprobt hatte, befand er sich in bester Form. Jetzt schwebte er in dem von Sibirsky gesteuerten Flugzeug seit fünfzehn Sekunden über der Chaussee und sah, wie die Bomben in immer geringerer Entfernung von den Lastautos krepierten. Um auf das vordere Bruchstück zu zielen, war es zu spät. Die andern Lastautos versuchten, das quer über der (zweifellos zerstörten) Straße liegende rechts oder links zu umfahren. Von den Flugzeugen aus gesehen wirkten die Lastautos wie an die Chaussee angeheftet, etwa wie Fliegen auf einem Leimpapier kleben, und Scali, vielleicht weil er sich selbst in einem Flugzeug befand, hätte eigentlich erwartet, daß sie davonflögen oder sich querfeldein davonmachten, aber vermutlich war die Chaussee von Dämmen gesäumt. Die Kolonne, vor kurzem noch so abgezirkelt schnurgerade, schien jetzt bemüht, sich vor den gestürzten Lastautos wie ein Fluß vor einem Felsen in zwei Arme zu spalten.

Scali konnte die weißen Punkte der maurischen Turbane genau unterscheiden; er dachte an die Jagdflinten der armen Teufel von Medellin und öffnete, als das verworrene Gewimmel der Lastautos in das Blickfeld seines Zielfernrohrs trat, schnell die beiden Kisten mit den leichten Bomben. Dann beugte er sich über den Schacht und wartete, bis die Bomben aufschlugen: neun schicksalsträchtige Sekunden zwischen ihm und diesen Menschen dort unten.

Zwei, drei ... Durch den Schacht konnte er nicht weit genug nach hinten sehen. Er blickte durch das Loch des Maschinengewehrs am Heck. Dort unten liefen einige Kerle mit erhobenen Armen – vermutlich eine Böschung hinab. Fünf, sechs ... Auf den Flugzeugen traten die Maschinengewehre in Tätigkeit. Sieben, acht ... wie das dort unten rannte! Neun ... zwanzig rote Flecken, die alle auf einmal zerplatzten, das Laufen hörte auf. – Das Flugzeug setzte seinen Weg fort, als hätte es mit diesen Dingen nichts zu schaffen.

Die Flugzeuge beschrieben einen Kreis, um die Straße wieder zu erreichen. Das von Magnin kam gerade zurück, als Scalis Bomben niedergegangen waren, so daß Darras deutlich sehen konnte, wie sich über einem Wirrwarr umgestürzter Lastwagen der Rauch zerstreute. Mit Ausnahme des roten Blitzes der explodierenden Bomben schien der Tod bei alledem keine Rolle zu spielen: die Flucht der khakifarbenen Flecken unter den weißen Punkten der Turbane von der Chaussee weg wirkte wie das verstörte Getümmel von Ameisen, die ihre Eier retten.

Am besten sah Sembrano: Die erste der Douglas-Maschinen kam, den Kreis schließend, hinter dem letzten Flugzeug der internationalen Gruppe. Sembrano wußte noch weit besser als Scali, was dieser Kampf für die Milizen von Estremadura bedeutete: daß sie nichts tun, daß nur die Flieger ihnen helfen konnten. Er flog wieder über die Chaussee hin, um den Bombenschützen, die noch leichte Bomben hatten, die Möglichkeit zu geben, noch einige Lastautos zu zerstören, denn die Motorisierung war die Grundlage der faschistischen Überlegenheit. Es galt nun, noch vor dem Eintreffen der feindlichen Flieger die Spitze der Kolonne, die auf dem Wege nach Medellin war, einzuholen.

In den Feldern flogen wieder ein paar Lastautos in die Luft, die Räder nach oben. Sobald sie von der Chaussee weggeschleudert wurden und nicht mehr die Sonne vor sich hatten, warf das sinkende Tagesgestirn langgedehnte Schatten hinter sie, so daß sie erst nach ihrer Vernichtung sichtbar wurden, so wie Fische, die man mit Dynamit angeht, erst an die Oberfläche steigen, wenn sie tot sind.

Die Flieger vermochten sich jetzt ziemlich genau über der Chaussee zu halten. Die Schatten der zerstörten Lastwagen dehnten sich an der Spitze und am Ende der Kolonne aus und sahen aus wie Straßensperren.

Franco wird mehr als fünf Minuten brauchen, um das in Ordnung zu bringen, dachte Sembrano mit vorgeschobener Unterlippe. Und er flog ab nach Medellin.

Er war im innersten Herzen Pazifist geblieben, aber er bombardierte wirksamer als irgendein anderer spanischer Flieger. Wenn er allein bombardierte, so ging er, um seine Skrupel zu beschwichtigen, sehr tief hinunter: Die Gefahr, die er dadurch lief, der er sich mit Absicht aussetzte, verhalf ihm zu seiner moralischen Rechtfertigung. Er war von Natur aus mutig, wie Marcelino, wie so viele andere schüchterne Menschen. Entweder die Lastautos sind schon in der Stadt, dachte er, dann muß man sie samt und sonders in die Luft sprengen, oder sie sind noch außerhalb, dann muß man sie, damit die Milizen nicht wie Hasen abgeschossen werden, gleichfalls in die Luft spedieren. Mit zweihundertachtzig Kilometern in der Stunde nahm er Kurs auf Medellin.

Die Lastautos, welche die Spitze der Kolonne gebildet hatten, sammelten sich jetzt auf dem schattigen Platz. Sie hatten nicht gewagt, sich in dem noch feindlichen Ort zu zerstreuen. Sembrano, gefolgt von den fünf anderen Flugzeugen, ging so tief hinunter wie möglich.

Bei dem Stand der Sonne lagen die Straßen jetzt im Schatten. Trotzdem konnte man aus einer Höhe von dreihundert Metern die Farben der Häuser erkennen – lachsrosa, hellblau, pistaziengrün – und auch die Formen der Lastautos; einige hatten sich in den Nebenstraßen des Platzes versteckt.

Eine Douglas-Maschine kam Sembrano entgegen, statt hinter ihm zu bleiben. Wahrscheinlich war der Flieger aus der Reihe gewichen.

Die Flugzeuge begannen einen ersten Kreis um den Platz von Medellin. Sembrano erinnerte sich an sein erstes Bombardement, das er mit Vargas, dem jetzigen Chef der Operationen, ausgeführt hatte, auch der Arbeiter von Penarroya erinnerte er sich, die, umgeben von Faschisten, in den Fenstern, auf den Höfen ihre Vorhänge, ihre Bettdecken – das schönste, was sie hatten – für die republikanischen Flieger aufhängten.

Die abgeworfenen Bomben glänzten in einem Sonnenstrahl, verschwanden, schienen ihren Weg selbständig wie Torpedos fortzusetzen. Große orangefarbene Flammen zischten auf, und der Platz füllte sich mit Rauch. Über der höchsten Flamme stieg aus dem Brodeln des braunen Rauchs ein weißes Wölkchen auf; die winzige schwarze Silhouette eines Lastautos wirbelte eine Weile darüber und fiel dann in die scheckige Wolke zurück. Während Sembrano wartete, bis all der Rauch sich verzog, bemerkte er wieder die Douglas-Maschine, die aus der Reihe gewichen war, und noch zwei andere dazu. Er war aber nur mit drei Douglas-Maschinen, einschließlich der seinen, ausgeflogen, also konnte er sich jetzt nicht drei solchen Maschinen gegenüber befinden.

Er ließ seine Maschine wackeln, um Kampfformation zu befehlen.

Ganz mit dem beschäftigt, was unten auf der Erde vorging, hatte er kaum hingesehen: Es waren keine Douglas-Maschinen, sondern Junkers.

Zu diesem Zeitpunkt begann Scali, den Kampf aus der Luft gemein und abscheulich zu finden. Seit die Mauren flohen, hatte er die größte Lust, sich davonzumachen. Nichtsdestoweniger lauerte er wie eine Katze darauf, daß er den Platz in sein Zielfernrohr bekam (es blieben ihm noch zwei Bomben zu je 50 Kilo). Gleichgültig gegenüber den von der Erde her feuernden Maschinengewehren, fühlte er sich zu gleicher Zeit als Richter und als Mörder, wobei ihm übrigens die erste Funktion noch unsympathischer war. Die sechs Junkers, drei ihm gegenüber (diejenigen, die Sembrano gesehen hatte) und drei darunter, befreiten ihn von der Beschäftigung mit seinem Seelenleben.

Die Douglas-Maschinen mußten zu entwischen versuchen. Es konnte nicht davon die Rede sein, daß sie mit ihrem unglückseligen einzigen Maschinengewehr neben dem Piloten den Kampf gegen deutsche Flugzeuge aufnahmen, die drei moderne Maschinengewehre besaßen. Sembrano war die Geschwindigkeit immer als das beste Verteidigungsmittel der Bombenflugzeuge erschienen. In der Tat machten sich die Douglas-Maschinen mit größter Geschwindigkeit davon, während die internationalen mehrsitzigen Kampfflugzeuge auf die drei unteren Junkers losgingen, drei gegen sechs. Zum Glück waren die sechs ohne Jagdschutz. Da die gestellte Aufgabe erfüllt war, handelte es sich nicht mehr darum, zu kämpfen, sondern durchzukommen. Und Magnin wählte den Angriff von unten her auf die tiefer fliegenden Maschinen, die sich deutlich vom Himmel abhoben, indes seine eigenen, auf dem Hintergrund der Felder gut getarnt zu dieser Tageszeit, fast unsichtbar blieben. Die drei andern Junkers würden vielleicht nicht Zeit finden, in Kampfformation zu gehen. Also schaltete auch er auf Höchstgeschwindigkeit.

Die von unten kamen heran; sie waren geschlossen wie Unterseeboote, die Rumpfwanne hing wie ein Pendel zwischen dem Fahrgestell. Eine von ihnen zog eine Kurve, und die Internationalen konnten deutlich ihre Funkantenne erkennen und das Profil des MG-Schützen in der Heckkanzel. Gardet in seiner vorderen MG-Kanzel, eine Kinderflinte auf dem Rücken, wartete. Da er zu weit entfernt war, um sich vernehmbar zu machen, zeigte er mit seinem Finger auf die Junkers und fuchtelte mit dem linken Arm. Magnin, der sich neben Darras befand, sah sie wie Luftballons, die man aufbläst, größer und größer werden.

Die ganze Besatzung wurde sich bewußt, daß ein Flugzeug abstürzen kann.

Mit einem rasend einsetzenden Lärm sausten unter dem wilden Rattern der feuernden Maschinengewehre die Flugzeuge aneinander vorbei.

Die Internationalen hatten nur sehr wenige Kugeln abgekriegt, nur die von den feindlichen Heckgeschützen. Die Junkers blieben zurück, eine von ihnen sackte ab, aber ohne zu stürzen. Obwohl die Distanz sich immer mehr vergrößerte, wurde Magnins Maschine plötzlich am Rumpf von etwa einem Dutzend Kugeln durchlöchert. Die Distanz nahm weiter zu; vom Heckfeuer der Internationalen bestrichen, flogen fünf Junkers zu ihren Linien zurück, während die sechste über den Feldern trudelte.

Kaum war Magnin zurück und hatte seinen Bericht telefonisch durchgegeben, als er Gardet rufen ließ.

»Er ist in der Junkers, die hier niedergegangen ist, weil sie glaubten, Madrid sei genommen«, sagte Cammuccini.

»Ein Grund mehr.«

Zu seiner Überraschung wurde Magnin von einem Beamten der Sicherheitspolizei erwartet.

»Genosse Magnin«, sagte er und ließ dabei seinen Blick in alle Winkel und Ecken des weißgetünchten Büros wandern, »der Chef der Sicherheitspolizei hat mich beauftragt, Ihnen mitzuteilen, daß drei von Ihren deutschen Freiwilligen . . .«

Er zog ein Papier aus der Tasche.

»Kre. . . feld, Wurtz und Schrei. . . ner, ja, Schreiner heißt es, Spitzel im Dienste Hitlers sind.«

»Das muß ein Irrtum sein«, wollte Magnin entgegnen, aber dann dachte er, daß man in solchen Fällen immer an Irrtum glaubt. Karlitsch hatte ihm berichtet, daß Krefeld unablässig fotografierte (würde ein Spion so etwas tun?); und Magnin hatte ihn zu seiner Verblüffung eines Tages den Namen eines Beamten der französischen Spionageabwehr erwähnen hören.

»So, so, Krefeld? Wirklich? Na, schließlich müssen Sie das wissen. Aber Schreiner, das wundert mich sehr. Wurtz und

Schreiner sind Kommunisten, und zwar schon ziemlich lange, soviel ich weiß. Und ihre Partei steht für sie ein.«

»Die Parteien sind wie Menschen, Genosse Magnin, sie glauben an ihre Freunde; wir hingegen glauben nur an das Ergebnis unserer Nachforschungen.«

»Was verlangt der Chef der Sicherheitspolizei?«

»Daß die drei keinen Fuß mehr auf einen Flugplatz setzen.«

»Und dann?«

»Dann übernimmt er die Verantwortung.«

Magnin zerrte an seinem Schnurrbart, er überlegte.

»Der Fall Schreiner ist wirklich entsetzlich. Und ich muß sagen, daß ich den Mann für unschuldig halte! Könnte man nicht noch weitere Nachforschungen anstellen?«

»Oh, wir haben nicht die Absicht, überstürzte Maßnahmen zu treffen ... Übrigens wollte der Chef selbst anrufen, allerdings nur, um Ihnen meinen Auftrag zu bestätigen.«

Gardet erschien, der seine kleine Flinte im Magazin abgegeben hatte. Sein zur Bürste geschnittenes Haar hatte sich nach vorn gelegt. Seine Augen lachten. Der Polizeibeamte ging.

Mit seinem langen Bürstenschnitt und den hohen Backenknochen sah Gardet wie eine Spielkatze für Kinder aus. Aber sobald er lächelte, verliehen die kleinen auseinanderstehenden Zähne seinem dreieckigen Gesicht den Ausdruck angriffslustiger Energie.

»Was hast du denn da drin gemacht? Untersucht, wie die deutschen Maschinengewehrschützen feuern?«

»Ich bin nämlich ein Pfiffikus. Bin da hineingestiegen und hatte gleich den Eindruck, daß ich etwas nicht begriff. Jetzt habe ich's begriffen, bin gar nicht so dumm, wie ich glaubte! Seit sie auf uns geschossen haben, bin ich meiner Sache sicher: Die Maschine ist vorn so gut wie blind. Deshalb haben sie uns mit der ersten Ladung nicht getroffen, sondern erst, als wir hinter ihnen waren.«

»Diesen Eindruck hatte ich auch.«

Magnin hatte diese Maschinen in den technischen Zeitschriften studiert: Der dritte Motor der Junkers lag an der gleichen Stelle, wo beim zweimotorigen mehrsitzigen Kampfflugzeug die vordere MG-Kanzel war. Da nun Magnin sich sagte, daß die Vorderseite eines Flugzeugs sich nicht mit einem Maschinengewehr in der Wanne, das zwischen den Rädern hindurch feuert, und einem andern am Heck verteidigen läßt, war er, einer gegen zwei, drauflosgegangen.

»Hören Sie mal! Glauben Sie, daß die Vollgas gegeben haben, als sie hinter uns her gondelten?«

»Sicher.«

»Warum also rümpfen diese Deutschen seit zwei Jahren über uns die Nase? Die machen ja mindestens dreißig Kilometer weniger als wir mit unsern alten Kisten. Ist das Görings berühmte Luftflotte? Allerdings, das muß man sagen: Ihre Maschinengewehre sind ganz was anderes als unsere spanischen! Keine einzige Ladehemmung. Ich habe genau zugehört. Wenn die Russen oder unsere Schweine von Landsleuten sich entschließen könnten, uns mit neuen zu versehen . . .«

Magnin machte sich ziemlich perplex auf den Weg zum Operationsstab. Als erstes wollte er im Hospital vorbeigehen.

Der bretonische Bombenschütze lag zusammengekrümmt in seinem Bett, das ganz mit Nummern der »Humanité« und Büchern von Courteline bedeckt war, und diskutierte ohne Schwung mit seinem Nachbarn, einem spanischen Anarchisten. House hatte im Stockwerk darüber ein Zimmer für sich allein, was nichts Gutes verhieß.

Magnin öffnete die Tür. Der Engländer grüßte ihn durch Heben der Faust und lächelte, aber seine Augen lächelten nicht; und diese erhobene Hand, wie die der Gefallenen, hatte etwas ebenso kindlich Tragisches wie das Lächeln.

»Wie geht es Ihnen?«

»Ich weiß es nicht. Niemand spricht hier englisch . . .«

Die Antwort, die der »Captain« gab, war im Grund keine Antwort auf die Frage, sondern der Ausdruck seiner Qual: Er wußte nicht, ob er ein Krüppel sein würde oder nicht.

Mit seinem dünnen blonden Schnurrbärtchen und der spitzen Nase sah er wie ein von einer besorgten Mutter zu Bett gebrachter Gymnasiast aus. Wie zufällig, wie fehl am Platze wirkte doch diese erhobene Faust! Waren die Wahrheit nicht eher diese artig auf die Decke gelegten Hände, dieses Gesicht, das sich in irgendeinem englischen Landhaus eine Mistreß House genau so zwischen Kissen und Decken liegend vorstellte? Und es gab noch eine andere Wahrheit, von der diese Mistreß House nichts wußte, das waren unter der sorgfältig festgezogenen Decke die beiden Beine, in denen fünf Kugeln steckten.

Dieser Junge ist noch keine fünfundzwanzig Jahre alt, dachte Magnin.

»Was soll man nun sagen? Was bedeutet schon eine Idee, wenn einem beide Beine abgeschnitten werden sollen?«

»Hm ja, natürlich«, sagte Magnin und zerrte an seinem Schnurrbart, »was habe ich schon wieder vergessen? . . . Ich habe ja meine Orangen unten gelassen . . .«

Er verließ das Zimmer. Verkrüppelung erschütterte ihn mehr als Tod, zum Lügen war er nicht fähig und wußte nicht, was er sagen sollte. Da er vor allem Bescheid wissen wollte, begab er sich zum Chefarzt hinauf.

»Nein«, sagte dieser, »der englische Flieger hat noch Glück gehabt. Die Knochen sind nicht verletzt, von einer Amputation war nicht einen Moment lang die Rede.«

Magnin rannte die Treppe hinab. Das helle Klirren von Eßbestecks erfüllte das Treppenhaus und klang in seinem Herzen nach.

»Die Knochen sind nicht verletzt«, sagte er beim Betreten des Zimmers. Die Orangen waren ihm aus dem Gedächtnis entschwunden.

House hatte ihn wieder durch Heben der Faust begrüßt. Da niemand im Spital seine Muttersprache verstand, hatte er sich diese Geste angewöhnt, um dadurch seine brüderliche Gesinnung zum Ausdruck zu bringen.

»Das . . . die Amputation . . . kommt gar nicht in Frage«, fuhr Magnin fast stotternd fort. Es fiel ihm schwer, auf englisch wiederholen zu müssen, was ihm der Arzt auf spanisch mitgeteilt hatte.

Zwischen Hoffnung und der Angst vor einer frommen Lüge schwankend, senkte House den Blick und brachte schließlich mit gepreßter Stimme hervor: »Wann werde ich wieder gehen können?«

»Ich will gleich den Chefarzt fragen.«

Der wird mich für einen Idioten halten, dachte Magnin, während er die Stufen der weißen Treppe noch einmal hinaufstieg.

»Entschuldigen Sie«, sagte er zum Arzt, »dieser junge

Mann fragt mich, wann er wieder gehen kann, und ich möchte ihn nicht gern belügen.«

»In zwei Monaten.«

Magnin lief wieder hinunter. Kaum hatte er die Worte »zwei Monate« ausgesprochen, als er merkte, wie sich vom Bette her die rauschhafte Freude eines aus Gefangenschaft Erlösten durch den ganzen Raum verbreitete, ein Phänomen, um so geheimnisvoller, als sich nicht sagen ließ, wodurch es zum Ausdruck kam. House konnte die Beine nicht regen, seine Arme lagen auf der Bettdecke, der Kopf auf dem Kissen; an seinen unbewegten Armen krampften sich allein die Finger, und sein starker Adamsapfel ging auf und nieder. Diese Gesten grenzenlosen Jubels glichen genau den Gesten der Angst.

In den Vororten von Madrid gab es weniger Autos, weniger Inschriften darauf und weniger Milizen darin, die ihre Gewehre schwangen. In der Nähe der Puerta de Toledo übten junge Leute den Gleichschritt. Magnin dachte an Frankreich. Bis zu diesem Krieg hatten die Junkers-Maschinen den wesentlichen Teil der deutschen Bombergeschwader ausgemacht. Sie bestanden aus umgebauten Transportflugzeugen und erschienen den Augen Europas, das vor der deutschen Technik großen Respekt hatte, als gewaltige Kriegsflotte. Indes war ihre an sich ausgezeichnete Bewaffnung nicht wirksam, und sie eigneten sich nicht für die Verfolgung der Douglas-Maschinen, amerikanischer Transportflugzeuge. Selbstverständlich taugten sie mehr als die altertümlichen Luftkutschen, die Magnin auf allen Märkten Europas zusammengekauft hatte. Aber weder gegen die modernen französischen Flugzeugtypen noch gegen die der Russen hätten sie standgehalten. All das würde sich ändern: Die großen blutigen Manöver für den neuen Weltkrieg hatten begonnen. Zwei Jahre lang war Europa vor einem ständig drohenden Krieg zurückgewichen, den Hitler aus technischen Gründen nicht beginnen konnte.

Als Magnin im Ministerium eintraf, hörte Vargas, der Leiter der Operationen, García zu, der einen Bericht vorlas.

»Guten Abend, Magnin!«

Vargas erhob sich halb, blieb aber an das Kanapee gelehnt. Weil es so heiß war, hatte er den Overall ausgezogen, ihn aber (aus Trägheit oder vielleicht, um schneller bereit zu sein) nicht von den Beinen gestreift. Das verlieh ihm das Aussehen eines gehäuteten Kaninchens, bei dem die Haut noch an den Pfoten hängt, und hinderte ihn am Gehen. Er setzte sich wieder, die langen Beine in den Overallhosen vor sich hingestreckt, in dem schmalen, knochigen Gesicht eines Don Quijote ohne Bart den Ausdruck freundschaftlichen Wohlwollens. Vargas war einer der Offiziere, mit denen Magnin vor dem Aufstand die spanischen Luftlinien eingerichtet hatte. Er hatte auch zusammen mit ihm und Sembrano die Schienen auf der Strecke Sevilla–Córdoba gesprengt. Vargas stellte García und Magnin einander vor und ließ Zigaretten und etwas zum Trinken bringen.

»Meinen Glückwunsch«, sagte García, »Sie haben den ersten Sieg dieses Krieges errungen . . .«

»Ah, wirklich? Um so besser. Ich werde Ihre Glückwünsche weitergeben: Sembrano war der Chef der Staffel.«

Die beiden Männer betrachteten einander mit herzlichem Interesse. Zum erstenmal hatte Magnin mit einem der Chefs des militärischen Nachrichtendienstes direkt zu tun; García seinerseits hörte von Magnin fast täglich reden.

Alles an García überraschte Magnin: daß dieser Spanier so beliebt war und das Gesicht eines englischen oder normannischen Großgrundbesitzers mit so einer kräftigen Stupsnase hatte; daß dieser Intellektuelle so lustig und freundlich dreinblickte und spitze Ohren besaß; daß dieser Ethnologe nach langen Aufenthalten in Peru und auf den Philippinen nicht die geringste Spur von Krankheit zeigte. Zudem hatte er sich García immer mit einem Zwicker vorgestellt.

»Im Grunde war es nur eine kleine Expedition«, sagte Magnin, »sechs Flugzeuge . . . Wir haben auf der Landstraße einige Lastautos in die Luft gesprengt . . .«

»Nicht die auf der Landstraße abgeworfenen Bomben waren am wirksamsten«, sagte García, »sondern die in Medellin. Einige schwere Bomben fielen auf den Hauptplatz. Tatsächlich war das die erste ernsthafte Bombardierung, die die Mauren erlebt haben. Die Kolonne ist zu ihrem Ausgangspunkt zurückgekehrt. Das ist unser erster Sieg ... Freilich ist Badajoz in den Händen der Faschisten, so daß sich die Armee Francos mit der von Mola vereinigen kann.«

Magnin blickte ihn fragend an.

Auch das Benehmen Garcías überraschte ihn, er hatte von ihm viel eher ein geheimnistuerisches Wesen erwartet als diese joviale Aufgeknöpftheit.

»Badajoz liegt ganz nahe der portugiesischen Grenze«, sagte García.

»Am Sechsten«, sagte Vargas, »hat die *Montesarmiento* in Lissabon vierzehn deutsche Flugzeuge und hundertfünfzig spezialisierte Techniker ausgeschifft. Am Achten sind achtzehn Bombenflugzeuge aus Italien abgeflogen, und vorgestern sind zwanzig in Sevilla angekommen.«

»Savoia-Maschinen?«

»Ich weiß es nicht. Zwanzig andere italienische Flugzeuge sind unterwegs.«

»Zu denen die ebengenannten achtzehn gehören?«

»Nein. In weniger als vierzehn Tagen werden wir hundert moderne Flugzeuge gegen uns haben.«

Wenn auch die Junkers nicht viel taugten, so waren doch die Savoias als Bombenflugzeuge allem, worüber die Republikaner verfügten, weit überlegen.

Durch das offene Fenster drang zusammen mit dem Geruch angesengter Blätter die von zwanzig Radiostationen zugleich übertragene republikanische Hymne herein.

»Ich fahre fort«, sagte García, wieder zu seinem Bericht greifend. »Es handelt sich um die heute vormittag erfolgte Einnahme von Badajoz«, wandte er sich erklärend an Magnin.

»Fünf Uhr. *Die Mauren ziehen in das durch die Bombardierung beinahe zerstörte Fort San Cristóbal ein.*

Sieben Uhr. *Die feindliche Artillerie beschießt vom Fort San Cristóbal aus unablässig die Stadt. Die Miliz hält sich. Das Lazarett im Provinzspital ist durch Luftbombardement vernichtet worden.*

Neun Uhr. *Im Osten liegt der Festungswall in Trümmern. Im*

Süden stehen die Kasernen in Flammen. Wir haben nur noch zwei Maschinengewehre. Die Artillerie in San Cristóbal feuert. Die Milizen halten stand.

Elf Uhr. *Eintreffen der feindlichen Tanks.«*

Er legte das maschinengeschriebene Blatt hin und griff nach einem andern.

»Der zweite Bericht ist kurz«, sagte er bitter.

»Zwölf Uhr. *Die Tanks sind vor der Kathedrale. Hinter ihnen marschiert die Infanterie ein. Sie wird zurückgeschlagen.*

Ich frage mich, womit«, sagte er. »In ganz Badajoz gab es nur vier Maschinengewehre!

Sechzehn Uhr. *Der Feind dringt in die Stadt.*

Sechzehn Uhr zehn. *Haus für Haus wird verteidigt.*«

»Um vier Uhr nachmittags?« fragte Magnin. »Aber erlauben Sie, noch um fünf Uhr erhielten wir die Nachricht, daß sich Badajoz in unsern Händen befindet!«

»Der offizielle Bericht ist eben eingetroffen.«

Magnin dachte an die schräge Fünfuhrnachmittagssonne über der stillen, wie Steingeröll unter ihnen liegenden Stadt. Er hatte den Anfang des Krieges von 1914 als Artillerist mitgemacht und wußte, daß man bei dieser Waffengattung keine Ahnung davon hat, was in der Schlacht vorgeht; freilich sah man auch nichts von ihr. Diese Stadt hingegen, in der das Blut in Strömen floß, hatte er eine gute Weile lang als etwas Friedliches und Befreundetes unter sich gesehen. Aus allzu großer Höhe wie Gott . . .

»Die Tanks sind vor der Kathedrale . . .« Die Kathedrale mit ihrem großen Schatten neben sich, die engen Gassen, die Arena . . .

»Um wieviel Uhr war der Kampf zu Ende?«

»Eine Stunde, bevor Sie sie überflogen«, sagte Vargas, »bis auf die Kämpfe im Innern der Häuser . . .«

»Hier ist der letzte Bericht«, sagte García, »von acht Uhr abends ungefähr, vielleicht etwas früher. Er stammt aus unseren Linien – soweit es dort noch so etwas gibt . . .

Die faschistischen politischen Gefangenen wurden heil und gesund übergeben. Die verhafteten Milizen und Verdächtigen werden kriegsrechtlich erschossen. Ungefähr zwölfhundert sind bereits erschossen worden.

Anklage: Widerstand mit bewaffneter Hand. Zwei Milizmänner wurden in der Kathedrale auf den Stufen des Hochaltars erschossen. Die Mauren tragen das Skapulier und das Abzeichen des Heiligen Herzens Jesu. Während des ganzen Nachmittags fanden Erschießungen statt; sie dauern an.«

Magnin dachte daran, wie Karlitsch und Jaime über denen, die man erschoß, freundschaftlich die Taschentücher geschwenkt hatten.

Das nächtliche Leben von Madrid, die republikanische Hymne, übertragen von sämtlichen Rundfunkstationen, Lieder aller Art, Saludrufe, je nach der Entfernung lauter oder leiser, durcheinandergestreut wie Töne verschiedener Klaviere – diese ganze Lärmwoge aus Hoffnung und Begeisterung drang in das Zimmer, wo die Männer schwiegen.

Vargas schüttelte den Kopf.

»Gut, daß sie singen . . .« Und ein wenig gedämpfter: »Der Krieg wird lange dauern . . . Das Volk ist optimistisch . . . Die politischen Führer sind optimistisch . . . und wir beide, der Kommandant García und ich, die ihrer Natur nach dazu neigen würden . . .« Er zog beunruhigt die Augenbrauen hoch. Wenn Vargas die Augenbrauen hochzog, sah er naiv aus und wirkte plötzlich jung. Magnin wurde sich bewußt, daß es ihm noch nie eingefallen war, sich Don Quijote jung vorzustellen.

»Lassen Sie sich den heutigen Tag noch einmal durch den Kopf gehen, Magnin! Mit Ihren sechs Flugzeugen, einer kleinen Expedition, wie Sie sagen, haben Sie die Kolonne aufgehalten. Mit ihren Maschinengewehren hat die Kolonne nur zu pusten brauchen, um den Milizen Badajoz wegzunehmen. Und bedenken Sie, daß diese Milizmänner keineswegs Feiglinge waren. Dieser Krieg wird ein technischer Krieg sein, und wir führen ihn, indem wir lediglich von Gefühlen reden.«

»Trotzdem war es das Volk, das die Sierra gehalten hat!«

García beobachtete Magnin scharf. Wie Vargas war er der Meinung, daß dies ein technischer Krieg sein würde, und konnte nicht glauben, daß den Arbeiterführern über Nacht die Begnadung des Fachwissens käme. Demnach lag das Schicksal der Volksfront zum großen Teil in den Händen der Techniker, und alles an Magnin war ihm interessant: sein unbeholfenes Benehmen, seine scheinbare Zerstreutheit, sein »Nicht-aus-noch-ein-Wissen«, sein Aussehen wie ein besserer Polier (in Wahrheit war er technischer Generaldirektor), dazu die unbestreitbare Tüchtigkeit und zielbewußte Energie, die hinter seinen erstaunten Augengläsern hervorblitzten.

Magnin hatte – wegen seines Hängeschnurrbarts – etwas von einem Kunsttischler aus dem Faubourg Saint-Antoine und anderseits durch seinen Blick, wenn er die Brille ablegte, in seinem Gebaren, seinem Lächeln, das volle Gepräge des Intellektuellen. Er hatte eine der größten französischen Luftverkehrsgesellschaften geleitet, und García, dem daran gelegen war, sich bei Menschen nicht von der Glorie ihres Amtes blenden zu lassen, bemühte sich, herauszubekommen, was an diesem Manne da das rein Menschliche war.

»Das Volk benimmt sich großartig, ganz großartig«, sagte Vargas zu Magnin. »Aber es ist ohnmächtig.«

»Ich war in der Sierra«, sagte García, das Mundstück seiner Pfeife auf Magnin richtend. »Gehen wir der Reihe nach vor: Die Sierra hat die Faschisten überrascht; die Stellungen waren für Guerillakämpfe ganz besonders geeignet; das Volk hat eine sehr starke, aber nur sehr kurze Stoßkraft ... Mein lieber Herr Magnin, es gibt ein paar recht gefährliche Mythen, die zugleich Unterstützung und Gift für uns sind. Erstens einmal: Die Franzosen behaupten, das Volk – mit Majuskeln geschrieben – habe die Französische Revolution gemacht. Daraus, daß hundert Piken über schlechte Musketen siegen können, folgt noch lange nicht, daß hundert Jagdflinten ein gutes Kampfflugzeug besiegen. Die russische Revolution hat eine vernünftige Betrachtung noch mehr erschwert. Politisch gesehen ist sie die erste Revolution des zwanzigsten Jahrhunderts, aber vom militärischen Standpunkt aus ist sie die letzte des neunzehnten Jahrhunderts. Auf der Seite der Zaristen weder Tanks noch Flugzeuge; auf der Seite der Revolutionäre Barrikaden. Wie sind die Barrikaden entstanden? Sie entstanden zur Bekämpfung der königlichen Reiterregimenter, da das Volk nie eine Kavallerie besessen hat. Heute ist Spanien mit Barrikaden bedeckt – zur Bekämpfung von Francos Flugzeugen ... Unser lieber Herr Ministerpräsident hat sich sofort nach seinem Sturze mit seinem Gewehr in die Sierra begeben ... Vielleicht, Herr Magnin, sind Sie mit den Verhältnissen in Spanien nicht genug vertraut? Gil, unser einziger tüchtiger Flugzeugkonstrukteur, ist vor kurzem als gemeiner Infanterist an der Front gefallen.«

»Erlauben Sie, die Revolution . . .«

»Wir sind nicht die Revolution. Fragen Sie doch Vargas! Wir sind das Volk, das stimmt; aber die Revolution nenne ich den zielbewußten Aufstand, der durch Kader, politische, technische usw., geleitet wird, die im Kampfe gestählt und fähig sind, sofort an die Stelle der Kader zu treten, die sie vernichtet haben.«

»Und beachten Sie, Magnin«, fiel Vargas ein, indem er seinen Overall hochzog, »daß nicht wir die Initiative ergriffen haben, wie Sie ja wissen. Wir müssen unsere Kader erst schaffen. Franco hat überhaupt keine Kader außer militärischen, aber er hat bekanntlich die beiden Staaten, die ihm helfen. Nie wird es Milizen gelingen, eine moderne Armee zu schlagen. Die Wrangelleute wurden von der Roten Armee geschlagen, nicht von den Partisanen . . .«

García sagte, mit der Pfeife in der Hand seine Worte unterstreichend: »Heutzutage gibt es keine soziale Umgestaltung, geschweige denn eine Revolution ohne Kampf und keinen Kampf ohne Technik. Demnach . . .«

Vargas stimmte zu, indem er, immer wenn García die Pfeife senkte, mit dem Kopf nickte.

»Die Menschen lassen sich nicht für die Technik und für die Disziplin umbringen«, warf Magnin ein.

»Unter den gegenwärtigen Umständen interessieren mich weniger die Gründe, aus welchen sich die Menschen umbringen lassen, als ihre Tüchtigkeit im Umbringen ihrer Feinde. Andrerseits bitte ich zu beachten, daß ich unter Disziplin natürlich nicht verstehe, was man etwa Kasernenhofdrill nennt. Vielmehr verstehe ich darunter die Gesamtheit der Mittel, die den kämpfenden Gemeinschaften die größtmögliche Durchschlagskraft verleiht.« García hatte eine Vorliebe für Definitionen. »Es handelt sich um eine Technik wie jede andere. Ich brauche Ihnen nicht zu sagen, daß ich auf das militärische Salutieren wenig Wert lege.«

»Was wir in diesem Augenblick durch das Fenster hören, ist etwas sehr Positives. Und Sie wissen genauso wie ich, daß wir es nicht gehörig ausnützen . . . Sie sagen: Wir sind nicht die Revolution. Wohlan, seien wir sie! Oder bilden Sie sich am Ende ein, daß Ihnen die Demokratien zu Hilfe kommen werden?«

»Die Möglichkeit läßt sich nicht von der Hand weisen, Magnin!« sagte Vargas.

García zielte mit seinem Pfeifenstiel auf die beiden, als wäre es ein Revolver. »Ich habe die Demokratien gegen ungefähr alles intervenieren sehen, nur nicht gegen den Faschismus. Der einzige Staat, der uns außer Mexiko früher oder später helfen könnte, ist Rußland. Aber es wird uns nicht helfen, weil es zu weit entfernt ist. Was Sie da durch das Fenster hören, Herr Magnin, ist die Apokalypse der Brüderlichkeit. Sie fühlen sich dadurch sehr erschüttert, das begreife ich. Denn die Apokalypse der Brüderlichkeit ist eines der erschütterndsten Dinge auf Erden, und man erlebt sie nicht oft. Aber sie muß zu etwas ganz anderem werden – *bei Todesstrafe.*«

»Mag sein ... aber erlauben Sie mir eine Bemerkung: Ich für mein Teil kann und will nicht einen Widerstreit akzeptieren zwischen denen, die die revolutionäre Disziplin repräsentieren, und den anderen, die diese Notwendigkeit noch nicht begriffen haben. Der Traum von totaler Freiheit, von Ausübung der Macht durch den Edelsten und so weiter – all das gehört für mich zu den Dingen, um derentwillen ich hergekommen bin. Ich möchte, daß ein jeder ein Leben führt, das nicht durch das bestimmt wird, was er von den andern fordert. Sie verstehen doch, was ich meine?«

»Ich fürchte, daß Sie über die Situation noch nicht völlig unterrichtet sind. – Wir haben es mit zwei aufeinanderfolgenden Staatsstreichen zu tun, lieber Herr Magnin. Der eine ist einfach das Pronunciamiento der Adelsgeschlechter. Alte Bekannte: Burgos, Valladolid, Pamplona – die Sierra. Am ersten Tag hatten die Faschisten alle Garnisonen Spaniens. Heute haben sie nur noch den dritten Teil. Dieses Pronunciamiento ist im Grunde geschlagen. Geschlagen durch dic Apokalypse ... Aber die faschistischen Staaten, die nicht dumm sind, haben das Scheitern des Pronunciamiento einkalkuliert. Und damit beginnt der Angriff von Süden her. Passen Sie auf: Hier handelt es sich um etwas völlig anderes! ... Um uns klarzuwerden, worüber wir reden, wollen wir einmal das Wort Faschismus weglassen. Erstens: Franco pfeift auf den Faschismus. Er ist ein Diktaturaspirant auf venezuelische Art. Zweitens: Mussolini ist es an sich gleichgültig, ob in Spanien der Faschismus eingeführt wird oder nicht. Die moralischen Probleme sind eine Sache, die auswärtige Politik ist eine andere. Mussolini möchte hier eine Regierung haben, die unter seinem Einfluß steht. Aus diesem Grunde hat er aus Marokko eine Angriffsbasis gemacht. Von dorther kommt eine moderne, mit modernen Waffen versehene Armee. Da Franco auf die spanischen Soldaten nicht zählen kann, wie sich in Madrid und Barcelona gezeigt hat, stützt er sich auf wenig zahlreiche, aber technisch vorzüglich ausgerüstete Truppen: die Mauren, die Fremdenlegion und . . .«

»Es gibt in Marokko nur zwölftausend Mauren, García«, sagte Vargas.

»Es werden an die vierzigtausend sein. Soviel ich weiß, hat sich hier noch niemand mit den gegenwärtigen Beziehungen zwischen den geistlichen Behörden des Islam und Mussolini befaßt. Warten Sie nur ein wenig! Frankreich und England werden noch ihre Überraschungen erleben! Und wenn die Mauren nicht genügen sollten, wird man uns die Italiener auf den Hals schicken, lieber Freund.«

»Was strebt Italien nach Ihrer Ansicht an?« fragte Magnin.

»Ich weiß es nicht. Nach meiner Ansicht die Möglichkeit, Gibraltar zu kontrollieren, das heißt einen englisch-italienischen Krieg automatisch in einen europäischen zu verwandeln, indem es zwischen sich und England einen Verbündeten stellt, der gleichfalls bekämpft werden muß. Solange England relativ abgerüstet war, zog Mussolini es vor, mit ihm allein die Waffen zu kreuzen; Englands Wiederaufrüstung ändert von Grund aus die italienische Politik. Aber all das sind Hypothesen, Kaffeehausgeschwätz. Bitterer Ernst hingegen ist folgendes: Durch Portugal im eigentlichsten Sinn des Wortes gedeckt und unterstützt von den beiden faschistischen Staaten, wird Francos Armee – motorisierte Kolonnen, Maschinengewehre, Organisation und Fliegerhilfe durch die Deutschen und Italiener – den Versuch machen, auf Madrid zu marschieren. Um sich in der Etappe zu halten, wird er zum massivsten Terror greifen, wie sich in Badajoz bereits gezeigt hat. Was können wir diesem zweiten Krieg, der dem in der Sierra in keiner Weise gleicht, praktisch entgegenstellen? Das ist die Frage.«

García erhob sich aus seinem Fauteuil und trat an Magnin heran; vor dem Licht der elektrischen Lampe auf dem

Schreibtisch zeichnete sich die Silhouette seiner spitzen Ohren deutlich ab.

»Für mich, Herr Magnin, stellt sich die Sachlage einfach so dar: Eine Aktion des Volkes wie diese – oder eine Revolution oder eine Insurrektion – kann ihren Sieg nur aufrechterhalten, indem sie sich einer Technik bedient, die zu den Mitteln, durch die er errungen wurde, im Widerspruch steht, ja zuweilen sogar zu den Gefühlen. Überlegen Sie sich das einmal und vergleichen Sie, vor allem mit Ihren persönlichen Erfahrungen. Denn ich bezweifle, daß Sie Ihre Fliegerstaffel einzig und allein auf die Brüderlichkeit aufbauen ... Die Apokalypse will alles und will es sofort; die Revolution erlangt nur wenig und erlangt es langsam und mühselig. Die Gefahr besteht darin, daß jeder Mensch in sich die Sehnsucht nach einer Apokalypse trägt. Und daß im Kampfe diese Sehnsucht nach kurzer Frist die sichere Niederlage bedeutet. Und zwar aus dem einfachen Grunde, weil die Apokalypse ihrem Wesen nach ohne Zukunft ist. Selbst dann, wenn sie behauptet, eine zu haben.«

Er steckte die Pfeife in die Tasche und sagte traurig: »Unsere bescheidene Rolle, Herr Magnin, besteht darin, die Apokalypse zu organisieren.«

Übung der Apokalypse

I

ERSTES KAPITEL

García, Nase und Pfeife voran, war im Begriff, in einen ehemaligen Handwerkerladen einzutreten, der jetzt einer der Kommandoposten von Toledo war.

Rechts vom Eingang hing ein großes, aus einer illustrierten Zeitung herausgeschnittenes Foto der von den Faschisten in den Alcázar entführten Geiseln, die von den republikanischen Truppen bei ihrem Angriff auf die unterirdischen Gewölbe in Obhut genommen werden sollten: »Frau X..., die junge X..., das Kind X...« Als wenn es den Kämpfern möglich gewesen wäre, sich mitten im Kampfgetümmel der Gesichter zu erinnern.

García trat ein. Nach der hellbesonnten Gasse voller nackter Oberkörper und mexikanischer Strohhüte glaubte er sich in völlige Dunkelheit versetzt.

»Die Batterie feuert auf uns«, brüllte irgendwer da drinnen.

»Welche Batterie, Negus?«

»Unsere eigene.«

»Ich habe soeben dort angerufen. ›Sie schießen zu kurz!‹ habe ich gesagt. Wissen Sie, was mir der Offizier geantwortet hat: ›Ich habe es satt, auf meine Leute zu schießen. Jetzt schieße ich mal auf euch.‹«

»Das ist eine Verhöhnung der heiligsten Prinzipien der Zivilisation«, ließ sich eine gekünstelte Stimme mit ausgesprochen französischer Betonung vernehmen.

»Wieder ein Verräter«, sagte leiser mit einer Stimme, in der Überdruß und Müdigkeit waren, der Hauptmann, dessen Gesichtszüge García allmählich zu unterscheiden begann. Und zu einem Leutnant gewendet: »Nehmen Sie zwanzig Mann und ein Maschinengewehr und machen Sie dort Schluß!« Endlich zu einem Sekretär: »Benachrichtigen Sie den Kommandanten.«

»Ich habe drei Kameraden hingeschickt, damit sie mit dem Kerl von der Batterie abrechnen«, sagte der Negus.

»Ich hatte ihn doch abgesetzt. Hätte ihn die F. A. I. nicht wieder zurückberufen ...«

García hörte den Schluß des Satzes nicht. Und doch gab es hier drinnen weniger Radau als draußen. Einige Explosionen kamen gleichsam aus der Erde und zerschnitten wie Axtschläge den »Walkürenritt«, der aus dem Radio auf dem Platze erklang. Seine Augen gewöhnten sich an das Dämmerlicht, und er konnte jetzt den Hauptmann Hernandez sehen. Dieser glich den spanischen Königen auf den berühmten Bildnissen, die alle dem jungen Karl V. gleichen; die goldenen Sterne auf seinem Overall schimmerten sanft im Dunkel. Rings um ihn an der Wand wurden allmählich regelmäßige Flecken sichtbar, die ihn umgaben, wie gewisse spanische Heiligenstatuen von kurzen Strahlen umgeben sind: es waren Sohlen und Schusterleisten. Man hatte vergessen, sie aus der Werkstatt wegzuräumen. Neben dem Hauptmann ein anarchistischer Funktionär: Sils aus Barcelona.

Hernandez' Blick traf endlich auf García, der lächelnd dastand, die Pfeife im Mundwinkel.

»Kommandant García? Der militärische Nachrichtendienst hat mich von Ihrem Kommen telefonisch verständigt.«

Er schüttelte ihm die Hand und zog ihn auf die Straße hinaus.

»Was haben Sie für Wünsche?«

»Ich möchte Sie einige Stunden begleiten, wenn es Ihnen recht ist. Nachher werden wir sehen ...«

»Ich gehe nach Santa Cruz. Wir wollen versuchen, die Gebäude des Militärkommandos mit Dynamit zu sprengen.«

»Gehen wir.«

Der Negus, der den beiden folgte, betrachtete García mit Sympathie: Endlich einmal ein Abgesandter aus Madrid, der eine nette Visage hatte! Komische Ohren, stämmig und in seinem Aussehen nicht allzu bürgerlich: García trug nämlich eine Lederjacke. Neben dem Negus gestikulierte ein Mann von sehniger Gestalt, mit zerzaustem, welligem grauen Haar, bekleidet mit einem Sakko aus Wollstoff, Reithosen und -stiefeln. Das war der von Magnin dem Kriegsministerium zur Verfügung gestellte und von diesem dem Militärkommandanten von Toledo zugeteilte Hauptmann Mercery.

»Genosse Hernandez«, rief eine Stimme aus dem Schusterladen, »Leutnant Larreta telefoniert soeben, daß der Offizier der Batterie sich davongemacht hat.«

»Er soll an seine Stelle treten.«

Hernandez zuckte angewidert die Achseln und setzte über eine Nähmaschine hinweg, die mitten auf der Straße lag. Eine Schutzpatrouille begleitete die Offiziere.

»Wer kommandiert hier?« fragte Garcia mit kaum merklicher Ironie.

»Wer soll schon kommandieren? ... Alle und niemand. Sie lächeln?« ...

»Ich lächle immer, das ist so ein lustiger Tick von mir. Wer erteilt die Befehle?«

»Die Offiziere, die Narren, die Vertreter der verschiedenen politischen Organisationen und noch andere, die mir gerade nicht einfallen.«

Hernandez sprach ohne eigentliche Feindseligkeit, aber mit einer Grimasse der Entmutigung, durch die sich die gerade Linie seines schwarzen Schnurrbarts über seiner vorgeschobenen Lippe verzog.

»Welcher Art sind die Beziehungen zwischen den Berufsoffizieren und den politischen Organisationen?« fragte García.

Hernandez blickte ihn an, ohne ein Wort, ohne eine Bewegung, als wäre nichts imstande auszudrücken, wie katastrophal diese Beziehungen waren. Im hellen Sonnenschein krähten Hähne.

»Warum?« fragte García. »Weil jeder Dummkopf sich als Bevollmächtigter ausgibt? Im Anfang ist die Revolution immer ein großer Fischzug nach leitenden Stellen.«

»Zuerst ist es wohl so. Aber dazu kommt noch die absolute Unwissenheit der Leute, die mit uns über militärische Fragen diskutieren wollen. Zweitausend Soldaten, die ihr Handwerk können, würden dieses Milizheer zerschmettern. Und schließlich glauben sogar die *wirklichen* politischen Führer an das Volk als militärische Kraft!«

»Ich nicht. Jedenfalls nicht so ohne weiteres. Und was noch?«

In den in Sonnen- und Schattenseite gespaltenen Straßen ging mit Jagdflinten zwischen Tomaten das Leben weiter seinen Gang. Das Radio auf dem Platze spielte nicht mehr den

»Walkürenritt«; ein canto flamenco hob an: guttural hervorgestoßen, hatte er zugleich etwas von einem Trauergesang und von dem verzweifelten Schrei der Karawanentreiber. Und über diese Stadt und ihren Leichengeruch hin gingen seine Zuckungen, wie sich die Hände der Gefallenen in die Erde verkrampfen.

»Zunächst dies, Herr Kommandant: Um Sozialist oder Kommunist oder Mitglied einer unserer liberalen Parteien zu werden, muß man sich bis zu einem gewissen Grade ausweisen können; aber in die C. N. T. tritt man ein wie in einen Taubenschlag. Ich erzähle Ihnen damit nichts Neues. Aber sehen Sie, für unsereins ist das schlimmer als alles andere. Jedesmal wenn wir einen Falangisten verhaften, hat er eine Mitgliedskarte der C. N. T.! Es gibt sehr wackere Anarchisten, zum Beispiel den Kameraden hinter uns; aber solange das Prinzip der offenen Tür besteht, werden alle Katastrophen durch diese Türe hereinkommen! Sie waren ja dabei, als die Geschichte mit dem Leutnant der Batterie passierte.«

»Welche Gründe haben die Berufsoffiziere, die bei uns sind, bewogen, sich auf unsere Seite zu schlagen?«

»Einige glauben, daß Franco besiegt werden wird, weil er nicht sofort Erfolg gehabt hat. Andere sind mit diesem oder jenem höheren Offizier befreundet, der ein Feind von Franco, von Queipo, von Mola oder sonst einem faschistischen General ist; schließlich gibt es welche, die sich aus Unschlüssigkeit oder aus Indolenz nicht gerührt haben, die einfach blieben, wo sie waren ... Freilich, seit sie dauernd von den politischen Ausschüssen angepöbelt werden, tut es ihnen leid, daß sie nicht fortgegangen sind ...«

García hatte in der Sierra gesehen, wie Offiziere, die sich Republikaner nannten, den größten Unsinn, den die Milizmänner machten, billigten und hinter ihnen ausspuckten oder wie Offiziere eines militärischen Flugplatzes die Tische und Stühle aus ihrem Kasino entfernten, wenn schlechtgekleidete ausländische Freiwillige ankamen.

Andrerseits gab es Berufsoffiziere, die mit unendlicher Geduld die Fehler der Milizleute korrigierten, sie unterrichteten, organisierten ... Und er wußte von dem Schicksal des republikanischen Offiziers, der, zum Kommandeur des XIII. Lanzenreiterregiments, eines der Rebellenregimenter von Valencia, ernannt, sich zur Übernahme seines Kommandos in die meuternde Kaserne begeben hatte. Der Gefahr, der er sich aussetzte, voll bewußt, trat er ein, das Tor schloß sich hinter ihm, und eine Salve krachte.

»Kommt einer von Ihren Offizieren mit den Anarchisten aus?«

»Doch, gerade die unbrauchbarsten unter ihnen sehr gut ... Der einzige, dem die Anarchisten oder die sich so nennen, gehorchen, bis zu einem gewissen Grade wenigstens, ist dieser französische Hauptmann. Sie nehmen ihn nicht ganz ernst, aber sie haben ihn gern.«

García hob fragend die Pfeife.

»Er gibt mir taktische und strategische Ratschläge, die glatter Unsinn sind«, sagte Hernandez, »aber seine praktischen Ratschläge sind ausgezeichnet ...«

Alle Gassen liefen auf den Platz zu, der die Belagerten des Alcázars von den Belagerern trennte. Da García und Hernandez ihn nicht überqueren konnten, mußten sie ihn umgehen. Garcías Tritt tönte, der von Hernandez schleifte auf dem Pflaster Karls V. Am Ende jeder Straße, die durch einen Matratzenwall gesperrt war, am Ende jedes Gäßchens mit einer viel zu niedrigen Barrikade aus Sandsäcken war wieder der Platz. Die Leute schossen liegend, falsch gruppiert, dem Feuer der Maschinengewehre sehr ausgesetzt.

»Was halten Sie von diesen Barrikaden?« fragte García, ein Auge zukneifend.

»Dasselbe wie Sie. Aber überzeugen Sie sich selbst.«

Hernandez näherte sich dem Manne, der hier das Kommando zu führen schien: eine prächtige Kutschervisage, Schnurrbart, ach, was für ein Schnurrbart!, erstklassiger Mexikanerhut, Tätowierung. An seinem linken Arm war mit einem Gummiband ein kleiner Totenschädel aus Aluminium befestigt.

»Man müßte die Barrikade um fünfzig Zentimeter erhöhen, die Schützen weniger zusammendrängen und auch welche in die Fenster legen.«

»Do... men ...?« brummte der Mexikaner in dem Krach von Gewehrschüssen aus nächster Nähe.

»Wie?«

»Deine Dokumente, he, deine Papiere!«

»Hauptmann Hernandez, Kommandant der Sektion Zocodover.«

»Also gehörst du nicht zur C. N. T. Also was geht dich meine Barrikade an?«

García betrachtete den herrlichen Hut, er war von einem Kranz künstlicher Rosen umwunden, darunter ein Leinenband, auf dem mit Tinte geschrieben stand: *Der Schrecken von Pancho Villa.*

»Was heißt das, der Schrecken von Pancho Villa?« fragte er.

»Das versteht man doch«, entgegnete der andere.

»Natürlich«, stimmte García zu.

Hernandez warf ihm schweigend einen Blick zu. Sie gingen weiter. Der wundervolle Gesang im Radio hatte aufgehört. In einer Gasse waren vor einem Milchladen Töpfe der Reihe nach aufgestellt, jeder mit einem Pappschild versehen, auf dem ein Name stand. Da den Frauen das Schlangestehen lästig war, ließen sie die Töpfe da und holten sie, wenn der Milchmann sie gefüllt hatte – es sei denn, daß ...

Das Schießen hörte auf. Eine Weile lang dröhnte nur der Schritt der Eskorte durch die Stille. Dann hörte García: »Wie mir Frau Mercery, eine sehr gebildete Dame, schrieb, Genossen: ›Die Faschisten täuschen sich, wenn sie glauben, daß sie den Makel ihrer Niederlage in Afrika mit dem Blute der Arbeiter wegwaschen können!‹« Worauf aus einer vor dem Gewehrfeuer geschützten Straße das Geräusch eines Kinderrollers drang.

Die Schießerei begann wieder. Neue Straßen, diesmal solche, die der Kugelregen aus dem Alcázar nicht erreichen konnte, und jede in Schatten- und Sonnenseite geteilt. Auf der dunklen Seite plauderten Leute vor den Türen; einige stehend auf ihre Jagdflinten gestützt, andere sitzend. An der Ecke eines Gäßchens stand ganz allein mit dem Rücken zu ihnen ein Mann mit Filzhut und Jacke trotz der Hitze. Er schoß.

Das Gäßchen endete an einer sehr hohen Mauer, die zum Alcázar gehörte. Keine Schießscharte, kein Fenster, kein Feind. Der Mann feuerte, von Fliegen umschwirrt, Kugel um Kugel gelassen auf die Mauer ab. Wenn sein Patronenmagazin leer war, schob er ein neues ein. Als er Schritte hinter sich hörte, wandte er sich um. Er war etwa vierzig Jahre alt, hatte ein ernstes Gesicht.

»Ich schieße.«

»Auf die Mauer?«

»Auf das, was sich mir bietet.«

Er blickte García mit tiefem Ernst an. »Sie haben wohl kein Kind da drin, was?«

García erwiderte stumm seinen Blick.

»Sie können das nicht verstehen.«

Der Mann drehte sich wieder um und schoß neuerlich auf die riesigen Quader.

Sie setzten ihren Weg fort.

»Warum nehmen wir den Alcázar nicht?« fragte García Hernandez und klopfte mit der Pfeife auf seinen linken Handrücken.

»Wie sollten wir ihn erobern?« erwiderte der Hauptmann und sprach im Gehen weiter. »Kann man denn eine Festung nehmen, indem man auf ihre Fenster schießt? . . . Das ist eine Belagerung, aber kein Angriff. Also? . . .«

Sie betrachteten die Türme.

»Ich möchte Ihnen etwas anvertrauen, was Sie in diesem Leichengeruch vielleicht überraschen wird. Der Kampf um den Alcázar ist eine bloße Farce. Man spürt den Feind nicht mehr. Im Anfang hat man ihn gespürt, jetzt nicht mehr. Was ist da zu machen? Das heißt, daß wir uns, wenn wir jetzt entscheidende Maßnahmen träfen, wie gemeine Mörder vorkämen . . . Waren Sie an der Front von Saragossa?«

»Nein, noch nicht, aber ich kenne Huesca.«

»Wenn man sich im Flugzeug über Saragossa befindet, bemerkt man, daß in der Umgebung der Stadt zahllose Fliegerbomben abgeworfen worden sind. Die strategisch wichtigen Punkte, die Kasernen usw. wurden weit weniger bombardiert als der Raum dazwischen. Das war weder Ungeschicklichkeit noch Feigheit. Man bricht viel schneller einen Bürgerkrieg vom Zaun, als man einen in jedem Moment wirksamen Haß aufstachelt. Gewiß, was sein muß, muß sein, und diese wie ein Sieb durchlöcherten Stellen rings um Saragossa gefallen mir nicht. Aber ich bin Spanier und kann es verstehen . . .«

Wildes Beifallklatschen, das sich in der durchsonnten Luft verlor, unterbrach den Hauptmann. Sie kamen an einem schäbigen, von bunten Plakaten starrenden Tingeltangel vorbei. Hernandez zuckte, wie er schon mehrmals getan, mit dem Ausdruck des Überdrusses die Achseln, dann fuhr er ein wenig langsamer fort: »Gewiß nehmen nicht nur die Milizmänner von Toledo an diesem Angriff auf den Alcázar teil; aber viele der Kämpfer stammen aus Toledo selbst, und es sind ihre eigenen Kinder, die die Faschisten dort mit sich eingeschlossen haben. Was ist da zu tun?« ...

»Wie viele Geiseln gibt es?«

»Das läßt sich unmöglich schätzen ... Jeder Versuch verläuft im Sand ... Sicher ist die Zahl beträchtlich, darunter sind viele Frauen und Kinder; im Anfang haben die Faschisten alles mitgenommen, was sie erwischen konnten. Was uns die Hände bindet, sind nicht so sehr die Geiseln selbst, als die Legende von den Geiseln. Vielleicht sind sie gar nicht so zahlreich, wie wir alle befürchten ...«

»Ist es wirklich ganz unmöglich, zu genauen Feststellungen zu gelangen?«

García hatte, genau wie der Hauptmann, die Photographien der Frauen und Kinder gesehen, die in der Jefatura ausgestellt waren (diese zumindest waren sicher unter den Geiseln), dazu auch die Photographien der verödeten Zimmer mit den verlassenen Spielsachen.

»Wir haben es viermal vergeblich versucht ...«

Durch eine von einem Zug berittener Landleute, fremdartig wie ein Mongolenstamm, aufgewirbelte Staubwolke gelangten sie vor Santa Cruz. Ein wenig weiter lagen die feindlichen Fenster des Militärkommandos, noch höher der Alcázar.

»Hier ist es also, wo Sie versuchen wollen, mit Dynamit zu sprengen?«

»Ja.«

Durch einen Wirrwarr verbrannter Gärten, durch kühle Säle und über Treppen gelangten sie in den Hauptsaal des Museums. Die Fenster waren mit Sandsäcken und Trümmern von Statuen verbarrikadiert. Die Milizmänner schossen schweißtriefend in einer Backofenhitze, ihre nackten Oberkörper waren mit runden Lichtern gesprenkelt, wie die Leiber der Leoparden mit schwarzen Flecken, denn die feindlichen Kugeln hatten aus dem oberen, aus Ziegeln bestehenden Teil der Mauer ein Sieb gemacht. Hinter García waren auf dem ausgestreckten Arme eines Apostels Patronengurte aufgereiht wie Wäsche zum Trocknen. Er hängte seine Lederjoppe auf den weisenden Zeigefinger.

Mercery näherte sich ihm zum erstenmal.

»Herr Kommandant«, sagte er in strammer Stellung, »ich möchte Ihnen nur sagen, daß sich die wertvollen Statuen an einem sicheren Ort befinden.«

»Hoffen wir es«, dachte Garcia, die Hand eines Heiligen in der seinigen.

Durch Korridore und dunkle Räume traten sie auf das Dach hinaus.

Unter ihnen die Ziegel, bleich von Licht, dahinter wie eine einzige Flamme das kastilische Land mit seinen versengten Blumen bis an den weißen Horizont. García, bedrängt von diesem Anprall des Lichts, war vor Hitze und Geblendetsein einer Übelkeit nah, sein Blick traf auf den Friedhof, und er fühlte sich plötzlich gedemütigt, als würde angesichts dieses blitzend weißen Meers von Steinen und Grabdenkmälern jeder Kampf lächerlich aussichtslos. Kugeln durchschnitten die Luft mit sanftem Wespengesumm, dazwischen ertönte der harte Knall unter ihrem Aufschlag zerplatzender Ziegel. Hernandez, den Revolver in der Hand, bewegte sich in gebückter Haltung vorwärts; ihm folgten García, Mercery und die Milizmänner, welche das Dynamit trugen, alle mit dem Gefühl, im Rücken von der Sonne, am Bauch von der durch die Ziegel zurückgeworfenen Hitze gebraten zu werden. In zehn Meter Entfernung feuerten die Faschisten. Ein Milizmann schleuderte ein Paket, das auf einem Dach explodierte: Ziegel spritzten bis zu der Mauer empor, die die Angreifer deckte; ein schräges Netz sich kreuzender Kugeln war über ihnen.

»Schlechte Arbeit«, murmelte Mercery.

Ein Maschinengewehr begann sich einzumischen.

»Wenn jetzt eine einzige Granate in all das Dynamit einschlägt . . .«, dachte García. Mercery erhob sich, sein ganzer Oberkörper ragte über die Mauer. Die Faschisten sahen seine Gestalt nur bis zum Gürtel hinab und feuerten um die Wette auf diese unglaubliche Erscheinung im Sakko und mit roter Krawatte, die mit der Geste eines Diskuswerfers eine Dynamitladung schleuderte – mit Watte in den Ohren.

Unter furchtbarem Getöse flog das ganze Dach in die Luft.

Während die Ziegel, hoch in die Luft gejagt, niederprasselten und Schreie laut wurden, hatte sich Mercery neben Hernandez hinter die Mauer gebückt.

»So müßt ihr's machen!« sagte er zu den Milizleuten, die sich im Schutze der Mauer mit ihrer Ladung heranschoben.

Sein Gesicht war dem des Hauptmanns ganz nahe.

»Wie war es im Krieg?« fragte dieser.

»Leben ... nicht leben ... warten ... zu etwas nütze sein ... Angst haben ...«

Mercery fühlte in der Tat, wie die Angst ihn überkam; daran war die Unbeweglichkeit schuld. Er griff nach seinem Revolver, zielte, ohne mit dem Kopf in Deckung zu gehen, schoß. Dadurch, daß er handelte, schwand die Angst. Jetzt explodierte die dritte Ladung Dynamit. Die Quaste auf Hernandez' Feldmütze, die sich gerade vor einer Mauerspalte befand, wurde durch den Luftdruck wie von einer menschlichen Hand zurückgeschleudert. Die Mütze fiel vom Kopf: Hernandez war kahl. Er setzte sie wieder auf und gewann seine Jugend zurück.

Da etliche Kugeln gerade vor Garcías Nase über die Mauer oder die Zinnen pfiffen, entschloß er sich endlich, seine Pfeife auszulöschen und in die Tasche zu stecken. Der vorspringende Flügel des von den Faschisten besetzten Gebäudes barst, als wäre er unterminiert; rechts von García brach ein Milizmann zusammen, Blut spritzte aus seinem Kopf auf; die Hand, die das Dynamit geschleudert hatte, hielt sich noch in der Luft. Und durch die Lücke, die dieser Nacken versperrt hatte, aus dem jetzt das Blut in die Höhe schoß, erblickte García vor dem Friedhof auf einem Abhang des Alcázars mitten im feindlichen Feuer ein Automobil, das hielt. Scheinbar intakt stand es in der prallen Sonne: Zwei Menschen saßen vorn, drei hinten – reglos. Zehn Meter weiter unten eine Frau, den Lockenkopf in einen Arm geschmiegt, während der andere ausgestreckt war (aber der Kopf lag tiefer dem Abgrund zu). Man hätte sie für schlafend halten können, wäre nicht dieses Kleid gewesen, das leer wirkte, platter als bei irgendeinem lebendigen Geschöpf, mit der Schwere der Kadaver an den Boden geklebt. Und diese Gespenster unter der flammenden Sonne erwiesen sich nur durch ihren Geruch als Tote.

»Kennen Sie in Madrid Fachleute für Sprengstoffe?« fragte ihn Hernandez.

»Nein.«

García sah immer noch den Friedhof vor sich. Die Mischung von Trübe und Ewigkeit in diesen Zypressen, diesen Steinen ging ihm an die Eingeweide, durchdrang ihn mit dem unausgesetzten Geruch verwesenden Fleisches bis in den Schlag seines Herzens, und er starrte hinaus in den blendenden Tag, der die schon lange Toten und die eben Gefallenen in das gleiche Flammen hüllte. Die letzte Dynamitladung explodierte in dem letzten Stück des faschistischen Gebäudes.

In dem Saal des Museums war die Hitze immer noch die gleiche und ebenso der Lärm. Dynamitschleuderer, Milizmänner aus den unterirdischen Gewölben und aus dem Museum beglückwünschten sich gegenseitig.

García nahm seinen Rock vom Zeigefinger des Heiligen; das Futter blieb hängen, der Heilige wollte nicht loslassen. Aus irgendeinem Keller kamen über eine Treppe Milizmänner mit nacktem Oberkörper herauf. Sie waren mit Meßgewändern beladen; grünliches Gold und blaßrosa Seide schimmerten im Halbdunkel. Ein anderer Milizmann, eine Tätowierung auf dem nackten Arm, ein Barett aus dem sechzehnten Jahrhundert auf dem Hinterkopf, trug sie in ein Register ein.

»Was hat nun das, was wir eben getan haben, für einen Sinn?« fragte García.

»Die Zerstörung dieser Gebäude macht den Rebellen jeden Ausfall unmöglich. Das ist alles; vielleicht ist es das unter diesen Umständen noch am wenigsten Sinnlose ... und bisher haben wir Bomben mit Schwefelsäure und Benzin, eingehüllt in mit Kaliumchlorat und Zucker getränkter Watte, verwendet ... Also ist das immerhin ...«

»Versuchen die Kadetten noch, Ausfälle zu machen?«

Mercery, der neben ihm stand, hob beide Arme zum Himmel: »Sie stehen dem größten Schwindel der Geschichte gegenüber!«

García blickte ihn fragend an.

»Ich stehe Ihnen für einen Bericht zur Verfügung, Herr Kommandant.« Aber da Hernandez García die Hand auf den Arm legte, trat Mercery, die Hierarchie respektierend, zurück.

Hernandez sah den Kommandanten mit demselben Ausdruck des Überdrusses an wie vor kurzem, als von den Beziehungen zwischen den Offizieren und den anarchistischen Verbänden die Rede war; nur kam diesmal noch das Erstaunen hinzu. Man hörte das Surren eines Flugzeugs.

»Wie, auch Sie? Der militärische Nachrichtendienst! . . .«

García wartete, Nase in der Luft, das große runde Eichhörnchenauge voll Aufmerksamkeit.

»Die Kadetten des Alcázars sind nichts als eine prächtige Erfindung der Propaganda. Da drin gibts keine zwanzig Kadetten: zur Zeit der Erhebung waren alle Zöglinge der Militärschule in den Ferien. Der Alcázar wird von Zivilgardisten verteidigt, die von den Offizieren der Kriegsschule, Moscardo und den andern, befehligt werden.«

Etwa ein Dutzend Milizmänner kamen gelaufen, mit ihnen der Negus.

»Sie rücken schon wieder mit einem Flammenwerfer an!«

Durch Gänge und über Treppen erreichten Hernandez, García, der Negus, Mercery und die Milizmänner einen hochgewölbten Kellerraum, voll von Rauch und Detonationen. Vor ihnen öffnete sich ein breiter unterirdischer Gang, in dem der Rauch eine rote Färbung annahm. Milizmänner liefen an ihnen vorüber mit Eimern voll Wasser, die sie in der Hand trugen oder mit beiden Armen an sich preßten. Das Getöse des Kampfes draußen war hier kaum mehr vernehmbar, und an die Stelle des Gestankes nach krepiertem Hund war nun entschieden der Geruch von Petroleum getreten. Die Faschisten waren in dem Gang.

Der Strahl des Flammenwerfers, der in der Dunkelheit phosphoreszierte, kam von dort. Die Bewegung, mit der er die Decke, die gegenüberliegende Wand, den Fußboden bestrich, war ziemlich langsam, als hätte der Faschist, der den Apparat bediente, jedesmal eine lange Flüssigkeitssäule zu bewegen. Durch den Türrahmen behindert, konnte der schlaffe Feuerstrahl weder die rechte noch die linke Seite des Raums erreichen. Trotz dem wütenden Eifer, mit dem die Milizmänner den Inhalt ihrer Wassereimer gegen die Wand klatschten und auf die prasselnden Flammen schütteten, hatte Hernandez das Gefühl, daß sie nur auf den Augenblick warteten, wo die Faschisten in der Tür erscheinen würden, und erriet aus der Art, wie einige von ihnen sich an die Wand drückten, daß sie bereit waren, auszurücken.

Das hatte doch nichts mehr mit Krieg zu tun, dieser Kampf von Menschen gegen ein Element. Während der Dampf rauschte, während die Männer, vom scharfen Geruch des Petroleums und der aus der Spritze zischenden greulichen Flüssigkeit in der Kehle gekratzt, höllisch zu husten begannen, rückte Schritt um Schritt die Garbe brennenden Öls vor, und ihre zuckenden, bläulichen Flammen warfen auf die Wände die Schatten der Milizmänner, ihre aufgeregte Betriebsamkeit phantastisch vervielfältigend zu einem Gewimmel verzerrter, zappelnder Phantome rings um die Verstörtheit der wirklichen Menschen. Und diese Menschen selbst schienen weniger wirklich als das tolle Schattenspiel an der Wand, weniger wirklich als der erstickende Nebel, der alles in Silhouetten verwandelte, weniger wirklich als das wütende Knistern und Zischen von Feuer und Wasser, weniger wirklich als das jämmerliche Schreien eines in Brand Geratenen.

»Ich sehe nichts mehr!« japste er dicht am Boden, »ich sehe nichts mehr! Zieht mich hinaus!«

Hernandez und Mercery hatten ihn schon bei den Schultern gepackt und zogen, aber er rief immer noch: »Zieht mich hinaus!«

Der Flammenwerfer erreichte jetzt den Eingang des Raumes. Der Negus hatte sich neben der Tür eng an die Wand gedrückt, seinen Revolver in der rechten Hand. In dem Augenblick, da das Messingmundstück des Flammenwerfers sich hereinschob, griff er fest danach – im Schein des brennenden Öls umgab sein weiches Haar den Kopf als blaue Aureole – und ließ gleich wieder los, die Haut seiner Handfläche lassend. Kugeln schlugen von allen Seiten ein. Der Faschist sprang schräg zurück, um den Feuerstrahl auf den Negus zu lenken, der seine Brust berührte; der Negus schoß. Das Mundstück des Apparats fiel klirrend auf das Steinpflaster und warf im Fallen alle Schatten an die Decke. Der Faschist taumelte über dem Licht, das aus dem am Boden liegenden Mundstück kam und von unten her mit seiner phosphoreszierenden Helligkeit sein Gesicht – das Gesicht eines ältlichen Offiziers – voll beleuchtete. Endlich sank er langsam, so langsam, wie in einer Zeitlupenaufnahme, neben dem Negus hin und mit dem Kopf in den Feuerstrahl, der aufzischte und ihn wie mit einem Fußtritt wegschleuderte. Der Negus nahm das Mundstück und drehte es um: der ganze Raum lag plötzlich in völliger Finsternis da, während sich der unterirdische Gang zeigte, erfüllt von Rauchschwaden und fliehenden Schatten.

Ein Gewirr von laufenden Milizmännern, von Schreien und Flintenschüssen war jetzt in dem Rechteck des Ganges, in den der bläuliche Strahl des brennenden Öls zurückgekehrt war. Plötzlich wurde alles dunkel, bis auf eine Laterne und eine elektrische Taschenlampe.

»Sie haben das Öl abgestellt, als sie sahen, daß wir den Flammenwerfer haben«, ließ sich eine Stimme vernehmen und fügte eine Sekunde später hinzu: »Ich weiß, was ich sage, ich bin Feuerwehroffizier.«

»Halt!« rief Hernandez gleichfalls aus dem Gange, »sie haben dort hinten eine Barrikade.«

Der Negus kam aus dem Gang zurück.

»Nicht jeder ist ein Ungeheuer, der es sein möchte«, sagte er zu Hernandez.

Die Milizen zündeten ihre Laternen an.

»Es handelte sich um eine Viertelsekunde«, fuhr der Negus fort.

»Er hatte, bevor ich schoß, gerade noch Zeit, den Strahl auf mich zu richten. Ich schaute ihn an. Eine komische Sache, das Leben . . . Es ist offenbar nicht ganz leicht, einen Menschen, der einem ins Gesicht schaut, bei lebendigem Leibe zu verbrennen . . .«

Der Korridor, der zum Ausgang führte, war schwarz, nur am äußersten Ende zeigte sich das dämmerige Viereck der Türe. Der Negus zündete sich eine Zigarette an, und alle hinter ihm taten wie mit einem Schlage das gleiche: die Rückkehr ins Leben. Jeder der Männer erschien eine Sekunde lang deutlich im kurzen Aufflackern eines Streichholzes oder eines Feuerzeugs, dann fiel alles wieder in ungewisses Zwielicht zurück.

Sie begaben sich nach dem Saal des Museums von Santa Cruz.

»Über den Wolken ist ein Flugzeug«, riefen Stimmen im Saal.

»Die Schwierigkeit liegt zweifellos darin, nicht einen Augenblick lang zu zaudern«, hob der Negus wieder an. »Das ist eine Frage von Sekunden. Vor zwei Tagen hat der Franzose einen Flammenwerfer auf diese Weise umgedreht. Vielleicht denselben wie heute ... Ohne sich zu verbrennen, aber auch ohne den Kerl zu töten. Der Franzose sagt, daß er Sachverständiger ist und daß man den Strahl nicht auf einen richten kann, der einen fest anblickt. Man wagt es nicht ... Man wagt es einfach nicht ...«

ZWEITES KAPITEL

Täglich schaute einer der Offiziere der Internationalen Fliegertruppe beim Operationsstab und manchmal auch bei der Sicherheitspolizei vorbei. Magnin schickte gewöhnlich Scali; seine Kultiviertheit, die relative Bekanntheit seines Namens erleichterte ihm den Verkehr mit dem Generalstab der Luft, der fast ausschließlich aus Offizieren der alten Armee bestand. (Sembrano und seine Piloten bildeten eine Gruppe für sich.) Dazu kam noch sein offenes und zugleich taktvolles Auftreten, das ihm, der heute noch stämmig wirkte, aber in angenehmer Beleibtheit altern würde, den Umgang mit jedermann erleichterte, die Sicherheitspolizei nicht ausgeschlossen. Er stand mit allen Italienern der Staffel, die ihn zu ihrem verantwortlichen Vertreter gewählt hatten, auf freundschaftlichem Fuß, und mit den meisten andern ebenfalls. Endlich sprach er auch sehr gut Spanisch.

Heute war er dringend zur Polizei gebeten worden.

Die Eingänge des Gebäudes waren von Maschinengewehren bewacht. Drinnen waren Fauteuils mit vergoldeten Muschelornamenten, gebieterisch und leer, und Menschen mit den demütigen Unglücksgesichtern, wie sie in allen Kriegen zu sehen sind, standen herum. In einem kleinen Speisesaal (in dem Hotel, in dem man diese militärische Zweigstelle der Sicherheitspolizei untergebracht hatte, war nichts geändert worden) saß zwischen zwei Wachen in höchster Aufregung der Flieger Séruzier, der Freund von Leclerc, kopfloser als je.

»Ah, Scali! Da bist du ja, Scali! Stell dir nur vor, mein Bester!«

Scali wartete, bis er sich ein wenig beruhigt hatte.

»Ich dachte wirklich, es ist aus mit mir! Ganz aus, mein Bester!«

Da Scali von einem Sekretär der Sicherheitspolizei begleitet wurde, hielten sich die beiden Milizmänner, die Séruzier bewachten, ein wenig im Hintergrund, aber er fühlte sich trotzdem beengt.

»Zwei solche Huren, mein Alter! Das geht doch über die Hutschnur! . . .«

Selbst wenn er still saß, hatte er mit seinen wild hin und her irrenden tiefschwarzen Pierrotaugen in dem brauenlosen Gesicht etwas von einem im geschlossenen Raum verängstigt umherflatternden Schmetterling.

»Moment mal«, sagte Scali und hob den Zeigefinger. »Fang mit dem Anfang an!«

»Also paß auf!« Und nun erzählte er die lächerliche Geschichte von einem Straßenmädchen, mit dem er in Streit geraten war, weil es sich auf einen Vorschlag nicht einlassen wollte, den man »italienisch« nennt. Andere Mädchen mischten sich ein. Das Wort wurde mißverstanden und man zeigte ihn der Polizei als »italiano« an; er wurde verhaftet.

»Schließlich wurde mir die Sache zu bunt«, fuhr er fort, »Spaß beiseite, mein Bester, und ich kam auf den Gedanken, denen von der F. A. I. meine Ausweiskarte von der Fliegerstaffel zu zeigen. Die ist spanisch, das verstanden sie. Und dann brachten sie mich her. Ich habe dann gebeten, unsern Flugplatz zu verständigen.«

»Was wird ihm zur Last gelegt?« fragte Scali auf spanisch den Sekretär. Dieser warf einen Blick in die Akte.

»Das hat nicht viel auf sich. Er ist von Prostituierten angeklagt, und Sie wissen . . . Warten Sie, hier steht es: Anwerbung für Spionagetätigkeit zugunsten Italiens.«

Fünf Minuten später wurde Séruzier unter allgemeinem Witzereißen in Freiheit gesetzt.

»Da gibt es noch etwas Ernsthafteres«, sagte der Sekretär. »Zwei faschistische Flieger, Italiener, sind südlich von Toledo abgestürzt. Der eine ist tot, der andere befindet sich hier. Der militärische Nachrichtendienst ersucht Sie, seine Papiere zu prüfen.«

Scali blätterte, peinlich berührt, mit seinen kurzen Fingern in den Papieren. Briefe, Visitenkarten, Fotografien, Quittungen, Mitgliedskarten von Vereinen, die in der Brieftasche gefunden worden waren, und dann die im Flugzeug gefundenen Landkarten. Es geschah Scali zum erstenmal, daß er mit einem feindlichen Landsmann zu tun bekam und das Gefühl hatte, in seine Geheimnisse einzudringen – und dieser Mann war tot.

Ein Blatt erregte sein Interesse.

Es war von länglicher Form und wie eine Fliegerkarte zusammengefaltet. Zweifellos war es an die des Piloten geklebt gewesen, schien als Bordbuch gedient zu haben. Zwei Rubriken: *Von . . . nach . . .* und dazu die Daten. Am 16. Juli (also *vor* Francos Rebellion): La Spezia; dann Melilla; am 18., 19., 20.; dann Sevilla, Salamanca. Am Rande die Operationen: Bombardierung, Beobachtung, Geleit, Schutz . . .

Endlich die Aufzeichnung von gestern: *Von* Segovia *nach* . . . Der Tod war durch den freigelassenen Raum bezeichnet.

Aber darunter hatte einige Tage vorher eine andere Füllfeder mit großen Buchstaben über beide Spalten hin »TOLEDO« geschrieben und das Datum von übermorgen dazugesetzt. Demnach stand ein wichtiger Fliegerangriff auf Toledo bevor.

Aus einem andern Raum kam die Stimme eines Mannes, der ins Telefon hineinrief: »Die Schwäche unserer Verbände ist mir nicht unbekannt, Herr Präsident! Aber ich kann in keinem Falle, in keinem Falle, verstehen Sie – in die Sturmgarde Leute einreihen, die mir nicht durch eine politische Organisation empfohlen wurden!«

». . . «

»Und was geschieht, wenn wir eines Tages eine faschistische Revolte mit einer Sturmgarde zu unterdrücken haben, die mit unsern Feinden durchsetzt ist? Solange ich die Verantwortung trage, nehme ich keine Leute ohne Garantie auf. Es gab schon in der Montañakaserne genug Falangisten, wir wollen keine bei der Sicherheitspolizei haben!«

Scali hatte gleich die erbitterte Stimme des Chefs der Sicherheitspolizei erkannt.

»Sein Töchterchen ist in Cádiz gefangen«, sagte einer der Sekretäre.

Eine Türe wurde zugeschlagen, sie hörten nichts mehr.

Dann ging die Tür des Speisesaals auf; der Sekretär kam zurück.

»Es gibt noch Papiere beim Nachrichtendienst. Kommandant García sagt, daß es sich um wichtige Papiere handle. Die Ihnen vorliegenden bittet er durchzusehen und die Papiere des toten Flugzeugführers von denen des Beobachters zu sondern. Geben Sie mir die Sachen dann zurück, damit ich sie abliefern kann, und erstatten Sie Oberst Magnin Bericht darüber!«

»Viele dieser Dokumente sind Drucksachen oder Landkarten. Wie soll ich wissen, wem sie gehören? . . .«

»Der Beobachter ist hier, verhören Sie ihn!«

»Wenn Sie es wünschen«, sagte Scali ohne Begeisterung.

Seine Gefühle gegenüber dem Gefangenen waren ebenso widerspruchsvoll wie die angesichts der Papiere. Immerhin war seine Neugier geweckt. Vorgestern war ein in der Sierra ganz nahe vom Generalstabsgebäude (in dem sich gerade zwei Minister auf Inspektion befanden) abgeschossener deutscher Pilot dorthin zum Verhör geführt worden. Als er die Generäle sah, wunderte er sich sehr, denn er glaubte, daß die »Roten« keine hätten. Der Dolmetscher nannte ihm ihre Namen.

»Es ist ein Jammer«, hatte der Deutsche wörtlich ausgerufen, »fünfmal bin ich über diese Bude hingeflogen und habe sie nicht bombardiert.«

»Einen Augenblick«, sagte Scali zum Sekretär. »Melden Sie dem Kommandanten, daß sich unter diesen Dokumenten eines befindet, das vielleicht von Wichtigkeit ist.« Er dachte an das Verzeichnis der Flüge mit dem Datum des Abflugs in Italien, das vor Francos Aufstand lag.

Er ging in das Büro, in dem sich der Beobachter unter Bewachung befand. Der Gefangene saß, auf beide Ellbogen gestützt, an einem mit grünem Tuch bespannten Tisch mit dem Rücken gegen die Türe, durch die Scali hereinkam. Dieser sah zunächst nur eine halb zivil, halb militärisch gekleidete Gestalt: Lederjacke, blaue Uniformhose.

Aber kaum hörte der faschistische Flieger die Türe gehen, als er aufsprang und sich umdrehte; und die Bewegung dieses Körpers – der Beine, der langen mageren Arme, des immer noch gekrümmten Rückens – waren die eines nervösen Schwindsüchtigen.

»Sind Sie verwundet?« fragte Scali in sachlichem Ton.

»Nein. Nur Quetschungen.«

Scali nahm Platz, legte den Revolver und die Papiere vor sich auf den Tisch und befahl den Wachposten, das Zimmer zu verlassen. Der Faschist saß ihm gegenüber. Er hatte das Sperlingsgesicht, das man bei Fliegern so häufig antrifft: kleine Augen, Nase aufgestülpt, vielleicht durch das hervortretende Knochengerüst des Gesichts und den Bürstenschnitt der Haare noch schärfer ausgeprägt als gewöhnlich. Er ähnelte House gar nicht und gehörte doch zur selben Familie. Warum sah er jetzt dermaßen verblüfft drein? Scali drehte sich um und sah hinter sich unter dem Porträt von Azaña einen wohl meterhohen Aufbau von Silbergeschirr: islamische Schüsseln, Teller, Teekannen, Tabletts und Wasserkrüge, Standuhren, Bestecke, Vasen, alles während der Requisitionen beschlagnahmt.

»Ist es das da, was Ihre Verwunderung erregt?«

Der andere zögerte mit der Antwort: »Das ... was? Diese ...«

Er wies mit dem Finger auf die Schätze Sindbads.

»Nein, nein ...«

Er schien ganz verstört.

Vielleicht wunderte er sich am meisten über Scali selbst, darüber, daß er aussah wie ein amerikanischer Exzentriker. Und dieser Eindruck war weniger seinem dicklippigen Gesicht mit den trotz der Hornbrille regelmäßig wirkenden Zügen zuzuschreiben, als der Unproportioniertheit seiner Figur, den im Verhältnis zum Oberkörper viel zu kurzen Beinen, die ihm den Gang von Chaplin verliehen, der eleganten Wildlederjacke, die so gar nicht zu einem »Roten« paßte, und dem Drehbleistift hinterm Ohr.

»Zunächst«, sagte Scali auf italienisch, »ich bin kein Polizeibeamter, sondern freiwilliger Flieger und befinde mich hier zur Klärung technischer Fragen. Es handelt sich jetzt darum, Ihre Papiere von denen Ihres ... toten Kameraden zu sondern. Das ist alles.«

»O bitte, ganz wie Sie wünschen.«

»Rechts, was Ihnen gehört; links das andere.«

Der Beobachter begann zwei Häuflein von Papieren aufzuschichten, fast ohne sie vorher anzusehen. Er blickte auf die leuchtenden Punkte, mit denen die elektrischen Lampen der Deckenbeleuchtung den Aufbau von Silberzeug übersäten.

»Sind Sie wegen eines Motordefekts oder im Kampfe abgestürzt?« fragte Scali.

»Wir waren auf einem Aufklärungsflug und wurden von einem russischen Flugzeug abgeschossen . . .«

Scali zuckte die Achseln.

»So so. Schade, daß wir keine russischen Flugzeuge haben. Tut nichts. Hoffentlich kriegen wir bald welche.«

Die Liste des Piloten trug übrigens nicht den Vermerk »Aufklärung«, sondern »Bombardierung«. Scali überkam mit aller Macht jenes Überlegenheitsgefühl, das man einem Lügner gegenüber empfindet, wenn man seine Lüge kennt. Übrigens hatte er nie etwas davon gehört, daß es an der spanischen Front italienische Bombenflugzeuge mit nur zwei Mann Besatzung gab. Darüber mochten sich die Polizisten den Kopf zerbrechen! Auf alle Fälle machte er sich eine Notiz. Der Beobachter legte auf das rechte Häuflein eine Quittung, etliche spanische Geldscheine und eine kleine Fotografie. Scali hielt sie an seine Brille, um sie genau zu betrachten (er war nicht kurzsichtig, sondern weitsichtig): die Fotografie stellte einen Ausschnitt aus einem Fresco von Piero della Francesca dar.

»Hat das Ihnen oder dem andern gehört?«

»Mir. Sie haben mir doch gesagt: rechts, was mir gehört.«

»Gut. Also fahren Sie fort!«

Piero della Francesca . . . Scali blickte in den Paß des Gefangenen: Student, Florenz. Wäre der Faschismus nicht gekommen, so hätte dieser junge Mann vielleicht sein Schüler sein können. Scali hatte einen Augenblick lang geglaubt, daß die Fotografie dem Toten gehöre, zu dem ihn ein unbestimmtes Gefühl der Verbundenheit hinzog . . . Scali war der Verfasser des wichtigsten Werkes über die Fresken des Piero della Francesca . . .

Vorige Woche war ein Verhör, das von einem spanischen Flieger, nicht von der Sicherheitspolizei, vorgenommen wurde, in einen Streit über Luftrekorde ausgeartet.

»Sind Sie abgesprungen?«

»Das Flugzeug brannte nicht. Wir sind auf freiem Feld gelandet, das ist alles.«

»Hat das Flugzeug sich überschlagen?«

»Ja.«

»Und dann?«

Der Beobachter zögerte mit der Antwort. Scali blickte in den Bericht: der Pilot hatte sich zuerst freigemacht, der Beobachter – sein Gegenüber – war noch damit beschäftigt, sich aus den Trümmern des Flugzeugs herauszuarbeiten. Ein Bauer näherte sich, der Pilot zog seinen Revolver. Der Bauer kam aber trotzdem. Als er nur noch drei Schritte entfernt war, griff der Pilot in seine linke Hosentasche und holte eine Handvoll Pesetas und große weiße Tausenderscheine hervor. Der Bauer war inzwischen noch näher gerückt, während der Pilot etliche Dollars hinzufügte, die er vermutlich aufs Geratewohl bereithielt – alles mit der linken Hand –, in der rechten immer noch den Revolver. Als der Bauer neben dem Piloten stand, so daß er ihn berühren konnte, senkte er seine Jagdflinte und erschoß ihn.

»Warum hat Ihr Kamerad nicht zuerst gefeuert?«

»Ich weiß nicht . . .«

Scali dachte an die beiden Spalten auf der Flugliste: Hinflug und Rückflug. Der Rückflug, das war der Bauer.

»Nun gut. Und was haben Sie gemacht?«

»Ich habe gewartet . . . Es kamen dann noch mehr Bauern. Ich wurde aufs Bürgermeisteramt geführt und von dort hierher. Werde ich abgeurteilt werden?«

»Aber wozu denn?«

»Was? Ohne Urteil?« rief der Beobachter aus. »Sie erschießen die Gefangenen ohne Urteil!«

Das war weniger ein Ausruf der Angst als eine Feststellung: Dieser junge Mann war, seit er im feindlichen Gebiet niedergegangen war, davon überzeugt, daß er *bestenfalls* ohne Urteil erschossen würde. Er war aufgesprungen und hielt sich mit beiden Händen krampfhaft an der Stuhllehne fest, als wollte man ihn gewaltsam wegschleppen.

Scali schob seine Brille in die Höhe und zuckte unendlich traurig die Achseln. Die unter den Faschisten so verbreitete Vorstellung, daß der Feind von Natur einer inferioren Gattung angehöre, auf die man mit Recht herabsah, die Verachtungsbereitschaft so vieler Dummköpfe hatte nicht zuletzt dazu beigetragen, ihn zum Verlassen seiner Heimat zu bewegen.

»Sie werden überhaupt nicht erschossen werden«, sagte er plötzlich im Tone des Professors, der einen Schüler abkanzelt.

Der Beobachter glaubte ihm nicht. Und daß er litt, weil er ihm nicht glaubte, verschaffte Scali eine bittere Genugtuung.

»Einen Augenblick«, sagte er. Er öffnete die Türe und rief hinaus: »Bringen Sie mir bitte die Fotografie von Hauptmann Vallado!«

Der Beamte brachte sie, und Scali reichte sie dem Beobachter.

»Sie sind Flieger, nicht? Also können Sie aus dem Innern eines Flugzeuges erkennen, ob es sich um eines der Ihren oder eines der unsern handelt.«

Sembranos Freund war, nachdem er zwei Fiat erledigt hatte, in der Nähe eines Dorfes der Sierra in einem mehrsitzigen Flugzeug abgeschossen worden. Als die Milizen das Dorf zwei Tage darauf zurückeroberten, fanden sie die Insassen der Maschine noch an ihrem Platze im Flugzeugrumpf, aber mit ausgestochenen Augen. Der Bombenschütze war der Hauptmann der Sturmgarde, der mit der Kanone auf die Montañakaserne geschossen hatte, ohne das Geschützrohr richten zu können.

Der Beobachter betrachtete die Gesichter mit den ausgestochenen Augen; er biß die Zähne zusammen, aber seine Wangen zuckten.

»Ich habe bei uns mehrere gefangene rote Piloten gesehen ... Nie sind sie gefoltert worden ...«

»Sie haben über den Krieg noch manches zu lernen, zum Beispiel, daß weder Sie noch ich viel von ihm wissen ... Wir machen ihn, das ist nicht dasselbe ...«

Der Blick des Beobachters kehrte wie fasziniert zu der Fotografie zurück. In diesem Blick war etwas sehr Junges, das mit den kleinen abstehenden Ohren im Einklang war. Die Gesichter auf der Fotografie hatten keinen Blick mehr.

»Was beweist mir«, fragte er, »daß diese Fotografie nicht ... daß sie nicht auf einem Betrug basiert? ...«

»Also schön, Sie haben recht, sie basiert auf einem Betrug. Wir stechen unseren republikanischen Piloten die Augen aus und lassen sie dann fotografieren. Zu diesem Zwecke halten wir uns chinesische Henker, Kommunisten natürlich.«

Hinter den Fotografien »anarchistischer Greueltaten« hatte

auch Scali anfangs Betrug vermutet. Es fällt den Menschen schwer, an die Verworfenheit ihrer Kampfgenossen zu glauben.

Der Beobachter wandte sich wieder der Durchsicht der Papiere zu, flüchtete sich gleichsam in diese Tätigkeit.

»Sind Sie absolut sicher«, fragte ihn Scali, »daß, wenn ich mich jetzt an Ihrer Stelle befände, Ihre Leute . . .«

Er hielt inne. Aus dem Stapel von Silberzeug kamen gleich Mäuschen ein, zwei, drei, vier Schläge, so silbern und hell, als kämen sie nicht von irgendeiner unter diesem tragischen Trödelkram verschütteten Standuhr, sondern aus der Schatzkammer Aladins selbst. Diese Uhren – aufgezogen für wie lange Zeit? –, die so fern von denen, die sie besessen hatten, mitten in dieses Gespräch hinein irgendeine Stunde anzeigten, waren für Scali der Ausdruck einer unbeteiligten und ewigen Welt. Alles, was er hätte sagen können, schien ihm plötzlich so nichtig, daß er nur noch das Bedürfnis fühlte zu schweigen. Dieser Mann und er hatten ihre Wahl getroffen.

Scali blickte zerstreut auf die Flugkarte des Toten. Er nahm seinen Drehbleistift vom Ohr und verfolgte mit ihm einige der Linien. Der Beobachter neben ihm hatte die Fotografie von Vallado umgedreht.

Scali rückte plötzlich seine Brille näher an die Augen, blickte den Beobachter und wiederum die Karte an.

Nach der Flugliste war der Pilot im Caceres, südöstlich von Toledo, aufgestiegen. Nun war aber das Flugfeld von Cáceres, das von den republikanischen Fliegern täglich beobachtet wurde, bestimmt immer leer. Die Karte war eine ausgezeichnete spanische Flugkarte, in der jeder Flugplatz als kleines, mit violetter Farbe ausgefülltes Rechteck eingetragen war. Etwa vierzig Kilometer von Caceres entfernt befand sich ein anderes Rechteck, allerdings kaum unterscheidbar und nicht mit Farbe ausgefüllt. Es war mit Bleistift eingezeichnet, und da der Graphit auf der glatten Oberfläche der Karte nicht haftete, war nur der Eindruck der Bleistiftspitze übriggeblieben. Ein ebensolches Rechteck befand sich in der Gegend von Salamanca, ein anderes im südlichen Estremadura, in der Sierra usw. Geheime Flugplätze der Faschisten. Auch die im Tajogebiet, von wo aus die Flugzeuge nach der Front von Toledo aufstiegen.

Scali fühlte, wie sein Gesicht sich spannte ... Sein Blick begegnete dem Blick des Feindes: jeder von beiden wußte, daß der andere begriffen hatte. Der Faschist rührte sich nicht, sagte kein Wort.

Sein Kopf sank zwischen die Schultern ein, und seine Wangen bebten, genau wie in dem Augenblick, als er die Fotografie von Vallado betrachtet hatte.

Scali faltete die Karte wieder zusammen.

Der Himmel eines spanischen Sommernachmittags lastete über dem Flugfeld, so wie dort hinten das halbzertrümmerte Flugzeug von Darras auf seinen leeren, von den Kugeln zerfetzten Gummireifen lastete. Irgendwo zwischen den Ölbäumen sang ein Bauer ein andalusisches Lied.

Magnin, der vom Ministerium zurückkam, versammelte die Mannschaften in der Kantine.

»Ich brauche eine freiwillige Mannschaft für den Alcázar von Toledo.«

Ein ziemlich langes Schweigen antwortete ihm, erfüllt vom Summen der Fliegen. Täglich kehrten jetzt Maschinen mit Verwundeten wieder; am Abend oder noch bei hellem Sonnenschein schleppten sie sich mit brennendem Treibstoffbehälter und abgestellten Motoren lautlos zurück – falls sie überhaupt zurückkamen. Die von Vargas angekündigten hundert Maschinen waren bei den Faschisten eingetroffen und viele andere dazu. Den Republikanern blieb keine einzige moderne Jagdmaschine mehr, und alle feindlichen Jäger befanden sich im Tajogebiet.

»Eine freiwillige Mannschaft für den Alcázar«, wiederholte Magnin.

DRITTES KAPITEL

Marcelino dachte wie Magnin, daß man sich in Ermangelung von Jagdfliegern durch die Wolken schützen lassen müsse. Oft war er von Kämpfen an der Südfront des Tajo erst fast bei Sonnenuntergang zurückgekommen, Toledo inmitten der Getreidefelder wie ein großes Ornament unter sich, mit dem Alcázar, der über der Schleife des Flusses aufragte, und den Rauchwolken einiger brennender Häuser, die, schräg über dem gelben Stein lagernd, mit ihren letzten Voluten wie Streifen von Sonnenstäubchen in einem verdunkelten Zimmer wirkten. Die Häuser dort unten auf der Erde brannten so friedlich nieder, als wären sie rauchende Schornsteine eines Dorfes im Abendsonnenschein – in der allumfassenden Heiterkeit der Stunden, in denen der Krieg schweigt. Marcelino, der sich in der Flugzeugführung und der Navigation hinlänglich auskannte, um die Entschlüsse seiner Gefährten vorauszusehen, war zwar nicht wieder Pilot geworden, aber er war der beste Bombenschütze der Internationalen Fliegertruppe und ein ausgezeichneter Chef der Mannschaft. Heute kämpfte Toledo irgendwo unter diesen Wolken, und seine Jagdflugzeuge waren ganz nah.

Über den Wolken war der Himmel außergewöhnlich klar. Dort oben patrouillierte kein einziges feindliches Flugzeug in der Nähe der Stadt, kosmischer Friede herrschte in der weißen Weite. Die Maschine steuerte im Blindflug Toledo an und ging auf Höchstgeschwindigkeit. Jaime sang, die andern schauten angestrengt, mit dem starren Blick, wie ihn auch geistesabwesende Menschen haben. In der Ferne überragten einzelne Berge die weiße Fläche; von Zeit zu Zeit tauchte in einem Wolkenriß ein Stück Getreidefeld auf.

Das Flugzeug mußte sich jetzt über der Stadt befinden. Aber kein Instrument zeigte die Abdrift an, die ein aufsteigender Wind dem Flugzeug aufzwingt. Wenn es jetzt durch die Wolken stieße, würde mit größter Wahrscheinlichkeit Toledo in Sicht sein. War es aber zu weit von der Stadt entfernt, so hatten die feindlichen Jäger genügend Zeit aufzusteigen, bevor es seine Bomben abgeworfen hatte.

Das Flugzeug setzte zum Sturzflug an.

In Erwartung der Erde, der Geschütze des Alcázars und der feindlichen Jagdflieger blickten der Pilot und Marcelino mit mehr Leidenschaft auf den Höhenmesser als jemals in ein menschliches Gesicht. Achthundert – sechshundert – vierhundert . . . noch immer die Wolken. Sie mußten wieder steigen, warten, bis sich unter ihnen ein Loch auftat.

Da war der Himmel wieder, unbewegt über den Wolken, die die Drehung der Erde mitzumachen schienen. Der Wind trieb sie von Osten nach Westen; die Löcher waren verhältnismäßig häufig. Das Flugzeug begann zu kreisen, allein in der Unermeßlichkeit, mit der strengen Genauigkeit eines Sternes.

Jaime, Maschinengewehrschütze am Bug, winkte Marcelino zu: zum erstenmal in ihrem Leben wurden sich die beiden der Bewegung der Erde körperlich bewußt. Das Flugzeug, das sich, verloren zwischen den gleichgültigen Anziehungskräften der Weltenkörper, wie ein winziger Planet drehte, wartete, daß Toledo unter ihm erscheine, sein von den Rebellen besetzter Alcázar und seine Belagerer, einbezogen in den absurden Rhythmus der irdischen Dinge.

Nach dem ersten Loch – es war zu klein – erwachte in allen wieder der Raubvogelinstinkt. Kreise beschreibend wie ein Sperber, wartete das Flugzeug auf ein größeres Loch; aller Augen spähten nach unten, lauerten auf den Anblick der Erde. Und dabei schien es, als verharrte die Maschine am Fleck, und die ganze Wolkenlandschaft drehte sich mit planetarischer Langsamkeit um sie.

Von der Erde, die plötzlich am Rande eines Wolkenloches wieder sichtbar wurde, stieg in zweihundert Meter Entfernung vom Flugzeug ein ganz kleines Kumuluswölkchen auf: Der Alcázar feuerte. Das Flugzeug setzte von neuem zum Sturzflug an.

Der Raum schrumpfte zusammen. Kein Himmel mehr; das Flugzeug war jetzt unter den Wolken. Keine unermeßliche Weite mehr: der Alcázar.

Toledo lag zur Linken, und vom niedergehenden Flugzeug aus gesehen war der Steilhang über dem Tajo deutlicher und näher als die ganze übrige Stadt, ja selbst als der Alcázar, der immer noch feuerte. Seine Kanonen wurden von den Offizieren der Artillerieschule gerichtet, aber der eigentliche Gegner der Besatzung waren die feindlichen Jäger. Toledo, das erst schräg erschien, schob sich allmählich in die Horizontale. Immer noch machte es den in diesem Augenblick so befremdlichen Eindruck eines Ornaments, und wiederum zogen sich in langen Streifen die Rauchfahnen der Feuersbrünste darüber hin. Das Flugzeug begann den Alcázar immer enger zu umkreisen.

Dieser Sperberflug war für eine genaue Bombardierung notwendig, denn die Belagerer befanden sich in nächster Nähe der Zitadelle, aber zugleich wurde durch jede dieser

Kreislinien den feindlichen Jägern mehr Zeit zum Eingreifen gegeben. Das Flugzeug war bis auf dreihundert Meter niedergegangen. Unten vor dem Alcázar ein Ameisengewimmel runder weißer Strohhüte.

Marcelino öffnete ein wenig den Bombenschacht, visierte, ließ die Gelegenheit vorbeigehen, ohne eine Bombe abzuwerfen, kontrollierte; die Berechnung ergab ein günstiges Resultat. Da der Alcázar klein war und Marcelino die Streuung der leichten Bomben fürchtete, beschloß er, nur schwere zu werfen; er hatte noch kein Signal gegeben, und die ganze Mannschaft wartete gespannt ... Zum zweitenmal gab das Zielgerät dem Piloten Weisung zu kreisen. Die Wölkchen der Granaten kamen näher. »Kontakt!« rief Marcelino.

Wie er so mit seinem noch immer gürtellosen Overall in der Kabine stand, nahm er sich außergewöhnlich unbeholfen aus. Aber er wandte kein Auge vom Alcázar. Jetzt zog er den Bombenschacht völlig auf, kauerte nieder: an der Welle frischer Luft, die in das Flugzeug drang, merkten alle, daß der Kampf begann.

Die erste Kühle im spanischen Bürgerkrieg.

Der Alcazar drehte sich vorbei, kam wieder. Marcelino, der jetzt auf dem Bauche lag, wartete, die Sekunden zählend, mit erhobener Hand. Dort unten schoben sich nun die Strohhüte vorbei. Marcelinos Arm bewegte sich, als zerrisse er einen Vorhang. Der Alcázar tauchte auf – über ihm wie Satelliten einige in die Irre geschickte Geschosse –, drehte sich nach rechts weg, aus der Mitte des Haupthofs stieg ein unbestimmbarer Rauch auf. War es die Bombe?

Der Pilot zog seinen Kreis weiter, nahm den Alcázar auf die Tangente: Die Bombe war in die Mitte des Hofes gefallen. Die Granaten des Alcázars folgten dem Flugzeug, das wieder über ihn hinglitt, die zweite schwere Bombe abwarf, sich entfernte und von neuem näherte. Die abermals erhobene Hand Marcelinos senkte sich diesmal nicht.

Unten im Hofe wurden hastig weiße Tücher ausgebreitet: Der Alcázar ergab sich.

Jaime und Pol boxten vor Wonne. Die ganze Mannschaft im Flugzeug trampelte.

Aus den Wolken brachen die feindlichen Jäger.

VIERTES KAPITEL

In der Jefatura, einem ehemaligen Gymnasium, das in eine Kaserne verwandelt worden war, beendete Lopez, immer freundschaftlich und bourbonisch, die Befragung einiger Leute, die aus dem Alcázar entkommen waren: eine Frau aus der Schar der Geiseln, die dank einem gefälschten Passierschein fliehen konnte, den ihr der gleichfalls entwischte Waffenmeister ausgestellt hatte, und zehn am ersten Tage gefangengenommene Soldaten, denen es gelungen war, in eine Schlucht zu springen.

Die Frau war eine robuste, dunkelhäutige, resolute Person von etwa vierzig Jahren mit dicker runder Nase und äußerst lebhaften Augen. Sie sah sichtlich mitgenommen aus.

»Wie viele wart Ihr?« fragte Lopez.

»Das kann ich Ihnen nicht sagen, Herr Kommandant. Denn wir Gefangenen sind nicht alle beisammen. Sie sind da und dort untergebracht. In unserem Keller waren wir fünfundzwanzig, aber das war sozusagen nur eine Stube.«

»Hattet Ihr genug zu essen?«

Die Frau blickte Lopez an.

»Mehr als genug . . .«

Draußen vor der Jefatura kamen Bauern vorüber, die riesigen hölzernen Heugabeln, die mit ihren Zinken Kandelabern glichen, über der linken Schulter, die Flinten unterm rechten Arm. Und hinter ihnen fuhren in Toledo die schweren Erntewagen ein, von Ochsen gezogen, die an den Hörnern Ginsterwedel trugen.

»Es gibt hier Leute, die behaupten, daß es im Alcázar nichts zu essen gibt. Glauben Sie das nicht, Herr Kommandant! Es ist zwar nur Pferdefleisch und schlechtes Brot, aber es gibt zu essen. Ich habe meine Augen, und ich kenne mich in der Küche besser aus als die Männer, ich bin nämlich Wirtin! Es gibt zu essen!«

»Und die Flieger werfen Schinken und Sardinen ab!« rief einer der entkommenen Soldaten. »Freilich sind die Schinken immer nur für die Offiziere da, wir haben nicht ein einziges Mal davon abgekriegt. In all diesen entsetzlichen Wochen! Wenn das nicht ungerecht ist! Und die Zivilgardisten, die bei diesen Kerlen bleiben!«

»Und was sollten die Zivilgardisten deiner Meinung nach tun, mein Junge?« fragte die Frau.

»Überlaufen wie wir natürlich!«

»So, so«, sagte sie langsam. Und dann: »Hör mal, hast du vielleicht in Toledo niemanden umgebracht? . . .«

Damit sprach sie aus, was Lopez auch dachte. Die Zivilgardisten waren nämlich während der Herrschaft der Faschisten die Organe der Vergeltungsmaßnahmen in der Gegend von Toledo gewesen und mußten befürchten, daß diejenigen, die sie aus dieser Zeit wiedererkannten, sich an die Übergabebedingungen nicht halten würden.

»Und die Frauen der Faschisten?«

»Ach die!« rief die Frau aus.

Ihr Gesicht, das, wenn sie mit Lopez sprach, voller Respekt war, änderte plötzlich seinen Ausdruck.

»Ja, was ist denn in euch gefahren, ihr Mannsbilder, daß ihr derartig Angst habt, die Frauen anzurühren! Sie sind doch nicht eure Mütter! Die haben uns doch noch gemeiner behandelt als die Männer! Wenn ihr wegen der Frauen Angst habt, so gebt doch uns die Bomben!«

»Du könntest sie nicht werfen«, sagte Lopez lächelnd und zugleich verwirrt.

Und zu zwei Journalisten gewendet, die eben angekommen waren und den Notizblock zückten: »Wir haben die Evakuierung aller Nichtkombattanten vorgeschlagen, aber die Rebellen haben es abgelehnt. Sie behaupten, daß ihre Frauen bei ihnen bleiben wollen.«

»Nein, so was!« rief die Frau aus. »Die, die da drin niedergekommen ist, die will bleiben? Und die andere, die auf ihren Mann mit einem Revolver geschossen hat, die will bleiben? Wahrscheinlich, um es noch einmal zu probieren! Und die, die Stunde für Stunde den Mond anheult und vermutlich schon ganz verrückt ist, will bleiben?«

»Und es ist unmöglich, sie nicht zu hören!« fiel einer der Soldaten ein und fuhr, die Fäuste gegen seine beiden Ohren gepreßt, hysterisch fort: »Und wie man sie hört! Und wie man sie hört!«

»Genosse Lopez«, rief einer von draußen, »das Telefon! Madrid ruft an.«

Lopez eilte tiefbestürzt hinunter. Er liebte malerische Szenen, aber nicht das Leiden, und immer dort oben diesen von Haßgefühlen erfüllten Alcázar vor sich zu sehen, wo in den Höfen erschossen wurde und wo Kinder zur Welt kamen, begann ihn rasend zu machen. Eines Morgens hatte er, ohne ein einziges Gesicht zu erblicken, im Alcázar schreien hören: »Wir wollen uns ergeben! Wir wollen . . .« Dann eine Salve und darauf Stille.

Am Telefon faßte er zusammen, was er soeben erfahren hatte. Es war wenig genug.

»Eines ist sicher«, sagte er, »wir müssen versuchen, diese Menschen zu retten!«

»Die Faschisten haben in ganz Spanien Geiseln zurückbehalten.«

Lopez konnte sehr schlecht verstehen. Im Hofe klimperte ein Offizier auf einem Klavier, das dort auf dem Pflaster stand, eine alte Rumba haspelte auf einem Grammophon ab, und ein naher Lautsprecher brüllte falsche Nachrichten in die Welt.

Die Stimme aus Madrid fuhr deutlicher fort: »Ich bin mit Ihnen darin einig, daß man für sie das Möglichste unternehmen muß. Aber wir müssen endlich den Alcázar nehmen und die Milizen nach Talavera schicken. Geben Sie diesen Schweinehunden dort oben noch eine Chance. Regen Sie doch so schnell wie möglich eine Vermittlung an. Soweit es sich um das diplomatische Korps handelt, könnten wir hier die Sache in die Hand nehmen.«

»Sie möchten gerne einen Geistlichen haben. Es gibt doch Geistliche in Madrid?«

»Schön, also eine geistliche Vermittlung. Wir werden den Festungskommandanten direkt anrufen. Danke.«

Lopez ging wieder hinauf.

»Die Weiber«, sagte ein Soldat, »sind in den Kellern wegen der Flieger. Was unsere Weiber sind, wissen Sie, die sind nahe bei den Ställen, dort wo man uns eingesperrt hatte. Die ihren nicht. Dort ist es furchtbar wegen des Gestanks. In der Reitbahn haben sie an die dreißig Tote dicht unter dem Boden eingescharrt, dazu die Knochen der Pferde, an denen noch Fleisch war. Das ist schrecklich, die Leichen derer, die sich ergeben wollten. Und nun stellen Sie sich unsere Lage vor zwischen denen unter unsern Füßen und den andern, die die weißen Tücher in dem Hof vor dem Stall ausgebreitet hatten, wo wir waren, als das Flugzeug kam ... Wir waren wütend auf das Flugzeug, weil es auf uns herunterschoß, und zugleich waren wir froh ... Da haben sie dann die Tücher ausgebreitet.«

»Wer? Die Zivilgardisten?«

»Nein, es waren Soldaten. Die andern haben es nur zugelassen. Aber dann, als das Flugzeug weg war, fingen die Maschinengewehre zu rattern an. Und wir sahen, wie die Kameraden umpurzelten, einer hier, einer dort, auf ihre Tücher oder sonstwohin. Dann kamen die Zivilgardisten und holten die Tücher wieder. Die waren nicht mehr weiß! ... Sie haben sie einfach an einem Zipfel gefaßt, wie Taschentücher, und weggezerrt. Da haben wir uns gesagt, daß es uns auch so gehen wird, und sind gesprungen, auf gut Glück ...«

»Weißt du vielleicht, ob sie auch einen gewissen Korporal Morales umgebracht haben?« fragte eine Stimme. »Das ist nämlich mein Bruder. Seiner Gesinnung nach eher Sozialist ...«

Der Soldat antwortete nicht.

»Weißt du«, sagte die Frau resigniert, »diese Menschen töten alles ...«

Als Lopez aus der Jefatura trat, kamen Kinder aus der Schule, ihre Mappe unterm Arm. Er ging, die Arme wie Windmühlenflügel schwingend, mit verlorenem Blick vor sich hin und wäre beinahe in eine schwarze Lache getappt. Ein Anarchist schob ihn beiseite, als wäre Lopez dabei, ein verwundetes Tier zu treten.

»Gib acht, Mann«, sagte er. Und im Ton der Ehrfurcht: »Das Blut eines Linken!«

FÜNFTES KAPITEL

Die eine Hälfte der Pelikane döste auf den Polsterbänken der Bar, die andere ... Die Mechaniker zwar waren auf ihren Posten, aber ein Viertel der Piloten und der Maschinengewehrschützen Gott weiß wo. Magnin fragte sich, wie er eine Disziplin zustande bringen sollte, ohne doch irgendeinen Zwang auszuüben. Trotz ihrer Aufschneiderei, ihrem Gefasel, ihrer

Disziplinlosigkeit und ihrem Komödiantentum kämpften die Pelikane einer gegen sieben. Die Spanier von Sembrano ebenso; die Bréguets von Cuatro Vientos und Getafe desgleichen. Alle hatten die Hälfte ihrer Bestände verloren. Viele Söldner, unter ihnen Sibirsky, kämpften auf ihr Verlangen jeden zweiten Monat ohne Sold, sie wollten weder ganz auf das Geld noch auf die Brüderlichkeit verzichten. Jeden Tag kam der »heilige Antonius«, mit Zigaretten, Feldstechern und Grammofonplatten beladen, und von Tag zu Tag war er trauriger. Die Flugzeuge ohne Jagdschutz (woher hätten sie auch die Jagdflieger nehmen sollen?) überquerten die Sierra dank dem Morgengrauen, dank ihrer Vorsicht oder dank einem anderswo in Gang befindlichen Kampf und kamen in der Hälfte der Fälle wie Siebe durchlöchert zurück. In der Bar nahm der Verbrauch von Spirituosen zu.

Die Burschen, die auf den Polsterbänken gelegen hatten, und Scali, gefolgt von Raplati, begannen wie Gefangene auf der Terrasse vor der Bar auf und ab zu gehen. Ohne daß der Mann, der die Flüge kontrollierte, gemeldet hatte, wußten alle, daß das Flugzeug mit Marcelino noch nicht zurückgekommen war. Er konnte höchstens noch für eine Viertelstunde Treibstoff haben.

Enrique, einer der Kommissare des 5. Regiments*, der sich als Mexikaner ausgab und es vielleicht wirklich war, schritt an der Seite Magnins über das Flugfeld. Hinter den beiden war der Abendhimmel, und die Pelikane sahen, wie im Licht des letzten Sonnenstrahls Magnins weicher Hängeschnurrbart das Totemprofil des Kommissars überschritt.

»Sachlich gesprochen: Wie viele Flugzeuge bleiben ihnen noch?« fragte dieser.

»Ach, reden wir lieber nicht davon! Als richtiggehende Fliegertruppe haben wir aufgehört zu existieren ... Und wir warten immer noch auf anständige Maschinengewehre. Was denken sich eigentlich die Russen?«

»Was denken sich eigentlich die Franzosen?«

»Ach, lassen wir das. Wichtig ist allein, was sich im gegebenen Fall tun läßt. Außer, wenn uns ein glücklicher Zufall hilft, lasse ich Nachtbombardements machen oder vertraue auf

* die kommunistischen Milizen, deren Ziel es war, so schnell wie möglich eine reguläre Armee zu bilden

die Wolken. Zum Glück ist der Herbst nicht mehr weit...«

Er blickte zum Himmel auf, die Nacht würde schön werden.

»Jetzt versuche ich vor allen Dingen herauszubekommen, was für ein Wetter wir haben werden. Wir sind Guerillaflieger. Entweder wir erhalten Flugzeuge aus dem Ausland, oder es bleibt uns nichts anderes, als so anständig wie möglich zu sterben. Was habe ich schon wieder vergessen? Ach richtig! Sagen Sie doch, was ist das für eine verrückte Geschichte mit den russischen Flugzeugen, die in Barcelona angekommen sein sollen?«

»Ich war vorgestern in Barcelona und sah dort in einem offenen Hangar ein schönes Flugzeug. Überall rote Sterne, Hammer und Sichel auf dem Schwanz, auf allen Seiten Inschriften und vorne das Wort: Lenin. Aber das russische I (er zeichnete es mit dem Finger) war verkehrt geschrieben und sah genau wie das spanische N aus. Zu guter Letzt habe ich mir das Ding aus der Nähe betrachtet und das von Ihnen erstandene Flugzeug des Negus erkannt.«

Magnin hatte auf dem englischen Markt das Privatflugzeug des Kaisers Haile Selassie aufgetrieben, eine ziemlich schnelle Maschine mit großen Treibstofftanks, aber schwer zu bedienen. Ein Pilot hatte es beschädigt, es war zur Reparatur nach Barcelona geschickt worden.

»Komisch! Aber wozu haben sie es so aufgetakelt?«

»Aus Kinderei. Vielleicht auch als eine Art magischer Beschwörung, um die echten anzulocken. Oder schließlich als Herausforderung.«

»Hm, ja, hm. Und wie geht es bei Ihnen?«

»Es geht vorwärts. Aber langsam.«

Enrique blieb stehen und zog aus seiner Tasche einen Organisationsplan, den er mit seiner Taschenlampe anleuchtete. Es war dunkel geworden.

»Sachlich gesprochen, ist von nun an all dies verwirklicht.«

Es handelt sich um etwas Ähnliches wie den Plan der deutschen Sturmabteilungen. Magnin mußte an die Milizen von Saragossa denken, die ohne Patronen ausgezogen waren, an das Fehlen des Telefons fast auf der ganzen Front von Aragonien, an den Alkohol oder die Jodtinktur, mit denen in Toledo die weiblichen Milizen den Mangel an Ambulanzen zu ersetzen suchten.

»Sie haben die Disziplin wiederhergestellt?«

»Ja.«

»Mit Zwangsmitteln?«

»Nein.«

»Wie bringen Sie das zustande?«

»Die Kommunisten sind Disziplin gewöhnt. Sie haben den Sekretären der Zellen gehorcht und gehorchen heute den militärischen Beauftragten, die oft dieselben Personen sind. Viele Menschen, die kämpfen wollen, kommen zu uns, weil sie eine ernsthafte Organisation lieben. Früher war unsere Partei diszipliniert, weil wir Kommunisten sind. Heute werden viele Kommunisten, weil sie diszipliniert sind. Wir haben in jeder Einheit eine ziemlich beträchtliche Anzahl von Kommunisten, die sich an die Disziplin halten und dafür sorgen, daß sie respektiert werde. Sie bilden solide Zellen, um die sich die Neuangeworbenen gruppieren, die später gleichfalls Zellen bilden. Im Grunde gibt es zehnmal mehr Menschen, die begriffen haben, daß sie in unsern Reihen nützliche Arbeit gegen den Faschismus leisten können, als wir imstande sind zu organisieren. – Apropos, ich wollte mit Ihnen auch über die Deutschen sprechen . . .«

Dieses Thema brachte Magnin auf; es waren schon mehrere Interventionen bei ihm eingegangen.

Enrique hatte den Arm unter den seinen geschoben, eine Geste, die ihn bei diesem stämmigen Burschen überraschte. Er teilte nämlich die kommunistischen Führer in solche von militärischem und solche von priesterlichem Typus ein. Daß er nun diesen Kerl, der fünf Bürgerkriege mitgemacht hatte und groß und stark wie García war, zur priesterlichen Gattung zählen solle, ging ihm gegen den Strich. Und dennoch konnte er nicht umhin zu bemerken, daß diese Lippen eines mexikanischen Bildwerks sich manchmal vorschoben wie bei einem orientalischen Teppichhausierer.

Was verlangte eigentlich die Sicherheitspolizei? Daß die drei Deutschen keinen Flugplatz mehr betreten durften. Krefeld war nach Magnins Ansicht verdächtig, übrigens völlig unfähig; der Maschinengewehrschütze, der sich als Instrukteur ausgegeben hatte, war nicht imstande, ein Maschinengewehr zu bedienen, und war immer in der kommunistischen Parteileitung, wenn Karlitsch ihn brauchte. Dieser mußte alle Arbeit selbst machen. Die Geschichte mit Schreiber war tragisch, und er war sicher unschuldig. Jedenfalls sollte man ihn zur Fliegerabwehr heranziehen.

»Sehen Sie, Enrique, all das ist mir vom menschlichen Standpunkt aus höchst peinlich. Aber ich kann keinen stichhaltigen, vernünftigen Grund anführen, um der Sicherheitspolizei das, was sie wünscht und zu fordern berechtigt ist, zu verweigern. Ich bin nicht Kommunist, kann mich also im vorliegenden Falle nicht darauf berufen, daß ich mich der Disziplin meiner Partei unterwerfe. Die guten Beziehungen zwischen der Fliegertruppe, der Sicherheitspolizei und dem Nachrichtendienst sind in diesem Augenblick, da wir nur in der Lage sind, kleine Handstreiche zu unternehmen, von viel zu großer praktischer Wichtigkeit, als daß ich sie wegen dieser Geschichte aufs Spiel setzen könnte. Es sähe aus, als wollte ich meinen Kopf durchsetzen, Sie verstehen doch, was ich meine?«

»Sie müßten sie behalten«, sagte Enrique, »die Partei steht für sie ein ... Sie begreifen doch, daß der Ausschluß vom Flugplatz allen ihren Genossen gegenüber eine Bestätigung des Verdachtes bedeuten würde. Schließlich kann man das diesen Männern, die seit Jahren tüchtige politische Kämpfer sind, nicht zumuten.«

Der Maschinengewehrschütze gehörte zur Partei, Magnin gehörte nicht dazu.

»Ich persönlich bin von Schreiners Unschuld überzeugt. Aber das steht hier nicht zur Debatte. Sie haben ihre Auskünfte von der deutschen Partei in Paris und schenken diesen Auskünften Vertrauen. Schön, also übernehmen Sie die Verantwortung gegenüber der Regierung! Ich habe keine Möglichkeit, Nachforschungen anzustellen, und es wäre Leichtsinn, wenn ich eine Angelegenheit, die so schwerwiegende Folgen haben kann, einfach nach meinem Gefühl regeln wollte. Dazu kommt noch, daß die Betreffenden als Flieger völlig untauglich sind.«

»Man könnte ein Essen veranstalten, bei dem ich Ihnen die Grüße der spanischen Genossen überbringen und Sie die deutschen Genossen begrüßen würden ... Es heißt, daß es bei Ihrer Fliegerstaffel eine gewisse Feindseligkeit gegen die Deutschen gibt, vielleicht ein wenig Nationalismus ...«

»Ich habe wahrhaftig keine Lust, Toasts auf Leute auszubringen, die Sie in dieser Weise informieren.«

Die Hochachtung, die Magnin, wenn nicht vor Enrique persönlich (er kannte ihn kaum), so doch vor seiner Leistung empfand, vermehrte noch seine Gereiztheit. Magnin hatte die Entstehung der Bataillone des 5. Regiments miterlebt. Sie gehörten, im großen ganzen genommen, zu den besten Bataillonen der Miliz; die Methode ließ sich auf die gesamte Armee der Volksfront anwenden. Durch sie war das hochwichtige Problem der revolutionären Disziplin gelöst. Magnin hielt also Enrique für einen der besten Organisatoren des spanischen Volksheeres; aber er war zugleich fest davon überzeugt, daß dieser muskulöse Bursche da mit seiner Gediegenheit, seiner Klugheit und seiner Sorgfalt an seiner Stelle nicht getan hätte, was er doch eben von ihm verlangte.

»Die Partei hat die Angelegenheit in Erwägung gezogen«, sagte Enrique, »und ist zu der Ansicht gelangt, daß man sie behalten muß.«

Magnin mußte an seinen Ärger aus der Zeit der Kämpfe zwischen Sozialdemokraten und Kommunisten denken.

»Erlauben Sie, für mich kommt die Revolution vor der Kommunistischen Partei!«

»Ich bin kein verbohrter Mensch, Genosse Magnin. Ich war früher einmal Trotzkist. Heute ist der Faschismus ein Exportartikel geworden. Er exportiert Fertigprodukte: Armeen, Fliegertruppen. Unter diesen Umständen sage ich, daß die sachliche Verteidigung dessen, was wir verteidigen wollen, nicht mehr in erster Linie auf dem Weltproletariat basiert, sondern auf der Sowjetunion und auf der Kommunistischen Partei. Hundert russische Flugzeuge könnten unserer Sache größere Dienste mehr für uns leisten als fünfzigtausend Milizmänner, die vom Krieg keine Ahnung haben. Nun heißt mit der Partei handeln, mit ihr ohne Vorbehalt handeln: die Partei ist ein untrennbares Ganzes.«

»Gewiß. Aber die russischen Flieger sind noch nicht hier. Was Ihre drei Freunde betrifft, so möge die Kommunistische Partei, falls sie für sie einsteht, dies der Sicherheitspolizei gegenüber tun oder sie in ihren Dienst nehmen. Ich habe nichts dagegen.«

»Demnach verlangen Sie, daß die Deutschen gehen?«

»Jawohl.«

Enrique zog seinen Arm aus dem Magnins.

Sie standen jetzt im Lichte, das aus den Gebäuden drang. Nun, da das Indianergesicht des Kommissars, das vorher im Schatten lag, voll beleuchtet auftauchte und er ihn, da er seinen Arm weggezogen, aus einer gewissen Distanz besser zu sehen vermochte, kamen ihm die Worte in den Sinn, die jemand ihm von Enrique hinterbracht und die er seitdem wieder vergessen hatte: »Für mich hat ein Mitglied der Partei mehr Bedeutung als alle Magnins und alle Garcías der Welt.«

»Sehen Sie«, sagte Magnin, »ich weiß, was eine Partei ist. Ich gehöre einer schwachen Partei an. Ich bin linker Sozialrevolutionär. Wenn man auf den Schalter drückt, sollen alle Lampen zugleich angehen, wenn auch gewisse Lampen nicht vollkommen sind – und übrigens gehen gerade die großen Lampen am schlechtesten an. Deshalb: vor allem die Partei ...«

»Behalten Sie sie?« fragte Enrique mit affektloser Stimme, mehr um zu zeigen, daß er Magnin nicht beeinflussen wolle, als um Gleichgültigkeit zu heucheln.

»Nein.«

Der Kommissar interessierte sich mehr für die Entscheidungen als für die Psychologie.

»Salud!« sagte er.

Es war nichts zu machen. Magnin hatte diese Fliegertruppe organisiert, die richtigen Männer gefunden, unaufhörlich sein Leben riskiert, wohl ein dutzendmal, ohne das geringste Recht dazu, die Luftverkehrsgesellschaft, die er leitete, kompromittiert: Er gehörte nicht zu den Ihren. Er war nicht Mitglied der Partei. Sein Wort wog weniger als das eines Maschinengewehrschützen, der unfähig war, ein Maschinengewehr zu zerlegen; und ein Mann, dessen Leistung und Tüchtigkeit er hochschätzte, war, um dic Laune eines Parteigenossen zu befriedigen, bereit, von ihm, Magnin, den Gehorsam eines Kindes zu verlangen. Und all dies ließ sich verteidigen. »In jedem Zimmer müssen Lampen brennen.« Und trotzdem war Enrique der Mann, der die besten spanischen Truppen ausbildete. Und er selbst, Magnin, fand sich mit der Entlassung Schreiners ab. Der Handel ist ungerecht. Es war jetzt fast ganz dunkel.

Wahrhaftig, er war nicht nach Spanien gekommen, um ungerecht zu sein! ...

Über das Flugfeld hin hallten einige aus der Ferne kommende Gewehrschüsse. Wie lächerlich nichtig war das alles angesichts der Scharen von Bauern, die mit ihren Eseln aus den brennenden Dörfern flüchteten!

Zum erstenmal bis auf den Grund seiner Seele die Einsamkeit des Krieges spürend, zog er seine Füße durch das verdorrte Gras des Flugfeldes, er hatte es eilig, zu den Hangars zu kommen, in denen die alten Flugzeuge von Männern repariert wurden, die einig waren ...

Das Dunkel brach viel schneller ein, Marcelino war noch nicht zurück, und Landungen bei Nacht sind verwundeten Piloten nicht zu empfehlen. Es schien, als beobachteten die Mechaniker das Herabsinken der Nacht. In Wahrheit galt im ruhigen Frieden der Dämmerung ihre qualvoll gespannte Aufmerksamkeit dem unsichtbaren Wettlauf zwischen dem Flugzeug und der Nacht.

Attignies kam, den Blick auf den Kamm der Hügel gerichtet.

»Lieber Siegfried, ich habe die Kommunisten satt«, sagte Magnin.

Die Spanier und die, die Attignies gern mochten, nannten ihn unter sich Siegfried, weil er blond und schön war. Es war das erstemal, daß man diesen Namen in seiner Gegenwart brauchte; er nahm keine Notiz davon.

»Jedesmal, wenn es zu einer Spannung zwischen der Partei und einem Manne kommt, der wie Sie das gleiche anstrebt wie wir, ist es für mich ein großer Kummer«, sagte er.

Von den Kommunisten seines Geschwaders schätzte Magnin Attignies am meisten. Er wußte, daß dieser für Wurtz und Krefeld keinerlei Sympathie hegte, und empfand das Bedürfnis, sich auszusprechen. Auch wußte er, daß Attignies, genau wie er selbst, mit äußerster Nervosität auf die Ankunft Marcelinos wartete, den er liebte.

»Ich glaube, daß die Partei in dieser Angelegenheit manchen Fehler begangen hat«, sagte Attignies. »Aber sind Sie ganz sicher, nicht auch welche begangen zu haben?«

»Ein impulsiver Mensch begeht immer Fehler, mein Junge ...«

Das sagte er nicht in gönnerhaftem, sondern eher in väterlichem Ton. »Alles in allem genommen . . .«

Magnin hatte keinerlei Lust, nun seinerseits Beschuldigungen vorzubringen.

Trotzdem fuhr er fort: »Glauben Sie, daß ich nicht weiß, wie sehr ich in kommunistischen Kreisen angegriffen werde, seit dort Wurtz die Rolle eines schmutzigen Polizeispitzels spielt?«

»Er ist kein Polizeispitzel. Er hat in Hitlerdeutschland den Kampf geführt, und die Leute unserer Partei, die im Lande Hitlers kämpfen, sind vielleicht die besten. Diese ganze Geschichte ist im Grunde absurd, und es ist nichts zu machen. Aber warum gehen Sie, der Sie ein Revolutionär und ein Mann von Erfahrung sind, nicht einfach darüber hinweg?«

Magnin überlegte. »Wenn die Menschen, mit denen gemeinsam ich kämpfe, mit denen ich gern kämpfe, mir kein Vertrauen schenken, warum dann noch kämpfen, mein Kleiner? Lieber krepieren . . .«

»Wenn Ihr Kind unrecht hat, sind Sie ihm deswegen böse?«

Zum erstenmal in seinem Leben stieß Magnin auf diese innige, gewissermaßen physiologische Bindung, welche die besten Kommunisten mit ihrer Partei verknüpft.

»Jaime ist im Flugzeug, nicht wahr?« fragte Attignies.

»Ja, als Maschinengewehrschütze.«

Die Dunkelheit nahm schnell zu.

»Unsere Empfindlichkeit«, sagte der junge Mann, »ja und sogar unser Leben selbst sind in diesem Krieg von geringem Betracht . . .«

»Gewiß. Aber wenn Ihr Vater unrecht hat . . .«

»Ich habe nicht gesagt: Ihr Vater; ich habe gesagt: Ihr Kind.«

»Haben Sie ein Kind, Attignies?«

»Nein. Aber Sie, nicht wahr?«

»Ja.«

Sie machten zusammen ein paar Schritte, die Augen zum Himmel erhoben, noch immer nach Marcelino ausspähend. Magnin wußte, daß Attignies etwas sagen würde.

»Wissen Sie, wer mein Vater ist, Genosse Magnin?«

»Ja. Eben darum . . .«

Was Attignies (der Name war ein Pseudonym) für ein Geheimnis hielt, war der ganzen Fliegerstaffel bekannt. Sein Vater war einer der faschistischen Führer seines Heimatlandes.

»Freundschaft«, sagte er, »besteht nicht darin, zu den Freunden zu halten, nur wenn sie recht haben, sondern auch dann, wenn sie unrecht haben . . .«

Sie gingen zu Sembrano hinauf.

Der große Scheinwerfer war bereit, alle verfügbaren Autos waren rings um das Flugfeld beordert, um auf das erste Signal hin ihre Scheinwerfer einzuschalten.

»Schalten wir sie doch gleich ein«, sagte Magnin.

»Du magst recht haben«, erwiderte Sembrano. »Aber ich ziehe es doch vor, zu warten. Wenn die Faschisten angetrudelt kommen, brauchen wir nicht das Terrain zu beleuchten. Kurz, ich warte lieber.«

Magnin wußte wohl, daß Sembrano aus Aberglauben kein Licht wollte. Jetzt waren fast alle Flieger abergläubisch.

Die Fenster waren geöffnet. Vor dem Krieg trank der Leiter des Flughafens um diese Zeit seinen Whisky. Aus der Erde stieg der Atem der Spätsommernacht.

»Die Lichter!« riefen alle drei zugleich.

Man hörte die Alarmsirene des Flugzeugs.

Zwischen den kurzen Strahlen der Autoscheinwerfer erstreckte sich die lange breite Lichtbahn, die vom Leuchtturm ausging, über das leere Flugfeld hin. Schnurrbart voran, stürmte Magnin die Treppe hinunter, Attignies hinter ihm drein.

Unten zeigten ihm die gleichgerichteten Köpfe das Flugzeug an. Keiner hatte es kommen sehen, aber jetzt orientierten sich alle nach dem Ton und sahen, wie es kreiste, um zu landen. Vor dem Himmel, dessen Schiefergrau sich ständig tiefer färbte, glitt die Silhouette der Maschine dahin, scharf umgrenzt wie eine aus Papier geschnittene Figur, umstrahlt von einem bläulichen Lichthof, so wie sich Monumente auf einem von Quecksilberlampen beleuchteten Hintergrund abheben.

»Der Außenmotor brennt«, sagte eine Stimme.

Das Flugzeug wurde größer, es kreiste jetzt nicht mehr, näherte sich dem Boden. Seine Tragflächen, zu Stricken geworden, verloren sich in der Nacht des Feldes: die Finsternis verdichtete sich unmittelbar über der Erde. Die Blicke folgten nur noch der unbestimmten Form des Flugzeugrumpfes, den die blaue Flamme, gleich der eines riesigen Knallgasgebläses, wie ein Raubtier bedrängte und der niemals die Erde zu erreichen schien. Flugzeuge, auf deren Tote man wartet, gehen langsam nieder.

»Die Bomben!« knurrte Magnin, die Hände zu beiden Seiten an sein Brillengestell gepreßt.

Im Augenblick, da das Flugzeug die Erde berührte, näherten sich Kanzel und Flammen einander wie zu einem verzweifelten Ringkampf. Die Kanzel sprang in das Feuer, das sich wie eine Schlange wand, in sich zusammenfiel, zischend wieder aufschoß: Das Flugzeug überschlug sich.

Pünktlich wie der Tod, rollte holpernd der Ambulanzwagen heran.

Magnin sprang schnell hinein. Die Pelikane waren, sobald sie sahen, wie die Maschine niedergehen würde, aus Leibeskräften losgerannt (beschimpft von den Piloten, die ihnen übrigens folgten) und liefen jetzt um das breite, lotrecht aufschießende Feuer herum, das Schatten wie die Speichen eines Rades um ihre Gestalten warf. Die Flamme, die jetzt das Flugzeug nicht mehr erreichte, tauchte es in ein zuckendes, farbloses Licht. Als wären die Insassen der wie ein Schiffsrumpf in zwei Teile gebrochenen Kanzel mit ihrem Blute darin festgeklebt, begannen die Pelikane sie mit den behutsamen Bewegungen, mit denen man von einer Wunde den Verband ablöst, von dem bedrohlichen Geruch des Treibstoffes benommen, mit zäher Geduld herauszuschälen. Sie betteten, während die Feuerlöschapparate ihren Strahl in die Flamme jagten, die Verwundeten und Toten, ihre Kameraden, ins Dunkeldickicht rings umher. In dieser schaurigen Beleuchtung sah es aus, als würden unbewegte Tote von betriebsamen Toten betreut. Drei Verwundete, drei Tote, unter diesen Marcelino – sechs also; ein Maschinengewehrschütze fehlte. Es war Jaime. Er kam eine gute Weile nach den andern, die zitternden Hände vorgestreckt, von einem Kameraden geführt. Ein Dum-Dum-Geschoß hatte ihn in Augenhöhe getroffen: blind.

Die Flieger hoben die Toten an den Schultern und an den

Füßen auf und trugen sie in die Bar. Der Leichenwagen würde erst später eintreffen. Da Marcelino von einer Kugel in den Nacken getötet worden war, zeigte er kaum blutige Spuren. Trotz der tragischen Starre seiner Augen, die noch keiner zugedrückt hatte, trotz der unheimlichen Beleuchtung war sein Antlitz schön.

Eine der Barkellnerinnen betrachtete ihn.

»Erst nach einer Stunde kann man die Seele sehen«, sagte sie.

Magnin, der oft genug dem Sterben von Menschen beigewohnt hatte, wußte, welchen Frieden der Tod über manche Gesichter breitet. Falten und kleine Runzeln waren mit der Unruhe und dem Denken verschwunden, und vor diesem vom Leben verlassenen Gesicht, in dem nur noch die offenen Augen und die Kopfhörerbügel von Willen sprachen, gingen Magnin die Worte durch den Sinn, die er, auf mancherlei Art ausgedrückt, in Spanien schon so oft vernommen hatte: »Erst eine Stunde nach dem Tode kommt aus der Maske des Menschengesichts das wahre Antlitz hervor.«

II

ERSTES KAPITEL

Die Faschisten hatten drei Bauernhöfe besetzt – gelblicher Stein, Ziegeldächer von der gleichen Farbe – an einer Mulde, aus der man sie erst vertreiben mußte.

Die Aufgabe war recht banal. All diese Felsblöcke am Tajo zwischen Talavera und Toledo erlaubten den Milizen, sich den Bauernhöfen unter Deckung zu nähern, wenn sie nach der Regel und mit Umsicht vorgingen. Ximenes hatte am Abend Granaten angefordert. Der mit der Verteilung der Waffen betraute Offizier war ein deutscher Emigrant, und schon bei Tagesanbruch sah der über eine solche Tüchtigkeit völlig verblüffte Ximenes die Lastwagen anrollen – beladen mit Granatäpfeln.

Endlich, nach energischen Reklamationen, trafen die richtigen Handgranaten ein.

Eine von Ximenes' Kompanien bestand aus Milizmännern, die erst vor einigen Tagen angekommen waren und noch nie im Kampf gestanden hatten. Ximenes hatte sie seinen besten Unteroffizieren unterstellt und drillte sie heute selbst.

Er begann mit dem Werfen von Handgranaten.

Bei der dritten Kompanie – das war die der Neuen – kam es zu einem Zwischenfall durch Unschlüssigkeit. Einer konnte sich nicht entschließen, die gezündete Granate zu werfen. »Wirf!« brüllte der Sergeant. Wenn sie dem armen Kerl in der Hand platzte, würde von ihm nicht viel übrigbleiben. Ximenes versetzte ihm einen mächtigen Schlag unter den Ellbogen: Die Handgranate krepierte in der Luft, der Milizmann stürzte, sein und Ximenes' Gesicht waren mit Blut überströmt.

Der Milizmann war an der Schulter verletzt. Er hatte noch Glück gehabt. Nachdem man ihn verbunden und weggeschickt hatte, begann man die Verbände für Ximenes vorzubereiten. »Überlaßt die Turbane den Mauren«, sagte er, »gebt mir Heftpflaster!« Das ergab einen weit weniger heroischen Anblick: Er sah aus wie mit Briefmarken repariert.

Er stellte sich neben den nächsten Handgranatenwerfer. Es kam zu keinen weiteren Unfällen. Etwa zwanzig Mann wurden ausgeschieden.

Ximenes ließ das Gelände durch Manuel rekognoszieren, der von seiner Partei klugerweise einem der Offiziere zugeteilt worden war, von dem er am meisten lernen konnte. Der Oberst mochte ihn gern, denn Manuel war weder aus Freude am Gehorsam noch aus Freude am Befehlen diszipliniert, sondern aus natürlicher Veranlagung und aus einem wirklichen Bedürfnis nach Höchstleistung. Dazu war er kultiviert, eine Eigenschaft, für die der Oberst besonders empfänglich war. Daß dieser Tonmeister und ausgezeichnete Musiker zugleich der geborene Offizier war, verblüffte Ximenes, denn er kannte die Kommunisten fast nur von den albernen Märchen her, die über sie im Umlauf sind, und wußte nicht, daß ein militanter Kommunist von einiger Bedeutung, der durch sein Amt gezwungen ist, sich an eine strenge Disziplin zu halten und überzeugend zu wirken, und der sich zugleich verwaltungstechnisch als peinlich genau ausführendes Organ und als Propagandist betätigen muß, alle Aussicht hat, ein guter Offizier zu sein.

Der Angriff auf den ersten Bauernhof begann. Es war ein ruhiger Morgen, an dem sich kein Blatt regte und ab und zu ein fast kühles Lüftchen schon den Herbst ankünden zu wollen schien. Da die Milizen, geschützt durch die Steinblöcke und durch ihre Schützen, in guter Ordnung mit Handgranaten angriffen, wurde die faschistische Stellung bald unhaltbar. Plötzlich sprangen an die dreißig Mann auf die Felsen und stürmten brüllend und ungedeckt vor wie ein wilder Negerstamm.

»Da haben wir die Bescherung!« brummte Ximenes und ließ die Faust auf den Schlag seines Wagens niedersausen.

Zwanzig Milizmänner waren bereits auf dem Felsen gefallen, zusammengerollt oder die Arme über der Brust gekreuzt oder mit vors Gesicht geschlagenen Händen, als wollten sie sich decken.

Ein flacher Stein, so blitzend weiß wie ein Stück Zucker, wurde allmählich mit sonnenfunkelndem Blut überrieselt, das aus einem der Körper rann.

Zum Glück hatten zu beiden Seiten des Bauernhofs die andern Milizmänner bereits die letzten Felsblöcke erreicht und ihre Kameraden nicht fallen sehen. Unter den Handgranaten begannen die Ziegel wie Geysire hochzuspritzen. Eine Viertelstunde später war der Bauernhof genommen.

Die neuangekommenen Milizmänner sollten nun das zweite Gehöft angreifen. Sie hatten den ganzen Kampf mit angesehen.

Ximenes stieg auf die Motorhaube seines Fords und hielt ihnen eine Rede. »Kinder«, sagte er, »der Bauernhof ist genommen. Diejenigen, die unter Mißachtung der Befehle auf die Felsen gesprungen sind, werden, ob es ihnen nun gelungen ist, als erste in das Gehöft einzudringen oder nicht, von der Kolonne ausgeschlossen. Vergeßt nicht, daß er, der auf uns herabblickt ... ich meine die Geschichte, die uns sieht und über uns richten wird, den Mut, der siegt, verlangt und nicht den Mut, mit dem man sich später tröstet ... Wenn ihr den vorgeschriebenen Wegen folgt, ist bis auf zweihundert Meter vor dem Feind keine Gefahr. Zum Beweis dafür werde ich in diesem Wagen mit euch fahren. Es darf bis dahin nicht einen einzigen Verwundeten geben ... Dann werden wir uns schlagen und den Bauernhof erobern. Möge die Vorseh ... das Glück uns beistehen! Möge er, der alles sieht, ich meine die spanische Nation, mit uns sein, Jungens, in diesem Kampf für das, was wir für das Gerechte halten ...«

Hinter den neuen Milizmännern, die die Handgranaten schleudern sollten, hatte er als Schützen seine besten Soldaten eingesetzt.

Die beiden Bauernhöfe wurden, noch ehe sie die Milizen erreicht hatten, von den Faschisten geräumt.

In der vergangenen Woche waren faschistische Soldaten übergelaufen; fünfzehn davon wurden in die Kompanie eingereiht, die Manuel befehligte. Ihr augenscheinlicher (wiewohl nicht gewählter) Anführer war Alba, ein außerordentlich tapferer Milizmann, der immer nörgelte und den viele im Verdacht hatten, ein Spion zu sein.

Manuel ließ ihn rufen.

Sie gingen zwischen den Felsblöcken. Manuel schlug die Richtung nach den faschistischen Linien ein. Es gab hier keine feste Front, aber in dieser Gegend war der Feind trotz seiner Vertreibung aus den Gehöften nirgends mehr als zwei Kilometer entfernt.

»Hast du einen Revolver?« fragte Manuel.

»Nein.«

Alba log. Manuel brauchte bloß die Wulst zu betrachten, die die Hose unter dem Gürtel bildete.

»Da, nimm meinen!«

Er gab ihm den Revolver, den er in der Tasche hatte, und behielt die lange Maschinenpistole, die in einem Futteral steckte.

»Warum bist du nicht bei der F. A. I.?«

»Keine Lust.«

Manuel beobachtete ihn. Diese eher vergröberten als männlich gewordenen Züge, der Mund mit den vollen Lippen, das beinahe lockige, aber unschön über der niedrigen Stirn sitzende Haar ... Manuel konnte sich genau vorstellen, wie seine Mutter ihn früher einmal »herzig« gefunden hatte.

»Du meckerst viel«, sagte Manuel.

»Es gibt auch viel zu meckern.«

»Es gibt vor allem viel zu tun. Wenn du an der Stelle von Ximenes wärest oder ich an seiner Stelle, so würde es darum nicht besser gehen, sondern schlechter. Also muß man ihm bei dem, was er tut, helfen. Den Erfolg wird man später sehen.«

»Vielleicht ginge alles noch ein wenig schlechter, aber wenigstens würde uns kein Klassenfeind befehligen, und es wäre mir lieber.«

»Ich interessiere mich nicht für das, was einer ist, sondern für das, was er tut. Schließlich war Lenin kein Arbeiter. Ich wollte dir folgendes sagen: Du bist ein tüchtiger Kerl, und diese Tüchtigkeit muß nutzbar gemacht werden. Und zwar sobald wie möglich und nicht bloß zum Meckern. Überlege es dir gut und sage mir dann, mit wem du einer Meinung bist, mit der F. A. I., mit der C. N. T., mit Trotzkisten oder wem sonst. Wir werden dann die Leute deiner Organisation zusammenrufen und dir eine entsprechende verantwortliche Stelle geben. Wir brauchen Leutnants. Bist du verwundet worden?«

»Nein.«

»Ich schon, bei dieser idiotischen Dynamitwerferei. Nimm das, es tut mir am Kreuz weh.« Er nahm sein Koppel ab. »Jeder hat seine Manie. Die meine besteht darin, mit einem Zweig herumzuwedeln.«

Er brach am Wegrand einen Zweig ab und ging an der Seite Albas weiter. Jetzt war er waffenlos. Die Faschisten waren vielleicht nur einen Kilometer weit entfernt. Und jedenfalls war dieser Alba an seiner Seite. »Meiner Meinung nach geht es hier nicht mit dir. Vielleicht wird es niemals gehen. Aber man muß jedem seine Chance geben.«

»Auch den aus der Partei Ausgeschlossenen?«

Manuel blieb verblüfft stehen. Daran hatte er gar nicht gedacht.

»Sollte ich in dieser Hinsicht ausdrückliche Weisungen der Partei erhalten, so werde ich sie ausführen, wie immer sie auch lauten. Solange ich aber keine habe, sage ich: *auch* für die aus der Partei Ausgeschlossenen. In diesem Augenblick ist jeder leistungsfähige Mann verpflichtet, der Republik zum Siege zu verhelfen.«

»Du wirst bei der Partei nicht bleiben!«

»Doch.«

Manuel blickte ihn an und lächelte. Wenn er lachte, so war es wie bei einem Kind; aber beim Lächeln senkte er die Mundwinkel, was zusammen mit seinem schweren Kinn den Eindruck der Bitterkeit machte.

»Du weißt wohl, was man von dir sagt?« fragte er, ohne im Gehen innezuhalten, als wollte er damit im vorhinein ausdrücken, daß diese Frage nicht von Wichtigkeit sei.

»Vielleicht ...« Alba hielt Manuels Koppel in der Hand; das Futteral mit dem Revolver schlug gegen seine Wade. Weit und breit nichts als steinerne Einöde. »Und du?« fragte er höhnisch. »Was denkst denn du von dem, was man über mich sagt?«

»Man kann Leuten nicht befehlen, ohne ihnen zu vertrauen.«

Manuel ließ im Gehen mit seiner Gerte die kleinen Kiesel am Wege springen.

»Die Faschisten vielleicht. Wir nicht. Oder es ist nicht der Mühe wert. Ein Mann, der Tatmensch und Pessimist zugleich ist, ist ein Faschist oder wird es werden, es sei denn, daß er eine Treue hinter sich fühlt.«

»Die Kommunisten behaupten immer von ihren Feinden, daß sie Faschisten sind.«

»Ich bin ein Kommunist.«

»Und?«

»Und würde meine Waffen nicht Faschisten anvertrauen.«

»Bist du dessen sicher?«

Alba blickte Manuel mit einem unbestimmbaren Ausdruck an.

»Ja.«

Manuels Überzeugung, daß er nichts riskierte, schwand angesichts der offenbaren Verlegenheit seines Begleiters. Ein Mörder, der sich mit dem Mann, den er erschießen will, unterhält, fühlt sich bestimmt geniert, dachte er mit Ironie. Zugleich empfand er lebhaft, daß sein Tod vielleicht neben ihm herging, in der Gestalt dieses eigensinnigen Burschen mit dem vergröberten Kindergesicht.

»Ich mißtraue denen, die befehlen wollen«, sagte Alba.

»Gewiß. Aber nicht mehr als jenen, die nicht befehlen wollen. Das ist genau das gleiche.«

Sie kehrten um, in der Richtung auf das Dorf zu. Wiewohl seine Muskeln in gespannter Bereitschaft blieben, fühlte doch Manuel zwischen sich und diesem Menschen ein dumpfes Vertrauen, so wie er zuweilen Wellen der Zuneigung oder Sinnlichkeit zwischen sich und seiner Geliebten spürte. Wenn man mit einer Spionin schläft, dachte er, mag es ein ähnliches Gefühl sein.

»Autorität zu hassen, ist an sich krankhaft, Alba. Erinnerungen aus der Kindheit. Man muß darüber hinwegkommen.«

»Was für einen Unterschied machst du also zwischen den Faschisten und uns?«

»Zunächst: Dreiviertel unserer spanischen Faschisten träumen nicht von Autorität, sondern von Willkür. Und dann glauben die Faschisten stets an die Rasse dessen, der sie befehligt. Nicht weil die Deutschen rassengläubig sind, sind sie Faschisten, sondern weil sie Faschisten sind, glauben sie an die Rasse. Jeder Faschist befiehlt von Gottes Gnaden. Aus diesem Grunde stellt sich für sie nicht das Problem des Vertrauens wie für uns.«

Alba schlang das Koppel um seine Taille.

»Sag mal«, fragte er, ohne Manuel anzublicken, »und wenn du gezwungen wärst, deine Meinung über die Leute zu ändern?«

»Spanien ist ein Land, in dem es in diesem Moment an Gelegenheiten zum Sterben nicht fehlt . . .«

Alba nahm das Futteral, öffnete es, zog den Revolver halb

heraus, zwar langsam, aber unverhohlen. Noch drei Minuten, dann waren sie wieder in Sicht des Dorfes. Hab' ich mich da in eine idiotische Situation hineingeritten! dachte Manuel, und zugleich: Wenn ich jetzt sterbe, ist es gut so.

Alba schob die Waffe wieder in das Futteral. »Ein Land, in dem es an Gelegenheiten zum Sterben nicht fehlt. Du hast recht . . .«

Manuel fragte sich, ob Alba nicht den Revolver herausgezogen hatte, um sich selbst umzubringen. Oder vielleicht war das alles nur Komödie.

»Überleg es dir«, sagte er. »Ich geb' dir drei Tage. Tritt in die Organisation ein, die dir gefällt. Sonst befehlige ohne diesen Rückhalt und nimm die Parteilosen. Ich verspreche dir, daß du deinen Spaß daran haben wirst. Aber es kommt alles auf dich an.«

»Wieso?«

»Weil man wissen muß, worauf man fußt, wenn man so verschiedene Leute zu befehligen hat. Ich selbst weiß noch nicht sehr viel, aber ich beginne zu lernen. Wie gesagt, daß ist nun deine Sache. Die meine läßt sich folgendermaßen zusammenfassen: Du hast hier eine Art moralischer Verantwortung auf dich genommen. Jetzt sollst du sie auch konkret übernehmen. Selbstverständlich behalte ich die Oberaufsicht.«

Hätte nun Alba mit Nein geantwortet, so würde ihn Manuel unverzüglich ausgeschlossen haben. Aber er tat nichts dergleichen. War er zufrieden? Er schien immer noch feindselig.

Im Dorf nahm Manuel sein Koppel wieder an sich und schnallte es um. Er legte seine Hand auf Albas Arm und blickte ihm fest ins Gesicht.

»Du hast mich verstanden?«

»Vielleicht«, erwiderte der andere.

Und er entfernte sich mit saurer Miene.

Die Sonne sank.

Nachdem die drei Gehöfte genommen und, so gut es gehen wollte, befestigt worden waren, nachdem die Milizen, die das erste Gehöft ohne Deckung angegriffen hatten, nach Toledo zurückgeschickt und die Offiziere genügend instruiert waren, ging Ximenes, ein schönes Kreuz aus Heftpflaster auf der linken Seite seines geschorenen Schädels, mit Manuel in der Richtung auf San Isidro zu, wo die Kolonne untergebracht werden sollte. Die Landstraße hatte die Farbe von Steinplatten und war mit Kieseln übersät; bis an den fernen Horizont nichts als Stein, und das stachlige Gestrüpp, das hie und da wuchs, schien sein spitziges Zweigwerk den Zacken der gelben Felsen anzupassen.

Manuel dachte an die Rede zurück, die Ximenes den Offizieren der Kolonne gehalten hatte. »In den meisten Fällen«, hatte er gesagt, »ist die persönliche Tapferkeit eines Führers um so größer, je schlechter sein Gewissen als Führer ist. Denken Sie immer daran, daß wir Resultate nötiger brauchen als Vorbilder.« Manuel ging langsam, um den Oberst, der sein Bein nachzog, nicht zu überholen; das Hinken gehörte auch zum »Enterich«.

»Die Neuen haben sich gut geschlagen, nicht wahr?« fragte Manuel.

»Nicht schlecht.«

»Die Faschisten sind geflohen, ohne zu kämpfen.«

»Sie werden wiederkommen.«

Wegen seiner ausgeprägten Schwerhörigkeit liebte es Ximenes, im Gehen Selbstgespräche zu halten.

»In Talavera bricht alles zusammen, mein Junge«, begann er. »Die Feinde greifen mit italienischen Tanks an . . . Der Mut ist etwas, das organisiert werden muß, das lebt und stirbt, das gepflegt werden muß wie ein Gewehr . . . Der Mut des einzelnen ist lediglich ein guter Rohstoff für den Mut der Truppen . . . Unter zwanzig Männern gibt es kaum einen einzigen, der wirklich feige ist. Zwei von zwanzig sind von Natur aus tapfer. Die Kompanie wird geschaffen, indem man den ersten ausschaltet, die beiden andern möglichst gut einsetzt und die übrigen siebzehn organisiert . . .«

Manuel erinnerte sich eines interessanten Erlebnisses, das die Kolonne mit geprägt hatte. Ximenes stand auf der Motorhaube seines Fords und wiederholte den Milizmännern seines Regiments, die, im Karree formiert, den Wagen umstanden, seine Instruktionen für den Fall eines Fliegerbombardements. Eine frisch aus Italien angekommene feindliche Fliegerstaffel war an diesem Morgen von Talavera nach Toledo abgeflogen. »Die Fliegerbombe spritzt beim Platzen wie die Brause einer

Gießkanne.« Die Milizmänner machten erschreckte Gesichter: sieben feindliche Bomber, umgeben von Jagdmaschinen, schickten sich an, in Kolonne den Platz zu überfliegen. Nun war der Oberst zwar taub, aber die Truppe hörte das Motorengeräusch sehr wohl. »Ich erinnere euch daran, daß in einem solchen Falle Angst wie Tollkühnheit gleichermaßen nutzlos sind. Nichts, was sich weniger als einen Meter über der Erdoberfläche befindet, kann getroffen werden. Von einer auf dem Boden liegenden Kompanie kann die Fliegerbombe nur jene verwunden, die genau an der Stelle sind, wo sie niederfällt.«

Er hat leicht reden, dachten die Zuhörer, die zum Himmel schielten und das tiefe Summen der Motoren von Sekunde zu Sekunde anschwellen hörten. Es bedurfte des ganzen Ansehens von Ximenes, die Milizmänner daran zu hindern, sich platt auf den Bauch zu werfen. Alle wußten, wie er das Hotel Colón erobert hatte. Die Gesichter hoben sich. In diesem Momente zeigte Manuel, ohne sich sonst zu rühren, mit dem Daumen zum Himmel. »Nieder!« rief Ximenes. Da dieses Kommando schon geübt worden war, verschwand das Karree binnen weniger Sekunden. Der erste feindliche Bombenschütze, der die Menschenansammlung aus seinem Zielgerät verlor, warf seine Bombe aufs Geratewohl über dem Dorf ab, die übrigen behielten die ihren für Toledo. Es gab einen einzigen Verwundeten. Seitdem hatten die Milizmänner dieser Kolonne die Angst vor den Fliegern verloren.

»Mit dem Krieg hat es eine seltsame Bewandtnis. Für jeden Führer, selbst den rücksichtslosesten, ist das Töten ein ökonomisches Problem. Es gilt, soviel als möglich Stahl und Sprengstoff zu verwenden, um so wenig als möglich menschliches Fleisch daranzugeben. Wir haben leider nicht viel Stahl . . .«

Manuel war sich bewußt, daß er, vom (übrigens unentwirrbaren) spanischen Infanteriereglement an bis zu Clausewitz und den französischen Militärzeitschriften, das Kriegshandwerk gewissermaßen immer nur auf dem Umweg über die Grammatik gelernt hatte. Ximenes war das lebendige Wort.

Hinter dem Dorf flammten die ersten Feuer der Milizen auf. Ximenes betrachtete sie mit einer mit Bitterkeit gemischten Zärtlichkeit.

»Es ist völlig zwecklos, sich über ihre Schwächen aufzuhalten. Sofern die Mannschaft bereit ist zu kämpfen, ist jede Krise der Armee eine Krise der Befehlsstellen. Ich habe in Marokko gedient. Glauben Sie etwa, daß die Mauren schon als fabelhafte Soldaten in der Kaserne ankommen? Sicher ist es leichter, eine Armee mit militärischem Drill auszubilden, sicherlich werden wir uns genötigt sehen, eine republikanische Disziplin für alle unsere Truppen zu schaffen, oder wir werden untergehen. Aber selbst unter den heutigen Umständen, täuschen Sie sich nicht darüber, mein Sohn, ist unsere eigentliche Krise eine Krise des Kommandos. Unsere Aufgabe ist schwieriger als die der Gegner, das ist alles ... Das, was Ihre Freunde, die Herren Kommunisten, organisieren – wer hätte sich übrigens getraut, mir vor einem Jahr zu sagen, daß ich freundschaftlich mit einem Bolschewiken spazierengehen werde! –, das, was ihre Freunde organisieren, dieses 5. Regiment, ist zwar noch nicht die Reichswehr, aber doch eine gediegene Sache. Aber mit welchen Waffen wollen Sie sie bewaffnen, wenn sie einmal ein Armeekorps sind?«

»Das mexikanische Schiff ist in Barcelona angekommen.«

»Zwanzigtausend Gewehre ... Fast keine Flugzeuge mehr ... Fast keine Kanonen ... Die Maschinengewehre ... Sie haben es ja selbst gesehen, mein Sohn, auf unserm rechten Flügel gibt es eins für drei Kompanien. Im Falle eines Angriffs leiht man es sich gegenseitig aus. Der Kampf spielt sich nicht zwischen den Mauren von Franco und unserer Armee ab, die praktisch nicht mehr existiert, sondern zwischen Franco und der Organisation der neuen Armee. Unsere Milizen können leider nichts Besseres tun, als sich umbringen lassen, um Zeit zu gewinnen. Aber wo wird diese Armee ihre Gewehre, ihre Kanonen, ihre Flugzeuge hernehmen? Man kann schneller eine Armee improvisieren als eine Industrie.«

»Früher oder später«, versicherte Manuel entschieden, »wird uns Sowjetrußland helfen.«

Ximenes schüttelte den Kopf und machte schweigend einige Schritte. Hier handelte es sich nicht mehr nur darum, mit einem Bolschewiken spazierenzugehen. Von Frankreich, von dem er alles erhofft hatte, erwartete er nichts mehr. Sollte sein Vaterland wirklich von den Russen gerettet werden oder verloren sein . . .?

Ein letzter Lichtschimmer umspielte seinen geschorenen Schädel mit dem großen Pflasterkreuz. Manuel blickte zu den flammenden Feuern der Milizmänner hinüber. Der sinkende Abend gab dem unablässigen Mühen der Menschen, das jetzt allmählich von der Dunkelheit und der Gleichgültigkeit der Erde eingehüllt wurde, eine unendliche Nichtigkeit.

»Rußland ist weit . . .«, sagte der Oberst.

Die Umgebung der Landstraße war von den feindlichen Flugzeugen ausgiebig bombardiert worden. Rechts und links von ihr lagen Bomben, die nicht explodiert waren. Manuel hob eine mit beiden Händen auf, schraubte den Zünder ab und fand ein mit der Maschine beschriebenes Papier, das er Ximenes reichte. Dieser las auf portugiesisch: »Genossen, diese Bombe explodiert nicht. Das ist im Augenblick alles, was wir tun können.«

Es war nicht die erste.

»Immerhin etwas!« sagte Manuel.

Ximenes, der es nicht liebte, seine Ergriffenheit zu zeigen, fragte: »Was haben Sie mit Alba gemacht?«

Manuel berichtete ihm über das Gespräch.

Die Steine schienen wieder in ihr kümmerliches Dasein zurückzusinken, aus dem sie der Glanz des Lichts gezogen hatte. Jedesmal, wenn die Formen der Felsen den Oberst in seine Kindheit zurückversetzten, begann er von seiner Jugend zu reden.

»Bald werden Sie selbst junge Offiziere auszubilden haben. Sie wollen, daß man Sie liebt. Der Mensch ist eben so geschaffen. Und das ist auch gut so, vorausgesetzt, daß Sie ihnen eines deutlich machen: Ein Offizier soll im Rahmen seiner Befehlsgewalt geliebt werden, weil er sie gerechter, wirksamer, besser ausübt als andere, und nicht wegen der Besonderheiten seiner Person. Verstehen Sie mich, mein Sohn, wenn ich Ihnen sage, daß ein Offizier niemals *verführen* darf?«

Manuel hörte ihm zu und dachte an den revolutionären Führer; und er dachte auch, daß geliebt zu werden, ohne zu verführen, eines der schönsten Glückslose des Menschen ist.

Sie näherten sich dem Dorfe; seine flachen grauweißen

Häuser klebten um ein Felsenloch wie Baumwanzen um das Loch im Baum.

»Es ist immer gefährlich, geliebt werden zu wollen«, sagte Ximenes halb ernst, halb freundlich-entenhaft ... Der Stiefelabsatz seines lahmen Beines klopfte regelmäßig auf die Steine, so gingen sie eine Weile, ohne zu reden. Nicht das geringste Insektengesumm war mehr zu hören.

»... Es ist nobler, Führer zu sein, als eine Individualität zu sein«, sagte nun der Oberst, »es ist auch schwerer ...«

Jetzt waren sie im Dorf angelangt.

»Ich grüß euch, meine Kinder!« rief Ximenes als Antwort auf die Hochrufe. Die Milizen waren im Osten des Dorfes, das sie nicht besetzt hatten und das fast von Menschen verlassen war. Die beiden Offiziere schritten durch den Ort. Der Kirche gegenüber stand ein zinnengekröntes Schloß.

»Sagen Sie, Herr Oberst, warum nennen Sie sie ›meine Kinder‹?« fragte Manuel.

»Soll ich sie Genossen nennen? Das kann ich nicht. Ich bin sechzig Jahre alt, das will mir nicht aus der Kehle, ich käme mir vor, als ob ich Komödie spielte. Darum nenne ich sie: ›Jungens‹ oder auch ›meine Kinder‹. Ich finde, das geht ganz gut.«

Sie kamen an der Kirche vorbei. Sie war in Brand gesteckt worden. Aus dem offenen Portal strömte ein Geruch nach Gruft und erloschenem Feuer. Der Oberst trat ein. Manuel betrachtete die Fassade.

Es war eine jener Kirchen Spaniens, die zugleich wild barock und volkstümlich sind und denen der statt des italienischen Stucks verwendete Stein ein fast gotisches Aussehen verleiht. Die Flammen waren aus dem Innern herausgeschlagen, riesige schwarze Zungen reckten sich konvulsivisch über jedem der Fenster und brachen sich zu Füßen der höchsten Statuen, die kalkig über der Leere schwebten.

Manuel trat ein. Das ganze Kircheninnere war schwarz; Bruchstücke verbogener Gitter gab es noch, darunter war der Boden aufgerissen und mit rußschwarzen Trümmern bedeckt. Die Gipsstatuen im Innern, die das Feuer zu kreidiger Weiße ausgeglüht hatte, bildeten an den geschwärzten Pfeilern längliche helle Flecken, und die verzückten Gebärden der Heiligen spiegelten den blauen Abendfrieden des Tajolandes, der durch das aufgebrochene Portal hereindrang. Manuel staunte und fühlte sich wieder einmal als Künstler: Diese sich windenden Figuren erhielten durch den Brand eine barbarische Größe, als wäre dieser Tanz hier aus den Flammen geboren, als wäre dieser Stil der Stil der Feuersbrunst selbst.

Vom Oberst war nichts mehr zu sehen. Manuels Blick suchte ihn zu weit oben. Der Oberst kniete auf dem Boden zwischen den Trümmern und betete.

Manuel wußte, daß Ximenes Katholik war; nichtsdestoweniger war er verblüfft. Er ging hinaus und wartete. Eine Weile gingen sie schweigend Seite an Seite.

»Darf ich mir eine Frage erlauben, Herr Oberst: Warum kämpfen Sie auf unserer Seite?«

»Sie wissen, daß ich in Barcelona war. Dort erhielt ich den Brief des Generals Goded, der mich aufforderte, an der Insurrektion teilzunehmen. Ich gab mir fünf Minuten zur Überlegung. Ich hatte der Regierung keinen Eid geleistet, aber ich wußte in meinem Innern, daß ich bereit war, ihr zu dienen. Gewiß, mein Entschluß war gefaßt, aber ich wollte mir in meinem Alter später einmal nicht vormachen müssen, daß ich aus einer plötzlichen Laune gehandelt hätte ... Nach fünf Minuten suchte ich Companys auf und sagte zu ihm: ›Herr Präsident, das 13. Tercio und sein Oberst stehen zu Ihrer Verfügung.‹« Wieder blickte er auf die Kirche. Phantastisch stand sie da in dem von Heugeruch erfüllten Abendfrieden mit ihrem aufgerissenen Giebel und den kalkigen Statuen vor dem Hintergrund des Himmels.

»Warum«, fragte Ximenes halblaut, »müssen die Menschen immer die geheiligte Sache dessen, der uns in diesem Augenblicke sieht, mit der seiner unwürdigen Diener verwechseln? Ich meine jene seiner Diener, die unwürdig sind ...«

»Aber, Herr Oberst, von wem haben sie denn von ihm reden hören, wenn nicht durch seine Diener?«

Ximenes wies mit einer langsam ausholenden Gebärde auf den ländlichen Frieden und sagte nichts.

»Ein Beispiel, Herr Oberst. Ich war verliebt, ein einziges Mal in meinem Leben. Ernsthaft. Ich meine: mit meinem ganzen Lebensernst. Es war, als wäre ich stumm. Ich hätte der Geliebte dieser Frau werden können, aber das würde nichts geändert haben. Zwischen mir und ihr war eine Mauer aufgerichtet: die Kirche von Spanien. Ich liebte sie, und wenn ich heute daran denke, habe ich das Gefühl, als hätte ich eine Wahnsinnige geliebt, eine sanfte, kindhafte Wahnsinnige. Sehen Sie doch dieses Land an, Herr Oberst! Was anderes hat die Kirche gemacht, als es in eine erschreckende Kindhaftigkeit zu führen? Was hat sie aus unsern Frauen gemacht? Aus unserem Volk? Sie hat sie zwei Dinge gelehrt: Gehorchen und Schlafen . . .«

Ximenes stützte sich auf sein lahmes Bein, nahm Manuel am Arm und kniff ein Auge zu:

»Mein Junge, wenn Sie der Geliebte dieser Frau geworden wären, würde sie vielleicht aufgehört haben, taub und wahnsinnig zu sein. Im übrigen, je größer eine Sache ist, desto mehr gewährt sie der Heuchelei und der Lüge Unterschlupf . . .«

Manuel ging auf eine Gruppe von Bauern zu, die sich schwarz und aufrecht von einer im Dunkel noch weiß leuchtenden Mauer abhoben.

»Hört mal, Genossen«, sagte er in freundschaftlichem Ton, »eure Schule da ist häßlich. Warum hat man nicht lieber die Kirche in eine Schule umgewandelt, wie zum Beispiel in Murcia, statt sie zu verbrennen?«

Die Bauern antworteten nicht. Es war nun schon fast ganz dunkel, die Statuen der Kirche erschienen wie verwischt. Die beiden Offiziere konnten die unbeweglich an der Mauer lehnenden Gestalten, die schwarzen Kittel, die großen Hüte erkennen, aber nicht die Gesichter.

»Der Oberst möchte wissen, warum man eigentlich die Kirche verbrannt hat. Was wirft man den hiesigen Priestern vor? Sagt es klipp und klar!«

»Warum die Pfarrer gegen uns sind?«

»Nein. Umgekehrt, warum ihr gegen sie seid?«

Soweit Manuel es in der Finsternis erraten konnte, fühlten sich die Bauern vor allem verwirrt. Hatten sie es bei diesen Offizieren mit vertrauenswürdigen Personen zu tun? Diese Frage bezog sich vielleicht auf den Schutz der Kunstwerke.

»Es gibt hier nicht einen einzigen Genossen, der für das Volk arbeitet und der nicht den Pfarrer auf den Hals bekam. Genügt das nicht?«

Die Bauern trugen der Kirche nach, daß sie immer auf der Seite der Grundbesitzer gewesen war, die Vergeltungsmaßnahmen gegen den Aufstand in Asturien ebenso wie die Beraubung der Katalonier gebilligt hatte, den Armen unablässig die Unterwerfung unter die Ungerechtigkeit empfahl und heute den heiligen Krieg gegen sie predigte. Einer bemängelte die Stimmen der Priester, die nicht so seien »wie die von Männern«, viele warfen ihnen Heuchelei oder Härte vor, je nach der sozialen Stellung der Leute, auf die sie sich in den Dörfern stützen konnten; alle sagten, daß sie in den eroberten Dörfern den Faschisten die »Schlechtgesinnten« angezeigt hatten, obwohl sie wußten, daß sie sie damit dem Erschießen auslieferten, und alle brandmarkten ihren Reichtum.

»Ob wir das wollen«, sagte einer von ihnen, »ob wir das wollen? Warum wir nicht aus der Kirche eine Schule machen, hast du gefragt. Meine Kinder, hä, sind meine Kinder, und im Winter ist's hier nicht immer warm. Aber lieber, als daß ich meine Kinder da drinnen sehe – verstehst du mich? –, lieber sollen sie frieren!«

Manuel hielt ihm eine Zigarette hin und zündete sie dann mit seinem Feuerzeug an: Der Mann, der gesprochen hatte, war ein etwa vierzigjähriger Bauer, rasiert, aber von ziemlich gewöhnlichem Aussehen. Durch das kurze Aufflammen wurde einen Moment lang das Gesicht seines Nachbarn zur Rechten beleuchtet: Mund und Nase von unbestimmter Form, Stirn und Kinn vorspringend. Man hatte von ihnen Argumente verlangt, sie hatten sie angegeben, aber wie ihr Herz empfand, hatte die letzte Stimme ausgedrückt. Es war nun Nacht geworden.

»Alle diese Burschen sind Betrüger«, sagte in der wiedereingetretenen Finsternis die Stimme eines Bauern.

»Haben sie es auf Geld abgesehen?« fragte Ximenes.

»Jeder Mensch ist auf seinen Vorteil aus. Sie sagen zwar, daß sie es nicht sind, das weiß ich wohl ... Aber darum handelt es sich nicht. Ich meine das, was hinter all dem steckt. Das läßt sich nicht erklären. Sie sind einfach Betrüger.«

»Mit den Pfarrern, das ist etwas, was ein Städter nicht versteht. Er kann es nicht verstehen ...«

Hunde bellten in der Ferne. Welcher Bauer hatte gesprochen?

»Gustavito ist von den Faschisten zum Tode verurteilt worden«, sagte eine andere Stimme in einem Tone, der besagte, »also weiß er Bescheid«, zugleich drückte sie die Meinung aller aus, daß dieser Gustavito sein Zeugnis abgegeben habe.

»Es ist ein Unterschied«, wandte eine Stimme ein, vermutlich die von Gustavo. »Collado und ich sind Menschen, die glauben. Wir sind gegen die Pfarrer, selbstverständlich sind wir gegen die Pfarrer. Aber ich bin gläubig.«

»Er möchte die Säulenmadonna mit Santiago de Compostella verheiraten!«

»Santiago de Compostella? Lieber laß ich sie ... jawohl!«

Und mit leiserer Stimme, im bedächtigen Ton des Bauern, der sich bemüht, seine Meinung auseinanderzusetzen: »Die Faschisten öffneten eine Tür und schoben einen Bauern heraus, der ganz verdutzt sagte: ›Was ist denn los?‹ Später ging das so weiter. Das Erschießen hörte man nie. Aber das Glöckchen des Pfarrers hörte man. Wenn dieser Schweinehund zu bimmeln anfing, so hieß das, daß einer von uns daran glauben mußte. Er wollte uns dazu bringen zu beichten. Manchmal gelang es ihm auch, dem Hurensohn. Vergeben wollte er uns, wie er sagte, vergeben ... Nämlich, daß wir uns gegen die Generäle verteidigt hatten! Ganze vierzehn Tage lang hörte ich Bimmeln. Darum sage ich: Sie treiben Gaunerei mit der Absolution. Versteht mich recht! Es handelt sich nicht allein um das Geld ... Paßt auf: Was sagt dir der Pfarrer, der dir die Beichte abnimmt? Er sagt, daß du bereuen sollst. Wenn es einen einzigen Pfarrer gibt, der einen einzigen von den Unsern dazu gebracht hat zu bereuen, daß er sich verteidigt hat, so kann ihm gar nicht genug angetan werden. Denn die wahre Reue, es gibt nichts Besseres im Menschen. So denke ich.«

Ximenes erinnerte sich unwillkürlich an Puig.

»Collado hat auch seine Gedanken!«

»Heraus damit!« sagte Gustavo.

Der Bauer sagte nichts.

»Also, was ist denn? Entschließ dich doch!«

»Man kann nicht einfach so loslegen«, sagte der Mann, der bisher noch nicht gesprochen hatte.

»Erzähl uns doch wieder den Schwindel von gestern. Halt deine Predigt!«

»Das ist kein Schwindel ...«

Milizmänner kamen, Gewehrkolben klapperten in der Nacht. Es war jetzt stockfinster.

»Und alles nur darum«, sagte er schließlich ironisch, »weil ich ihnen erzählt habe, daß der König einmal bei den Hurden vorbeikam. Er war auf der Jagd. Sie haben fast alle einen Kropf, sind verblödet und krank, diese Leute. Und so arm sind sie, daß der König nicht glauben konnte, daß man so arm sein kann. Sie sind vor Armut zwerghaft. Da sagte er: ›Für diese Menschen muß etwas geschehen.‹ – ›Jawohl‹, entgegnete man ihm, ›jawohl, Majestät‹ – wie gewöhnlich.

Dann, weil dort alles so heruntergekommen war, hat man das Land nutzbar gemacht: man hat es als Platz für das Zuchthaus gewählt. Wie gewöhnlich. Da . . .«

Wer war das, der da sprach? Diese Stimme mit ihrer deutlich akzentuierten Art des Sprechens konnte trotz der volkstümlichen Ausdrucksweise nur die eines Mannes sein, der zu reden gewohnt war. Der schwerhörige Ximenes konnte ihn gut verstehen, obwohl er nicht sehr laut sprach.

»Da fand eines Tages Jesus Christus, daß das nicht gut sei. Er sagte sich: Ich werde hingehen. Der Engel wählte die beste Frau in der Gegend aus und erschien ihr. Sie antwortete: ›Ach, es hat keinen Sinn! Das Kind käme ja vor der Zeit, da ich nichts zu essen habe. In meiner Gasse gibt es nur einen Bauern, der in den letzten vier Monaten Fleisch gegessen hat. Er hat eine Katze geschlachtet.‹«

Schon war an die Stelle der Ironie eine verzweifelte Bitterkeit getreten. Ximenes wußte, daß es in gewissen Provinzen üblich ist, während der Totenwache Geschichten zu improvisieren, aber er hatte solche Erzähler nie gehört.

»Christus kam bei einer andern zur Welt. Rings um die Wiege gab es nichts als Ratten. Um das Kind zu wärmen, war das wenig, und als Freundschaft war es traurig. Da dachte Jesus, daß in Spanien noch immer nichts zu machen ist.«

Rasseln von Lastautos und Kreischen von Bremsen klang aus dem Innern des Dorfes, dazu ferne Gewehrschüsse und Hundegebell, und der Wind wehte von der ausgebrannten Kirche einen Geruch von Steinen und Rauch herüber. Der Lärm der Lastautos war eine Weile so stark, daß die beiden Offiziere die Worte nicht mehr verstehen konnten.

». . . wurden die Grundbesitzer gezwungen, ihre Ländereien

an die Bauern zu verpachten. Die, welche Ochsen besaßen, schrien, sie würden von denen ausgeraubt, die Ratten hätten. Und sie riefen die römischen Soldaten ... Da ging der Herr nach Madrid, und um ihn zum Schweigen zu bringen, begannen die Könige dieser Welt, die Kinder von Madrid zu töten. Da sagte sich Christus, daß mit den Menschen wirklich nicht viel los ist, daß sie nicht reinzuwaschen wären, selbst wenn er Tag und Nacht die ganze Ewigkeit hindurch für sie blutete, so gräßlich sind sie.«

Immer noch der Lärm von Lastautos. Ximenes wurde auf der Intendantur erwartet. Manuel war ebenso ergriffen wie gereizt.

»Die Nachkommen der Heiligen Drei Könige waren zu seiner Geburt nicht erschienen, weil sie Ungläubige oder Staatsbeamte geworden waren. Da machten sich zum erstenmal seit dem Bestehen der Welt aus allen Ländern alle die Tapferen und Elenden auf den Marsch, die ganz nahe wohnten und die weit weg wohnten, die, bei denen es heiß war, und die, bei denen es fror, sie alle *mit ihren Gewehren.«*

Es war in dieser Stimme eine solche Überzeugung und eine solche Einsamkeit, daß Ximenes trotz der herrschenden Dunkelheit die deutliche Empfindung hatte, der Mann da spräche mit geschlossenen Augen.

»Und sie begriffen in ihrem Herzen, daß Christus lebendig ist in der Gemeinschaft der Armen und der Gedemütigten unserer Heimat. Und in langen Reihen aus allen Ländern strömten sie herbei, die Menschen, die die Armut so gut kannten, um im Kampf gegen sie sterben zu wollen, mit ihren Gewehren, wenn sie welche hatten, und mit ihren nackten, bereiten Händen, wenn sie keine Gewehre hatten, um einer nach dem andern ihr Haupt auf spanische Erde zu betten ... Sie sprachen alle Sprachen, sogar chinesische Schuhbandhausierer waren unter ihnen.«

Die Stimme wurde immer dumpfer, der Mann stieß seine Worte zwischen den Zähnen hervor, er schien im Dunkel zusammengekrümmt wie ein Schwerverletzter, und rings um seinen Kopf waren die Köpfe der andern und das Kreuz aus Heftpflaster auf dem Schädel von Ximenes.

»Und als alle Menschen zu viel getötet hatten – und als die letzte Reihe der Armen sich auf den Marsch machte ...« Er sonderte seine leisen Worte mit der flüsternden Eindringlichkeit eines Zauberers voneinander ab: »... erhob sich ein Stern, den man noch nie gesehen hatte, über ihren Häuptern ...«

Manuel wagte nicht, sein Feuerzeug anzuzünden. Die Hupen der Lastautos riefen in der Nacht, wütend wie bei einer Verkehrsstauung.

»Das hast du gestern anders erzählt«, sagte eine gedämpfte Stimme. Und darauf Gustavo lauter: »Ich, ich bin nicht für solche Schwindelgeschichten. Da weiß man nie, was man zu tun hat. Man muß wissen, was man will, das ist die Hauptsache.«

»Es ist doch alles umsonst«, warf eine dritte Stimme langsam und müde ein. »Die Sache mit den Pfarrern wird ein Mann aus der Stadt doch nie begreifen können ...«

»Die meinen nämlich, daß das die Religion ist.«

»Ein Mann aus der Stadt kann das nicht begreifen.«

»Was war er denn vor dem Aufstand?« fragte Ximenes.

»Der da?«

Ein Augenblick peinlichen Schweigens trat ein.

»Er war Mönch«, sagte eine Stimme.

Manuel zog den Oberst mit sich fort in Richtung auf den Höllenlärm der Autohupen zu.

»Haben Sie das Abzeichen von Gustavo gesehen, als Sie die Zigarette anzündeten?« fragte Ximenes, als sie weitergingen. »War es nicht die F. A. I.?«

»Bei einem andern wäre es ebenso. Ich, Herr Oberst, bin zwar nicht Anarchist. Aber ich bin, wie jeder von uns, von den Priestern erzogen worden, und sehen Sie, es gibt in mir etwas (obwohl ich als Kommunist gegen jede Art von Zerstörung bin), es gibt in mir etwas, das mich diesen Menschen begreifen läßt.«

»Mehr als den andern?«

»Ja.«

»Sie kennen doch Barcelona«, sagte Ximenes. »Auf einigen Kirchen ist nicht wie gewöhnlich das Schild angebracht: *Unter der Aufsicht des Volkes!* sondern: *Eigentum des rächenden Volkes.* Allerdings ... Auf der Plaza de Cataluña blieben am ersten Tage die Toten ziemlich lange liegen. Zwei Stunden nach der Einstellung des Feuers kamen die Tauben auf den Platz zurück und schwebten über den Trottoirs und den Gefallenen ... So braucht sich auch der Haß der Menschen ab ...« Und langsamer, als zöge er das Resümee aus vielen Jahren der Beunruhigung: »Gott hat Zeit zu warten ...«

Ihre Stiefel dröhnten auf der harten trockenen Erde, das lahme Bein von Ximenes schlug immer mit einiger Verzögerung auf.

»Aber warum nur«, begann der Oberst wieder, »warum nur muß das Warten so aussehen?«

ZWEITES KAPITEL

Ein neuer Vermittlungsversuch stand bevor. Ein Priester sollte während der Nacht in Toledo eintreffen und vermutlich am nächsten Morgen in den Alcázar eingelassen werden.

Die Gaslaternen des kleinen Platzes waren ausgelöscht worden. Nur eine ziemlich tiefhängende Sturmlaterne gab vor der Schenke *El Gato* ein spärliches Licht. Das Bild der Katze verlockte Shade, er setzte sich an einen Tisch neben dem Eingang und beschäftigte sich damit, verschiedene Schattenrisse seiner Pfeife an die Mauer der Kathedrale von Toledo zu werfen.

Shade hatte bis zwei Uhr morgens Zeit, an seine Zeitung zu telegraphieren. Bis dahin würde Lopez aus Madrid zurückgekehrt sein. Er sollte den Priester mitbringen. Aussicht auf einen schönen Artikel! Es war noch nicht zehn. Die völlige Einsamkeit machte aus diesem Platz mit seinen Treppen und den kleinen Palästen unter dem rostroten Laub eine Theaterdekoration, der die letzten Schüsse aus dem Alcázar eine geheimnisvolle Unwirklichkeit verliehen. Verzückt träumte Shade von großen Radioapparaten, die in den von wuchernden Kokospalmen eroberten granatroten Palästen Indiens vergessen worden waren und nun dem Volk der Pfauen und Affen die Geräusche des Krieges brachten; der Leichengeruch von Toledo glich dem Hauch der Sümpfe Asiens. Ob es wohl Rundfunkapparate auf dem Mond gibt? ... Das wäre nicht übel, wenn die Wellen auf die toten Gestirne die undeutlichen Laute des Kampflärms trügen ...

Daß in der Kathedrale kein Gottesdienst mehr abgehalten

wurde, daß sie unversehrt und um diese Stunde vermutlich mit Milizmännern angefüllt war, befriedigte sowohl seinen Haß gegen die Kirche wie seine Liebe zur Kunst.

Im Innern der Kneipe sagten Stimmen: »Unsere Flieger haben ihre Sache verpfuscht. Die Faschisten in Badajoz haben ihre Maschinengewehre zwar in der Arena, aber nicht unten in der Mitte, sondern oben unterm Dach.«

»Bei den Kasernen muß man vorsichtig sein, sie haben die Gefangenen hineingesteckt.«

Eine andere junge ironische Stimme mit starkem englischem Akzent fiel ein: »Nach dem Kampf gab es ein großes Getriebe auf dem Platz. Ich war fünfhundert Meter darüber und guckte hinunter. Lauter hübsche junge Weiberchen, und alle fragten: ›Wer ist denn der nette kleine Schotte da oben?‹«

Shade machte sich Notizen, als Lopez endlich erschien, majestätisch wie immer, die Arme schwingend und mit zitternder Haartolle. Er nahm wuchtig Platz, hob nochmals die Arme und ließ sie wieder fallen, wobei seine Hände auf die Oberschenkel klatschten und in der Stille das Echo einiger Schüsse weckten. Shade wartete, sein Hütchen auf dem Hinterkopf.

»Sie wollen Pfarrer haben. Schön. Wir müssen ihnen Pfarrer verschaffen. Aber du lieber Himmel!«

»Wie ist das eigentlich? Sie verlangen Priester? Oder ihr verlangt eure Geiseln zurück?«

Lopez hatte den Ausdruck eines Menschen, der an diesem Tage wahrlich schon zuviel mit angesehen hatte.

»Aber das kommt doch alles aufs gleiche heraus, Schildkröte! Kapierst du denn das nicht? Sie haben Priester verlangt. Das ist ihre Sache. Anderseits wollen diese Schweinehunde die Frauen und die Kinder nicht herausgeben: weder die unsern noch die ihren. Sie wissen recht gut, daß das für sie das Schlaueste ist. Na schön, also Pfarrer. Ich kenne zwei. Also telefoniere ich nach Madrid: ›Schafft mir diese zwei Burschen zur Stelle, ich komme gegen zwei Uhr.‹ ... Ja, als ob man an allen Ecken und Enden Pfarrer finden könnte und sie nicht schon fast alle verduftet wären! Ich treffe in Madrid ein. Zunächst mal stellt es sich als unmöglich heraus, Guernico zu erwischen. Er war mit der Organisation seiner Ambulanzen beschäftigt. Endlich erhalte ich die Adresse des ersten Pfarrers. Ein anständiger Kerl! Er hat uns im Gefängnis häufig besucht, als wir im Jahre 34 dort saßen. Ich komme mit vier Milizmännern, wir waren alle in Overalls, vor dem Hause an. Das ganze Haus katholisch, der Portier war katholisch, die Mieter waren katholisch, die Fenster waren katholisch, die Mauern waren katholisch, und in sämtlichen Nischen des Treppenhauses standen Gipsmadonnen von äußerstem Kitsch. Kaum hält das Auto an, als in allen Stockwerken ein Gejammer losbricht. Diese Schlappschwänze glaubten, wir seien gekommen, um sie zu erschießen. Ich versuche, mich dem Portier verständlich zu machen. Alles vergeblich. Die berüchtigten Gemetzel der Roten und so weiter. Der Pfarrer hatte sich, als er das Auto kommen sah, durch den Garten auf und davon gemacht. Das war der erste.«

Der Platz hatte aufgehört, ein Traum im Mondschein zu sein. Lopez füllte ihn wie jeden andern Ort mit seiner Person völlig aus.

»Nun denn, zum andern. Ich wußte, daß er mit der obersten Leitung der Milizen in Verbindung stand. Ich komme hin und finde alle Offiziere beim Essen. Ich lasse einen Bekannten herausrufen und erkläre ihm die Angelegenheit. ›Gut‹, sagt er, ›du sollst deinen Pfarrer um vier Uhr haben.‹ Ich hatte viel zu tun, mußte alle Welt inkommodieren, um Munition aufzutreiben. Um vier Uhr war ich wieder dort. ›Weißt du‹, sagt mir ein Bekannter, ›der Pfarrer war hier, als du kamst, er aß mit uns, aber ich wollte ihn erst vorbereiten. Es wird nicht ganz leicht sein, ihn zu kriegen: Er drückt sich.‹ – ›Was, er drückt sich? Verflixte Schweinehunde! Wollen nicht mal ihr Geschäft verrichten?‹ Nun expliziert man mir, daß er Kanonikus an der Kathedrale ist. Mit einem Wort: ein hoher geistlicher Würdenträger. Wenn er ein einfacher Landpfarrer wäre, würde er wahrscheinlich nicht so viel Geschichten machen. ›Landpfarrer kenn ich keine‹, sage ich, ›die interessieren sich nicht für Bildhauerei! Also sag ihm, daß ich mit ihm sprechen möchte. Wenn es eine Möglichkeit gibt, die Kinder aus dieser Schweinerei von Krieg herauszukriegen, dann muß es geschehen.‹ Ich kam vor Durst fast um. Sie hatten dort Bier im Kühlraum. Ich laufe also in die Küche, probiere an den verschiedenen Schlössern herum und sehe einen Kerl ohne Kragen in schmutzigem Hemd, aufgeknöpfter Weste und gestreifter Hose, der damit beschäftigt ist, die Bierhähne gewaltsam aufzudrehen. Ich muß allerdings sagen, daß es keineswegs kalt war. Sieh da, es war der Monsignore.«

»Jung oder alt?«

»Schlecht rasiert, aber was man an Bartstoppeln sah, war weiß. Ziemlich rundlich. Alles in allem eine widerwärtige Visage, aber Hände, die ich hätte zeichnen mögen. Ich erkläre ihm die Angelegenheit – ich, stell dir das vor! Er gibt mir eine zehn Minuten lange Antwort. Wir in Spanien nennen einen Kerl Scharlatan, der eine Viertelstunde lang schwätzt, wenn er nur dreißig Sekunden brauchen dürfte. So einer war er. Ich sagte ihm, ich weiß nicht mehr was, und er antwortete mir: ›Daran erkenne ich die Sprache des Soldaten.‹ Man hatte ihm wohl erzählt, daß ich eine verantwortliche Stelle bekleide. Ich war in meinem Overall ohne Rangabzeichen. ›Ein Offizier wie Sie!‹ Das sagte er mir, einem armen Bildhauer! Schließlich sage ich ihm geradeheraus: ›Offizier oder nicht. Wenn man mir sagt: Geh dort und dort hin und kämpfe, dann gehe ich. Sie, Sie sind ein Priester Gottes. Es gibt dort drüben Menschen, die nach Ihnen verlangen, und ich möchte, daß die Kinder herausgegeben werden. Kommen Sie? Ja oder nein?‹ Er überlegte eine Weile und fragte dann gemessen: ›Bürgen Sie mir dafür, daß ich mit dem Leben davonkomme?‹ Das ging mir auf die Nerven. Ich antwortete ihm: ›Als ich vor zwei Stunden hier ankam, saßen Sie mit den Milizmännern zusammen beim Essen. Stellen Sie sich etwa vor, daß die von Toledo Sie zum Abendbrot verspeisen werden?‹ Wir saßen alle beide auf einem Tisch. Er erhebt sich und sagt würdig, die Hand auf der Weste: ›Wenn Sie der Meinung sind, daß ich ein einziges Leben zu retten vermag, werde ich gehen.‹ – ›Schön, Sie scheinen ein anständiger Mensch zu sein. Allerdings, wenn man Leben retten will, muß man sie sofort retten. Mein Wagen steht unten.‹ – ›Würden Sie es nicht für richtiger halten, daß ich einen Kragen anlege und einen Rock anziehe?‹ – ›Mir ist es egal, aber den andern wird es vielleicht lieber sein, wenn Sie in der Soutane erscheinen.‹ – ›Ich habe hier keine Soutane.‹ Ich weiß nicht, ob das der Wahrheit entsprach oder ob es nur Vorsicht war; es scheint aber doch wahr gewesen zu sein. Er verschwindet . . . ich gehe hinunter, und einige Minuten später findet er sich beim Auto ein mit Kragen, schwarzer Krawatte und schwarzem Rock. Vorwärts!«

Ein stetiges laues Lüftchen wehte einen beißenden Brandgeruch auf den Platz herüber; der Rauch vom Alcázar drang bis hierher. Von der Verwesungsatmosphäre befreit, schien die Stadt wie verwandelt.

»Wir wurden durch die Kontrollen immerfort angehalten. ›Es muß recht schwer sein, aus Madrid herauszukommen‹, sagte er mit der Miene eines Menschen, der sich mit dieser Frage beschäftigt hat. Während der ganzen Fahrt bemühte er sich, mir auseinanderzusetzen, daß die Roten vielleicht ebenso recht hätten wie die Weißen, ›möglicherweise sogar noch mehr‹. Auch wollte er wissen, wie die Zusammenkunft stattfinden würde. ›Nichts einfacher als das‹ – ich mußte es ihm alle Viertelstunden wiederholen –, ›das wird genau so gemacht, wie damals beim Hauptmann Rojo. Wir benachrichtigen sie, daß Sie da sind und übergeben Sie ihren Abgesandten. Diese verbinden Ihnen die Augen und bringen Sie in das Bureau des Obersten Moscardo, des Kommandanten des Alcázar. Dann müssen sie sich selber weiterhelfen.‹ – ›In das Bureau des Obersten Moscardo?‹ – ›Jawohl, in das Bureau von Moscardo.‹ Endlich hatte er's kapiert. Ich setze ihm auseinander, daß es seine Pflicht ist, diesem ganzen Gesindel die Absolution, die Taufen und so weiter zu verweigern, wenn Moscardo es ablehnt, die Frauen und die Kinder herauszugeben.«

»Hat er es versprochen?« fragte Shade.

»Ich pfeif' drauf. Wenn er es tun will, wird er es tun, und wenn nicht, dann wird ihn auch sein Versprechen nicht daran hindern. Schließlich habe ich ihm die Sache auseinandergesetzt, so gut ich konnte; eine großartige Redeleistung wird es wohl nicht gewesen sein. Wir kommen in Toledo an. Bei der Batterie steige ich aus und will mit dem Hauptmann sprechen. ›Cojones!‹ brüllt er, der Hauptmann nämlich, und springt auf das Trittbrett, ohne mich zu Wort kommen zu lassen. ›Wo sind die Granaten? Man hat uns Granaten versprochen! Morgen abend ist unsere Munition zu Ende!‹ Ich versuchte, ihm durch diskrete Windmühlenbewegungen zu verstehen zu geben, daß er das Maul halten soll. So wenig ein Pfarrer bei uns auch weiß, er weiß immer noch zu viel. Wie sag ich's meinem Kinde? Endlich begreift mich der Tropf. Ich stelle vor: ›Der Genosse Pfarrer.‹ Der Hauptmann zeigte auf den Turm des Alcázar, soweit etwas von ihm übriggeblieben ist, und schlug sich vergnügt auf die Schenkel. ›Da schau, wie sich das Bureau von Moscardo präsentiert!‹ sagte er, auf eine mächtige dreieckige Bresche weisend. ›Aber mein bester Herr Major‹ (unsere freundschaftlichen Beziehungen waren schon zu diesem Grade gediehen), sagt mir der Pfarrer mit der verstockten Miene eines Lausejungen, der entschlossen ist, die Schule zu schwänzen, ›in dieser schutzlosen Stätte beabsichtigen Sie meine Unterredung mit dem Oberst Moscardo stattfinden zu lassen. Wie komme ich dorthin?‹ – ›Da müssen Sie sich schon selber helfen!‹ brüllt der Hauptmann gebieterisch, ›aber dem lieben Gott selbst würde es nicht gelingen.‹

Die Sache wurde immer bunter. Schließlich erklärte ich ihm, daß wir uns mit Moscardo verständigen würden, gab ihm drei Leibwachen, und jetzt schnarcht er in seinem Bett.«

»Wird er nun also hineingehen oder nicht?«

»Morgen früh um neun Uhr. Wir haben uns auf einen Waffenstillstand bis zwölf Uhr mittags geeinigt.«

»Weißt du etwas über die Kinder?«

»Nichts. Funktionäre oder solche, die sich dafür halten, sollen meinem Pfarrer auf die Sprünge helfen. Hoffentlich jagen sie ihm nicht zu große Angst ein. Unter den Anarchisten gibt es einen besonders eindrucksvoll Tätowierten.«

»Gehen wir mal hinauf und schauen wir, was dort oben passiert.«

Sie stiegen schweigend zur Plaza de Zocodover hinauf, wobei sie im Vorübergehen den »Schrecken von Pancho Villa« bewunderten, dessen Hut im Dunkeln noch prächtiger wirkte. Je höher sie kamen, desto belebter wurde es um sie. In den höchsten Stockwerken der Häuser feuerten ab und zu einige Gewehre und ein Maschinengewehr. Drei Monate zuvor hatte Shade hier um die gleiche Stunde den Hufschlag eines unsichtbaren Esels und die Musik von Gitarrespielern gehört, die, wohl von irgendeinem Ständchen zurückkehrend, in der Nacht munter die Internationale zupften. Zwischen zwei Dächern tauchte, von den Scheinwerfern beleuchtet, der Alcázar auf.

»Gehen wir bis auf den Platz«, sagte Shade, »ich werde im Tank schreiben.«

Es war bei den Journalisten zur Gewohnheit geworden, sich

in den meist unbenützten Tank zurückzuziehen, eine Kerze mitzunehmen und dort ihre Artikel zu schreiben.

Sie langten endlich bei der Barrikade an. Zur Linken schossen Milizmänner ab und zu, andere lagen auf Matratzen und spielten Karten, und wieder andere saßen bequem in Rohrsesseln; in der Mitte tönte aus einem Radioapparat ein andalusisches Lied. Oben aus einem zweiten Stockwerk feuerte ein Maschinengewehr. Shade hielt das Auge an ein Loch in der Barrikade.

Von einer starken Bogenlampe erhellt, lag der Platz, auf dem einstmals die Könige von Kastilien zu Pferde gegen den Stier angeritten waren, völlig leer. Er war weit unwirklicher noch als der Platz vor der Kathedrale, und in dieser beunruhigenden Atmosphäre, gemischt aus Brandgeruch und nächtlicher Frische, viel ähnlicher einer Stätte auf einem toten Gestirn als irgendeinem Ort dieser Erde. In einer Beleuchtung wie für eine Filmaufnahme eine asiatische Trümmerwelt, ein maurischer Torbogen, von Kugelspuren angekratzte Kaufläden, geschlossen und im Stich gelassen, und auf einer Seite, teils gesellig beisammen, teils einzeln herumstehend, teils übereinandergetürmt, die eisernen Stühle einer Wirtschaft. Über den Häusern die riesige Reklame für eine Wermutmarke; an den im Schatten liegenden Seiten des Platzes die schwach beleuchteten Zimmer der Beobachter. Gerade gegenüber bohrten die Scheinwerfer ihre Lichtbahnen in alle ansteigenden Gäßchen, und am Ende dieser Gäßchen, gleichfalls hell im Lichte, für den Tod besser erhellt als früher einmal für die Vergnügungsreisenden, ragte, seltsam flach vor dem Hintergrund des nächtlichen Himmels, der rauchende Alcázar auf.

Von Zeit zu Zeit gab ein Faschist einen Schuß ab. Shade blickte auf die Milizmänner, die das Feuer erwiderten, und auf die andern, die sich im Kartenspiel nicht stören ließen. Welche von ihnen hatten wohl ihre Frauen und Kinder dort oben?

Der Nachtkühle wegen hatten überall die Bauern ihre Decken hervorgeholt; sie waren, genauso wie die Matratzen auf den Barrikaden, gestreift und verliehen damit der ganzen Stadt einen einheitlichen Charakter. Ein Maultier bog in die Hauptstraße ein.

»Um Mitternacht werden, um die Gestreiftheit vollständig zu machen, die Maultiere durch Zebras ersetzt«, verkündete Shade. In der schmalen dunklen Hauptstraße vor dem prähistorischen Tank bildeten die angezündeten Lichter in den Türmen der gepanzerten Autos kleine helle Flecken. Das Schaufenster eines Modegeschäfts ganz nahe am Platz wirkte beinahe wie erleuchtet. Eine alte Frau im Federhut stand unbeweglich davor und berauschte sich am Anblick der provinziellen Hüte, die durch den Widerschein der den rauchenden Alcázar beleuchtenden Bogenlampen sichtbar wurden.

Von Zeit zu Zeit schlug eine feindliche Kugel tönend gegen die Panzerung der Autos mit den aufmontierten Maschinengewehren. Lopez begab sich in das Stabsgebäude. Shade kroch in den Tank, wo der Maschinengewehrschütze ihm seinen Platz einräumte. Kaum hatte er zu seinem Notizblock gegriffen, als der Maschinengewehrschütze zu feuern begann, ebenso die gepanzerten Autos und die Milizmänner. Im Innern eines Tankturmes macht ein Maschinengewehr einen beträchtlichen Krach, und draußen war die ganze Straße in Aufruhr. Shade sprang aus dem Tank. Ging der Alcázar zum Gegenangriff über?

Die Faschisten hatten eine Leuchtrakete abgeschossen, und die ganze Stadt schoß auf sie.

DRITTES KAPITEL

Der Priester war vor einer halben Stunde in den Alcázar eingelassen worden. Journalisten und »Verantwortliche« aller Art spazierten mit kleinen Schritten hinter der Barrikade auf und ab. Sie wollten den Waffenstillstand beobachten und warten, bis die ersten Feinde auf den Platz herunterkämen. Shade, in Hemdsärmeln, das Hütchen auf dem Hinterkopf, war in Begleitung von Pradas, einem Funktionär der Kommunistischen Partei, Golovkin, einem russischen Journalisten, und einem japanischen Journalisten. Alle drei Schritte schielte Shade in die Richtung der Löcher in der Barrikade. Aber vorläufig waren die Stühle vor dem Café, die alle viere in die Luft streckten, die einzigen Herren des Platzes. Brandgeruch und Leichengeruch wechselten je nach dem Winde ab.

Dort, wo eines der Gäßchen vom Alcázar in den Platz mündete, erschien ein faschistischer Offizier und verschwand bald wieder. Der Platz war von neuem leer. Nicht mehr tot, wie allnächtlich im grellen Lichte der Scheinwerfer, sondern bloß verlassen. Der Tag gab ihn dem Leben zurück, dem Leben, das jeden Augenblick wiederkehren konnte, das an den Straßenecken auf der Lauer lag wie die Faschisten und die Milizmänner.

Der Waffenstillstand hatte begonnen. Aber es schien, als würde dieser Platz, den keiner der Kämpfer hatte betreten können, ohne sich den Kugeln der feindlichen Maschinengewehre auszusetzen, als unglückbringend gemieden.

Drei Milizmänner entschlossen sich endlich, die Barrikade zu verlassen. Man erzählte sich, daß es in den wiedereroberten Teilen des Alcázars Matratzen in den Tonnengewölben und Kartenspiele gäbe, genau wie bei den Milizmännern der Barrikade. Dadurch, daß er nun dem Feind gehörte, war der Alcázar, obwohl mehrere seiner Teile zurückerobert worden waren, von Geheimnis umwittert. Die Milizmänner wußten, daß sie ihn während des Waffenstillstandes nicht betreten durften, aber sie wollten sich ihm wenigstens nähern. Trotzdem entfernten sie sich nicht von der Barrikade und gingen in Gruppen daran entlang.

»Sowohl die einen wie die andern sind viel mehr für den offenen Angriff gemacht«, dachte Shade. Er lugte durch ein Loch zwischen den Säcken, seine an die Leinwand gepreßte Stirn war schon ganz heiß, und sein Hütchen saß ihm weiter im Nacken denn je. »Wie Katzen sind sie.«

Einige faschistische Offiziere tauchten drüben auf, dort, wo der erste verschwunden war. Sie zögerten angesichts des leeren Platzes. Milizmänner und Faschisten standen da und starrten sich gegenseitig an. Einige neue Milizmänner kletterten über die Barrikade. Shade griff zu seinem Fernglas.

Auf den Gesichtern der Faschisten, die er kaum zu unterscheiden vermochte, hatte Shade den Ausdruck von Haß erwartet. Was er nun tatsächlich wahrzunehmen glaubte, war die Verlegenheit, die sich zudem noch durch die Unbeholfenheit des Ganges und der Armbewegungen kundtat, was bei diesen in adrette Offiziersuniformen gekleideten Männern besonders frappierte. Die Milizleute näherten sich ihnen.

»Was hältst du davon?« fragte er den Mann, der neben ihm durch ein Loch guckte.

»Die Unsrigen genieren sich, zu reden ...«

Für Menschen, die seit zwei Monaten bestrebt sind, einander umzubringen, ist die Einleitung einer Konversation nicht leicht. Was diese Männer voneinander trennte und die einen veranlaßte, dort an den Säulen entlang, die andern hier an der Barrikade entlang zu schleichen, war nicht so sehr das Tabu des Platzes als die Vorstellung, daß sie miteinander reden müßten, wenn sie sich einander näherten.

Neue Faschisten kamen vom Alcázar herunter, neue Milizmänner verließen die Barrikade.

»Vier Fünftel der Garnison sind doch Zivilgardisten, nicht wahr?« fragte Golovkin.

»Ja«, antwortete Shade.

»Sehen Sie nur die Uniformen an. Sie lassen nur die Offiziere heraus.«

Das war schon nicht mehr wahr. Gardisten kamen mit ihren zweispitzigen ledernen Käppis, in ihren Uniformen mit den gelben Litzen, aber in weißen Stoffschuhen.

»Die Milizen haben alle Lederschuhe getötet«, sagte Shade.

Aber inzwischen war da drüben die Unterhaltung in Gang gekommen, obwohl die beiden Gruppen noch mindestens zehn Meter voneinander entfernt standen. Shade zündete zwischen zwei Säcken seine Pfeife an und schritt, gefolgt von Golovkin und Pradas, auf das Palaver zu.

Die beiden Gruppen waren damit beschäftigt, einander zu beschimpfen.

Getrennt durch eine Distanz von zehn Metern wie durch einen heiligen Bann und wild gestikulierend, was um so seltsamer wirkte, als sie sich nicht von der Stelle bewegten, warfen sie einander mit den Armen ihre Argumente zu.

»... weil wir wenigstens für ein Ideal kämpfen, Ihr verdammten Hahnreie!« sagten die Faschisten, gerade als Shade herankam.

»Und wir? Wir kämpfen vielleicht für eiserne Geldschränke, du Hurensohn? Und daß unser Ideal das höhere ist, beweist doch schon die Tatsache, daß es für die ganze Welt gilt!«

»Ich pfeife auf dein Ideal für die ganze Welt! Wichtig bei einem Ideal ist nur, daß es das beste ist, du Dummkopf!«

Seit zwei Monaten hatten sie aufeinander gezielt, und auch jetzt blieb ihre Beziehung im Bereich des Kriegerischen, da sie eine andere Möglichkeit nicht fanden. Und dennoch ...

»Sag mal, ist das ein Ideal, wenn man Gasangriffe auf die Abbessinier macht? Ist das ein Ideal, wenn man die deutschen Arbeiter ins Konzentrationslager steckt? Ist das ein Ideal, wenn die Landarbeiter für eine Peseta am Tag schuften müssen? Und die Gemetzel in Badajoz, ist das ein Ideal, du Henkersknecht?«

»Und Rußland? Ist das ein Ideal?«

»Was denn sonst?«

»Vielleicht für die, die nie dort gewesen sind! Eine Republik der Werktätigen! Sie scheißt auf die Werktätigen!«

»Darum wird sie von deinem Vorgesetzten wohl so verabscheut, he? Wenn noch ein Funke von Anständigkeit in dir steckt, will ich dir was verraten: Alles, was widerwärtig ist in der Welt, ist mit euch. Und alles, was die Gerechtigkeit will, ist mit uns, sogar die Frauen. Wo sind sie denn, eure weiblichen Milizen? Du bist ein Gardist, du bist kein Prinz. Warum sind denn die Frauen mit uns?«

»Vor allem sollen die Weiber das Maul halten, du Hahnrei! Und was das Ideal des Kirchenverbrennens betrifft, so kannst du es für dich behalten!«

»Wenn es weniger Kirchen gäbe, brauchte man keine zu verbrennen.«

»Zu viele goldstrotzende Kirchen, zu viele Dörfer ohne Brot!«

Shade war jetzt neben den Milizmännern angelangt. Es berührte ihn seltsam, daß er hier dieselben ins Leere verpuffenden Beschimpfungen antraf wie bei den Pariser Chauffeuren und den italienischen Kutschern.

»Wer ist der Bursche da?« fragte einer der Milizmänner und zeigte auf Golovkin. Da man Shade gestern mit Lopez zusammen gesehen hatte, gehörte er sozusagen zum Bau.

»Korrespondent einer Sowjetzeitung.«

Golovkin hatte die hervortretenden Backenknochen, das ausgebosselte Bauerngesicht, wie man es bei gotischen Skulpturen findet. Auf einer Reporterreise in Moskau hatte Shade die Beobachtung gemacht, daß die ihrem bäuerlichen Ursprung noch so nahen Russen häufig den mittelalterlichen Figuren des Abendlandes glichen: »Ich sehe wie ein Indianer aus, dieser Russe wie ein Ackerknecht, die Spanier haben Pferdeköpfe ...«

Die drei Milizmänner, die zuerst aus der Barrikade gekommen waren, blieben beieinander, ohne sich auf dem Platze vorzuwagen.

Das Vergleichen der Ideale wurde fortgesetzt.

»Jedenfalls ist es etwas anderes«, brüllte ein faschistischer Offizier, »für sein Ideal zu kämpfen und daheim in seinem Bett zu schlafen wie ihr, während wir in Kellern leben müssen! Seht uns doch an, ihr stinkenden Böcke! Haben wir vielleicht etwas zum Rauchen?«

»Was denn? Was denn?«

Ein Milizmann durchquerte das Tabu-Terrain. Er trug das Abzeichen der C. N. T., und sein aufgekrempelter Ärmel entblößte den von Tätowierungen blauen Arm. Die fast im Zenit stehende Sonne warf den Schatten seines mexikanischen Hutes unter seine Füße, so daß er auf einem schwarzen Sockel dahinzuschreiten schien. Er ging auf die Faschisten zu, wie um mit ihnen anzubinden, und hatte ein Päckchen Zigaretten in der Hand. Shade wußte, daß man in Spanien nie ein ganzes Päckchen mit Zigaretten anbietet, und wartete darauf, was der Anarchist tun würde. Dieser zog Zigarette für Zigarette heraus und verteilte sie, immer mit demselben Ausdruck der Wut. Er hielt sie dem Faschisten gleichsam als Beweisstücke hin, als wollte er sagen: Das ist doch unerhört, uns diese Zigaretten vorzuwerfen! Wenn ihr keine habt, so liegt das an den Umständen des Krieges, ihr Schweinehunde. Aber wir haben doch nichts dagegen, daß ihr Zigaretten raucht, ihr Hundsfötter!

Dabei fuhr er im Verteilen fort und blickte zuweilen zu den Fenstern hinauf, wie um sie als Zeugen anzurufen. Als sein Päckchen leer war, traten andere Milizmänner an seine Stelle und setzten die Verteilung fort.

»Wie deuten Sie sich diese idiotische Zigarettenverteilung?« fragte Pradas.

Er sah aus wie ein Mazarin, der sich den Spitzbart hat abstumpfen lassen, um Lenin ähnlich zu sehen.

»Bei einer der stürmischsten Sitzungen der belgischen Kammer habe ich es erlebt, daß plötzlich eine brüderliche Einigkeit zwischen sämtlichen Parteien zustande kam. Der Anlaß war die Ablehnung einer Steuer auf die Brieftauben. Achtzig Prozent der Abgeordneten waren Taubenzüchter. Hier ist es der Gemeinschaftsgeist der Raucher ...«

»Nein, nein, das geht tiefer. Sehen Sie nur!«

Einer der Faschisten hatte gerade wie anklagend ausgerufen: »Und ihr Kerle seid rasiert!« Was um so sonderbarer klang, als die Milizmänner es gar nicht waren. Aber einer von ihnen, wiederum ein Anarchist, trottete schon in der Richtung nach der Calle del Comercio davon. Die beiden Journalisten folgten ihm mit dem Blick. Jetzt blieb er stehen und redete mit einem Milizmann, der bei der Barrikade geblieben war. Dieser zog seinen Revolver und schwang ihn wütend in der Richtung der Faschisten. Der Anarchist lief weiter.

»Ging es bei Ihnen auch so zu?« fragte Shade Golovkin.

»Wir wollen später darüber reden. Ich finde das unbegreiflich ...«

Der Milizmann kam zurück, in der Hand ein Schächtelchen mit Gilletteklingen, das er im Laufen öffnete. Nun waren da aber mindestens ein Dutzend faschistischer Offiziere. Sichtlich verlegen blieb er stehen. Wie sollte er seine Klingen verteilen? Er hatte keine zwölf. Er machte eine Gebärde, als wolle er sie ihnen zuwerfen, wie man Kindern Zuckerzeug zuwirft, zauderte und drückte schließlich mit feindseliger Miene das Schächtelchen dem nächsten Faschisten in die Hand. Die andern Offiziere stürzten sich auf ihn, aber als die Milizmänner darüber lachten, gab einer der Offiziere einen Befehl, und sie wichen zurück. In diesem Augenblick kam ein neuer Faschist vom Alcázar herunter, und gleichzeitig näherte sich von der andern Seite her der Milizmann, der im Gespräch mit dem Klingenverteiler den Revolver gezogen hatte.

»Na, das ist ja schön ...«, sagte er, die Faschisten einen nach dem andern anstarrend. Seine Stimme blieb in der Schwebe, und alle warteten, was er weiter sagen würde.

»... und die Geiseln? Ich habe meine Schwester dort oben!«

Das war der Stimmklang des Hasses. Von einem Vergleich der Ideale war keine Rede mehr.

»Ein spanischer Offizier hat nicht das Recht, in die Entscheidung seiner Vorgesetzten einzugreifen«, entgegnete einer der Faschisten.

Die Milizmänner hörten kaum auf ihn, denn im gleichen Augenblick sagte der zuletzt gekommene Faschist: »Ich möchte im Auftrag von Oberst Moscardo den Kommandanten sprechen.«

»Kommen Sie mit«, sagte einer der Milizmänner.

Der Offizier folgte ihm. Hinter ihnen drängten sich Shade und Pradas, die zu beiden Seiten des großen Golovkin klein wirkten, durch die immer dichter werdende Menge, die man sich auf einem sonntäglichen Korso spazierend hätte vorstellen können, wären nicht die Augen derer, die von unten her auf den Platz kamen, so unverwandt auf den Alcázar gerichtet gewesen.

Hernandez trat, gefolgt vom Negus, von Mercery und zwei Leutnants, gerade aus dem Laden, als der Faschistenoffizier herankam, salutierte und Briefe überreichte.

»Von Oberst Moscardo für seine Gemahlin.«

Shade hatte plötzlich den Eindruck, als ob alles, was er seit gestern in Toledo und seit Tagen in Madrid erlebt hatte, in der Begegnung dieser beiden Männer gipfle, die sich in dem Brandgeruch des Alcázars, dessen Rauch der Wind wie zerfetzte Fahnen auf die Stadt niederschlug, mit eingewurzeltem Haß betrachteten. Die angebotenen Zigaretten, die Rasierklingen fanden ihren Höhepunkt in diesen Briefen; ebenso wie die Geiselnahme, ebenso wie die sinnlosen Barrikaden, die Angriffe und Rückzüge, ebenso wie dieser Gestank nach Pferdeaas, der, wenn sich der Brandgeruch für einen Augenblick verzog, gleichsam zum Atem der Erde selbst wurde. Hernandez hatte, wie es seine Gewohnheit war, mit der rechten Achsel gezuckt und die Briefe einem Leutnant überreicht, dem er mit einer Bewegung seines langen Kinns eine Weisung gab.

»Du bist ein großer Tölpel«, sagte der Negus, aber dennoch in freundschaftlichem Ton.

Hernandez zuckte diesmal beide Achseln, immer mit dem gleichen Ausdruck des Überdrusses, und machte dem Leutnant ein Zeichen zu gehen.

»Befindet sich die Frau von Moscardo in Toledo?« fragte Pradas, seinen Zwicker zurechtrückend.

»In Madrid«, erwiderte Hernandez.

»In Freiheit?« fragte Shade verblüfft.

»In einer Klinik.«

Jetzt zuckte der Negus die Achseln, aber voller Zorn.

Hernandez begab sich wieder in sein in der Schusterwerkstatt eingerichtetes Büro, aus dem in der seit dem Waffenstillstand ruhigen Straße das Klappern einer Schreibmaschine bis an Shades Ohr drang. Hunde, die sich wohl über die Einstellung des Feuers wunderten, begannen sich in die steilen Gäßchen vorzuwagen. Geräusche von Schritten und Stimmen, die, seit das Schießen aufgehört hatte, wieder vernehmbar wurden, ergriffen von der Stadt Besitz, als wären sie der Friede. Pradas holte den Hauptmann ein und ging, seinen Spitzbart umfassend, einige Schritte an seiner Seite.

»Warum haben Sie diesen Brief befördert? Aus Ritterlichkeit?«

Mit gerunzelten Brauen und eher verwirrter als ironischer Miene ging er neben dem Offizier her, der auf das Pflaster starrte; von den Schatten der mexikanischen Hüte war es wie von riesigem Konfetti gefleckt.

»Aus Großmut«, antwortete Hernandez endlich und wandte ihm den Rücken zu.

»Kennen Sie diesen Hauptmann gut?« fragte Pradas. Seine Augenbrauen waren noch nicht in die normale Stellung zurückgekehrt.

»Hernandez?« fragte Shade. »Nein.«

»Was kann ihn bewogen haben, das zu tun?«

»Was könnte ihn veranlassen, es nicht zu tun?«

»Das da«, sagte Golovkin, auf ein sogenanntes gepanzertes Auto weisend, das soeben vorüberfuhr. Auf dem Wagendach war die Leiche eines Milizmannes angebunden, und aus der Sorgfalt, mit der sie dort oben befestigt war, erriet man, daß es ein Freund von denen gewesen sein mußte, die ihn jetzt heimbrachten. Der Journalist zupfte an den beiden Enden seiner kleinen Krawatte, was bei ihm Zweifel ausdrückte.

»Kommt so etwas häufig vor?« fragte Golovkin.

»Ich glaube, ziemlich häufig. Der Platzkommandant hat schon öfter Briefe dieser Art bestellen lassen.«

»Ist er Berufsoffizier?«

»Ja. Hernandez ebenfalls.«

»Und was ist das für eine Frau?« fragte Pradas.

»Kommt nicht in Frage, Sie Liederjan. Ich kenne sie nicht, aber sie ist nicht mehr jung.«

»Also was soll das heißen?« fragte Golovkin. »Spanische Eigenart?«

»Wenn Ihnen solche Worte Vergnügen machen. Er ißt in Santa Cruz zu Mittag, gehen Sie doch hin. Man wird Sie ohne weiteres einladen, es gibt auch Kommunisten dort.«

Mit allerhand Milizmännern kam auch der »Schrecken von Pancho Villa« vorüber. Shade wurde sich bewußt, daß Toledo im Kriege wie im Frieden eine Kleinstadt war und daß er hier täglich dieselben Originale treffen würde, wie er noch vor kurzem den gleichen Fremdenführern und den gleichen pensionierten Beamten begegnet war.

»Bei den Faschisten«, sagte er, »findet wegen der Siesta zwischen zwei und vier kein Angriff statt. Bilden Sie sich nicht voreilig eine Meinung über das, was sich hier zuträgt.«

Von der Alcázarseite aus gesehen, waren die Sandsäcke und die gestreiften Matratzen der Barrikaden, die von der Stadtseite aus fast intakt wirkten, durchlöchert wie wurmstichiges Holz. Der Rauch hüllte alles in Schatten. Die Feuersbrunst führte, vom menschlichen Treiben unberührt, ihr eigenes Leben; in dem seltsamen Frieden der Waffenruhe begann in der Gegend des Alcázars ein neues Haus zu brennen.

VIERTES KAPITEL

Zwei rechteckige Tische standen in der Ecke eines der Museumssäle von Santa Cruz. Irgendwo im Halbdunkel gestikulierten ein paar Lustigmacher. Das Licht, das immer noch durch die Löcher in den Ziegeln hereindrang, blieb wie in Tropfen auf den Gewehren hängen, die die Leute auf dem Rücken trugen; umgeben vom starken Geruch des derben spanischen Olivenöls, zwischen Haufen von Früchten und Blättern schimmerten undeutlich die Flecken schwitzender Gesichter. Auf dem Fußboden hockte der »Schrecken von Pancho Villa« und reparierte Gewehre.

Hernandez' Benehmen wirkte um so schlichter, als seine

vorgebeugte Haltung jede martialische Pose ausschloß. Seine Eskorte am andern Tisch spielte Karten. Keiner der Verwundeten hatte seinen Verband gewechselt.

»Aus Stolz über ihr vergossenes Blut«, sagte Pradas leise.

Golovkin und Pradas hatten gegenüber Hernandez, der sich mit einem andern Offizier unterhielt, Platz genommen. Der Hauptmann, einen Lichttupfen auf der Stirn, einen andern auf seinem vorspringenden Konquistadorenkinn, schien keiner anderen Nation anzugehören als der russische Journalist, aber einem andern Zeitalter zu entstammen. Alle Milizmänner waren von Sonnenkringeln gesprenkelt.

»Genosse Pradas vom technischen Ausschuß der Partei«, stellte Manuel vor.

Hernandez hob den Kopf.

»Ich weiß«, sagte er.

»Also sag mal: aus welchem Grunde eigentlich hast du diesen Brief bestellen lassen?« fuhr Manuel in dem begonnenen Gespräch fort.

»Warum haben die Milizmänner Zigaretten verteilt?«

»Das möchte ich auch gern wissen«, knurrte Pradas, immer noch verwirrt, eine Hand hinterm Ohr, einen Lichttupfen auf seinem Spitzbart.

Hörte er schlecht und half mit seiner Hand nach? Nein, er blieb mit ihr nicht hinterm Ohr, sondern bewegte sie wie eine Katze, die sich putzt. Hernandez antwortete Manuel mit einer gleichgültigen Gebärde seiner langen Finger. Die Laute aus den Radios schienen zugleich mit dem grellen Licht von draußen durch die Kugellöcher hereinzusickern und sich um Pancho Villa zu wickeln, der jetzt inmitten der Gewehre unter seinem ungewöhnlichen Hut in Schlummer gesunken war.

»Der Genosse aus Sowjetrußland (Pradas übersetzte, die Hand am Schädel) sagt: ›Bei uns würde die Frau von Moscardo auf der Stelle festgenommen worden sein. Ich möchte mir erklären lassen, warum Sie anderer Auffassung sind.‹«

Golovkin konnte Französisch und verstand ein wenig Spanisch.

»Hast du schon im Gefängnis gesessen?« fragte ihn der Negus.

Hernandez sagte nichts.

»Zur Zeit des Zaren war ich noch zu jung.«

»Hast du den Bürgerkrieg mitgemacht?«

»Als Techniker.«

»Hast du Kinder?«

»Nein.«

»Und Sie, Sie haben Kinder?« fragte Shade.

»Ich . . . hatte welche.«

Shade fragte nicht weiter.

»Große Revolutionen zeichnen sich durch Großmut aus«, verkündete Mercery mit Würde.

»Aber unsere Kinder sind im Alcázar«, fiel Pradas ein.

Ein Milizmann servierte einen riesigen Schinken mit Tomaten; er war in Olivenöl gebraten, das Shade verabscheute. Der Negus nahm nicht davon.

»Was, Sie verschmähen den *aceite*, Sie, ein Spanier?« fragte Shade, den jede kulinarische Frage interessierte.

»Ich esse niemals Fleisch.«

Shade griff nach der Gabel: sie war mit dem erzbischöflichen Wappen verziert.

Alle aßen. In den ultramodernen Vitrinen des Museums – Glas, Stahl, Aluminium – war alles in schönster Ordnung, nur einige kleine Objekte waren von einer Kugel auf der Stelle zu Staub zerbröckelt worden; im Glase befand sich ein winziges Loch, von dem strahlenförmig Sprünge ausgingen.

»Hör mir gut zu!« sagte der Negus zu Pradas. »Wenn Menschen aus dem Gefängnis kommen, sind sie nicht mehr imstande, den Blick fest auf etwas ruhen zu lassen. Sie blicken nicht mehr wie richtige Menschen. Auch unter den Proletariern gibt es viele solcher unsteter Blicke. Das muß vor allem aufhören. Verstehst du mich?«

Er sprach ebenso für Golovkin wie für Pradas, mochte aber Pradas nicht auffordern zu übersetzen.

»Ich hatte immer den Eindruck, daß dieser Bursche nicht auf den Kopf gefallen ist«, bemerkte Shade mit Genugtuung halblaut.

Ein Milizmann kam mit einem Kardinalshut an.

»Wir haben dies Zeugs da gefunden, und da es keinen Nutzen für die Allgemeinheit hat, haben wir beschlossen, es dir zu schenken.«

»Ich danke euch«, sagte Shade heiter. »Im allgemeinen fühlen sich die unentwegten Demokraten, die langhaarigen

Hunde und die Kinder zu mir hingezogen. Leider nicht die Katzen! Ich danke euch.«

Er setzte den Hut auf, strich über die Troddeln und aß seinen Schinken weiter. »Meine Großmutter in Iowa-City hat auch solche Troddeln. Sie hängen unten an den Fauteuils. Danke.«

Der Negus wies mit seinem kurzen Zeigefinger auf eine Kreuzigung in der Manier von Bonnat; fahle Farben auf erdigem Hintergrund. Seit Tagen wurde sie von denen drüben beschossen. Die dicht aneinandersitzenden Kugellöcher hatten den rechten Arm beinahe weggetilgt, während der linke, offenbar von den Mauersteinen geschützte, nur hie und da durchbohrt war. Auf dem bleichen Leibe lief von der Schulter bis zur Hüfte die Spur von Maschinengewehrbeschuß, regelmäßig und sauber wie die Stiche einer Nähmaschine.

»Wenn wir hier und in Madrid zerschmettert werden sollten, so haben diese Männer wenigstens einmal mit ihrem Herzen gelebt. Verstehst du mich? Trotz allem Haß. Sie sind frei. Und sie sind es vorher nie gewesen. Ich spreche nicht von der politischen Freiheit, nicht wahr, sondern von etwas ganz anderem. Du verstehst mich doch?«

»Vollkommen«, bekräftigte Mercery. »Wie sagt doch meine Frau: ›Das Herz ist die Hauptsache!‹«

»In Madrid ist die Sache viel ernster«, sagte Shade gelassen im Schatten seines roten Hutes. »Aber ich bin einverstanden: Die Revolution, das sind die Ferien vom Alltag des Lebens ... Meinen heutigen Artikel werde ich *Urlaub* nennen.«

Pradas strich sich mit der Hand über den Scheitel seines birnförmigen Schädels und lauschte gespannt. In dem Gescharre von Stuhlbeinen hatte er den letzten Satz von Shade überhört. Man machte Platz für García, der lächelnd, die Pfeife im Mundwinkel, eben hereingekommen war.

»Es ist für die Menschen nicht leicht, miteinander auszukommen«, fuhr der Negus fort. »Das ist richtig. Aber es gibt nicht gar soviel Mut auf der Erde, und mit Mut richtet man allerlei aus. Kein kleinliches Gezänke. Menschen, die entschlossen sind zu sterben, gelingt es immer, sich über so etwas hinwegzusetzen. Aber auch keine ›Dialektik‹, keine Bürokraten an Stelle der Delegierten; keine Ungleichheit, um mit der Ungleichheit Schluß zu machen; keinen Kuhhandel mit der

Bourgeoisie. Von nun an gilt es zu leben, wie das Leben gelebt werden muß, oder abzukratzen. Wenn es mißlingt, fort damit! Es gibt keine Rückfahrkarten.«

In den aufmerksamen Eichhörnchenäuglein von García blitzte es auf. »Mein alter Negus«, sagte er freundschaftlich, »wenn man will, daß die Revolution eine Lebensform an sich sei, so wird aus ihr fast immer eine Form des Sterbens. In diesem Falle, mein lieber Freund, findet man sich schließlich mit dem Martyrium genausogut ab wie mit dem Sieg.«

Der Negus streckte mit der Gebärde des lehrenden Christus die Hand aus. »Wer Furcht hat, zu sterben, hat kein gutes Gewissen.«

»Und inzwischen«, sagte Manuel mit erhobener Gabel, »sind die Faschisten in Talavera. Und wenn das so weitergeht, werdet ihr Toledo verlieren.«

»Letzten Endes seid ihr Christen«, bemerkte Pradas professoral.

Da habe ich eine schöne Gelegenheit zum Schweigen vorbeigehen lassen, dachte García.

»Nieder mit den Pfaffen!« rief der Negus fanatisch. »Aber die Theosophie hat ihr Gutes.«

»Nein«, sagte Shade, mit den Troddeln seines Hutes spielend. »Aber fahre fort!«

»Wir sind keine Spur von Christen! Ihr aber, ihr seid Priester geworden. Damit will ich nicht sagen, daß der Kommunismus eine Religion ist; aber ich sage, daß die Kommunisten im Begriffe sind, Priester zu werden. Revolutionär sein, heißt für euch schlau sein. Für Bakunin, für Kropotkin bedeutete es das nicht, ganz und gar nicht! Ihr werdet von der Partei aufgefressen, von der Disziplin aufgefressen, von der Mitgliedschaft aufgefressen. Dem gegenüber, der nicht zu eurer Partei gehört, kennt ihr weder Rechtschaffenheit noch Pflichten, noch sonst etwas. Für euch gibt es keine Treue mehr. Wir hingegen haben seit 1934 sieben Streiks gemacht, einzig aus Solidarität, ohne ein materielles Ziel.«

Im Zorne sprach der Negus sehr schnell und mit vielen Gesten, seine Hände flitzten um seine weichen Haare hin und her. Golovkin verstand ihn nicht mehr, aber einzelne erhaschte Wörter beunruhigten ihn. García sagte ihm etwas auf russisch.

»Vom sachlichen Standpunkt aus ist es besser, untreu als unfähig zu sein«, erklärte Pradas.

Der Negus zog seinen Revolver und legte ihn vor sich auf den Tisch.

García tat mit seiner Pfeife das gleiche.

Die Teller und die langhalsigen Glasflaschen spiegelten die zahllosen Lichtstrählchen, die durch die durchlöcherten Ziegel hereindrangen, und warfen sie wie einen Schwarm von Glühwürmchen über das riesige Stilleben hin. Die Früchte glitzerten an den abgebrochenen Zweigen, und die kurzen Revolverläufe funkelten blau.

»Alle Waffen an die Front!« sagte Manuel.

»Als wir Soldaten sein mußten«, erklärte Pradas, »waren wir Soldaten. Später hatten wir aufzubauen, wir taten es. Wir mußten Administratoren, Ingenieure, ich weiß nicht was noch sein. Wir waren es. Und wenn wir letzten Endes auch Priester sein müssen, nun, dann werden wir Priester sein. Aber wir haben einen revolutionären Staat geschaffen und werden hier eine Armee schaffen. Sachlich und konkret. Mit unseren Vorzügen und unseren Fehlern. Und die Armee wird die Republik und das Proletariat retten.«

»Mir«, sagte Shade milde und zog mit beiden Händen an den Troddeln seines Hutes, »mir ist das alles piepe. Was ihr auch tut, die einen wie die andern, ist in Wirklichkeit viel einfacher und besser als das, was ihr da redet. Ihr habt alle zu dicke Köpfe. Übrigens, in deinem Land, Golovkin, beginnt jeder einen zu dicken Kopf zu bekommen. Darum bin ich auch nicht Kommunist. Ich finde den Negus ein bißchen überkandidelt, aber er gefällt mir.«

Die Atmosphäre entspannte sich.

Hernandez blickte wieder auf seine Uhr, dann lächelte er. Seine Zähne waren lang, wie seine Hände und sein Gesicht lang waren.

»In jeder Revolution gibt es die gleichen Erscheinungen«, hob Pradas wieder an. »Im Jahr 19 hat der Sozialrevolutionär Steinberg, Kommissar der Justiz, die endgültige Schließung der Peter-Paul-Festung gefordert. Worauf Lenin die Majorität zur Annahme seines Antrags bewog, die gefangengenommenen Weißen dort einzusperren. Wir haben mehr als genug solche Feinde in der Etappe. Letzten Endes ist der Edelmut ein

Luxus, den eine Gesellschaftsordnung sich erst sehr spät leisten kann.«

»Aber je früher, desto besser«, erklärte Mercery entschieden.

»Von morgen an ist alles umsonst«, bemerkte der Negus spöttisch. »Kein unnützes Gerede. Die Parteien sind für die Menschen gemacht, nicht die Menschen für die Parteien. Wir wollen weder einen Staat schaffen noch eine Kirche, noch eine Armee, sondern Männer.«

»Sie sollen doch damit beginnen, sich edel zu benehmen, wenn sie die Gelegenheit dazu haben«, sagte Hernandez, die langen Finger vor seinem Kinn verschränkend. »Es gibt schon genug Schufte und Meuchelmörder, die sich auf uns berufen . . .«

»Erlauben Sie, Genossen«, sagte Mercery, die Hand auf dem Tisch und das Herz auf der Hand: »Man muß seine Wahl treffen. Wenn wir Sieger sind, werden die von drüben mit ihren Geiseln vor die Geschichte treten und wir mit der Freiheit von Frau Moscardo. Was immer auch geschehen mag, Hernandez, Sie geben ein großes und edles Beispiel. Im Namen der ›Bewegung für Frieden und Gerechtigkeit‹, der ich die Ehre habe anzugehören, ziehe ich vor Ihnen meinen . . . mein Käppi.«

Seit seiner ersten Begegnung mit ihm am Tage des Flammenwerfers war García von Mercery beeindruckt: Gehörte zum Idealismus unvermeidlich das Theaterspielen? Andrerseits spürte er, daß in Mercery etwas Tieferes, Echtes steckte, mit dem der Antifaschismus rechnen mußte.

»Und man soll sich nur ja nicht einbilden«, sagte der Negus, »daß die Anarchisten eine Bande verschrobener Burschen sind. Die spanische Gewerkschaftsbewegung, der Syndikalismus, hat seit Jahren ernsthafte Arbeit geleistet, ohne Kompromisse zu machen. Wir sind nicht hundertundsiebzig Millionen wie ihr. Aber wenn der Wert einer Idee nach der Köpfezahl gemessen werden soll, dann gibt es mehr Vegetarier auf der Welt als Kommunisten, selbst wenn man alle Russen zu ihnen zählt. Der Generalstreik ist heute eine anerkannte Waffe, nicht wahr? Ihr habt ihn jahrelang bekämpft. Lest im Engels nach, das wird euch aufklären. Der Generalstreik stammt von Bakunin. Ich habe ein kommunistisches Stück gesehen, in dem Anarchisten vorkommen. Wie sehen darin diese Anarchisten aus? Genauso wie die Kommunisten in den Augen der Bourgeois.«

Die in Halbdunkel getauchten Heiligstatuen schienen ihn mit ihren exaltierten Gesten anzufeuern.

»Wir wollen uns nicht allzusehr auf Verallgemeinerungen einlassen«, sagte Manuel. »Der Negus mag gewiß ... unangenehme Erfahrungen gemacht haben: nicht alle Kommunisten sind vollkommen. Mit Ausnahme unseres russischen Genossen hier, dessen Namen ich vergessen habe – verzeih mir! –, und Pradas bin ich, soviel ich weiß, an diesem Tische das einzige Mitglied der Partei. Nun, Hernandez, glaubst du, daß ich ein Priester bin? Und du, Negus, was meinst du?«

»Nein, du bist ein anständiger Kerl. Und du beteiligst dich am Kampf. Es gibt viele anständige Kerle unter euch. Aber nicht nur solche.«

»Noch etwas: Ihr sprecht, als hättet ihr das Monopol auf die Anständigkeit, und schimpft die Leute Bürokraten, die andrer Meinung sind als ihr. Immerhin seid ihr euch doch darüber klar, daß Dimitroff kein Bürokrat ist. Dimitroff gegen Durruti, das heißt eine Moral gegen eine andere, nicht ein Kuhhandel gegen eine Moral! Wir sind Kameraden, seien wir ehrlich miteinander!«

»Und euer Durruti war es, der geschrieben hat: ›Wir wollen auf alles verzichten, nur nicht auf den Sieg‹«, sagte Pradas zum Negus.

»Jawohl«, brummte der andere zwischen seinen vorstehenden Zähnen, »aber wenn Durruti dich kennen würde, würde er dir einen Tritt in den Hintern geben!«

»Ihr werdet leider nur allzubald erfahren, daß, sachlich gesprochen, mit eurer Moral keine Politik zu machen ist«, fing Pradas wieder an.

»Noch sonst mit irgendeiner Moral«, warf eine Stimme ein.

»Die Schwierigkeit, ja vielleicht die Tragödie der Revolution«, sagte García, »besteht darin, daß man sie ebensowenig ohne Moral machen kann ...«

Hernandez hob den Kopf.

Ein Lichttupfen glänzte auf Manuels Messer, der puren Sonnenschein aß.

»Es gibt bei den Kapitalisten etwas, was mir gefällt«, sagte der Negus, »eine wichtige Sache. Es wundert mich sogar, daß sie so was gefunden haben. Wir müssen hier bei jedem Verband etwas Ähnliches machen, wenn der Krieg einmal zu Ende ist. Wie gesagt, die einzige Sache, die mir bei ihnen imponiert hat. Ich meine den ›unbekannten Soldaten‹. Aber es läßt sich noch was Besseres finden. An der Front von Aragonien habe ich eine Menge Gräber ohne Namen gesehen, aber auf dem Stein oder dem Holz stand F. A. I. oder C. N. T., das hat mich . . . das war gut so. In Barcelona defilieren die an die Front abziehenden Kolonnen vor dem Grabe von Ascaso, und alle halten den Mund. Auch das ist gut. Das ist besser als hochtrabendes Gerede.«

Ein Milizmann holte Hernandez.

»Christen . . .«, brummte Pradas in seinen Bart.

»Ist der Priester wieder herausgekommen?« fragte Manuel und sprang auf.

»Noch nicht. Der Kommandant läßt mich rufen.«

Hernandez ging, Mercery und der Negus folgten ihm. Der Negus setzte seine Kopfbedeckung auf: Es war heute nicht mehr der mexikanische Hut sondern das rot-schwarze Käppi der anarchistischen Föderation.

In dem Trubel der verschiedenen Geräusche von den Soldaten, die vom Essen aufstanden, verstummte für eine Weile das Gespräch.

»Warum hat er diesen Brief überbringen lassen?« wendete sich endlich Golovkin an García.

Er tat es in dem Gefühl, daß García der einzige war, der von allen respektiert wurde, selbst vom Negus. Auch sprach er Russisch.

»Zählen wir die Gründe der Reihe nach auf . . . Erstens: um die Bitte nicht abzuschlagen. Er ist Offizier geworden, weil sein Vater es wünschte, ist seit Jahren aus Liberalismus Republikaner und gehört sozusagen zu den Intellektuellen . . . Zweitens ist zu beachten, daß er Berufsoffizier ist – er ist nicht der einzige hier. Wie immer er den Leuten von drüben politisch gegenüberstehen mag, so spielt das doch eine Rolle. Drittens: Wir sind in Toledo. Sie wissen ja, daß am Anfang jeder Revolution viel Theater dabei ist. Augenblicklich ist Spanien eine mexikanische Kolonie . . .«

»Und auf der andern Seite?«

»Die Telefonleitung zwischen unserem Hauptquartier und

dem Alcázar ist nicht unterbrochen worden und wird seit Beginn der Belagerung von beiden Seiten benutzt. Anläßlich der letzten Einigungsversuche war im gemeinsamen Einverständnis Kommandant Rojo zum Unterhändler bestimmt worden. Rojo ist in der hiesigen Kadettenschule ausgebildet worden. Vor einer Tür nahm man ihm die Binde von den Augen: Er befand sich im Büro von Moscardo. Sie haben doch das linke Mauerstück von draußen gesehen. Nichts als ein Loch. Das Büro befindet sich unter freiem Himmel. Moscardo saß in Galauniform in einem Lehnsessel und Rojo auf einem Stuhl vor ihm, genau wie ehemals. Und an der intakten Wand hinter Moscardo, zu seinen Häupten, mein lieber Freund, hing das Bild von Azaña, das man vergessen hatte zu entfernen.«

»Und wie steht es mit dem Mut?« fragte Golovkin ein wenig leiser.

»Da müßte man sich an jemand wenden, der Gelegenheit hat, die Dinge aus größerer Nähe zu betrachten als ich. Unsere besten Truppen sind im Augenblick die Sturmgardisten. Manuel!«

Er wiederholte ihm die Frage Golovkins auf spanisch.

Manuel zerrte nachdenklich an seiner Unterlippe.

»Es gibt keine Unerschrockenheit der Massen, die gegen Flugzeuge und Maschinengewehre standzuhalten vermag. Im großen ganzen sind die gut organisierten und gut bewaffneten Milizmänner tapfer, die andern laufen davon. Schluß mit den Milizen, Schluß mit den Kolonnen, wir brauchen eine Armee! Mut ist eine Sache der Organisation. Bleibt noch die Frage, wer sich organisieren lassen will . . .«

»Halten Sie es für möglich, daß dieser Hauptmann in seiner Eigenschaft als Berufsoffizier den Kadetten noch eine gewisse Sympathie entgegenbringt?« fragte Pradas.

»Wir haben miteinander darüber gesprochen. Er sagt, im Alcázar gibt es keine fünfzig Kadetten, und das ist wahr. Der Alcázar wird von Zivilgardisten und Offizieren verteidigt. Diese jungen Helden einer höheren Menschengattung, die ihr Ideal gegen den Ansturm des rasenden Pöbels verteidigt, sind spanische Gendarmen. Amen.«

»Sag mal, García, wie erklärst du dir die Szene, die sich auf dem Platz abgespielt hat?« fragte Manuel.

»Ich glaube, daß der Kerl, der die Zigaretten verteilt hat, und der Komiker, der die Rasierklingen gebracht hat, und alle die andern samt Hernandez mit seinen Briefen sich im Grunde, ohne viel darüber nachzudenken, von dem gleichen Gefühl haben leiten lassen. Sie wollten denen da oben beweisen, daß sie kein Recht haben, sie zu verachten. Was ich da sage, klingt wie ein Spaß, aber ich meine es durchaus ernst. In Spanien scheiden sich die Rechte und die Linke dadurch, daß die einen für die Demütigung eine Vorliebe haben, die andern sie verabscheuen. Die Volksfront stellt unter anderem die Gemeinschaft derer dar, welche die Demütigung verabscheuen. Stellen Sie sich in der Zeit vor dem Aufstand zwei arme Kleinbürger in irgendeinem Dorfe vor, von denen der eine für, der andere gegen uns ist. Der eine war für die Freundschaft, der andere für die Dünkelhaftigkeit. Dieses Gegeneinanderstehen, auf der einen Seite das Bedürfnis nach Brüderlichkeit, auf der andern die Leidenschaft für die Rangordnung, ist in unserem Vaterland – und vielleicht auch noch in einigen andern Ländern – sehr ernst zu nehmen.«

Manuel, der auf diesem Gebiet psychologischen Begründungen nicht traute, mußte immerhin an den Ausspruch des alten Barcas zurückdenken: »Das Gegenteil von Demütigung, mein Junge, ist nicht die Gleichheit, sondern die Brüderlichkeit.«

»Wenn ich mir sachlich sage«, entgegnete Pradas, »daß die Republik die Löhne verdreifacht hat und die Bauern sich infolgedessen endlich Hemden kaufen konnten, daß hingegen die faschistische Regierung die alten Löhne wiederhergestellt hat und infolgedessen die Tausende von Wäschegeschäften, die entstanden waren, wieder schließen mußten, begreife ich, warum das spanische Kleinbürgertum sich an das Proletariat angeschlossen hat. Die Demütigung würde keinen zweihundert Männern die Waffen in die Hand drücken.«

García begann die typischen Ausdrücke der einzelnen Parteien festzuhalten: für die Kommunisten war es offenbar das Wort »sachlich«. Zudem wußte er, welches Mißtrauen Pradas und sogar Manuel der Psychologie entgegenbrachten. Aber wenn er sich auch sagte, daß man sich im Hinblick auf den Kampf gegen den Faschismus auf wirtschaftliche Erwägungen stützen mußte, so war ihm doch anderseits klar, daß zwischen den Anarchisten (und ihren Freunden), den sozialdemokratischen Massen und den kommunistischen Gruppen rein wirtschaftlich kein Unterschied bestand.

»Sehr richtig, lieber Freund. Trotzdem kommen unsere besten und zahlreichsten Truppen nicht etwa aus Estremadura, wo man von Eicheln lebt. Aber legen Sie mir um Himmels willen nicht eine theoretische Erklärung der Revolution aus der Demütigung unter, nichts liegt mir ferner! Ich versuche lediglich, mir über die Vorkommnisse von heute morgen Rechenschaft zu geben, keineswegs über die spanische Gesamtsituation. Letzten Endes – wie Sie sagen würden – ist Hernandez kein Hemdenverkäufer, nicht einmal im symbolischen Sinn.«

»Der Hauptmann ist ein sehr rechtschaffener Mann, für den die Revolution eine Art Verwirklichung seiner ethischen Bestrebungen bedeutet. Für ihn ist die Tragödie, die wir erleben, eine persönliche Apokalypse. Bei diesen halbchristlichen Gemütern gibt es eine große Gefahr, nämlich ihre Sucht, sich zu opfern: Sie sind zu den schlimmsten Irrtümern bereit, vorausgesetzt, daß sie sie mit dem Leben bezahlen.«

García erschien einem Teil seiner Zuhörer um so intelligenter, als sie den Sinn seiner Worte mehr ahnten als wirklich verstanden.

»Ohne Frage«, fuhr er fort, »sind der Negus und Hernandez nicht einander gleichzusetzen. Aber zwischen dem Liberalen und dem Libertären besteht nur ein Unterschied der Terminologie und des Temperaments. Der Negus hat gesagt, daß seine Parteigenossen immer zum Sterben bereit seien. In bezug auf die Besten unter ihnen ist das buchstäblich wahr. Beachten Sie, in bezug auf die *Besten*, sage ich ausdrücklich. Sie berauschen sich an einer Brüderlichkeit, von der sie wissen, daß sie nur kurz währen kann. Und sie sind bereit zu sterben, nach einigen Tagen höchster Exaltation – oder der Rache –, je nach dem Fall, in denen sie ihren Traum gelebt haben. Denken Sie daran, wie er sich ausgedrückt hat: ›mit ihrem Herzen‹ ... Allerdings wird in ihren Augen durch einen solchen Tod alles gerechtfertigt.«

»Ich liebe die Leute nicht, die sich mit gezücktem Revolver fotografieren lassen«, sagte Pradas.

»Das sind zum Teil die gleichen Männer, die am 18. Juli

den Reichen die Waffen abnahmen, indem sie in der Tasche die Faust ballten, um einen Revolver vorzutäuschen.«

»Die Anarchisten . . .«

»Der Anarchismus«, fiel Manuel ein, »ist ein Wort, das vor allem Verwirrung stiftet. Der Negus ist Mitglied der F. A. I., das ist richtig. Aber was im Grunde zählt, ist nicht das, was seine Gesinnungsgenossen denken, sondern das, was Millionen von Menschen, Millionen von Nichtanarchisten mit ihnen denken.«

»Was sie über die Kommunisten denken?« fragte Pradas höhnisch.

»Aber nein, lieber Freund«, sagte García, »was sie über den Kampf und über das Leben denken. Was in ihrem Denken Gemeinsames ist . . . nun zum Beispiel: in dem Denken dieses französischen Hauptmanns. Wohlgemerkt, dieses Verhalten habe ich in Rußland im Jahre 1917, in Frankreich vor kaum sechs Monaten kennengelernt. Es ist das Jünglingsstadium der Revolution. Es ist immerhin an der Zeit, sich darüber Rechenschaft zu geben, daß die Massen eine Sache und die Parteien eine ganz andere sind. Wir erleben es ja seit dem 18. Juli.«

Er hob dozierend seine Pfeife.

»Nichts ist schwerer, als die Menschen an das denken zu machen, was sie *tun* sollen.«

»Und doch ist es das Wichtigste«, sagte Pradas.

»Dazu verdammt, entweder sich zu ändern oder zu sterben«, murmelte Golovkin traurig.

García schwieg jetzt; er dachte nach. Für ihn gab es im Anarcho-Syndikalismus einerseits die Anarchie, anderseits den Syndikalismus. In der syndikalistischen Praxis der Anarchisten bestand ihr positives, in ihrer Ideologie ihr negatives Element. Die Grenzen des spanischen Anarchismus waren (vom Pittoresken abgesehen) dieselben wie die des Syndikalismus überhaupt; und die Intelligentesten unter den Anarchisten beriefen sich nicht auf die Theosophie, sondern auf Sorel. Und doch entwickelte sich dieses Gespräch, als handelte es sich bei den Anarchisten um eine besondere Rasse, die durch ihre Charaktereigenschaften zu definieren wäre und die García nicht als Politiker, sondern als Ethnologe zu studieren hätte.

»Und wenn ich denke«, sagte er sich, »daß man um diese Zeit des Mittagessens wohl in ganz Spanien ähnliche Reden führt ... während es doch viel wichtiger wäre, sich darüber klarzuwerden, auf welche Weise die Durchführung der Regierungsbeschlüsse durch die gemeinsame Aktion der Verbände, die C. N. T. oder F. A. I. oder die Kommunistische Partei oder U. G. T. heißen, zu bewerkstelligen ist ... Wie seltsam ist diese Sucht der Menschen, just in dem Augenblick, von dem ihr Leben abhängt, von etwas anderem zu reden als von den Möglichkeiten ihrer Aktion! Ich werde mir wohl jeden dieser Burschen gesondert vornehmen müssen und mit ihm besprechen, was zu machen ist.«

Ein Milizmann, der an Manuel eine Frage gerichtet hatte, trat nun heran.

»Genosse García? Du wirst in der Jefatura verlangt. Man telefoniert aus Madrid.«

García rief Madrid an.

»Nun, wie steht es mit der Vermittlung?« wurde er gefragt.

»Der Geistliche ist noch immer im Alcázar. Die Frist läuft in zehn Minuten ab.«

»Rufen Sie gleich wieder an, sobald Sie etwas erfahren. Was halten Sie von der Situation?«

»Schlecht.«

»Sehr schlecht?«

»Schlecht.«

FÜNFTES KAPITEL

Hernandez, der wußte, daß García zum Telefon gerufen worden war, erwartete ihn vor dem Museum.

»Sie haben da etwas gesagt, das mich frappiert hat, nämlich, daß man Politik nicht mit Moral, aber ebensowenig ohne sie machen kann. Hätten Sie den Brief bestellen lassen?«

»Nein.«

Das Geklirr der abgestellten Gewehre, die Kessel der Soldaten in der Mittagssonne, der Leichengeruch, alles erinnerte so stark an das laute Treiben von gestern, daß ein Ende des Krieges unmöglich schien. Bis zum Ende der Waffenruhe blieb kaum mehr eine Viertelstunde; schon gehörte der Friede einer pittoresken Vergangenheit an. Die lautlosen langen Schritte von Hernandez glitten neben den kräftigen Garcías hin.

»Warum?«

»Erstens: die Faschisten haben die Geiseln nicht herausgegeben. Zweitens: Da Sie einen verantwortlichen Posten angenommen haben, haben Sie zu siegen. Und damit basta.«

»Verzeihen Sie, ich habe diesen Posten nicht gewählt. Ich war Offizier, ich diene als Offizier.«

»Sie haben ihn angenommen.«

»Wie hätte ich ihn auch ablehnen können? Sie wissen doch, daß wir keine Offiziere haben . . .«

Zum erstenmal senkte sich über die Stadt, die in unruhigem Schlummer lag, eine Mittagspause ohne Gewehre.

»Wozu dient die Revolution, wenn nicht dazu, die Menschen besser zu machen? Ich bin kein Proletarier, Herr Kommandant. Das Proletariat um seiner selbst willen interessiert mich ebensowenig wie das Bürgertum um seiner selbst willen. Und dennoch kämpfe ich so gut wie ich kann.«

»Von wem wird die Revolution gemacht werden? Vom Proletariat oder von . . . den Stoikern?«

»Warum sollte sie nicht von den Humansten unter den Menschen gemacht werden?«

»Weil, mein lieber Freund, die Humansten unter den Menschen keine Revolution machen. Sie bringen Bibliotheken zustande oder Totenäcker. Leider Gottes . . .«

»Der Totenacker wird ein großes Beispiel nie daran hindern können, ein großes Beispiel zu sein. Im Gegenteil.«

»Und inzwischen kommt Franco.«

Hernandez ergriff mit einer fast weiblichen Gebärde García beim Arm.

»Hören Sie, García. Wir wollen jetzt nicht das Spiel spielen, wer recht hat. Sie sind hier der einzige, mit dem ich richtig reden kann. Manuel ist ein anständiger Mensch, aber er sieht alles nur noch durch die Brille seiner Partei. Die Faschisten werden, noch bevor eine Woche vergeht, hier sein, das wissen Sie ebensogut wie ich. Also aufs Rechthaben, nicht wahr . . .«

»Nein.«

»Wenn . . .«

Hernandez blickte auf den Alcázar. Nichts Neues.

»Aber wenn ich nun einmal hier sterben muß, so möchte ich nicht, daß es auf diese Weise geschieht . . . Letzte Woche wurde einer meiner . . . na ja . . . Kameraden, der Anarchist ist oder sich so nennt, angeklagt, sich an der Kasse vergriffen zu haben. Er war unschuldig und berief sich auf mich als Zeugen. Natürlich stand ich für ihn ein. Er hatte die obligatorische Überführung des Dorfes, für das er verantwortlich war, in Gemeineigentum vorgenommen, und seine Leute begannen die Kollektivierung auch auf die Nachbardörfer auszudehnen. Ich räume ein, daß diese Maßnahmen schlecht sind und daß ein Bauer, der zehn Papiere ausfüllen muß, um eine Sichel zu bekommen, wütend wird. Ich räume auch ein, daß im Gegensatz dazu das Programm der Kommunisten in dieser Frage gut ist . . . Seit ich nun dieses Zeugnis abgegeben habe, stehe ich mit ihnen auf schlechtem Fuß . . . Um so schlimmer, was hätte ich tun sollen? Ich kann doch nicht einen Menschen, von dessen Unschuld ich überzeugt bin und der mich als Zeugen anruft, wie einen Dieb behandeln lassen.«

»Die Kommunisten, und alle andern, die heute versuchen, etwas Nützliches zu organisieren, sind der Ansicht, daß Ihr Freund trotz seiner Herzensreinheit praktisch ein Helfer Francos ist, wenn seine Tätigkeit zu Bauernrevolten führt . . . Die Kommunisten wollen etwas *machen.* Sie aber und die Anarchisten wollen – auf Grund verschiedener Erwägungen – etwas *sein.* Das ist die Tragödie jeder derartigen Revolution. Die Mythen, denen wir nachleben, widersprechen einander: Pazifismus einerseits, Notwendigkeit der Verteidigung anderseits; Organisation einerseits, christliche Gedankengänge anderseits; wirksames Handeln einerseits, Gerechtigkeit anderseits und so fort. Wir sind genötigt, sie einer Ordnung zu unterwerfen, unsere Apokalypse in eine schlagkräftige Armee umzugestalten, oder wir gehen unter. Basta.«

»Und zweifellos müssen die Menschen, die in sich selbst Widersprüche haben, gleichfalls untergehen . . . Basta, wie Sie zu sagen pflegen.«

García dachte an Golovkins Ausspruch: »Sie müssen sich ändern oder sterben.«

»Viele Menschen«, sagte er, »erwarten von der Apokalypse die Lösung ihrer persönlichen Probleme. Aber die Revolution schert sich nicht um diese Tausende von Wechseln, die auf sie gezogen werden, und geht weiter . . .«

»Sie glauben, daß ich zum Tode verdammt bin, nicht wahr?« fragte Hernandez lächelnd.

In seinem Lächeln war keine Spur von Ironie.

»Es liegt etwas von Beruhigung im Gedanken des Selbstmords...« Er zeigte mit dem Finger auf die alten Wermut- und Kinoplakate, unter denen sie dahinschritten, und das Lächeln in seinem traurigen Pferdegesicht entblößte noch mehr die langen Zähne. »Die Vergangenheit...« Und einen Augenblick später: »Übrigens, um auf Moscardo zurückzukommen. Auch ich hatte einmal eine Frau.«

»Ja... Aber wir sind niemals Geiseln gewesen... Diese Briefe Moscardos, Ihre Zeugenaussage... Alle Ihre Probleme sind moralischer Natur«, sagte García. »Und einer Moral nachzuleben, ist immer eine Tragödie. In der Revolution nicht weniger als sonst.«

»Und doch glaubt man so sehr das Gegenteil, solange die Revolution nicht da ist!«

In den verwüsteten Gärten schienen die Rosenbüsche und die Buchsbaumhecken am Waffenstillstand teilzuhaben.

»Ich halte es für möglich, daß Sie sich auf einem entscheidenden Wege befinden, auf dem Wege zu Ihrem... Schicksal. Verzichten auf das, was man geliebt hat, um dessentwillen man gelebt hat, ist niemals leicht. Ich möchte Ihnen helfen, Hernandez. Die Partie, die Sie spielen, ist von vornherein verloren, weil Sie politisch leben – das heißt: in einer politischen Aktion, als Inhaber einer militärischen Kommandostelle, die in jedem Augenblick in die Politik mündet – und weil Ihr Verhalten nicht politisch ist. Sie stellen einen Vergleich an zwischen dem, was Sie sehen, und dem, was Sie erträumten. Die Aktion denkt nur in Begriffen der Aktion. Es gibt keinen politischen Gedanken, es sei denn in dem Vergleich einer konkreten Sache mit einer andern konkreten Sache, einer Möglichkeit mit einer andern Möglichkeit. Entweder die Unsern *oder* Franco – entweder eine Organisation oder eine andere Organisation. Nicht aber eine Organisation im Gegensatz zu einer Sehnsucht, einem Traum oder einer Apokalypse.«

»Die Menschen gehen nur für das in den Tod, was nicht existiert.«

»Hernandez, an das zu denken, was sein sollte, statt an das, was sich machen läßt, selbst wenn dieses Mögliche einem widerwärtig scheint, ist ein Gift. Kein Mittel dagegen, wie Goya sagt. Eine solche Partie ist für jedermann von vornherein verloren. Es ist eine aussichtslose Partie, mein lieber Freund. Moralische Vervollkommnung und Edelmut sind persönliche Probleme, zu denen die Revolution keinerlei unmittelbare Beziehung hat. Die einzige Brücke zwischen ihr und diesen Bestrebungen ist – für Sie wenigstens – die Idee des Selbstopfers.«

»Sie kennen doch Virgil: *Nicht mit dir, nicht ohne dich* ... Jetzt bleibt mir kein Ausweg mehr.«

Das Donnern des 155-mm-Geschützes, das Summen und Pfeifen der Granaten, der fast gläserne Laut der getroffenen Ziegel und des fallenden Schuttes.

»Der Kanonikus ist gescheitert«, sagte García.

SECHSTES KAPITEL

Die Armee Yague marschierte von Talavera auf Toledo.

Der Bürger Leclerc in weißem, absolut scheußlichem Overall, auf dem Kopf seine graue Kappe, unterm Arm seine Thermosflasche, ging auf sein Flugzeug zu, dessen Tür offenstand.

»Du lieber Himmel, wer hat sich schon wieder an meinem *Orion* zu schaffen gemacht!« sagte er mit seiner schönsten Rachenkatarrhstimme, als wollte er sich selbst beschimpfen.

»Alles in Ordnung«, beruhigte ihn Attignies, der eben einen Pullover überzog: »Ich habe ein Zielfernrohr angebracht.«

Leclerc konnte Attignies nicht leiden. Er liebte weder seinen jugendlichen Ernst noch seine Manieren, denen Leclerc anmerkte, daß sie trotz Attignies' freundschaftlichem Benehmen die eines Großbürgers waren, noch seine Kenntnisse (Attignies kam von der Kriegsschule), noch seinen puritanischen Kommunismus, obwohl dem jungen Mann nichts ferner lag, als seine Strenge zur Schau zu tragen. Die Freiwilligen brachten den Technikern Dankbarkeit entgegen, die Söldner Eifersucht. Und Leclerc war frauenbesessen.

Er setzte den Motor in Gang.

Pelikane und Verwundete sammelten sich um die Maschine. Auch Scali, gefolgt von Raplati. Jaime kam, seit er blind war, wie früher täglich auf das Flugfeld; er trug einen Verband, der sein Gesicht in zwei Teile zerschnitt. Die Ärzte versicherten, daß er wieder sehen würde. Seltsamerweise konnte er die Gegenwart seines Hundes neben sich nicht mehr ertragen. Auch House lebte ganz auf dem Flugfeld. Er ging an zwei Stöcken, benahm sich gebieterisch, triefte von Verweisen und Befehlen, war unausstehlich, seit ihm seine Verwundung Autorität verlieh. Sibirsky hatte Spanien verlassen.

Seit die Pelikane, um den Kampf fortsetzen zu können, zu Nachtflügen übergegangen waren, hatte sich die Atmosphäre des Platzes gewaltig verändert. Die feindlichen Jagdflieger wurden dadurch ganz von selbst ausgeschaltet. Des Nachts auf freiem Felde niederzugehen, ist kein Vergnügen, aber bei Tag in die feindlichen Linien abzustürzen ebensowenig. Das Schicksal war an die Stelle des Kampfes getreten. Wenn im Kriege die Reiter auf ihre Pferde angewiesen sind, so sind diese Pferde doch wenigstens nicht blind und nicht unausgesetzt von der Lähmung aller Glieder bedroht. Der Feind bestand von nun an weniger in der faschistischen Armee als in den Motoren der Flugzeuge, die wie alte Hosen mit Flicken bedeckt waren. Der Krieg verkörperte sich nun in den immer wieder reparierten Maschinen, die nachts aufstiegen.

Das Flugzeug erhob sich vom Erdboden, stieg schnell über die Wolken.

»Kleiner?«

»Was?«

»Schau mich an! Ich spiele die ganze Zeit den Hanswurst. Aber ich bin ein Mann!«

Zwar mochte er Attignies nicht, aber jeder Kampfflieger empfindet Achtung vor dem Mut, und der Mut Attignies' war über jeden Zweifel erhaben.

Sie waren jetzt wieder unter den Wolken. Wie im Krieg von 1914, wie in China, hatte Leclerc, eingehüllt in das schützende (und doch so verletzliche) Brausen des Motors, seine graue Kappe überm Kopf, das Gefühl einer göttlichen Freiheit, eines Schwebens über Schlaf und Krieg dort unten, jenseits von Schmerz und Leidenschaft.

Eine Pause trat ein. Dann sagte Leclerc im Tone einer nach reiflicher Überlegung getroffenen Entscheidung: »Auch du bist ein Mann!«

Attignies wollte den Flugzeugführer nicht verletzen, aber diese Art der Unterhaltung ging ihm auf die Nerven. Darum antwortete er nur mit einem Knurren, ohne den Blick von dem milchigen Streifen der beleuchteten Landstraße zu wenden, die sich dort unten hinzog. Sie war tief in das Dunkel eingeschnitten und zitterte im Winde, der wohl jetzt über dem Erdboden wehte. Und Attignies fühlte sich durch die Unruhe seines Herzens gebunden an diese einzige Spur des Menschen in der feindlichen Finsternis, in der drohenden Einsamkeit. Kein Lichtstrahl; jeder Sturz war tödlich. Und als wäre sein Instinkt seinem Ohr zuvorgekommen, wurde ihm plötzlich die Ursache seiner Unruhe deutlich bewußt: der Motor klopfte.

»Ein Ventil!« rief er Leclerc zu.

»Meinetwegen«, rief der andere, »wagen wir's trotzdem.«

Attignies schnallte seinen Kopfhörerbügel fester: Er war zu einem Wagnis immer bereit.

Am Rande des Horizontes tauchte Talavera auf, durch die umgebende Einsamkeit und Finsternis wirkte es größer. Bis an den Kamm der Hügel waren seine Lichter verstreut, verloren sich in den Sternenhimmel, schienen bis an das Flugzeug heranzukommen. Das holpernde Stampfen des Motors machte die Stadt zur lebendigen Drohung. Zwischen den friedlichen Provinzlichtern, zwischen den fieberhaften, bewegten Lichtern des Krieges hatte die schwarze Masse der Gasanstalt die beunruhigende Unbewegtheit einer schlafenden Bestie. Die Maschine überflog jetzt eine asphaltierte, vom Regen feuchte Landstraße, in der sich die Gaslaternen spiegelten. Je mehr das Flugzeug sich Talavera näherte, desto breiter wurde die Lichterfläche, bis Attignies sie plötzlich zu beiden Seiten der Flügel der niederstoßenden alten Maschine erblickte, so wie sich um ein aufsteigendes Flugzeug die Sterne scharen.

Er öffnete den improvisierten Bombenschacht: Die kalte Nachtluft strömte in die Kanzel. Kniend über die Stadt gebeugt, das Blickfeld durch das Zielgerät eingeengt wie das eines Pferdes durch die Scheuklappen, wartete er. Scharf lauschend steuerte Leclerc über dem leuchtenden Gerippe von Talavera auf das schwarze Viereck der Gasanstalt zu.

Schon war er über die schwarze Masse hinaus und drehte sich wütend nach Attignies um, von dem er im Halbdunkel in der Maschine nur das Schimmern der blonden Haare sah.

»Bist du verrückt, zum Teufel?«

»Halt die Schnauze!«

Leclerc neigte die Maschine. Ein wenig tiefer, ein wenig hintennach begleiteten sie die abgeworfenen Bomben, von der Anfangsgeschwindigkeit mitgerissen, gleich glitzernden Fischen im Mondlicht. In der Art, wie ein Taubenschwarm, der plötzlich die Flugrichtung ändert, zu kleinen Profilen zusammenschrumpft, erloschen die Bomben auf einmal: Sie fielen jetzt senkrecht. Am Rande der Gasanstalt flammten Büschel roter Explosionen auf.

»Daneben!«

Leclerc beschrieb eine kurze Schleife und gelangte, immer tiefer niedergehend, wieder über die Gasanstalt. »Die Höhe«, rief ihm Attignies zu, dessen Zielzeit durch diese Bewegung verändert worden war. Er blickte auf den Höhenmesser, beugte sich von neuem über den Bombenschacht. Talavera, das er jetzt von der andern Seite sah, hatte sich verändert, wie ein Mensch, den man plötzlich von hinten sieht: An die Stelle der diffusen Lichtflut, die aus den militärischen Büros auf die Fahrdämme fiel, waren jetzt die hellerleuchteten Rechtecke der Fenster getreten. Die Masse der Gasanstalt hob sich weniger deutlich ab. Dort unten feuerten die Maschinengewehre, doch war es wenig wahrscheinlich, daß die Schützen das Flugzeug genau ausmachen konnten. Die ganze Stadt verdunkelte sich: In der von Sternen flimmernden Nacht waren nur noch die beleuchtete Instrumententafel und der Schatten von Leclercs Kappe auf dem Zifferblatt des Höhenmessers sichtbar.

Die Stadt war zuerst von dem dumpfen Leben verschwimmender Lichter erfüllt gewesen, dann von dem klar erkennbaren Dasein der durch die rasche Wendung des Flugzeugs entschleierten Lichter, und jetzt, da alles erloschen war, wirkte sie um so lebendiger. Gleich Funken aus einem Feuerzeug zuckten die kurzen Flammen der Maschinengewehre auf und verschwanden. Feindselig lauerte die Stadt, schien sich bei jeder Wiederkehr des kreisenden Flugzeugs zu regen. Und oben im Flugzeug lauerte Leclerc mit starrem Blick, die graue Kappe hinter die beiden Haarsträhnen zurückgeschlagen, lauerte, auf dem Bauche liegend, Attignies, die Nase an seinem Zielgerät, das ihm die kleinste Biegung des im Mondschein bläulich schimmernden Flusses zeigte. Da war die Gasanstalt wieder. Er warf die zweite Bombenladung ab.

Diesmal konnten sie nicht nach unten sehen. Das Flugzeug stach mit der Nase in ein unbeschreibliches Getöse über einer Kugel aus Blitzen. Gegen dieses blaue Feuer, das sie zu verschlingen drohte, zog Leclerc wütend am Höhensteuer. Das Flugzeug hob sich in die gelassene Heiterkeit des Sternenhimmels; unten war nur noch ein roter kriechender Brand. Die Gasanstalt war in die Luft geflogen.

Kugeln durchbohrten die Kanzelwand. Vielleicht war das Flugzeug durch die Explosion sichtbar geworden. Das Feuer eines Maschinengewehrs folgte seinem Schattenriß, der sich gegen den Mondhof abhob. Leclerc flog im Zickzack. Attignies betrachtete zurückgewandt das rote Netz der Feuersbrunst. Die reihenweise abgeworfenen Bomben hatten auch die der Gasanstalt benachbarten Kasernen getroffen.

Eine Wolkenbank trennte nun die beiden von der Erde.

Leclerc griff nach der Thermosflasche neben sich, hielt plötzlich mit erhobenem Becher inne und winkte verblüfft Attignies zu: Das Flugzeug leuchtete in einem bläulichen Licht. Attignies zeigte auf den Himmel. Bisher hatten sie, ganz vom Kampfe beansprucht, stets auf die Erde und niemals auf das Flugzeug selbst geblickt. Hoch hinter ihnen beschien der Mond, den sie nicht sehen konnten, das Aluminium der Tragflächen. Leclerc setzte seine Thermosflasche wieder ab: Vor solchem Anblick versagte jede menschliche Gebärde. Weit entfernt von diesem auf Meilen im Umkreis allein erleuchteten Zifferblatt des Krieges, verlor sich die Euphorie, die jedem Kampfe folgt, in eine Weltraumgelassenheit, geboren aus dem Einklang zwischen dem Mondlicht und diesem bleichen Metall, das schimmerte, wie seit Jahrtausenden die Steine auf den erstorbenen Gestirnen schimmern. Und auf der Wolke unter ihnen schob sich geduldig der Schatten des Flugzeugs weiter. Leclerc hob den Zeigefinger, schnitt eine beifällige Grimasse, krächzte ernst: »Vergiß es nicht! . . .«, griff nach der Thermosflasche und merkte, daß der Motor noch immer klopfte.

Sie ließen nun endlich die Wolke hinter sich und sahen, wie einige Landstraßen der wiederentdeckten Erde sich regten.

Attignies wußte jetzt, was dieses Zittern der nächtlichen Chausseen zu bedeuten hatte: Die Lastautos der Faschisten rückten auf Toledo vor.

SIEBENTES KAPITEL

Bis in die Nacht hinein hatte sich Manuel als Dolmetscher betätigt. Heinrich, ein General der Internationalen Brigaden, die in Madrid gebildet wurden, inspizierte die Tajofront (soweit man den Ausdruck Front hier brauchen konnte). Von Talavera bis Toledo gab es – außer bei Ximenes und ein paar andern – keine ordnungsmäßigen Vorposten und keine Horchposten; die Reserven waren schlecht ausgebildet und ohne Sicherung, die Maschinengewehre minderwertig und falsch eingesetzt.

Heinrich, in Uniform, die Militärmütze in der Hand, den Schädel, den er, um seine weißen Haare nicht zu zeigen, kahl rasiert trug, von Schweiß überströmt, schritt mit knarrenden Stiefeln über die rissige Spätsommererde, berichtigte da, berichtigte dort, berichtigte immer wieder mit dem unermüdlichen Willen zum Optimismus der Kommunisten.

Manuel, der von Ximenes das Befehlen gelernt hatte, lernte jetzt das Führen. Er hatte geglaubt, das Kämpfen zu erlernen, und lernte seit zwei Monaten Umsicht, Organisation, Hartnäckigkeit, strenge Genauigkeit. Vor allem lernte er, dies alles wirklich zu beherrschen, statt es nur vorzustellen. Und als er nachts gegen den Alcázar hinaufging, der gleich einer riesigen Leuchtqualle in einer feurigen Flüssigkeit schwamm, wurde er sich darüber klar, daß er erst jetzt, nachdem Heinrich elf Stunden lang mit Verbesserungen am Werke war, recht zu begreifen begann, wie eine kämpfende Division aussieht. Durch seinen müden Kopf summten zwischen dem Knallen der Schüsse Aussprüche von Heerführern: »Mut kann man nicht heucheln« – »Das Gehörte wird vernommen, das Gesehene wird nachgeahmt«. Der eine stammte von Napoleon, der andere von Quiroga. Ximenes seinerseits hatte Clausewitz entdeckt; sein Gedächtnis wandelte sich allmählich zur kriegswissenschaftlichen Bibliothek um, aber diese Bibliothek war nicht übel. Die Glut des Alcázar spiegelte sich in den niedrigen Wolken wie ein brennendes Kriegsschiff im Meer. Aus diesem Brand feuerte alle zwei Minuten ein schweres Geschütz.

Heinrichs Absichten stimmten mit denen des aktivsten Teiles des spanischen Generalstabs überein. Die Sturmgarde sollte als Stoßtruppe erhalten bleiben und das fünfte Korps in Erwartung des Eingreifens der Internationalen nach Möglichkeit ausgebaut werden. Enthielt es dann genügend Einheiten, so sollten diese der regulären Armee einverleibt werden, ja die Keimzelle bilden, durch die in das Heer die revolutionäre Disziplin eingeführt wurde, so wie durch die ersten kommunistischen Elemente das 5. Regiment aufgebaut worden war. Die Bataillone von Enrique wurden zu einem Armeekorps zusammengefaßt. Manuel, der mit einer motorisierten Kompanie begonnen, sodann unter Ximenes ein Bataillon befehligt hatte, sollte in Madrid das Kommando über ein Regiment übernehmen. Aber im Grunde war es nicht seine Person, die »aufrückte«, sondern die spanische Armee.

Das Gesicht von dem orangeroten Lichtschein des wilden Flammengeflackers auf dem Alcázar übergossen, stieg er jetzt, eine Fenchelpflanze zwischen den Fingern zwirbelnd, durch den Wind nach Santa Cruz hinauf, um die Minenlegung zu kontrollieren. Heinrich mit dem ausrasierten deutschen Offiziersnacken, der sich in Falten legte wie eine Stirn, wartete unten in der Stadt auf einen Telefonanruf aus Madrid.

Als dann zugleich mit dem Winde das Getöse der Kanonen und Gewehrschüsse nachließ, hielt sich ein anderes Geräusch, zwar schwächer, aber unheimlich erregend. Es war das gedämpfte Knistern der aus dem Dache des Alcázars schlagenden Flammen. Und dieses Geräusch verschmolz in eins mit dem Geruch, den der Kanonendonner, das ferne Geschrei und alles, was von dem Treiben der Menschen herrührte, übertäubte – der Geruch von Brand und Leichen, so dicht, daß es schien, als könnte der Alcázar allein ihn nicht hervorbringen, als wäre es der Geruch der Nacht und des Windes selbst.

Man hatte die Milizen von Toledo in die Schlacht am Tajo werfen müssen. Der Alcázar sollte mit Ausnahme der Souterrains während der Nacht in die Luft gesprengt werden, und die Stadt wurde evakuiert. Bauern kamen vorbei mit ihren

Schweinen, ihren Ziegen. Die Nacht war rot, nicht weil der Alcázar sie erhellte, sondern vom Widerschein der Feuersbrunst in den Wolken.

Als Manuel den Saal von Santa Cruz betrat, fand er dort einen der Majore von Toledo, vierzig Jahre alt, die Uniformmütze schief im Nacken.

»Nun, nun! Was ist los? Was gibt's Neues?«

Die Hände in den Taschen, freundschaftlich polternd, ein wenig von oben herab, kam er Manuel entgegen.

»Wann wird die Mine bereit sein?« fragte dieser.

Der Kommandant blickte ihn an. »Sobald die Leute fertig sind . . . Morgen vielleicht . . .«

Als wollte er sagen: »Wie kann man das bei diesen Idioten voraussehen?« Und mit einem Blick, als spaßte er und fände die ganze Geschichte sehr komisch. Manuel hatte für die Traurigkeit von Hernandez etwas übrig, aber die Gleichgültigkeit und überlegene Ironie dieses Mannes irritierte ihn. Auch kam ihm seit dem Sturz, den er damals mit Ramos getan hatte, das Dynamit wie eine romantische Waffe vor und darum irgendwie verdächtig.

Einen Augenblick lang verstummten die Geräusche des Krieges. In der Stille vernahm man regelmäßige Schläge, zugleich metallisch und dumpf; sie schienen aus dem Fußboden und aus den Mauern zu kommen.

»Ist das die Mine?« fragte Manuel.

Die Milizmänner bejahten nickend. Manuel konnte nicht umhin, daran zu denken, daß die Faschisten im Alcázar die Schläge in dieser Minute ebenso hörten.

Der Chef der Minenleger erschien.

»Wann hoffst du fertig zu sein? Wann frühestens, wann spätestens?«

»Zwischen drei und vier.«

»Bestimmt?«

Der Minenleger dachte nach.

»Bestimmt.«

»Was wird in die Luft gehen?«

»Ja, das läßt sich nicht sagen . . .«

»Nach deiner Meinung?«

»Der ganze vordere Teil.«

»Nicht mehr?«

Der Minenleger dachte wieder nach:

»Angeblich ja. Ich glaube es nicht. Die Keller sitzen nicht regelmäßig übereinander, sondern sind in den Felsen hineingehauen und folgen seiner Form.«

»Danke.«

Der Minenleger zog wieder ab. Manuel, die Fenchelpflanze in der linken Hand, schob seinen Arm unter den des Majors.

»Kamerad, wenn es morgen zum Kampf kommen sollte, passen Sie auf. Ihre Maschinengewehrnester liegen zu tief. Keines von ihnen ist getarnt, man sieht sie beim Schein des Feuers.«

Er trat in die rote Nacht hinaus. Der Geruch von Leichen und erhitztem Stein umhüllte ihn, verflog eine Sekunde lang im Wind, kam wieder und ergriff von dem Garten voller Mäntel Besitz.

Er inspizierte nacheinander überraschend gut besetzte Posten bis in die von den Rpublikanern genommenen Teile des Alcázars. Alles war hier anders: Sturmgardisten, Zivilgardisten und organisierte Milizmänner. Trotzdem war er voll Sorge: der Angriff, der auf die Explosion folgen sollte, war von keinem militärischen Fachmann vorbereitet worden.

Zwischen den Hammerschlägen der Kanonen hörte er wieder das Geräusch der arbeitenden Minenleger, das jetzt aus dem Erdboden unter ihm durch seine Beine heraufzudringen schien. Die Feinde in ihrem Kellergewölbe hörten es sicher noch deutlicher . . .

Heinrich wartete am Telefon auf die Entscheidung über die Verteidigung Madrids. Er selbst war bereit, Toledo zu verteidigen, aber, ob nun Toledo standhielt oder fiel, seiner Ansicht nach mußte das System der kleinen Truppenverbände aufgegeben und eine starke Reserve geschaffen werden, die sich auf das 5. Regiment stützte. Franco, der bereits auf der Suche nach weißen Pferden zum Einzug beim jubelnden Empfang durch die Bevölkerung war, erhoffte viel von einer Erhebung der Faschisten von Madrid, und seine Truppen rückten mit großer Schnelligkeit vor.

Hernandez saß nach dem Dienst mit seinem Freund Moreno in dem Wachlokal der Milizen, dem einzigen Ort von Toledo, wo es noch Bier, wenn auch laues, zu trinken gab. Oberleutnant Moreno, am ersten Tage der Insurrektion von den Faschisten verhaftet und zum Tode verurteilt, war infolge eines glücklichen Zufalls bei einem Gefangenentransport entkommen und drei Tage später nach Madrid zurückgekehrt. Nun hatte man ihn zum Rapport nach Toledo bestellt; er war ebenso wie Hernandez ein ehemaliger Zögling der Militärschule in Madrid.

Draußen vor den weit geöffneten Fenstern bewegten sich die Milizmänner wie ein blauer Flammenkern auf dem Hintergrunde der großen Feuersbrunst.

»Alle verrückt«, sagte Moreno zwischen den Strähnen seines dichten schwarzen in der Mitte gescheitelten Haares hervor, das fast sein Gesicht verdeckte. Hernandez warf ihm einen fragenden Blick zu. Sie waren seit fünfzehn Jahren durch eine Art Zufallsfreundschaft verbunden, die hauptsächlich auf gefühlsbetonten Vertraulichkeiten und gemeinsamen Erinnerungen beruhte.

»Ich glaube von allem, an das ich früher geglaubt habe, nichts mehr«, sagte Moreno, »gar nichts. Und doch gehe ich morgen abend in die vorderste Linie.«

Er strich sein Haar zurück. Seine Schönheit war in ganz Toledo berühmt – Adlernase, sehr große Augen, das konventionelle Schönheitsideal der Romanen –, an diesem Abend allerdings sah er eigenartig aus: Er hatte sich das Haar schneiden, aber nur ganz wenig kürzen lassen, als sollte etwas an ihm von der Gefangenschaft zeugen, der er entronnen. Moreno war schlecht rasiert, und was man von seinem Barte sah, war grau. Einst war er der Geliebte einer Mätresse Alphons XIII. gewesen.

Die Häuser verdeckten den Alcázar, doch nicht seinen Feuerschein. Und in diesem Lichte, das allmählich alle Töne dunkler Weintrauben annahm und, aus den Wolken kommend, Schatten auf das Pflaster warf, bewegten sich bei den regelmäßigen Schlägen der Kanone die Milizmänner.

»Was hat dich während deiner Gefangenschaft am meisten Kraft gekostet?«

»Zu lernen, ein Schlappschwanz zu sein . . .«

Seit langem schon hatte Hernandez Moreno in Verdacht, sich in tragischen Posen zu gefallen. Aber daß jetzt eine Angst in ihm steckte, war offenbar, wenn auch der Hauptmann sich über ihr Wesen keine Rechenschaft zu geben vermochte.

Beide schwiegen eine Weile und warteten auf den nächsten Kanonenschuß. Der unsichtbare Auszug aus der Stadt erfüllte das Dunkel mit dem Quietschen seiner Karrenräder.

»Die Einkerkerung, mein Alter, war weniger bedeutungsvoll als die Verurteilung zum Tode. Das war es, was mich zu einem andern gemacht hat ... Ich glaubte, von den Menschen eine bestimmte Meinung zu haben. Ich war Marxist, der erste marxistische Offizier, soviel ich weiß. Ich glaube heute nicht das Gegenteil. Nein, ich glaube überhaupt nichts mehr.«

Hernandez hatte keine Lust, sich in eine Diskussion über den Marxismus einzulassen. Milizmänner liefen vorbei, ihre Gewehre klirrten. »Hör weiter!« fuhr Moreno fort. »Nachdem ich zum Tode verurteilt worden war, erhielt ich die Erlaubnis, im Patio spazierenzugehen. Alle andern, die dort waren, waren wegen ihrer politischen Überzeugung verurteilt worden. Aber man sprach nie von Politik. Nie. Wenn einer begonnen hätte, davon zu reden, es wäre sofort eine Leere um ihn entstanden.«

Ein buckliges Milizmädchen brachte Hernandez ein Kuvert. Moreno lachte hell auf.

»Wie wertest du vom Standpunkt der Revolution aus eine solche Komödie?« fragte er nervös.

»Es ist nicht nur eine Komödie.«

Hernandez folgte der Buckligen, die sich wieder entfernte, mit dem Blick. Aber im Gegensatz zu Moreno sah er nur ihre begeisterte Bereitschaft und betrachtete sie mit Sympathie. Das taten, soweit er es im auberginefarbenen Dunkel zu beurteilen vermochte, die Milizmänner auch. Sie machte nun mit den andern mit und war bis dahin wohl ein einsamer Mensch gewesen. Der Hauptmann ließ seine kurzsichtigen Augen wieder auf Moreno ruhen: Er begann ihm unheimlich zu werden.

»Du gehst also morgen abend an die Front? ...«

Moreno zögerte mit der Antwort und ließ sein Glas fallen, ohne es zu beachten. Er starrte Hernandez unverwandt ins Gesicht.

»Ich reise heute abend nach Frankreich ab«, sagte er endlich.

Der Hauptmann schwieg. Ein fremder Milizmann, der nicht wußte, daß hier nicht bezahlt wurde, schlug mit einer

Silbermünze an sein Glas. Moreno holte ein Kupferstück aus seiner Tasche, warf es in die Luft, als wollte er Kopf oder Schrift spielen, deckte es mit der Hand zu, ohne nachzusehen, auf welche Seite es gefallen war, und lächelte undurchsichtig. Jedes stärkere Gefühl brachte auf sein vollkommen regelmäßiges Gesicht einen Ausdruck von Kindlichkeit.

»Im Anfang, mein Alter, waren wir nicht in einem Gefängnis, sondern in einem alten Kloster, offenbar dem geeignetsten Ort. In dem früheren Gefängnis hörte man nichts, sah man nichts. Es war immer das gleiche. Im Kloster hatten wir Glück, wir hörten alles. Nachts waren es die Gewehrsalven.«

Er blickte Hernandez mit unruhigen Augen an. In seinem kindlichen Ausdruck war etwas von Naivität, aber auch etwas von Gehetztheit.

»Glaubst du, daß sie beim Licht von Scheinwerfern erschießen?«

Und ohne auf eine Antwort zu warten: »Die Vorstellung, erschossen zu werden, während der Scheinwerfer auf einen gerichtet ist . . . Es gab Salven, und es gab noch ein anderes Geräusch. Man hatte uns das Silbergeld weggenommen, aber das Kleingeld gelassen. Und so spielten fast alle Kopf oder Schrift. Zum Beispiel: Werden wir morgen auf den Patio gehen oder zum Hinrichtungspeloton? Sie spielten nicht mit einem Wurf, sondern mit zehn oder zwanzig. Die Salven kamen aus der Ferne, gedämpft durch die Mauern und die Polster der Luftmassen, aber zwischen den Salven und mir gab es in der Nacht das leise Klirren der Kupferstücke, rechts, links, überall rings um mich. Mein Alter, ich konnte die Ausdehnung des Gefängnisses aus der Entfernung des Klanges der Münzen erraten.«

»Und die Wächter?«

»Einmal hat einer das Klirren gehört, hat die Tür meiner Zelle aufgerissen, hereingebrüllt: ›Verloren!‹ und wieder zugeknallt. Ich habe widerliche Gefängniswärter gehabt, widerliche. Aber nicht dort. Hörst du das Klirren der Gabeln? So laut ungefähr war es. Und weißt du, vielleicht hat man manchmal geglaubt, etwas zu hören, was gar nicht da war. Man wird nervös. Zuweilen hatte ich das Gefühl, so eingehüllt in den Klang der Kupferstücke zu sein wie in einen Tanz von Schneeflocken. Und sie waren nicht wie ich am ersten Tag verhaftet worden, diese Burschen, sondern als Kämpfer. Es war aufregend und idiotisch zugleich: Sie spielten mit Kupfermünzen um den Tod. Sag mal, mein Alter, was hat bei alledem ein Wort wie Heldenmut noch zu bedeuten?«

Er nahm die Münze, auf der seine Hand lag, und warf sie in die Luft. »Kopf«, sagte er erstaunt.

Er steckte sie wieder in die Tasche. Hernandez hatte Moreno früher einmal gegen die Truppen von Abd el Krim kämpfen sehen und wußte, daß er tapfer war. Immer noch feuerte die Kanone auf den Alcázar, und das Geknister der Flammen wurde durch das schrille Quietschen der Wagenräder zerschnitten.

»Höre, mein Alter, es gibt keinen Helden ohne Zuschauerschaft. Wenn man einmal wirklich allein ist, begreift man das. Man sagt, daß das Blindsein ein Universum für sich ist; das Alleinsein ist es auch, das kannst du mir glauben. Und wer einmal darin steckt, der merkt, daß das, was man über sich denkt, die Idee einer anderen Welt ist. Der Welt, die man verlassen hat. Du kannst dir in diesem Universum eine Vorstellung von dir machen, hast aber dabei einfach das Gefühl, daß du verrückt bist. Erinnerst du dich an das Bekenntnis Bakunins? So ist es. Die beiden Welten stehen in keiner Verbindung miteinander. Es gibt die Welt, in der die Menschen gemeinsam in den Tod gehen, singend, die Zähne zusammenbeißend oder sonstwie – und dann dahinter, mein Alter, gibt es dieses Kloster mit . . .«

Wieder griff er nach der Kupfermünze in seiner Tasche, ließ sie springen, zuckte beim Aufklirren zusammen. Dann steckte er sie wieder ein, ohne nachzusehen, auf welche Seite sie gefallen war: Sein Blick blieb unverwandt auf die Straße geheftet.

»Schau sie nur an! Ja, schau sie dir nur an, alle miteinander! Und ›ich umarme dich, und ich bewundere dich, und ich bin eine historische Gestalt, und ich bin ein großer Denker!‹ Steck das alles in ein Gefängnis, was bleibt übrig? Kupfermünzen, die geworfen werden . . . Es wird doch wohl noch auf der Erde Länder ohne Faschisten geben, bevor ich sterbe. Als ich wieder frei war, lebte ich im Rausch der Rückkehr und meldete mich, um weiter meinen Dienst zu tun. Aber jetzt, jetzt sehe ich klar. Über jedem Menschen hängt die Drohung seiner Wahrheit, denk daran! Und seine Wahrheit ist nicht der Tod, ist nicht einmal das Leiden, es ist eine Kupfermünze, mein Alter, eine Kupfermünze . . .«

»Inwiefern ist für einen Atheisten wie du der Augenblick des Todes gültiger oder, wenn du es so ausdrücken willst, bedeutsamer für das Urteil über den Weg des Lebens als sonst ein Augenblick?«

»Man kann alles ertragen, man kann sogar schlafen, obschon man weiß, daß man dabei Stunden seines Lebens verliert und am nächsten Tag erschossen werden wird; man kann die Fotografien der geliebten Menschen zerreißen, weil man es satt hat, bei ihrem Anblick schwach zu werden; man kann sich darüber freuen, daß man noch imstande ist, wie ein Hund zu springen, um einen nutzlosen Blick durch einen Mauerschlitz zu werfen – und so weiter . . . All das kann man. Aber was man nicht ertragen könnte, wäre dieses: geohrfeigt und geprügelt zu werden und die Gewißheit zu haben, daß man nachher getötet wird. Und daß es dann nichts anderes mehr gibt.«

Die Leidenschaft straffte sein Filmstargesicht, das unter der bald rostfarbenen, bald violetten Beleuchtung durch den unsichtbaren Brand echte Schönheit gewann.

»Nein, nein, mein Alter, stell dir das vor! In Palma saß ich zwei Wochen in der Einzelzelle. Vierzehn Tage. Täglich um dieselbe Zeit erschien eine Maus, wie eine Uhr. Da der Mensch, wie jedermann weiß, ein Liebe absonderndes Tier ist, begann ich diese Maus zu lieben. Am vierzehnten Tag bekam ich die Erlaubnis, in den Patio zu gehen, und konnte mit andern Gefangenen reden. Als ich dann am Abend wieder in meine Einzelzelle zurückkam, hat mich die Maus gelangweilt.«

»Ein so furchtbares Erlebnis, wie du es gehabt hast, läßt immer einen Schaden zurück. Du solltest vorläufig nur essen, trinken, schlafen und so wenig als möglich denken . . .«

»Das ist leicht gesagt. Mein Alter, der Mensch ist es nicht gewohnt zu sterben, das mußt du dir recht vergegenwärtigen. Ganz und gar nicht gewohnt zu sterben. Und wenn es ihm zustößt, erinnert er sich daran.«

»Schau, selbst wenn man nicht zum Tode verurteilt ist, lernt und erfährt man hier mancherlei, das zu lernen dem

Menschen vielleicht nicht liegt . . . So habe ich hier etwas sehr Einfaches gelernt: Man erwartet alles von der Freiheit und erwartet es sofort. Und doch bedarf es vieler Toter, um den Menschen um einen Zentimeter vorwärts zu bringen . . . Diese Straße mag in einer Nacht unter Karl V. ungefähr so ausgesehen haben wie heute. Und doch hat sich seit Karl V. die Welt verändert. Sie hat sich verändert, weil die Menschen es so wollten, trotz den Kupfermünzen – oder vielleicht obwohl sie wußten, daß es irgendwo solche Kupfermünzen gibt . . . Kann man sich etwas Entmutigenderes vorstellen als diesen Kampf hier? Und dennoch ist das einzige auf der Welt, was imstande ist, eine solche Erinnerung wie die deine aufzuwiegen, die Hilfe, die wir diesen Milizmännern zu leisten vermögen, die dort draußen wortlos vorüberziehen.«

»Als ich in der Einzelzelle gefangensaß, habe ich mir ähnliche Dinge gesagt, am Morgen nämlich. Aber immer, wenn die Dämmerung hereinbrach, mein Alter, kam die Wahrheit wieder. Der Abend ist am schlimmsten. Weißt du, wenn man auf einer Strecke von drei Metern lange hin und her gelaufen ist, und die Wände beginnen einander näher zu rücken, da wird man hellsichtig! Die Friedhöfe der Revolutionen sind genau dieselben wie die andern . . .«

»Alle Samenkörner verfaulen zunächst, aber einige keimen . . . eine Welt ohne Hoffnung wäre zum Ersticken. Oder sie wäre rein physisch. Darum finden sich so viele Offiziere mit diesem Leben ab; das Leben ist für fast alle etwas rein Physisches. Für uns freilich nicht . . . Du solltest um einen vierzehntägigen Urlaub nachsuchen und dich erholen. Und wenn du dann in aller Ruhe bei Betrachtung der Milizmänner immer noch nur die Komödie siehst, wenn nichts dich an die Hoffnung bindet, die in ihnen lebt, dann gehe nach Frankreich. Was solltest du auch hier? . . .«

Hinter den stummen Gruppen der Männer zogen die Karren vorüber mit aufgetürmten Körben und Betten, zwischen denen bisweilen der rote Schimmer einer Flasche aufglänzte; dann kamen auf Eseln die Bäuerinnen geritten, deren Gesicht man nicht sah und deren starren Blick man doch erriet – das uralte Elend aller Fluchten nach Ägypten. Im Brandgeruch, geleitet vom dröhnenden Taktschlag der Kanonen, bewegte sich, eingehüllt in Decken, der Exodus dahin.

Friedlich blinken die Sterne, alle Hügel fallen gegen eine Senke ab, aus der die feindlichen Tanks kommen werden. In größeren Abständen, in einem Gehöft, einem Wäldchen oder hinter einem Felsen warten die *Dinamiteros.*

Die republikanischen Linien von Toledo befinden sich zwei Kilometer weiter hinten.

Unter Olivenbäumen liegen an die zehn *Dinamiteros.* Einer, platt auf dem Bauch, das Kinn in die Hand gestützt, läßt die Höhe, auf der sich der Beobachtungsposten befindet, nicht aus den Augen. Die andern haben fast alle eine Zigarette zwischen den Lippen, aber sie brennt noch nicht.

Die Sierra hält stand, die Front von Aragonien hält stand, die Front von Córdoba hält stand, Málaga hält stand, Asturien hält stand. Aber Francos Lastautos rücken mit großer Geschwindigkeit längs des Tajo vor. Und um Toledo steht es schlecht. Wie immer, wenn es schlecht steht, sprechen die Dynamitleute vom Jahre 34 in Asturien. Pepe erzählt von Verstärkungen, die vorhin aus Katalonien eingetroffen sind, von Oviedo, der Katastrophe, die zur Entstehung der Volksfront führte.

»Wir hatten das Arsenal genommen und glaubten, gerettet und fein heraus zu sein. Aber alles, was wir dort fanden, taugte nichts. Patronen ohne Zünder, Granaten ohne Zünder ... die Granaten konnten wir als Kanonenkugeln verwenden. Das machte Lärm und stärkte die Zuversicht, hatte also auch seinen Wert.«

Pepe dreht sich auf den Rücken. Über ihm in den Olivenbäumen bestreut das Mondlicht die Blätter mit feinem Silberstaub.

»Das stärkte die Zuversicht. Und die Zuversicht trieb uns an. Sie hat uns sogar bis ins Kittchen getrieben.«

Der Mond bescheint seinen sympathischen Pferdekopf.

»Glaubst du, daß sie in Toledo einziehen werden?«

»Rutsch mir den Buckel runter!«

»Nur keine Aufregung, Pepe! Toledo, das ist für mich nur eine große Schlamperei ... Ich vertraue auf Madrid!«

»Und herrschte bei uns vielleicht keine Schlamperei?«

»Ohne Dynamit«, sagt jetzt eine andere Stimme, »wären wir in drei Tagen futsch gewesen. Wir versuchten, uns im Arsenal mit den Kameraden durchzuhelfen, die laden konnten.

Aber das war's nicht! Schließlich zogen unsere Leute, jeder mit fünf Kugeln, an die Front. Mit fünf Kugeln, stell dir das vor! Erinnerst du dich noch, Pepe, an unsere Frauen mit ihren Körben und Säcken? Ich habe in meinem Leben schon öfters Nachlese halten sehen, aber Nachlese von Patronen zum erstenmal! Die Weiber dachten nur noch an ihre Patronen und fanden, daß wir nicht schnell genug schossen! Ojemine!«

Keiner hat den Kopf gewendet: Diese Stimme kann nur Gonzales gehören. Gibt es einen gewissen vergnügten Stimmklang, der nur dicken Männern eigen ist? Alle hören zu und sind doch zugleich auf der Lauer: Sie warten auf das ferne Geräusch der nahenden feindlichen Panzerwagen.

»Mit dem Dynamit«, hebt Pepe wieder an, »haben wir tüchtige Arbeit geleistet. Erinnerst du dich an die Steinschleudern von Mercader?«

Er wendet sich jetzt an die Katalonier, die haben Mercader nicht gekannt: »Das war so ein pfiffiger Kerl, der eine Art Maschine verfertigte, um große Lasten von Dynamit zu schleudern. Bombenwurfgeräte könnte man schließlich sagen. Aber es war wie für die Kriege in alten Zeiten und wurde mit Seilen gespannt. Drei Männer waren dazu nötig. Im Anfang waren die Mauren, wenn sie so eine richtige Ladung auf zweihundert Meter Entfernung abkriegten, ziemlich entsetzt. Wir haben auch Schilde verfertigt, aber das war nicht so gut, weil sie ein Ziel abgaben.«

Irgendwo in der Ferne tackt plötzlich ein Maschinengewehr los, hält inne, rattert weiter, verliert sich wie das Geräusch einer Nähmaschine in dem unendlichen Raum der Nacht. Aber von Tanks ist immer noch nichts zu hören.

»Die andern fabrizierten Flugzeuge«, bemerkte eine Stimme bitter.

So werden in diesem Tal, auf das die Panzerwagen in parallelen Linien zustreben, Geschichten, großartig und lächerlich zugleich, erzählt. Diese Dinamiteros sind wohl die letzte militärische Einheit, in der der Mensch noch etwas gegen die Maschine zählt. Die Katalonier sind hier, wie sie auch anderswo sein könnten; aber die Asturier sind stolz auf ihre Vergangenheit und setzen sie fort. Sie sind die älteste proletarische Gegenbewegung in Spanien, die sich endlich eine Organisation geschaffen hat, sind vielleicht die einzigen, für die der Glanz des revolutionären Mythus mit den Erfahrungen des Krieges zunimmt, statt von ihnen gelöscht zu werden.

»Jetzt hat die maurische Kavallerie leichte Maschinengewehre . . .«

»Wir scheißen drauf!«

»In Sevilla ist alles voll von Deutschen. Lauter Techniker.«

»Und Gefängnisdirektoren.«

»Zwei italienische Divisionen sollen im Anmarsch sein . . .«

»Unsere Genossen halten gegen die Tanks nicht gut durch, was?«

»Sie sind eben nicht daran gewöhnt . . .«

Wieder kämpften sie gegen die Bedrohung, indem sie mit ihrer Vergangenheit zuschlugen.

»Das Verrückteste«, nahm Pepe seine Erzählung wieder auf, »war der Schluß. Im Zentralausschuß der Bauern waren die Burschen nicht dumm. Nur hatten sie keine Hilfe, und die Geschichte wuchs ihnen über den Kopf. Die Mauren rückten an, noch drei Stunden, und wir waren eingeschlossen. Wir hatten noch Leute, hatten auch Dynamit, aber nichts, um es zu werfen. Wir machten eine Art Petarden aus Zeitungen und Bolzen. Über die Gewehre wollen wir lieber gar nicht reden; sie fielen einfach fort. Der Kumpel, den wir am Tag vorher ins Arsenal geschickt hatten, kam mit einem Stück Zeitungspapier zurück, auf das der Verantwortliche gekritzelt hatte: ›Es hat keinen Sinn mehr, von mir Munition zu verlangen, denn es bleibt mir nicht eine einzige Patrone.‹ Die letzten, die es noch gab, hatten die Burschen, die luden, unter sich geteilt. Jeder fünf. Und so waren sie zur Front abgezogen. Und also alles in schönster Ordnung, wie ihr seht. Die vom Bauernausschuß saßen um den Tisch herum und maulten, was schließlich auch das einzige war, was sie tun konnten. Wir andern standen in Gruppen herum. Keiner sagte etwas, alles schwieg. Die Maschinengewehre der Mauren kamen immer näher, genau wie jetzt. Und plötzlich ein wildes Durcheinander – wie soll ich es ausdrücken? Eine Art ersticktes Erdbeben ohne Donner: Die Schüsseln, die Messer auf dem Tisch, das Bild an der Wand, alles begann zu zittern. Was kann das nur sein? Schließlich kapierte man's, man hörte ein wildes Gebimmel. Die Viehherden kamen angerannt, weil sie Angst vor den Mauren hatten, die kreuz und quer drauflosschossen. Schon waren sie draußen in der Straße, bis schließlich einer vom Ausschuß, ein verschlagener, gewitzter Mann, zu brüllen anfängt: ›Wir machen eine Barrikade, und wir nehmen den Rindern die Glocken ab!‹ Das waren nicht die flachen Glocken, sondern die dicken von den Almen. Wir haben also dem Vieh das Geläute abgenommen und daraus Granaten gemacht. So gelang es uns, noch drei Stunden Widerstand zu leisten und alles zu evakuieren, was evakuiert und weggeschickt werden mußte ... Also scheiß' ich jetzt auf die Tanks. Denn schließlich haben wir ja was, uns zu verteidigen.«

Pepe erinnert sich auch an den Panzerzug. Immer der Krieg mit den Händen! Aber seit sie organisiert sind, halten sie ohne Panzerabwehrwaffen die Tanks auf.

In der Ferne bellt ein Hund. »Und der Esel, Gonzales, der Esel!«

»Wenn man an den Krieg denkt, so fallen einem immer die lustigen Sachen ein ... Teufel auch!«

Viele der Dynamitwerfer sind schweigsam oder unfähig, sich auszudrücken. Pepe, Gonzales und einige andere sind die geborenen Erzähler und verstehen es, Leben in die Bude zu bringen. Man meint, die Panzerwagen würden in der Nacht nicht angreifen, weil sie das Gelände nicht genügend kennen und Angst vor Fallen haben. Freilich graut bald der Morgen. Zur Geschichte vom Esel reicht gerade noch die Zeit.

»Die Idee, das Grauohr vorzuschicken, war eine großartige Idee. Wir hatten es mit Dynamit beladen, wir hatten die Lunte angezündet, und vorwärts marsch zu den Mauren! Das Grauohr ist störrisch und spitzt die Ohren, ohne recht zu ahnen, worum es sich handelt. Aber da sind die andern dort, die auf das Tier zu schießen beginnen. Bei den ersten Kugeln schüttelt der Esel die Ohren, als wären es Fliegen, bleibt stehen und überlegt. Die Sache ist ihm offenbar nicht geheuer, schon trabt er wieder zurück. Teufel auch, das können wir nicht brauchen! Also fangen auch wir an, auf ihn zu schießen. Aber da er uns kannte, Kugeln hier, Kugeln dort, zog er es vor, zu uns zurückzukommen ...«

Eine furchtbare Explosion, als ob die Erde sich in ihren Tiefen spaltete! Blätter und abgestorbene Zweige regnen nieder.

In dem ungeheuren roten Blitz, der von Toledo aufsteigt,

heben sich alle, violett beleuchtet, vom Dunkel ab. Blicklos, mit offenem Mund, haben sie die Gesichter, die sie im Tode haben werden.

Alle Zigaretten sind den Lippen entfallen.

Sie verstehen sich auf den Klang von Explosionen. Das ist keine Mine, auch kein Dynamit, kein Pulvermagazin.

»Kann es ein Torpedo sein?«

Übrigens hat keiner von ihnen je ein Torpedo gesehen oder gehört. Sie lauschen. Es scheint fast, als sei dort oben das Geräusch eines Flugzeugs, aber vielleicht ist es auch der Lärm der anrückenden Tanks der Mauren.

»Gibt es in Toledo eine Gasanstalt?« fragt Gonzales.

Keiner weiß es. Aber alle denken an den Alcázar.

So viel ist klar, daß da drüben für die Faschisten etwas schiefgeht. Dort, wo die zuckende Flammengarbe erloschen ist, ist der Himmel noch immer rot. Eine Feuersbrunst oder die Morgenröte?

Nein, die Sonne geht auf der andern Seite auf. Eben beginnt es zu dämmern, und aus dem Laub der Olivenbäume scheint Frische herabzuströmen.

Für Erinnerungen ist keine Zeit mehr. Überall, wo die Dynamitwerfer postiert sind, warten sie gespannt. Erwartung des Morgenanbruchs, Erwartung des Feindes.

Wieder haben sie zu ihren Zigaretten gegriffen, sie aber noch immer nicht angezündet. Über dem spanischen Lande liegt die Stille, die gleiche Stille wie bei der Ankunft des ersten Mauren, die gleiche wie während so vieler Tage des Friedens und so vieler Tage des Elends. Der weiße Strich des ersten Morgenanbruchs breitet sich allmählich am Rande des Horizonts aus. Über den Köpfen der liegenden Männer beginnt das Dunkel sich sachte aufzulösen. Bald wird der tönende Ruf des Tages erschallen, aber vorläufig ist es nur die klägliche Trübsal des Morgengrauens, die bleiche Stunde. In den Gehöften beginnen die Hähne ihr trostloses Krähen.

»Riccardo kommt zurück!« schreit Pepe.

Der Beobachtungsposten kommt gelaufen. Am Hügelkamm tauchen wie Ausgeburten der gleichen Trostlosigkeit, aufgerichtet, als bedrohten sie nicht die Erde, sondern den blassen Himmel, die ersten feindlichen Panzerwagen auf.

Gonzales, dann Pepe, dann all die andern zünden ihre Zigaretten an. Überall schieben sich die Männer wie dunkle Flecken durch das Gelände den Tanks entgegen.

Die Panzerschützen wissen vielleicht, daß sie da sind, aber sie können sie nicht sehen: die Dinamiteros schleichen gebückt oder im Liegen auf dem Grund des Tales, während die Panzerwagen sich gegen den Himmel bäumen.

Rechts von Gonzales geht einer der Katalonier, ein junger Mensch, der, seit er da ist, fast nichts geredet hat; links geht Pepe. Gonzales kann die beiden kaum sehen. Er fühlt in der Dämmerung ihr geschmeidiges Ausschreiten – ihren Männerschritt. Zu Beginn jeden Kampfes kommen ihm seine Freunde einen Moment lang wie Mollusken ohne ihre Schale, wie weiche, wehrlose Wesen vor. Er ist der breiteste von ihnen und hat das Gefühl, daß sie schwach sind. Die Panzerwagen, denen es an einer Schale nicht fehlt, rücken mit einem Gerassel an, das sich zum Donner steigert; ihnen entgegen schleicht sich erstaunlich lautlos die wellige Linie der Dinamiteros.

Die Tanks fahren in zwei Reihen, aber so weit auseinander, daß die Dynamitwerfer dieser Tatsache nicht Rechnung zu tragen brauchen. Jeder Gruppe wird ein Wagen zugewiesen, als kämen sie alle in einer Kolonne. Einige Katalonier haben die Zigaretten in ihrer Hand schlecht versteckt. »Die Schafsköpfe!« denkt jetzt wohl Gonzales. Er sieht die kleinen glühenden Punkte, hoffentlich kann man sie, wenn man von vorn kommt, weniger gut sehen. Getragen von der gleichen Woge, von einer brüderlichen und herben Begeisterung, geht er vorwärts. Ohne den Blick von dem herankommenden Tank zu wenden, singt er in seinem Herzen das Hohelied Asturiens. Noch nie hat ihn so heiß das Gefühl durchströmt, ein Mann zu sein.

Bald wird er in Deckung gehen müssen. Es wird immer heller. Pepe hat sich gerade geduckt. Gonzales legt sich hin. Der Tank ist noch vierhundert Meter entfernt, und er kann ihn vor lauter Pflanzen, die als Silhouetten vor seinen Augen stehen, nicht sehen. Da sind allerlei Gräser, Halme wie die, mit denen er als Bub den andern Buben in die Ärmel fuhr, dann eine Art wilder Hafer und eine Margerite auf hohem Stengel. Auch die Ameisen treiben sich schon herum und dann eine ganz kleine Spinne. So leben Geschöpfe am Erdboden in diesem winzigen Palmenhain aus Gräsern, fern vom Menschengewühl, fern vom Krieg. Hinter zwei äußerst beschäftigten Ameisen torkelt mit großer Geschwindigkeit die donnernde Masse des schrägen Tanks heran. Er fährt nicht auf glattem Gelände: Wenn das Dynamit richtig geworfen wird, muß er umschlagen. Gonzales rückt mit seinem Körper zur Seite.

Der Panzerwagen muß rechts an ihm vorbeikommen. Gonzales ist durch eine kleine Erdwelle gegen seine Türme gedeckt – bis er auf seiner Höhe sein wird. Dann wird es darauf ankommen, wer schneller tötet. Dem Panzerschützen wird die aufgehende Sonne ins Gesicht scheinen. Gonzales vergewissert sich, daß nichts seinen rechten Arm behindert.

Was hat denn dieser Katalonier angestellt? Der Tank rechts feuert. Der von Gonzales kommt, immer noch schräg, mit großer Geschwindigkeit hinter den beiden Ameisen daher, die, aus zehn Zentimeter Entfernung gesehen, riesengroß wirken. Gonzales stützt sich auf die linke Hand und auf ein Knie. Da! Der Tank! Gonzales springt, schleudert das Dynamit in das Rasseln des Kolosses und das Tacken der Maschinengewehre und wirft sich im selben Schwunge wieder hin, als wollte er in der Explosion untertauchen.

Im Hagel der Kieselsteine hebt er ein wenig den Kopf: der Tank ist, Bauch nach oben, auf seinen Turm gestürzt. Der Turm ist oben aufgerissen. Die Sonne geht über einer der Raupenketten auf, die sich weiterdreht.

Gonzales liegt am Boden, ist aber ohne jede Deckung. Die umgekehrte Kanone des Turmes rührt sich nicht. Gonzales lauert, eine Bombe in der Hand.

In den schrägen Strahlen der Sonne dreht sich die Raupenkette immer langsamer, wie ein Lotterierad.

Gonzales wartet mit seiner Zigarette neben der letzten Bombe. Das Maschinengewehr auf der Motorhaube rührt sich nicht: Die beiden Männer müssen tot oder verletzt sein, oder sie stecken mit dem Kopf nach unten in dem umgestülpten Tank, aus dem sie nicht herauskönnen, da auf dem Turm die ganze Last des Ungeheuers ruht. Wenn der Treibstoffbehälter ausläuft, wird es keine fünf Minuten dauern, und sie werden verbrennen: Der Bürgerkrieg.

Immer noch nichts. Die Raupe steht still.

Gonzales wendet sich um. Die republikanische Artillerie feuert nicht. Gibt es überhaupt eine republikanische Artillerie? Er erhebt sich in kniende Stellung. In dem Tal, das durch die Furchen der Raupenräder aufgewühlt ist wie das Meer durch die Furchen der Schiffe, ist sein Tank, sind zwei, drei, vier, fünf andere außer Gefecht gesetzt, liegen da wie seit vorgeschichtlichen Zeiten alle zusammengebrochenen und umgestürzten Wagen. (Bei dem ersten, den er mit dem Bauch nach oben sah, hatte er geglaubt, vor einem neuen Modell zu stehen.) Zwei gehen in Flammen auf. Weit hinten, schon im Tageslicht, das nun alles überströmt, stürmen die letzten Tanks, die ein Erdbuckel allmählich verdeckt, gegen die republikanischen Linien los – die letzten Linien vor Toledo.

Die Tanks sind vorüber.

»Und der Katalonier?« fragt Gonzales.

»Tot«, sagt Pepe.

Obwohl nun hell die Sonne scheint, kann man die Toten zwischen dem Gras nicht sehen. Kugeln schwirren um die beiden Dynamitwerfer. Pepe ahmt ihr dummes Pfeifen nach und geht wieder in Deckung.

Über dem Kamm tauchen die weißen Tupfen der maurischen Turbane auf.

Der Rauch, der seit der Explosion den aufgerissenen Alcázar noch einhüllte, hatte in der Frische des Morgengrauens einen feuchten, schweren Geruch angenommen, der mit dem Leichengeruch verschmolz. Dieser Rauch, dem der Wind eine glatte Oberfläche verlieh, überdeckte die noch stehenden Mauern, wie das Meer einen felsigen Grund überspült. Ein heftiger Windstoß brachte die stagnierende Fläche in Wallung; steinerne Blöcke stachen wie Zähne hervor. Auf der rechten Seite nach unten zu bewegte sich dieser Qualm nicht stoßweise und als Masse, sondern in der Art von fließendem Wasser: Er sickerte in die Löcher und Ritzen ein. »Der Alcázar rinnt wie ein leckes Reservoir aus«, dachte Manuel.

Alle Einschnitte zwischen den Trümmern ausfüllend, als wenn er eigenmächtig auf Eroberungen ausginge, überschwemmte der Rauch Meter für Meter die republikanischen Stellungen. Die Angreifer waren jetzt voneinander getrennt; die Mine hatte die vorgeschobenen Positionen der Faschisten in die Luft gesprengt, aber nicht die unterirdischen Gewölbe.

Einen Augenblick lang verstummten alle Geräusche. Manuel hörte jemand hinter sich mit dem Fuß aufstampfen. Heinrich war es, ein Sonnenstrahl streifte seinen feisten Nakken, der sich wie eine Stirn in Falten legte.

»Was sagt Madrid?« fragte Manuel, immer noch die Fenchelpflanze in der Hand.

»Es sagt nein«, erwiderte der General, ohne ihn anzusehen. Sein Blick war auf die höchsten Klippen geheftet, die mählich aus dem Rauch aufstiegen wie aus einer zurückweichenden Flut.

»Warum?« fragte Manuel.

»Die Antwort lautet: nein. Die Unsern befanden sich gegenüber, nicht wahr?«

»Wir hatten im Hinblick auf die Explosion geräumt.«

»Gibt es zu dem gesprengten Teil keinen andern Zugang als durch den Alcázar . . .?«

Das Fernglas vor seinem alten glatten Gesicht, das dem einer polnischen Bäuerin glich, blickte er immer noch auf das zerrissene Vorgebirge des Alcázars hin, unter dem die Qualmmassen absackten. Jetzt reichte er das Fernglas Manuel.

»Haben wir an den Flanken Maschinengewehre?« fragte er.

»Nein.«

»Das würde die drüben nicht ganz aufhalten, aber ihren Angriff immerhin verzögern.«

Auf dem Felsprofil drüben bewegten sich Punkte wie Fliegen an einer Wand. Jedesmal, wenn so ein Punkt die Felskante erreichte, verschwand er, tauchte aber dann weiter unten wieder auf. Der Rauch war jetzt über die ehemaligen vorgeschobenen Stellungen, welche die republikanischen Sturmgardisten mit Rücksicht auf die Explosion aufgegeben hatten, weit hinausgedrungen; hinter dem Rauch rückten die Faschisten vor.

Er deckte sie wie eine künstliche Vernebelung.

Alle in den letzten zehn Tagen eroberten Stellungen waren wieder verloren.

»Wir müssen die Stadt in Verteidigungszustand setzen«, sagte Heinrich.

Das Telefon der Jefatura antwortete nicht mehr. In Santa Cruz hieß es, die Mauren seien noch zehn Kilometer entfernt.

Heinrich und Manuel machten sich auf den Weg zu der Schusterwerkstatt von Hernandez.

In einer Straße, wo das Menschengewühl so dicht war wie auf Bahnhöfen an großen Reisetagen, hielt ein Milizmann Manuel sein Gewehr hin. »Willst du ein Gewehr, Kommandant?«

»Du wirst es bald selber brauchen«, antwortete Heinrich auf deutsch.

»Ich lasse es jetzt stehen, also kannst du es ebensogut haben . . .«

Heinrichs weiße Brauen verliehen seinen blauen Augen einen erstaunten Ausdruck. Sein Blick, der wie der Schädel in dem völlig kahlen Gesicht mit den unsichtbaren Brauen plötzlich starr wurde, wirkte in diesem Moment unglaublich brutal. Aber schon war er von dem Milizmann durch mindestens zwanzig Personen getrennt.

Aus den Häusern mit den geschlossenen Fensterläden begann man mit den an den Haustoren stehengelassenen Gewehren auf die Milizmänner zu schießen.

Manuel empfand das Unbehagen, das er sonst nur in geschlossenen Räumen empfand, zum erstenmal auf offener Straße: Er war nicht imstande, einen Fuß vor den andern zu setzen, ohne sich instinktiv mit den Zehen vorzutasten. Das übertraf bei weitem das übliche Gedränge in Toledo oder die Menschenmassen bei der Fronleichnamsprozession und an den großen historischen Erinnerungsfeiern in Madrid. Die Milizmänner trugen ihre großen mexikanischen Hüte am Arm, und zwar senkrecht, wie Zirkusreifen. Zwanzigtausend einem Wahn verfallene, dicht gedrängte Menschen. Und an jeder Tür stehengelassene Gewehre.

Die Werkstatt von Hernandez stand weit offen. Ein Mann mit rotschwarzem Käppi fragte: »Wer ist hier der Verantwortliche?«

»Ich, Hauptmann Hernandez.«

»So. Sag mal, du Hauptmann, wir waren in der Calle del Comercio in Nr. 25. Dort wurden wir bombardiert. Dann siedelten wir über nach Nr. 45 und wurden wieder bombardiert. Bist du es vielleicht, der sie jedesmal benachrichtigt, wenn wir den Ort wechseln, damit sie uns besser abschießen können, die Herren Hauptleute von der andern Seite?«

Hernandez betrachtete den Mann mit einem Ausdruck des Ekels.

»Sonst noch etwas?« fragte er.

»Weil uns nämlich diese ganze Geschichte zum Hals heraushängt. Wo sind unsere Flugzeuge?«

»Wo sollen sie sein? In der Luft natürlich.«

Zur Abwehr gegen die italienischen und deutschen Flugzeuge blieben der Regierung keine zehn modernen flugfähigen Maschinen.

»Weil wir nämlich, wenn unsere Flugzeuge nicht in einer halben Stunde hier sind, alles hinschmeißen. Wir sind nicht dazu da, für die Bourgeois oder die Kommunisten das Kanonenfutter abzugeben. Wir schmeißen alles hin. Verstanden?«

Er blickte auf den großen roten Stern Manuels, der hinter dem Hauptmann stand. Heinrichs Augen waren wieder starr geworden.

Hernandez nahm den Anarchisten mit beiden Händen am Kragen, sagte, ohne die Stimme zu erheben: »Schmeißt nur gleich!« und warf ihn hinaus, noch ehe der andere ein weiteres Wort äußern konnte. Hernandez wandte sich um, salutierte Heinrich und schüttelte Manuel die Hand.

»Dieser Kerl ist ein Tölpel oder ein Schuft, vielleicht beides zugleich. Sie sind alle von dem Gedanken des Verrats besessen. Nicht ganz ohne Grund . . . Solange die Sache so steht, ist nichts zu machen . . .«

»Es ist immer etwas zu machen.«

Manuel übersetzte. Seine Hand zitterte nervös, denn er hatte im Gedränge die Fenchelpflanze verloren. Hernandez zuckte mit einer Achsel.

»Zu Befehl!«

»Wenn dieser Bursche seinen Posten verläßt, wird er erschossen werden.«

»Von wem?«

»Nötigenfalls von Ihnen. Auf wen kann man sich noch verlassen?«

»Auf niemand. Hier in der Stadt ist nichts zu machen. Und trotzdem! . . . Lassen Sie vor allem keine guten Truppen herein, sie wären in einer Stunde demoralisiert. Das hier ist nichts als ein Haufen von Ausreißern. Kämpfen wir draußen, wenn es noch möglich ist, und zwar mit andern Truppen. Worüber verfügen Sie noch?«

»Unter diesen Tausenden von Männern mit Gewehren können doch nicht alle unverwendbar sein«, sagte Heinrich. »Wir müssen auch den Vorteil unserer Stellung ausnützen.«

»Wir haben nicht einen einzigen Soldaten. Etwa dreihundert Milizmänner, die kämpfen und sich opfern würden. Dazu noch einige Asturier. Die andern sind Ausreißer, die ihr Davonlaufen zu rechtfertigen suchen, indem sie alles bemängeln. Die Gewehre lassen sie an den Haustüren stehen, bis die Faschisten kommen und auf uns schießen. Und die Frauen fürchten sich nicht einmal mehr, uns aus den Fenstern Schimpfworte zuzurufen.«

»Versuchen Sie, fünf bis sechs Stunden zu gewinnen.«

»Das Stadttor von Visagra ließe sich verteidigen, aber sie werden es nicht verteidigen.«

»Dann werden *wir* es verteidigen«, sagte Heinrich. »Los, gehen wir!« Nach einem ziemlich langen Umweg durch das Gewimmel der Gäßchen gelangten sie schließlich an das Tor. Ein Trödelmarkt für Flinten.

Etwa zehn Milizsoldaten lagen auf dem Bauch und spielten Karten. Heinrich bückte sich im Vorbeigehen, sah den Spielern scharf ins Gesicht, raffte die Karten auf und steckte sie in die Tasche. Dann durchschritt er das Tor und prüfte die Stellung von draußen. Manuel fand einen ziemlich gerade gewachsenen Zweig, mit dem er die Fenchelpflanze ersetzte; er empfand das Bedürfnis, seine Nerven zu beruhigen, und die im Stich gelassenen Gewehre machten ihn rasend.

»Das ist glatter Wahnsinn«, erklärte Heinrich. »Wenn man die Dächer und die Terrassen besetzt, kann man hier mindestens so lange Widerstand leisten, bis die Faschisten ihre Artillerie heranbringen.«

Sie gingen durch das Tor zurück. Der General blickte immer auf die Dächer.

»Was für ein Jammer, daß ich nicht Spanisch kann!«

»Ich kann es«, sagte Manuel.

Er und Hernandez begannen, Männer auszusuchen und ihnen Posten zuzuweisen, sie schickten nach Munition und ließen die noch brauchbaren Waffen an die bereits aufgestellten Schützen verteilen. Drei leichte Maschinengewehre fanden sich. Nach einer Stunde war das Tor im Verteidigungszustand.

»Du wirst mich vielleicht für einen Esel halten«, sagte Heinrich zu Manuel, »aber man müßte die Burschen jetzt die Internationale singen lassen. Da sie alle in gedeckter Stellung sind, können sie einander gegenseitig nicht sehen: Sie müssen das Gefühl haben, eine zusammenhängende Einheit zu bilden.«

Seltsam, Heinrich verringerte durch die Anwendung des kommunistischen Du in keiner Weise seine Autorität.

Aus allen Ecken, aus allen Winkeln, aus allen Fenstern kamen Köpfe hervor. Manuel, behindert durch seinen dichtbelaubten Zweig, den er nicht loslassen wollte und mit dem er wie zwangsweise den Takt schlug, begann die Internationale zu singen. Er hatte eine kräftige Stimme, und da die Beschießung des Alcázars beinahe aufgehört hatte, war sie weithin vernehmbar. Aber die Milizmänner kannten den Text der Internationale nicht.

Heinrich war verblüfft. Manuel mußte sich mit dem Refrain begnügen.

»Das wäre wenigstens etwas«, bemerkte Heinrich bitter. »In weniger als vier Stunden werden wir in Madrid sein. Bis dahin werden sie sich halten.«

Hernandez lächelte trübselig.

Manuel bestimmte, wer zu befehlen hatte, und alle drei begaben sich zur Puerta del Sol.

Dreiviertel Stunden später war auch dieses Tor besetzt.

»Gehen wir wieder zum Visagra-Tor!« sagte Heinrich.

Aus halb geöffneten Fenstern kamen immer häufiger Gewehrschüsse der Faschisten. Die ganze Straße entlang hagelte es Beschimpfungen. Aber das war nicht mehr das Gewühl von vorhin: Innerhalb einer Stunde waren mehr als zehntausend Menschen fortgezogen. Die Stadt leerte sich wie ein Körper, der sein Blut verliert.

Ihr Auto befand sich in einer verschlossenen Garage.

»Nehmen Sie es gleich«, riet Hernandez. »Bald . . .

Vor der Tür stand wartend ein Offizier mit Schnurrbärtchen.

»Es heißt, daß Sie nach Madrid fahren. Ich muß dringend hin. Können Sie mich mitnehmen?«

Er zeigte seine Order. Alle drei stiegen ein. Zunächst ging es nach Visagra. Manuel saß am Steuer. Auf jeder Türschwelle liegengelassene Gewehre. Als an einer Straßenbiegung das Auto langsamer fahren mußte, öffnete sich ein Türspalt, und aus dem Innern des Hauses langte eine Hand hervor und griff nach einer Flinte. Heinrich schoß; die Hand zog sich zurück.

Toledo war in Zersetzung begriffen wie eine Leiche.

»Das spanische Volk war nicht auf der Höhe seiner Aufgabe«, erklärte der Offizier.

Zum drittenmal nahm der Blick des Generals jene brutale Starrheit an, die Manuel bereits beobachtet hatte.

»In einem Fall wie diesem«, entgegnete Heinrich, »ist die Krise *immer* eine Krise des Kommandos.«

Manuel mußte an Ximenes denken, auch an all die Milizmänner in den Straßen von Madrid, die beflissen den Gleichschritt lernten, so wie Kinder lesen lernen.

Am Visagra-Tor begann Manuel zu rufen. Niemand antwortete. Er rief von neuem. Nichts. Er stieg bis ins letzte Stockwerk eines Hauses, von dem aus er die Dächer überblikken konnte. Hinter jedem Vorsprung, dort, wo er einen Mann postiert hatte, lehnte ein im Stich gelassenes Gewehr. Sogar die drei leichten Maschinengewehre waren da. Visagra wurde noch verteidigt: verteidigt von Waffen ohne Männer.

Und an der Front von Málaga und an der Front von Córdoba und an der Front von Aragón fehlte es an Gewehren. Auch in Madrid fehlte es an Gewehren.

Nicht weit entfernt wurde auf einer Tenne Getreide gedroschen ...

Manuel ging mit weichen Knien hinunter. Alle Türen standen offen: Neben den Fenstern lehnten an den Vorhängen die letzten Flinten und wachten über Toledo.

Und durch die offenen Fenster sah man auf jedem Dach, hinter jedem Schornstein ein Gewehr und daneben die Munition.

Manuel schilderte es Heinrich. Hernandez hatte es schon geahnt.

»Wir müssen die Jugendabteilungen hier einsetzen!« sagte Heinrich. »Fahren wir schnell nach Madrid. Im gegebenen Augenblick wird es nicht schwer sein, Toledo zu evakuieren!«

»Sie haben nicht mehr die Zeit dazu«, sagte Hernandez.

»Versuchen wir es.«

»Und du«, fragte Manuel, »was wirst du tun?«

»Was kann ich viel tun«, sagte Hernandez, hob die Achsel und entblößte bitter lächelnd seine gelben Zähne. »Wir sind hier an die zwanzig Mann, die ein Maschinengewehr richtig bedienen können . . .«

Er wies mit einer gleichgültigen Gebärde auf den Friedhof.

»Dort drüben oder hier . . .«

»Nein, wir werden zur Zeit da sein«, sagte Manuel.

Hernandez hob wieder die Achsel.

»Wir werden zur Zeit da sein«, wiederholte Manuel entschieden und schlug mit dem Zweig auf seinen Schuh.

Hernandez sah ihn verblüfft an.

Und Manuel wurde sich plötzlich bewußt, daß er zu Hernandez noch nie in diesem Tone gesprochen hatte. Wer Befehle zu verdolmetschen hat, kann es nicht mit gleichgültiger Stimme tun, und seit Stunden übermittelte er Heinrichs Befehle im Kommandoton des Generals. So hatte er die Autorität gelernt, wie man eine Sprache erlernt, indem man sie nachplappert.

»Wenn du zwanzig Mann zur Verfügung hast«, fuhr er fort, »so versuche auf jeden Fall, das Tor zu verteidigen.«

»Postieren Sie andere Leute, bevor Sie abziehen«, sagte Heinrich.

»Zu Befehl«, erwiderte Hernandez, immer mit derselben verzweifelten Gleichgültigkeit.

Nachdem sie die Leute postiert hatten, kehrten sie zur Schusterwerkstatt zurück. Auf dem Wege dorthin waren die Beschimpfungen aus den Fenstern und die Schüsse der Faschisten noch weiter angewachsen.

»Die da möchten Philipp II. wieder auf den Thron setzen, bloß so als kleinen Anfang«, sagte Manuel. »Hernandez, laß alle Waffen einsammeln mit Ausnahme der Gewehre vor den Türen! Ich werde dir Lastautos mit Sturmgardisten schicken.«

»Es ist leichter, sie einsammeln zu lassen, als durchzusetzen, daß sie verwendet werden . . .«

Die Auflösung der Stadt machte rasende Fortschritte.

»Sie sollen den Tag über durchhalten«, sagte Heinrich, »die Dynamitwerfer werden bei Nacht durchhalten. Mit der Jugendabteilung und Soldaten vom 5. Regiment werden wir imstande sein, die Stadt acht Tage zu halten. Und von heute in acht Tagen . . .«

ACHTES KAPITEL

Hernandez, der wie fast alle letzten Kämpfer in Zivil war – er hatte seinen Overall ausgezogen –, zögerte eine Sekunde. Den Geräuschen nach waren die Republikaner rechts. Was wollte er? Sich retten? Zwei Stunden vorher hätte er so leicht abreisen können, wie man in einen Zug steigt. Bis zum letzten Augenblick kämpfen? Vor allem nicht mehr allein sein. Nicht mehr allein sein! Er war beim ersten Angriff des Tercio von den Seinen getrennt worden. Vor allem sie wiederfinden.

Er lief an der Mauer eines Gäßchens entlang (von links her näherte sich das Rattern der Maschinengewehre des Tercio) und gelangte in eine Straße. Die republikanischen Kugeln ritzten die hohen grauen Fassaden, und aus dem Stuck stiegen dichte, kleine Wölkchen auf. Der Lärm der feindlichen Maschinengewehre kam rasch näher. Allem Anschein nach hatten die Legionäre die Straßenecke erreicht, um die Hernandez eben gebogen war. Die Kugeln kamen jetzt von vorn und von hinten.

Zehn Meter weiter brannte eine Laterne. Er lief, stellte sich unter sie und schwang seinen Revolver über dem Kopf, um sich zu erkennen zu geben. Irgend etwas schlug gegen den Revolver und riß ihn zu Boden. Hernandez warf sich in eine Türnische. Vor dem Tercio war er durch die Häuservorsprünge gedeckt, vor den Republikanern durch die Dicke der Mauer. Rechts und links von ihm feuerte nervös ein Maschinengewehr, freilich, ohne recht zu wissen wohin. Bis schließlich eine Serie von Schüssen mit hübschem Klingklang die Laterne zertrümmerte. Die Schützen feuerten jetzt aufs Geratewohl, ohne das geringste zu sehen, außer an beiden Straßenenden ein kurzes Aufflackern bläulicher Flämmchen.

Hernandez warf sich zu Boden; es gelang ihm, unter einem waagrechten Netz von Kugeln nach seinem Revolver zu greifen. Endlich hatte er ihn und drückte sich wieder in die Nische.

So stand er wohl zehn Minuten lang, als er plötzlich zusammenzuckte: irgend jemand stieß ihn mit einem Revolverlauf in die Seite.

»Hernandez, Hernandez! Bist du's?«

»Ja.«

»Drück dich an die Mauer! Bist du da?«

Der Milizmann (gleichfalls in Zivil) gab in Sekundenabstand drei Schüsse ab, und beide liefen los. Das republikanische Maschinengewehr hörte zu feuern auf. In dem Moment, da sie bei ihm anlangten, kam von hinten her ein anderer Milizmann gelaufen.

»Die Mauren!«

»In die Stierkampfarena!« sagte der Mann, der das Maschinengewehr bediente und die Gruppe zu befehligen schien.

Alle rannten durch die Gäßchen, der Maschinengewehrschütze beladen mit Patronengurten.

Hernandez wollte nicht allein sterben

Der Maschinengewehrschütze wandte sich um, stellte das Maschinengewehr auf, gab eine Serie von etwa fünfzig Schüssen ab, lief weiter. Er schoß schlecht. Die Mauren waren stehengeblieben; jetzt nahmen sie die Verfolgung wieder auf.

Helles, vereinzeltes Knallen. Und plötzlich wehte ihnen der Wind eine Musik von Blechinstrumenten und großen Trommeln ins Gesicht, das Tschindarabumm der Zirkusse, der Jahrmärkte und der Armeen.

Welches Karussell dreht sich denn noch? dachte Hernandez. Dann fiel ihm ein, daß es die Faschistenhymne war, die die Musikkapelle des Tercio auf der Plaza de Zocodover spielte.

Der Maschinengewehrschütze blieb wieder stehen und begann zu schießen. Zehn Sekunden, fünfzehn Sekunden. »Hau ab, du Schafskopf!« schrie der Ladeschütze und begann den Hintern des Schützen mit Fußtritten zu bearbeiten. »Wirst du dich endlich davonmachen!« Die Fußtritte waren offenbar wirksamer als das Vorrücken der Mauren und ihre Kugeln. Der Schütze nahm sein Maschinengewehr und trabte davon.

Sie erreichten die Arena.

Sie fanden dort an die dreißig Milizmänner. Von innen gesehen, wirkte die Arena wie eine Festung. Eine Festung aus Pappe, dachte Hernandez. Er blickte hinaus: Die Mauren begannen die Ausgänge zu besetzen.

»Beim ersten Kanonenschuß werden wir schön aussehen!« sagte ein Artillerist, der gleichfalls in Zivil war.

»Die Zivilisten der Faschisten tragen schon eine weiße Armbinde als Kennzeichen«, sagte ein Milizmann.

»Sie halten ein Tedeum in der Kathedrale ab. Der Pfarrer ist da. Er hat sich die ganze Zeit hier versteckt.«

Unsere Massenhinrichtung! dachte Hernandez.

Immer noch blickte er hinaus. Auf der linken Seite war die Stadt noch nicht besetzt.

»Die maurische Kavallerie!« schrie einer.

»Du bist verrückt.«

Er selbst war auch nahe daran.

»Hier bleiben ist Wahnsinn«, sagte Hernandez. »Es werden immer mehr. Ihr seid im Handumdrehen hin. Auf der linken Seite ist das Land noch frei. Aus den Toren könnt ihr nicht hinaus, sie sind bewacht. Ich werde jetzt ein Stück Straße mit dem Maschinengewehr säubern. Springt aus dem ersten Stock hinaus und schaut, daß ihr euch nicht die Glieder brecht. Erledigt die unverwundeten Mauren, wenn sie euch aufhalten wollen. Viele werden es nicht sein. Und haltet euch links. Ihr könnt noch zu was Besserem dienen, als erschossen zu werden. Sollten Verstärkungen für sie anrücken, so halte ich sie auf, bis ihr in Deckung seid.«

Er brachte das Maschinengewehr in Stellung und gab zwei lange Feuerstöße ab, schwenkte hin und her wie ein Mäher. Die Mauren fielen oder flohen. Die Milizmänner sprangen aus der Arena und drängten die übriggebliebenen Mauren ohne Mühe zurück. Von rechts her trafen Faschisten ein: Das Maschinengewehr nahm sie in Längsfeuer und zwang sie, sich in die Nischen der Türen zu flüchten. Humpelnd verschwanden die letzten Republikaner, die Kameraden mit den verstauchten Füßen auf ihren Rücken tragend. Hernandez, leer von Gedanken, drückte das Maschinengewehr an seine Schulter und fühlte sich vollkommen glücklich.

In der Arena war niemand mehr. Endlich sprang auch er hinaus, bekam plötzlich einen Peitschenschlag über das Auge und spürte, daß ihm das Blut darüber floß. Er sah nichts mehr. Ein neuer Schlag auf den Nacken, diesmal von einem dicken, breiten Gegenstand, vielleicht von einem Gewehrkolben. Er streckte beide Arme von sich und fiel auf den Rücken.

NEUNTES KAPITEL

Im Hofe des Gefängnisgebäudes von Toledo fing einer zu brüllen an. So etwas war selten. Die Revolutionäre schwiegen, weil sie Revolutionäre waren; die andern – diejenigen, die sich für Revolutionäre gehalten hatten, weil rings um sie welche waren, und die angesichts des Todes merkten, daß sie nur am Leben hingen, an gleichviel welchem Leben – dachten, daß Schweigen die einzige Weisheit der Gefangenen sei: bedrohte Insekten versuchen, mit den Zweigen und dem Laub eins zu werden.

Und dann waren noch andere da, denen sogar jede Lust zum Schreien vergangen war.

»Ihr Hornochsen, ihr Schafsköpfe«, grölte der Mann, »ich bin Straßenbahnschaffner!«

Und mit vor Anstrengung überkippender Stimme: »Schaffner! Schaffner! Ihr Trottel!«

Hernandez konnte ihn durch das Gitter seiner Zelle nicht sehen. Er wartete. Jetzt kam der Mann in sein Blickfeld. Er schlug aus Leibeskräften auf einen Lüsterrock, den er in der linken Hand hielt, als wolle er den Staub ausklopfen. In einigen Städten hatten die Faschisten alle Arbeiter zum Tode verurteilt, deren Jacke an der Schulter glänzte: die Spur des Gewehrs. Trug aber einer eine Tasche an einem Riemen über der Schulter, so hinterließ das eine ganz ähnliche Spur.

»Ich scheiß' auf eure Politik, ihr Hurensöhne!«

Und wieder: »Aber schaut euch doch wenigstens meine nackte Schulter an! Das Gewehr hinterläßt einen blauen Fleck, zum Donnerwetter! Hab' ich etwa einen blauen Fleck? Wenn ich's euch doch sage, daß ich Straßenbahnschaffner bin!«

Zwei Wachtposten kamen und holten ihn ab. Der kommt sicher nicht frei, sondern wird in die Einzelzelle gesperrt! dachte Hernandez. Ordnung muß sein.

Die Gefangenen gingen im Hofe im Kreis herum, ein jeder mit seinem vergifteten Schicksal. Rufe von Zeitungsverkäufern drangen aus der Stadt herein.

Es gab auch Neuankömmlinge. Wie jeden Tag. Wie jeden Tag schaute Hernandez sie an; und wie jeden Tag wendeten sie den Kopf ab, um seinem Blick auszuweichen. Hernandez begann zu lernen, daß man zum Tode Verurteilte als ansteckend betrachtet.

Das Geräusch des Schlüssels im Schloß seiner Zellentür – für ihn jetzt das wichtigste Geräusch.

Hernandez wartete auf seine Hinrichtung. Er hatte genug. Übergenug. Die Menschen, mit denen er hätte leben mögen, taugten nur noch zum Sterben, und mit den andern hatte er keine Lust zu leben. Die Gefängnisordnung war an sich nicht unmenschlich, als Gefängnisordnung. Administration: die Wärter waren Beamte, die man aus Sevilla mitgebracht hatte. Das Dasein im Gefängnis freilich war etwas anderes. Zuweilen wurden auf einmal zwanzig bis dreißig Gefangene abgeführt. Bald darauf hörte man eine Salve und nachhinkend etwas schwächer den Knall der Schüsse, mit denen die erledigt wurden, die noch nicht ganz tot waren. Zuweilen in der Nacht das Zurückstoßen eines Riegels, eine Männerstimme – und fast stets, wie auch die Umstände sein mochten, dasselbe Wort: »Was denn?« Dann das Glöckchen des Priesters. Sonst nichts. Aber die Langeweile zwang ihn zu denken, und die Verurteilten denken nur an den Tod.

Ein Gefängniswärter brachte Hernandez in das Büro der politischen Polizei und blieb bei ihm: der Beamte war noch nicht da. Wieder ein auf den Hof geöffnetes Fenster, auf die gleiche Runde der gleichen Gefangenen.

Die noch nicht Abgeurteilten waren auf dem Patio, die zum Tode Verurteilten befanden sich in den Gefängnissen. Hernandez versuchte, über den Hof die Gesichter hinter den gegenüberliegenden Fenstergittern zu erkennen. Zu weit. Er konnte nur die Hände unterscheiden, die die Gitterstangen umklammerten, das heißt das, was von ihnen im Lichte lag.

Dahinter nichts. Dunkel. Und übrigens war ihm nicht gar soviel daran gelegen, diese Gesichter zu sehen: Er wünschte, mit dem Leben Blicke zu tauschen, nicht mit dem Tode.

Der Bürovorsteher, ein Mann von etwa fünfzig Jahren, langhalsig, kleinköpfig, schnurrbärtig wie Queipo de Llano, trat ein. Er hielt Hernandez' Brieftasche in der Hand.

»Ist das Ihre Brieftasche?«

»Ja.«

Der Polizeibeamte zog ein Bündel Banknoten heraus.

»Sind das Ihre Banknoten?«

»Das kann ich nicht genau sagen. In der Tat hatte ich Banknoten in meiner Brieftasche . . .«

»Wie viele?«

»Ich weiß es nicht.«

Der Mann der Polizei hob die Augen zum Himmel, wie um ihn als Zeugen für die Unordentlichkeit der Roten anzurufen, aber er sagte nichts.

»Wohl sieben- bis achthundert Pesetas«, sagte Hernandez, mit der rechten Achsel zuckend.

»Erkennen Sie diesen Geldschein als den Ihren an?«

Der Polizeibeamte mit dem Stecknadelkopf beobachtete Hernandez scharf, offenbar in Erwartung, daß er sich durch etwas verraten würde. Hernandez, müde bis zur Gleichgültigkeit, besah den Geldschein und lächelte bitter.

Das Interesse des Geheimdienstes war durch einen Geldschein erweckt worden, auf den über einem allem Anschein nach sinnlosen Liniengewirr mit Bleistift eine geknickte Linie in der Art eines A ohne Querstrich gekritzelt war, eine Linie, die ein Zeichen sein konnte.

Moreno hatte das gezeichnet. Er war trotz allem nicht nach Frankreich gegangen, sondern an die Tajofront eingerückt. Moreno hatte immer wieder erzählt: »Meine Mitgefangenen auf dem Hofe sprachen von allem, mein Alter. Aber nie von Politik. Einer, der gesagt hätte: ›Ich habe für das gekämpft, was ich für recht hielt; ich habe verloren und bin bereit zu zahlen‹, würde auf dem Gefängnishof von allen gemieden worden sein. Man stirbt ganz allein, Hernandez. Prägen Sie sich das ein!«

Dachten die Leute, die da draußen vor den Fenstern vorübergingen, an Politik oder an Gewehrläufe, die auf sie gerichtet waren, oder an gar nichts?

Hernandez hatte damals gesagt: »Ich messe dem Tode keine solche Wichtigkeit bei. Der Folter allerdings . . .« – Worauf Moreno antwortete: »Ich habe die Männer in meinem Gefängnis, die gefoltert worden waren, gefragt, was sie währenddem dachten. Fast alle haben mir erwidert: ›Ich dachte an nachher.‹ Selbst die Folter ist etwas Geringfügiges gegen die Gewißheit des Todes. Das Entscheidende am Tode ist, daß er alles Vorhergehende zum Unwiederbringlichen macht, zum endgültig Unwiederbringlichen; die Folter, die Vergewaltigung, gefolgt vom Tode, das ist das wahrhaft Gräßliche. Sehen Sie« – Moreno begann auf dem weißen Grunde des Geldscheins zu kritzeln – »sehen Sie, jede Empfindung, wie furchtbar sie auch sein mag, ist so. Aber dann . . .«

»Sie erkennen diese Banknote als die Ihre an?« fragte der Polizeibeamte noch einmal.

Hernandez' Lächeln irritierte ihn.

»Ja, selbstverständlich.«

»Was bedeuten diese Zeichen?«

Hernandez antwortete nicht.

»Ich frage Sie, was das da bedeutet.«

Also nahmen die Menschen einander gegenseitig ernst. Hernandez betrachtete diesen kleinen Kopf, diesen Hals. Wenn der Mann da einmal tot ist, dachte er, wird sein Hals noch länger sein. Und er wird genauso sterben wie jeder andere. Vielleicht auf eine noch peinlichere Art als durch ein Hinrichtungskommando, der arme Idiot!

Vor dem Fenster gingen die Gefangenen vorüber und wandten den Blick ab.

Endlich sagte Hernandez mit demselben bitteren Lächeln: »Einer der Unsern, der aus einem Ihrer Gefängnisse entkam, nachdem er seit mehr als einem Monat zum Tode verurteilt war, hat mir erklärt, daß, solange man am Leben ist, alles wieder aufgewogen werden kann. Während er sprach, zeichnete er diese beiden Striche, von denen der eine das Unglück, wenn Sie es so nennen wollen, bedeutet, der andere den Ausgleich. Aber die Tragik des Todes – sagte er – liege darin, daß er das Leben zum Verhängnis umwandelt, so daß von diesem Augenblicke an nichts mehr aufgewogen werden kann. Und darin liege – selbst für einen Atheisten – der große Ernst der Stunde des Todes . . . Und doch hatte er unrecht«, fügte Hernandez bedächtiger hinzu. Er hatte das Gefühl, eine Vorlesung zu halten.

Nun war es der Polizeibeamte, der mit der Antwort zögerte. Hatte er es verstanden? Wenn ja, dann konnte er von Glück sagen. Die Idioten verstehen immer etwas. Mit was für unnützen Dingen sich die Lebenden doch abgeben! Wenn er nun weitere Erklärungen verlangte – das konnte schön werden.

Denn trotz aller seiner Unerschrockenheit gab es ein Wort, das Hernandez nicht aussprechen würde: die Folter.

Der Polizeibeamte dachte immer noch nach.

»Das ist eine Privatangelegenheit«, sagte er endlich.

Wieder kamen draußen die Gefangenen vorüber.

»Ein sonderbarer Gedanke für einen Offizier«, fuhr der Polizeibeamte fort, »er hätte besser daran getan, in den Katechismusunterricht zu gehen.«

»Das gehört nicht zum Dienst.«

Hernandez lächelte nicht.

»Und das kleine Gestrichel?«

»Das kleine Gestrichel bedeutet gar nichts, außer daß der Gegenstand des Gespräches meinen Freund nervös machte.«

Hernandez sprach nicht aggressiv, sondern zerstreut.

Der Beamte drückte auf eine Klingel. Einer der Posten trat ein.

»Danke, Herr Hauptmann«, sagte der Beamte.

Hernandez' Gedanken waren immer noch bei Moreno. An diesem gleichen Tisch in Toledo, im Frühling war's (eine Epoche, die weiter zurückzuliegen schien als die des Cid), hatte er Ramón Gómez de la Serna sagen hören: »An der Art, wie der Mensch die Erdnüsse enthülst und frißt, erkenne ich, daß er vom Affen abstammt ...« Wo war die Zeit des Humors? Hernandez grüßte und machte einen Schritt in der Richtung auf die Türe zu.

»Halt!« brüllte der Polizeibeamte haßerfüllt. »Ich habe in bezug auf Sie zwar besonders wohlwollende Weisungen erhalten, aber ...«

Hernandez, ganz seinen Erinnerungen hingegeben und wohl auch durch den militärischen Ton des »Danke, Herr Hauptmann« bewogen, hatte gegrüßt, wie er es seit zwei Monaten in Toledo so häufig zu tun pflegte, nämlich mit der geschlossenen Faust. War dies der Augenblick, hierüber eine Auseinandersetzung anzufangen?

»Was heißt ›wohlwollend‹ für einen, der zum Tode verurteilt ist? ...« sagte er. »Und warum haben Sie besondere Weisungen?«

Der Beamte starrte ihn an, allem Anschein nach verblüfft oder erbittert.

»Warum wohl meinen Sie? Am Ende wegen ihrer schönen

Augen?« Da kam ihm plötzlich ein Gedanke, und er bewegte zum Zeichen der Verneinung den Zeigefinger hin und her, wie um dem Gefangenen anzudeuten: Bei mir brauchen Sie sich nicht zu verstellen!

»Ich bin auf dem laufenden«, sagte er.

»Auf dem laufenden? Wovon?« fragte Hernandez gelassen.

Dem Faschisten begann die Geschichte ein wenig verrückt vorzukommen. Na ja, ein Roter!

»Nun, offenbar wegen Ihres Verhaltens gegenüber den Führern des Alcázar.«

Man wird sonderbarerweise vor Ekel nicht rasend. Hernandez fühlte plötzlich seinen vier Tage alten Bart, der ihm warm machte, er fühlte sich schmutzig. Er lächelte nicht mehr, und sein Gesicht wirkte weniger lang. Seine auf den Tisch gestützte Hand ballte sich.

»Ich würde es ein zweites Mal nicht wieder tun«, sagte er, den Beamten fest anblickend, mit der Faust auf dem Tisch. Seine Schulter zitterte.

»Sie werden auch kaum Gelegenheit dazu haben.«

Hernandez erwiderte nur: »Um so besser . . .«

»Wenn Sie meinen . . . Warum haben Sie diese Banknote aufgehoben?«

»Weil man sie im allgemeinen aufhebt, bis man sie ausgibt . . .«

Ein anderer Beamter trat ein. Der Polizist übergab ihm den Geldschein. Und der Posten führte Hernandez in seine Zelle zurück.

ZEHNTES KAPITEL

Noch einmal geht Hernandez durch die Straßen von Toledo. Je zwei Gefangene sind aneinander gefesselt.

Ein Auto fährt vorüber. Zwei kleine Mädchen Arm in Arm. Eine alte Frau, die einen Krug trägt. Wieder ein Auto mit faschistischen Offizieren darin. Ich bin wegen ›militärischer Meuterei‹ zum Tode verurteilt worden, denkt Hernandez. Wieder eine Frau, sie hat beim Krämer Einkäufe gemacht, und eine andere mit einem Eimer. Ein Mann, der gar nichts trägt.

Lebende.

Sie alle werden sterben. Er hat eine seiner Freundinnen an Streukrebs sterben sehen; ihr Körper wurde braun wie ihr Haar, und sie war Ärztin. Ein Milizmann in Toledo wurde von einem Tank überfahren. Und der Todeskampf bei Urämie . . . Alle werden sterben. Ausgenommen die Mauren, welche die Verurteilten zum Tode führen: Die Schlächter stehen jenseits von Leben und Tod.

In dem Augenblick, da der Trupp auf die Brücke kommt, murmelt ihm sein Gefährte halblaut zu: »Gilletteklinge. Rück näher.«

Hernandez rückt näher. Eine Familie kommt vorbei (Schau, schau, es gibt noch Familien!). Ein kleiner Junge guckte sie an. »Sie sind alt«, sagt er. Der Junge übertreibt, denkt Hernandez, macht mich der Tod ironisch? Eine Frau in Schwarz reitet auf einem Esel vorüber. Sie täte besser daran, sie nicht so anzublicken, wenn sie nicht zeigen will, daß sie auf ihrer Seite ist. Hernandez fühlt von seinem langen Körper nur noch den Druck des Strickes um seine Handgelenke. Die Klinge nagt am Strick.

»Es ist soweit . . .«

Hernandez zieht ein bißchen. Tatsächlich! Er schaut sich seinen Gefährten an: Er hat einen stachligen kleinen Bart.

»Die Unsern sind noch dort hinterm Kamm«, sagt der Mann. »Bei der ersten Kreuzung.«

Jetzt sind sie über die Brücke. Bei der ersten Böschung springt der Mann.

Hernandez springt nicht.

Er ist zu müde, auch des Lebens müde. Wieder laufen, wieder . . . Was mag auf der andern Seite des Erdwalls sein? Strauchwerk? Man kann es nicht sehen. Moscardos Briefe fallen ihm ein. Einige Mauren springen gleichfalls, schießen. Aber sie sind zu wenige, als daß sie sich vom Gefangenentransport entfernen könnten. Hernandez wird nie erfahren, ob seinem Nebenmann die Flucht geglückt ist. Vielleicht lebt er. Die Mauren kommen von der Böschung zurück, ohne zu lachen.

Der Trupp marschiert.

Jetzt steigt das Gelände ein wenig. Vor einem langgezogenen Erdloch – Hernandez kann nicht sehen, wie tief es ist – stehen, Gewehr bei Fuß, zehn Falangisten und ein Offizier.

Rechts davon Gefangene, zusammen mit den Neuangekommenen werden es im ganzen fünfzig sein. Ihre Zivilanzüge bilden den einzigen dunklen Fleck in dem strahlenden Morgen, in dem die Khakiuniformen der Mauren die gleiche Farbe wie Toledo haben.

Das also ist es, was ihn so oft als Vorstellung gequält hat: der Augenblick, da ein Mensch weiß, daß er sterben muß, ohne sich wehren zu können.

Allem Anschein nach haben die Gefangenen ebensowenig gegen das Sterben, wie die Mauren und die Falangisten etwas dagegen haben, sie töten zu müssen. Der Straßenbahnschaffner ist mit den andern da und unterscheidet sich jetzt nicht mehr von ihnen. Alle sind ein bißchen benommen, nicht mehr und nicht weniger als durch eine große körperliche Strapaze. Das Hinrichtungspeloton hingegen ist geschäftig, obwohl die Soldaten nichts zu tun haben, als auf das Schießen zu warten, die Gewehre sind ja geladen.

»Stillgestanden!«

Das Stillgestanden wird zweimal öfter kommandiert als gewöhnlich, und jedesmal straffen sich die Körper der zehn Soldaten; sie spielen die Komödie: »Gehorchen ist eine Ehre.« Die fünfzig andern um Hernandez blicken ins Leere, sie sind schon jenseits jeder Komödie.

Drei Faschisten holen drei Gefangene aus der Schar, führen sie vor die Grube und treten zurück.

»Legt an!«

Der Gefangene links trägt das Haar rund geschnitten. Die drei Gestalten, die länger wirken als sonst, überragen die Zuschauenden und heben sich als Silhouetten vor der berühmten Linie der Tajoberge ab. Wie wenig bedeutet die Geschichte gegenüber dem lebendigen Fleische – dem noch lebendigen!

Jetzt machen sie einen halsbrecherischen Sprung rückwärts. Das Peloton feuert, aber sie sind schon in der Grube. Wie können sie hoffen zu entkommen? Die Gefangenen lachen nervös auf.

Es wird kein Entkommen für sie geben. Die Gefangenen haben zuerst den Sprung gesehen, aber das Peloton hat früher geschossen. Die Nerven.

Drei andere werden aufgestellt. Es kann nicht sein, daß

man diese fünfzig Menschen einen nach dem andern in die Grube fallen läßt. Etwas muß geschehen.

Einer der Gefangenen, die man vor die Grube postiert hat, wendet sich um und blickt hinein. Instinktiv prallt er zurück und sieht, als er sich, ohne den Blick zu heben, umdreht, die vorgestreckten Füße des Pelotons vor sich, dem er sich um einen Schritt genähert hat. Er zögert, und in dem Augenblick, als der Gefangene rechts von ihm etwas rufen will, fallen alle drei, die Hände vor dem Bauch, und schlagen nach hinten um. Das Peloton hat diesmal tiefer gezielt.

Die Gefangenen, die warten, stehen, ohne sich zu rühren. Keine Äußerung, kein Laut. Von der Stadt her kommt das verzweifelte Iah eines Esels, kommt die Stimme einer Alcarrazasverkäuferin, beides verhallt im blendenden Sonnenschein.

Einer von den Faschisten, die die Gefangenen vor das Hinrichtungspeloton führen, beugt sich mit vorgehaltenem Revolver über die Grube. Er fischt. Der Himmel ist ein zitternder Lichtglast. Hernandez muß an die Sauberkeit der Leichentücher denken: Europa liebt nicht mehr viel, aber es liebt seine Toten. Der am Rande der Grube kauernde Mann verfolgt mit dem Lauf seines Revolvers etwas, was sich noch regt, und feuert; die Vorstellung eines letzten Schusses in einen leblosen Kopf oder in einen sterbenden Kopf kommt auf dasselbe heraus. Um diese Stunde in dem gleichen gleißenden Morgenlicht schießen in einem großen Teil des spanischen Landes Jünglinge, die in die gleiche widerwärtige Farce verwickelt sind; und die gleichen Bauern mit dem gleichen nach vorne fallenden Haar stürzen oder springen in die Gruben. Außer im Zirkus hatte Hernandez noch nie einen Mann rückwärts springen sehen.

Drei andere, die bald fallen werden, stehen an derselben Stelle.

Wenn ich Moscardos Briefe nun nicht befördert hätte, wenn ich nicht versucht hätte, edel zu handeln – ständen diese drei Männer jetzt hier? Zwei von ihnen halten sich schlecht: zu weit vorne und nicht mit dem Gesicht zum Peloton. Der eine scheint nicht mehr zu wissen, ob er sich frontal oder mit dem Rücken zum Peloton aufstellen soll. Man weiß nie, wie man sich bei der Abfahrt des Zuges verhalten soll, denkt Hernandez hysterisch. Wie, wenn ich anders gehandelt hätte? An Burschen, die anders gehandelt hätten, war kein Mangel.

Die Ordner bei dem Leichenbegängnis nehmen sich der drei Ungeschickten an, packen sie an den Schultern, übrigens ohne Brutalität, und rücken sie zurecht. Und die Gefangenen scheinen ihnen entgegenzukommen – bemühen sich, zu begreifen, was man von ihnen will, scheinen sich willig danach zu richten. Man könnte meinen, daß sie zu einer Beerdigung gehen. Sie gehen zu der ihren.

»Siebzehn, achtzehn, neunzehn, zwanzig . . .«, die Gefangenen sind in drei Gliedern aufgestellt. Der Mann, der zählt, möchte wissen, wie viele noch vor ihm erschossen werden. »Nein – siebzehn, achtzehn, neunzehn.« Das Zählen will ihm nicht gelingen. Hernandez ist im Begriff, sich umzudrehen und ihm die genaue Zahl zu sagen. Doch es sind nicht neunzehn, auch nicht zwanzig, sondern siebzehn. Hernandez schweigt. Ein anderer hat etwas gesagt, wahrscheinlich das Wort »Sterben«. »Ach, meinetwegen«, entgegnet die Stimme. »Laß uns in Frieden, es gibt Schlimmeres!«

»Wenn dies nur nicht ein Traum ist, wenn nicht alles wieder von vorne angeht! . . .«

Wird man bald fertig damit sein, die Gefangenen vor den waagerechten Gewehrläufen zurechtzurücken wie für eine Hochzeitsfotografie?

Toledo strahlt in der leuchtenden Luft, die an den Umrissen der Tajoberge zittert, und Hernandez lernt, woraus man Geschichte macht. Wieder einmal steht aus dem Land der schwarzgekleideten Frauen das tausendjährige Volk der Witwen auf.

Was kann gegenüber einer Tat wie dieser noch Vornehmheit des Charakters, was Großmut bedeuten?

Wer bezahlt die Rechnung?

Hernandez betrachtet mit Leidenschaft den lehmigen Boden. O leblose Erde! Ekel und Angst gibt es nur bei den Lebendigen.

Das Erschütterndste an den Gefangenen ist ihr Mut. Sie sind gehorsam, nicht etwa nur passiv. Wie albern ist doch der Vergleich mit dem Schlachthaus! Man schlachtet Menschen nicht – man muß sich Mühe geben, sie zu töten. Hernandez denkt an Pradas, denkt an die Großmut. Die drei Gefangenen stehen endlich frontal: Das Fotografieren kann losgehen. Großmut, das heißt Sieger sein.

Eine Salve. Zwei fallen in die Grube, einer nach vorn. Einer der Organisatoren des Todes tritt heran. Wird er dem liegenden Körper einen Fußstoß versetzen? Nein, er beugt sich nieder, zieht ihn an einem Bein und einem Arm; der Körper ist schwer (der Boden steigt an); dieser Tote ist lästig gewesen bis zum Schluß. Hinein ins Loch. Wird das immer so fortgehen?

Man gewöhnt sich allmählich: rechts an das Töten, links an das Getötetwerden. Drei neue Silhouetten stehen jetzt dort, wo alle andern vorher standen, und diese gelbe Landschaft aus geschlossenen Fabriken und in Trümmern liegenden Schlössern nimmt etwas von der Ewigkeit der Friedhöfe an: Bis an das Ende der Zeiten werden hier drei Männer stehen, immer wieder neue, immer wieder darauf wartend, getötet zu werden.

»Nach einem Stück Erde habt ihr geschrien!« ruft einer der Faschisten. »Da habt ihr es!«

Der eine von den dreien ist der Straßenbahnschaffner. Die Sonne bescheint den Glanzfleck auf seiner Schulter, den Rock, dessentwegen er zum Tode verurteilt worden ist. Er protestiert nicht mehr. Er wartet. Genau wie die andern hat er sich aufstellen lassen, ohne etwas zu sagen. Ich pfeife auf eure Hurensöhnepolitik. Zugleich mit der Bewegung, mit der die Gewehre sich heben, hebt er die Faust zum Volksfrontgruß. Er ist ein kleiner, schwächlicher Mensch, der an schwarze Oliven erinnert.

Hernandez blickt auf diese Hand, deren Finger sich eine Minute später in die Erde krallen werden.

Die Soldaten des Hinrichtungspelotons zögern, nicht weil sie beeindruckt wären, sondern in der Erwartung, daß der Gefangene zur Ordnung zurückgeführt werde – zur Ordnung der Besiegten und dann zur Ordnung der Toten. Die drei Ordner nähern sich ihm. Der Schaffner blickt sie an. Eingerammt in seine Unschuld wie ein Pfahl in den Boden, blickt er sie mit einem lastenden, vollkommenen Haß an, der schon von der andern Welt ist.

»Wenn es dem gelänge, freizukommen ...«, denkt Hernandez. Er kommt nicht frei, der Offizier feuert.

Die drei nächsten stellen sich allein vor der Grube auf. Mit erhobener Faust.

»Hände anlegen!« brüllt der Offizier.

Die drei Gefangenen, immer mit erhobener Faust, zucken die Achseln. Der Offizier bückt sich und bindet sein Schuhband. Die drei warten. Der Offizier richtet sich auf, zuckt seinerseits die Achseln und kommandiert Feuer.

In dem Geruch von erhitztem Stahl und aufgewühlter Erde treten drei andere vor die Grube, unter ihnen Hernandez.

ZWEITES BUCH
Der Manzanares

Sein und Tun

ERSTES KAPITEL

Das Gewühl verstörter Menschen, die aus Toledo geflüchtet waren – die Milizmänner vom Tajo ohne Gewehr, die Reste der Bauernbataillone aus Estremadura – wogte gegen den Bahnhof von Aranjuez. Wie zusammengewirbeltes Laub, das der Wind wieder auseinander bläst, liefen frischangekommene Gruppen im Park der Kastanienbäume und der dunkelroten Rosen nach allen Richtungen auseinander oder durchmaßen, wie Irre ihren Garten, die kaiserlichen Platanenalleen.

Die Trümmer der Milizen mit den historischen Namen die »Unbesiegbaren«, die »Roten Adler«, die »Adler der Freiheit« gingen auf dem Teppich abgefallener Blüten, der so dicht war wie anderswo das tote Laub, mit schlaffen Armen hin und her und zogen Gewehre am Laufe nach wie Hunde an der Leine. Zuweilen blieben sie stehen und lauschten, wie der ferne Kanonendonner auf der andern Seite des Flusses näher kam. Zwischen den einzelnen Schlägen, die, gedämpft durch die dichte Schicht der welken Kastanienblüten, aus dem Erdboden hallten, wurde das Läuten einer alten Glocke vernehmbar.

»Eine Kirchenglocke in diesem Moment?« fragte Manuel.

»Ich würde es eher für die Glocke eines Gärtners halten«, meinte Lopez.

»Der Laut kommt aus der Richtung des Bahnhofs.«

Dem Laut der Glocke gesellte sich jetzt der von andern Glocken, Glöckchen, Fahrradklingeln, Autohupen und sogar von Pfannen und Töpfen zu. Über die mehr als handgroßen Blätter der Veilchenpflanzen ergoß sich die Menge mit Säbeln, gestreiften Decken, Kleidern aus Vorhängen, Jagdflinten, ja auch den letzten mexikanischen Hüten als Treibgut des revolutionären Traumes, aus dem Park zurück wie einem Tamtam entgegen, das wilde Völkerstämme zusammentrommelt.

»Und wenn man bedenkt, daß wenigstens die Hälfte von ihnen tapfere Burschen sind . . .«, sagte Manuel.

»Das ist doch stark, Schildkröte«, rief Lopez aus. »Sie haben nicht eine einzige Büste kaputt gemacht!«

Im ganzen Park waren die berühmten, im Widerschein der alten Backsteinarchitektur rosig schimmernden Gipsbüsten im Schatten der sagenhaften Platanen unversehrt. Manuel schenkte ihnen keinen Blick. In wirbelnder Bewegung gleich den Volieren, die die Fürsten für ihre Gärten von Aranjuez mitbrachten, wälzte sich der Karnevalszug durch die Backsteinarkaden im rosigen Licht der königlichen Alleen dem Bahnhof zu.

Je näher Manuel und Lopez dem Glockenton kamen, um so deutlicher fiel in ihrer Umgebung immer wieder das Wort: Lokomotive. Um keinen Preis dürfen sie nach Madrid, dachte Manuel. Er konnte sich unschwer vorstellen, was kurz nach dem Fall von Toledo die Ankunft von zehntausend demoralisierten Menschen, die fähig waren, die schädlichsten Lügengeschichten zu verbreiten, für das krampfhaft um seine Organisation ringende Madrid bedeuten würde. Jetzt waren sie schon ganz nahe dem Bahnhof. Drid-Madrid-dri-drid gellte es auf allen Seiten wie ein wütendes Zikadengezirp.

»Da sie davongelaufen sind«, sagte Lopez, »werden sie erzählen, daß die Mauren unbesiegbar sind. Um ihr Davonlaufen zu rechtfertigen, müssen sie natürlich behaupten, daß die Mauren eine überlegene Bewaffnung haben und so weiter.«

»Sie sind davongelaufen, weil sie schlecht befehligt wurden. Vorher haben sie sich ebensogut geschlagen wie wir.«

Manuel dachte an Barca, an Ramos, an seine Kameraden vom Panzerzug, an die am Tajo. Und auch an eine Geschichte, die sich vor Jahren ereignet hatte, an einen alten Gewerkschafter, der bei einer Massenkundgebung eine Fahne trug. Die Demonstranten waren von starken Polizeikräften aufgehalten worden und erhielten schließlich die Erlaubnis weiterzuziehen nur unter der Bedingung, daß sie die Fahnen einrollten. »Fahnen einrollen!« riefen also die sozialistischen Ordner. Manuel besaß eine sehr kräftige Stimme. Als er den Ruf wiederholte, sah ihn der Alte an, ohne ein Wort zu sagen, aber sein Gesicht drückte aus: Gewiß, da es sein muß, aber je langsamer, desto besser ... Du hast noch zu lernen, mein Junge. Den Vorfall hatte Manuel nie vergessen. Es waren nicht immer die gleichen, die unrecht hatten. Das Band, das Manuel mit dem Proletariat verknüpfte, war aus zu vielen Erinnerungen und Zeugnissen der Treue gemacht, als daß es durch eine Verrücktheit hätte zerrissen werden können – auch wenn sie so schwerwiegend war wie diese ...

»Das Schwierige ist nicht, zu seinen Freunden zu halten, wenn sie recht haben, sondern wenn sie unrecht haben«, sagte er.

»Du kannst es immerhin versuchen.«

Ein Bärtiger, der aussah wie ein durch einen Zerrspiegel in die Länge gezogener Negus, war vor dem Bahnhofseingang auf das Dach einer Limousine gestiegen. Im Bahnhof waren die Gänge, die Wartesäle gestopft voll; auf den Bahnsteigen hätte kein Kind mehr Platz gefunden, und hoch über allem die mächtigen Kronen der Bäume des Platzes.

»Wer versteht es, eine Lokomotive zu fahren?« brüllte der Bärtige. »Es ist ein Zug da! Es ist eine Lokomotive da! Alles ist da!«

Plötzliche Stille. Alle warteten auf den Retter.

»... triebsetzen ... triebsetzen ...«

»Was? Wie?«

»... triebsetzen ...«

Der unsichtbare Sprecher, von der Flut der allgemeinen Begeisterungsausbrüche getragen und vorwärtsgeschoben, tauchte endlich auf dem Dach des Autos auf.

»In Betrieb setzen ... Ich kann sie in Betrieb setzen ...«

Ein unscheinbares Männchen, sanft, bebrillt, mit einer kleinen Glatze. »Ich muß euch freilich darauf aufmerksam machen ... ganz langsam kann ich fahren ...«

Die Temperatur der Begeisterung sank. Manuel und Lopez rückten dem Auto Schritt um Schritt näher.

»Kannst du anhalten?« fragte eine Stimme.

»Hm ... ich hoffe.«

»Jungens, wir werden im Fahren rauf- und runterspringen!«

Manuel war auf dem Dach des Autos angelangt.

»Und die Verwundeten?« rief er. »Werden die auch auf- und abspringen?«

Viele versuchten, auf die Schultern ihrer Kameraden zu klettern. Was wollte der? Nach Madrid? Oder was sonst? Wieder so ein Offizier ...

»Genossen, aufgepaßt! Ich bin In . . .«

Man verstand ihn nicht. Von allen Seiten prasselten Zwischenrufe, die seine Worte zerhackten. Er schwang beide Arme, eroberte sich drei Sekunden Stille und schrie: »Ich bin Ingenieur. Und ich sage euch, daß ihr die Maschine nicht meistern könnt!«

»Das ist der frühere Kommandant der Motorisierten«, hörte man in der Menge murmeln.

»So fahr doch du die Lokomotive!«

»Ich kann es nicht, ich bin kein Lokomotivführer, aber ich weiß, was eine Maschine bedeutet, die man nicht völlig beherrscht. Wer unter diesen Umständen für das Fahren ist, nimmt die Verantwortung für den Tod von zweitausend Kameraden auf sich. – Und die Verwundeten?«

Zum Glück flößte der freiwillige Maschinist kein Vertrauen ein.

»Also was dann?« rief man in der Menge.

»Schlag was vor!«

»Heraus mit der Sprache!«

»Zu Fuß gehen?«

»Und wenn wir abgeschnitten werden?«

»Ist es richtig, daß Navalcarnero genommen ist?«

»Wieso?«

»Bleiben wir hier!« brüllte Manuel.

Ein Wogen geht durch die Menge, erschöpft sich in stumpfer Wut. Wohl hundert Hände fliegen hoch, schwanken hin und her, wie über ihnen die Blätter, in denen der Wind spielt, und ziehen sich wieder in das Gewühl der Körper zurück.

»Seit zwei Tagen haben wir nichts zu . . .«

»Die Mauren kommen!«

Manuel wußte, daß für Verpflegung nicht gesorgt worden war.

»Wer wird uns zu fressen geben?«

»Ich.«

»Wer wird uns unterbringen?«

»Ich.«

Er kam sich wie ein Wellenbrecher vor, war aber nicht sicher, ob die Wellen nicht stärker sein würden.

»Es ist leichter, die Mauren zu besiegen, als mit einem rasenden Zug nach Madrid zu fahren.«

Wieder flogen Hände aus der Menge hoch – Hände, die sich zur Faust ballten, und gewiß nicht, um zu grüßen.

»In einer Viertelstunde sind wir erschossen«, flüsterte ihm Lopez zu, der gleichfalls auf das Dach des Autos geklettert war.

»Einerlei. Sie sollen und dürfen nicht nach Madrid!«

Er erinnerte sich an einen Ausspruch Heinrichs: »Jede Situation bietet zum mindesten einen positiven Anhaltspunkt. Es gilt, ihn zu finden und auf dieser Basis zu handeln.« Wieder begann er zu brüllen: »Das Losungswort der Kommunistischen Partei lautet: Unbedingter Gehorsam gegenüber den militärischen Vorgesetzten. Wer von euch Kommunist ist, erhebe den Arm!«

Sie hatten es nicht eilig, sich zu melden. Manuel bemerkte, daß der kleine kahlköpfige Mechaniker neben ihm den Parteistern trug.

»Wo hast du dein Gewehr?« fragte er ihn. »Ein Kommunist läßt nie sein Gewehr im Stich.«

Der andere schaute ihn an und sagte ohne Ironie: »Ach doch, du siehst es ja . . .«

»Dann schließt er sich selbst aus der Partei aus. Gib dein Abzeichen her!«

»Schon gut, Freundchen, brüll doch nicht so! Da hast du es. Was willst du denn damit anfangen? . . .«

Sieben oder acht aus der Menge geschleuderte Sterne fielen mit mattem, kläglichem Klirren auf das Wagendach.

»Noch fünf Minuten, und wir haben Kugeln im Kopf«, sagte Lopez.

»Die Moral der Leute hat zu sehr gelitten.«

Manuel begann wieder zu schreien. Er bot all seine Stimmkraft auf, sprach aber sehr langsam, um überall deutlich verstanden zu werden.

»Wir haben gegen den Faschismus zu den Waffen gegriffen. Wir wußten, daß man dabei das Leben verlieren kann. Wären wir bei Somosierra gefallen, wir hätten das ganz in Ordnung gefunden. Warum ist das jetzt anders? Weil ein wüstes Durcheinander herrscht. Die Partei und die Regierung haben gesagt: Vor allem militärische Disziplin. Wir sind hier zwei Kommandanten; wir übernehmen die Verantwortung. Das Durcheinander hat hiermit ein Ende! Ihr werdet heute abend zu essen haben! Ihr werdet nicht im Freien schlafen! Ihr besitzt Waffen und Munition! Wir waren Sieger bei Somosierra, wir werden es auch hier sein! Wir müssen nur ebenso tapfer kämpfen, dann wird es gehen! Der Fluß ist leicht zu verteidigen, und die Tanks können nicht herüber.«

»Und die Flugzeuge?« riefen ein Dutzend Stimmen.

»Von morgen an werden Sappen angelegt. Und unterirdische Unterstände darin! Die Hügelhänge müssen ausgenützt werden! Es handelt sich nicht darum, loszuziehen, um in Madrid, in Barcelona oder am Nordpol zu kämpfen! Es handelt sich nicht darum, Francos Sieg hinzunehmen und dafür zwanzig Jahre lang in die Hosen scheißen zu müssen aus Furcht, von einer Hure, der Nachbarin oder dem Pfarrer denunziert zu werden. Erinnert euch an Asturien! Unsere neue Luftwaffe wird in einigen Tagen bereit sein! Ganz Spanien steht zu uns: Spanien sind wir! Wir müssen durchhalten! Und zwar hier durchhalten, nicht anderswo! Wir wollen nicht ein Heer von Abgerissenen nach Madrid führen. Wir wollen hier bei unseren Verwundeten bleiben.«

»Genug, genug!«

»Man will euch wieder betrügen«, rief eine Stimme, die aus dem fauligen Laub zu kommen schien.

»Wen verstehst du unter ›man‹? Vor allem zeige dich.«

Der Mann, der geschrien hatte, rührte sich nicht mehr. Manuel wußte, daß bei den Spaniern der persönliche Einsatz eine Sache ist, die zählt. »Es gibt hier kein ›man‹. Es gibt hier nur uns beide, zwei alte Kämpfer, die vor euch stehen und die Verantwortung übernehmen. Ich sage euch: Ihr werdet untergebracht werden und werdet zu essen bekommen. Ihr wißt, daß ein Kamerad zu euch spricht. Wir waren am 18. Juli zusammen. Ihr seid entmutigt und schlecht bewaffnet, und ihr habt nichts gegessen. Aber unter euch gibt es Männer, die mit gewöhnlichen Autos gegen Kanonen, mit einem Sturmbock gegen die Montañakaserne, mit Messern gegen die Faschisten in Triana und mit Schleudern gegen die in Córdoba losgegangen sind. Sagt, Jungens, habt ihr das alles nur geschafft, um heute zu kneifen? Von Mensch zu Mensch sage ich euch: Ich vertraue euch trotz eurem Gemecker! Morgen dürft ihr auf mich schießen, wenn ihr nicht erhalten habt, was ich euch heute verspreche. Bis dahin tut, was ich sage.«

»Deine Adresse?«

»Aranjuez ist nicht groß, und ich habe keine Eskorte.«

»Er soll doch sagen ...«

»Genug! Ich verpflichte mich, euch zu organisieren. Ihr verpflichtet euch, die Republik zu verteidigen. Wer ist damit einverstanden?«

Unter dem bis hoch in die Wipfel der Platanen sich regenden Herbstlaub entstand ein sonderbarer Wellenschlag in der Menge, als suchte sie einen Weg. Gesenkte Köpfe schwankten hin und her, Schultern tauchten auf und nieder wie in einem wilden Tanz, Hände hoben sich mit gespreizten Fingern. Lopez entdeckte, daß der Einfluß eines Redners nur so viel wert ist wie die Menschen, die sich von ihm beherrschen lassen. Als Manuel gesagt hatte: »Ich vertraue euch«, hatten alle die Wahrheit dieser Worte gefühlt. Und dieses Gefühl veranlaßte sie, das bessere Teil in sich zu wählen. Alle empfanden, daß er tatsächlich entschlossen war, ihnen zu helfen, und viele kannten ihn als tüchtigen Organisator.

»Die Kommunisten auf die rechte Seite des Lastautos dort. Ihr habt nicht mehr Rechte als die andern, aber mehr Pflichten. So. Die Freiwilligen sollen links antreten.«

»Wir wollen gleich die Schützengräben ausheben!« rief einer in dem allgemeinen Stimmengewirr.

»Du wirst die Schützengräben ausheben, wenn die Vorgesetzten es dir befehlen.«

Jetzt wollten alle etwas tun. Sie drängten sich, um sich in die Ordnung zu stürzen, wie sie sich eben hatten in den Zug stürzen wollen.

»Verantwortliche der Milizen oder der Parteien, laßt den Wartesaal räumen und besetzt ihn. Ich werde euch die nötigen Anweisungen zum Empfang der Betten und der Nahrungsmittel erteilen. Die anderen Kameraden bleiben hier. Jeder soll seinen Strohsack oder sein Bett erhalten.«

Er sprang vom Dach des Autos hinunter, Lopez nach ihm.

»In fünf Minuten geht der Rummel von neuem los, was?« fragte Lopez.

»Nein. Sie müssen ununterbrochen etwas zu tun bekommen, bis sie in der Klappe liegen. Es wird schon gehen. Du, bleib hier.«

»Was soll ich denn anstellen?«

Lopez machte sich über seine Fähigkeiten als Vorgesetzter wenig Illusionen.

»Laß abzählen. Das hat seinen guten Sinn für ihr Nachtquartier. Jeder Verantwortliche soll die Burschen seiner Miliztruppe oder seiner Organisation zusammentrommeln und dir ihre Zahl angeben. Das entwirrt den Haufen, und ich gewinne eine Stunde Zeit. Es sind mindestens eintausendfünfhundert Mann.«

»Schön. Also los!«

Lopez war militärisch unbegabt, aber er besaß Mut und guten Willen.

In der Zelle des Priors eines Klosters hockte Manuel in sich zusammengesunken auf dem erhöhten Sitz des geistlichen Würdenträgers und starrte ziemlich stumpfsinnig auf die in dem nächtlichen Märchenpark undeutlich schimmernden Gipsfiguren hinaus. Lopez schlug vor, die Büsten nach Madrid bringen zu lassen und sie nach errungenem Siege durch Tiere »von tieferer Bedeutung« zu ersetzen. Aber Manuel hörte nicht auf ihn. Nachdem er Lopez verlassen, hatte er sich eiligst zum Ausschuß der Volksfront begeben. Dort gab es ein paar pfiffige Leute, die sich in der Stadt gut auskannten. Sie machten dieses Kloster ausfindig und trieben sechshundert Strohsäcke, Betten und Matratzen auf. Die kleinen Waisenmädchen mußten zu zweit schlafen und die Hälfte ihres Bettzeugs abgeben; alles, was in Klöstern, Kasernen oder Wachstuben verfügbar war, wurde zusammengerafft. Im übrigen mußten Strohlager und Decken herhalten.

Mitten in seiner Arbeit hatte er eine Abordnung empfangen müssen, welche die Soldaten zur Verhandlung mit der Befehlsstelle gewählt hatten. Jetzt hatten sich alle zur Ruhe gelegt. Es war zehn Uhr. Durch seine Bemühungen bei der Kommunistischen Partei, dem 5. Korps und dem Kriegsministerium hatte Manuel nach Telefongesprächen, die ihn eineinviertel Stunden an den Apparat hefteten, die Zusicherung einer Verproviantierung für drei Tage erhalten. Während dieser Zeit würde er die Intendantur organisieren. Aber die Lastautos konnten erst bei Morgenanbruch eintreffen. Immerhin waren einige schon unterwegs: Das bedeutete Nahrung für zweihundert Mann. Manuel hatte ankündigen lassen, daß um elf Uhr gegessen würde.

Ferner erwartete er Soldaten des 5. Korps, die hinreichend ausgebildet waren, um selbst als Instrukteure zu dienen oder die Basis des neuen Regiments zu bilden.

Es klopfte. Die Abordnung war wieder da.

»Was ist denn los?« fragte Manuel, umgeben von einer Glorie von Madonnen und heiligen Herzen, »was klappt noch nicht?«

»Nein, wegen so was kommen wir nicht. Eher im Gegenteil. Die Sache ist die: Du und dein Freund, ihr seid keine Militärs, obwohl ihr Kommandeure seid; das sieht man. Und uns ist das einerseits lieber so. Du hast heute etwas Richtiges gesagt, nämlich, daß das, was wir bisher geleistet haben, nicht ein solches Ende nehmen darf. Was ihr beide uns versprochen habt, das habt ihr bisher gehalten. Und wir wissen, daß es nicht leicht war. Da haben wir, die Abordnung, und die Genossen, die hinter uns stehen, uns unsrerseits die Sache reiflich überlegt, verstehst du, und haben gefunden, daß ihr beide zum Beispiel in der Angelegenheit des Zuges nicht unrecht hattet.«

Der Wortführer war ein Schreiner mit grauem, hängendem Schnurrbart. Tief im Park sangen mit tönender Stimme die berühmten Nachtigallen von Aranjuez.

»Folglich haben wir uns gesagt, daß, wenn wir zum Schutz des Bahnhofs eine Wachmannschaft aufstellen, so eine Geschichte wie heute nicht mehr passieren kann. Die Leute hätten wir dazu. Darum kommen wir, um dir diese Wache vorzuschlagen.«

Hinter dem Sprecher standen seine drei Begleiter im Overall, aufrechte Gestalten, die sich von dem weißen Hintergrund der Zelle abhoben; einer vorn, drei in einer Reihe dahinter; vor Zeiten hatten die Arbeiterdelegationen so ausgesehen. Das Bewußtsein, das diese Leute hatten, Menschenleben mit ihren Schwächen und Verantwortungen zu repräsentieren, war so offensichtlich, daß mit ihnen gleichsam die Revolution in ihrer schlichtesten, zwingendsten Erscheinung eingetreten war: Die Revolution war für den, der sprach, das Recht, so zu sprechen.

Manuel umarmte ihn, wie es die Spanier tun, und sagte nichts.

Zum erstenmal fühlte er sich einer Brüderlichkeit gegenüber, welche die Form der Tat annahm.

»Und jetzt zum Essen!« sagte er.

Alle gingen gemeinsam die Treppe hinab. Wie Manuel gehofft hatte, schliefen in den Schlafräumen und hochgewölbten Sälen die Männer erschöpft den Schlaf der Soldaten zu Füßen der hellblau-goldenen Heiligen, die übriggeblieben waren (an den Lanzen der heiligen Krieger steckten rote Fähnchen). »Wer will essen?« fragte Manuel – freilich nicht allzu laut. Die Antwort war zumeist ein müdes Brummen. Er würde kaum hundert Menschen zu füttern haben, die Lastwagen aus Madrid genügten. Als dann die Tritte seiner hohen Stiefel auf den Steinfliesen wie in einer Kirche hallten, schämte er sich ein bißchen, hatte aber auch Lust zu lachen.

Nach dem Essen begab er sich wiederum zum Ausschuß der Volksfront. Es galt, noch in der Nacht die Waffenmeisterei zu organisieren, Seife aufzutreiben und gleich beim Morgenanbruch die neuen Kader zu bezeichnen. »Komisch, daß zum Kriegführen auch Seife gehört«, dachte er. Er konnte in der Dunkelheit die Bäume nicht sehen, fühlte aber hoch über sich die Fülle ihrer Blätter, die jetzt der Nachtwind abriß. Ein schwacher Duft kam von den Rosenhainen, doch übertäubt von dem bitteren Hauch des Buchsbaums und der Platanen und gleichsam getragen von den gedämpften Gongschlägen der Kanonen weit drüben überm Fluß. Die Lastautos waren noch immer nicht da.

Auch die vom Ausschuß wachten die Nacht durch.

Als Manuel zurückkam, wurde er am Klostertor angehalten.

»Was treibt ihr denn hier?« fragte er, nachdem er sich zu erkennen gegeben hatte.

»Wir sind das Wachpikett.«

Wie viele faschistische Handstreiche waren geglückt, weil keine Wache da war! Manuel sah in dem schwachen Lichtschein, der aus dem Kloster drang, die Läufe der Gewehre über der unbestimmten Masse der Mäntel aufschimmern: die erste aus eigenem Antrieb gebildete Wache im spanischen Bürgerkrieg.

ZWEITES KAPITEL

Nacht des 6. November

Drei mehrsitzige Flugzeuge sind repariert. Das von Magnin, das jetzt *Jaurès* heißt, trifft über den nächtlichen Balearen ein; seit einer Stunde fliegt es allein über das Meer. Attignies ist der Pilot. Rings um das mangelhaft verdunkelte Palma schießt die Luftabwehr von allen Seiten auf das unsichtbare Flugzeug: Die Stadt dort unten verteidigt sich wie ein Blinder, der brüllt. Magnin sucht im Hafen nach einem nationalistischen Kreuzer und nach Waffentransporten. Vor und hinter ihm durchschneiden die Strahlenbündel der Scheinwerfer die Nacht, kreuzen sich.

»Es ist, als wollte man mit Stäben eine Fliege fangen«, denkt er. Seine Nerven sind gespannt. Mit Ausnahme der Führerkabine ist es in dem Mehrsitzer dunkel.

Kämpfen sie gegen den Feind oder gegen die Kälte? Mehr als zehn Grad unter Null. Die Maschinengewehrschützen schießen nur sehr ungern mit Handschuhen, aber der kalte Stahl der Maschinengewehre brennt wie Feuer auf der bloßen Haut. Die Bomben tauchen die nächtlichen Geysire in orangerotes Licht.

Erst durch das Kriegsministerium wird man erfahren, ob Schiffe getroffen worden sind ...

Jeder sieht, wie um ihn die Geschosse platzen, die Gesichter sind halb erfroren, die Körper stecken in der Wärme der pelzgefütterten Fliegeranzüge – Einsamkeit im tiefen Nachtdunkel über dem Meer.

Plötzlich ist die Maschine hell erleuchtet. »Löschen, um Himmels willen!« ruft Magnin; aber er hat auf dem Gesicht und dem Kopfhörerbügel von Attignies den Schatten des Fensterrahmens gesehen, also kommt das Licht von draußen.

Der Scheinwerfer kehrt wieder, tastet die Maschine ab. Magnin kann das gute Gesicht von Pol sehen, den Rücken von Gardet mit dem Strich des kleinen Gewehrs hinten. Sie haben die Schiffe im Dunkel bombardiert, haben sich auch der Luftabwehr in einem gewittrigen Dunkel, durchzuckt von den blauen Blitzen der Geschosse, entzogen. Das Gefühl der Waffenbrüderschaft erfüllt das Flugzeuginnere, zugleich mit dem drohenden Licht. Zum erstenmal seit ihrem Abflug *sehen* sich diese Männer. Alle sind dem blendenden Scheinwerfer zugeneigt, der Lichtbahn, die sich an sie heftet – sie als Ziel markiert. Alle wissen, daß unter der Lichtquelle ein Geschütz ist.

Unten verlöschen Lichter, sicherlich startende Jagdflieger – und Nacht weithin, bis an den Horizont. Und im Zentrum all der Schwärze das Flugzeug, das in einer Spirallinie niedergeht, zitternd wie ein metallisches Körnchen, ohne daß es ihm gelingt, dem Strahl des Scheinwerfers zu entrinnen, und darin die sieben Männer, vom Magnesiumlicht überflutet.

Magnin springt an die Seite Attignies, der an dem Knüppel zerrt und, um dem peitschenden Licht zu entgehen, die Augen schließt. Noch drei Sekunden, und die Flugabwehrkanonen schießen.

In der Kabine haben alle die linke Hand an ihrem Fallschirm.

Attignies zieht die Maschine in eine Kurve, vor Anstrengung die Zähne zusammenbeißend, mit den Zehen die Steuerhebel umkrampfend; mit seinem ganzen Körper, mit jeder Fiber wünscht er, in einer Jagdmaschine zu sein: der Mehrsitzer wendet wie ein Lastauto in einer Straßenkehre. Und das Licht ist noch immer da.

Das erste Geschoß. In dreißig Meter Entfernung. Das Flugzeug macht einen Sprung. Die Flugabwehrgeschütze werden das Ziel genauer fassen.

Magnin reißt die Ohrenklappe von Attignies' Fliegerkappe auf. »Sturm!« ruft der Pilot und macht eine Bewegung mit der Hand. Sie bezeichnet das Manöver, um aus einem Orkansturm herauszukommen, wenn die Steuerung nicht mehr anspricht: die Maschine in den Sturzflug fallen lassen.

In dröhnendem Motorenlärm und weißer Lichtflut protestiert Magnin mit frenetischem Schütteln seines Hängeschnurrbartes: Der Scheinwerferstrahl würde dem Sturzflug folgen. Er beschreibt, gleichfalls mit der Hand, das von ihm gewünschte Manöver, Gleitflug auf einer Tragfläche, gefolgt von einer Kurve.

Rasselnd von Eisen und den in seinem Rumpf herumkollernden Munitionsmagazinen scheint das Flugzeug abzuschmieren, zu stürzen. Bis in die Dunkelheit sinkt es, wendet und entfernt sich geschwind in einer S-Kurve. Darüber und darunter durchschneidet der Scheinwerferstrahl die Luft, schneidet wie ein Blinder, der mit einem Säbel tastet.

Das Flugzeug ist jetzt dem Aktionsradius des Scheinwerfers entronnen – von neuem eingetaucht in schützende Nacht. Wie in einen Schlummer läßt sich die Besatzung, die ihre Plätze wieder eingenommen hat, in die Entspannung fallen, die jedem Kampf folgt. Über dem Meer ohne Leuchtzeichen herrscht eisige Finsternis, aber in jedem von ihnen ist noch das helle Licht der für einen Augenblick sichtbaren brüderlichen Gesichter.

Nach kurzem Aufenthalt in Valencia zwischen den Orangenhainen hatte Magnin in Albacete den *Jaurès* verlassen, der seinen Flug nach Alcalá de Henares fortsetzte. Das war der letzte Flugplatz, den die Republikaner auf dem Wege nach Madrid besaßen. Ein Teil der Flieger blieb in Albacete, um die reparierten Maschinen auszuprobieren; der andere kämpfte bei Alcalá.

Die Internationalen Brigaden wurden in Albacete zusammengestellt. In der kalten Morgenluft, die den Winter ankündigte, war das rosa- und cremefarbene Städtchen von Tausenden von Menschen wie von einer Kirmes belebt. Ein Markt mit Messern, Unterhosen, Riemen, Meßbechern, Schuhen, Abzeichen, Kämmen wurde abgehalten, und an jedem Schuh- oder Wirkwarengeschäft standen die Soldaten an. Ein chinesischer Hausierer bot seinen Schund an und redete auf einen Wachtposten ein, der ihm den Rücken zuwandte. Der Wachtposten drehte sich um, und der Hausierer lief davon: sie waren beide Chinesen.

Als Magnin in das Stabsquartier der Brigaden kam, wurde ihm gesagt, daß der Delegierte, den er suchte, in einem Instruktionslager sei und erst in einer Stunde zurückerwartet werde. Magnin, der nicht gefrühstückt hatte, betrat die nächste Bar.

In dem dicht mit Menschen gefüllten Raum randalierte ein Betrunkener. Trotz allen Vorsichtsmaßnahmen meldete sich bei den Brigaden immer wieder allerlei Gelichter. Solche Burschen wurden ausgeschieden und mit dem Mittagszug abgeschoben, aber den ganzen Vormittag lang belästigten sie alle

Welt. Eines Tages waren an die Brigaden alle Obdachlosen von Lyon geschickt worden, doch sie wurden an der Grenze angehalten und zu ihrem Ausgangsbahnhof zurückgeschickt; die Brigaden sollten aus Kämpfern bestehen, nicht aus Filmstatisten.

»Ich kotze auf euch«, brüllte der Betrunkene. »Mich, der als Pilot den Fürsten von Monaco über den Atlantischen Ozean geflogen hat, mich, einen alten Legionär, so zu behandeln! Ihr Saubande, ihr Feiglinge, ihr Revolutionäre aus Spucke!«

Er hatte sein Glas zu Boden geschleudert und trampelte auf den Scherben herum.

Ein Sozialist stand auf und wollte einschreiten, aber ein anderer Narr legte ihm die Hand auf die Schulter: »Laß ihn, er ist mein Freund! Paß auf! Er ist besoffen, da ist das nicht schwer.« Der Freund stellte sich hinter den Glaszertrümmerer und befahl im Kommandoton: »Stillgestanden! . . . Achtung!«

Der Betrunkene führte die Befehle aus.

»Rechtsum kehrt! . . . Vorwärts marsch!«

Und der Betrunkene marschierte zur Tür hinaus.

»Nichts leichter als das«, sagte der Freund und kehrte zu seinem Kognak zurück.

Magnin suchte nach bekannten Gesichtern und fand keine. Er ging in den ersten Stock hinauf. Unter dem Bild eines Mannes mit gewichstem Schnurrbart spielten drei Söldner der Fliegertruppe auf dem Fußboden mit beinernen Würfeln.

Sehr viele Söldner waren nach Frankreich zurückgekehrt. Die hier drehten Magnin den Rücken zu und gaben sich in der kalten Morgenluft ganz ihrem Spiel hin. Das Fenster stand offen; als Begleitmusik zum Rollen der großen spanischen Würfel drang von draußen ein stampfender Laut herein, ebenso deutlich abgesetzt wie Pferdegetrappel, aber regelmäßig wie von Buttermaschinen oder wie das Hämmern in Schmieden. Das war das gedämpfte Geräusch der marschierenden Truppen. Der Söldner, der eben geworfen hatte, behielt die Hand in der Luft, die Würfel zitterten noch. Von dem Stampfen der Stiefel, die jetzt unter dem Fenster vorbeikamen, erzitterten die Häuser, sogar das Würfelspiel wurde vom Rhythmus des Krieges bewegt.

Magnin trat ans Fenster. Die Männer der Brigaden, noch in

Zivil, aber bereits in schwerem Militärschuhwerk, mit verbissenen Kommunistengesichtern oder Intellektuellenschöpfen: alte Polen mit Schnurrbärten wie Nietzsche und junge Sowjetfilmtypen, Deutsche mit rasiertem Schädel, Algerier und Italiener, die wie unter die Internationalen verschlagene Spanier wirkten, Engländer, malerischer als alle andern, Franzosen, die wie Maurice Thorez oder wie Maurice Chevalier aussahen; alle gestrafft, nicht weil sie der gleiche Eifer wie die Halbwüchsigen in Madrid beseelte, sondern in der Erinnerung an ihre Armee oder den Krieg, in dem sie gegeneinander gefochten hatten; die Männer der Brigaden stampften durch die enge Straße, die hallte wie ein Korridor! Sie näherten sich jetzt den Kasernen und stimmten ein Lied an: Zum erstenmal auf der Erde sangen Männer aller Nationen in militärischer Formation gemeinsam die Internationale.

Magnin wandte sich um. Hinter ihm hatten die Söldner ihr Spiel wieder aufgenommen. Sie ließen sich durch nichts imponieren.

Jetzt hoffte er, die ausländische Fliegertruppe neu aufzubauen. Er hatte vierzehn Tage in Barcelona verbringen müssen, um die Reparaturwerkstätten zu organisieren, und seine Abwesenheit hatte zum Wirrwarr bei den Pelikanen nicht wenig beigetragen. Aber vor Ablauf einer Woche würden sechs aufgearbeitete Maschinen flugbereit sein.

Der Delegierte, mit dem er zu sprechen hatte, kam mit den Männern, die draußen vorbeimarschierten, zurück. Mit hochgezogenen Brauen, ganz von seiner Idee beherrscht, eilte Magnin in das Stabsquartier der Brigaden.

DRITTES KAPITEL

»Nein, aber, ’tschuldige, wird das noch lange dauern?«

Auf dem Flugplatz von Alcalá stand Leclerc im Overall, mit seiner Fliegerkappe großartig wie ein Römer, fuchtelte inmitten seiner Mannschaft wild herum und schimpfte. Etwa dreißig Meter weiter, wo man ihn nicht mehr hören konnte, beobachtete Carnero, ein Freund Sembranos und Führer der Gruppe, mit seinem Fernglas den Himmel über Madrid. Ein Hundewetter. »Können sie nicht schneller machen, die Jungens? Ich kann sie nun einmal nicht verknusen, die Fridolinis, selbst wenn sie sich als Erzengel drapieren sollten.«

Leclerc nannte Deutsche und Italiener ohne Unterschied Fridolinis. Carnero stieg ein, seine Maschine rollte in die Startlinie. Sein Flugzeug hatte einen Vergaserschaden, und er befehligte den *Jaurès*, mit einer spanischen Besatzung. Nach ihm stiegen Leclerc und ein mehrsitziges spanisches Kampfflugzeug auf. Schon kreisten die kläglichen republikanischen Jagdmaschinen über Alcalá; einige waren eben erst aus Amerika eingetroffen – immer noch ohne moderne Maschinengewehre. Die Regierungstruppen kämpften auch jetzt noch mit den spanischen *Lewis* von 1913.

Seit sein *Orion* zerstört worden war und er den aus Teilen von zwei andern zusammengesetzten *Pelikan I* flog, verzichtete Leclerc auf seinen grauen Hut und begnügte sich mit der konsularischen Würde, die ihm seine Lederkappe verlieh.

»Und die Thermosflasche?« fragte der vordere Maschinengewehrschütze, der die Unentbehrliche neben dem Führersitz vermißte.

»Heute, 'tschuldige mal, tu ich mir Gewalt an. Die Sache ist zu ernst.«

Einige Minuten später befanden sich die drei Flugzeuge und ihre Jäger über Madrid. Die ehemaligen Flugfelder der Pelikane waren alle vom Feinde besetzt, mit Ausnahme von Barajas. Auf sämtlichen Landstraßen ein unentwirrbares Gewühl; vor Getafe eine in einen Parkplatz für Lastautos umgewandelte Wiese. Und alles so wenig gedeckt, daß man es kaum für feindliches Gebiet zu halten vermochte. Leclerc, der an der äußersten Rechten der Formation flog, beobachtete genau die beiden andern Flugzeuge, die immer wieder in den tiefliegenden Wolken verschwanden. Darüber als Deckung die Jagdflieger. Einen Moment lang waren die Wolken der Erde so nahe, daß sie überflogen werden mußten; zwischen zwei grauen Schichten erfüllten die Silhouetten der Flugzeuge in Schlachtordnung die fahle Weite mit der Drohung des Krieges. Jetzt brach über dem Lastautopark die ganze Formation aus den Wolken hervor. Zu beiden Seiten waren die Landstraßen nichts als Franco-Autos in dichtem Aneinander.

Die motorisierte Kolonne vom Tajo reichte bis an die Tore von Madrid.

Aus den höher gelegenen Wolken stießen die feindlichen Jäger herab: sieben *Fiats*, eindeutig erkennbar an dem W, das ihre Tragflächen verband. Die Gruppe von den Jagdflugzeugen der Regierung, die sich in der größten Höhe befand, flog ihnen mit äußerster Geschwindigkeit entgegen. Das feindliche Sperrfeuer begann.

Die deutsche Flugabwehr war vor Madrid in Massen eingetroffen. Alle fünfzig Meter krepierte ein Geschoß. Leclerc fiel ein, daß sein Flugzeug sechsundzwanzig Meter Spannweite maß. Sogar 1918 hatte er keinen solchen Feuervorhang gesehen. Die Deutschen nahmen nicht die Kampfflugzeuge aufs Korn, sondern schossen in der genauen Höhe auf Punkte einige hundert Meter weiter vor ihnen, so daß es aussah, als müßten die Flieger selbst in die Schußlinie stürzen. Hoch darüber begannen die Jagdfliegergruppen den Kampf. Leclerc ging tiefer, das Sperrfeuer ebenfalls.

»Sie haben Entfernungsmesser!« sagte der Bombenschütze.

Leclerc vermochte mit Mühe dem Kampf der Jäger zu folgen, deren verwickelte Flugbahnen zugleich den Eindruck des Sturzes und der Akrobatik machten.

Die Maschinengewehrschützen beobachteten scharf den Kampf, der Bombenschütze blickte auf die Erde. Leclerc wandte kein Auge mehr von Carneros Maschine, die stieg und sank, zur Seite glitt und immer wieder das Sperrfeuer vor sich hatte, das plötzlich näher rückte. Leclerc, der sich in der allgemeinen Wirrnis des Kampfs an den Befehlshaber der Gruppe gefesselt fühlte wie ein Blinder an seinen Führer und von der Empfindung besessen war, ganz eins mit ihm zu sein, steuerte mit der Zwangsläufigkeit eines Tanks auf das Sperrfeuer zu.

Jetzt war es noch hundert Meter entfernt.

Granaten und Flugzeuge kamen sich plötzlich ganz nahe; Leclercs Maschine machte einen Zehnmetersprung; der *Jaurès*, in der Mitte auseinandergerissen, streute seine acht Insassen wie Samenkörner in die bleigraue Himmelsleere. Leclerc hatte den Eindruck, als wäre ein Arm, der ihm eine Stütze geboten, plötzlich abgehauen; er sah die schwarzen Punkte der fallenden Männer rings um einen einzigen offenen Fallschirm, sah die schreckensstarren Gesichter seines Bombenschützen und des Maschinengewehrschützen am Bug – er wendete und flog mit Vollgas nach Alcalá zurück.

»Noch nie so was erlebt, selbst während des Krieges nicht«, murmelte Leclerc immer wieder, seit er zur Landung das Gas weggenommen hatte. Auf dem Flugplatz umstand ihn die Besatzung und erwiderte nichts. Leclerc, Tragik um den Mund und mit dem Blick eines Menschen, der aus der Hölle zurückkehrt, begab sich im Legionärsschritt zur Einsatzzentrale.

Vargas, in seinen Klubsessel zurückgelehnt, die langen Beine von sich gestreckt und das schmale Gesicht gegen den Wolkenhimmel gekehrt, der das Fenster ausfüllte, erwartete ihn schon. Vargas trug jetzt Uniform.

Leclerc begann heroisch über seine Mission Bericht zu erstatten. Als er beim Sturze von Carneros Flugzeug angelangt war, unterbrach ihn Vargas: »Wie lautete Ihre Instruktion?«

»Bombardierung der Kolonne von Getafe.«

»Befanden sich Lastautos schon vor dem Automobilpark und fuhren an die Front?«

»Jawohl. Aber wegen des Sperrfeuers war ein Durchkommen unmöglich. Der Beweis: Carnero.«

Wenn Leclerc sich seines persönlichen Jargons nicht mehr zu bedienen wagte, wurde seine Sprache nicht einfach, sondern administrativ.

»Und das Sperrfeuer war über dem Parkplatz?« fuhr Vargas fort.

»Jawohl . . .«

»Aber es gab doch noch Lastautos *vor* dem Parkplatz, die Ihnen entgegenfuhren?«

». . . Ja.«

»Sagen Sie, warum sind Sie mit all Ihren Bomben zurückgekommen?«

Leclerc wurde sich langsam bewußt, daß er gekniffen hatte.

»Da waren noch die feindlichen Jäger . . .«

Beide wußten, daß die Jägergruppen in einer Entfernung von zwei Kilometern miteinander gekämpft hatten; und selbst wenn er angegriffen worden wäre, hätte Leclerc den ihm befohlenen Bombenabwurf parallel zum Sperrfeuer ausführen müssen, denn den Jägern allein oblag der Kampf. Magnin hatte schon des öfteren während eines Luftkampfs Bombardierungen der Linien vorgenommen.

»Und Sie sind trotzdem mit Ihren Bomben zurückgekommen, nicht wahr?« fragte Vargas.

»Ach, wozu sie aufs Geratewohl fallen lassen, vielleicht auf die Unsern ... Außerdem war auch was mit dem Motor.«

Vargas litt um so mehr darunter, daß Leclerc wie ein Lausbub antwortete, der die Schule geschwänzt hat, als er wußte, daß dieser Mann für gewöhnlich kein Feigling war.

Er befahl, den Chef der Maschinengewehrschützen, den Bombenschützen und den Mechaniker hereinzurufen, die draußen warteten.

»Was ist mit dem Motor?« fragte er.

Der Maschinengewehrschütze und Leclerc wandten sich dem Mechaniker zu.

»Na ja, nicht in Ordnung ...«, erwiderte dieser.

»Wo fehlt es denn?«

»Halt überall ein bißchen.«

Vargas stand auf. »Es ist gut. Danke.«

»Der Bombenabwurf war unmöglich«, sagte Leclerc.

»Danke!« wiederholte Vargas.

VIERTES KAPITEL

Da Magnin sich in Albacete befand, fungierte Scali, den Weisungen des Ministeriums gemäß das erstemal in Uniform, als Kommandant des Flugplatzes; denn von den rechtmäßigen Kommandanten war der eine im Krankenhaus, der andere, Karlitsch, in Madrid, wo er zur schnellen Ausbildung neuer Sektionen von Maschinengewehrschützen dringend benötigt wurde. Bei der Internationalen Fliegertruppe ebenso wie in einem großen Teil der spanischen Armee beschränkte sich infolge des gänzlichen Mangels an Zwangsmitteln das Kommando auf die persönliche Autorität, die der Kommandierende auszuüben vermochte. Auf diesem Flugplatz gab es zwei Männer, denen man gehorchte. Magnin und den Chef der Piloten, ein allgemein beliebter blutjunger Mensch, der vier faschistische Flugzeuge abgeschossen hatte.

Scali stellte lachend fest, daß der rosige Bauch von Raplati von einem Pelikan mit dem Stempelabdruck der Staffel versehen worden war (damit das Tier nicht verlorengehe), als man ihn zum Telefon rief.

»Ich schicke Ihnen einen Ihrer Piloten zurück«, hieß es kurz.

Es war Sembrano, der sprach.

Allem Anschein nach war der Pilot schon vor einiger Zeit dort abgegangen, denn nur wenige Minuten später brachte ein Lastauto Leclerc, verschnürt wie eine Salami, zwischen vier Milizmännern mit aufgepflanztem Bajonett. Der erste Maschinengewehrschütze vom *Pelikan I* und der Mechaniker, beide nicht ganz so betrunken, begleiteten ihn. Die Milizmänner zogen wieder ab.

Nach der Szene mit Vargas hatte Leclerc, entschlossen, sich sinnlos zu betrinken, seine beiden Freunde mitgeschleppt, eigenmächtig, ohne ein Wort zu sagen, ein Auto des Flugplatzes mit Beschlag belegt und war nach Barajas losgefahren, wo er sicher war, Alkohol zu finden. Immer noch schweigend stürzte er sechs Gläser Absinth hinunter.

Dann endlich begann er zu reden.

Ergebnis: der Rücktransport im Lastauto.

Jetzt erholte er sich langsam von seinem Rausch. Scali, den Hund unterm Arm, fragte sich, was er tun sollte, wenn Leclerc einen Wutanfall bekäme. Dieser große Affe mit dem Clownsschopf und den viel zu langen Armen war sicherlich sehr kräftig. Scali war entschlossen, die Milizmänner nur im äußersten Notfall zurückzurufen. Die anwesenden Pelikane betrachteten, geteilt zwischen Feindseligkeit und Lachlust, Leclerc aus gemessener Entfernung. Attignies war zuerst weggegangen, kam dann aber schweigend wieder. Scali begriff, daß er das tat, um ihm, wenn es nötig sein sollte, beizuspringen. Er setzte endlich den Hund nieder.

Leclerc begann, während man seine Fesseln löste, eine Rede: »Jawohl, ich bin ein Meckerer und ein Hartgesottener! Das ist die hervorstechende Eigenschaft meiner Rasse, der Rasse, die Revolutionen macht, verstanden? Und dann, 'tschuldige mal, aber auf solche Pilotchen wie ihr, im Grunde eine Art pensionierter Gemeindebeamter, scheiß ich. Das sind Einfaltspinsel. Ich bin ein alter Kommunist, ich, und kein Maulaffe mit Borten oder Hanswurst mit Litzen. Und du, du willst mich was lehren, mir was erklären? Dir sind wohl die endokrinen Drüsen zu Kopf gestiegen? . . . Ich weiß schon, was so 'n Mann von Franco ist, seit die Wrangelarmee und all die andern heruntergekommenen Herren uns in Frankreich beim Taxi Konkurrenz machen. Lange vor Franco habe ich es gewußt! Denn ich bin Vorkriegskommunist, ich.«

»Das war vor der Spaltung«, warf Darras milde ein. »Hör, mein Freund, es ist schon recht. Wir wissen zwar, daß du mit der Partei nichts zu tun hast, aber deswegen bist du doch ein prächtiger Kerl, auch wenn du nicht dabei bist.«

Seine Fußwunde war geheilt, und er hatte gestern gemeinsam mit Scali einen ähnlichen Auftrag ausgeführt wie der, bei dem Leclerc versagt hatte.

Leclerc betrachtete die beiden: Scali, der mit den runden Brillengläsern und der zu langen Hose, die an den Beinen bauschte, wie ein amerikanischer Komiker in einem Fliegerfilm aussah, und Darras mit dem platten, roten Gesicht, dem weißen Haar, dem gelassenen Lächeln und den Brustmuskeln eines Ringers. Der Maschinengewehrschütze und der Mechaniker saßen da und schwiegen.

»Also, jetzt kommt es auf die Partei an, he? Hast du mich etwa nach meinem Mitgliedsbuch gefragt, als ich die Gasanstalt in Talavera in die Luft sprengen sollte? Ich bin ein Einzelgänger. Ein einzelgängerischer Kommunist. Das ist alles. Nur will ich, daß man mich in Frieden läßt. Und ich bin ein Feind von den Krokodilen, die mich in die Rippen zwicken wollen. Verstanden? Talavera, warst du das vielleicht? Hast du das vielleicht gemacht?«

»Jedermann weiß, daß du es warst«, sagte Scali und nahm ihn besänftigend beim Arm. »Reg dich doch nicht auf, komm, geh schlafen.« In seinen wie in Magnins Augen war das Versagen von Leclerc weit eher auf einen unglücklichen Zufall als auf Feigheit zurückzuführen. Und daß er sich jetzt mit solcher Inbrunst an seine Tat in Talavera klammerte, rührte ihn. Aber im Zorn liegt immer etwas Häßliches, ganz besonders im Zorn des Berauschten. Leclercs komisches Gesicht bekam durch die geblähten Nüstern und die vorgeschobenen Lippen etwas von einem wilden Tier.

»Komm schlafen«, wiederholte Scali.

Leclerc warf ihm mit zugekniffenen Lidern einen schiefen Blick zu: Unter der Maske des Betrunkenen schimmerte plötzlich die Verschlagenheit irgendeines bäurischen Vorfahren durch. »Du glaubst wohl, daß ich besoffen bin?«

Er starrte ihn immer noch an, und immer noch aus dem Augenwinkel. »Hast recht. Gehen wir schlafen!«

Scali reichte ihm den Arm. Auf der halben Höhe der Treppe angelangt, wandte sich Leclerc um. »Und ich scheiße auf sie alle! Die Dreckskerle!«

Im ersten Stock umarmte er Scali. »Ich bin kein Feigling, hörst du, ich bin kein Feigling! . . .«

Er weinte.

»Nein, so kann das nicht enden, so kann das nicht enden . . .«

Nadal, für den die spanische Botschaft in Paris bürgte, erschien, um die Pelikane für eine Zeitung zu interviewen. Einige unterzogen sich dem mit einer Miene der Überlegenheit und mit verhohlener Lust. Die Besatzung des *Marat*, Darras, Attignies, Gardet usw., war dabei, eine schriftliche Erklärung zu verfassen. Jaime Alvear, der jetzt statt der Binde eine schwarze Brille trug, saß mit Scali im Speisesaal des Hotels neben dem geschlossenen Fenster, das auf das nächtliche Alcalá hinausging, und hörte dem Radio zu. Er hielt jede Art von Unterhaltung mit dem Journalisten für überflüssig. House hatte drei Spalten diktiert.

Nadal, ein kleiner stämmiger Bursche mit gelocktem Haar und beinahe veilchenblauen Augen, hätte fast dem Bild eines Gigolo entsprochen, wäre nicht alles an ihm zu rund gewesen: Gesicht, Nase, sogar seine allzu ausholenden Gesten waren fast grotesk auf seine allzu geringelten Löckchen abgestimmt. Man hatte ihm von Leclerc als der pittoreskesten Figur unter den Pelikanen erzählt, aber für Leclerc waren die Journalisten Leute, über die sogar die Hühner lachten. Wenn einer sich an ihn heranwagte, würde er ihm, 'tschuldige mal, die Fresse einhauen. Übrigens schlief er.

Attignies kam mit der Erklärung der Mannschaft des *Marat* zurück: *Wir sind nicht hierher gekommen, um Abenteuer zu suchen. Als parteilose Revolutionäre, Sozialisten oder Kommunisten sind wir entschlossen, Spanien zu verteidigen, und werden unter den wirksam-*

sten Bedingungen kämpfen, wie immer sie auch seien. Es lebe die Freiheit des spanischen Volkes!

Damit war Nadal nicht gedient, wie ihm überhaupt nicht an dem Umgang mit den Freiwilligen lag. Seine Zeitung wurde unter anderm von mehr als einer Million von Proletariern gelesen, also verlangte sein Arbeitgeber freiheitliche Gesinnung, einen Lobgesang auf diese sympathischen Flieger (besonders die Franzosen), malerische Einzelheiten über die Söldner, sentimentale Ergüsse über die andern, Tränen der Rührung über die Toten und die Schwerverwundeten (schade, daß dieser Jaime ... Na, schließlich war er nur ein Spanier) – nichts von Kommunismus und so wenig wie möglich von politischen Überzeugungen.

Ferner gedachte er als kleine Nachlese für seinen persönlichen Gebrauch noch einige Anekdötchen zu sammeln, am liebsten sexueller Natur: Das Interessanteste an der romantischen Reportage ist doch das Heimkommen.

Augenblicklich beschäftigte er sich mit den Aufschneidern. Er fiel auf sie nicht herein, das gab Stoff zu Artikeln. »In jedem Dummkopf«, dachte er, »steckt etwas von einem Romanschreiber, es kommt nur darauf an, die richtige Auswahl zu treffen.« Die Sache begann mit einem, der »meine« Leute sagte (immerhin nicht allzu laut). Nachdem sich Nadal einige Notizen gemacht hatte, fiel ihm der Ausspruch Kiplings ein: »Gehen wir jetzt auf die andere Seite und hören wir uns weitere Lügengeschichten an!« Das tat er denn auch.

Jetzt war die Reihe an denen, die, um nach Spanien zu gehen, aus der französischen oder englischen Armee desertiert waren; einige hatten in Spanien geheiratet, und er entrang ihnen die Fotografien ihrer Frauen. »Meine Zeitung hat einen großen Leserinnenkreis.« Hierauf die »Champions« unter den Söldnern, das waren die, welche offiziell mehr als drei faschistische Flugzeuge abgeschossen hatten. Sie sprachen von den Freiwilligen als den »Politischen« und nannten sich selber »die Krieger«; aber sie blufften nicht. Sie gewährten ihm Einblick in ihr Bordbuch, mit Vorsicht allerdings.

Endlich einige, die den liebenswürdigen Taugenichts spielten, und was an Drückebergern übrigblieb. Die Freiwilligen gab er auf: mit denen war entschieden nichts anzufangen.

Gerade war er dabei, sich aus einem Bordbuch Notizen zu machen, und schon war aus einer Schachtel mit Hustenbonbons, die er so unvorsichtig gewesen war zu zeigen, die Hälfte des Inhalts in Pols Tasche verschwunden, als ihn ein plötzliches Abebben des Gesprächs und das offensichtliche allgemeine Aufmerksamwerden die Nase heben ließ.

Ein wenig vorgebeugt, mit schiefem Kopf und unter der wieder aufgetauchten grauen Melone hervorquellenden schwarzen Haarsträhnen, kam, ein ziemlich ungemütliches Lächeln unter der Nase und die Arme länger denn je, Leclerc die Treppe herunter. Ein Maschinengewehrschütze vom *Pelikan I* rief ihn an. »Ein Genosse Schriftsteller«, sagte er, auf Nadal weisend. »Komm und trink einen Schluck mit deinem Kollegen!« Leclerc setzte sich.

»Also du bist auch Schriftsteller, du kleiner Floh? Was schreibst du denn?«

»Novellen. Und du?«

»Ich? Riesenromane. Ich war auch Dichter. Ich bin der einzige Poet, der seinen ganzen Gedichtband am Steuer abgesetzt hat. Wenn die andern Nachtchauffeure einen frisch angekommenen oder besoffenen Touristen hatten, bemogelten sie ihn gewöhnlich. Ich nie. Ich hängte ihnen meinen Gedichtband an, weil er das Resultat einer Arbeit war. Bloß fünfzehn Franken. Ich habe die Auflage ausverkauft. ›Ikarus am Lenkrad‹ hieß es. Ikarus wegen der Poesie und der Fliegerei. Verstanden?«

»Und was schreibst du jetzt?«

»Ich habe es aufgegeben. ’tschuldige mal, ich schreibe mit dem Maschinengewehr.«

»Was habt ihr denn für Maschinengewehre?«

Nach Unterzeichnung der Erklärung hatten Attignies und Darras sich neben Scali an den Radioapparat Jaimes gesetzt. Dieser verbrachte, seit er blind war, sein halbes Leben am Radio. Darras verließ jetzt den Apparat: die letzte Frage, die Nadal gestellt hatte, behagte ihm nicht.

Aber nein, das Possenspiel nahm seinen Fortgang, ohne daß etwas Schlimmes passierte. Leclerc war kein Jagdflieger und hatte, seit er hier war, mit Maschinengewehren nichts zu tun; Nadal seinerseits setzte, mit der Miene eines alten Fachmanns an seiner Pfeife nagend, die Unterhaltung fort; er wußte nicht, daß das Maschinengewehr des spanischen Flugzeugs mit Magazinen beschickt wird, und verstand, in der Meinung, es habe einen Patronengurt, von dem, was der andere erzählte, nicht das geringste.

»Na, und wie gefällt es dir hier?« fragte er.

»Es ist das wahre Leben ... Was soll man in Paris anstellen? Verkehrspilot, mit andern Worten Führer eines Rollers? Und nicht mal das kriegst du, denn wenn du ein Linker bist, hast du wenig Chancen ... In irgendeinem Beruf hinter den andern die Brosamen aufklauben? Nein! Hier ist ein Mann noch ein Mann. So zum Beispiel ich, 'tschuldige mal, ich war in Talavera. Da kannst du fragen, wen du willst. Die Gasanstalt«, er pfiff, »futsch, in die Luft! Und dem Franco hab' ich's auch gezeigt. Ich, Leclerc, 'tschuldige mal, ich habe Franco aufgehalten! Verstanden? Schau dir die Burschen hier um uns an, sehn die etwa wie heurige Hasen aus?«

Unter den revolutionären Plakaten im Hintergrund des Saales war die Familie des Kochs wie gewöhnlich um den riesigen Herd eifrig beschäftigt, und einige Pelikane suchten zusätzliche Portionen zu ergattern. Attignies hörte unverwandt zu, ohne jedoch dem Radio ganz seine Aufmerksamkeit zu entziehen. Er folgte der Unterhaltung der beiden Männer mit großem Interesse: Seit einigen Minuten knetete Leclerc Brotkügelchen und schnippte sie knapp an Nadals Gesicht vorbei. In seiner Stimme war ein Klang, der keineswegs so freundschaftlich war wie seine Worte.

»Talavera habe ich mit einem Orion gemacht, verstehst du. Hier ist das Land der Stiergefechte; wir sind Besitzer einer Legion von Kälbern. Und doch habe ich mit Kälbern den Streich gemacht. Verstanden?«

Und schon hatte Nadal ein Brotkügelchen auf der Nase. Attignies beobachtete das Spiel, mehr und mehr beunruhigt. Der Journalist zwang sich zu einem Lachen, innerlich entschlossen, in seinem Bericht Rache zu nehmen.

»Was hattest du denn damals bei Talavera für eine Bewaffnung?« fragte er.

»Eier natürlich. Ein Maschinengewehr, das aus dem Fenster schoß, und das vergrößerte Abtrittloch als Bombenschacht.«

»Und ein auf einen Dreifuß aufmontiertes Hotchkissgewehr für Flugzeuge«, setzte Gardet mit sachkundiger Miene hinzu.

»Wir hatten die gleichen in Villacoublay«, sagte Nadal mit einer Gebärde schmerzlicher Verachtung, die ausdrücken sollte, daß es eine Schande sei, Männer mit derartigen Waffen kämpfen zu lassen. Da es ein solches Maschinengewehr nicht gab, kicherten die Pelikane leise vor sich hin.

»Achtung!« rief Attignies.

Der Sprecher des feindlichen Rundfunks, den sie abhörten (eine Übertragung von Radio Sevilla?), hatte gerufen: *»Luftwaffe«*, und Jaime stellte lauter ein.

»Unsere Flugzeuge haben die roten Linien mit vollem Erfolg bombardiert und die Milizen von Carabanchel nach Madrid zurückgedrängt. Die Stadt wurde um drei Uhr und um fünf Uhr bombardiert, ohne daß die rote Luftwaffe in Erscheinung trat.

Fünf Regierungsflugzeuge wurden heute über unseren Linien abgeschossen.

Ich habe letzthin vor diesem Mikrofon angekündigt, daß das Flugzeug des Sowjets Magnin, des bekannten Deserteurs und Stalinagenten, bald erledigt sein würde. Dieses Flugzeug ist heute über unseren Linien abgeschossen worden. Alle Insassen sind bei dem Sturz umgekommen. Die Leiche des berüchtigten Magnin wurde in Getafe identifiziert. Eine Warnung für alle anderen!

Gute Nacht.«

Die Pelikane blickten einander an.

»Regt euch nicht auf«, rief Scali, »es handelt sich um eine Verwechslung!«

Nadal begann Fragen zu stellen, begriff aber bald, daß er nicht weiter in sie dringen dürfe, denn die Pelikane, die abergläubisch waren – sogar die Meckerer unter ihnen –, verstanden in dieser Beziehung keinen Spaß. Fast alle waren der Ansicht, daß es sich um den *Jaurès* und die Mannschaft von Carnero handeln müsse; aber Magnin war in Albacete niedergegangen, und nichts bewies, daß er nicht heute nachmittag an der Front von Madrid gekämpft hatte.

»Was weißt denn du davon, du Tropf!« brummte Leclerc vor sich hin. Scali wußte allerlei, vor allem fühlte er seit diesem Nachmittag, daß die Sache eine schlechte Wendung nahm, und hatte darum Magnin telefonisch angerufen und ihn gebeten, noch am selben Abend in Alcalá zu sein.

Aber Magnin war schon besser unterrichtet als er selbst. Sembrano hatte ihn direkt angerufen und ihm weit genauere Auskünfte erteilt als Scali. Der sinnlos betrunkene Leclerc hatte sich in Beschimpfungen gegen die spanischen Piloten ergangen, obwohl er natürlich wußte, daß es in Valencia zwar Drückeberger gab, daß aber die spanischen Piloten mit erbärmlichen Flugzeugen täglich Leistungen vollbrachten, die seiner einmaligen Heldentat bei Talavera, auf die er so stolz war, gleichkamen. Dann hatte er den spanischen Mechanikern, die sich um ihn versammelten, auseinandergesetzt, daß der Krieg verloren sei, daß die geflickten Flugzeuge abstürzen müßten, kurz alles, was ihm in seiner Besessenheit das Bewußtsein der Schande eingab. Scali andrerseits war bekannt, daß Leclerc nach seiner Rückkehr noch einmal ausgegangen war und die Pelikane, bei denen er sich wegen seines pittoresken Wesens und seiner Anwandlungen von Großmut (sie entsprangen seinem aufrichtigen Bedürfnis, geliebt zu werden) einer gewissen Sympathie erfreute, einen nach dem andern vorgenommen und ihnen die gleichen Reden gehalten hatte. Die Pelikane seiner Mannschaft trieben dasselbe Spiel.

Scali war über ihre Einmütigkeit zunächst verblüfft. Scharfsichtig, wenn es galt, Leute seines Schlages – nämlich Intellektuelle – zu beurteilen, versagte er gegenüber diesen Menschen. Gardet hatte ihn darauf aufmerksam gemacht, daß die Mannschaften, die jedesmal, wenn einer verwundet ins Spital mußte, eine Veränderung erfuhren, sich jetzt auf Grund einer Art Wahlverwandtschaft zusammenfanden. Auch als Leclerc umgekehrt sei, meinte Gardet, hätten seine Gefährten infolge der dichten Wolken nicht recht verstanden, was vorgehe, und fänden sich jetzt in ein Drama verwickelt, das für ihr Begriffsvermögen zu groß sei. Leclerc seinerseits könne sich sein Kneifen nicht verzeihen und beabsichtige nun, alle, deren er habhaft werden könne, mit sich hineinzureißen in jene triste Befreiung, die ihm die allgemeine Verachtung gewährt haben würde, so wie sie ihm der Absinthrausch gewährt hatte.

»Magnin hat hier um sieben Uhr angerufen«, rief Scali.

Aber alle fragten sich, ob er die Wahrheit gesagt hatte oder sie nur beruhigen wollte, was angesichts der unbehaglichen Atmosphäre durchaus möglich war.

Ein ziemlich langes Schweigen folgte, das Nadal endlich unterbrach.

»Warum bist du hergekommen?« fragte er Leclerc mit gezücktem Bleistift. »Wegen der Revolution?«

Leclerc warf ihm einen schiefen, keineswegs freundlichen Blick zu. »Geht dich das was an? Ich bin ein linksgesinnter Söldner, alle wissen das. Aber hier bin ich, weil ich ein Hartgesottener bin. Ich bin dem Steuerknüppel verfallen. Alles andere ist für die weichlichen, deprimierten und journalistischen Schlappschwänze. Jeder nach seinem Geschmack, 'tschuldige mal. Verstanden?«

Magerer denn je, mit geblähten Nüstern und gesträubtem Haar, umklammerte er mit seinen Affenhänden eine Flasche Rotwein und hielt, den Oberkörper zurückgelehnt, die Stirn in Falten gelegt, den ganzen Tisch in Bann, um den eine Welle des Mißbehagens lief. Gardet, der näher an Jaime herangerückt war, fuhr sich von hinten nach vorn über den aufrecht stehenden Haarbusch und lächelte.

»Ob das nun Schwäche oder Feigheit ist«, sagte Attignies zu ihm, »wenn Magnin diese Burschen nicht rausschmeißt, werden sie uns das ganze Geschwader verseuchen. Was ist jetzt los? Kommt der Rausch wieder?«

»Jedenfalls beginnt er mich zu ärgern, ich kämpfe nicht gern zusammen mit Menschen, die Launen haben. Augenblicklich plustert er sich auf, spielt den Helden! Ein widerwärtiger Anblick.«

»Er nimmt dem andern die Komödie übel, die er selber spielt. Schau nur hin. In diesem Augenblick haßt er ihn.«

»Er ist ihm aber auch dankbar.«

»Nicht so ganz. Schau sein Gesicht!«

Nadal spürte, daß die Sache brenzlig wurde. Er bestellte eine Runde für den ganzen Tisch und machte sich mit seinen Notizen davon: klein und verschlagen, die martialische Pfeife zwischen den schlau lächelnden Lippen.

»Ich bin nicht besoffen«, hob Leclerc wieder an. »Die Revolution . . .« Offenbar wollte er sagen: »Ich pfeif' auf sie.« Aber er wagte es nicht. Was ihn zurückhielt, waren nicht seine Kameraden, die er vielleicht gern herausgefordert haben würde, sondern Madrid, das dort draußen hinter den zwei Fenstern ohne Läden lag.

Der Radioapparat war neben einem dieser Fenster aufgestellt; Attignies wandte sich um. Der Marktplatz von Alcalá de Henares lag verschlafen da mit seinen Monumenten und seinen winzigen, zwischen den Arkaden versteckten Weinwirtschaften, in denen man Schnecken aß. (Sicherlich schlürften einige Pelikane dort irgendwo echten Absinth.) Und das ganze Städtchen mit seinen Pfeilerdurchblicken, seinen Pfarrgärten, seinen vielen Kirchen mit den spitzen Türmen, seinen Palästen mit den großartigen Bauornamenten, seinen Mauern und Balkonen für Mandolinenserenaden – dieses wie aus einer spanischen Komödie hergesetzte Altkastilien, das die Fliegerbomben bereits benagt hatten, schlummerte, immer auf der Lauer auf die drohenden Geräusche des Krieges, nur mit einem Auge.

»Wenn Magnin kommt«, wandte sich Gardet an Scali, »so sage ihm, daß wir, du und noch ein paar andere, es mit dem *Marat* mit Sturzflugangriffen versuchen könnten . . .«

»Du gehst heute nach Madrid?« fragte Jaime gleichzeitig.

»Ja. Auf besonderen Befehl von García.«

»Ich möchte, daß du meinen Vater aufsuchst und herbringst.«

Scali wußte, daß Jaimes Vater ein alter Mann war. Jaime gab keinen Grund für seine Bitte an, hielt es vielleicht für unter seiner Würde: Noch nie hatte er aus seiner Verwundung ein Recht abgeleitet.

»Gut, ich werde zu ihm gehen.«

»Hör mal, Scali«, bemerkte Leclerc giftig, »werden wir hier bald etwas weniger schlecht zu fressen bekommen?«

»Wenn der Mumm raus ist, wird man wohl zum Feinschmecker?« fragte Gardet vom andern Ende des Tisches her.

Leclerc warf einen Blick auf Gardet, der feindselig lächelnd seine kleinen Katzenzähne zeigte, und schwieg.

»Und die Verträge?« fragte der Bombenschütze von *Pelikan I.*

»Die Jefatura hat sie noch nicht zurückgeschickt«, antwortete Scali.

»Ich bin wirklich kein Meckerer . . . Aber angenommen, ich wäre heute umgekommen, was würde aus meinem Vertrag werden?« Der Bombenschütze mit seinen weit aufgerissenen Äuglein hatte beide Hände beschwörend erhoben, zu beiden

Seiten der in Barcelona am Tage nach seiner Hochzeit auf seine hellblaue Lederjacke aufgenähten Leutnantssterne, er war zugleich Protestierender und Opfer. Sieht bei künstlicher Beleuchtung noch mehr als bei Tag wie eine redende Teekanne in einem Trickfilm aus, stellte Gardet bei sich fest.

Scali war der Ansicht, daß man diese Burschen nicht allzu ernst nehmen dürfe, und fuhr mit dieser Maxime gewöhnlich nicht schlecht. Aber heute ...

»Nun, das Geld würde deiner Frau ausgezahlt werden. Also laß mich in Frieden.«

»Und wer garantiert mir, daß Franco nicht früher in Madrid einzieht?«

»In diesem Falle hoffe ich, daß er dich erschießen läßt«, sagte Gardet, »und zwar ohne Pesetas und ohne Vertrag.«

Im allgemeinen verband die gemeinsame Gefahr die Freiwilligen und Söldner mehr, als die »Verträge« sie trennten. Aber heute abend begannen die Freiwilligen aufzubegehren.

»Und warum schickt man uns keine ausreichende Jagdfliegerdeckung?« fragte der Mechaniker von *Pelikan I*.

»Auch für die Verwundeten tut man nicht, was man sollte«, sagte House.

Wenn der König von England selbst ihn in Madrid abgeholt hätte, House wäre auch dann nicht zufrieden gewesen.

»Was ist das für ein Betrieb!« sagte der Erste Maschinengewehrschütze Leclercs. »Nicht genug Jagdflieger, nicht genug Bomber, ein Material zum Kotzen und einen Dreck von Maschinengewehren!«

Die Spanier mußten sich gegen die Flugabwehr mit ihren vorsintflutlichen Breguets zur Wehr setzen.

Attignies, der sich an den Tisch von Leclerc zurückbegab, hörte im Vorübergehen:

»Jedenfalls hat man ihn seit heute morgen nicht gesehen.«

»... die Burschen, pfft! Als hätte man sie wie Spreu in die Luft gestreut.«

»... selbst während des großen Krieges nie so etwas gesehen.«

»... das Schlimmste war, wie der *Jaurès* auseinanderbrach.«

»... es scheint, daß diese Schweinehunde Carnero mit den Maschinengewehren aufs Korn genommen haben.«

»... war das Carnero – der Fallschirm?«

»... der Fallschirm von Magnin mit Carnero darunter.«

»... Früher konnte man es noch wagen. Aber gegen das Sperrfeuer mit dem Entfernungsmesser, was soll man da noch machen? Das ist kein Kampf mehr.«

»... das Schlimmste ist, wenn das Flugzeug auseinanderbricht ...«

»... Was uns vor allem fehlt, ist die Organisation. Jeden Abend müßten alle zusammenkommen und besprechen, was am nächsten Tag zu tun ist.«

»... wie Spreu in die Luft gestreut, die Burschen. Das Flugzeug spuckte sie nur so aus. Und ich dabei.«

»Daß es Magnin zum Halse heraushängt, begreift man. Aber wenn er Selbstmord begehen will, so gilt das doch nicht für alle ...«

Das Gefühl der Schande zersetzt den Menschen, dachte Attignies. Er, dem Ideale in Fleisch und Blut übergegangen waren, empfand all dies Gerede als lächerlich klein und unsäglich traurig. Angesichts dieser Leute, die bloß an das Schicksal der hundert unglücklichen Söldner der Republik dachten, wurde er von der Vorstellung der Tausende von Italienern und Deutschen, der endlosen Reihen der Mauren mit ihren Herz-Jesu-Amuletten bedrängt. Vierzigtausend Mauren, von denen täglich soundso viele fielen – mit der Drohung des Kriegsgerichts im Rücken. Wie weit konnte man Menschen vertrauen? Und mußte man, um Menschen trauen zu können, solche »Spezialisten« wählen, die sich zersetzten, jetzt schon lebende Leichen waren? Irgendwo in Albacete oder in Madrid bildeten sich unterdessen die ersten Internationalen Brigaden ...

Gardets Stimme durchschnitt das dumpfe Gewirr der Durcheinanderredenden.

»Moment mal!« rief er – er hatte sich auf den Tisch gesetzt und stieß Haarbusch und Kinnlade kampflustig vor –, »ihr habt heute alle auf die Schlaumeier geschimpft, die mit ihrer unvermeidlichen Pfeife im Mundwinkel hierherkommen, nicht ein einziges Mal an die Front gehen und dann nach Paris zurückkehren, um Magnins Arbeit schlechtzumachen – von der unsern ganz zu schweigen –, ohne überhaupt etwas von den Schwierigkeiten zu ahnen. Und heute abend seid ihr mit diesen Lumpen einer Meinung? So, alles ist schlecht? Sagt mal, liebe Kinder, wenn ihr jetzt bei Franco wäret, glaubt ihr nicht, daß ihr schon längst euer Maul geschlossen hättet – vielleicht sogar infolge Ablebens?«

»Darum bin ich ja hier und nicht bei Franco«, sagte der Mechaniker.

Pol, gewaltig, kraushaarig, puterrot, frenetisch den Zeigefinger schwingend, sprang vor. »Nein, mein Herr!« rief er aus. »Da mach ich nicht mit! Sie wollen mich ja um die Provision beschummeln! Vor allem, Bertrand, wie du über die Arbeit von Magnin urteilst – du bist ja sonst ein netter Kamerad, aber davon kriege ich Zahnschmerzen . . .«

»Aha, man hat also nicht mehr das Recht zu urteilen! Man ist wohl nicht würdig?«

»Du urteilst nicht, du geiferst. Und du geiferst, weil du gekniffen hast. Wohlgemerkt, das verdenk' ich dir nicht, ich wäre der letzte, der auf einen Kameraden den ersten Stein wirft, nur weil ihm zufällig ein Malheur passiert ist! So etwas kann vorkommen. Wir alle wissen, daß ihr im großen ganzen eure Sache gut gemacht habt. Aber in diesem Moment möchtet ihr, daß alles faul ist, nur weil ihr mit euch selbst unzufrieden seid. Nein, mein Herr, da mach' ich nicht mit! Du beklagst dich? Sag mir doch, durch wen du Magnin ersetzen willst? Nenn mir doch einen Namen, nenn mir doch einen! Nimm mal an, daß das wahr ist, was der andere Schweinehund dort im Radiokasten gebrüllt hat, daß . . . daß er nicht mehr wiederkommt. Was dann? Gut, zehn Prozent Provision für mich. Und die Moral von der Geschicht': Ihr benehmt euch wie ausgemachte Tröpfe.«

Jetzt rückte Leclerc näher an Scali heran, seine beiden Hände stützte er auf die Lehne des neben ihm stehenden Stuhles, seine Augen blitzten haßerfüllt, alle schwiegen.

»Die Revolution, ich will nichts weiter darüber sagen – jeder hat sein Geschäft. Aber, 'tschuldige mal, die Organisation? Einfach Scheiße! Wir kommen zum Kämpfen her, und man läßt uns hier in der Bredouille. Achtundvierzig Stunden ohne eine Rasierklinge! Jetzt haben wir das aber satt. Verstanden?«

Scali blickte angewidert durch seine Brille und schwieg.

»Das kann doch nicht dein Ernst sein?« fragte vom andern Ende des Saales her eine Stimme, bei der alle aufsprangen.

Seit Jaime zum letztenmal von einem Flug zurückgekehrt war, hatte er immer nur an einzelne Kameraden im vertraulichen Gespräch irgendwo in einer Ecke das Wort gerichtet; und plötzlich war's, als habe er seine Stimme wiedergefunden, seine frohe Sängerstimme von ehemals, die gedämpft gewesen war, als sei auch in ihr etwas erblindet. Alle wußten, daß ihnen jedesmal, wenn sie zum Kampfe aufstiegen, ein Unglück wie das seine drohte. Er war ihr Kamerad, aber er war auch das grauenhafte Schreckbild, mit dem ihnen das Schicksal drohte. Die große Nase zwischen den schwarzen Brillengläsern vorstoßend und mit der Hand den Tisch von unten fassend, damit man ihr Tasten nicht sähe, arbeitete er sich von einem leeren Teller zum andern langsam vorwärts; alle Pelikane wichen vor ihm zur Seite, als schreckten sie vor seiner Berührung zurück.

»Und die Männer in den Schützengräben«, sagte er leiser, »können sich die etwa rasieren?«

»Du«, brummte Leclerc zwischen den Zähnen, »du bist ein Ritter der Internationale, aber laß uns in Frieden!«

Scali, der vier oder fünf Meter weiter links an der Wand saß, zog seine Uniformhose hoch, sie war entschieden zu lang. Dabei wandte er keinen Blick von Leclerc, der, den sich noch immer längs des Tisches forttastenden Jaime vermeidend, direkt auf ihn zusteuerte.

»Ich habe es satt, mit Maschinengewehren zu arbeiten, die höchstens für eine Jahrmarktschießbude taugen«, sagte Leclerc. »Zum Kotzen ist das! Ich habe Courage und bin gerne bereit, den Stier zu spielen, aber nicht eine Taube, die man wehrlos abschießt. Verstanden?«

Scali, von der Sinnlosigkeit dieses Benehmens überwältigt, konnte nur noch die Achseln zucken.

Zähnefletschend vor Wut, ahmte Leclerc sein Achselzukken nach. »Ich scheiß auf dich. Verstehst du? Ich scheiß auf dich.«

Mit dem widerwärtigsten Ausdruck blickte er ihm endlich voll ins Gesicht.

»Ich auch auf dich«, erwiderte Scali ungeschickt. Weder das Schimpfen noch das Kommandieren war seine Stärke. Als braver Intellektueller wünschte er nicht nur zu erklären, sondern auch noch zu überzeugen. Gegen jede Schlägerei empfand er einen physischen Abscheu, und Leclerc, der diesen Abscheu tierhaft fühlte, hielt ihn für Furcht.

»Nein, ich scheiß auf *dich*. Nicht du auf mich, hast du verstanden?«

Pol mußte an den Tag denken, an dem sie alle zum erstenmal auf die Rückkehr eines Flugzeuges gewartet hatten, das mit Verwundeten angefüllt war.

»Salud!« Magnin stand in der offenen Tür, die erhobene Faust wie ein Taschentuch schwenkend, einen Schnurrbartzipfel vom wehenden Wind umgeschlagen.

Zwischen den feindseligen Fratzen, die sich entspannten oder Zerstreutheit markierten, trat er unmittelbar auf Leclerc zu.

»Du hattest deine Thermosflasche, he?«

»Das ist nicht wahr, nichts hatte ich!«

Leclerc heulte vor Empörung und Verlassenheit auf; im Grunde war er entzückt, da er jetzt eine ungerechte Anklage wegen Berauschtheit erhoffte, wo er es doch so dringend nötig hatte, daß auch jene andere Beschuldigung des Kneifens ungerechtfertigt sei.

»Nichts? Das war ungeschickt von dir«, sagte Magnin.

Ihm war ein betrunkener Pilot lieber als ein deprimierter.

Leclerc zögerte, ganz verdattert, wußte er nicht aus noch ein.

»Die Besatzung des *Pelikan* begibt sich unverzüglich nach Albacete zurück!« rief Magnin. »Das Lastauto steht vor der Türe.«

»Was? Ein Lastwagen? Warum nicht gleich ein Schubkarren? Ich verlange ein Personenauto«, sagte Leclerc wieder mit seiner Haßmiene.

»Wir haben nicht einmal Zeit, unsere Sachen zu packen!«

Der Bombenschütze protestierte wild. Wieso Gepäck? Alle wußten, daß die Mannschaft in ihrem Flugzeug ohne auch nur eine Zahnbürste angekommen war. Magnin zuckte die Achseln.

Er blickte Leclerc und dessen Leute an, die jetzt keine geschlossene Gruppe mehr bildeten. Wenn sie heute vormittag umgekommen wären, dachte er, würden wir nur das Beste an ihnen sehen. Ja, sogar wenn sie morgen umkämen . . . Aber die Erinnerung an Marcelino war stärker als Leclercs Gegenwart. Und er sah sie an, diese Freiwilligen und Söldner, als wäre das, was sie sagten und taten oder von sich dachten, nur ein vergänglicher Wahn, im Gegensatz zur Wirklichkeit des Todes ein Traum, aus dem sie früher oder später erwachen mußten, die Lederkappe auf dem Kopf, steif geworden in ihrem Fliegeranzug.

Leclerc trat an Magnin heran, so wie er an Scali herangetreten war, mit einem durchdringenden Ausdruck von Haß, obwohl seine Miene sich kaum verändert hatte; bloß seine in Falten gezogene Stirn war noch niedriger geworden.

»Ich scheiß auf dich, Magnin.«

An seinen Affenarmen bebten vor Zorn die behaarten Hände. Magnins Brauen und Schnurrbart sträubten sich, seine Augäpfel wurden seltsam starr. »Du fährst morgen nach Frankreich ab, deine kontraktliche Bezahlung erhältst du. Du wirst nie mehr spanischen Boden betreten. Basta.«

»Ich werde wiederkommen, wenn ich Lust habe. Und auch ohne Kontrakt. Du Litzenhanswurst, du Großschnauze!... Ich war in der Legion, ich, ich lasse mich nicht wie einen Putzlumpen behandeln.«

Neben Magnin standen jetzt Scali, Attignies und Gardet. Am Tische lehnte Jaime mit seiner schwarzen Brille.

»Ich fordere ein Personenauto!« rief Leclerc, seine Hände zitterten immer mehr. »Verstanden?«

Magnin schritt zur Tür, schnell, unerschüttert, ein wenig vorgebeugt. Im Saale war nur noch das Klirren der Gabel des Koches im Hintergrund vernehmbar. Alle folgten Magnin mit den Blicken. Er öffnete die Türe und sprach ein paar Worte hinaus, als spräche er sie in den Wind, der wütend über den Marktplatz von Alcalá fegte.

Sechs bewaffnete Sturmgardisten traten ein.

»Führen Sie die Besatzung ab!« kommandierte Magnin.

Entschlossen, seine Wichtigkeit zu wahren, marschierte Leclerc als erster hinaus.

Das Schweigen hielt an, durchdrungen von dem Lärm des abfahrenden Lastwagens und dem Motorengeräusch, das immer leiser wurde, bis es mit dem Rauschen des Windes verschmolz. Magnin stand noch in der offenen Tür. Als er sich umwandte, brach ein Schwall von Lauten los – Klirren von Gläsern und Tellern, Ausrufe, Niesen –, so wie im Theater bei einem Aktschluß, wenn der Zuhörerraum in Bewegung gerät. Magnin trat an den Tisch und schien, als er mit einem Messer an ein Glas schlug, um sich Gehör zu verschaffen, diese Entspannung abzuschneiden.

»Kameraden«, sagte er im Konversationston, »ihr schaut auf diese Tür. Fünfzehn Kilometer von hier stehen die Mauren. Zwei Kilometer von Madrid. Zwei Kilometer nur ... Wenn die Faschisten in Carabanchel stehen, sind Leute, die sich so benehmen wie diese, die uns eben verlassen haben, als Konterrevolutionäre zu betrachten ... Sie alle werden morgen in Frankreich sein ... Von heute an sind wir der spanischen Luftwaffe gleichgestellt. Jeder hat sich für Montag eine Uniform zu beschaffen. Sämtliche Kontrakte sind aufgehoben. Darras ist Chef der Mechaniker, Gardet Chef der Maschinengewehrschützen, Attignies politischer Kommissar. Wer nicht einverstanden ist, reist morgen vormittag ab ... Die Frage *Pelikan I* ist erledigt; wir haben uns demnach nur noch daran zu erinnern, was jeder dieser Leute Tüchtiges geleistet hat, bevor ... das andere kam. Trinken wir auf die Mannschaft des *Pelikan I!*« Im Tone dieses Toasts lag ein entschlossenes Abschiednehmen, das jede Hoffnung auf Rücknahme des Entschlusses abschnitt.

»Die Verantwortlichen versammeln sich in meinem Zimmer«, sagte er, nachdem alle die Gläser abgesetzt hatten.

Magnin erklärte ihnen, wie er das Geschwader zu organisieren beabsichtigte.

»Woher sollen wir denn die Leute nehmen?« fragte Darras.

»Die wird uns die Internationale Brigade schicken, ich war deswegen in Albacete. Wir haben uns darüber geeinigt. Sie haben einige Leute, die in der Luftwaffe gedient haben, und eine ganze Menge Arbeiter, die in der Flugzeugindustrie tätig waren. Alle, die mehr oder weniger mit der Fliegerei zu tun hatten, werden uns von morgen an zugewiesen. Ihr werdet alle diese Burschen einer Prüfung unterziehen, jeden in seinem besonderen Fach. Es sind mehr, als wir benötigen. Was die Disziplin betrifft, so sind von denen, die wir erhalten werden, mindestens dreißig Prozent Kommunisten. Ihr seid hier zwei kommunistische Funktionäre, euch obliegt es, mit ihnen fertig zu werden.«

Magnin dachte an Enrique.

»Und wie steht es mit den Jagdflugzeugen?« fragte Attignies.

»Ich glaube, daß wir welche erhalten werden.«

»Genug?«

»Genug.«

Er konnte nur auf russische Maschinen hoffen.

»Gedenken Sie, in die Partei einzutreten?« fragte Darras.

»Nein. Ich stimme mit der Kommunistischen Partei nicht überein.«

»Hör doch mal fünf Minuten mit deiner Anwerbung auf, Darras!« sagte Gardet.

Gardet hatte erst überzeugt werden müssen. »Wenn die Maschinengewehrschützen sich nicht recht auskennen«, hatte er gesagt, »dann helfe ich ihnen. Das ist alles schön und gut, sie haben Vertrauen zu mir. Aber kommandieren mag ich nicht.«

Worauf Darras erwidert hatte: »Wenn die, zu denen ihre Kameraden Vertrauen haben, die Disziplin nicht herstellen, wer soll es sonst tun?« Und so hatte Gardet denn nachgegeben.

»Sind Sie über Madrid gekommen?« fragte Attignies Magnin.

»Nein. Aber ich habe soeben dort angerufen: Vor den Toren der Stadt wird gekämpft.«

FÜNFTES KAPITEL

Das Kriegsministerium stand leer – die Regierung hatte ihren Sitz von Madrid nach Valencia verlegt. In einem vergoldeten Fauteuil wartete ganz allein ein französischer Hauptmann, der gekommen war, seine Dienste anzubieten, und den man aufgefordert hatte zu warten. Es war elf Uhr abends. Das weiße Marmortreppenhaus mit seinen großgemusterten Teppichen war nur noch durch Kerzen erleuchtet, die man auf die Stufen gestellt hatte, Kerzen, die sich nur durch das abtropfende Stearin aufrecht hielten. Bald würden die Kerzenstümpfe in ihren kleinen Lachen erlöschen und es würde Finsternis herrschen in dem monumentalen Treppenhaus.

Nur ganz oben unterm Dach würden noch die Lichter der Offiziere von Miaja und die des militärischen Nachrichtendienstes brennen.

Scali nahm Platz, García öffnete eine Akte ohne Aufschrift. Bei Carabanchel stießen die Faschisten nicht durch.

»Sie kennen Madrid gut, Scali, nicht wahr?«

»Ganz gut.«

»Kennen Sie die Plaza del Progreso?«

»Ja.«

»Auch die Calle de la Luna, die Plaza de la Puerta de Toledo, die Calle de Fuencarral, die Plaza del Callao, natürlich?«

»Ich habe Plaza del Callao gewohnt.«

»Die Calle del Nuncio, Calle de Bordadores, Calle de Segovia?«

»Die zweite kenne ich nicht.«

»Schön. Ich bitte Sie nun, mir meine Fragen nur nach reiflicher Überlegung zu beantworten. Ist es möglich, daß ein außerordentlich geschickter Flieger die fünf zuerst genannten Punkte trifft?«

»Was nennen Sie treffen? Bomben auf nahegelegene Häuser?«

»Nein. Die Plätze treffen, und zwar neben den Häusern, ohne ein einziges Mal ein Dach zu streifen. Die Straßen treffen, und zwar immer die Fahrbahn. Und immer dort, wo Menschen Schlange stehen. Auf der Plaza del Callao eine Straßenbahn.«

»Daß die Bahn getroffen wurde, ist ein offensichtlicher Zufall.«

»Mag sein. Und das übrige?«

Scali machte hinter seiner Brille eine bedenkliche Miene und fuhr sich mit der Hand durch das Haar.

»Wieviel Bomben waren es?«

»Zwölf.«

»Das wäre ein ganz außerordentlicher Zufall. Aber die andern Bomben?«

»Es gibt keine andern Bomben, nur diese zwölf, die glatt ins Ziel gingen: Frauen vor Läden, Kinder in den Anlagen bei der Puerta de Toledo.«

»Ich bemühe mich, Ihnen vernünftig zu antworten, aber in meiner ersten Reaktion – wenn Sie es so nennen wollen –

halte ich das alles für unglaubwürdig. Selbst mit einem sehr tief fliegenden Flugzeug wäre das nicht möglich.«

»Das Flugzeug befand sich sicher in großer Höhe, denn es war nicht zu hören.«

Je absurder sich dieses Fragespiel gestaltete, desto unruhiger wurde Scali, denn er kannte Garcías absolute Zuverlässigkeit.

»Hören Sie, das ist ein Scherz . . .«

»Gehen Sie einmal von der Annahme aus, daß es sich hier um einen ganz außergewöhnlich geschickten Bombenschützen handelt. Zum Beispiel um einen der Champions des Bombenabwurfs, wie sie in den besten Armeen aus den Wettbewerben der Berufsoffiziere hervorgehen.«

»Und mag die Ausbildung auch noch so gut sein, so etwas gibt es nicht. Hat man das Flugzeug denn gesehen?«

»Jetzt behauptet man auch, es gesehen zu haben. Am ersten Tage freilich nicht. Und man hat es nicht gehört.«

»Das kann kein Flugzeug sein. Vielleicht haben die Faschisten ein Ferngeschütz, von dem wir noch nichts wissen, und die Geschichte von der dicken Berta fängt von neuem an.«

»Wenn es aber doch ein Flugzeug sein sollte – wie erklären Sie sich die Präzision des Einschlags?«

»Es kann in keinem Falle ein Flugzeug gewesen sein. Wenn Ihnen daran liegt, es festzustellen, erteilen Sie die nötigen Befehle, und ich werde morgen mit Ihnen die Calle de la Luna in jeder gewünschten Höhe überfliegen. Sie werden sich dann überzeugen, daß eine solche Behauptung nicht vertretbar ist und daß jedermann unser Flugzeug wird sehen können, so wie man ein Auto sieht, das einen überfährt. Es ist windig, dem Piloten würde es nicht einmal gelingen, der Straße zu folgen, ohne von ihr abzuweichen.«

»Auch wenn der Pilot Ramón Franco wäre?«

»Auch wenn es Lindbergh selber wäre!«

»Schön. Jetzt etwas anderes. Hier ist ein Stadtplan von Madrid, Sie sehen die Punkte eingezeichnet, wo die Bomben niedergegangen sind: die kleinen roten Kreise, ich hoffe, die Striche irritieren Sie nicht . . . Kommt Ihnen beim Anschauen dieses Stadtplans irgendeine Idee?«

»Der Plan bestätigt, was ich schon gesagt habe: Die Straßen verlaufen nicht in der gleichen Richtung. Demnach hätte der Bombenschütze in dem gewissen Augenblick scharfen Gegenwind gehabt. Und unter diesen Umständen aus größerer Höhe auf den ersten Hieb eine Straße treffen zu wollen, ist . . .«

Scali tippte sich an die Stirn. Das hieß: verrückt.

Guter Scali, dachte García bei sich, wie könnten die Geschosse eines Ferngeschützes, die doch in ziemlich spitzem Winkel niedergehen, in verschiedener Richtung laufende Straßen treffen, ohne eine einzige Hausmauer zu berühren?

»Letzter Punkt«, sagte er laut. »Kann man – immer unter der Annahme, daß es sich um einen sehr guten Piloten handelt – eine gewisse Zeitlang über Madrid in einer Höhe von weniger als zwanzig Metern fliegen? Ich füge hinzu, daß das Wetter schlecht war.«

»Nein!«

»Die spanischen Piloten sind durchaus Ihrer Ansicht . . .«

Der Name von Ramón Franco hatte in Scali den Verdacht erregt, es handle sich um das Bombardement vom 30. Oktober.

García blieb allein. Er hatte auch die Artillerieoffiziere um ihre Meinung befragt. Eine solche Beschießung durch eine Kanone war wegen des Einfallwinkels ausgeschlossen. Außerdem stammten die aufgefundenen Splitter nicht von Granaten, sondern von Bomben her. García betrachtete mit einem Gefühl der Beklemmung die Fotografien der getroffenen Punkte samt den von den verschiedenen Büros des Kriegsministeriums dazu gegebenen Erklärungen. Die Trottoirs waren gerade nur leicht gestreift worden . . . Und die beigefügte Bemerkung des befragten Fachmanns lautete: »Dieses Projektil ist aus einer Höhe von höchstens zwanzig Metern geschleudert worden.«

Für García war die Lösung des Problems leider nicht mehr zweifelhaft. Es handelte sich weder um ein Flugzeug noch um ein Geschütz: Die »Fünfte Kolonne« war in Aktion getreten. Zwölf Personen zur gleichen Zeit . . . Er hatte nicht ohne Erfolg den Kampf gegen die sogenannten Gespensterautos aufgenommen, die Wagen der Faschisten, die, mit Maschinengewehren bewaffnet, nachts durch Madrid rasten. Auch den gegen die Personen, die am frühen Morgen durch die Fensterläden hindurch auf die vorüberziehenden Milizen schossen, kurz, gegen alles, was der Bürgerkrieg mit sich bringt. Aber all das war noch Krieg: das Zielen eines Blinden auf einen Unbekannten. Dieses Mal hatte der Feind, bevor er die Bombe schleuderte, die Schlange der Frauen vor dem Kramladen oder die alten Leute und Kinder auf dem Platz erspäht. Das Hinmetzeln der Frauen an sich war ihm nicht weiter unerklärlich: Es genügte, sich vorzustellen, daß die Bomben von andern Frauen geschleudert worden waren; das Erbarmen mit den Frauen ist ein männliches Gefühl. Aber die Kinder! ... García hatte, wie alle andern, die Fotografien gesehen.

Einer seiner Kollegen, der aus Rußland zurückkam, hatte ihm über die Sabotage gesagt: »Der Haß auf die Maschine ist eine neue Empfindung. Aber wenn ein Land alle seine Begeisterung und alle seine Hoffnung in die Arbeit setzt, so wird dadurch allein bei seinen innern Feinden ein fast physischer Haß gegen diese Arbeit erzeugt ...« Heute gab es in Madrid Faschisten, die das Volk, an dessen politische Realität sie vor einem Jahre vielleicht noch nicht geglaubt hatten, dermaßen haßten, daß sie selbst in den spielenden Kindern in einer öffentlichen Anlage nur das Volk sahen.

Sicherlich erwarteten die zwölf Schlächter um diese Stunde ihren Sieg: Heute nachmittag hatten die Gefangenen im Mustergefängnis die Faschistenhymne gesungen ...

Und er mußte schweigen. Er wußte, daß man im Menschen das Tier nicht wecken darf, daß die häufigen Folterungen im Kriege wohl die einzige Antwort auf Verrat und Grausamkeit zu sein scheinen. Die Wahrheit sagen, hieße dieses Volk, dessen ferne Rufe ihm der Wind zutrug, auf den Weg zur Bestialität stoßen. Madrid, das von seinen Barrikaden berauschte Madrid, sollte noch weiter an die Heldentaten von Ramón Franco glauben. Die Rache für begangene Greuel macht die Masse genauso verrückt wie die einzelnen Menschen.

Der militärische Nachrichtendienst und der Sicherheitsdienst würden allein handeln – wie gewöhnlich ... García dachte an die Gran Vía von einst an einem klaren Aprilmorgen, mit ihren Schaufenstern, ihren Cafés, ihren Frauen, die nicht umgebracht wurden, und mit ihren Zuckerstengeln, die in den Wassergläsern wie Eis schmolzen neben mit Zimt bestreuter Schokolade. Und er befand sich in diesem verödeten Palast, einer Atmosphäre ausgeliefert, die zum Ersticken war.

Wie immer dieser Krieg auch ausgehen mag, dachte er, was für ein Friede kann bei einem solchen Haß möglich sein? Und was wird dieser Krieg aus mir selber machen?

Er dachte daran, daß es Menschen gab, die sich moralische Probleme stellten, schüttelte den Kopf, griff zu seiner Pfeife und erhob sich schwerfällig, um sich in den Gebäudeflügel der Sicherheitspolizei zu begeben.

SECHSTES KAPITEL

Eine vorgebeugte, schmächtige Gestalt stieg ganz allein die große Prachttreppe hinan: Guernico kam, um für seinen Ambulanzdienst, mit dessen Umgestaltung er beschäftigt war, Hilfe zu erbitten. Was er zur Zeit der Kämpfe in Toledo organisiert hatte, erwies sich als völlig unzureichend, seit der Krieg sich Madrid näherte. Im Erdgeschoß des Ministeriums, in dem jetzt schon fast Dunkelheit herrschte, waren Rüstungen aufgestellt; und der katholische Schriftsteller, lang, blond und bleich, wie so viele Porträts von Velázquez, allein inmitten der großen weißen Marmorstufen, schien einer dieser historischen Rüstungen entstiegen und dazu bestimmt, beim ersten Hahnenschrei wieder in sie zurückzuschlüpfen. Garcia hatte ihn seit drei Wochen nicht gesehen. Er pflegte von ihm zu sagen, daß er der einzige seiner Freunde sei, bei dem die Intelligenz die Gestalt der Nächstenliebe angenommen habe; und vielleicht war Guernico trotz allem, was die beiden voneinander trennte, der einzige Mensch, den García wirklich liebte.

Die beiden gingen gemeinsam zur Plaza Mayor.

Auf den Mauern und den heruntergelassenen Rolläden bewegten sich die Schatten, parallel und vorgebeugt wie Treidler, darüber wälzten sich schwere, rötliche Rauchschwaden, die aus der Umgebung kamen.

Der Exodus, dachte García.

Doch nein, keiner der Vorübergehenden trug Gepäckstücke. Alle gingen sehr schnell und in derselben Richtung.

»Die Stadt ist nervös«, sagte er.

Ein Blinder spielte die Internationale, seine Holzschale vor sich. In ihren dunklen Häusern warteten die Faschisten auf den Morgen: ein Hinterhalt von hunderttausend Mann.

»Man hört nichts«, sagte Guernico.

Man hörte nichts als die Schritte. Die Straße pulste wie eine Ader. Die Mauren standen im Süden und im Westen vor den Toren, aber der Wind kam aus der Stadt. Kein einziger Gewehrschuß, nicht einmal Kanonendonner. Das Getrappel der Menschenmenge zog sich unter dieser Stille hin, wie das Scharren der Nagetiere sich unter der Erde regt. Dazu die Ziehharmonika.

Sie gingen auf die Puerta del Sol zu, in der gleichen Richtung wie die rötlichen Rauchschwaden, die über den Himmel hintrieben, in der Richtung des unsichtbaren Stromes, der die Menschen sinnlos auf diesen Platz trug, als wären dort die Barrikaden von Carabanchel errichtet.

»Wenn es uns gelingt, sie hier aufzuhalten . . .«

Eine Frau packte Guernico am Arm und sagte auf französisch: »Glaubst du, daß ich reisen soll?«

»Eine deutsche Genossin«, sagte Guernico zu García, ohne der Frau zu antworten.

»Er sagt, daß ich fort muß«, fiel sie ein. »Er sagt, daß er nicht gut kämpfen kann, wenn ich hier bin.«

»Da hat er sicher recht«, meinte García.

»Aber ich kann nicht leben, wenn ich weiß, daß er hier kämpft . . . und ich nicht einmal weiß, was vorgeht . . .«

Die Internationale, gespielt von einer zweiten Ziehharmonika, begleitete diese gedämpft gesprochenen Worte; ein zweiter Blinder, seine Holzschale vor sich, setzte die Musik fort, wo der erste aufgehört hatte.

Sie sind alle gleich, dachte García. Wenn sie abreist, wird sie es mit viel Getue ertragen, aber sie wird es ertragen; und wenn sie bleibt, ist es sein Tod.

Er konnte ihr Gesicht nicht sehen; sie war viel kleiner als er und zudem zugedeckt von den Schatten der Vorübergehenden.

»Warum willst du bleiben?« fragte Guernico in herzlichem Ton.

»Es ist mir gleich, ob ich sterbe . . . Das Unglück ist nur, daß ich mich gut ernähren muß, und das ist hier nicht mehr möglich, ich bin nämlich schwanger.«

García hörte nicht, was Guernico ihr antwortete. Die Frau schloß sich einem andern Strom von Schatten an.

»Was läßt sich da tun? . . .« sagte Guernico.

Milizmänner in Overalls überholten sie. Quer über der aufgerissenen Straße bauten Schatten eine Barrikade.

»Um wieviel Uhr reist du ab?« fragte García.

»Ich reise nicht ab.«

Wenn die Faschisten in Madrid einzögen, würde Guernico als einer der ersten erschossen werden. Obwohl García seinen Freund nicht anblickte, sah er ihn doch neben sich gehen, mit seinem kleinen blonden Schnurrbart, den zerzausten Haaren, den langen mageren Armen. Dieser wehrlose Körper rührte ihn, wie ihn Kinder rührten, weil dieser Körper jede Idee des Kampfes ausschloß. Guernico würde nicht kämpfen, er würde hingeschlachtet werden.

Weder der eine noch der andere erwähnte die Ambulanzen von Madrid, denn beide waren überzeugt, daß es zu der geplanten Reform doch nicht mehr kommen würde.

»Solange man der Revolution zu helfen vermag, muß man ihr helfen. Aber sich erschießen lassen, ist zwecklos, mein lieber Freund. Die Existenz der Republik ist kein geographisches Problem, und die Einnahme einer Stadt ist nicht von entscheidender Bedeutung dafür.«

»Ich war am Tage der Eroberung der Montañakaserne an der Puerta del Sol, als auf das Volk aus allen Fenstern geschossen wurde. Die Leute auf der Straße legten sich hin; der ganze Platz war mit platt auf dem Boden liegenden Menschen bedeckt, auf welche die andern schossen. Zwei Tage darauf war ich im Ministerium. Vor dem Eingang stand eine lange Schlange von Frauen an, sie kamen alle, um ihr Blut für Transfusionen zu spenden. Zweimal habe ich so das spanische Volk *gesehen.* Dieser Krieg ist *sein* Krieg, was immer auch geschieht, und dort, wo er ist, werde ich bei ihm bleiben . . . Es gibt hier zweihunderttausend Arbeiter, die alle nicht über ein Auto verfügen, um nach Valencia abzureisen . . .«

Das Leben seiner Frau und seiner Kinder mußte für die Entscheidung Guernicos ganz anders ins Gewicht fallen als alles, was García ihm zu sagen vermochte, und dieser litt bei der Vorstellung, daß sie sich vielleicht nicht wiedersehen würden und diese letzte Unterredung zwischen ihnen beinahe so etwas wie ein Streit gewesen war.

Guernico hob ein wenig die lange schmale Hand.

»Vielleicht werde ich doch im letzten Augenblick abreisen«, sagte er.

Aber García war überzeugt, daß er log. Ein verworrenes Geräusch von Schritten kam die Straße herauf, als ginge es einer Truppe voraus, die durch das Licht marschierte. »Die Erdarbeiter«, sagte García. Sie begaben sich in die äußersten Gebiete von Carabanchel, um Schützengräben auszuheben oder Minengänge zu graben. Vor García und Guernico bauten andere Schatten, verwischt im Nebel, eine andere Barrikade.

»Siehst du, die bleiben hier«, sagte Guernico.

»Sie haben die Möglichkeit, sich auf der Landstraße nach Guadalajara zurückzuziehen. Aber deine Wohnung und der Sitz des Verbands sind wahre Mausefallen.«

Guernico machte die gleiche unbestimmte Geste der Schicksalsergebenheit. Wieder ein Blinder und abermals die Internationale: Jetzt spielten die Blinden nichts anderes mehr. Und in jeder Straße bauten neue Schatten die gleichen Barrikaden.

»Wir christlichen Schriftsteller haben vielleicht mehr Pflichten als die andern«, sagte Guernico.

Sie kamen an der Kirche der Alcalá-Straße vorbei. Guernico wies mit der Hand vage auf sie hin. Aus dem Klang seiner Stimme erriet García das bittere Lächeln, das um seine Lippen spielte.

»Nach der Predigt eines faschistischen Priesters in Französisch-Katalonien, Thema: O Herr, spanne uns nicht vor das gleiche Joch wie die Ungläubigen!, sah ich, wie Pater Sarazola an den Prediger herantrat und dieser davoneilte. Sarazola sagte zu mir: ›Wenn einer Christus erkannt hat, bleibt immer etwas zurück. Unter allen, die ich hier sah, ist dieser Mann der erste, der sich schämt . . .‹«

Ein Lastwagen fuhr vorüber, beladen mit einem wirren Haufen kauernder Milizmänner, aus dem die Läufe alter Maschinengewehre hervorstachen. Guernico fuhr leiser fort: »Und weißt du, demgegenüber, was diese Menschen leisten, bin ich es, der sich schämt . . .«

García war im Begriff, zu antworten, als ein kleiner Milizmann mit einem Wieselgesicht ihm den Weg vertrat.

»Morgen werden sie hier sein.«

»Wer ist denn das?« fragte Guernico halblaut.

»Eine ehemalige Ordonnanz des Geschwaders von Magnin.«

»Mit dieser Regierung ist nichts zu machen«, sagte das Wiesel. »Vor mehr als zehn Tagen habe ich ihnen alle nötigen Unterlagen zur Massenzüchtung von Kulturen des Maltafieber-Bazillus gebracht. Fünfzehn Jahre mühsamer Forscherarbeit stecken dahinter, und ich verlange nicht einen Rappen von ihnen. Alles für den Antifaschismus! Aber sie haben keinen Finger gerührt. Es war dieselbe Geschichte wie mit meiner Bombe. Und der Feind wird morgen da sein.«

»Laß mich in Frieden!« sagte García.

Camuccini war schon in der nächtlichen Volksmenge wie in einer Versenkung verschwunden, und die Ziehharmonika hatte sein Erscheinen wie sein Untertauchen mit der Internationale begleitet.

»Hatte Magnin viele solche Leute um sich?« fragte Guernico.

»Ja, im Anfang ... die ersten Freiwilligen waren alle ein wenig verdreht oder ein wenig heroenhaft. Manchmal beides ...«

Die Stimmung der großen historischen Abende erfüllte die Alcalá-Straße, wie sie die engen Gassen erfüllte. Noch immer kein Kanonendonner, nichts als Harmonikamusik. Plötzlich ganz hinten in einer Gasse tackte ein Maschinengewehr: Ein Milizmann feuerte gegen Gespenster.

Und immer wieder Barrikaden, die gebaut wurden. Garcías Glauben an die Wirksamkeit der Barrikaden war nicht übermäßig groß; aber die hier waren richtige Verschanzungen. Immer waren im Nebel Schatten geschäftig, und immer war unter ihnen ein unbewegter Schatten, der seine Unbewegtheit für Augenblicke aufgab und wieder in sie zurückfiel und organisierte. In diesem alle Wirklichkeit verwischenden Nebel, der von Minute zu Minute dichter wurde, schleppten Männer und Frauen das Material herbei, während die Arbeiter sämtlicher Verbände des Bauhandwerks die Arbeit organisierten. Die Leitung lag in den Händen der technischen Vorgesetzten, die von den Spezialisten des 5. Korps in zwei Tagen ausgebildet worden waren. Und in dieser stummen, geisterhaften Betriebsamkeit, in der das alte Madrid hinstarb, wurden die persönlichen Dramen, Süchte und Träume, wurden diese mit ihren Hoffnungen und Ängsten durch die Straßen getriebenen Schatten zum erstenmal von einem einheitlichen Willen getragen, der das Ganze der Stadt umfaßte, das erstemal in diesem nebligen, nun schon fast eingekreisten Madrid.

Die Lichter der Avenue lösten sich in Nebelsterne auf, die verschwommen und kläglich von den prähistorischen Schatten der krampfhaft gereckten Wolkenkratzer überwuchtet wurden. García dachte an die Worte seines Freundes: »Wir christlichen Schriftsteller haben vielleicht mehr Pflichten als die andern . . .«

»Was, zum Teufel, kannst du jetzt von denen da erhoffen?« fragte er, mit seiner Pfeife auf eine zweite Kirche zeigend.

Sie kamen gerade unter einer elektrischen Lampe vorbei. Guernico lächelte mit jenem schwermütigen Lächeln, das ihm oft den Ausdruck eines kranken Kindes verlieh. »Vergiß nicht, daß ich an die Ewigkeit glaube . . .«

Er ergriff Garcías Arm. »Ich erhoffe für meine Kirche von dem, was sich jetzt hier begibt, und sogar von der Einäscherung der katalonischen Heiligtümer mehr als von den letzten hundert Jahren des katholischen Spanien. Höre, García, seit zwanzig Jahren sehe ich hier und in Andalusien Priester ihr Amt ausüben; und in diesen ganzen zwanzig Jahren habe ich das katholische Spanien nie zu Gesicht bekommen. Ich habe Riten gesehen und in den Seelen genau wie auf dem Lande nichts als Öde . . .«

Alle Türen des Staatsministeriums an der Puerta del Sol standen offen. Vor dem Ausbruch der Rebellion war in der Halle eine Ausstellung von Skulpturen eröffnet worden. Und Statuen aller Art, Akte, Tiere, warteten in dem hohen Saal auf die Mauren; aus der Ferne hörte man das Klappern einer Schreibmaschine: Das Ministerium war noch nicht ganz verlassen . . .

Aber in all den Straßen, die von dem Platze ausstrahlten, arbeiteten, getreulich ausharrend wie der Nebel, die gleichen Schatten an den gleichen Barrikaden.

»Ist es wahr, daß Caballero dich wegen der Wiederöffnung der Kirchen um Rat gefragt hat?«

»Ja.«

»Und was hast du geantwortet?«

»Nein, selbstverständlich.«

»Daß man sie nicht wieder öffnen soll?«

»Natürlich. Das kommt euch andern erstaunlich vor, aber nicht den Katholiken. Wenn ich morgen erschossen werden sollte, werde ich für meine Person große Angst empfinden wie jeder Mensch; aber wegen dieser Sache nicht. Ich bin weder Protestant noch Häretiker, ich bin ein spanischer Katholik. Wenn du Theologe wärest, würde ich dir sagen, daß ich gegen den Leib der Kirche an die Seele der Kirche appelliere. Aber lassen wir das! Glaube ist doch nicht gleichbedeutend mit Mangel an Liebe! Die Hoffnung ist doch nicht jene Welt, deren Wesensgrund sich darin erschöpft, daß das Kruzifix in Sevilla, das man den *Christus der Reichen* genannt hat – unsere Kirche ist nicht häretisch, sondern simonistisch –, wiederum gleich einem Fetisch angebetet wird. Hoffnung heißt doch nicht, den Sinn der Welt in einem spanischen Imperium sehen, in einer Ordnung, in der nichts mehr vernehmbar ist, weil diejenigen, die leiden, sich verstecken, um zu weinen! Es gibt auch eine Ordnung im Zuchthaus ... Selbst bei den Besten unter den Faschisten gibt es nicht eine Hoffnung, die nicht auf dem Hochmut fußte. Aber was hat Christus damit zu schaffen?«

García stieß unversehens an einen großen Hund und wäre beinahe gefallen. Madrid war voll von prächtigen Hunden, die von ihren fliehenden Besitzern zurückgelassen worden waren. Zwischen den Republikanern und den Mauren nahmen die Hunde gemeinsam mit den Blinden von der Stadt Besitz.

»Die Liebe, das sind doch nicht die Priester in Navarra, die zu Ehren der Heiligen Jungfrau Menschen erschießen lassen, sondern die baskischen Priester, die, bis sie selbst von den Faschisten getötet wurden, in den unterirdischen Gewölben von Irun die Anarchisten segneten, die ihre Kirchen eingeäschert hatten. Ich leide keineswegs an Gewissensskrupeln, García. In meiner Stellung gegen die spanische Kirche stütze ich mich auf die ganze Fülle meines Glaubens. Ich bin gegen sie im Glauben, in der Hoffnung und in der Liebe.«

»Und wo willst du diese Kirche deines Glaubens finden?«

Guernico fuhr sich mit der Hand durch das in die Stirne fallende Haar. Eine fast lautlose Volksmenge glitt zwischen den Laubengängen und den Bretterzäunen hindurch, die auf der Plaza Mayor fast überall den Weg versperrten. Infolge der plötzlichen Einstellung der Arbeiten waren allenthalben Pflastersteine und Blöcke liegengeblieben, über welche die Schar der Schatten jetzt hinwegzuspringen schien, in einer Art schauerlichem Nachtballett, überragt von den strengen kleinen Türmen, die denen des Escorial ähnelten – als hätte sich Madrid mit so vielen Barrikaden bedeckt, daß man keinen einzigen unversehrten Platz mehr finden konnte.

»Schau«, sagte Guernico, »in armseligen Häusern oder in Spitälern gibt es in diesem Augenblick Geistliche, die, ohne Hemdkragen und nur mit einer Weste bekleidet wie die Kellner in einem Pariser Café, gerade im Begriffe sind, die Beichte abzunehmen, die letzte Ölung zu erteilen, vielleicht zu taufen. Ich habe dir gesagt, daß ich in Spanien seit zwanzig Jahren nicht ein einziges Mal Christi Wort vernommen habe. Diese Priester da *vernimmt* man. Jawohl, man vernimmt sie, während man die andern, die morgen mit ihrer wiedergefundenen Soutane ans Tageslicht schlüpfen werden, um Franco zu segnen, *nie* vernehmen wird. Wie viele Priester mögen jetzt hier ihr Amt versehen? Fünfzig, vielleicht hundert ... Napoleon ist einst auf diesen Platz unter diese Arkaden gekommen; ich glaube, daß es seit jener Zeit, da die Kirche Spaniens *ihre* Herde verteidigte, nicht eine einzige Nacht gegeben hat, in der das Wort Christi wahrhaftig lebendig wurde. Aber in diesen Nächten hier *ist* es lebendig.«

Er stolperte über einen Pflasterstein, seine Haare flatterten.

»Es ist lebendig«, fuhr er fort. »Es gibt nicht viele Orte auf dieser Erde, von denen sich behaupten läßt, daß dieses Wort an ihnen gegenwärtig war; doch bald wird ruchbar werden, daß es hier in Madrid in diesen Nächten vernommen worden ist. Etwas beginnt in diesem Lande für meine Kirche, etwas, das vielleicht die Wiedergeburt der Kirche ist. Ich war gestern dabei, als ein belgischer Milizmann in San Carlos die heiligen Sakramente empfing. Du kennst doch San Carlos?«

»Ich habe dort zur Zeit des Panzerzugs Verwundete besucht ...«

García dachte an die großen, nach Schimmel riechenden Säle mit ihren von Pflanzen überwucherten Fenstern. Wie lag das alles weit zurück ...

»Es war in einem Saale mit Armverletzten. Als der Priester

sagte: *Requiem aeternam dona ei Domine,* antworteten Stimmen mit den rituellen Worten: *Et lux perpetua luceat* ... Vier oder fünf Stimmen hinter mir ...«

»Erinnerst du dich, wie Manuel das *Tantum ergo* sang?«

Fünf Monate vorher hatten mehrere Freunde Garcías, unter denen sich Manuel und Guernico befanden, mit ihm die Nacht vor einem Abmarsch verbracht und ihn beim Morgenanbruch auf die Höhen geführt, von denen man Madrid überschaut. Während das kreidige Blaßlila der Architekturen sich zugleich aus der Nacht und aus den finsteren Massen des Escorial-Waldes herauslöste, hatte Manuel asturische Lieder gesungen, in die alle einfielen; dann sagte er: »Jetzt werde ich für Guernico das *Tantum ergo* singen.«

Und sie alle, die in geistlichen Schulen erzogen worden waren, sangen im Chor den lateinischen Text. So wie seine Freunde mit einem Anflug ironischer Rührung zum Latein ihrer Jugend zurückgefunden hatten, so fanden die verwundeten Revolutionäre mit ihren vom Eingipsen gebogenen Armen, die denen von Geigenspielern glichen, zum Latein des Todes zurück ...

»Der Priester«, fuhr Guernico fort, »sagte zu mir: ›Als ich eintrat, entblößten alle das Haupt, weil ich den Trost der letzten Stunde brachte ...‹ Nein, nein, sie haben das Haupt entblößt, weil der Priester, der eintrat, ein Feind hätte sein können.«

Wieder stolperte er über einen Stein. Der Platz war wie von einem Bombardement von Pflastersteinen übersät.

»Ich weiß wohl, daß alle unsere gediegenen Katholiken der Meinung sind, man müsse all dies ins richtige Geleise bringen. Nach ihrer Ansicht ist Gottes Sohn nur deshalb auf die Erde herabgestiegen, um zu reden und nichts zu sagen. Das Leiden hat ihn ein wenig um den Verstand gebracht, da er nun schon so lange am Kreuze hängt, nicht wahr ... Gott allein weiß, welche Prüfungen er dem Priesterstand noch auferlegen wird. Aber ich weiß, es ist nötig, daß das Priesteramt wieder schwierig wird ...« Und nach einer kurzen Pause: »Wie vielleicht das Leben jedes Christen ...«

García blickte auf ihrer beider Schatten, die auf den heruntergelassenen Rolläden gewellt neben ihnen herzogen, und dachte an die zwölf Bomben vom 30. Oktober.

»Das schwierigste Problem«, hob Guernico mit leiser Stimme wieder an, »sind die Frau und die Kinder . . .«

Und fast unhörbar fuhr er fort: »Wenigstens sind sie nicht dort . . .«

García blickte seinem Freund ins Gesicht, aber ohne seine Züge zu erkennen. Noch immer kein Laut, der auf einen Kampf schließen ließ, und doch war der Halbkreis der faschistischen Armee um die Stadt gelegt, war fühlbar wie die Gegenwart einer Person in der Dunkelheit eines verschlossenen Zimmers. García dachte an sein letztes Gespräch mit Caballero zurück. Die Worte »mein ältester Sohn« waren gefallen. García wußte, daß Caballeros Sohn Gefangener der Faschisten in Segovia war und daß er erschossen werden würde. Das war im September gewesen. Sie saßen am Tische einander gegenüber, Caballero in Überziehhosen und García im Overall. An jenem Spätsommertag war eine Heuschrecke durch das offene Fenster hereingesprungen und hatte halbtot zwischen ihnen auf dem Tisch gelegen, sie versuchte, sich nicht zu regen, und García blickte auf das Zittern ihrer Beinchen, während beide schwiegen.

SIEBENTES KAPITEL

Draußen vor den Spiegelscheiben rührten sich im Nebel emsige Schatten, Pflastersteine klapperten. Im *Gran Vía* bedienten Kellner mit mürrischer Verblüfftheit drei in dem riesigen Saale verlorene Gäste, die sie für die letzten Gäste der Republik hielten. Aber in der Halle des Hotels zogen Soldaten des 5. Korps aus großen Säcken ihre mit Patronen gefüllten Hände und formierten sich dann auf dem Trottoir zu Kompanien. Sie waren gut bewaffnet. In Tetuán, in Cuatro Caminos trugen die Frauen alles Benzin, das sie auftreiben konnten, in die höchsten Stockwerke der Häuser; ans Sich-Ergeben, ans Weggehen dachte in diesen Arbeitervierteln keiner. In Lastwagen oder zu Fuß zogen die Männer des 5. Korps in der Richtung auf Carabanchel, auf den Westpark, die Universitätsstadt ab. Zum ersten Male hatte Scali das Gefühl, sich den koordinierten Kräften von fünfhunderttausend Mann gegenüber zu befinden. Jaimes Vater würde nur einen Handkoffer mitnehmen können, im Auto war wenig Platz.

In der Türe, die sich öffnete, erschien ein sehr großer, massiger Greis mit einem Kopf mit zugespitztem Bart, der in die Bucht zwischen den breiten vorgewölbten Schultern gebettet war. Aber sowie er unter der elektrischen Lampe des Korridors stand, machte Scali die Beobachtung, daß die Haare diesen Greco veränderten, als wäre er von einem Barockmaler kopiert. Über den ausdrucksvollen, sehr großen, aber durch die faltigen und dicken Lider ein wenig verdeckten Augen flatterten auf dem hohen, kahlen Schädel die Haare in närrischen Schnörkeln, und die beweglichen scharfen Brauen endeten wie der Bart mit einem kommaartigen Schwung.

»Sie sind Giovanni Scali, nicht wahr?« fragte er lächelnd.

»Ihr Sohn hat Ihnen wohl von mir erzählt«, entgegnete dieser, erstaunt, seinen Vornamen zu hören.

»Ja. Aber ich habe auch Ihre Bücher gelesen. Ich kenne Sie als Autor . . .«

Scali wußte, daß Jaimes Vater Professor der Kunstgeschichte gewesen war. Sie traten in ein Zimmer, dessen Wände ganz mit Büchern bedeckt waren, mit Ausnahme von zwei hohen Nischen zu beiden Seiten eines Diwans; eine mit spanisch-mexikanischen Statuen, bizarr und wild; die andere mit einem sehr schönen Morales.

Durch ein Lorgnon, das er in der Hand hielt, betrachtete Alvear mit großer Eindringlichkeit Scali, als hätte er einen seltsamen Gegenstand vor sich. Er war einen Kopf größer.

»Sie sind überrascht?« fragte Scali.

»Einen denkenden Menschen in diesem . . . in diesem Kostüm zu sehen, überrascht immer.«

Scali war in Uniform, in der zu langen Hose, und hatte die Brille auf der Nase. Auf einem niedrigen Tisch, den große Klubsessel umgaben, waren eine Flasche Kognak, ein gefülltes Glas, aufgeschlagene Bücher. Alvear verließ das Zimmer mit schwerfälligem Schritt, als wären seine Schultern zu wuchtig für seine Beine, und kam mit einem zweiten Glas zurück.

»Nein, danke«, sagte Scali.

Trotz den geschlossenen Fensterläden hörte er draußen das Geräusch von laufenden Menschen und eine ferne Ziehharmonika.

»Sie machen einen Fehler, denn der Kognak von Xeres hat Qualitäten und kommt dem der Charente gleich. Wollen Sie etwas anderes?«

»Mein Wagen ist unten und steht zu Ihrer Verfügung. Sie können Madrid sofort verlassen.«

Alvear, der sich im nächsten Klubsessel niedergelassen hatte, saß wie ein mächtiger alter Raubvogel da, ein sympathischer Krummschnabel wie sein Sohn, aber entfedert. Er hob den Blick zu Scali.

»Wozu?« sagte er.

»Jaime bat mich, Sie abzuholen, wenn ich aus dem Ministerium komme. Ich fahre nach Alcalá de Henares zurück.«

Das Lächeln Alvears war älter als sein Körper.

»In meinen Jahren reist man nicht mehr ohne Bibliothek.«

»Sie sind sich doch darüber klar, daß die Mauren vielleicht morgen hier sein werden?«

»Gewiß. Aber was zum Kuckuck geht das mich an? . . . Unsere erste Begegnung findet unter befremdlichen Umständen statt. Ich bin Ihnen für die Hilfe, die Sie mir anbieten, sehr dankbar. Sagen Sie auch Jaime meinen Dank dafür, daß er Sie gebeten hat, mich abzuholen. Aber warum sollte ich Madrid verlassen?«

»Die Faschisten wissen, daß Ihr Sohn gegen sie gekämpft hat . . . Sind Sie sich klar darüber, daß für Sie die Gefahr besteht, erschossen zu werden?«

Alvear verzog seine dicken Lider und seine schlaffen Wangen zu einem Lächeln und wies mit dem Lorgnon auf die Flasche. »Ich habe den Kognak gekauft.«

Er hatte die gleiche schmale gebogene Nase, die gleichen gebosselten Züge wie Jaime und auch die gleichen Augenhöhlen – jetzt, da der Schatten unter seine Stirne große schwarze Brillengläser malte.

»Sie wollen damit sagen, daß diese Drohung mich bewegen sollte, all dies hier zu verlassen . . .« Er wies auf die Wände voller Bücher.

»Aber warum? Warum nur? Das ist seltsam. Ich habe doch vierzig Jahre lang in der Kunst und für die Kunst gelebt, und Sie, ein Künstler, wundern sich darüber, wenn ich dies auch weiterhin tun will? . . . Hören Sie, Herr Scali. Ich habe jahrelang eine Gemäldegalerie geleitet. Ich habe das mexikanische

Barock, Georges de Latour, die modernen Franzosen, die Skulpturen von Lopez, die Primitiven hier eingeführt ... Oft kam eine Kundin in meinen Laden, blieb vor einem Greco, einem Picasso, einem aragonesischen Primitiven stehen, fragte: ›Was kostet das?‹ Gewöhnlich war es eine Aristokratin mit ihrem Hispano, ihren Diamanten und ihrem Geiz. ›Pardon, meine Gnädige‹, sagte ich, ›warum wollen Sie dieses Bild kaufen?‹ Fast immer antwortete Sie: ›Ich weiß es nicht.‹ – ›Schön, meine Gnädige, dann gehen Sie nach Hause und überlegen Sie sich die Sache. Sobald Sie wissen, warum Sie es kaufen wollen, kommen Sie wieder.‹«

Unter allen Männern, mit denen Scali zusammenkam oder mit denen er seit dem Kriege lebte, war García der einzige, der wußte, was eine systematische Beschäftigung mit geistigen Dingen ist. Und so ließ sich denn Scali von der intellektuellen Beziehung, die sich zwischen ihm und dem alten Manne anbahnte, um so lieber gefangennehmen, je stärker er die Brutalität dieses Tages und sein Versagen als militärischer Vorgesetzter empfand und je mehr diese Welt, in der er wirklich etwas galt, ihre Anziehungskraft auf ihn ausübte.

»Kamen sie wieder?« fragte er.

»Sie versuchten gleich zu sagen, warum: ›Ich möchte dieses Bild, weil es mir gefällt, weil ich es gut finde, weil meine Freundin ein ähnliches besitzt.‹ Ich gab nicht nach. Und es war bekannt, daß es bei mir die schönsten Grecos gab.«

»Wann gaben Sie nach?«

Alvear hob den knotigen, mit gelockten Härchen bedeckten Finger: »Wenn sie entgegneten: ›Weil ich es brauche.‹ Dann verkaufte ich es den Damen – wenn sie reich waren, sehr teuer, und wenn er oder sie arm war, kam es auch vor, daß ich es verschenkte.«

Ganz nahe ertönten zwei Gewehrschüsse, denen sofort ein großer Lärm von Schritten folgte, die sich nach allen Richtungen entfernten.

»Bei diesen von innen verschließbaren Fensterläden«, sagte Alvear gleichmütig, »kann man draußen unser Licht absolut nicht sehen. Ich habe nach meiner Wahrheit verkauft, Herr Scali! Verkauft! Kann ein Mensch seine Überzeugungstreue weitertreiben? Heute nacht lebe ich mit ihr. Die Mauren? Nein, wirklich, das ist mir egal ...«

»So würden Sie sich aus Gleichgültigkeit umbringen lassen?«

»Nicht aus Gleichgültigkeit . . .«

Alvear erhob sich halb, gestützt auf die Armlehnen seines Klubsessels, und blickte Scali mit einem etwas theatralischen Ausdruck an, als wolle er damit seinen Worten einen besonderen Nachdruck verleihen: »Aus Verachtung . . . Und doch und doch . . . Sehen Sie dieses Buch: Es ist der Don Quijote. Ich wollte gerade darin lesen, es ging nicht . . .«

»In den Kirchen in Südspanien, in denen gekämpft wurde, sah ich vor den Gemälden große Blutflecken. Die Bilder verlieren ihre Kraft . . .«

»Man müßte eben andere Bilder hinhängen, das ist alles«, sagte Alvear und wickelte die Spitze seines Bartes um seinen Zeigefinger. Er sagte das im Tone eines Händlers, der für eine Wohnung andere Gemälde vorschlägt.

»Das heißt die Werke der Kunst sehr hochstellen«, erwiderte Scali.

»Nicht die Werke, sondern die Kunst. Es sind nicht immer die gleichen Werke, die uns den Weg zum Reinsten in uns vermitteln, aber es sind immer Kunstwerke . . .«

Scali begriff nun endlich, was ihn seit dem Beginn dieser Unterredung unaufhörlich irritierte. Die ganze Intensität dieses Greisengesichtes lag in den Augen, und Scali erwartete, beirrt durch die Ähnlichkeit, mit der dummen Sturheit des Instinkts, jedesmal, wenn sein Gegenüber das Lorgnon wegzog, die Augen eines Blinden.

»Weder die Romanschreiber noch die Moralisten geben heute abend einen vollen Ton«, fuhr der Alte fort, »die Kenner des Lebens taugen nicht für den Tod. Die Weisheit ist verletzlicher als die Schönheit, denn die Weisheit ist eine unreine Kunst. Aber Poesie und Musik gelten für das Leben und für das Sterben . . . Ich müßte *Numantia* wieder lesen. Erinnern Sie sich? Der Krieg schleicht durch die belagerte Stadt, sicherlich mit dem gedämpften Laut eiliger Schritte . . .« Er stand auf, suchte die Ausgabe sämtlicher Werke von Cervantes und fand sie nicht.

»Durch den Krieg ist alles drunter und drüber!«

Er zog aus seiner Bibliothek ein anderes Buch hervor und las mit lauter Stimme drei Zeilen aus dem Sonett von Quevedo:

Qué pretende el temor desacordado
De la que a rescatar piadosa viene
Espíritu en miserias añudado?

Der erhobene Zeigefinger, der diese Verse begleitete, verriet den Professor. Nun saß er wieder, tief zurückgelehnt, ein alter Vogel, der sich zugleich in dieses hermetisch geschlossene Zimmer, in den Klubsessel und die Poesie geflüchtet hat, und las ganz langsam mit einem Sinn für den Rhythmus, der um so mehr ergriff, als seine Stimme klanglos war und alt wie sein Lächeln. Der gedämpfte Laut fliehender Schritte auf der Straße, die fernen Detonationen, alle die Geräusche der Nacht und des Tages, die Scali gleichsam noch auf seiner Haut fühlte, schienen wie aufgescheuchte Tiere um diese Stimme zu kreisen, die schon auf dem Wege zum Tode war.

»Wohlgemerkt, ich kann von den Arabern umgebracht werden. Oder ich kann später den Tod durch Ihre Leute finden. Das ist nicht von Wichtigkeit. Ist es wirklich ein so schwieriges Ding, Herr Scali, auf den Tod zu warten, der vielleicht nicht kommen wird, und dabei gelassen ein Gläschen zu trinken und wundervolle Verse zu lesen? Es gibt ein sehr intensives Gefühl gegenüber dem Tod, das seit der Renaissance niemand mehr ausgedrückt hat . . . Und doch hatte ich in meiner Jugend Angst vor dem Tod«, fügte er wie beiläufig hinzu.

»Welches Gefühl?«

»Die Neugier.« Er stellte das Buch von Quevedo wieder ins Fach. Scali verspürte keine Lust zum Gehen.

»Haben Sie dieses Gefühl der Neugier gegenüber dem Tode nicht?« fragte der Greis. »Jede abschließende Meinung über den Tod ist so dumm . . .«

»Ich habe viel über den Tod nachgedacht«, sagte Scali und fuhr sich mit der Hand durch das krause Haar. »Seit ich kämpfe, denke ich nicht mehr an ihn. Er hat für mich jede . . . metaphysische Realität verloren, wenn Sie es so nennen wollen. Sehen Sie, ich bin mit meinem Flugzeug einmal abgestürzt. Zwischen dem Augenblick, wo das Vorderteil des Flugzeuges den Boden berührte, und dem Augenblick, da ich verwundet wurde – übrigens nur sehr leicht –, während des

Krachens, dachte ich an nichts, war nur leidenschaftlich auf der Lauer, einer Lauer von unerhörter Lebensfülle: Wie soll ich abspringen, wohin? Heute glaube ich, daß es immer so ist: ein Duell, in dem der Tod Gewinner oder Verlierer ist. Alles andere sind Beziehungen zwischen den Ideen. Der Tod ist keine so ernste Sache; der Schmerz freilich ist es. Die Kunst versagt gegenüber dem Schmerz, und angesichts von Blutflekken hält kein Gemälde stand.«

»Seien Sie dessen nicht so sicher, seien Sie dessen nicht so sicher! Als Saragossa von den Franzosen belagert wurde, stellten die Grenadiere in Ermangelung von Leinwand ihre Zelte aus Ölgemälden der alten Meister her, die sie in den Klöstern gefunden hatten. Nach einem Ausfall sah man die polnischen Lanzenreiter zwischen den Verwundeten betend vor den Madonnen Murillos knien, welche die dreieckigen Zelte abschlossen. Das war Religion, es war aber auch eine Wirkung der Kunst, denn vor den gewöhnlichen Madonnenbildern beteten sie nicht. Ah, Herr Scali, Sie verstehen sehr viel von Kunst, aber noch nicht genug vom Leiden ... Und Sie werden später einmal erkennen – denn Sie sind noch jung –, daß das Leiden weniger bedrängend ist, wenn man seine Unabänderlichkeit einsieht.«

Ein Maschinengewehr gab kurze Feuerstöße ab, wütend und ganz allein in der von scharrenden Geräuschen erfüllten Stille.

»Hören Sie?« fragte Alvear gleichgültig. »Aber der Teil seiner selbst, den der Mann, der da feuert, in diesem Augenblick einsetzt, ist nicht sein wesentlicher ... Was bürgt mir dafür, daß der Gewinn, den euch die wirtschaftliche Befreiung bringen würde, größer wäre als die Einbuße, wenn die von allen Seiten bedrohte neue Gesellschaftsordnung sich durch ihre ständige Angst genötigt sähe, zum Zwang, zur Gewalt, vielleicht zur Denunziation ihre Zuflucht zu nehmen? Die ökonomische Knechtschaft ist schwer zu ertragen, aber wenn man, um sie abzuschaffen, gezwungen ist, die politische oder die militärische oder die religiöse Knechtschaft zu verstärken – wozu dann das alles?«

Alvear hatte auf einen Typus von Erfahrungen angespielt, von denen er selbst nicht viel wußte, die aber für den kraushaarigen kleinen Italiener eine tragische Bedeutung anzunehmen begannen. Für ihn lag die Gefahr, die der Revolution drohte, nicht in der Zukunft, sondern in der Gegenwart. Seit jenem Tage, da er sich über Karlitsch gewundert hatte, stellte er fest, wie sich das physiologische Element des Krieges bei vielen seiner wertvollsten Kameraden immer mehr durchsetzte, und war darüber tief erschreckt. Er wußte nicht recht, woran er war.

»Ich möchte mir über meine Gedanken Klarheit verschaffen, Herr Scali«, hob der Alte wieder an.

»Jawohl, aber das bedeutet eine Einengung des Lebens.«

»Gewiß«, sagte Alvear nachdenklich, »aber das am wenigsten eingeengte Leben ist wohl das der Wahnsinnigen ... Ich will, daß die Beziehungen, die ich zu einem Menschen habe, seinem Wesen gelten und nicht seinen Ideen. Ich will die Treue in der Freundschaft und nicht die Abhängigkeit der Freundschaft von einer politischen Haltung. Ich will, daß ein Mensch vor sich selbst verantwortlich sei – und Sie wissen, Herr Scali, daß, was immer man behaupten mag, dies immer noch das schwerste ist – vor sich selbst verantwortlich, nicht vor einer Sache, und wäre es die Sache der Unterdrückten.«

Er zündete sich eine Zigarre an.

»In Südamerika, Herr Scali« – er blies den Rauch –, »ertönt am Morgen im Urwald« – wieder eine Rauchwolke – »ein gewaltiges Affengebrüll. Und die Sage behauptet, daß Gott ihnen einst versprochen hat, sie beim Erscheinen der Morgenröte zu Menschen zu machen. Sie erwarten jedes Morgenrot, sehen sich in ihrer Hoffnung abermals getäuscht und erfüllen den ganzen Wald mit ihrem Weinen. Im Menschen steckt eine fürchterliche, tiefwurzelnde Hoffnung ... Der ungerecht Verdammte, der Mensch, der in seinem Leben gar zu oft auf Dummheit, Undankbarkeit oder Niedertracht gestoßen ist, muß doch wohl seinen Einsatz wiederholen dürfen ... Die Revolution spielt unter andern Rollen auch die, welche einstmals das ewige Leben spielte, wodurch sich viele ihrer charakteristischen Eigenschaften erklären lassen. Wenn ein jeder sich selbst gegenüber so viel Energie anwendete, wie er heute auf die Änderung der Regierungsform anwendet, wäre das Leben in Spanien möglich.«

»Aber er müßte es allein tun, und das ist eben das große Problem.«

»Der Mensch setzt bei einer Aktion nur einen begrenzten Teil seiner selbst ein, und je totaler die Aktion zu sein beansprucht, um so kleiner ist in Wirklichkeit der eingesetzte Teil. Sie wissen ja, Herr Scali, es ist schwer, ein Mensch zu sein – schwerer, als die Politiker glauben ...«

Alvear erhob sich.

»Aber wie vermögen Sie, der Deuter von Masaccio, von Piero della Francesca, wie vermögen Sie diese Welt zu ertragen?«

Scali fragte sich, ob er vor sich die Ideenwelt oder den Schmerz Alvears hatte.

»Nun«, sagte er schließlich, »haben Sie jemals mit vielen ungebildeten Menschen zusammen gelebt?«

Alvear dachte nach.

»Ich glaube nicht. Aber ich kann es mir sehr gut vorstellen.«

»Sicherlich sind Ihnen einige der großartigen Predigten des Mittelalters bekannt ...«

Alvear nickte bejahend.

»Diese Predigten wurden von Menschen angehört, die viel unwissender waren als meine Mitkämpfer. Glauben Sie, daß diese Predigten verstanden wurden?«

Alvear wickelte das kommaartige Ende seines Bartes um einen Finger und blickte Scali an, wie um zu sagen: Ich merke schon, worauf Sie hinauswollen.

»Zweifellos«, erwiderte er nur.

»Sie haben soeben von der Hoffnung gesprochen. Die Menschen, welche die Hoffnung und die gemeinsame Aktion verbindet, reichen, ebenso wie die durch Liebe vereinten Menschen, an Regionen heran, die ihnen als einzelnen nicht zugänglich wären. Die Gesamtheit dieses Geschwaders ist edler als die meisten, aus denen es sich zusammensetzt.«

Alvear blickte auf Scali, der, die Brille in der Hand, dasaß, und sah nur noch sein Gesicht, das schön geworden war, weil es das ausdrückte, was auszudrücken es bestimmt war: Ideen. Ein geheimnisvolles Etwas verschmolz jetzt den dicken Mund und die beinahe geschlitzten Augen zur Einheit.

»Dort, wo ich jetzt bin«, fuhr er fort, »gibt es gar vieles, was mich abstößt, aber das Wesentliche des Menschen, wenn Sie mir diesen Ausdruck erlauben, besteht meiner Ansicht nach in diesen Bereichen. ›Im Schweiße deines Angesichts sollst du dein Brot essen.‹ Sehen Sie, das gilt auch für uns, besonders wenn es der kalte Angstschweiß ist . . .«

»Ach, ihr alle blickt wie gebannt auf das Fundamentale im Menschen . . . Das Zeitalter des Fundamentalen beginnt wieder, Herr Scali«, sagte Alvear, und mit plötzlicher Feierlichkeit: »Was not tut, ist eine neue Fundierung der Vernunft . . .«

»Sie glauben also, daß Jaime unrecht hatte mitzukämpfen?«

Alvear zuckte mit den gewölbten Schultern, seine Wangen sackten noch tiefer.

»Ach was, mag auch die Welt faschistisch werden, wenn Jaime nur nicht blind wäre!«

Ein Auto fuhr vorüber, schaltete kreischend in einen andern Gang, war weg.

»Glauben Sie, daß er wieder sehen wird?«

»Die Ärzte versichern, daß es möglich sei.«

»Auch Ihnen haben sie das gesagt, auch Ihnen? Aber sie wissen, daß Sie sein Freund sind . . . Und dieses Kostüm . . . Sie lügen jetzt jeden Offizier an, haben Angst, daß man sie für Faschisten hält, wenn sie die Wahrheit sagen, diese Idioten!«

»Warum muß das, was die Ärzte sagen, notwendigerweise falsch sein?«

»Als ob es leicht wäre, die Wahrheit zu glauben, wenn sie von einem einzigen Menschen abhängt und unser ganzes Glück ausmacht . . .«

Er verstummte. Dann, vielleicht in dem Bedürfnis, die Angst von sich zu schieben, fuhr er lauter und in gleichmütigem Tone fort: »Die einzige Hoffnung, die das neue Spanien hat, das zu bewahren, wofür Sie, Jaime und viele andere kämpfen, ist die Aufrechterhaltung dessen, was wir in all diesen Jahren nach unserem besten Wissen gelehrt haben . . .«

Er hörte draußen ein Geräusch und trat an das Fenster.

»Und das wäre?« fragte Scali.

Der alte Mann drehte sich um und sagte resignierend: »Das Menschsein . . .«

Er lauschte noch immer, schaltete das Licht aus und öffnete ein wenig das Fenster, durch welches, das Geräusch der Schritte übertönend, die Internationale hereindrang. In der Dunkelheit klang seine Stimme noch gedämpfter, als käme sie aus einem kleineren, traurigeren und älteren Leibe: »Wenn jetzt die Mauren einziehen, wird das letzte, was ich gehört habe, dieser Gesang der Hoffnung sein, gespielt von einem Blinden . . .« Er sagte das ohne Pathos, vielleicht mit einem vagen Lächeln. Scali hörte, wie er die Läden wieder schloß. Einen Augenblick lang war es im Zimmer stockfinster; endlich fand Alvear den Schalter und knipste das Licht wieder an.

»Denn die Menschen brauchen unsere Welt für die Niederlage«, sagte der Greis, »und sie werden sie ebenso für die Freude brauchen . . .«

Er blickte Scali an, der sich auf den Diwan gesetzt hatte.

»Nicht die Götter schaffen die Musik, Herr Scali, sondern die Musik schafft die Götter . . .«

»Aber vielleicht ist es gerade das, was sich draußen begibt, was die Musik schafft . . .«

»Das Zeitalter des Fundamentalen beginnt wieder«, sagte Alvear abermals.

Er schenkte sich ein Gläschen Kognak ein und leerte es mit ausdruckslosem Gesicht. Der Lichtkreis der Lampe reichte kaum bis zu Scali auf dem Diwan, so daß nur seine Stirn, die Brillengläser und das krause Haar schwach beleuchtet waren.

»Sie haben sich auf den Platz gesetzt, wo Jaime immer sitzt, wenn er kommt. Auch Sie tragen eine Brille . . . Wenn er die seine abnimmt, kann ich nicht hinsehen . . .«

Zum erstenmal schwoll seine fast tonlose Stimme zu leidvollem Pathos an. Er sagte auf französisch vor sich hin:

». . . *Que te sert, ô Priam, d'avoir vécu si vieux!* . . .«

Mit gerunzelter Stirn unter seinen närrischen Haarschnörkeln warf er Scali einen Blick zu, der zugleich kindlich und gehetzt war.

»Nichts – nichts – ist fürchterlicher als die Entstellung eines *Leibes*, den man liebt . . .«

»Ich bin sein Freund«, sagte Scali mit leiser Stimme. »Und ich bin gewöhnt, mit Verwundeten umzugehen.«

»Als ob es eine Absicht des Schicksals wäre«, sagte Alvear langsam. »Dort, just seinen Augen gegenüber, in diesen Fächern der Bibliothek, befinden sich alle Bücher über Malerei, die Tausende und Tausende von Reproduktionen, die er so oft betrachtet hat . . . Und dennoch, wenn ich das Grammophon spielen lasse oder wenn Musik von draußen hereinkommt, kann ich ihn ansehen, selbst wenn er die Brille abnimmt . . .«

ACHTES KAPITEL

Auch Manuel findet das Kriegsministerium den hinsterbenden Kerzen ausgeliefert. Diese ungeheuren, düstern Säle, aus denen die letzten spanischen Könige einen kläglich protzigen Abklatsch der Zeiten Karls V. gemacht hatten, hatte er einst voll von Milizmännern gefunden, die auf den Sofas lagerten, den Revolver gezückt, den Ministerpräsidenten irgendwo in einer Ecke vor einem winzigen Radioapparat, und später unter der strengen, ein wenig sauertöpfischen Ordnung von Caballero. – Jetzt findet er sie in der gleichen Ordnung wieder, mit Fenstern, die weit auf die ihre Nerven verlierende Stadt geöffnet sind, und mit Fauteuils, die ihn, wenn er das Licht anknipst, verwundert anblicken . . . Einzig in dem Büro des Kriegsministers brennen alle Lampen, und der französische Hauptmann wartet immer noch. In dem Treppenhaus verbreiten die Kerzen nicht mehr die Theaterbeleuchtung, die García und Guernico gesehen haben, sondern eine rötliche Kirchendämmerung, Botin der endgültigen Dunkelheit. Hin und wieder werden in der Mitte eines gewölbten Korridors die ersten Stufen einer Monumentaltreppe, die sich im Schatten verliert, von kleinen Laternen beleuchtet, solchen, wie sie nachts in der Stadt eine gesperrte Straße oder einen stehengelassenen Handwagen anzeigen.

Manuel nähert sich jetzt dem Zimmer des Generals Miaja ganz oben unterm Dach. Auch hier sind die Gänge dunkel, aber in diesem Stockwerk blinkt unter den Türen das Licht hervor. Er tritt ein: Der General ist nicht da, aber ein großer Teil des Stabes der Verteidigungsjunta ist in diesem, einem mittelmäßigen Hotelzimmer gleichenden Raum versammelt, sitzend oder auf und ab schreitend. Der Chef der Dinamiteros, der Chef der Minenleger, Offiziere des Generalstabs von Miaja, Offiziere des 5. Korps . . . Von diesen Korpsoffizieren war vor sechs Monaten kein einziger Soldat: ein Modezeichner, ein Bauunternehmer, ein Pilot, der Leiter eines Industrieunternehmens, zwei Mitglieder von Zentralkomitees der Parteien, ein Metallarbeiter, ein Schriftsetzer, ein Ingenieur, ein Garagenbesitzer. Auch er selbst und Enrique und Ramos. Manuel erinnert sich an einen blinden Milizmann, der infolge seiner Verwundungen an beiden Beinen obendrein gelähmt war. Er erschien eines Tages vor Azaña.

»Was wollen Sie von mir?« fragte ihn der Präsident. »Nichts«, antwortete er, »ich wollte Ihnen nur sagen: Salud und Mut!« Und er humpelte an seinen Krücken wieder davon.

Es handelt sich nicht um eine offizielle Beratung der Verteidigungsjunta. Aber in dieser Nacht wird jede Zusammenkunft zu einer Beratung. Das Schicksal dieser im Kampfe herangebildeten Männer ist ähnlich dem Manuels, ähnlich dem ganz Spaniens.

»Auf wieviel Mann kommt in diesem Augenblick ein Gewehr?« fragte Enrique. »Auf vier«, antwortet einer der Offiziere. Er ist ein Genosse Manuels, der ehemalige Modezeichner. Er kontrolliert die Mobilisation der Zivilbevölkerung; die Kommunistische Partei hat am Tage vorher die allgemeine Mobilisierung der Gewerkschaften gefordert.

»Das Aufsammeln der Gewehre muß organisiert werden«, sagt Enrique. »Sie müssen, sobald die ersten Genossen gefallen sind, nach hinten gebracht werden. Organisieren Sie das heute nacht, indem Sie sich die Organisation der Krankenträger zum Muster nehmen!«

Der Modezeichner entfernt sich.

»Ist es absolut unmöglich, in Madrid noch weitere Waffen aufzutreiben?«

Jetzt antwortet ein anderer: »Außer bei der Sicherheitspolizei sind sogar die Polizisten, die Posten und die Eskorten waffenlos; sie haben nur noch ihre Revolver. Heute nacht ist niemand beschützt.«

»Wenn wir Madrid verlieren, können wir auch die Ministerien, die Funktionäre und die Minister, soweit sie übrigbleiben, verlieren.«

»Wie steht es mit den Befestigungen?« fragt der Generalstabschef von Miaja.

»Zwanzigtausend Mann«, sagt Ramos, »sind im Begriff, tüchtige Arbeit zu leisten, die gesamte Gewerkschaft des Bauhandwerks ist mobilisiert. Dazu noch Freiwillige. Jedem Arbeitsplatz, jeder Barrikade steht ein Mann des 5. Korps vor. Die Mauren werden zu schaffen kriegen, die Arbeit ist auf einen Kilometer Tiefe fertig. Übermorgen wird ganz Madrid seinen Gürtel von Barrikaden haben, von allem anderen ganz zu schweigen.«

»Die Barrikaden der Frauen sind schlecht«, sagt ein Offizier. »Sie sind zu klein.«

»Sie existieren nicht mehr«, entgegnet Ramos. »Es gibt nur noch die, die nach den eben genannten Vorschriften errichtet worden sind, oder die von den Männern des 5. Korps geprüften und für geeignet befundenen. Aber die Barrikaden der Frauen waren nicht zu klein, sondern im Gegenteil zu groß. Sie konnten sich nicht genug tun!«

»Was da die Frauen mit ihren Vorräten an Benzin in jedem Hause tun, hat nicht viel Sinn«, bemerkt eine andere Stimme.

»Die moralische Wirkung ist immerhin beträchtlich.«

»Sagen Sie mir doch, warum hat man all das nicht schon früher gemacht?«

»Die Hälfte – nein, neun Zehntel – der Unseren begreifen erst in Madrid selbst, daß sie Madrid verteidigen. Heute morgen sagt auf der Straße einer zu mir: ›Wenn sie jemals bis vor Madrid kommen, da sollen sie was zu knacken kriegen!‹ – ›Sag mal‹, antworte ich, ›du weißt doch, wo Carabanchel ist, oder nicht?‹ – ›Madrid‹, sagt er, ›ist Madrid; und Carabanchel ist nicht Madrid.‹«

»Stoßen Sie im Augenblick auf Carabanchel vor?« fragt Manuel.

»Sie sind dort an das 5. Korps geraten. Sie rücken von Süden vor, aber sie werden auch auf deiner Seite angreifen.«

Manuel wird sich noch diese Nacht nach Guadarrama begeben. Er ist Oberstleutnant. Seine Haare sind kurz geschoren, und seine grünen Augen wirken in dem gebräunten Gesicht heller.

»Ist es richtig, daß die Leute von Durruti angekommen sind?«

»Die Bahnverbindung ist abgeschnitten. Wir haben Lastautos nach Tarancón geschickt. Sie sind unterwegs.«

»Erwartet man noch immer die in Sowjetrußland gekauften Flugzeuge für übermorgen?«

Keiner antwortet. Alle wissen, daß die Montage bald fertig sein muß. Aber wie lange wird es noch dauern ...

»Auf wen werden sie im Süden stoßen?« fragt Manuel.

»Das hängt vom Zeitpunkt ab. Vorläufig wird von Vallecas die Internationale Brigade herangebracht.«

Nun treffen nacheinander mehrere Offiziere ein.

In dem ungeheuren Treppenhaus sind die letzten Kerzen erloschen, der französische Hauptmann ist fortgegangen; nur einige Prunklaternen, die früher draußen an den Gittertoren hingen, verbreiten in den weiten Hallen das trübe Licht von Totenlämpchen. Verödet wie die letzten Cafés von Madrid, preisgegeben wie die Stadt, bereitet der Palast seinen unterirdischen Widerstand vor.

NEUNTES KAPITEL

Westpark

Ein Amsellied steigt auf, bricht ab wie eine Frage – ein anderes antwortet. Das erste setzt wieder ein, stellt jetzt seine Frage ängstlicher, das zweite protestiert energischer – und schallendes Gelächter ertönt aus dem Nebel. »Hast recht«, sagt eine Stimme, »sie kommen nicht durch. Schnickschnack!« Die Amseln sind Siry und Kogan von der ersten Internationalen Brigade. Kogan ist Bulgare und versteht kein Wort Französisch: Sie verständigen sich durch Pfeifen.

»Ruhe!«

Etwa fünfzehn Granaten antworten.

Deutsche, Polen, Flamen, ein paar Franzosen warten, lauschen dem Näherkommen der Detonationen. Plötzlich drehen sich alle um: Hinter ihnen wird geschossen.

»Explosivgeschosse«, rufen die Offiziere. »Tut nichts.«

Wie deutlich man die Kugeln im Nebel hört! Man kann mit dem Ohr ihre Bahn verfolgen ... Das Bataillon hat sich gleich zu Anfang den Namen Edgar André gegeben. Die Deutschen haben in der Nacht erfahren, daß Edgar André, Hitlers Gefangener, soeben mit dem Beil hingerichtet worden ist.

Fast alle Deutschen leben seit Monaten das elende Leben der Emigranten, zweifeln an sich selbst. Sie warten. Warten seit drei Jahren. Heute werden sie endlich zeigen können, daß sie nicht bloß Zaungäste der Revolution waren.

Die Polen harren mit angespanntem Gesichtsausdruck der Befehle.

Die Franzosen schwatzen.

Der Kanonendonner kommt näher. Viele Soldaten berühren ihren Nebenmann scheinbar zufällig mit der Schulter oder mit dem Bein – als wäre die einzige Verteidigung des Menschen gegen den Tod die Wärme menschlicher Leiber.

Siry und Kogan stecken eng beieinander. Sie sind zu jung, um Kriegsteilnehmer gewesen zu sein, aber alt genug, um ihren Militärdienst hinter sich zu haben, nach vierzehntägiger Ausbildung sind sie an die Front gekommen. Siry, das ist ein breites, ganz schwarzes Dreiecksgesicht, ein stämmiger Junge mit Komödiantengebärden. Kogan ist ein lockiger Flederwisch mit einem vertikalen Haarschopf.

Sie haben die Nacht unter der gleichen Decke verbracht: die, welche heute kämpfen müssen, haben wegen der Novemberkälte zu zweit geschlafen. Noch nie habe ich für einen Menschen in so kurzer Zeit so freundschaftliche Gefühle empfunden, denkt Kogan. Jedesmal, wenn ein Geschoß in ihrer Nähe einschlägt, gibt Siry in der Amselsprache seine Meinung kund, billigt oder protestiert. Ein 155-mm-Geschoß geht nieder, ohne zu krepieren, bohrt sich in den Boden ein, als wollte es zum Mittelpunkt der Erde vordringen. Siry schlägt mit den Flügeln und protestiert heftig.

»Die Mauren!«

Nein. Nur ein übernervöser Soldat. Der Nebel beginnt sich zu heben, aber vom Feind ist nichts zu sehen. Explosionen, ein öder Wald.

»Stellung!«

Alle haben die Nase an der Erde, es riecht nach Moos und nach Kindheitserinnerungen. Die ersten Kopfverwundeten kommen von vorn zurück, das Gesicht versteckt hinter schon blutigen Fingern. Trotz dem Kugelregen richten die Soldaten sich ein wenig auf und grüßen mit erhobener Faust. Die Verwundeten sehen sie nicht, bis auf einen, der, um ihren Gruß mit seiner blutigen Faust zu erwidern, das Gesicht des Krieges selbst entblößt. Auf allen Seiten fallen Zweige, als wären es Menschen. »Diese verdammte Erde«, sagt Siry, »wenn man doch in sie hineinschlüpfen könnte!«

»Auf!«

Sie beginnen gebückt durch den Wald vorzurücken. Sie hören, wie die Mauren gleichfalls vorrücken, können aber nichts sehen als einzelne Bäume, die im Nebel den von den Geschossen erzeugten Erdfontänen gleichen. Nichts mehr von Amselliedern; seit sie in Bewegung sind, sich von ihren Füßen dem Kampf entgegentragen lassen, denken sie nur an die Sekunde, wo die Mauren auftauchen werden, und dennoch denken auch die Ungebildetsten unter ihnen daran, daß sie an diesem Nebelmorgen die Träger der Geschichte sind.

Den Flamen rechts von Siry (links ist Kogan) trifft eine Kugel ins Bein, er beugt sich nieder, um nach seiner Wade zu greifen, kriegt dabei zwei Kugeln in die Brust und fällt. Die Mauren schießen jetzt Kreuzfeuer. Ich hätte nie gedacht, daß es so viele Kugeln auf der Welt gibt, denkt Siry, und gar für mich allein! Zugleich ist er entzückt, so gut zu funktionieren: die Angst ist zwar da, aber sie hindert ihn nicht am Marschieren noch sonst in einer Bewegung. Alles in Ordnung. »Wir wollen ihnen zeigen, was ein Franzose ist!« Denn in diesem Moment will jeder der Internationalen die militärische Tüchtigkeit seiner Nation beweisen. Ein Offizier brüllt zwei Silben heraus und fällt, eine Kugel im Mund. Siry beginnt wütend zu werden: Er findet, daß man ihm seine Kameraden ermordet. Ein verwundeter Hauptmann wird von zwei Soldaten vorübergetragen. »Haltet euch gut«, sagt er, »vor allem laßt euch nicht unnütz töten!« Trotz dem Getöse der Schüsse entgeht Siry das plötzliche Stillewerden der Menschen nicht, über denen noch der Satz schwebt: »Es hat mich erwischt . . .«

Die Internationalen rücken im Nebel vor. Wird man die Mauren endlich zu sehen kriegen, ja oder nein?

Heinrich tut inmitten der Telefonanrufe und des lärmenden Durcheinanders seines Gefechtsstandes sein Bestes. Ein Zivilist kommt an, graue Bürstenfrisur, Schnurrbart.

»Was wollen Sie?« fragt ihn Albert, der Adjutant des Generals. Er ist ein ungarischer Jude, ehemals Student, dann Tellerwäscher; ein stämmiger Bursche mit gelocktem Haar.

»Ich bin Hauptmann in der französischen Armee und gehöre dem Weltkomitee gegen den Faschismus seit seiner Gründung an. Ich habe den ganzen Tag wartend auf einem Stuhl im Kriegsministerium verbracht und kann Nützlicheres leisten. Man hat mich endlich hierher geschickt. Ich stehe zu Ihrer Verfügung.«

Er hält Albert seine Papiere hin: Militärpaß, Mitgliedskarte des Komitees. »In Ordnung, Herr General«, sagt der Adjutant zu Heinrich.

»Eine polnische Kompanie hat soeben ihren zweiten Hauptmann verloren«, sagt der General.

»Einverstanden.«

Der Hauptmann wendet sich an Albert: »Wo sind die Uniformen?«

»So viel Zeit haben Sie nicht«, sagt Heinrich.

»Einverstanden. Wo sind die Leute?«

»Sie werden hingeführt werden. Ich mache Sie darauf aufmerksam, daß es sich um eine ... gefährdete Stellung handelt.«

»Ich habe den Krieg mitgemacht, Herr General.«

»Schön. Um so besser.«

»Ich bin ein Glückspilz. Die Kugeln wollen von mir nichts wissen.«

»Um so besser.«

Zwischen den Bäumen dieses Westparks, der so wenig für den Kampf geschaffen scheint, sieht Siry weit vor sich jenseits der Gefallenen, die sich um nichts mehr kümmern, die ersten Turbane vorüberhuschen gleich flüchtenden dicken Tauben.

»Pflanzt die Bajonette auf!«

Zwar hat er die Mauren noch nie erblickt, doch war er unlängst in der Nacht als Verbindungsmann eine Stunde lang in der ersten Linie nur hundert Meter von ihren Schützengräben entfernt. Undurchdringlicher Nebel herrschte in jener Novembernacht; er konnte nichts sehen, doch hörte er deutlich den exotischen Lärm, der zugleich mit ihren Feuern auf und ab zu wogen schien, und er erwartet sie jetzt, als erschiene Afrika selbst. Es heißt, daß die Mauren immer betrunken sind, wenn sie angreifen. Überall rings um ihn, stehend, liegend oder tot, zielend, feuernd, immer wieder zielend und feuernd, sind seine Kameraden aus Ivry, die Arbeiter aus Grenelle, die aus Courneuve und aus Billancourt, die polnischen Emigranten, die Flamen, die verfolgten Deutschen, die Kämpfer der Kommune von Budapest, die Dockarbeiter aus Antwerpen – Abgesandte prolctarischen Blutes aus halb Europa. Die Turbane kommen hinter den Stämmen immer näher, als spielten sie in rasendem Tempo ein Wechselt-das-Bäumchen-Spiel.

Seit Melilla rücken sie heran …

Lange Stähle, Bajonette und Dolche, gleiten glanzlos durch den Nebel, lang und spitz.

Im Kampf mit der blanken Waffe sollen die maurischen Truppen zu den besten der Welt gehören.

»Bajonett … auf!«

Es ist der erste Kampf der Internationalen Brigade.

Die Internationalen zücken ihre Bajonette. Siry hat noch nie gekämpft. Er denkt weder daran, daß er getötet werden, noch daß er Sieger sein könnte, er denkt: Sie wissen nicht, was ihrer harrt, die afrikanischen Böcke! Ein Bajonettfechten wie beim Regiment? Oder einfach wild drauflosstechen?

Zwischen zwei Geschoßeinschlägen sagt eine Stimme fern hinter den Bäumen.

»… Die Republik der …«

Das weitere ist nicht vernehmbar, aller Augen richten sich auf die anrückenden Mauren; und eine Stimme, die viel näher ist und von der jeder weiß, was sie ungefähr sagen wird, einerlei, welche Worte sie braucht, aber die vor Begeisterung zittert und alle diese vorgebeugten Männer unwillkürlich hochzucken läßt, ruft durch den Nebel zum erstenmal auf französisch: »Für die Revolution und die Freiheit, dritte Kompanie vor! …«

Heinrich, dessen rasierter Nacken Stirnfalten schlägt, hält an jedem Ohr einen Hörer. Kompanie für Kompanie geht die Internationale Brigade zum Gegenangriff mit dem Bajonett vor.

Albert legt seinen Hörer hin. »Ich begreife von all dem gar nichts, Herr General. Hauptmann Mercery sagt: Beträchtliche Beute, die Stellung ist unser, wir haben mindestens zwei Tonnen Seife erobert!«

Mercery befehligt eine spanische Kompanie, rechts von den Internationalen.

»Was für Seife? Was will denn dieser Idiot?«

Albert ergreift wieder den Hörer.

»Was? Welche Fabrik? Welche Fabrik, zum Teufel?«

»Er erklärt mir die Nützlichkeit der Seife«, sagt er, zu Heinrich gewendet.

Der General wirft einen Blick auf die Landkarte.

»Welche Seite?«

Heinrich greift zu einem andern Hörer.

»Ah, so«, sagt er, »er hat die Seite verwechselt und eine Seifenfabrik erobert, die uns gehört. Ersuchen Sie den spanischen General, diesen Trottel auf der Stelle abzuberufen.«

Das Bajonett, das man gebrauchen muß, ist viel länger, als man glaubt.

Von dem, was in der letzten Viertelstunde vorging, ist Siry nur die Erinnerung geblieben an ein Gemenge von Strauchwerk und großen Bäumen, das in der Luft herumwirbelte, an das Getöse der Granaten und der Explosivgeschosse und an die Mauren, die mit offenem Mund heranstürmten, ohne daß man ihr Brüllen hörte.

Sirys Kompanie wird von einer deutschen abgelöst und begibt sich nach hinten, um sich neu zu formieren. Der Waldboden ist mit Mauren besät wie mit Papierschnitzeln nach einem Fest; als das Bataillon gegen sie anstürmte, sah es sie nicht. Es heißt, daß eine polnische Kompanie den Manzanares überschritten hat.

»Und der Hauptmann der Polen?« fragte Heinrich.

»Als er sah, was los war, sagt er: ›Die Position ist nicht zu halten, ihr müßt sie aufgeben. Diejenigen, denen es gelingt, bis zu unseren Linien zu gelangen, sollen sagen, daß sie auf meinen Befehl zurückgegangen sind. Springt aus den rückwärtigen Fenstern hinaus, es gibt dort nicht weniger Granaten, aber doch weniger Gewehrkugeln. So, nun geht und sagt, daß ich meine Pflicht getan habe.‹ Dann hat er den Uniformrock des zweiten polnischen Hauptmanns angezogen, ist hinuntergegangen und hat sich eine Kugel durch den Kopf geschossen. Er liegt quer vor dem Eingang.«

»Wie viele sind zurückgekommen?«

»Drei.«

Siry hat Kogan aus den Augen verloren: keiner seiner beiden Nebenmänner versteht Französisch (außer den Kommandos), und sie können auch nicht pfeifen. Siry weiß, daß hinter seinem Bataillon nur noch die bewaffneten Friseure stehen, eine Reserve, die man das Bataillon der Figaros nennt. Als in dem Höllenlärm eine Pause eintritt, hört er das Feuern der Kolonne Durruti, die vorrückt, des »Stahlregiments«, das vorrückt, der Sozialisten, die vorrücken; und je mehr sie vorrükken, um so breiter wird ihre Front. Hinter dem blutigen Getümmel des Westparkes entfaltet sich eine Angriffslinie, die so lang ist wie die Stadt. Die Spanier, die zwischen den Häusern am Morgen drei Attacken abgeschlagen haben, erhalten soeben den Befehl, ebenfalls anzugreifen: Die von Mauren genommenen Häuser werden mit Handgranaten zurückerobert, die Tanks mit Dynamit aufgehalten, und die von den Bajonetten der Internationalen zurückgedrängten Mauren sehen sich in den Straßen den Anarchisten gegenüber, welche die republikanischen Geschütze in die erste Linie schaffen. Hinter ihnen warten die mobilisierten Gewerkschaften auf die Waffen der ersten Toten.

Die Faschisten rücken seit Marokko vor, aber seit dem Westpark weichen sie.

Nachdem sie die Mauren zurückgedrängt haben, gehen die arg mitgenommenen Internationalen wieder zurück, bilden neue Kompanien und rücken wieder vor. Die Mauren kommen von den Höhen herunter. Die Anarchisten von Durruti, die Kolonnen sämtlicher katalonischer Parteien, die Sozialisten, die Bourgeois des »Stahlregiments« greifen an.

»Hallo!« Albert nimmt den Anruf entgegen.

»Der Feind macht einen neuen Gegenangriff, Herr General.«

»Mit Tanks?«

Albert wiederholt ins Telefon die Frage des Generals.

»Nein, keine neuen Tanks.«

»Und die Luftwaffe?«

Albert wiederholt.

»Normal.«

Er hängt nicht wieder an, schaut auf seinen Fuß, der sich bewegt, der Hörer zittert in seiner Hand.

»Herr General! . . . Wir haben's geschafft! Sie fallen bis auf den Manzanares zurück! Sie werden bis über den Manzanares zurückgehen, Herr General!«

Sirys Kompanie wird von andern Kompanien überholt, die laufen, vorstürmen, während Siry mit seinen Gefährten ein Gelände besetzt, auf dem zahllose Männer mit ausgelöschten Gesichtern liegen. Durch den Nebel, der jetzt aus Pulverdampf zu bestehen scheint, laufen, eine Nation nach der andern, die Kompanien, vorgebeugt, das Gewehr im Anschlag. Wie im Film – und doch so weit davon entfernt. Jeder dieser Männer ist einer der Seinen. Und viele kommen zurück, die Finger vor dem Gesicht oder beide Hände gegen den Unterleib drückend – oder sie kommen nicht zurück –, und sie haben das von vornherein auf sich genommen. Auch er. Und er nimmt es noch immer auf sich. Hinter ihnen liegt Madrid mit dem dunklen Widerhall aller seiner Gewehre.

Noch eine Angriffswelle, und dann ein schmaler Fluß . . .

»Der Manzanares!« rufen Stimmen.

Verzückt pfeift eine Amsel, irgendwo im Nebel liegt blutend Kogan auf dem feuchten Laub mit einem Bajonettstich im Oberschenkel und antwortet für die Verwundeten und für die Toten.

»Blut der Linken«

ERSTES KAPITEL

Die Stille, die doch so tief war, schien noch tiefer zu werden; in dieser Stille erhob sich ein Summen. Guernico hatte diesmal den Eindruck, daß es den ganzen Himmel füllte. Es war nicht wie das Geräusch eines Rennautos, durch das sich ein Flugzeug lokalisieren läßt, sondern eine über weite Räume verbreitete Schwingung, die immer tiefer wurde, lang anhaltend wie ein Orgelpunkt. Die Flugzeuggeräusche, die er bisher gekannt hatte, waren wechselnd, wurden stärker und schwächer; diesmal waren es so viele Motoren, daß alles zusammenschmolz zu einem unerbittlichen mechanischen Ansturm.

Die Stadt war so gut wie ohne Scheinwerfer – wie hätten die Jagdflieger der Regierung (oder das, was von ihnen übriggeblieben war) in dieser Finsternis ihre faschistischen Gegner finden können? Und dieses tiefe und dunkle Vibrieren, das wie die Nacht den Himmel und die Stadt erfüllte, ließ Guernico bis in die Kopfhaut erschaudern und wurde um so unerträglicher, als keine Bomben fielen.

Endlich wurde eine gedämpfte Explosion hörbar, als käme sie aus der Erde, es klang wie eine ferne Mine. Dann Schlag auf Schlag drei Detonationen von außerordentlicher Heftigkeit. Noch eine, dumpf und fern, dann nichts. Und wieder eine: Gerade über dem Kopf Guernicos sprangen die Fenster einer großen Wohnung auf, alle zugleich.

Guernico versuchte zu laufen. Infolge der vielen herumliegenden Pflastersteine stolperte er unaufhörlich, und das dichte Dunkel machte es ihm unmöglich, dem Trottoir zu folgen. Ein Auto mit blau abgeblendeten Scheinwerfern fuhr mit hoher Geschwindigkeit vorbei. Fünf neue Explosionen, etliche Flintenschüsse, irgendwo das Knattern eines Maschinengewehrs. Die Explosionen schienen noch immer aus der Erde zu kommen, das Krachen und Splittern aus etwa zehn Meter Höhe. Nicht der geringste Lichtschimmer; Fenster sprangen auf unter dem Luftdruck von oben. Bei einer nahen Explosion zersplitterten irgendwo die Scheiben, fielen aus einem obern Stockwerk auf den Asphalt. Guernico wurde sich bewußt, daß er nur bis zur ersten Etage sehen konnte. Dann wurde wie ein Echo des klirrenden Glases ein Läuten hörbar, glitt an ihm vorbei, verlor sich in der Nacht: die erste seiner Ambulanzen. Er war nun endlich bei der Sanitätszentrale angelangt. Die dunkle Straße füllte sich mit Menschen.

Ärzte, Krankenpflegerinnen, Organisatoren, Chirurgen kamen gleichzeitig mit ihm zur Unterstützung ihrer diensttuenden Kollegen an. Er hatte endlich seine Ambulanzen. Ein Arzt war für den medizinischen Teil der Arbeit verantwortlich, Guernico für die Organisation der Hilfeleistungen.

»Vorläufig klappt alles«, sagte der Arzt, »aber wenn das so weitergeht, werden wir versagen. Wir müssen die Ambulanzen gleich serienweise abschicken. Auf San Gerónimo, auf San Carlos sind Bomben gefallen und so weiter . . .«

Ein Altersheim und ein Spital. Guernico stellte sich vor, wie die Verwundeten durch die dunklen Säle von San Carlos liefen.

»Hat jeder Ambulanzwagen sein Paket mit Taschenlampen?« fragte er ruhig.

»Es brennt doch ohnehin alles lichterloh. Offenbar verwenden die Faschisten Brandbomben.«

Der Arzt öffnete die Fensterläden. »Da, sehen Sie nur.«

Hinter den Häuserprofilen tauchte in verschiedenen Richtungen eine schwache rote Helligkeit auf. Der Brand von Madrid beginnt, dachte Guernico.

»Die Ambulanzwagen sind doch mit Taschenlampen versehen?« fragte er noch einmal mit unverwüstlicher Geduld.

»Ich glaube nicht. Aber wie ich Ihnen schon sagte, wird man sie nicht brauchen.«

Guernico organisierte mit einer Ruhe, welche die Chirurgen überraschte: Sein Verhalten hatte weder etwas Komödiantenhaftes noch etwas vom tragischen Pathos. Er beauftragte einen der Assistenten, jeden Ambulanzwagen mit Taschenlampen zu versorgen: In dieser Finsternis war Beleuchtung die erste Voraussetzung der Hilfeleistung. Wieder eine Explosion, die Fensterscheiben klirrten. Während eine Wärterin die Läden schloß, hörte man die Signale von zwei neuen in die Nacht hinausgeschickten Ambulanzwagen.

Krachen und Splittern. Es hatte den Anschein, als würden die Bomben, offenbar leichte Bomben, nicht von einem Flugzeug abgeworfen, sondern wie Handgranaten wütend geschleudert. Guernico saß auf einem Stuhl, die telefonischen Berichte wurden ihm auf Zetteln notiert überbracht.

»Sie belegen das Palace-Hotel mit Bomben«, sagte er.

»Tausend Verwundete und so weiter«, sagte der Arzt.

Das Spital und die russische Gesandtschaft waren nicht weit entfernt.

»Calle de San Augustín«, sagte Guernico.

»Calle del León.«

»Plaza de las Cortes.«

»Jetzt schlagen sie nicht mehr auf die Verwundeten, sondern auf die Gesunden ein«, sagte ein Arzt.

Ein Assistent öffnete ein wenig das Fenster, dessen Läden der Arzt früher zurückgeschlagen hatte. Stärker als die Befehle, das Schrillen des Telefons, die Laute der allzu sicheren Schritte, das ständige Läuten der Ambulanzwagen drang in den Raum das gleichmäßige Dröhnen des faschistischen Geschwaders.

Ein Luftzug entstand, Papiere wurden fortgewirbelt: eine Krankenpflegerin, die sich mit einem der Wagen ins Altersasyl begeben hatte, kam eben zurück.

»Das ist eine schöne Bescherung!« rief sie. »Guernico, wir brauchen für das Heim noch wenigstens zwei Wagen!«

»Tür zu, Mercedes!« schrie der Arzt, im Luftzug seinen davonflatternden Papieren nachjagend.

»Was für eine Saubande!« sagte sie, als spräche sie von dem Motorenlärm, der eben durch das Schließen des Fensters aus dem Zimmer verbannt worden war. »Dort drüben herrscht ein unglaubliches Durcheinander: Die armen Alten zertrampeln sich gegenseitig im Treppenhaus. Sie sind natürlich wie verrückt!«

»Wie viele Verwundete?« fragte Guernico.

»Ach, für die Verwundeten würde ein Ambulanzwagen genügen. Es handelt sich um die Evakuierung.«

»Die Ambulanzwagen sind nur für die Verwundeten da, und daran wird's nicht fehlen . . . Befinden sich die Alten vorläufig in den Kellern?«

»Was denkst du!«

»Sind die Keller solide?«

»Oh, wahre Katakomben!«

»Gut.«

Er beauftragte einen Assistenten, die Junta zu benachrichtigen.

»Weißt du, Guernico«, sagte Mercedes, die sich plötzlich beruhigt hatte, leiser zu ihm, »einige von ihnen sind richtig übergeschnappt.«

»Handelt es sich um Brandbomben?« fragte einer der Ärzte.

»Die Leute, die tun, als verstünden sie etwas, nennen sie Kalziumbomben. Sie haben ein grünliches Feuer, genauer gesprochen: absinthfarben. Das ist was Furchtbares, es läßt sich nicht löschen. Und die alten Männer tappen wie Blinde dazwischen herum mit vorgestreckten Händen oder auf Krükken . . .«

»Wo hat die Bombe eingeschlagen?«

»In einem Gang zwischen den Schlafräumen.«

War eines der Fenster schlecht geschlossen? Das Gedröhne der Flugzeuge erhielt sich hartnäckig im Raum; zuweilen fiel ein republikanisches Maschinengewehr mit seinem Rattern ein, offenbar »um die Moral zu heben«. Aber leiser als diese Geräusche war ein anderes, das, wie ein gedämpfter Trommelwirbel, bald an-, bald abschwellend aus der Erde und den Mauern aufzusteigen schien: ein neuer Angriff der Internationalen Brigade gegen die Mauren den Manzanares entlang.

»Wo wird gekämpft?« fragte Guernico.

»Überall«, sagte Mercedes.

»Casa de Campo, Universitätsstadt«, sagte der Arzt.

Eine Explosion ganz in der Nähe brachte die Füllfederhalter auf den Tischen zum Hüpfen. Ziegel prasselten irgendwo auf ein fernes Dach und mitten in das Getrappel fliehender Schritte hinein. Eine Sekunde lang war es ganz still, dann durchschnitt ein außerordentlich schriller Laut die Nacht; dann wieder Stille.

»Eine Brandbombe auf die französische Botschaft«, sagte Guernico, der wieder am Telefon war, »die Bomben für die Nichteinmischung. Die Motorradfahrer sind doch auf ihrem Posten, nicht wahr? . . . Zwei Bomben in der Nähe des Cortes-Platzes . . . Sechs Radfahrer nach Cuatro Caminos!«

Ein Assistent flüsterte ihm etwas ins Ohr.

»Schicken Sie noch einen Ambulanzwagen nach San Carlos«, sagte er. »Dort sind Verwundete ... Und lassen Sie bitte Ramos wissen, daß er die Aufsicht übernehmen soll.«

Seit dem Beginn der Belagerung bestand Ramos' Funktion darin, an den gefährdetsten Stellen die Hilfe der Kommunistischen Partei einzusetzen. Im Sanitätsdienst, dem es an schmerzstillenden Mitteln und an Röntgenplatten fehlte, hatte die Partei sich sehr bewährt, weniger im Ambulanzdienst. Aber die Verwundetenhilfe in Madrid sollte von nun an eine Hauptaufgabe der Junta bilden.

ZWEITES KAPITEL

Ramos fuhr so schnell, als es ihm mit den blau abgeblendeten Lichtern möglich war.

Bei dem ersten großen Brand angekommen, hielt das Auto. In der von dumpfem Geschrei, dem Geräusch hastender Schritte, von Detonationen, von Krachen und Splittern erfüllten Nacht stürzte, den fernen unablässigen Schlachtendonner übertönend, ein Kloster ein, Trümmer über Trümmer; Blitze liefen wie Tiere durch den brodelnden granatroten Qualm. In dem Gebäude war niemand mehr. Milizpatrouillen, Sturmgardisten, Leute vom Hilfsdienst starrten, fasziniert von der perversen Lockung der Flammen, in das unverwüstliche Leben des Feuers. Eine graue Katze saß da und hob den Kopf.

War der Luftangriff vorüber?

Links ein schwaches Licht. Stapfen von Stiefeln in der von fernen Rufen umsäumten Stille. Plötzlich schoß aus dem schwachen Licht ein ganzes Bündel von Flammen hervor, und ein gewaltiger Brand tauchte Himmel und Häuser in hellen Schein. Obwohl die Flugzeuge fort waren (die Flugplätze befanden sich in der Nähe, und die Nächte im November sind lang), führte das Feuer unter den Dächern und von Stockwerk zu Stockwerk sein Eigenleben weiter. Zur Linken entstanden vier neue Herde, die nicht das blaugrüne Licht des Kalziums ausstrahlten, sondern in roten Flammen aufzischten. Als Ramos an der Brandstelle vorbeikam, nagten Tausende kurzer Flämmchen gleich Insektenschwärmen an den Häusern. Zwischen all dem schob sich ein lautloser Zug von Flüchtlingen hin: Matratzen, aus Handwägelchen aufragende Stuhlbeine; hinterdrein humpelten alte Weiblein. Der Rettungsdienst setzte ein und erwies sich als wirksam. Er überwachte wohl zehn solcher Aktionen.

San Carlos wurde von den Häusern verdeckt, und in fast allen Gassen rings um den Platz herrschte tiefes Dunkel. Ramos stieß an eine Trage; die Träger schrien. Ein Wirbel von Flämmchen wehte wie eine Wolke brennendes Konfetti über die nebeneinander auf der Erde liegenden Verwundeten hin und beleuchtete ganz schwach ihre Beine. Drei Schritte weiter stieß Ramos an eine andere Trage, diesmal war es der Verwundete, der aufschrie. Silhouettenhaft sich abzeichnende Feuerwehrmänner richteten auf eine blendend helle Straßenecke und ein Stück Dach lächerlich dünne Wasserstrahlen. Ramos war endlich auf dem Platz angelangt.

Brodelnde Rauchschwaden quirlten durcheinander, die Helligkeit nahm zu. Alles wurde deutlich erkennbar: die Baumwollmützen der nebeneinander liegenden Verwundeten und die Katzen. Und gleichsam als Begleitmusik des auflodernden Feuers erfüllte wieder das tiefe Gedröhne der Motoren den schwarzen Himmelsraum.

Ramos war so leidenschaftlich von dem Wunsche beseelt, die Verwundeten unbeschadet in den Ambulanzwagen zu verstauen, daß er bereit war, an die Ankunft von Autos zu glauben. Als aber nach dem Gepolter stürzender Balken die Feuersbrunst für einen Augenblick nachließ und eine von Funkenregen erfüllte Stille eintrat, wurde das unerbittliche Näherkommen der Motoren dort oben unverkennbar: zwei Abwürfe von je vier Bomben, acht Explosionen, gefolgt von einem seltsamen dumpfen Aufschrei, als erwachte vor Schreck die ganze Stadt.

Ein Milizmann, dem Äußern nach ein Bauer, stand neben Ramos. Sein Verband hatte sich gelöst, und er sah zu, wie das Blut an seinem nackten Arm entlanglief und Tropfen für Tropfen auf den Asphalt fiel. In der düsteren Beleuchtung war die Haut rot, war der schwarze Asphalt rot, aber das Blut war hellbraun wie Madeirawein und nahm im Fallen eine leuchtend gelbe Farbe an, wie die der Zigarette von Ramos. Er ließ den Mann eiligst abtransportieren. Andere Verwundete mit eingegipsten Armen zogen wie ein gespenstisches Ballett vorbei, zuerst als schwarze Schattenrisse, dann, als sie im düsteren Schein der Feuersbrunst den Platz überquerten, färbten sich ihre hellen Pyjamas immer tiefer rot. Alle diese Verwundeten waren Soldaten; von einer Panik war nichts zu merken, es herrschte ein verbissener Ordnungswille, in dem sich Überdruß, Ohnmacht, Wut und Entschlossenheit mischten. Wieder fielen zwei Bomben, und die Reihe der liegenden Verwundeten wogte wie eine Welle auf.

Die Fernsprechstelle befand sich hundert Meter weiter in einer Straße, die nicht vom Brand erhellt wurde. Ramos stieß an einen menschlichen Körper und knipste seine Taschenlampe an. Der Mann schrie mit weit offenem Mund. Ein Krankenträger berührte Ramos' Hand: »Er ist tot.«

»Nein, er schreit doch«, sagte Ramos.

In dem von den Bomben, den Flugzeugen, den fernen Kanonen, den verhallenden Sirenen erzeugten Höllenlärm vermochten die beiden einander kaum zu verstehen. Der Mann war tot und sein Mund aufgerissen wie der eines Schreienden, und vielleicht hatte er wirklich geschrien ... Ramos stieß noch auf andere Tragen und andere Schreiende, und ein plötzliches Aufblitzen zog ein ganzes Volk zusammengekrümmter Menschen aus dem Dunkel hervor.

Er verlangte telefonisch Ambulanzen und Lastwagen, viele Verwundete konnten mit Lastwagen abtransportiert werden. (Aber wohin, fragte er sich. Die Spitäler verwandelten sich eines nach dem andern in brennende Scheiterhaufen.) Guernico schickte ihn nach Cuatro Caminos. Das war ein Stadtviertel der Allerärmsten, welches die Feinde seit Beginn der Belagerung besonders aufs Korn nahmen. (Franco, so hieß es, habe versichert, er werde das elegante Stadtviertel Salamanca verschonen.) Ramos bestieg wieder sein Auto.

Beleuchtet von den Feuersbrünsten, vom leichenfahlen bläulichen Licht der elektrischen Laternen und Scheinwerfer und in schwarzer Finsternis setzte nun wieder der lautlose, der seit Jahrtausenden sich wiederholende Exodus ein. Zahlreiche Bauern vom Tajo hatten sich zu ihren Verwandten geflüchtet, jede Familie mit ihrem Esel; nun zogen sie zwischen ihren gestreiften Decken mit ihren Weckeruhren, mit Käfigen, in denen Kanarienvögel saßen, mit Katzen auf dem Arm nach den reicheren Stadtvierteln – ohne zu wissen warum, ohne sich übermäßig aufzuregen, mit einer langen Elendsgewohnheit. Vom Himmel hagelte es Bomben. Man würde sie schon lehren, arm zu sein, wie es sich für sie geziemte.

Die abgeblendeten Scheinwerfer gaben ein kümmerliches Licht. Vor aufgerissenen Häusern ging Ramos an wohl zwanzig nebeneinander hingestreckten Körpern vorbei, die, undeutlich erkennbar, in dieser Trümmerwelt einander alle glichen. Er hielt das Auto an und pfiff, um eine Ambulanz herbeizurufen. Hier lagen Anarchisten, Kommunisten, Sozialisten, Republikaner. Wie meisterhaft verstanden es doch die unermüdlich dröhnenden Flugzeuge dort oben, das Blut von Menschen, die sich Gegner gedünkt hatten, im Schoß des Todes brüderlich zu mischen!... Sirenenrufe durchschnitten das Dunkel, näherten, kreuzten sich oder verloren sich in der feuchten Nacht, ähnlich dem Rufe der Nebelhörner ausfahrender Schiffe. Eine Sirene blieb fest auf ihrem Tone stehen, und dieser lange, unverwandte Heulton inmitten des Chassé-croisé der andern stieg wie das Geheul eines verzweifelten Hundes auf. In dem Geruch nach heißen Ziegeln und verbranntem Holzwerk durchrasten wirbelnde Funkenregen wie wahnsinnig gewordene Patrouillen die Straße; das erbitterte Krachen explodierender Bomben war hinter dem Läuten der Ambulanzen her wie ein Verfolger, deckte es mit wütendem Gepolter zu, aber die unermüdlichen Glocken kamen wie aus Tunnels immer wieder hervor, zugleich mit der wilden Meute der Sirenen. Seit dem Beginn des Bombardements krähten die Hähne. In diesem Elendsviertel waren sie zahlreich wie in einem Dorf. Das Krepieren einer Bombe hatte sie verrückt gemacht, und jetzt stimmten sie alle zugleich verzweifelt, aus Leibeskräften, tobsüchtig das Kikeriki der Armut und des Todes an.

In dem schmalen Lichtbündel der Taschenlampe von Ramos, das wie Insektenfühler fieberhaft die Umgebung abtastete, wurde vor den längs der Mauer aufgereihten Leichen ein quer über Stufen liegender Mensch sichtbar. Er war an der Hüfte verletzt und stöhnte. Nicht weit davon läutete eine Ambulanz. Wieder pfiff Ramos. »Sie kommt«, sagte er. Der Mann antwortete nicht, aber er stöhnte noch immer. Die Taschenlampe beleuchtete ihn von oben her und zeichnete auf seinem Gesicht die sich bewegenden Schatten von Gräsern ab, die zwischen den Steinen der Treppe wuchsen. Umschrillt von dem unausgesetzten Krähen der Hähne, betrachtete Ramos mit einem Gefühl der Rührung die zarten, gleichmütigen Schatten, die mit japanischer Genauigkeit auf diese zuckenden Wangen gemalt waren.

Auf den äußersten Rand der Lippe fiel jetzt der erste Regentropfen.

DRITTES KAPITEL

Hinter den deutschen Schützengräben der Internationalen Brigade steigt der Schein der ersten großen Brände in Madrid zum Himmel auf. Die Freiwilligen können die Flugzeuge nicht sehen; aber die nächtliche Stille, die nicht mehr die des offenen Landes ist, die seltsame Stille des Krieges, erzittert wie ein Eisenbahnzug bei plötzlichem Weichenwechsel. Die Deutschen sind alle beisammen: die, welche verfolgt wurden, weil sie Marxisten waren und sich für Revolutionäre hielten; die, welche verfolgt wurden, weil sie Juden waren; und die, welche keine Revolutionäre waren, es aber wurden und nun hier sind. Seit dem feindlichen Ansturm auf den Westpark schlagen sie täglich zwei Attacken zurück; die Faschisten versuchen vergeblich, die Front der Universitätsstadt zu durchstoßen. Die Freiwilligen betrachten den großen roten Schein, der bis in die Regenwolken aufsteigt; die in den Bränden aufschießenden Flammen, die sie wie Lichtreklamen durchzukken, wirken in diesen Nebelnächten so ungeheuer, daß die ganze Stadt zu brennen scheint. Noch keiner der Freiwilligen hat Madrid gesehen.

Seit mehr als einer Stunde ruft ein verwundeter Kamerad um Hilfe. Die Mauren sind einen Kilometer entfernt. Es ist kaum möglich, daß sie nicht wissen, wo sich der Verwundete befindet; sicherlich warten sie darauf, daß seine Kameraden ihn holen kommen; ein Freiwilliger, der sich aus dem Schützengraben hervorgewagt hat, ist bereits abgeknallt worden. Die Freiwilligen sind entschlossen, sich auf diese Jagd mit dem Lockvogel einzulassen; sie fürchten nur, in dieser tiefen Nacht, die mit ihren Feuersbrünsten einzig den Himmel aufhellt, nicht mehr in ihre Schützengräben zurückzufinden.

Endlich erhalten drei Deutsche die Erlaubnis, den Mann, der in der Finsternis um Hilfe ruft, zu holen. Sie klettern einer nach dem andern über die Brustwehr und tauchen im schwarzen Nebel unter: Trotz der Explosionen ist das Schweigen im Schützengraben deutlich spürbar.

Die Stelle, von der das Rufen des Verwundeten kommt, ist mindestens vierhundert Meter entfernt. Das ist weit, denn alle wissen, daß man kriechend nicht schnell vorwärtskommt. Zudem muß der Mann in die deutschen Linien getragen werden. Wenn die Feinde drüben nur nicht zu früh erwachen! Wenn nur der Morgen nicht zu früh anbricht!

Hier die Stille, dort die Schlacht. Die Republikaner versuchen, einander hinter den faschistischen Linien die Hand zu reichen; die Mauren versuchen, den Widerstand der Universitätsstadt zu brechen. Irgendwo in der Nacht feuern die Maschinengewehre des Armenkrankenhauses. Madrid brennt. Die drei Deutschen kriechen.

Der Verwundete ruft alle zwei bis drei Minuten. Falls eine Leuchtrakete aufsteigt, sind die drei Freiwilligen verloren. Sie dürften jetzt fünfzig Meter vom Schützengraben sein; die Zurückgebliebenen glauben den schalen Geruch der schlammigen Erde zu riechen, der dem der Schützengräben fast gleicht, als kröchen sie neben ihnen her. Wie lange der Verwundete nicht mehr gerufen hat! Wenn sie sich nur nicht in der Richtung irren! Wenn sie doch wenigstens die Sicherheit hätten, sich direkt auf ihn zuzubewegen! . . .

Platt auf dem Bauche liegend, warten die drei, warten in dem von Blitzen durchzuckten Düster auf den Ruf. Die Stimme schweigt. Der Verwundete wird nie mehr rufen.

Verstört heben sie den Kopf und stützen ihn mit der Hand. Madrid brennt noch immer, der Schützengraben der Deutschen hält noch immer durch, und in dem nächtlichen Nebel bei dem dumpfen Lärm der Kanonenschläge versuchen die Mauren noch immer, den Widerstand der Universitätsstadt zu brechen.

Shade blieb vor dem ersten aufklaffenden Hause stehen. Der Regen hatte aufgehört, doch er hing noch in der Luft. Frauen im schwarzen Schal standen hinter Milizmännern des Hilfsdienstes an, die aus den Trümmern allerlei hervorbuddelten: den Schalltrichter eines Grammophons, ein längliches Bündel, eine kleine Truhe . . .

Aus dem dritten Stockwerk, das, in der Mitte durchschnitten, wie auf dem Theater sein Inneres zeigte, baumelte ein Bett herab, es hing mit einem Bein in der aufgerissenen Decke eines Zimmers, das fast vor Shades Füßen seine Bilder, Spielsachen, Pfannen in die Gosse ausgeleert hatte. Das Erdgeschoß war zwar aufgeschlitzt, aber es stand alles unversehrt da, ruhig, wie im täglichen Leben; die schwer verwundeten Bewohner hatte man mit dem Ambulanzwagen weggeschafft. Im ersten Stock schrillte über einem blutbedeckten Bett ein Wecker, sein Klingeln verlor sich in der Verzweiflung des grauen Morgens.

Die Männer des Hilfsdienstes reichten die gefundenen Gegenstände einander weiter, bis sie zu den anstehenden Frauen gelangten. Jetzt nahm die erste Frau ein Bündel in Empfang. Sie nahm es nicht mit einer Hand, sondern mit beiden Armen: Der Kopf fiel zurück, denn das Kind war tot. Die Frau wandte sich suchend nach den andern um und fing zu weinen an: Vielleicht hatte sie die Mutter des Kindes gesehen. Shade ging weiter. Vermischt mit dem feuchten Morgennebel füllte der Brandgeruch die Stadt, ein kräftiger, gesunder Geruch nach einem im Herbstwald angezündeten Holzfeuer.

Im nächsten Hause gab es keine Opfer: Die Bewohner, kleine Angestellte, schauten schweigend zu, wie ihr klaffendes Haus ausbrannte. Shade war auf der Suche nach pittoresken oder tragischen Einzelheiten, aber sein Metier widerte ihn an: Pittoreskes gab es sehr wenig, und nichts war tragischer als das Banale, als diese Tausende menschlicher Existenzen, die sich ins nichts von anderen unterschieden, als diese vom Leid wie von der Schlaflosigkeit gezeichneten Gesichter.

»Sie sind Ausländer, Señor?« fragte ihn einer, der neben ihm stand. Das Gesicht des älteren Mannes hatte feine Züge und die vertikalen Falten des Intellektuellen. Er wies wortlos auf das Haus.

»Ich verabscheue den Krieg«, sagte Shade, an seiner kleinen Krawatte zupfend.

»Da haben Sie ihn.« Und etwas leiser: »Wenn man so etwas noch Krieg nennen kann . . . Señor, die Glühlampenfabrik auf der Landstraße nach Alcalá brennt. San Carlos und San Gerónimo brennen . . . Alle Häuser in der Gegend der französischen Botschaft . . . viele am Cortes-Platz und beim Palace-Hotel . . . die Bibliothek! . . .« Er sprach, ohne Shade anzusehen; er blickte zum Himmel. »Auch ich verabscheue den Krieg. Aber noch mehr den Mord.«

»Alles ist besser als der Krieg«, wiederholte Shade eigensinnig.

»Sogar denen die Macht anzuvertrauen, die sich der Macht, die sie bereits besitzen, auf diese Weise bedienen?« Er blickte immer noch zum Himmel. »Auch ich kann mich mit dem Krieg nicht abfinden. Aber wie sollte ich mich mit diesem da abfinden! Also was tun?«

»Kann ich Ihnen irgendwie behilflich sein?« fragte Shade.

Der andere lächelte und wies auf das Haus, das im grauen Morgen unter einer trübseligen Rauchwolke mit fahler Flamme brannte.

»Alle meine Aufzeichnungen, Señor! . . . Und ich bin Biologe . . .«

Etwa hundert Meter vor ihnen explodierte auf einem Platz ein großkalibriges Geschoß. Die letzten noch heilen Fensterscheiben zersprangen, und inmitten der Glassplitter begann ein angebundener Esel, der nicht zu fliehen versuchte, kläglich zu iahen. Der Regen setzte wieder ein.

Als Shade beim Altersheim anlangte, waren viele seiner Insassen aus den Kellern zurückgekommen. Der Brand war gelöscht, aber die Spuren, welche die Bombardierung um diese harmlosen, bresthaften Wesen mit ihren gleichsam zusammengeschrumpften Gebärden hinterlassen hatte, schrien in ihrem Widersinn zum Himmel.

»Wie ist denn das vor sich gegangen?« fragte er einen Greis.

»Ach, mein Herr. Laufen ist nichts mehr für unsere Jahre. Noch dazu, wenn man so laufen muß. Und gar für die, die auf Krücken gehen!« Er packte Shade am Ärmel.

»Wohin soll das noch führen? Sehen Sie, ich war Friseur.

Nur für eine Spezialkundschaft. Alle die Herren verließen sich auf mich für ihre letzte Toilette: Rasieren, Haarschneiden und so weiter ...«

Shade konnte ihn nur mit Mühe verstehen, denn Lastautos rasselten, Mauern und Trümmer erschütternd, eines nach dem andern vorbei.

»Die Volksfront hat uns hier untergebracht, es ging uns gut hier. Aber wie lange? ... Denn zweifellos fängt es bald wieder von vorne an ... Irgendeinmal muß es ja ein Ende nehmen, irgendeinmal ... Aber schließlich ist man doch nicht mehr ...«

Im ersten Stock halfen die Rüstigeren unter den Alten bei einer Arbeit, über die Shade sich nicht ganz klarwerden konnte. Etwa ein Dutzend Männer von würdigem Ernst, wie ihn in Spanien alte Menschen haben, arbeiteten, als wären sie zum Schweigen verdammt, mit angespannter Aufmerksamkeit lauschend und den Himmel beobachtend.

Im zweiten Stock waren, beim Geläut der die Stadt durchrasenden Ambulanzen und dem ununterbrochenen Rollen der Lastwagen, abkommandierte Milizmänner damit beschäftigt, die Alten, die sich vor der Bombardierung unter ihr Bett geflüchtet hatten und sich jetzt halbverrückt an die eisernen Bettfüße klammerten, gewaltsam hervorzuziehen. Plötzlich setzte wie ein drohendes Echo der Ambulanzen das Geheul der Alarmsirenen ein. Die Greise ließen die Betten los und rannten zu der Türe, die nach der Kellertreppe führte, alle mit ihrer Decke auf dem Rücken, bis auf einen, der sein Bett wie eine Schildkröte ihr Schild trug.

Kaum zehn Sekunden später krachte die erste Explosion und pulverisierte die auf den Tischen und unter den Fenstern liegenden Stücke der in der Nacht zerbrochenen Glasscheiben zu Staub; und wie als Antwort der Stadt Madrid erhob sich ein gleichmütiger Glockenklang, der selbst neben dem Donner der Kanonen die Universitätsstadt durchdrang: Alle Turmuhren begannen eine nach der andern neun zu schlagen.

»Man sieht sie!« rief ein Milizmann.

Shade ging hinunter und stellte sich unter die Türe des Altersheims; seine lange Pfeife und die Nase stachen hervor. Breit, nicht unähnlich den deutschen Verkehrsflugzeugen, die er in Europa so oft benützt hatte, kamen die schwarzen Junkers über einem Dach zum Vorschein; die längliche Nase voran, flogen sie sehr niedrig über den Regenwolken, überquerten langsam die Straße und verschwanden, gefolgt von ihren Jägern, hinter dem gegenüberliegenden Dach. Das Verhängnis lenkte ihre Brandbomben, die rechts und links in großer Menge krepierten. Tauben flogen auf; über ihrem weichen Flattern wirkte die geradlinige Rückkehr der Junkers wie das Fatum. Diese dem bloßen Zufall überlassene Todessaat flößte Shade Grauen ein. Hatte denn die Regierung nicht mehr genug Jäger, um wenigstens ein einziges Flugzeug von der Front abzuziehen? Vor dem Hospizeingang fuhren noch immer die Lastautos vorbei, ihre Planen trieften: Es mußte ganz in der Nähe regnen.

»Es gibt einen Keller«, sagte eine Stimme hinter ihm.

Er blieb unter der Türe stehen, obschon er wußte, daß sie ihm kaum Schutz bot. Gestalten schoben sich längs der Mauern hin, blieben einige Minuten unter jeder Türe, gingen wieder weiter. Er war schon oft als Journalist an der Front gewesen und hatte doch nie das Gefühl gehabt, das er jetzt empfand. Der Krieg war nun einmal der Krieg, aber das hier war kein Krieg. Er wünschte nicht so sehr das Ende der Bombardierung, wie das Ende dieses Abschlachtens herbei. Es regnete weiter Bomben – unabsehbar. Shade dachte an das, was er gesehen oder sich zur Verwendung notiert hatte: an die sauber gedeckten Tische in den aufgeschlitzten Häusern, an ein Porträt unter einem sternförmig gesprungenen Glas mit einem Blutspritzer darauf, an ein Reisekostüm, das über einem Handkoffer hing – Vorbereitungen für die andere Welt –, an einen Esel, von dem man nur die Hufe wiederfand, an die lange Blutspur wie von gehetztem Wild, welche die Verwundeten des Palace-Hotels auf den Trottoirs und den Mauern zurückgelassen hatten, an die leeren Tragen mit den Flecken, die von Wunden sprachen. Wieviel Blut würde der Regen wegzuwaschen haben! Jetzt kamen zu den Bomben noch die Granaten hinzu. Shade wartete nach jeder Explosion auf das Fallen der Ziegel. Trotz dem Regen nistete sich der Brandgeruch in den Straßen ein. Immer noch ratterten Lastautos vorbei.

»Was hat das zu bedeuten?« fragte Shade, an den Enden seiner Schmetterlingskrawatte zupfend.

»Verstärkung für Guadarrama. Der Feind versucht dort oben durchzustoßen.«

FÜNFTES KAPITEL

Unter dem breiten Schleier eines schräg niederpeitschenden Regens rückte Manuels Brigade in einer Kriegslandschaft mit zusammengeschossenen Kirchtürmen von der Sierra de Guadarrama vor. Die Gestalten der Soldaten rissen stapfend die Beine aus dem Kot, stiegen allmählich bergab. Ein Abendhorizont mitten am Vormittag, lange Streifen einstiger Äcker, die sich gegen ein tiefer gelegenes Tal hinzogen, das auf der andern Seite bis zu den Wolkenfetzen aufstieg und hinter dem sich sicherlich die Ebene von Segovia endlos wie das Meer hinter einer Steilküste dehnte. An jenem Himmelsrand schien das Land aufzuhören; darüber hinaus grollte eine unsichtbare Welt von Schlaf und Regen mit allen ihren Kanonen. Im Rücken lag Madrid. Vorwärts marschierten die Männer, und immer holpernder wurde ihr Schritt im schweren, klumpigen Kot. Hin und wieder krepierte eine Granate nicht und bohrte sich ein.

Manuels Gefechtsstand befand sich ganz nahe der Front. Sein Regiment war mit anderen zu einer Brigade vereinigt worden, die er jetzt kommandierte. Auf seinem rechten Flügel stand es gut, im Zentrum ebenfalls, der linke wankte ein wenig. In den letzten Kämpfen waren sechzig Prozent seiner Offiziere und politischen Kommissare verwundet worden. »Habt die Gewogenheit und bleibt auf euren Posten, statt an der Spitze der Truppen die Internationale zu singen«, hatte er eine Stunde vorher gesagt. Der Gegenangriff entwickelte sich gut, aber der linke Flügel ließ zu wünschen übrig.

Der linke Flügel, das waren weder die Männer von Aranjuez noch die Männer des 5. Korps, durch die sie damals verstärkt worden waren; diese Mannschaften kämpften auf dem rechten Flügel oder im Zentrum. Nein, es handelte sich um Kompanien aus der Gegend von Valencia, die sich Anarchisten nannten, obwohl diese Leute vor der Erhebung nie zu den Gewerkschaften gehört hatten. Seit vorgestern gab es auf dem linken Flügel der Brigade keinen einzigen der alten Sergeanten mehr. Alle waren gefallen oder im Lazarett.

Vor diesem linken Flügel rückten Manuels Tanks vor. Mechanisch und gelassen wie auf einem Manöverfeld (Tanks wirken selbst im Kampfe so) rollten sie gegen einen Feuervorhang, so dicht wie jener, der die nachrückende Infanterie aufhalten sollte. Es sah aus, als rückten sie nicht gegen ein Artilleriesperrfeuer vor, sondern führen über ein vermintes Gelände, dessen Minen krepierten. Ein Tankungetüm verschwand, als hätte es sich im Regen aufgelöst: eine Tankfalle; ein anderes legte sich neben einer Fontäne von Schlamm und Kieseln gemächlich um; die übrigen setzten zwischen aufspritzender Erde, die in mattem, traurigem Bogen zurückfiel – trübselig wie dieser nicht endenwollende schräge Regen –, ihren Weg fort.

Monatelang hatte Manuel Tanks so vorrücken sehen; nur waren es monatelang die des Feindes gewesen. Eines Tages fertigte die Brigade von Aranjuez einen Tank aus Holz an – eine magische Operation, welche die richtigen herbeizaubern sollte ... Und heute war die ganze Landschaft mit seinen Tanks überzogen, die zur Rechten einen Vorsprung, auf dem linken Flügel Verspätung hatten; hinter ihnen folgte die Infanterie. Die schwere Artillerie der Republikaner hämmerte auf die feindlichen Linien los; diese antworteten, doch gelang es ihnen nicht, den Gegenangriff zum Stehen zu bringen. In dem Grau, in das alles getaucht war, gab es Pünktchen von dunklerem Grau, Menschen; sie folgten den Tanks. Das waren die Dinamiteros. Und die Abteilungen der Maschinengewehrschützen besetzten befehlsgemäß ihr Gelände, das elende, aufgeweichte Gelände, in dem sie sich, Schritt für Schritt dem Schlamm abringend, vorarbeiteten.

Warum wurden auf den äußersten linken Flügel Tanks zur Verstärkung geschickt? Weil der linke Flügel nicht vom Fleck kam? Die Linie der Tanks, vom äußersten rechten bis zum letzten links, nahm jetzt die Form eines Halbkreises an. Befanden sich Manuels Tanks auf dem linken Flügel im Rückzug? Die Tanks dort bewegten sich nicht auf die Faschisten, sondern in der Richtung auf ihn zu!

Es handelte sich nicht um Verstärkungen, es waren feindliche Tanks.

Wenn der linke Flügel nachgab, war die ganze Brigade verloren, und dieses Loch konnte den Durchbruch nach Madrid bedeuten. Hielt er jedoch stand, so würde es nicht einem der feindlichen Tanks gelingen, wieder zu seinem Ausgangspunkt zurückzukehren.

Manuels Reserve stand neben den Lastautos bereit. Er konnte sie vollzählig in den Kampf werfen, denn eine neue Reserve war von Madrid her per Lastwagen im Anzug.

Das Auto des Verbindungsoffiziers des linken Flügels hielt vor Manuel: Man erkannte ihn an seiner Jacke aus naturfarbiger Wolle schon von weitem. Der Major saß hinten, den Kopf hatte er in den abgebogenen Arm gebettet, er schien zu schnarchen.

»Was ist denn los?« fragte Manuel, mit dem Kiefernzweig, den er in der Hand hielt, seinen Stiefel peitschend.

Der Major hatte Befehl gegeben, ihn zum Gefechtsstand zu fahren, aber er schnarchte nicht, er röchelte.

»Wo ist er denn getroffen?« fragte Manuel den Chauffeur.

Er sah keine Wunde.

»Im Nacken«, antwortete der Chauffeur.

Es kommt selten vor, daß ein Offizier während eines Angriffs einen Schuß von hinten erhält. Vermutlich hatte er sich umgedreht.

»Lege ihn hier nieder«, sagte Manuel endlich, »und hol schnell Gartner herbei.«

Manuel hatte schon vorher telefoniert, um sich mit dem politischen Kommissar in Verbindung zu setzen.

Das Auto setzte sich mit gewaltigem Holpern in Bewegung und fuhr durch das Wasser davon. Wieder griff Manuel zum Fernglas. Auf seinem äußersten linken Flügel liefen ein paar Mann auf die faschistischen Tanks zu; diese schienen aber nicht zu feuern, denn keiner der Leute fiel. Aber – Manuel stellte das Fernglas genauer ein, sah die Regenlandschaft jetzt deutlicher vor sich –, aber was war denn das? Sie hielten die Hände hoch. Sie gingen zum Feinde über. Die Kompanie, die ihnen folgte, war von ihnen durch eine Bodenwelle getrennt und konnte sie nicht sehen.

Im Rücken dieser winzigen Gestalten, die mit ihren erhobenen Armen wie Insekten wirkten, die ihre Fühler ausstreckten, fiel das Gelände ab, fiel ab bis Madrid. Manuel erinnerte sich, daß man seit der Ankunft der Neuen in den Quartieren an den Wänden falangistische Schmierereien gefunden hatte.

Die anderen Kompanien weiter hinten feuerten. In dem Glauben, daß die erste vorrücke, marschierten sie direkt der

Abschlachtung entgegen. Erkannte ihr Hauptmann die italienischen Tanks nicht?

Dieser Hauptmann wurde eben in einer Decke hergetragen (der Sanitätsunterstand befand sich hinter Manuels Gefechtsstand). Auch er war tot. Eine Kugel im Kreuz.

Er war einer der besten Offiziere der Brigade, der ehemalige Führer der Delegation in Aranjuez. Zusammengekrümmt lag er in der Decke, sein grauer Schnurrbart voller Wassertropfen.

Unter den Neuen gab es Falangisten, welche die Offiziere von hinten erschossen.

Der rechte Flügel rückte noch immer vor.

»Der politische Kommissar hat soeben einen Kerl niedergeknallt«, sagte der Chauffeur.

Manuel ließ sich auf dem Gefechtsstand vertreten und begab sich mit der ganzen Reserve eiligst auf den linken Flügel.

Gehorsam dem Befehl, »nicht an der Spitze der Truppen die Internationale zu singen«, hatte Gartner, der politische Kommissar der Brigade, sein Standquartier in einem Kiefernwald am Eingang des ersten Tales aufgeschlagen, auf das die feindlichen Tanks vorrückten.

Ein Soldat kam gelaufen. Es war Ramón, einer von den Alten; Manuel hatte zwischen die Neuen etwa fünfzig Männer von Aranjuez eingestreut.

»Genosse Kommissar, unter den neuen gibt es sechs Hunde, die unsern Oberst abschießen wollen ... Sechs sind es. Sie wollen überlaufen. Sie glauben, daß ich auf ihrer Seite bin. Sie haben gesagt: ›Warten wir auf die andern.‹ Dann haben sie gesagt: ›Den Hauptmann haben wir erwischt, den Major auch, jetzt kommt der in der hellen Jacke dran.‹ Das mit dem Hauptmann ist wahr, weißt du. Verfluchtes Pack!«

»Ich weiß ...«

»Sie wollen überlaufen. Die, die den Obersten abschießen sollen, sind vielleicht andere. Als ich das hörte, hab' ich zu ihnen gesagt: ›Wartet noch, wartet noch! Ich weiß noch andere Kameraden, die überlaufen möchten.‹ Da waren sie einverstanden, und ich bin hergelaufen.«

»Wie willst du sie denn wieder erwischen? Die ganze Linie rückt vor.«

»Nein, sie nicht. Sie rühren sich nicht vom Fleck. Sie warten auf die feindlichen Tanks. Müssen was abgekartet haben. Und dann gibt's Burschen, die schreien, daß wir ausreißen sollen, daß wir uns gegen die Tanks nicht halten können. Ganz komisch schreien sie. Da steckt was dahinter. Da haben mich die Genossen hergeschickt.«

»Und der Kommissar deines Regiments?«

»Tot.«

Gartner hatte zehn Soldaten von Aranjuez bei sich behalten.

»Jungens«, sagte er, »es gibt Verräter in unsern Reihen. Sie haben den Hauptmann abgeschossen. Sie wollen jetzt den Obersten umbringen und zu den Faschisten überlaufen.«

Er vertauschte seine Uniform mit der eines Soldaten, der zurückblieb. Mit seinem breiten glattrasierten Gesicht sah er fast blöde aus, wenn es ohne besonderen Ausdruck war, und mehr noch, wenn Gartner so aussehen wollte. Die Wirkung war vollkommen, als er seine Offiziersmütze abnahm und statt ihrer ein beigefarbenes Käppi über sein Haar stülpte, das innerhalb weniger Minuten vor Nässe triefte. Er ließ sich durch einen Regimentskommissar vertreten und zog mit seinen Leuten ab.

In diesem hügeligen Gelände liefen fast alle Wege in der Talmulde zusammen, sei es auf Manuels Gefechtsstand und den Sanitätsposten zu, sei es auf der Straße, auf die Ramón jetzt Gartner führte.

Hinter einem Wäldchen regentriefender Kiefern gingen zwei Infanteristen bergab.

»Vorwärts, Jungens, wir gehen!«

»Die gehören dazu«, sagte Ramón zum Kommissar.

»Zu den sechs?«

»Nein, zu denen, die sich drücken wollen. Sie müssen alle hier vorbei.«

»Wohin denn?« rief Gartner ihnen zu. »Seid ihr am Ende besoffen?« Die sechs Neuen hatten ihn vielleicht nie gesehen, kannten nur ihren Regimentskommissar. Diese hier waren ihm zweifellos schon öfters begegnet, aber sie dachten nicht an ihn, dachten überhaupt an nichts.

»Wir hauen ab, sag ich dir! Dort oben können wir uns nicht

halten. Und die Tanks! In einer halben Stunde sind wir abgeschnitten, und dann ist's um uns alle geschehen!«

»Aber ihr wißt doch, daß es um Madrid geht!«

»Ich pfeif' auf Madrid«, sagte der andere, ein hübscher Bursche mit verstörtem Blick. »Wenn die Kommandeure ihr Geschäft besser verstünden, brauchte man sich nicht zu drükken. Vorwärts! Rette sich, wer kann!«

»Wer jetzt davonläuft, läßt zu, daß die ganze Brigade umgangen wird, und verrät seine Kameraden«, sagte Gartner. »Die im Zentrum halten durch! Heut abend können wir weiterreden. Aber jetzt kommt, Jungens, wieder rauf!«

Das war weit weniger ein Dialog als ein Gebelfer im rauschenden Regen. Gartner mit dem winzigen Mund in dem viel zu breiten Gesicht stand vor einem der Soldaten und redete auf ihn ein. Der Soldat senkte sein Gewehr.

»Sag mal, du plattes Karpfengesicht, willst dir wohl Offizierslitzen verdienen? Wenn es dich juckt, dich von den Tanks zerquetschen zu lassen, geh rauf! Aber laß deine Kameraden in Ruh, sonst . . .«

Schon lag der Soldat im Dreck, ein Faustschlag Ramóns hatte ihn in die Seite getroffen. Er wurde ebenso wie sein Gefährte entwaffnet, und die beiden wurden unter Bedeckung von vier Mann nach hinten abgeführt. Gartner setzte seinen Weg fort, jetzt lief er: Der beigefarbene Militärmantel seiner Soldaten sah im Regen grau aus. Die sechs Mann, von denen Ramón gesprochen hatte, warteten schlammbespritzt in einem Erdloch von vier bis fünf Meter Breite. Aber er wollte sich nicht auf einen Kampf mit ihnen einlassen.

»Das sind die Jungens«, sagte Ramón, als wollte er sie einander vorstellen.

»Gehen wir?« fragte der Kommissar.

»Wart noch ein bißchen!« sagte einer, der der Anführer der sechs zu sein schien. »Die andern sind weiter oben.«

»Wer?« fragte Gartner mit verdatterter Miene.

»Du bist zu neugierig.«

»Mir ist gleich, wer sie sind. Ich möchte nur wissen, ob es zuverlässige Leute sind. Weil ich nämlich Waffen habe. Natürlich möchte ich sie nicht jedem x-beliebigen in die Hände geben. Wieviel braucht ihr?«

»Für uns sechs.«

»Meine Kameraden und ich können euch sofort zehn Maschinenpistolen beschaffen.«

»Nein, nur für uns sechs, nicht mehr.«

»Das ist eine ernsthafte Sache. 7,65er mit dem großen Lader.«

Der andere klopfte mit der Hand auf sein Gewehr und zuckte die Achseln.

»Nötig haben wir sie ja nicht«, sagte einer der sechs. »Aber meiner Ansicht nach können sie uns noch von großem Nutzen sein. Sogar alle zehn.«

Der erste stimmte ihm bei, als gehorche er einem Vorgesetzten. Die Hände des Mannes, der eben gesprochen hatte, waren fein und gepflegt. Das ist ein Falangist, dachte der Kommissar.

»Verstehst du«, sagte Gartner, zu dem gewandt, der zuerst gesprochen hatte, »das ist was anderes als dein Schießeisen da. Eine 7,65er ist kein Damenrevolver. Da schau, so wird das große Magazin eingesetzt. Jetzt ist sie geladen. Fünfzig Schüsse. Da ihr sechs seid, kriegt ein jeder von euch acht in die Fresse. Hände hoch!«

Der Mann, der zuerst gesprochen hatte, bewegte seine Hand auf sein Gewehr hin, aber schon fiel er, eine Kugel im Kopf, in eine Lache. Das Wasser, in das sich das Blut mischte, sah unter dem mit Wolken verhangenen Himmel ganz schwarz aus. Die feindlichen Tanks rückten noch immer vor.

Gartners Begleiter hatten die andern mit angelegtem Gewehr in Schach gehalten und führten sie jetzt ab. Bevor sie zum Bauernhof kamen, trafen sie auf Manuel und seine Lastautos. Gartner sprang in Manuels Auto und erstattete ihm über das Vorgefallene Bericht. Manuel hatte bereits die Tankabwehrgruppe seiner Reserve auf den linken Flügel beordert.

Der Zusammenstoß dieser Abteilung mit den Tanks mußte in einigen Minuten erfolgen. Wenn das Zentrum standhielt, die Reserve den linken Flügel ersetzte und der rechte immer weiter vorrückte, war alles gut. Andernfalls . . .

Das Zentrum, das waren die Männer von Aranjuez und alle, die sich ihnen angeschlossen hatten: ehemalige Milizmänner aus Madrid, aus Toledo, vom Tajo, sogar aus der Sierra; Fabrikarbeiter aus den Städten, Yunteros, Landarbeiter, kleine Grundbesitzer – Metallarbeiter und Coiffeure,

Textilarbeiter und Bäcker. Sie kämpften jetzt in einer Gegend, die mit Einhegungen aus kleinen Trockenmauern dicht bedeckt war wie Generalstabskarten mit gekrümmten Linien. Von dort aus mußten sic sich notwendig Rechenschaft davon geben, daß bei einem weiteren Fortschreiten der feindlichen Tanks um zwei Kilometer (wozu es fünf bis zehn Minuten brauchte) keiner von ihnen mit dem Leben davonkommen würde. Manuel hatte Befehl gegeben standzuhalten, und sie hielten stand, drückten sich an die Steine, paßten sich jeder Geländefalte an, versteckten sich hinter Baumstämmen, die sie nicht völlig deckten, während die feindlichen Mörser vor und hinter ihnen waren, die Maschinengewehre Kreuzfeuer schossen und die Granaten der schweren Artillerie aus dem Regen auf sie herabzischten. Manuel hatte das Zentrum zuerst inspiziert und gesehen, wie seine Leute einer nach dem andern fielen und von der unter den Geschossen aufspritzenden Erde verschüttet wurden. Mitten in diesem Rasen der auf Kilometer hin aufgewühlten Erde, die sich gegen die Wolken aufzubäumen, den Winterregen mit einem Schaum von Schollen, Steinen, Gliedmaßen zu erwidern schien, sah Manuel eine feindliche Welle mit Bajonetten herankommen. In dieser Landschaft, in der der Regen alles, was ihm die Erde entgegenwarf, auflöste, gaben sie keinen Glanz, und dennoch fühlte Manuel diese Bajonette, als wären sie alle auf ihn gerichtet. Irgend etwas Unbestimmbares, Verworrenes geschah in diesem Regenschwall um die zahllosen, absurden Mäuerchen herum; und die feindliche Welle (diesmal waren es keine Mauren) flutete zurück, flutete, als wären sie nicht von den alten Milizsoldaten zurückgeschlagen worden, sondern von dem nicht endenwollenden Regen selbst, der schon viele ihrer Toten mit der Erde vermischte und, von Detonationen durchzuckt, so zahlreich wie seine Tropfen, die feindlichen Angriffswellen zerzaust und zerlöst nach unsichtbaren Schützengräben zurücktrieb.

Viermal griff die faschistische Infanterie mit blanker Waffe an, viermal schmolz sie in dem großen Wasserschwall dahin.

Die Front hielt stand. Aber Manuels linker Flügel wurde von den Tanks des faschistischen rechten Flügels überrannt, und diese stießen jetzt auf die republikanische Abteilung der Tankabwehr vor.

Diese Abteilung wurde von Pepe befehligt. Soweit die Dinamiteros vom August noch am Leben waren und die geringste Eignung zum Kommandieren zeigten, hatten sie jetzt Befehlsstellen inne. Pepe knurrte ärgerlich: »Schade, daß mein Freund Gonzales nicht da ist, um sich zusammen mit mir an das kleine Experiment, das ich jetzt versuchen will, zu machen«. Aber Gonzales kämpfte in der Universitätsstadt. Zugleich jubilierte Pepe: »Diesmal werden die Feinde was zu sehen kriegen!«

Von ihrer Infanterie in ziemlich großem Abstand gefolgt, rückten die Tanks mit voller Geschwindigkeit gegen das erste Tal vor, das ihnen vor der Beschießung durch die republikanische Artillerie Schutz gewähren würde. In jedem Tal der Sierra gibt es eine Landstraße oder einen Weg: die Lastautos hatten Pepe und seine Leute gerade noch zur rechten Zeit herangebracht.

Zu beiden Seiten der Straße lag ziemlich offenes Gelände mit hie und da verstreuten Gruppen von schwarzen Kiefern unter dem strömenden Regen. Pepes Leute gingen in Stellung, streckten sich in dem durchdringenden Pilzgeruch auf dem mit Kiefernnadeln bedeckten triefend nassen Boden aus.

Der erste Tank steuerte rechts von der Straße in das Tal hinein. Es war ein deutsches, besonders schnelles und wendiges Modell, und die Dinamiteros hatten das Gefühl, daß es in diesem sintflutartigen Regen eigentlich schon längst gerostet sein müßte. Vor ihm stob, so geschwind als die Beine sie tragen konnten, ein Rudel verwilderter Hunde davon, die sich in die Sierra geflüchtet hatten.

Jetzt wurden auch die andern Tanks deutlich sichtbar. Pepe, der auf dem Boden lag, konnte zwischen dem Gestrüpp das Gelände nicht überblicken, so daß es aussah, als ob sie sich hüpfend fortbewegten und ihren Turm senkten oder höben wie ein Pferd seinen Kopf. Sie feuerten schon, und es war, als ginge von ihren Raupenketten nicht allein das mechanische Klirren aus, das zugleich mit dem Rauschen des Regens herüberkam, sondern auch noch das Getöse sämtlicher Maschinengewehre. Pepe verstand sich auf Maschinengewehre, und er verstand sich auch auf Tanks.

Er wartete.

Mit einem bösen Lächeln die Zähne fletschend, begann er zu schießen.

Eine Maschine kann verblüfft aussehen. Als die Tanks die Maschinengewehre hörten, fuhren sie drauflos. Vier von ihnen – drei der ersten Linie und einer der zweiten – richteten sich auf, begriffen nicht, was ihnen widerfuhr, bäumten sich wie in unheimlicher Drohung in diesem Alptraum von Regen. Zwei machten kehrt, einer fiel um, der vierte blieb aufgerichtet unter einer sehr hohen Kiefer stehen.

Sie waren zum erstenmal den Tankabwehrgeschützen begegnet.

Die zweite Welle hatte von dem, was vorging, nichts gesehen – Tanks sind ja beinahe blind. Sie kamen in voller Geschwindigkeit an. Über die erste Reihe der liegenden Maschinengewehrschützen hinweg begann die zweite Reihe zu feuern, und die Tanks fingen wie betrunken zu torkeln an – bis auf vier, die an Pepe vorüberrollten und auf seine zweite Linie losgingen.

Der Fall war vorgesehen: Manuel hatte seine Leute eine Schwenkung machen lassen. Die Schützen der zweiten Linie drehten zwei Maschinengewehre um, während die anderen und die der ersten Linie weiter das Gros der Kampfwagen beschossen, die sich darauf im strömenden Regen zwischen den schwarzen Kiefern im Zickzack davonmachten. Auch Pepe drehte sich um: diese vier waren gefährlicher als alle die andern, wenn ihre Fahrer entschlossene Männer waren, denn sie mußten schließlich auf die Brigade stoßen, die annehmen würde, daß ihnen noch andere folgten.

Drei von den Tanks waren schon jeder an einem Kiefernstamm gelandet: Sie waren ganz allein durchgebrochen, denn die Fahrer waren tot.

Der letzte setzte unter dem Feuer der Maschinengewehre seine Fahrt fort. Mitten auf der leeren Chaussee raste er, mit seinen Raupenketten rasselnd, unter dem Geknatter der Abwehrgeschütze mit einer Geschwindigkeit von siebzig Stundenkilometern weiter, ohne Schüsse abzugeben, und wirkte zwischen den immer höher werdenden Abhängen in seiner verlorenen Winzigkeit auf dem regenglänzenden, den fahlen Himmel spiegelnden Asphalt sonderbar einsam und absurd.

Endlich an einer Straßenbiegung prallte er gegen einen Felsen und blieb neben ihm liegen wie ein Spielzeug.

Die feindlichen Kampfwagen, die nicht getroffen worden waren, rollten nun in derselben Richtung wie die republikanischen, ihrer eigenen Infanterie entgegen, die erschreckt Reißaus zu nehmen begann. Vor ihnen, um das Tankungetüm herum, das aufrecht dastand wie ein Kriegsgespenst, gab es Tanks in allen erdenklichen Lagen und Stellungen; schon waren sie mit kleinem Gezweig, mit Kiefernnadeln, mit von Kugeln zerfetzten Zapfen bestreut, dem Regen und dem Verrosten preisgegeben, als befänden sie sich seit Monaten hier. Manuel traf soeben ein. Hinter diesem Elefantenfriedhof, dort, wo die letzten Tanktürme schaukelten, lief der faschistische rechte Flügel fliehend auseinander, und die schwere Artillerie der Republikaner begann seine Rückzugslinie zu bombardieren.

Manuel fuhr jetzt eilends zu seinem Zentrum.

Die Flucht des feindlichen rechten Flügels vor seinen eigenen Kampfwagen, denen jetzt, als wären es republikanische, die Leute Pepes, die keine Maschinengewehre hatten, die Dinamiteros und Manuels Reserve im Laufschritt durch den Schlamm folgten, artete in eine wilde Flucht aus, die auch auf das Zentrum der Faschisten übergriff. Manuels Zentrum, durch einen Teil der aus Madrid auf Lastautos herangeschafften Truppen ergänzt (ein anderer Teil blieb in der Reserve), brach endlich in verbissener Ordnung zwischen den Felsen hervor.

Das waren die Männer, die am Tage der Eroberung der Montañakaserne, als aus allen Fenstern auf sie geschossen wurde, sich auf das Pflaster der Plätze geworfen hatten; die Männer, die ein Maschinengewehr für je einen Kilometer hatten und es sich im Falle eines Angriffs gegenseitig »liehen«; die Männer, die gegen den Alcázar mit Jagdflinten vorgestürmt waren, und auch jene, welche nichts geleistet hatten; die Männer, die auf der Flucht von Fliegern angegriffen worden waren und im Spital weinten, weil »die Unsrigen sie im Stich gelassen« hätten; die Männer, die vor den Tanks geflohen waren und die, welche das Dynamit geworfen hatten; sie alle, die wußten, daß die *señoritos* das »gute Volk« an seinem Knechtsinn erkennen, zahllos und unsichtbar, gleich dem Geschützdonner, der von einem Ende der Front zum andern seinen gewaltigen Trommelwirbel schlug.

Heute würden die Faschisten Guadarrama nicht nehmen.

Manuel, seinen Kiefernzweig in der Hand, betrachtete die wogenden Linien der Männer von Aranjuez und der Männer um Pepe, als sähe er in diesem eintönigen, nicht endenwollenden Regen noch triefend von Schlamm die Gestalt seines ersten Sieges erstehen.

Um zwei Uhr waren alle Stellungen der Faschisten genommen; aber man mußte sich damit begnügen. An ein Vorrükken auf Segovia war nicht zu denken; die Faschisten hatten sich weiter hinten verschanzt, und die Armee des Zentrums besaß keine andern Reserven als jene, die bereits an der Front standen.

SECHSTES KAPITEL

An den Tischen des Cafés *Granja* draußen längs des Boulevards saß niemand, aber im Innern war alles dicht besetzt. Über Madrid hatte der Regen, der von der Sierra herübergekommen war, aufgehört. Die Explosionen hatten einen neuen Klang, schwächer als bei den Bomben, aber sie erfolgten in einer Höhe von zehn bis zwanzig Metern über dem Erdboden.

»Sind unsere Flugabwehrgeschütze eingetroffen?« fragte Moreno, der schöner war als je. Daß er der Geliebte einer Mätresse Alphons' XIII. gewesen war, wußte jetzt jedermann im *La Granja*, wie man es früher in Toledo wußte.

Niemand antwortete. Alle, die hier saßen und tranken, kannten sich mehr oder weniger. Die Gläser zitterten unter dem Kanonendonner der Universitätsstadt. Das Café war nicht beleuchtet, um ein Uhr nachmittags herrschte in dem Saal eine Art Kellerlicht.

Die Drehtür schwang und warf einen Blitz in das novemberliche Halbdunkel des Raumes; ein Offizier trat ein.

»Überall fängt es wieder zu brennen an, das Feuer kommt hierher.«

»Man wird die Brände löschen«, antwortete eine Stimme.

»Das ist leicht gesagt! Calle de San Marcos, Calle de Martín de Los Héroes . . .«

»Avenida de Urquijo . . .«

»Das Hospiz San Gerónimo, das Spital San Carlos, die Häuser um das Palace-Hotel...«

Neue Offiziere kamen herein. Die schwingende Drehtür brachte in das Café den Geruch von angesengten Steinen.

»Das Rotkreuz-Spital...«

»Der Markt San Miguel...«

»Die Brände sind zum Teil schon gelöscht worden, zum Beispiel in San Carlos und San Gerónimo.«

»Was ist das, was man hört? Die Flugabwehr?«

»Kellner, einen Absinth!« sagte der Begleiter Morenos, ein sehr mitgenommen aussehender, stark behaarter Mensch.

»Ich weiß es nicht. Ich glaube eigentlich nicht.«

»Das sind Schrapnells«, sagte der zuletzt gekommene Offizier. »Auf der Plaza de España fallen sie in Massen. Aber bei Guadarrama kommt der Feind nicht durch.«

Er setzte sich neben Moreno, der gleichfalls in Uniform war und, weil er frisch rasiert war, sehr jung wirkte. Sein Haar trug er jetzt kurz. »Wie reagieren die Leute auf der Straße?«

»Sie lassen sich kaum dazu bewegen, die Luftschutzkeller aufzusuchen. Manche bleiben wie versteinert stehen, besonders die Frauen. Oder sie lassen sich irgendwo hinfallen, oder sie schreien. Es gibt auch welche, die aufs Geratewohl loslaufen. Alle Frauen, die kleine Kinder an der Hand haben, laufen. Es gibt auch Neugierige.«

»Den ganzen Vormittag hatte ich ein Gefühl wie bei einem Erdbeben«, sagte Moreno.

Er wollte damit ausdrücken, daß die Menge nicht Angst vor den Faschisten empfand, sondern einen Schrecken wie bei einem Elementarereignis; denn an ein »Sichergeben« dachte man nicht, so wenig, wie man sich einem Erdbeben ergibt.

Ein Ambulanzwagen, von seiner Glocke angekündigt, fuhr vorüber. Dann ein Krachen, wie wenn der Blitz einschlägt. Die Gläser auf den Tischen machten Sprünge wie Spielzeugkaninchen und fielen irgendwohin zwischen die Untersätze; überall verschüttetes Getränk und dreieckige Scherben der geplatzten großen Glasscheiben, die plötzlich Löcher hatten wie das durchstoßene Fell einer Pauke.

Auf dem Boulevard vor dem Café war eine Bombe niedergegangen. Ein Kellner ließ sein vollbesetztes Servierbrett fallen, das mit gedämpftem Tschinellengeräusch auf dem Fußboden landete. Im Löffelgeklirre, das den Raum erfüllte, stürzte ein Teil der Gäste der Treppe zu, die ins Untergeschoß führte; der andere blieb in angstvoller Erwartung zurück. Aber nein, keine neue Explosion erfolgte. Wie immer in solchen Fällen tauchten aus Dutzenden von Taschen Zigaretten auf (aber keiner bot welche an), und Dutzende von Zündhölzern flammten gleichzeitig auf in dem wirbelnden Qualm. Als dieser sich durch die großen, von Glaszacken eingefaßten Löcher, die einst Fenster gewesen waren, verzog, wurde ein Toter sichtbar, der sich zwischen den gesprungenen Scheiben der Türe an das Drehkreuz lehnte.

»Sie haben es auf uns abgesehen«, sagte der Offizier, der neben Moreno saß.

»Du ödest uns an.«

»Ihr seid samt und sonders Narren, ihr macht euch die Lage nicht klar! Warum wollt ihr euch hier für nichts und wieder nichts umbringen lassen? Wenn ich euch sage, daß sie auf uns zielen!«

»Meinethalben«, sagte Moreno.

»Hör mal, mein Alter, du hast unrecht! Ich habe gekämpft, das ist selbstverständlich. Und alles andere auch. Aber mich hier für nichts und wieder nichts von Fliegerbomben umbringen lassen, nein, danke. Ich habe bis heute immer nur gearbeitet, und das Schönste vom Leben liegt noch vor mir.«

»Also, was willst du dann hier? Geh doch wenigstens in den Keller.«

»Ich bleibe, aber ich finde das idiotisch.«

»Ein Philosoph hat gesagt: ›Blicke auf das, was ich tue, und höre nicht auf das, was ich sage.‹«

Bei dem Getöse der von allen Seiten fallenden Geschosse zitterte das Licht des grauen Wintertages, zurückgeworfen von den überall herumliegenden Glasstückchen, die über leise bewegten Lachen von Manzanilla, Vermouth und Absinth zitterten. Die Kellner kamen wieder aus dem Keller herauf.

»Es heißt, Unamuno sei in Salamanca gestorben.«

Ein Zivilist kam aus der Telefonkabine.

»In die Station der Untergrundbahn an der Puerta del Sol ist eine Bombe gefallen. Das Loch ist zehn Meter tief.«

»Das wollen wir uns ansehen«, sagten zwei Stimmen.

»Hatten sich Leute dort untergestellt?«

»Ich weiß es nicht.«

»Der Ambulanzdienst meldete mittags über zweihundert Tote und fünfhundert Verwundete.«

»Ganz nett für den Anfang!«

». . . Die Faschisten sollen bei Guadarrama geschlagen worden sein . . .«

Der Mann, der telefoniert hatte, setzte sich wieder vor die Reste seines Apéritifs.

»Ich habe es satt«, hob Morenos Freund mit dem üppigen Haarwuchs wieder an. »Und ich wiederhole dir, daß sie auf uns zielen! Was sollen wir denn hier im Stadtzentrum? Das ist ja Wahnsinn!«

»Dann geh doch weg.«

»Jawohl, nach China oder nach den Südseeinseln, irgendwohin.«

». . . Die Carmen-Markthalle brennt!« schrie draußen eine Stimme, die sofort vom Geläute einer neuen Ambulanz übertönt wurde.

»Was wirst du auf den Südseeinseln anstellen? Halsketten aus Muscheln aufreihen? Oder die wilden Stämme organisieren?«

»Ich werde Goldfische fangen! Einerlei was! Wenn ich nur von alledem nicht mehr reden hören muß!«

»Und dabei genierst du dich so, deine Gemeinschaft mit den Menschen hier zu verleugnen, daß du nicht einmal in den Keller hinuntergehen magst. Solche Reden, wie du sie führst, du Unglückseliger, habe ich auch mal gehalten. Und zwar Hernandez gegenüber, mein lieber Freund.«

Der Blick mit dem er seinen Freund ansah, war plötzlich angsterfüllt: Die Rolle von Hernandez spielte heute er, Moreno; und Hernandez war tot. Aber seine abergläubische Furcht wich, genauso, wie sich vor ihnen der Rauch verzog.

»Auch ich hätte mich beinahe gedrückt, nach Frankreich nämlich. Dann begann ich zu zögern und ließ mich schließlich wieder von dem Kameradschaftsgeist, vom Leben ergreifen. Bombardierungen gegenüber glaube ich nicht mehr an Überlegungen, noch an irgendwelche tiefe Wahrheiten, noch an sonst was: Ich glaube nur an die Furcht. Die richtige Furcht: nicht jene, die einen zum Schwatzen bringt, sondern jene, die einen veranlaßt, davonzulaufen. Wenn du dich aus dem Staube machen willst, habe ich dir weiter nichts zu sagen. Aber sofern du dich entschlossen hast, in dieser schwierigen Zeit bei uns zu bleiben, ist alles erledigt. Wozu dann noch reden? ... Im Gefängnis habe ich alles gesehen, was es zu sehen gibt, habe gehört, wie Burschen mit Kupfermünzen um Tod oder Leben warfen, habe sehnlichst auf den Sonntag gewartet, weil am Sonntag nicht erschossen wird. Ich habe Burschen die baskische Pelota gegen eine Mauer spielen sehen, an der noch die Reste von Gehirnen und Haare der Erschossenen klebten. Ich habe gehört, wie fünfzig oder mehr zum Tode verurteilte Männer in ihren Zellen Kopf oder Schrift spielten. Und wenn ich dir das alles sage, weiß ich genau, wovon ich rede. Gut ... Und nun, mein Alter, muß ich dir noch was anderes sagen. Ich habe den Krieg in Marokko mitgemacht. Das hing noch irgendwie mit dem alten Zweikampf zusammen. Hier geht es in den vorderen Linien ganz anders zu. Nach den ersten zehn Tagen fühlst du dich wie ein Nachtwandler. Es fällt zuviel vom Himmel, und die Artillerie, die Tanks, die Flugzeuge sind allzu mechanische Dinge, alles wird zum Verhängnis. Und du hast das sichere Gefühl, daß du nicht davonkommen wirst, daß du dich nie und nimmer herausziehen wirst. Nicht nur aus dem, was gerade vorgeht: dem gegenwärtigen Krieg. Du bist wie einer, der ein Gift genommen hat, das in einigen Stunden wirken wird, oder wie einer, der die Ordensgelübde abgelegt hat. Dein Leben liegt hinter dir ... Und damit ändert sich dein ganzes Dasein. Du befindest dich plötzlich in einer neuen Wahrheit, und die anderen sind nun die Narren.«

»Ach du, du befindest dich immer in einer Wahrheit!«

»Siehst du, so ist es: Du rückst gegen ein Sperrfeuer vor und sorgst dich um nichts mehr, weder um dich, noch um sonst etwas. Es fallen Hunderte von Geschossen, es rücken Hunderte von Männern vor. Du bist nur noch ein Selbstmörder, und gleichzeitig gehört dir das, was in all diesen Menschen das Beste ist. Du besitzest ihr ... nun, mit einem Wort: das Beste in ihnen. Es ist wie der Jubel der Menge im Karneval. Ich weiß nicht, ob ich mich verständlich ausdrücke. Ein Kamerad von mir nennt es den Augenblick, in dem die Toten zu singen anfangen. Seit einem Monat weiß ich, daß die Toten singen können.«

»Das imponiert mir nicht.«

»Es gibt etwas, von dem ich, der älteste marxistische Offizier, bisher keine Ahnung hatte. Es gibt eine Brüderlichkeit, die man nur von der andern Seite des Todes her entdeckt.«

»Weißt du, manche kriegten es satt, als wir mit gewöhnlichen Gewehren gegen Flugzeuge kämpfen mußten, andere kriegten es satt, als wir mit gewöhnlichen Gewehren gegen die Tanks kämpfen mußten. Bei mir ist der Fall eben jetzt eingetreten.«

»Ich war ebenso renitent wie du, und jetzt . . .«

»Du wirst noch ruhiger sein, wenn du einmal tot bist.«

»Gewiß. Aber jetzt ist mir das egal.«

Moreno entblößte im Lächeln sein prachtvolles Gebiß. Die bunten Flaschen, die zur Dekoration über dem Bartisch aufgereiht waren, fielen herab und zerbrachen mit dem Geläute leerer Glasgefäße auf dem Steinboden; die Tischchen schienen der Explosion trotzig zu widerstehen, und eine Vermouthreklame fiel Moreno auf den Rücken und machte seinem Lächeln ein Ende, als hätte man es ihm mit der Hand vom Gesicht genommen. Die Nasen, die sich aus dem Kellergeschoß hervorgewagt hatten, tauchten wieder unter.

Ein bärtiger verwundeter Zivilist wollte von draußen schnell durch die Tür herein, und da er mit aller Gewalt in den Flügel stieß, prallte dieser gegen die Brust des Toten am Drehkreuz, verklemmte sich, und in der Stille, die der Explosion folgte, ertönte ein klatschender Laut. Der Verwundete hämmerte mit beiden Fäusten auf die halb zerbrochene Glasscheibe ein, wurde immer wilder, bis er schließlich zusammenbrach. Überall ringsum krachten wieder die Explosionen.

SIEBENTES KAPITEL

Die großkalibrigen Geschosse gingen zwischen dem Hochhaus der Telefonzentrale und der Puerta de Alcalá nieder. Eines von ihnen explodierte nicht, zwei Milizmänner trugen es weg, der eine vorn, der andere hinten. Der eintönige Himmel des Spätnachmittags breitete sich lastend über der von Flämmchen und sprühenden Funken erfüllten Stadt Madrid aus, in der mit dem Geruch des Bombardements und des aufgewirbelten Staubs ein anderer, beunruhigenderer aufzukommen begann, den Lopez von Toledo her kannte, der Geruch nach verbranntem menschlichem Fleisch.

Zwei Bilder von Greco und drei kleine von Goya, die sich in einem von seinem Eigentümer im Stich gelassenen Palais befanden, wurden beim Rat für den Schutz von Kunstwerken, dem Lopez angehörte, seit dem Vormittag vergeblich erwartet, und er wollte für ihre Fortschaffung sorgen, bevor er selber abreiste.

Lopez, als Krieger nicht sehr tüchtig, hatte sich bei der Rettung der Kunstwerke trefflich bewährt. Dank seiner Wirksamkeit kam in dem Wirrwarr von Toledo kein einziger Greco zu Schaden und wurden aus den gleichgültigen Staubmassen der Klosterspeicher Dutzende von Gemälden großer Meister hervorgeholt.

Ziemlich weit vor ihm, neben einer Kirche, krepierte eine kleinkalibrige Granate: Die Tauben, die davongeflogen waren, kamen neugierig wieder zurück, um die Sprünge auf ihrem Giebelfeld zu betrachten. Durch die nun auf die unendliche Weite geöffneten Fenster eines eingestürzten Hauses sah man den hohen Turm der Telefonzentrale mit seinem barocken Schild fahl in den Novemberhimmel des sinkenden Tages aufragen.

Ein wahres Wunder, daß dieser kleine Wolkenkratzer, der Madrid beherrscht, noch nicht in Trümmern lag. Nur eine Ecke war abgebrochen. Freilich, die Fenster alle ... Hinter dem Turm stieg der Rauch eines Granateinschlages auf. Mein Gott, dachte Lopez, wenn nur keine meine Grecos trifft!

Verstörtes Volk irrte sinnlos durch die Straßen, es wußte wohl, wovor es floh, doch nicht, wohin es fliehen sollte; andere wieder gingen gleichmütig, neugierig oder vor Erregung vibrierend einfach vor sich hin und guckten in die Luft. Ein zweites Geschoß fiel in der Nähe: Kinder in Begleitung von Frauen oder alten Männern setzten sich erschreckt in Trab; andere Kinder ohne Verwandte blieben und gaben ihr sachkundiges Urteil über »die Leistung« ab: »Tolle Pfuscher, diese Faschisten! Sie können nicht schießen. Zielen auf die Soldaten von Casa de Campo, und schau mal, wohin sie treffen!«

Eines Vormittags hatten im Kindergarten an der Plaza del Progreso drei kleine Jungen (genau wie die, vor denen Lopez jetzt stand) Krieg gespielt und dabei nach oben geguckt. »Eine Bombe!« ruft einer.

»Niederlegen!« Alle drei werfen sich als disziplinierte Soldaten zu Boden. Nun war es eine richtige Bombe gewesen. Alle andern Kinder, die nicht Krieg gespielt hatten und aufrecht stehengeblieben waren, wurden getötet oder verletzt ...

Irgendwo links fiel wieder eine Bombe; Hunde liefen einer hinter dem andern in schräger Linie vorbei; ein anderes kleines Rudel brach aus einer benachbarten Gasse hervor und rannte in die entgegengesetzte Richtung. Dieses hoffnungslose Kreisen der verwilderten Hunde in der Stadt schien das Schicksal der Menschen vorwegzunehmen. Lopez' Augen folgten ihnen mit dem freundschaftlichen Blick des Tierbildhauers, aber schon warteten andere Tiere auf ihn.

Wie fast sämtliche requirierte Adelspaläste, wie der des Herzogs von Alba, war auch der, zu dem sich Lopez nun begab, überreichlich mit ausgestopften Tieren ausstaffiert. Viele Herren der spanischen Aristokratie waren leidenschaftlichere Liebhaber der Jagd als ihrer schönen Gemälde, und wenn sie ihre Goyas auch nicht weggaben, so gesellten sie ihnen doch gerne ihre Jagdtrophäen bei. Das Inventar der Häuser der flüchtigen großen Familien – denn bloß die Paläste, deren Eigentümer geflohen waren, wurden requiriert – enthielt oft zehn Bilder großer Meister (vorausgesetzt, daß sie nicht in der Woche vor der Erhebung ins Ausland geschickt worden waren) und eine unglaubliche Menge von Elefantenzähnen, Rhinozeroshörnern sowie ausgestopfte Bären und andere Tiere.

Als Lopez, begrüßt von einer etwa hundert Meter weiter fallenden Bombe, den Garten des Palastes betrat, kam ihm ein Milizmann entgegen.

»Um Himmels willen«, brüllte Lopez und klopfte ihm auf die Schulter, »was ist denn mit meinen Grecos los?«

»Was? Die Bilder? Wir hatten keine Transportgelegenheit. Nachdem die Leute, die du geschickt hast, sie so vorsichtig eingewickelt hatten, als wären es Eier, war das Ganze mächtig angeschwollen. Aber dein Lastauto hat hier gehalten.«

»Wann?«

»Vor ungefähr einer halben Stunde. Aber diese Biester da hat es nicht mitnehmen wollen.«

Rings um die unter dem Vordach der Auffahrt sorgfältig aufgereihten Elefantenzähne gab es zwischen den Bäumen die ausgestopften Bären in ihren »naturgetreuen« Stellungen; die fallenden Bomben erschütterten ein wenig die Erde, und die leise schaukelnden Bären schienen mit ihrer erhobenen Pfote in diesen Kriegsabend Segen oder Drohung zu schikken.

»Die sind nicht zerbrechlich«, sagte Lopez gelassen. Er lehnte es ab, sich mit diesen naturwissenschaftlichen Stücken zu befassen, die von einer andern Abteilung des Kulturschutzes in Verwahrung genommen wurden.

»Hör mal, Genosse, wenn die Granaten für die Bilder schlecht sind, können sie für die Elefantenzähne auch nicht gut sein ... Was soll ich mit all dem Zeug anfangen? Und sicher wird es noch weiter Bomben regnen.«

Bei dem Einschlag eines Geschosses in nächster Nähe geriet die ganze Menagerie ins Hüpfen oder ins Schwanken, und ein Kanarienvogel, der noch in seinem vergoldeten Prachtkäfig steckte, begann aus Leibeskräften zu singen.

»Ich werde telefonieren, damit man deine Bären abholt.«

Lopez zündete sich eine Zigarette an und zog mit dem Käfig ab. Er schwenkte ihn in der Hand, und der Kanarienvogel trillerte bei jeder Explosion heftiger und beruhigte sich dann wieder ... Ein Gebäude brannte, genau wie man es im Kino sieht, von oben bis unten; die Fassade mit ihren bizarren Ornamenten war intakt, aber in all den offenen, zertrümmerten Fenstern waren in sämtlichen Stockwerken Flammen zu sehen, die nicht nach außen schlugen, so daß das Haus aussah, als wohnte das Feuer darin. Etwas weiter wartete an einer Straßenecke ein Autobus. Lopez blieb stehen, zum erstenmal auf diesem Gange durch die Stadt keuchte er, fuchtelte mit den Armen wie ein Narr, schleuderte den Käfig mit dem Kanarienvogel wie einen Stein von sich und brüllte: »Steigt aus!« Die Leute im Autobus sahen auf den wild Gestikulierenden herab, wie sie auf irgendeinen der Hunderte von anderen Narren in irgendeiner der Hunderte von anderen Straßen geschaut hätten. Lopez warf sich zu Boden, der Autobus flog in die Luft.

Als Lopez wieder aufstand, rieselte das Blut von den Mauern. Zwischen den durch den Luftdruck der Explosion entkleideten Toten schnellte ein Mann mit Backenbart schreiend auf: er war nackt, aber nicht verletzt. Die Einschläge folgten einander in immer schnellerem Tempo, sie bewegten sich in der Richtung auf das Telefonhochhaus.

ACHTES KAPITEL

Shade war in der Zentrale: Es war die Stunde, zu der er seinen Artikel durchzugeben hatte. Die Geschosse fielen zwar auf das ganze Stadtviertel nieder, aber hier war sich jeder einzelne bewußt, Zielpunkt zu sein.

Um halb sechs Uhr war das Hochhaus getroffen worden. Mit jedem Einschlag rückten ihm die Geschosse näher; sie hatten es getroffen, dann verloren und suchten es nun. Beamte, Journalisten, Laufburschen, Milizmänner, alle hatten das Gefühl, an der Front zu sein. Die Granaten fielen in sehr kleinen Intervallen, so daß die ständigen Explosionen wie das Echo eines Donners wirkten. Vielleicht waren auch die Flugzeuge an der Beschießung wieder beteiligt. Der Abend kam, die Wolken lagen sehr tief. Aber das Summen von Motoren war nicht zu hören, nur das Klappern der Fernschreibemaschinen.

Ein Milizmann kam, um Shade zu holen: Kommandant García berief die Journalisten zu einer Besprechung in ein Büro des Hochhauses.

Alle Korrespondenten von einiger Bedeutung waren dort versammelt. Warum gerade jetzt? fragte sich Shade. Aber es gehörte zu Garcías Gepflogenheiten, die Presse, wenn er mit ihr zu tun hatte, immer dorthin zu bestellen, wo er sie am exponiertesten wußte.

In einem der ehemaligen Direktionsräume des Hochhauses – Leder, Holztäfelung, Nickel – ließ sich García täglich die Kopien der aus Madrid gesandten Zeitungsartikel schicken. Sie wurden ihm in zwei Dossiers gebracht: »Politik« und »Tatsachen«. Während er auf die Presseleute wartete, blätterte er mit einem Gefühl des Ekels vor dem Dasein in dem zweiten Dossier: das Grauen war so grenzenlos, daß alle Artikel davon überflossen.

Für PARIS-SOIR:

Auf meinem Wege zum Telefonhochhaus war ich Zeuge einer Szene von grauenvoller Schönheit.

In der Nacht vorher hatte man unweit der Puerta del Sol ein dreijähriges Kind gefunden, das ganz allein in der Finsternis weinte. In einem der unterirdischen Schutzräume an der Gran Vía war eine Frau, die ihren kleinen Jungen suchte, ein etwa gleichaltriges Kind und blond wie das an der Puerta del Sol. Die Nachricht wurde ihr überbracht. Schnell läuft sie in das Haus an der Calle Montera, wo das Kind untergebracht ist. Im Halbdunkel eines Ladens mit herabgelassenen Vorhängen sitzt das Kind und lutscht an einem Stückchen Schokolade. Mit offenen Armen eilt die Mutter ihm entgegen, aber plötzlich weiten sich ihre Augen vor Entsetzen, werden furchtbar starr, wie wahnsinnig.

Es ist nicht ihr Kind!

So bleibt sie minutenlang, ohne sich zu regen, bis ihr der arme Findling plötzlich zulächelt. Da stürzt sie sich auf ihn, drückt ihn an ihre Brust und trägt ihn mit sich fort, des Kindes gedenkend, das sie verloren.«

Und das geht immer so weiter, dachte García.

In den Fensteröffnungen mit den zerbrochenen Scheiben stand der rote Abend.

Für REUTER:

Eine Frau trug ihr kaum zweijähriges Töchterchen, dem der Unterkiefer fehlte, aber die Kleine lebte noch und schien mit ihren großen erstaunten Augen zu fragen, wer ihr denn das angetan habe. Eine Frau überquerte die Straße – das Kind, das sie in ihren Armen trug, hatte keinen Kopf mehr . . .

Garcia kannte aus Erfahrung die schreckeinflößende Gebärde, mit der eine Mutter die Reste ihres Kindes hütet. Wie viele solcher Gebärden mochte es wohl heute geben?

In der Ferne explodierten dumpf drei Granaten; es klang wie die drei Schläge im Theater, wenn der Vorhang aufgeht. Die Türe öffnete sich, die Korrespondenten der Auslandspresse traten ein. Auf einem niedrigen Tische standen künstliche Blumen aus Glas, noch unzerbrochen; sie klirrten bei jeder Detonation. Da sämtliche Scheiben zersplittert waren, drang durch die beiden Fenster der Geruch der brennenden Stadt zusammen mit dem Rauch herein.

»Falls eine Leitung frei werden sollte«, sagte García, »wird der, der sie verlangt hat, sofort gerufen werden. Sie wissen, meine Herren, daß ich Sie immer nur zu mir bitte, um Ihnen Dokumente zur Kenntnis zu geben. Bevor ich heute zu dieser Mitteilung komme, möchte ich mir erlauben, Ihre Aufmerksamkeit auf folgende Tatsache zu lenken: Nach den Kriegsberichten der Faschisten haben wir seit Anfang des Krieges auf neun Flugplätzen feindliche Flugzeuge zerstört. Es ist leichter, die Stadt Sevilla als den Flugplatz von Sevilla zu bombardieren. Nun ist es freilich zuweilen vorgekommen, daß einige Bomben das militärische Ziel verfehlten und Zivilisten zu Schaden kamen. Aber niemals wurde von uns eine spanische Stadt in bewußter Absicht systematisch mit Bomben belegt.

Ich lasse jetzt das Dokument folgen. Ich werde es Ihnen vorlesen und bitte Sie alle, sich persönlich von der Echtheit des Originals zu überzeugen, das übrigens auch durch uns in London und Paris öffentlich zur Schau gestellt werden soll. Dafür werden wir sorgen. Es handelt sich um ein kleines Rundschreiben, das an die höheren Offiziere der Rebellen gerichtet ist, nichts weiter. Das vorliegende Exemplar fand sich im Besitze des Offiziers Manuel Carrache, der am 28. Juli an der Guadalajarafront gefangengenommen wurde.

»Eine der wesentlichsten Voraussetzungen des Sieges besteht in der Erschütterung der Moral der feindlichen Truppen. Der Gegner verfügt weder über hinreichende Mannschaftsbestände noch über genug Waffen, um uns wirksamen Widerstand leisten zu können. Trotzdem ist es unumgänglich nötig, die folgenden Weisungen streng zu befolgen:

Um das Hinterland besetzen zu können, ist es unumgänglich nötig, der Bevölkerung einen heilsamen Schrecken einzujagen.

Vor allem gilt die Regel, daß alle verwendeten Mittel in die Augen fallend, eindrucksvoll sein müssen.

Jede Stelle, die sich auf der Rückzugslinie des Feindes befindet, oder allgemeiner gesprochen: jede Stelle hinter der feindlichen Front ist als Kampfgebiet zu betrachten. In dieser Hinsicht ist kein Unterschied zu machen zwischen Örtlichkeiten, die feindliche Truppen beherbergen, und solchen, die keine aufweisen. Die Panik unter der Zivilbe-

völkerung, die sich auf der Rückzugslinie des Feindes befindet, trägt zur Entmutigung seiner Truppen in hohem Maße bei.

Die im Weltkrieg gemachten Erfahrungen beweisen, daß die versehentlich hervorgerufenen Schäden in Lazaretten und Verwundetentransporten auf die Geistesverfassung der betroffenen Truppen äußerst zerrüttend wirken.

Nach dem Einzug in Madrid sollen die Führer der militärischen Einheiten auf den Dächern der Gebäude, welche die verdächtigen Bezirke überragen, sowie auf den öffentlichen Bauwerken und Türmen unverzüglich Maschinengewehrnester errichten, womit die umliegenden Straßen in Schach gehalten werden können.

Sollten sich unter der Bevölkerung Anwandlungen von Widerstand zeigen, so ist auf die Widerspenstigen sofort zu schießen. In Anbetracht der großen Anzahl von Frauen, die auf der Gegenseite kämpfen, ist eine Rücksichtnahme auf das Geschlecht dieser Kämpferinnen ausgeschlossen. Je größer die Härte ist, mit der wir durchgreifen, um so schneller wird jeder Widerstand in der Bevölkerung unterdrückt sein, um so näher steht der Triumph der Erneuerung Spaniens bevor.«

»Ich möchte hinzufügen«, sagte García, »daß ich vom *Standpunkt der Faschisten aus* diese Instruktionen durchaus logisch finde. Es ist meine persönliche Meinung, daß der Terror zu den Kampfmitteln gehört, welche die Rebellen vom ersten Tage an methodisch und kunstgerecht zur Anwendung gebracht haben, und daß Sie hier einer Tragödie beiwohnen, zu der das Gemetzel von Badajoz nur die Generalprobe bildet. Aber lassen wir die persönlichen Meinungen beiseite.«

Und während die Journalisten sich zum Gehen anschickten: »Ich werde Ihnen auch eine Abschrift des Interviews mit Franco vom 16. August zukommen lassen, das mit der Versicherung beginnt: *›Ich werde Madrid niemals bombardieren. Es gibt dort Unschuldige . . .‹«*

Noch immer fielen Granaten, aber in einer Entfernung von einem Kilometer. Im Hochhaus achtete man nicht mehr darauf.

Ein Sekretär trat ein.

»Hat Oberst Magnin telefoniert?« fragte García.

»Nein, Herr Kommandant, die Internationalen kämpfen bei Getafe.«

»War Oberleutnant Scali nicht hier?«

»Alcalá hat angerufen und mitgeteilt, er werde gegen zehn Uhr vorsprechen. Aber Doktor Neubourg ist hier, Herr Kommandant.«

Doktor Neubourg kam als Leiter einer Mission des Internationalen Roten Kreuzes aus Salamanca. García kannte ihn von zwei Kongressen in Genf her. Der Kommandant wußte wohl, daß Neubourg in Salamanca sicher sehr wenig zu sehen bekommen hatte, aber er war lange mit Miguel de Unamuno zusammengewesen.

Damals hatte Franco gerade den größten Schriftsteller Spaniens seines Postens als Rektor der Universität enthoben. Und García war sich durchaus klar darüber, wie sehr der Faschismus jetzt diesen Mann bedrohte, der einst sein berühmter Verteidiger gewesen war.

NEUNTES KAPITEL

»Seit sechs Wochen«, erzählte der Arzt, »liegt er in einem kleinen Zimmer und liest . . . Nach seiner Absetzung hatte er gesagt: ›Ich werde dieses Zimmer nicht wieder verlassen, außer als Toter oder als Verurteilter.‹ Und er hat sich in sein Bett gelegt und ist darin geblieben. Zwei Tage nach seiner Absetzung wurde in der Universität das Heilige Herz Jesu feierlich inthronisiert . . .«

Im Vorübergehen betrachtete Neubourg in dem einzigen Spiegel des Raumes sein schmales, glattrasiertes Gesicht, das geistreich wirken wollte und doch nur wie die Ruine seiner Jugend aussah. Bei Beginn des Gesprächs entnahm García seiner Mappe einen Brief.

»Als ich von Ihrer Ankunft erfuhr«, sagte er, »habe ich in meiner Korrespondenz mit Unamuno aus alten Zeiten geblättert. Ich fand darin diesen Brief aus dem Exil, der wohl zehn Jahre alt ist. Darin schrieb er: ›*Es gibt keine andere Gerechtigkeit als die Wahrheit. Und die Wahrheit, hat Sophokles gesagt, vermag mehr als die Vernunft. So wie das Leben mehr vermag als die Lust und mehr als das Leid. Wahrheit und Leben ist also mein Wahlspruch, nicht Vernunft und Lust. Es ist besser, in der Wahrheit zu leben, selbst wenn man darunter leiden muß, als sich in der Lust der Vernunft zu bedienen oder in der Vernunft glücklich zu sein . . .*‹«

García legte den Brief vor sich auf den glattpolierten Schreibtisch, in dem sich der rote Himmel spiegelte.

»Die Rede, die seine Absetzung zur Folge hatte«, sagte der Arzt, »lautete dem Sinne nach ungefähr gleich: ›Es ist möglich, daß die Politik gewisse Forderungen in sich begreift, auf die wir hier nicht näher eingehen wollen. Diese Universität aber soll der Wahrheit dienen . . .‹ Miguel de Unamuno kann nicht dort stehen, wo die Lüge ist. Und was die Greuel der Roten betrifft, mit denen man uns unaufhörlich in den Ohren liegt, so müssen Sie sich darüber klar sein, daß selbst die weibliche Miliz niedrigsten Standes – und wäre sie, wie man behauptet, eine Prostituierte –, wenn sie mit einem Gewehr in den Kampf zieht und für das, was sie gewählt hat, ihr Leben wagt, vor dem Geiste weit weniger erbärmlich dasteht als jene tiefdekolletierten, in köstliche Wäsche gehüllten und mit Blumen geschmückten Damen, die vorgestern unser Bankett verließen, um der Erschießung der Marxisten beizuwohnen . . .«

Neubourgs Nachahmungstalent war bekannt.

»Als Arzt freilich«, fuhr er, wieder in seine natürliche Stimmlage zurückfallend, fort, »muß ich sagen, daß sein Abscheu vor der Todesstrafe etwas Pathologisches hat. Und daß er ausgerechnet dem General, der der Gründer des Tercio ist, zu erwidern hatte, machte ihn zweifellos besonders nervös. Als er für die kulturelle Einheit Spaniens eintrat, begannen die Zwischenrufe . . .«

»Welcher Art?«

»Nieder mit Unamuno, Tod den Intellektuellen!«

»Wer rief das?«

»Junge Dummköpfe von der Universität. Darauf erhob sich General Millan Astray und rief: ›Tod der Intelligenz, es lebe der Tod!‹«

»Was wollte er Ihrer Meinung nach damit sagen?«

»Wahrscheinlich ungefähr soviel wie: ›Scheren Sie sich zum Teufel!‹ Was den Ausspruch ›Es lebe der Tod!‹ anbelangt, so war das vielleicht als eine Erwiderung auf Unamunos Proteste gegen die Erschießungen gemeint. Glauben Sie nicht?«

»In Spanien ist dieser Ausruf ziemlich hintergründig. Auch die Anarchisten haben ihn früher gebraucht.«

Eine Granate schlug in der Gran Vía ein. Selig, seinen Mut zeigen zu können, schritt Neubourg in Garcías Büro auf und ab, während auf seiner Glatze die Reflexe des von der Feuersbrunst geröteten Himmels spielten. Zu beiden Seiten seines kahlen Schädels standen Büschel schwarzer gelockter Haare ab. Seit zwanzig Jahren sonnte sich Doktor Neubourg (obwohl er auf seinem Gebiet Hervorragendes leistete) in dem Gefühl, daß er – nicht wahr, mein Bester? – einem Abbé des 18. Jahrhunderts glich, und davon war ihm etwas geblieben.

»Und nun«, fuhr der Arzt fort, »sagte Unamuno die berühmten Worte: ›Ein Spanien ohne Biscaya und ohne Katalonien wäre ein Land, das Ihnen ähnlich sähe, Herr General: einäugig und einarmig.‹ Was nach der Antwort an Mola – ›Siegen ist nicht Überzeugen‹ –, die alle Welt kannte, nicht als Kompliment aufgefaßt werden konnte ... Am Abend ging er dann ins Kasino und wurde dort angepöbelt. Darauf zog er sich in sein Schlafzimmer zurück und sagte, daß er es nicht wieder verlassen werde.«

García, dem keines seiner Worte entging, blickte auf Unamunos alten Brief, der vor ihm auf dem Schreibtisch lag. Jetzt las er mit lauter Stimme vor:

»Werden die Leute, die von Kreuzzug und von Vergeltung reden, auf ihre Absicht verzichten, den Rif mit Zivilgardisten zu zivilisieren, was gleichbedeutend mit entzivilisieren ist? Und werden wir uns dieser Henkersehre begeben?

Von drüben, von Spanien, will ich nichts wissen; noch weniger von dem Lande, das die Menschen, die schreien, um nicht zu hören, Groß-Spanien nennen. Ich flüchte mich an den Busen des andern, meines kleinen Spaniens. Ach, wäre doch mein Wille stark genug, die spanischen Zeitungen nicht mehr zu lesen! Das ist etwas Entsetzliches. Nicht einmal das Springen einer Saite des sich härmenden Herzens, nur das Knarren der Rollen, an denen die Marionetten sich bewegen, ist zu hören, nur das Knarren der Windmühlen, die unsere Giganten sind ...«

Von der Gran Vía drang wildes Geschrei herauf. Der Widerschein der Feuersbrunst zitterte an den Wänden, so wie an Sommertagen die Reflexe eines sonnenbeschienenen Flusses an der Zimmerdecke zittern. *»Nicht einmal das Springen einer Saite des sich härmenden Herzens ...«* wiederholte García und klopfte mit der Pfeife auf seinen Daumennagel.

»Ich möchte wohl wissen, was er heute wirklich denkt. Ich

kann mir ihn zwar lebhaft vorstellen, wie er mit seiner edlen, gedankenvoll erstaunten Miene eines vor Alter weiß gewordenen Uhus Millan Astray beschimpft. Aber das ist nur die anekdotische Seite, es gibt noch etwas anderes.«

»Wir haben dann privat noch viel miteinander gesprochen. Oder vielmehr: Er sprach sehr viel, denn ich habe im Grunde nur zugehört. Er verabscheut Azaña. In der Republik, und zwar in ihr allein, erblickt er noch das Mittel zu einer föderalistischen Einheit Spaniens. Er ist gegen den absoluten Föderalismus, aber auch gegen eine Zentralisation durch die Gewalt; und der Faschismus ist für ihn gleichbedeutend mit der Zentralisation.«

Ein seltsamer Geruch, gemischt aus Kölnischwasser und Feuersbrunst, erfüllte das Büro mit den zersplitterten Fensterscheiben: Ein Parfümerieladen brannte.

»Er wollte dem Faschismus die Hand drücken, ohne zu merken, daß der Faschismus auch Füße hat. Daß er noch immer an der föderalistischen Einheit festhält, erklärt viele seiner Widersprüche ...«

»Er glaubt an Francos Sieg, empfängt die Journalisten und sagt zu ihnen: ›Schreiben Sie, daß ich, was immer auch geschehen mag, nie auf der Seite des Siegers sein werde ...‹«

»Sie werden sich hüten, so etwas zu schreiben. Was hat er zu Ihnen über seine Söhne gesagt?«

»Nichts. Warum?«

García blickte nachdenklich in den roten Abend hinaus.

»Alle seine Söhne sind hier, zwei als Kämpfer ... Ich kann nicht glauben, daß ihn das nicht beschäftigt. Und er hat nur selten Gelegenheit, mit einem Manne zusammenzutreffen, der die Möglichkeit hat, beide Lager kennenzulernen.«

»Nach seiner Rede hat er einmal sein Haus verlassen. Es heißt, daß er als Antwort auf seine Äußerungen über die Frauen in ein Zimmer beordert wurde, vor dessen Fenstern Erschießungen stattfanden ...«

»Auch ich habe davon erzählen hören, freilich kam es mir nicht ganz glaubhaft vor. Haben Sie darüber genaue Informationen?«

»Er hat mir gegenüber nichts davon erwähnt, was nur natürlich ist. Ich ihm gegenüber selbstverständlich auch nichts, wie Sie sich denken können, mein Lieber.«

»In der letzten Zeit hat sich seine Unruhe sehr gesteigert angesichts der Tatsache, daß dieses Volk seine Zuflucht immer wieder zu der Gewalt und zum Irrationalen nimmt.«

Eine unbestimmte Bewegung mit der Pfeife schien ausdrükken zu wollen, daß Garcia derartigen Definitionen nicht übergroßen Wert beimaß. Neubourg schaute auf seine Uhr und stand auf.

»Immerhin, mein lieber García, finde ich, daß alles, was wir hier sagen, irgendwie um die Dinge herumgeht. Unamunos Opposition ist eine ethische Opposition. Unser Gespräch darüber war indirekt, aber es bezog sich unablässig auf diesen Punkt.«

»Nun ja, die Erschießungen sind kein Problem der Zentralisation.«

»Als ich ihn, verbittert und vergrämt, in seinem von Büchern umgebenen Bett verließ, hatte ich das Gefühl, das 19. Jahrhundert zu verlassen . . .«

Beim Abschied zeigte García mit dem Rohr seiner Pfeife auf die letzten Zeilen des Briefes, den er in der Hand hielt.

»Wenn mein geistiges Auge auf jene zwölf letzten qualvollen Jahre zurückblickt, seit damals, als ich mich der von Bäumen umschatteten Traumwelt jener winzigen Studierstube in Salamanca entriß – oh, wie überschwenglich habe ich dort geträumt! –, so kommt mir all das wie der Traum eines Traumes vor.

Lesen? Ich lese nicht mehr viel, es sei denn über das Meer, mit dem ich mich von Tag zu Tag inniger befreunde . . .«

»Das schrieb er vor zehn Jahren«, sagte García.

ZEHNTES KAPITEL

Als die Verbindung mit Paris hergestellt war und Shade in den Fernsprechsaal gerufen wurde, ging in der Nähe eine Granate nieder. Zwei andere schlugen in noch größerer Nähe ein. Alle Anwesenden stürzten an die dem Fenster gegenüberliegende Wand. Obwohl die Lampen brannten, war der grelle rote Schein, der von draußen kam, fühlbar, es war, als zielte die Feuersbrunst auf das Telefonhochhaus, dessen dreizehn Fensterreihen keinen einzigen menschlichen Schatten zeigten. Endlich löste sich ein alter schnurrbärtiger Journalist von der

Wand; dann einer nach dem andern die übrigen: Sie blickten diese Mauer an, als hätten sie auf ihr eine Spur zurückgelassen.

Neue Geschosse fielen kaum weniger nah, doch keiner verließ seinen wieder eingenommenen Platz. Es heißt, daß in Versammlungen alle zwanzig Minuten ein Schweigen durch den Raum geht: So breitete sich hier die Gleichgültigkeit aus.

Bald konnte Shade zu diktieren beginnen. Während er seine Notizen vom Vormittag eine nach der andern ablas, kamen die Einschläge der Geschosse wieder näher, und bei jeder Explosion machten die Bleistifte auf den Stenographieblocks alle zugleich einen Sprung. Das Schießen hörte auf, und die angstvolle Erwartung wuchs. Stellten die Feinde ihre Geschütze neu ein? Warten, warten, warten. Shade diktierte. Paris übertrug nach New York:

»Heute morgen sah ich – Komma – wie die Bomben ein Krankenhaus einzingelten – Komma – in dem sich über tausend Verwundete befanden – Punkt. Das Blut – Komma – welches das angeschossene Wild auf der Jagd hinter sich läßt – Komma – wird Schweiß genannt – Punkt. Auf dem Trottoir – Komma – an der Mauer – Komma – war ein Netz von blutigem Schweiß . . .«

Die Granate fiel in einer Entfernung von weniger als zwanzig Metern. Diesmal stürzten fast alle in den unterirdischen Schutzraum. In dem beinahe leeren Saal blieben nur die Telefonisten und die Korrespondenten der »ersten Linie« zurück. Die Telefonisten hörten auf die Mitteilungen, aber ihre Augen spähten nach den ankommenden Geschossen aus. Die Presseleute, die diktierten, fuhren im Diktieren fort; wenn die Verbindung unterbrochen wurde, kamen sie mit ihren Nachrichten nicht mehr in die Morgenzeitung. Shade diktierte, was er in der Gegend des Palace-Hotels gesehen hatte.

»Heute nachmittag kam ich einige Minuten nach einer Explosion vor einen Metzgerladen. Dort, wo die Frauen Schlange gestanden hatten, waren Flecken und Lachen. Zwischen den ausgeweideten Rindern und Schafen, die an eisernen Haken hingen, floß das Blut des getöteten Schlächters von der Fleischbank auf den Fußboden, wo es von dem Wasser einer geplatzten Leitungsröhre fortgeschwemmt wurde.

Und wir müssen uns darüber klar sein, daß all dies sinnlos ist.

Völlig sinnlos.

Denn das Gefühl, das die Einwohner von Madrid beherrscht, ist weit weniger der Schrecken als der Abscheu. Ein Alter sagte mir, während die Bomben fielen: ›Ich war immer ein Verächter jeder Art von Politik, aber wie könnte man die Macht Menschen überlassen, welche die Gewalt, die sie noch nicht voll errungen haben, auf diese Weise mißbrauchen?‹ Während einer ganzen Stunde stand ich in einer Menge vor einem Bäckerladen an, etliche Männer und wohl hundert Frauen. Alle sind davon überzeugt, daß es gefährlicher ist, eine Stunde lang an derselben Stelle zu bleiben, als umherzugehen. Auf der andern Seite der engen Straße, ungefähr fünf Meter von dem Bäckerladen entfernt, wurden die Leichen aus einem zerstörten Hause in Särge gelegt, wie es in diesen Tagen, wenn Häuser getroffen werden, allenthalben in Madrid geschieht. Wenn weder Kanonenschüsse noch Flugzeuge zu hören waren, hallten in der Stille die Hammerschläge wider. Neben mir sagte ein Mann zu einer Frau: ›Juanita ist der Arm abgerissen worden. Glauben Sie, daß ihr Bräutigam sie in diesem Zustand heiraten wird?‹ Jeder sprach von seinen Angelegenheiten. Nach einer Weile schrie eine Frau: ›Wenn das nicht eine Schande ist, wie wir essen müssen!‹ Worauf eine andere mit der Gemessenheit und in dem Stil, den sie fast alle von der Pasionaria angenommen haben, erwiderte: ›Du ißt schlecht, wir essen schlecht; aber auch vorher haben wir nicht gut gegessen. Und unsere Kinder werden essen, wie man bei uns seit zweihundert Jahren nicht gegessen hat.‹ Der Beifall war allgemein.

Alle diese aufgeschlitzten und geköpften Menschen wurden vergeblich gemartert. Jedes Geschoß, das niederfällt, festigt das Volk von Madrid in seinem Glauben.

Die Schutzräume haben Platz für hundertfünfzigtausend Personen, und Madrid hat eine Million Einwohner. In den Vierteln, die am meisten beschossen werden, gibt es kein wichtiges militärisches Ziel. Und die Bombardierung geht weiter.

Während ich dies schreibe, fallen von Minute zu Minute Geschosse auf die Elendsviertel; in dieser unbestimmten

Abenddämmerung ist der Feuerschein, den die Brände verbreiten, so stark, daß jetzt hier vor mir der Tag in eine weinfarbene Nacht versinkt. Das Schicksal läßt seinen Vorhang aus Qualm aufgehen über der Generalprobe zum nächsten Kriege. Amerikanische Gefährten, nieder mit Europa!

Werden wir uns darüber klar, was wir wollen! Wenn ein Kommunist in einer internationalen Versammlung redet, legt er die Faust auf den Tisch. Wenn ein Faschist in einer internationalen Versammlung redet, legt er die Füße auf den Tisch. Wenn ein Demokrat – Amerikaner, Engländer oder Franzose – in einer internationalen Versammlung redet, kratzt er sich im Nacken und stellt Fragen.

Die Faschisten haben den Faschisten geholfen; die Kommunisten haben den Kommunisten und sogar den spanischen Demokraten geholfen; aber die Demokratien helfen einander gegenseitig nicht.

Wir Demokraten glauben an alles, nur an uns selber nicht. Wenn ein faschistischer oder ein kommunistischer Staat über die Macht verfügte, welche die Vereinigten Staaten, England und Frankreich zusammen besitzen, würden wir vor Schreck erstarren. Aber da es sich um *unsere* Macht handelt, glauben wir nicht an sie.

Werden wir uns darüber klar, was wir wollen. Entweder wir sagen zu den Faschisten: ›Hinaus hier, sonst kriegt ihr es mit uns zu tun!‹ – um, falls es nötig sein sollte, am Tage darauf denselben Satz den Kommunisten zu wiederholen. Oder wir erklären ein für allemal: ›Nieder mit Europa!‹

Europa, auf das ich aus diesem Fenster blicke, hat uns nichts mehr zu lehren, weder seine Kraft, die es verloren hat, noch seinen Glauben von Mauren, denen das Heilige Herz Jesu am Halse baumelt. Amerikanische Gefährten, möge jeder von uns, der den Frieden will, möge jeder, der die Menschen haßt, die mit dem Blute der auf ihrer Fleischbank gemetzelten Metzger die Stimmzettel auslöschen wollen, diesem Kontinent fortan den Rücken kehren! Fort mit dem Onkel aus Europa, der euch Lehren geben will mit seinem Kopfe, er hat den Verstand verloren durch seine Berserkerleidenschaften, mit seinem Gesicht eines Gasvergifteten!«

Nachdem Shade sein Diktat beendet hatte, begab er sich in das höchste Stockwerk hinauf, den besten Beobachtungspunkt von ganz Madrid. Vier Journalisten waren dort und fühlten sich fast wohl: vor allem, weil sie sich jetzt in frischer Luft befanden und die Angst in geschlossenen Räumen noch quälender ist, und dann, weil das Türmchen über der Kuppel der Gefahr weniger ausgesetzt schien. Der Abend ohne Sonnenuntergang, ohne ein anderes Leben als das des Feuers (als würde Madrid von einem toten Planeten durch den Weltraum getragen), machte aus diesem Tagesende eine Rückkehr zu den Elementen. Alles, was menschlich war, verschwand in diesem Novembernebel, den die Geschosse zerrissen und die Flammen röteten. Eine Feuergarbe sprengte ein kleines Dach, das Shade nie über sich vermutet hätte. Aber die Flammen glitten, statt in die Höhe zu schießen, längs der Mauer des Hauses bis zum Boden herab und dann zu einem andern Haus hinüber, an dem sie emporleckten und es bis zum First verbrannten. Der Vorgang spielte sich wie ein wohlgeregeltes Feuerwerk ab, das mit einem den Nebel durchrieselnden Funkenregen endete und die Presseleute sich zu ducken zwang. Wenn das Feuer bereits eingeäscherte Häuser von neuem erreichte, erhellte es ihre gespenstischen, düsteren Ruinen von hinten und umschlich sie lange mit raubtierhaften Sprüngen. In diesem Zeitalter des Feuers, das hereingebrochen war, herrschte ein grauenvolles Zwielicht. Drei der größten Spitäler brannten. Das Hotel Savoy brannte, Kirchen brannten, Museen brannten, die Nationalbilbliothek brannte, das Ministerium des Innern brannte, eine große Markthalle brannte, kleine Märkte aus Bretterbuden gingen in Flammen auf. Häuser stürzten funkensprühend zusammen, zwei von langen geschwärzten Mauern durchzogene Stadtteile schimmerten in Rotglut wie erhitzte Bratroste. Mit feierlicher Langsamkeit und zugleich mit unwiderstehlicher Wut brach sich das Feuer durch die Calle de Atocha, durch die Calle del León gegen das Zentrum hin Bahn, in der Richtung auf die Puerta del Sol, die gleichfalls brannte.

Und das ist erst der Anfang, dachte Shade.

Die Hauptmasse der Geschosse fiel jetzt weiter links. Und aus der Tiefe der Gran Vía, die Shade von seinem hohen Standpunkt aus nur mangelhaft überblicken konnte, drang, zuweilen das Läuten der unablässig durch die Straßen rasenden Ambulanzwagen übertönend, eine Art barbarischer Litanei zu ihm herauf. Mit angespannter Aufmerksamkeit lauschte er diesem Laut, der weither aus den Zeiten kam und mit der Welt des Feuers so wild zusammenstimmte. Es klang wie ein Wechselgesang: einem in regelmäßigem Abstand wiederholten Satze antwortete die ganze Straße in einem Rhythmus, der dem Trommelwirbel bei Beerdigungen glich; Dong, dongdong dong.

Endlich erriet Shade, was es war, denn er hatte den gleichen Rhythmus schon vor einem Monat gehört: als Antwort auf einen Satz, den er nicht verstand, skandierte die Trommel aus Menschenstimmen: *no pasarán*. Shade hatte die Pasionaria gesehen, wie sie Schwarz und herb als Witwe aller hingemetzelten Asturier eine feierliche und verbissene Prozession anführte, über der sich die roten Bänder mit ihrem berühmten Ausspruch spannten: »Besser die Witwe eines Helden als das Weib eines Feiglings.« Zwanzigtausend Frauen hatten als Erwiderung auf einen langen unverständlichen Satz die gleichen Worte: *no pasarán* im Sprechchor gehämmert; und er war damals weit weniger ergriffen gewesen als heute unter dem Eindruck einer nicht so zahlreichen, aber für seine Augen unsichtbaren Menge, deren ungebrochener Mut durch den Qualm der Feuersbrünste hindurch zu ihm emporstieg.

ELFTES KAPITEL

Wie immer mit seinem Kiefernzweig in der Hand kam Manuel aus dem Rathaus, in dem das gewählte Kriegsgericht getagt hatte: Sowohl die Mörder wie die Deserteure waren zum Tode verurteilt worden. Den Deserteuren gegenüber hatten die wahren Anarchisten sich am unerbittlichsten gezeigt: Jeder Proletarier ist verantwortlich; wenn diese da sich von den falangistischen Agenten hatten täuschen lassen, so waren sie darum nicht weniger schuldig. Ein Auto fuhr vorbei, die beiden Lichtkegel seiner Scheinwerfer waren vom Regen gestreift.

Sie werden in aller Ruhe Madrid bombardieren können, dachte Manuel. Man sah absolut nichts.

In dem Augenblick, da er an der kleinen Tür vorbeikam, die er nur an dem herausdringenden Licht erriet, stürzte sich etwas auf ihn, und er fühlte, wie seine Knie umfaßt wurden. Licht flammte auf, durchströmt vom Regen; Gartner und die andern, die ihm folgten, hatten ihre Taschenlampen angeknipst, zwei Soldaten der Brigade knieten in dem zähen Schlamm und umklammerten Manuels Beine. Er konnte ihre Gesichter nicht sehen.

»Man darf uns nicht erschießen!« schrie der eine. »Wir sind Freiwillige! Sag es ihnen doch.«

Der Kanonendonner war verstummt. Der Mann rief nicht mit erhobenem Gesicht, sondern in den Schlamm hinein, und sein Geschrei war wie eingehüllt in das große Rauschen des Regens. Manuel schwieg.

»Man darf es nicht! Man darf es nicht, Herr Oberst!« rief nun der andere.

Seine Stimme klang sehr jung. Manuel sah noch immer ihre Gesichter nicht. Um jede der beiden Dienstmützen, die sich in dem unbestimmten Lichtkreis der Taschenlampen an seine Hüfte drückten, tanzten zwischen den dichten Streifen des Regens kleine Tropfen, die von der Erde aufzuspritzen schienen. Als Manuel noch immer nicht antwortete, hob einer der zum Tode Verurteilten plötzlich seinen Kopf und blickte ihn an: Kniend, den Oberkörper zurückgeworfen, um zu dem über ihm stehenden Manuel aufzuschauen, mit nach hinten hängenden Armen, auf dem zeitlosen Hintergrund von Nacht und Regen das Bild des Mannes, der immer die Zeche bezahlt. Er hatte sein Gesicht leidenschaftlich an Manuels schlammbedeckten Stiefeln gerieben, seine Stirne und seine Backen waren völlig beschmiert, nur die Augenhöhlen bildeten einen leichenweißen Fleck.

Manuel war nahe daran, auszurufen: Ich bin doch nicht das Kriegsgericht!, schämte sich aber dieser Verleugnung seiner Verantwortung. Er wußte nichts zu sagen, fühlte, daß er sich des zweiten zum Tode Verurteilten nur durch einen Fußtritt entledigen konnte, was ihm höchst widerlich war, und stand nun unbeweglich da, dem irren Blick des Menschen preisgegeben, der keuchend zu ihm aufschaute und über dessen Gesicht das Wasser jetzt in Bächen floß, als weinte es aus allen seinen Poren.

Manuel dachte an die Männer von Aranjuez und an die Männer des 5. Korps, wie sie in dem gleichen Regen hinter ihren kleinen Mauern kämpften. Er hatte den Entschluß, das Kriegsgericht einzuberufen, nach reiflicher Überlegung gefaßt, wußte aber jetzt vor der Alternative zwischen Heuchelei und Brutalität nicht, was er tun sollte: Erschießen genügte, wozu noch eine Moralpredigt hinzufügen?

»Sag es ihnen doch! Sag es ihnen doch!« rief der Mann, der zu ihm aufschaute, wieder.

Was könnte ich sagen? dachte Manuel. Die Verteidigung dieser Männer lag in dem, was man niemals ausdrücken konnte, in diesem von Wasser triefenden Gesicht, in diesem geöffneten Mund. Noch nie hatte er in diesem Maße empfunden, daß es nötig war, zwischen dem Siege und dem Mitleid zu wählen. Sich vorbeugend, suchte er den Menschen wegzuschieben, der noch immer seine Knie umfaßte; aber dieser klammerte sich wie ein Rasender fest, den Kopf hielt er noch immer gesenkt, als gäbe es auf der ganzen Welt nichts als dieses Bein, das ihn vom Tode errettete. Manuel wäre beinahe gefallen und richtete sich mit einem Ruck wieder auf; er fühlte, daß er mehrerer Männer bedürfen würde, um diesen Burschen von ihm loszulösen. Plötzlich ließ dieser die Arme sinken, und nun blickte auch er zu Manuel auf: Er war jung, doch nicht so jung, wie Manuel geglaubt hatte. Er war über die Resignation hinaus, als hätte er alles begriffen – nicht nur für den jetzigen Augenblick, sondern für alle Ewigkeit. Und nun sagte er mit der überlegenen Bitterkeit der Menschen, die schon vom jenseitigen Ufer des Lebens her sprechen: »So hast du also keine Stimme mehr für uns?«

Manuel wurde sich jetzt bewußt, daß er bisher kein Wort geäußert hatte.

Er machte einige Schritte und ließ die beiden Verurteilten hinter sich zurück.

Der herzhafte Geruch des Regens auf Blättern und Zweigen war stärker als der des Tuches und des Leders der Uniformen. Manuel wandte sich nicht um. In seinem Rücken fühlte er die Gegenwart der beiden Männer, die regungslos im Schmutz knieten und deren Blicke ihm folgten.

ZWÖLFTES KAPITEL

Ein plötzliches Aufblitzen verwandelte eine Sekunde lang die elektrische Beleuchtung in fahle Dämmerung. Es mußte von einer sehr hohen Flamme herrühren, denn García und Scali bemerkten dieses Phänomen trotz der angezündeten Lampen. Beide traten ans Fenster. Die Luft war jetzt frisch, und ein leichter Dunst stieg auf, in dem sich der Nebel mit dem Rauch der Hunderte allmählich niederbrennenden Häuser mischte. Keine Sirene; nur die Autos der Feuerwehr und der Ambulanzen.

»Die Stunde, zu der die Walküren die Wahl unter den Gefallenen treffen«, sagte Scali.

»Es ist, als wollte Madrid zu Unamuno mit diesem Feuer sagen: ›Was soll mir deine Ideenwelt, wenn du unfähig bist, mein Drama zu verstehen!‹ Gehen wir jetzt hinunter in das andere Büro!«

García hatte Scali eben über seine Unterredung mit Doktor Neubourg berichtet. Von allen Menschen, mit denen er an diesem Tage und in dieser Nacht zusammentreffen würde, war Scali der einzige, in dem dieses Ereignis den gleichen Widerhall wecken mußte wie in ihm.

»Ein Angriff auf die Revolution durch einen Intellektuellen, der selbst revolutionär war, bedeutet immer die Infragestellung der revolutionären Politik durch seine ... Ethik, wenn wir es so nennen wollen«, sagte Scali. »Sind Sie ernsthaft der Meinung, Kommandant, daß eine solche Kritik unterbleiben sollte?«

»Wie sollte ich dies wünschen? Die Intellektuellen sind immer irgendwie davon überzeugt, daß eine Partei dem Sichsammeln von Menschen um eine Idee gleichzusetzen ist. Aber eine Partei gleicht weit mehr einem handelnden Temperament als einer Idee! Um uns hier nur an das Psychologische zu halten: Eine Partei ist weit eher eine Organisation zu gemeinsamem Handeln, die auf einer ... Konstellation oft widersprüchlicher Gefühle basiert. Zum Beispiel im vorliegenden Falle: Armut – Demütigung – Apokalypse – Hoffnung; und wenn es sich um die Kommunisten handelt: Freude an der Aktion, an der Organisation, an der industriellen Arbeit und so weiter. Die Ableitung der Psychologie eines Menschen aus der Ausdrucksform seiner Partei wäre für mich dasselbe, als wenn ich mich anheischig machen wollte, die Psychologie meiner Peruaner aus ihren religiösen Legenden abzuleiten, mein lieber Freund!«

Er ergriff seine Mütze und seinen Revolver und knipste das elektrische Licht aus. Er hatte die Feuersbrunst aus dem Raume ausgeschlossen; jetzt war sie plötzlich da, beizte ihnen mit ihrem Geruch nach verbranntem Holz die Kehle, trieb ihren Qualm in das Büro, langsam und unwiderstehlich, wie alle die Brände, die gegen die Puerta del Sol vorrückten. Der ganze weinfarbene Himmel drückte durch die Fenster in das lichtlose Zimmer hinein. Über dem Telefonhochhaus und der Gran Vía ballten sich dunkelrote und schwarze Kumuluswolken so kompakt, daß man meinte, sie mit der Hand greifen zu können. Hustend und niesend, obwohl der Rauch zwar sichtbarer als vorher, aber nicht dichter war, trat Scali wieder an das Fenster. Drunten brannte der Straßenboden – nein, es war nur der glänzende Asphalt, der im Widerschein der kurzen Flammen rot blinkte. Ein Rudel herrenloser Hunde begann ein furchtbares Geheul, sinnlos, gellend, zur Verzweiflung bringend, als herrschte es über dieser Weltuntergangstrostlosigkeit.

Der Lift funktionierte noch.

Durch die Straßen, die unter dem rötlichen Himmel schwarz wirkten, gingen sie bis in die Prado-Anlagen. Dort, in der nun absoluten Finsternis, umgaben sie noch die Geräusche, die sie vom Fenster des Hochhauses aus gehört hatten: Madrid verband seine Wunden. Und sie gingen auf ein anderes Geräusch zu, das wie Tausende kleiner Schläge auf den Asphalt klang.

»Unamuno hat sich das rechte Sterben entgehen lassen«, sagte Scali. »Das Schicksal hätte ihm hier das Begräbnis bereitet, von dem er sein ganzes Leben lang geträumt hat . . .«

García dachte an das Zimmer in Salamanca.

»Er hätte hier ein anderes Drama vorgefunden«, sagte er, »und ich bin nicht sicher, ob er es begriffen haben würde. Der große Intellektuelle ist der Mann der Nuance, der Abstufung, der Qualität, der Wahrheit an sich, der Komplikation. Er ist seiner Begriffsbestimmung, seinem Wesen nach antimanichäisch. Nun sind aber alle Wege des Handelns manichäisch, *weil jedes Handeln manichäisch ist.* Und zwar in einer akuten Form, sobald es die Massen ergreift, aber auch dann, wenn es sie nicht ergreift. Jeder echte Revolutionär ist von Geburt aus Manichäer. Und ebenso jeder Politiker.«

Plötzlich fühlte er von allen Seiten her, wie sich bis zu den Schenkeln hinauf Körper an ihn drückten. So viele Verwundete konnte es doch nicht geben? Er versuchte, sich mit den Händen zurechtzutasten. War das ein Rudel Hunde? Und wie heftig roch es nach Land und Staub! Immer dichter wurde das Gedränge, er konnte keinen Schritt mehr tun. Das Trippeln der Füße auf dem Asphalt klang härter und eiliger als das von Hundepfoten.

»Was ist denn das?« rief Scali aus, den schon fünf Meter von ihm trennten. »Schafe vielleicht?«

Plötzlich in einiger Entfernung ein Blöken. García in seiner warmen Wolke gelang es endlich, auf den Kopf seiner Taschenlampe zu drücken, und das Lichtbündel streifte über ein Gekräusel hin, das kaum dichter schien als das des Rauches: Es waren in der Tat Schafe. Die Taschenlampe leuchtete nicht weit genug, um García das Ende der Herde erkennen zu lassen. Aber von überallher, auf Hunderte von Metern hin erwiderte Blöken dem Blöken. Und nirgends eine Spur von einem Hirten.

»Versuchen Sie, sich schräg nach rechts durchzuschlagen!« rief García Scali zu.

Die von der Schlacht vertriebenen Herden durchquerten Madrid auf dem Wege nach Valencia. Zweifellos waren die Hirten (die sich jetzt zu bewaffneten Gruppen zusammengetan hatten) hinter ihren Tieren oder in den Straßen, die parallel zum Boulevard liefen. Aber in diesem Augenblick wanderten die unsichtbaren Schafherden als Herren der Prado-Anlagen – wie sie es einst nach dem Untergang der Menschheit sein werden – eng zusammengepreßt und heiß zwischen den Feuersbrünsten hindurch, und ihr stummes Gedränge wurde nur ab und zu von einem schwachen Geblöke unterbrochen.

»Holen wir unser Auto«, sagte García, »das wird vernünftiger sein.«

Sie strebten wieder der Stadtmitte zu.

»Was wollten Sie vorhin sagen?«

»Halten Sie sich folgendes vor Augen, Scali: In allen Ländern, in allen Parteien neigen die Intellektuellen zur Dissidenz. Adler gegen Freud, Sorel gegen Marx. Aber in der Politik sind die Dissidenten die Ausgeschlossenen. Die Neigung, sich aus der Gesellschaft auszuschließen, ist bei der Intelligenzia ja sehr stark: aus Hochherzigkeit, aus Freude am Geistreichsein. Sie vergißt allerdings dabei, daß für eine Partei recht haben nicht heißt seine guten Gründe haben, sondern etwas gewinnen.«

»Die Leute, die ihrer menschlichen Qualität und ihrer geistigen Eignung nach imstande wären, eine Kritik an der revolutionären Politik zu üben, verstehen nichts von der Materie der Revolution. Und die, welche revolutionäre Erfahrung haben, besitzen nicht das Talent Unamunos, ja oft nicht einmal die Fähigkeit, sich auszudrücken . . .«

»Wenn es, wie man behauptet, in Rußland zu viele Stalinbilder gibt, so liegt das nicht daran, daß der böse Stalin irgendwo in einem Winkel des Kremls hockt und es so haben will. Sehen Sie doch den Wahnsinn der Abzeichen selbst hier in Madrid, und Gott weiß, daß die Regierung darauf pfeift! Das Interessante wäre, zu erklären, warum diese vielen Bilder da sind. Freilich muß man, um zu Verliebten von Liebe reden zu können, selbst verliebt gewesen sein, es genügt keineswegs, daß man eine Enquete über die Liebe veranstaltet hat. Die Stärke eines Denkers liegt nicht in seiner Billigung oder in seinem Protest, sondern in seiner Erklärung. Der Intellektuelle soll uns erklären, warum und wieso die Dinge sich so und nicht anders verhalten, und nachher protestieren, wenn er es für nötig hält (was übrigens kaum mehr der Mühe wert sein dürfte) . . . Die Analyse ist eine große Macht, Scali. Ich glaube nicht an eine Moral ohne Psychologie.«

Von den Bränden war jetzt nichts mehr zu hören. Riesige Flecken, intensiv dunkelrot wie geschmiedetes Eisen, das erkaltet, breiteten sich aus; der schwere Rauch, der allenthalben wallte, die zerrissenen Schleier, die über den Himmel trieben, erweckten den Eindruck, als brenne ganz Madrid. Und die Stille wurde bisweilen von einem gedämpften Laut belebt, der unter diesem unheilvollen Himmel seltsam, ja fast ungehörig wirkte: Es war das Trippeln von Tausenden kleiner Hufe, das immer noch aus der Gegend des Prado kam.

»Und doch wird man die Menschen demnächst wieder lehren müssen zu leben«, sagte Scali ...

Er dachte an Alvear.

»Ein Mensch sein, bedeutet für mich nicht ein guter Kommunist sein. Für den Christen bedeutete ein Mensch sein, ein guter Christ sein. Das hat mich mißtrauisch gemacht.«

»Das Problem, das Sie da aufwerfen, mein lieber Scali, ist keineswegs unbeträchtlich: Es geht um das Wesen unserer Kultur selbst. Eine gute Weile lang wurde der Weise – nennen wir ihn den Weisen – in Europa mehr oder weniger anerkannt, als der hochwertigste Menschentyp angesehen. Die Intellektuellen waren der Klerus einer Welt, der mit seiner Politik die saubere oder unsaubere Elite bildete. Sie waren unbestritten die höchste geistige Instanz. Sie, nicht die andern – Miguel de Unamuno, nicht Alphons XIII.; ja sogar Miguel, nicht der Bischof –, sie allein waren es, die die Mission hatten, die Menschen zu lehren, wie sie leben sollen. Und nun erheben plötzlich die neuen politischen Führer den Anspruch auf die Herrschaft über den Geist. Miguel gegen Franco und vorher gegen uns, Thomas Mann gegen Hitler, Gide gegen Stalin, Ferrero gegen Mussolini – ein Investiturstreit.«

Die Straße beschrieb jetzt eine Biegung, und aus dem Gluthaufen des Savoy-Hotels, das sie nicht sahen, stieg über ihren Häuptern ein ungeheurer Lichtschein auf.

»Ich würde eher Borghese sagen als Ferrero«, erklärte Scali und hob in der Dunkelheit belehrend den Zeigefinger. »Alles, was Sie da sagen, scheint sich mir um die heute so beliebte und doch so absurde Idee des Totalitarismus zu drehen. Sie macht die Intellektuellen verrückt. Totalitäre Zivilisation im 20. Jahrhundert scheint mir ein jeden Sinnes bares Wort. Das ist, als wollte man behaupten, die Armee sei eine totalitäre Zivilisation. In Wahrheit ist der einzige Mensch, der einen wirklichen Totalitarismus anstrebt, gerade der Intellektuelle.«

»Und vielleicht empfindet er allein das Bedürfnis danach, mein lieber Scali. Der ganze Ausgang des 19. Jahrhunderts ist passiv gewesen; das neue Europa hingegen scheint sich auf der Tat aufbauen zu wollen. Was gewisse Unterschiede mit sich bringt.«

»Von diesem Standpunkt aus ist der politische Führer in den Augen des Intellektuellen zwangsläufig ein Betrüger, weil er lehrt, die Probleme des Lebens dadurch zu lösen, daß man über sie hinweggeht.«

Sie befanden sich jetzt im Schatten eines Hauses. Der kleine rote Punkt von Garcías brennender Pfeife beschrieb einen Bogen. Vielleicht wollte er damit sagen: Das würde uns zu weit führen. Seit seiner Ankunft fühlte Scali in García eine Unruhe – die ihm bei dem robusten Kommandanten mit den spitzen Ohren ungewöhnlich vorkam.

»Sagen Sie, Kommandant, wie kann Ihrer Ansicht nach ein Mensch aus seinem Leben das Beste machen?«

Das Läuten eines Ambulanzwagens näherte sich mit großer Geschwindigkeit, zerschnitt wie eine Alarmsirene die Luft, kam vorbei, verhallte. García überlegte.

»Indem er sich eine möglichst umfassende Erfahrung zu vollem Bewußtsein bringt, mein lieber Freund.«

Sie kamen an einem Kino vorbei, das die ganze Ecke zwischen zwei Straßen einnahm. Eine Fliegerbombe hatte es zerstört, in der engeren der beiden Straßen war die Mauer von oben bis unten aufgerissen. Leute vom Rettungsdienst stöberten zwischen den Trümmern, suchten mit elektrischen Scheinwerfern nach etwas, vielleicht nach Opfern. Und vorn an der fast unbeschädigten Fassade schrillte im Winterabend noch immer die Klingel, die sonst die Vorübergehenden einlud, vor der Leinwand zu träumen, als wollte sie sie jetzt mit dem gleichen Tone zur Totenschau herbeirufen.

García dachte an Hernandez. Und vor diesem ungeheuren Brande von Madrid wurde ihm mit einem quälenden Angstgefühl, als stünde er Wahnsinnigen gegenüber, klar, wie sehr die Tragödien der Menschen einander ähnlich sind, sich in dem gleichen kleinen Höllenkreis bewegen.

»Die Revolution hat die Aufgabe, ihre eigenen Probleme zu lösen, nicht die unseren. Und die unseren hängen nur von uns selber ab. Wenn weniger russische Schriftsteller mit den Scharen der Emigranten davongelaufen wären, wären die Beziehungen zwischen den Schriftstellern und den Sowjets heute vielleicht anders, als sie es sind. Miguel hat in dem monarchischen Spanien, das er haßte, sein Leben, so gut er es vermochte, geführt, ich meine, so edel wie möglich. Er würde auch in einer weniger schlechten Gesellschaftsordnung sein Leben so gut wie möglich geführt haben. Vielleicht unter

Schwierigkeiten. Kein Staatswesen, keine soziale Struktur ist imstande, den Adel des Charakters oder hervorragende geistige Qualitäten zu schaffen; wir können bestenfalls günstige Bedingungen erhoffen. Und das ist schon viel . . .«

»Sie wissen doch, daß sie das anstreben . . .«

»Was eine Partei auf diesem Gebiete anzustreben vorgibt, beweist nur die Intelligenz oder die Dummheit ihrer Propagandisten. Mich interessiert nur, was sie wirklich tut. Warum sind Sie hier?«

Verdutzt, daß er nicht imstande war, diese Frage klar zu beantworten, blieb Scali stehen und stülpte, wie immer, wenn er nachdachte, mit dem Finger seine Nase hoch.

»Was mich betrifft«, fuhr García fort, »so stecke ich nicht in dieser Uniform, weil ich von der Volksfront die Herrschaft der Edelsten erwarte, sondern weil ich wünsche, daß die Lebensbedingungen der spanischen Bauern sich ändern.«

Scali entsann sich des Einwurfs des alten Alvear und nahm ihn wieder auf: »Und wenn Sie, um die Bauern wirtschaftlich zu befreien, einen Staat schaffen müssen, der sie politisch knechten wird?«

»Wenn also niemand seiner künftigen Lauterkeit sicher sein kann, bliebe nichts übrig, als die Faschisten gewähren zu lassen . . . Sobald wir uns über den entscheidenden Punkt einig sind, nämlich über den aktiven Widerstand, ist der Widerstand eine Tat: eine Tat, die Sie verpflichtet, wie jedes Handeln, wie jede Wahl. Sie trägt alle ihre Notwendigkeiten in sich. In manchen Fällen ist diese Wahl eine tragische Wahl, und für den geistigen Menschen ist sie es fast immer, vor allem für den Künstler. Und wenn auch. Hätte er etwa nicht Widerstand leisten sollen? . . . Für einen denkenden Menschen ist die Revolution tragisch. Und wenn er auf die Revolution zählt, um seine Tragik aus der Welt zu schaffen, so denkt er einfach verkehrt. Ich habe beinahe alle Ihre Probleme von einem Mann aufwerfen hören, den Sie vielleicht gekannt haben, von Hauptmann Hernandez. Übrigens ist er daran gestorben. Es gibt nicht fünfzig verschiedene Arten zu kämpfen, es gibt nur eine: Sieger zu sein. Weder die Revolution noch der Krieg bestehen darin, daß man nach seinem Gefallen lebt! . . . Ich weiß nicht, welcher Schriftsteller gesagt hat: ›Ich bin von Kadavern bewohnt wie ein alter Friedhof . . .‹ Seit vier Monaten sind wir alle von Kadavern bewohnt, mein lieber Scali; wir alle längs des ganzen Weges, der von der Ethik zur Politik führt. Zwischen jedem Menschen, der handelt, und den Bedingungen seines Handelns findet eine Schlägerei statt. Ich meine das Handeln, das es braucht, um zu siegen, verstehen Sie? Nicht das Handeln, das es braucht, um zu verlieren, was wir retten wollen. Das ist ein Problem der Praxis und – der Begabung, wenn Sie es so nennen wollen, aber kein Gegenstand der Diskussion.«

»Eine Schlägerei«, wiederholte er, als spräche er zu seiner Pfeife.

Scali dachte an den Kampf von Marcelinos Flugzeug mit seiner eigenen Flamme.

»Es gibt gerechte Kriege«, fuhr García fort, »zum Beispiel den unseren, den wir jetzt führen. Aber es gibt keine gerechten Armeen. Und wenn ein Intellektueller, ein Mann, dessen Funktion es ist, zu denken, uns wie Miguel sagt: ›Ich verlasse euch, weil ihr nicht gerecht seid‹, so finde ich das *unmoralisch*, mein lieber Freund! Es gibt eine Politik der gerechten Sache, aber es gibt keine gerechte Partei.«

»Das heißt, die Türe allen Gaunereien öffnen . . .«

»Jede Türe ist offen für den, der sie einrennen will. Mit der Qualität des Lebens steht es wie mit der des Geistes. Die Gewähr dafür, daß eine Volksregierung eine Politik des Geistes treiben wird, liegt nicht in unseren Theorien, sondern in unserer Anwesenheit hier und jetzt. Die Politik unserer Regierung hängt von unserer Anstrengung, von unserer unermüdlichen Energie ab. Der Geist in Spanien wird nicht die geheimnisvolle Emanation von ich weiß nicht was sein, er wird das sein, was wir aus ihm machen.«

Ganz nahe flammte ein neuer Brand auf.

»Mein lieber Freund«, sagte García ironisch, »die Emanzipation des Proletariats wird das Werk der Arbeitenden selbst sein.«

DREIZEHNTES KAPITEL

Reglos auf ihren Leitern standen die Feuerwehrmänner wie zielende Schützen und lenkten die brodelnden Wasserstrahlen auf das lichterloh brennende Savoy-Hotel; plötzlich ging eine

Erschütterung durch sie, und die Mundstücke ihrer Spritzen zuckten wie die Angeln der Fischer, wenn etwas anbeißt. In dem Getöse der Explosion schien das Flammenmeer einen Atemzug lang wie erstarrt: Hinter dem Gebäude war ein Lufttorpedo niedergegangen.

»Sie zünden schneller an, als wir löschen«, dachte Mercery.

Er hatte gehofft, Spanien als Berater und Stratege nützlich sein zu können; dann, nach seiner Eroberung der Seifenfabrik, war er wieder Feuerwehrhauptmann geworden. Und noch nie war er so nützlich gewesen. Und noch nie wurde er so geliebt. Und noch nie war er an der Front dem Feinde so entgegengetreten, wie er ihm jetzt seit zwanzig Stunden entgegentrat. »Das Feuer ist tückisch«, sagte er, »aber mit einer guten Technik, nicht wahr . . .«, und er strich sich den Schnurrbart. In seiner Feuerwehruniform betrachtete er von der gegenüberliegenden Straßenseite aus jede Gruppe von Flammen wie einen Trupp angreifender Feinde. Die Gluthaufen flackerten immer wieder auf; den Kalziumbomben war nicht beizukommen. Immerhin schien der Brandherd links endgültig erloschen; dichte weiße Rauchkringel stiegen von ihm auf, die der Sierrawind parallel vor sich hertrieb, während die Feuersbrunst sie mit ihrem roten Schein übergoß.

Blieben noch vier Spritzen gegen drei Brandherde, die aber nur vier Meter vom Nachbarhaus entfernt waren.

Der Brandherd links entzündete sich wieder.

Es bestand die Möglichkeit, der Feuersbrunst an dem gefährlichsten Punkte ganz rechts Einhalt zu tun, bevor der Brandherd links neuerdings bedrohlich wurde. Wieder zuckten die Mundstücke der Spritzen vor dem Hintergrund eines versteinerten Flammenmeeres. Ein zweiter Lufttorpedo, diesmal vor dem Gebäude.

Mercery versuchte die Geräusche zu unterscheiden. Trotz der Nacht waren viele faschistische Flieger in der Luft; die Brände von Madrid wiesen ihnen deutlich den Weg. Vor zehn Minuten waren vier Brandbomben niedergegangen. Auf die Arbeiterviertel und die Stadtmitte fielen noch immer schwere Granaten, und weiter entfernt hörte man die leichte Artillerie und die Feldgeschütze, zuweilen übertönt von dem Heulen der Sirenen, den Glocken der Ambulanzwagen und dem Krachen der einstürzenden Häuser, in das sich das Zischen der Funkenfontänen mischte. Doch leider hörte Mercery nicht den Trompetenton, der ihm die Ankunft der Verstärkung verkündet hätte.

Dritte Fliegerbombe in derselben Linie. Wenn Mercery gegen das Feuer kämpfte, konnten ihn selbst fünfzehn mehrsitzige Flugzeuge nicht um einen Zentimeter von seinem Platz vertreiben.

Der Brand in der Mitte gewann plötzlich an Ausdehnung, fiel aber bald darauf in sich zusammen. Nach dem Kriege werde ich Sportsmann, dachte Mercery. Die Brandherde ganz links waren abgeriegelt. Wenn die Verstärkung rechtzeitig eintraf ... Mercery kam sich wie Napoleon vor. Er zupfte fröhlich an seinem Schnurrbart. Der Feuerwehrmann ganz rechts ließ seine Spritze fallen, blieb einen Augenblick mit einem Fuß an der Leiter hängen und fiel dann ins Feuer; die andern alle stiegen Sprosse für Sprosse eilig hinunter. Mercery lief auf den Mann zu, der zuerst unten war.

»Wir werden beschossen!« sagte dieser.

Mercery wandte sich um. Keines der nahegelegenen Gebäude war hoch genug, um eine Beschießung aus den Häusern zu erlauben. Allerdings konnte man die Feuerwehrmänner aus ziemlicher Entfernung zum Zielpunkt nehmen: sie hoben sich als Silhouetten deutlich ab, und an Faschisten in Madrid fehlte es nicht.

»Wenn mir dieser Schweinehund jemals in die Finger kommt!« rief ein anderer Feuerwehrmann aus.

»Meiner Ansicht nach ist es eher ein Maschinengewehr«, meinte ein dritter.

»Du hast wohl Schiß, was?«

»Wir werden ja sehen«, sagte Mercery. »Alle Mann rauf auf die Leitern! Das Feuer greift wieder um sich. Vorwärts, für das Volk und für die Freiheit!«

»Für die unsterbliche Freiheit!« wiederholte er, bevor er den Fuß auf die erste Leitersprosse setzte.

Und er trat an die Stelle des Feuerwehrmannes, der in die Flammen gestürzt war.

Von dem obersten Ende der Leiter aus warf er einen Blick um sich. Sie wurden nicht beschossen, und er sah auch keinen Punkt, von dem aus man sie hätte beschießen können. Es ist zwar nicht schwer, ein Maschinengewehr geschickt zu tarnen, aber das Knattern hätte es den Patrouillen verraten ... Er stellte seine Spritze ein; der Brandherd, gegen den er kämpfte, war gerade der gefährlichste, er war für ihn ein lebendigerer Gegner als der Mensch, lebendiger als alles auf der Welt. Und vor diesem wie ein rasender Krake mit tausend Fangarmen wild um sich greifenden Feind kam sich Mercery außergewöhnlich langsam, fast wie zu Stein erstarrt vor. Und dennoch würde er der Feuersbrunst Herr werden. Hinter ihm sank in schweren Massen granatroter und schwärzlicher Rauch zu Boden; trotz dem Zischen des Feuers drang von der Straße unten das Husten vieler Menschen zu ihm herauf. Er selbst bewegte sich dort oben in einer heißen, trockenen Luft von blendender Helle. Der Brandherd erlosch; nachdem der letzte Rauch sich verzogen hatte, erblickte Mercery wie in einer dunklen Lücke das lichterlose Madrid, das deutlicher nur aus der Finsternis trat durch die fernen Feuersbrünste, die hart am Erdboden ihre roten Tücher schwangen. Er hatte alles verlassen, sogar seine Frau, auf daß die Welt besser werde. Er sah sich, wie er mit einer Geste den Leichenzügen der kleinen Kinder Einhalt gebot – diesen Leichenzügen, geschmückt und weiß wie für die erste Kommunion. Jede Bombe, die er explodieren hörte, jeder Brand war für ihn mit dem Gedanken an diese furchtbar traurigen kleinen Särge verbunden. Mit äußerster Genauigkeit lenkte er den Wasserstrahl auf die nächste Brandstelle, als plötzlich ein Rennauto mit großer Geschwindigkeit vorüberzusausen schien und die gepeitschte Luft einen zweiten Feuerwehrmann von der Leiter herabfegte. Aber diesmal wußte Mercery, was es war: Sie wurden vom Maschinengewehr eines Jagdfliegers beschossen.

Nein, es waren zwei Flugzeuge.

Mercery sah, wie sie eine Schleife zogen; sie flogen ungewöhnlich tief, kaum zehn Meter über dem Feuer. Sie schossen jetzt nicht, denn die Piloten konnten die Feuerwehrmänner nur sehen, wenn sie sich von dem hellen Hintergrund der Flammen abhoben, sie mußten also ihren Rücken aufs Korn nehmen. Mercery hatte den Revolver unter seinem Overall; er wußte, daß er ihm nichts nützen konnte, daß er ihn nicht einmal herausziehen konnte, trotzdem empfand er ein wahnwitziges Bedürfnis zu schießen. Die Flugzeuge kamen zurück: zwei

Feuerwehrmänner stürzten von ihrer Leiter, der eine in die Flammen, der andere auf das Trottoir. Von Ekel so überwältigt, daß ihn zum erstenmal eine eisige Ruhe überkam, sah Mercery, wie die beiden Flugzeuge an dem Himmel des in Brand gesteckten Madrid eine Kurve beschrieben und auf ihn niederstießen. Im Vorbeisausen peitschten sie ihn mit einer Luftwelle, bevor sie zurückkamen. Er stieg drei Sprossen hinunter und blickte ihnen, aufrecht auf seiner ragenden Leiter, entgegen. In dem Moment, da das erste Flugzeug wie ein Geschoß auf ihn losfuhr, schwang er seine Spritze und richtete einen wütenden Wasserstrahl darauf. Dann sank er auf die Leiter zurück, vier Kugeln im Leibe. Lebend oder tot, umkrampfte er noch immer das Mundstück der Spritze, das sich zwischen zwei Sprossen festgehakt hatte. Unten auf der Erde waren alle Zuschauer vor der Beschießung unter die Haustüren geflüchtet. Endlich öffneten sich langsam Mercerys Hände, sein Körper prallte zweimal auf der Leiter auf und fiel in die leere Straße.

VIERZEHNTES KAPITEL

In der ganz mit Landkarten austapezierten Vorhalle einer ehemaligen Villa warten Offiziere auf Manuel, der zum Telefon gerufen worden ist.

»Einer der Falangisten hat Selbstmord begangen«, sagt ein Hauptmann.

»Aber ein anderer hat die ganze Organisation enthüllt«, versetzte Gartner.

»Ist das nicht verwunderlich? Um dieses Handwerk auszuüben, muß man zwar ein Scheusal sein, aber auch Mut haben.«

»Wir haben noch viel über den Menschen zu lernen, mein Lieber. Du hast gesehen, in welchem Zustand sie waren. Im Falle ›tiefster moralischer Zermürbung‹, wie der Oberst sagt, findet sich immer ein Bursche, der verrät.«

»Haben Sie die deutschen Tanks gesehen?« fragt eine andere Stimme. Sie haben bloß ihre Silhouetten im Regen erblickt.

»Ich bin in einen hineingestiegen, er war offen. Ein Kerl konnte entwischen, der andere war tot. Tot saß er dort drin auf seinem Platz mit umgedrehten Taschen. Ich werde diesen Anblick nie vergessen, und dazu noch der Regen ...«

Der Regen peitscht unaufhörlich die Scheiben.

»Hatten seine Kameraden ihn ausgeplündert?«

»Ich nehme an, daß sie ihn durchsucht haben, damit uns kein wichtiges Dokument in die Hände fällt, aber dann haben sie sich nicht mehr die Zeit genommen, das Futter der Taschen wieder zurückzustülpen.«

»Ich kann das begreifen. Die Sachen herausnehmen, na ja, man kann sie schließlich nötig haben. Aber nachher die Taschen wieder hineinstecken ...«

»Sind die Kerle hingerichtet worden?«

»Ich glaube, noch nicht.«

»Was sagt man bei der Truppe?«

»Die Kameraden sind in ihrer Meinung sehr entschieden. Besonders die von Toledo. Die Männer, die geflohen sind, weil sie weder Waffen noch Führer hatten, verzeihen jenen nicht, die flohen, obgleich sie alles hatten.«

»Ja, auch ich habe diesen Eindruck. Sie sind unerbittlicher als die andern.«

»Dieses Gelichter von heute erinnert sie an das, was sie am lautesten ausposaunen möchten ...«

»Man hat ihnen etwas umgestürzt, was sie mit vieler Mühe aufgerichtet haben!«

»Sie haben Schlimmes durchgemacht, und viele von uns ebenfalls ... Auch darf man nicht vergessen, daß die Geschichte von den andern, diesen Schweinehunden, die ihren Hauptmann umgebracht haben, keineswegs geeignet ist, die Gemüter zu besänftigen.«

Manuel, einen neuen Kiefernzweig unterm Arm, kommt mit hängender Unterlippe zurück.

An der Wand gibt es zwischen den Landkarten einen Schmetterlingskasten. Eine Granate explodiert in nächster Nähe der Villa; die Beschießung setzt wieder ein. Noch ein Geschoß. Ein Schmetterling löst sich von seinem Hintergrund ab und fällt mit der Nadelspitze nach oben auf den Boden der Schachtel.

»Kameraden«, sagt Manuel, »Madrid brennt ...«

Er ist so heiser, daß er sich nicht verständlich machen kann. Den ganzen Tag lang hat er geschrien, immerhin hat er seine

Stimme noch. Er spricht leise zu Gartner, der es laut weitergibt: »Die Faschisten greifen auf der ganzen Südwestfront an. Die Internationale Brigade hält sich. Der Feind bombardiert jetzt zugleich mit Flugzeugen und Kanonen.«

»Und die Stimmung?« fragt einer.

Manuel hebt seinen Kiefernzweig: Madrid ist über jeden Zweifel erhaben.

»Die Hinrichtungen werden erfolgen«, fährt er fort. »Man schickt uns zu diesem Zwecke Zivilgardisten.«

Gartner wiederholte seine Worte. Aber jetzt kann Manuel überhaupt nicht mehr reden.

Explosionen von Granaten, niemand schert sich darum. Bei jedem nahen Geschoßeinschlag fallen in dem Kasten ein oder zwei Schmetterlinge. Manuel schreibt auf den weißen Rand der vor ihm entfalteten Generalstabskarte ein paar Worte.

Gartner wirft einen Blick auf das Geschriebene, blickt dann jeden seiner Kameraden an. Aus seinem kleinen Mund in dem platten Gesicht kommt es plötzlich wie ein Schlucken. Endlich sagt er in dem Tone, in dem man Sieg, Niederlage oder den Frieden verkündet: »Kameraden, die russischen Flugzeuge sind eingetroffen.«

FÜNFZEHNTES KAPITEL

Der Feind flutete auf Segovia zurück. Die Regierungstruppen hatten zu wenig gut bewaffnete Mannschaften, um ihn zu verfolgen, und wollten Madrid nicht entblößen. Manuels Regiment, das sich samt den ihm zugeteilten Truppen jetzt in Ruhestellung befand, wurde kompanieweise zum Exerzieren geschickt.

Es regnete zwar nicht mehr, aber die zerfaserten Wolken des niedrigen Morgenhimmels trieben tief über den kastilischen Häusern hin, so daß die Steine wie die Ziegel gleichermaßen grau wirkten. Von der Freitreppe des Rathauses aus sah Manuel die Männer kommen, für die er verantwortlich war.

Ihm gegenüber befand sich eine mächtige Burg. Halb zerfallen wie die meisten in diesen Dörfern, aber auf mürbem

Felsgestein errichtet, dessen zerbröckelnde Flächen unmerklich in die des Bauwerks übergingen.

Rechts eine steile Gasse, aus der die Truppen kamen, die auf dem freien Platze zwischen dem Rathaus und der Burgruine vor ihm defilieren sollten. Manuel hatte seit den nächtlichen Hinrichtungen seine Truppen nicht wieder gesehen.

Die erste Kompanie, in Reih und Glied wie die Soldaten einer regulären Armee, marschierte heran; taktmäßig klopften die schweren Stiefel auf die spitzen Pflastersteine. In dem Augenblick, da die Kompanie an der Freitreppe vorbeikam, kommandierte der Hauptmann: »Die Augen – links!«

Alle Köpfe drehten sich mit einem Ruck Manuel zu. Es war das erste Mal, daß dieses Kommando in diesem Regiment ertönte, und wohl eines der ersten Male überhaupt an der ganzen Front von Madrid. Dieser Befehl zum Ehrengruß, durch den die Freiwilligen die Bindung an ihren Führer in stärkerer Weise zum Ausdruck brachten, wurde von den revolutionären Hauptleuten erteilt; und Manuel fühlte sich den Vorgängen dieser Nacht stärker verbunden.

Als die zweite Kompanie anrückte, fand das gleiche Manöver statt, und so weiter. Manuel sah alle diese Männer in Kampfformation an sich vorüberziehen, sie waren jetzt ebenso stark wie ihre Feinde. Er fühlte, daß ihm oblag, sie gegen alle, ja gegen sie selbst zu verteidigen, so wie sie das spanische Volk verteidigten. Trotzdem gelang es ihm nicht, die ganz verstörten, mit Schlamm beschmierten Gesichter aus seinem Gedächtnis zu löschen, die Worte: »So hast du also keine Stimme mehr für uns!« Und doch waren die Blicke, die jetzt bei jedem Vorbeizug die seinen kreuzten, nicht gleichgültig oder leer: Sie waren voll tragischer Brüderlichkeit in dem Bewußtsein der Vorgänge dieser Nacht.

Die Burg glich jener an der Tajofront, wo Manuel den Worten von Ximenes gelauscht hatte. »Niemals verführen!« schärfte ihm der Alte damals ein. Heute handelte es sich um ganz andere Dinge als um Verführung: Manuel hatte töten müssen, nicht Feinde, sondern Männer, die Freiwillige gewesen waren, weil er allen gegenüber einzustehen hatte für das Leben jedes einzelnen unter den Männern, die jetzt an ihm vorüberzogen. Jeder Mensch zahlt in dem, wofür er sich verantwortlich weiß; Manuel zahlte von nun an in Menschenleben.

Immer düsterer, immer härter kreuzte Manuel seinen Blick mit den Blicken derer, die mit ihm den Blutbund schlossen.

SECHZEHNTES KAPITEL

Nach dem Vorbeimarsch des Regiments fand Manuel sich allein auf dem leeren Platz wieder. Es gab keine Blicke der Soldaten mehr, nur ein paar umherschweifende Hunde und in der Ferne den Kanonendonner. Gartner war bei der Brigade. Noch nie hatte Manuel sich so einsam gefühlt.

Er hatte drei Stunden vor sich, und der Anblick der Burg lenkte wieder einmal seine Gedanken auf Ximenes. Der war in einem etwa zehn Kilometer entfernten Dorf ebenfalls in Ruhestellung. Manuel erteilte noch einige Weisungen und stieg in seinen Wagen.

Das Dorf, in dem die Brigade von Ximenes einquartiert war, befand sich im Hinterland der Ortschaft, aus der Manuel kam. Es gab dort noch fliehendes Landvolk, und Manuel mußte sich durch Züge von zweirädrigen Karren und Eseln und durch ein Gedränge von Herden aller Art Bahn brechen.

Er traf Ximenes an und ging mit ihm aus. Die Feuchtigkeit verstärkte die Schwerhörigkeit des alten Obersten. Der Feind bombardierte ziemlich weit rechts, auch war der Kanonendonner von Madrid zu hören. Zwischen den Lücken der Sierragipfel tauchte die Ebene von Segovia auf.

»Ich glaube, daß gestern der wichtigste Tag meines Lebens war«, sagte Manuel.

»Warum, mein Sohn?«

Manuel erzählte ihm, was sich ereignet hatte. Sie schritten schweigend nebeneinander her. Manuels veränderte Physiognomie, sein kurzgeschorenes Haar, seine Autorität hatten Ximenes gleich anfangs überrascht. Von dem jungen Mann, den er gekannt hatte, war nur der feuchte Kiefernzweig übriggeblieben, den Manuel in der Hand hielt.

Es hieß, daß in der Gegend des Escorial große Brände wüteten, und düstere Wolken hingen an den Steilwänden der Sierra. Weiter weg in der Richtung von Segovia brannte ein

Dorf; Manuel konnte durch sein Fernglas laufende Bauern und Esel erkennen.

»Ich wußte, was ich zu tun hatte, und habe es getan. Ich bin entschlossen, meiner Partei zu dienen, und werde mich nicht durch psychologische Reaktionen aufhalten lassen. Ich gehöre nicht zu den Menschen mit Gewissensbissen. Es handelt sich um etwas ganz anderes. Sie haben mir eines Tages gesagt, daß es edler ist, ein Führer als ein Individuum zu sein, weil es schwerer ist... Ich werde weniger und weniger ein Individuum. Die Musik – reden wir nicht mehr davon. Ich habe letzte Woche mit einer Frau geschlafen, die ich seit Jahren ohne Erfolg geliebt habe, ich war zweimal mit ihr zusammen und hatte Lust, gleich wieder zu gehen... Ich weine all dem nicht nach, aber wenn ich es aufgebe, so weiß ich wofür. Man kann nur befehlen, um zu dienen, andernfalls... Ich nehme diese Hinrichtungen auf mich, sie sind erfolgt, um andere Menschen zu retten, um die Unsern zu retten. Freilich muß ich eines gestehen: mit jeder Stufe, die ich in dem Bestreben nach größerer Leistungsfähigkeit, nach besserem Kommandieren erklimme, entferne ich mich mehr und mehr von den Menschen. Mit jedem Tage bin ich weniger und weniger menschlich. Sie sind wohl sicher auf dieselben Schwierigkeiten gestoßen...«

»Ich könnte Ihnen nur Dinge sagen, mein Sohn, die Sie nicht verstehen würden. Sie wollen handeln und trotzdem nichts von der Brüderlichkeit einbüßen. Ich glaube, daß der Mensch dazu zu klein ist.«

Er war der Meinung, daß der Mensch diese Brüderlichkeit nur auf dem Wege über Christus zu finden vermag.

»Aber«, fuhr er fort, »es will mir scheinen, daß das Menschliche sich immer besser verteidigt, als es den Anschein hat, und daß alles, was Sie von den Menschen trennt, Sie Ihrer Partei annähern muß...«

Manuel war auch schon der gleiche Gedanke gekommen, zuweilen mit einer gewissen Beklemmung.

»Die Annäherung an die Partei«, sagte er, »hat keinen Wert, wenn sie zugleich die Trennung von denen bedeutet, für die die Partei sich müht. Wie groß auch die Leistung der Partei sein mag, so wird doch jenes Band vielleicht nur durch die Anstrengung jedes einzelnen von uns lebendig... Einer der beiden zum Tode Verurteilten hat zu mir gesagt: ›So hast du also keine Stimme mehr für uns?‹«

Manuel sagte nicht, daß er tatsächlich nicht imstande gewesen war zu sprechen. Ximenes schob seinen Arm unter den des jüngeren Freundes. Von dieser Höhe aus gesehen, war alles bei den Menschen der Ebene dort unten von lächerlicher Unwichtigkeit, mit Ausnahme der träge vorrükkenden Feuerwände, die sich zum Himmel aufreckten, an dem gestaltlose Wolken langsam trieben. Es schien, als ob vom Standpunkt der Götter aus die Menschen nur ein Stoff für Brände wären.

»Ja, was möchten Sie denn, mein Sohn? Menschen in aller Seelenruhe zum Tode verurteilen?«

Er sah ihn mit einem liebevollen Blicke an, in dem die Erinnerung an tausend widersprechende, vielleicht an bittere Erfahrungen lag. »Auch daran werden Sie sich gewöhnen . . .«

Wie ein Kranker, um über den Tod zu reden, sich einen andern Kranken aussucht, so sprach Manuel über ein seelisches Drama mit einem Manne, dem diese Dinge vertraut waren. Er tat es nicht so sehr um den Sinn der Antworten, die er erwartete, als um des menschlichen Fühlens willen, die sie enthalten. Als Kommunist ließ sich Manuel auf keinerlei Zweifel über die moralische Berechtigung seines Entschlusses ein, er stellte sein Handeln nicht in Frage. Jede Frage dieser Art mußte seiner Meinung nach entweder durch eine Abänderung seines Handelns (und davon konnte nicht die Rede sein) oder durch eine Zurückweisung der Frage entschieden werden. Aber das Eigentümliche unlösbarer Fragen ist es ja gerade, durch Bereden ihre Schärfe zu verlieren.

»Der wahre Kampf«, sagte Ximenes, »beginnt erst, wenn man einen Wesensteil seiner selbst bekämpfen muß . . . Bis dahin ist alles kinderleicht. Aber nur durch solche Kämpfe wird man zum Menschen. Ob man will oder nicht, die Welt tritt uns immer in uns selbst entgegen.«

»Sie haben mir einmal gesagt, es sei die vornehmste Aufgabe des Führers, Liebe zu erwerben, ohne zu verführen. Geliebt zu werden, ohne zu verführen – sogar ohne sich selbst zu verführen . . .«

In einer breiten Lücke zwischen den Felsspitzen tauchte jetzt der jenseitige Abhang der Sierra auf: Über dem in der grauen Weite nur undeutlich sichtbaren Madrid stiegen langsam und trostlos düstere Rauchmassen in die Höhe. Manuel wußte, was das bedeutete. Die Stadt verschwand hinter ihrem Brand, so wie Kriegsschiffe sich in die Schleier ihres Pulverdampfes hüllen. Aus all den brennenden Gebäuden, die von hier oben aus nicht die geringste Röte erkennen ließen, quollen die Rauchsäulen empor und überschwemmten, sich zersetzend, den ganzen grauen Himmelsraum; alle Wolken schienen aus diesem einzigen Brandherd genährt, der sich in der Richtung ihrer Wanderung immer weiter ausdehnte; und auf der zarten weißen Linie der Stadt Madrid zwischen den Wäldern türmte sich das Leid, füllte den ungeheuren Himmel.

Manuel fühlte, wie selbst die Erinnerung an diese Nacht hinweggespült wurde von dem trägen, schweren Wind, der den Brandgeruch von Cuatro Caminos und der Gran Vía herüberwehte.

Einer von Ximenes' Offizieren holte sie im Auto ein. »Oberstleutnant Manuel wird am Telefon verlangt. Der Generalstab.«

Sie begaben sich eilig zurück. Manuel war etwas beunruhigt. Er rief den Generalstab an.

»Hallo, Sie haben mich angerufen?«

»Das Oberkommando beglückwünscht Sie zu Ihrer Führung der Operationen am gestrigen Tag.«

»Zu Befehl.«

»Sie wissen, daß Flüchtige aus den Milizen sich zum Wiedereintritt gemeldet haben.«

». . .«

»Das Oberkommando hat beschlossen, aus diesen Elementen eine Brigade zu bilden. Diese Leute sind von allen, über die wir verfügen, am schwersten zu behandeln.«

». . .«

»Der Chef des Generalstabs ist der Ansicht, daß Sie die für dieses Kommando erforderlichen Eigenschaften besitzen.«

»So?«

»Ihre Partei ist der gleichen Meinung.«

». . .«

»Ebenso General Miaja. Die Führung dieser Brigade wird Ihnen unverzüglich übertragen werden.«

»Aber mein Regiment? Mein Regiment!«

»Ich glaube, daß es einer Division eingegliedert werden soll.«

»Aber ich kenne es Mann für Mann! Wer könnte . . .?«

»General Miaja ist der Ansicht, daß Sie für dieses Kommando der richtige Mann sind . . .«

Als er vom Telefon zurückkam, wartete Heinrich auf ihn. Die Internationalen Brigaden planten einen Gegenangriff auf Segovia, und Heinrich begab sich nach Guadarrama. Sie brachen gemeinsam auf. Das Auto fuhr die Sierra hinunter. Manuel hatte das Gefühl, Heinrich gut zu kennen, weil er mit der Art seines Befehlens vertraut war. Aber während er ihm über den gestrigen Tag und sein Gespräch mit Ximenes berichtete, hatte er immer mehr den Eindruck, als sei die einzige menschliche Beziehung zwischen ihm und dem General das seltsame Band, das stets zwischen einem Übersetzer und dem, dessen Worte er übersetzt, entsteht.

Heinrich saß mit geneigtem Kopf da; sein frisch rasierter Nacken war spiegelglatt, und seine nachdenklich vorgeschobenen Lippen verliehen dem alten narbigen Gesicht einen kindlichen Ausdruck.

»Wir sind im Begriffe, dem Kriegsschicksal eine neue Wendung zu geben. Du glaubst doch nicht, daß man die Welt ändern kann, ohne sich selbst zu ändern? Vom Tage an, da du ein hohes Kommando in der Armee des Proletariats übernimmst, hast du kein Recht auf deine Seele mehr.«

»Und der Kognak?«

Manuel wußte, daß Heinrich an alle Trunkenbolde seiner Brigade Flaschen mit Kognak hatte verteilen lassen. Das Etikett war durch ein anderes ersetzt worden, auf dem stand: *Von General Heinrich. – Alles außerhalb der Dienstzeit, nichts während der Dienstzeit.*

»Dein Herz kannst du behalten, das ist etwas anderes. Aber du mußt deine Seele verlieren. Du hast schon dein langes Haar aufgegeben und den Ton deiner Stimme geändert.«

Der Wortschatz war fast der gleiche wie bei Ximenes; aber der Ton war der rauhe Ton Heinrichs, und seine wimpernlosen blauen Augen blickten starr wie in Toledo.

»Was nennen Sie, ein Marxist, seine Seele verlieren?«

Das Duzen war nicht gegenseitig.

Heinrich blickte auf die im trüben Licht vorüberflitzenden Kiefern.

»Bei jedem Sieg gibt es auch ein Verlieren«, sagte er, »nicht nur auf dem Schlachtfeld.«

Er packte mit hartem Griff Manuels Arm und sagte in einem Ton, der Bitterkeit, Erfahrung oder Entschlußkraft ausdrücken konnte: »Von nun an darfst du *niemals mehr* Mitleid mit einem verlorenen Menschen haben.«

SIEBZEHNTES KAPITEL

Madrid, 2. Dezember

Vor dem Fenster liegen zwei Tote. Den Verwundeten hat man an den Füßen hereingezogen. Fünf Kameraden halten die Treppe, ihre Handgranaten neben sich. An die dreißig Internationale sind im vierten Stock eines rosa Hauses.

Ein Ungetüm von Lautsprecher, von der Sorte, die von den republikanischen Lastwagen zur Propaganda herumgefahren wird und mit ihrem riesigen Trichter den ganzen Wagen einnimmt, brüllt in den schon zur Neige gehenden Winterabend hinaus:

»Kameraden! Kameraden! Haltet alle eure Stellungen! Die Faschisten werden heute abend keine Munition mehr haben. Die Kolonne Uribarri hat ihnen heute vormittag zweiunddreißig Waggons in die Luft gesprengt.

Kameraden! Kameraden! Haltet . . .«

Der Lautsprecher, der weiß, daß man ihm nicht antworten wird, wiederholt und wiederholt, wiederholt immer dasselbe.

Die Faschisten werden keine Munition mehr haben, aber vorläufig haben sie noch welche. Sie haben einen Gegenangriff gemacht und die beiden ersten Stockwerke besetzt.

Der dritte Stock ist neutral. Die Internationalen halten den vierten.

»Geschmeiß!« ruft auf französisch eine Stimme, die durch den Kamin herauftönt, »ihr werdet ja sehen, ob wir nicht genug Munition haben, um euch den Garaus zu machen!«

Unten ist der Tercio. Die Kamine sind gute akustische Leiter.

»Billige Schweinehunde!« erwidert Maringaud und wirft sich auf den Boden. Denn selbst im Hintergrund des Zimmers schwirren die Kugeln in Kopfhöhe herein. Er hat früher in der Romantik der Legion geschwelgt, der Aufsässigen, der Hartgesottenen. Dort unten ist die spanische Legion, die kämpft, sie weiß nicht, wofür, berauscht von kriegerischer Eitelkeit. Im vergangenen Monat hat Maringaud im Westpark mit dem Bajonett angegriffen. Wann wird man sich mit dem Tercio messen? Diese aufs Blut dressierte Meute, die in erbittertem Knechtssinn einer Sache dient, die sie nicht kennt, flößt ihm Abscheu ein. Auch die Internationalen sind eine Legion, und sie hassen nichts so sehr wie die andere.

Mit großer Regelmäßigkeit feuern die republikanischen 155-mm-Geschütze auf die Poliklinik.

Die Wohnung, in der Maringaud und seine Genossen inmitten des Klingelns und Klirrens von zerbrechendem Glas nach »Schußwinkeln« suchen, ist die eines Zahnarztes. Eine Türe ist abgesperrt. Maringaud ist so stämmig, daß man ihn feist nennen könnte, und seine dichten schwarzen Brauen samt der kleinen Nase sitzen in dem kugelrunden Kindergesicht einer Seifenreklame. Die Tür wird eingeschlagen, das Sprechzimmer wird sichtbar, ein Maure sitzt lässig in dem Operationsstuhl – tot. Gestern waren es die Republikaner, die den untern Teil des Hauses besetzt hielten. Das Fenster hier ist breiter und weniger hoch als die anderen; die feindlichen Kugeln haben die Glasschränke des Zahnarztes nur bis zu drei Meter Höhe vom Fußboden zerschossen. Von hier aus kann man sehen und schießen.

Maringaud hat noch keinen höheren Grad, weil er seinen Militärdienst nicht geleistet hat. Aber er genießt in seiner Kompanie ein gewisses Ansehen, denn alle wissen, daß er Gewerkschaftssekretär in einer der größten Waffenfabriken war. Die Italiener hatten dort zweitausend für Franco bestimmte Maschinengewehre bestellt. Der Fabrikant, ein passionierter Waffenschmied, erlaubte nicht, daß sie verladen wurden, »weil sie noch nicht ganz fertig seien«. Jede Nacht nach Beendigung der Arbeit flammte in einem Teil der über der Stadt gelegenen Fabrik das Licht auf, und der alte Besitzer legte, indem er in einer erleuchteten Werkstatt mit Hilfe einer winzigen Maschine persönlich einen Stift zurechtschliff, an jedes Stück letzte Hand an, damit es Maschinengewehre würden, »Maschinengewehre, mein Herr, ich sage Ihnen nur dieses«.

Aber um vier Uhr morgens schlichen sich, der Weisung Maringauds gemäß, die in der Partei eingeschriebenen Arbeiter, einer nach dem andern in die Fabrik und verdarben durch einige Feilenstriche das Ergebnis äußerster Sorgfalt und Präzision. Sechs Wochen lang, mehr als vierzig Nächte hindurch, setzte sich in den Waffenfabriken der zähe Kampf fort zwischen dem handwerklichen Ehrgeiz (der Fabrikant war nicht Faschist, obwohl seine Söhne es waren) und dem Gemeinschaftsgeist der Arbeiter.

Alle von der Brigade wissen genau, daß das nicht nutzlos war.

Maringauds Gefährten nehmen unterhalb der Kugeleinschläge schußsichere Aufstellung.

Dieses Haus, in dem man sich seit zehn Tagen als Angreifer oder Belagerter schlägt, ist nur über die Treppe zu erobern, auf der sich fünf mit Handgranaten bewaffnete Internationale jeweils ablösen. Die Lage erlaubt es nicht, vor dem Gebäude ein Geschütz zu postieren, und die Gewehrkugeln allein schaffen es nicht ... Aber solange der Tercio die unteren Stockwerke besetzt hält, wird das Haus, selbst wenn es unterminiert sein sollte, nicht gesprengt werden.

Die 155er-Kanonen der Repbulikaner feuern noch immer.

Die Straße ist leer. In etwa einem Dutzend Häusern beschimpft man sich gegenseitig durch die Kamine hindurch. Bisweilen erfolgt von der einen oder der anderen Seite ein Angriff, versucht man, die Straße zu besetzen, scheitert, fällt zurück. Die Spähposten, die der Tod nicht fortgewischt hat, warten müßig hinter den Fenstern. Fiele es einem unglückseligen Journalisten ein, hier seine Beobachtungen anzustellen, er hätte sofort seine Portion Blei im Leibe.

Hinter jedem Fenster befindet sich ein Gewehr oder ein Maschinengewehr, der Lautsprecher übertönt mit seinem heiseren Gebrüll die durch die Kamine gerufenen Beschimpfungen, und die Straße ist leer wie für alle Ewigkeit. Aber zur Rechten befindet sich das Hospital, die stärkste faschistische Stellung an der Front von Madrid. Dieser wuchtige Wolkenkratzer, der isoliert im Grünen steht, beherrscht das ganze Villenviertel. Maringauds Gefährten beobachten vom vierten Stockwerk aus in allen Straßen die Republikaner, die sich auf allen vieren im Straßendreck fortbewegen. Selbst wenn sie dieses Hospital nicht erblickten, müßten sie doch ihr Vorhandensein daraus erraten, daß sich kein lebender Körper, ohne beschossen zu werden, über eine gewisse Höhe erheben kann.

Wie alle Häuser in der Straße, so scheint auch das Hospital, das ununterbrochen aus allen Maschinengewehren feuert, leer und verlassen. Ein Wolkenkratzer, leblos und mörderisch, gleichsam der Stumpf eines babylonischen Turms, döst inmitten der Granaten, die ihn mit Trümmern peitschen, vor sich hin wie ein Stück Vieh.

Einer der Internationalen hat nach vielem Stöbern in sämtlichen Schränken einen Operngucker gefunden.

Im Treppenhaus krepieren Handgranaten. Maringaud tritt auf den Flur hinaus.

»Nichts von Bedeutung«, sagt einer der Internationalen im Getöse der Geschosse.

Der Tercio hat wieder einmal versucht, die Treppe zu stürmen.

Maringaud setzt den Operngucker an die Augen. Durch das scharfe Glas gesehen, wechselt das Hospital die Farbe, wird rot. Die klare Umschriebenheit seiner Form verdankt das Gebäude einzig seiner Massigkeit; in der Tat wird es durch jeden Einschlag der 155er-Kanonen ausgehöhlt, gebuckelt oder abgeflacht wie das rotglühende Eisen unter den Hammerschlägen des Schmiedes. Die vielen Fenster, die nun deutlicher sichtbar werden, verleihen ihm das Aussehen eines Bienenstocks – aber eines von seinen Insassen verlassenen Bienenstocks. Und dennoch wagen, selbst in ziemlich großer Entfernung von dieser zerbröckelnden Trutzburg, die Menschen sich nur kriechend auf das regennasse Pflaster und die verrosteten Schienen.

»Donnerwetter!« brüllt Maringaud und schwenkt seine dikken Arme, »es ist so weit, es ist so weit! Wir stürmen das Hospital!«

Zwischen dem toten Mauren, der im Zahnarztstuhl sitzt, und dem Fenster drängen sich alle Kopf an Kopf. Die schwarzen Punkte der Dinamiteros und der Handgranatenwerfer scheinen rings um das Hospital aus der Erde zu schießen, heben den Arm, ducken sich wieder in den Schlamm und tauchen plötzlich dort auf, wo fünf Minuten vorher ein roter Kreis von Dynamit und Granaten flammte.

Maringaud läuft zum Kamin und ruft durch die Öffnung dem Tercio zu: »Guckt mal, was beim Hospital passiert, ihr Schafsköpfe!«

Und er läuft an seinen Platz zurück. Die Dinamiteros sind jetzt dem Hospital ganze nahe. Aus dem aufgebrochenen Bienenkorb flüchtet ein ganzes Volk von Insekten, beschossen von seinen eigenen Maschinengewehren, auf die faschistischen Linien zu.

Der Kamin hat nicht geantwortet. Ein Tscheche, der sich etwas weiter vorneigt als die übrigen Internationalen, legt das Gewehr an, schießt, schießt, schießt. Die Internationalen, die in den Häusern auf der andern Straßenseite belagert sind, schießen gleichfalls. Sich dicht an der Mauer entlang drükkend, verlassen die Soldaten des Tercio eilig das rosa Haus. Es ist unterminiert und soll in die Luft gesprengt werden.

Der Negus arbeitet sich im Gegenstollen vor. Seit einem Monat glaubt er nicht mehr an die Revolution. Die Apokalypse ist zu Ende. Bleibt nur der Kampf gegen den Faschismus und der Respekt, den der Negus für die Verteidiger von Madrid empfindet. Es gibt in der Regierung Anarchisten, und es gibt auch welche in Barcelona, die ihre Theorie und ihre Stellungen hartnäckig verteidigen. Durruti ist tot. Der Negus hat so lange das Leben eines Kämpfers gegen die Bourgeoisie geführt, daß es ihm weiter keine Schwierigkeit bereitet, als Kämpfer gegen den Faschismus zu leben: der negative Fanatismus war immer sein Fall. Und trotzdem stimmt etwas nicht. Er hört, wie die Seinen im Radio an die Disziplin appellieren, und beneidet die jungen Kommunisten, die nach ihnen sprechen und es nicht nötig hatten, in sechs Monaten von Grund auf umzulernen. Er kämpft mit Gonzales, dem dicken Kameraden, mit dem zusammen Pepe vor Toledo die italienischen Tanks erledigte. Gonzales ist Mitglied der C. N. T., aber all das ist ihm egal. Zunächst mal muß man die Faschisten umbringen, zu Erörterungen bleibt immer noch Zeit.

»Weißt du«, sagt der Negus zu ihm, »die Kommunisten sind tüchtige Leute. Ich kann mit ihnen zusammenarbeiten, aber sie lieben? Nein. Wenn ich mir auch noch so viel Mühe gebe, nichts zu machen . . .«

Gonzales war Bergmann in Asturien und der Negus Transportarbeiter in Barcelona.

Seit jenem Erlebnis mit dem Flammenwerfer im Alcázar hat der Negus sich ganz dem Kampfe unter der Erde zugewendet, den er liebt, weil er der Individualität noch einen gewissen Spielraum läßt. Das ist ein Kampf, in dem fast jeder den Tod findet und der, wie der Negus weiß, auch ihm den Tod bringen wird. Wenn der Negus mit seinen seelischen Problemen nicht zu Rande kommt, flüchtet er sich immer in die Gewalttat oder in das Opfer, am liebsten in beide zugleich. Der magere Mann, gefolgt von dem dicken Gonzales, arbeitet sich in einer Gegenmine vorwärts, die ein Stück hinter dem rosa Haus ihr Ende finden soll. Der Boden klingt immer hohler: Entweder ist der feindliche Stollen ganz nahe (aber man hört nicht graben), oder ...? Er macht eine Handgranate bereit.

Plötzlich haut die Hacke ins Leere, und der Negus, von dem Schwung seiner Kraftanstrengung mitgerissen, fällt in ein großes, tiefes Loch. Seine Taschenlampe wirft gleich einer blind tastenden Hand Strahlen um sich: überall irdene Krüge, mannshoch. Ein Keller. Der Negus macht die Lampe aus und springt vor. Ihm gegenüber eine andere Lampe, die ebenfalls sucht; der Mann, der sie in der Hand hält, hat die Lampe des Negus, die gleich erlosch, nicht bemerkt. Ein Faschist. Soll er schießen? Der Negus kann den Mann nicht sehen. Das rosa Haus muß sich ungefähr über ihnen befinden. Gonzales steckt noch in dem Stollen. Der Negus wirft die Handgranate.

Als der wirbelnde Rauch unter dem Licht von Gonzales' Taschenlampe durchscheinend wird, werden zwei zusammengebrochene Faschisten sichtbar, deren Köpfe aus einem klebrigen See von Öl oder Wein hervorragen. Überall liegen die Scherben der riesigen Krüge herum, und unter dem starr auf sie gerichteten Lichtstrahl steigt die Flüssigkeit, steigt, bis sie die Schultern der hingestreckten Männer, ihre Augen bedeckt.

Die republikanische Gegenattacke ist beendet, Maringaud und seine Genossen sind befreit. Gonzales mit seinen Leuten kehrt zur Brigade zurück. Sie müssen einen Teil von Madrid durchqueren.

Man hat sich an den Beschuß gewöhnt; die Passanten suchen, sobald sie ein Geschoß hören, Schutz unter einer Haustür und gehen dann wieder weiter. Ab und zu steigen von einem sanften Wind gewiegte Rauchfetzen auf und tragen in die Tragödie den Frieden von Dorfschornsteinen um die Stunde des Mittagessens. Ein Toter liegt quer über der Straße, unter seinen Arm hat er eine Aktentasche geklemmt, die niemand anzurühren wagte. Die Kaffeehäuser sind geöffnet. Aus jedem Eingang zur Untergrundbahn strömen Menschen heraus, die an die düstersten Nachtasyle denken lassen, zugleich ergießt sich eine Menge hinein mit Matratzen, Handtüchern, Kinderwagen, Handkarren, in die man Küchengeschirr, Tische, Familienbilder, ja sogar Babies mit kleinen Pappmachéstieren gestopft hat. Ein Bauer versucht, seinen störrischen Esel zu bewegen, die Treppe zur Untergrundbahn hinunterzusteigen. Seit dem 21. haben die Faschisten jeden Tag bombardiert; draußen vor der Untergrundstation Salamanca gibt es einen lebhaften Handel mit Haustürnischen ... Bisweilen regt sich plötzlich der Schutt eines eingestürzten Hauses, und eine Hand mit seltsam gespreizten Fingern erscheint; aber die Kinder spielen unbeirrt Jagdflieger, trotz der Bombardierungen und der verstörten Gesichter der Fliehenden. Ein Straßenbahnführer hat sich den Soldaten auf dem Wege zum Hauptbureau der Brigade angeschlossen; er sagt zu Gonzales: »Weißt du, ein Leben kann man das schließlich noch nennen; aber die Arbeit ... Das ist doch keine Arbeit mehr! Du fährst ab, du tust deine Pflicht und kommst an der Endstation mit der Hälfte deiner Fahrgäste an. Die andere Hälfte haben sie dir auf dem Wege abgemurkst. Darum sage ich: Das kann man doch nicht mehr Arbeit nennen ...«

Der Straßenbahnführer bleibt stehen, Gonzales bleibt stehen, Maringaud bleibt stehen. Alle Fußgänger bleiben stehen oder laufen unter die Haustüren: fünf Junkers, eskortiert von vierzehn Heinkelmaschinen, tauchen über Madrid auf.

»Nur keine Angst«, sagt eine Stimme, »man gewöhnt sich dran ...«

Und ehe noch Gonzales und Maringaud an dem grauen Abendhimmel irgend etwas entdeckt haben, kommt aus den Schutzräumen, den Kellern, Türen, Häusern, aus der Untergrundbahn eine riesige Menge von Menschen hervor, Leute, die Zigarette im Mund, Handwerksgerät oder Papiere in der Hand, im Kittel, im Rock, im Pyjama oder in eine Decke gehüllt.

»Die Unsern kommen!« sagt ein Zivilist.

»Was weißt denn du davon?« erwidert Gonzales.

»Ich kann das immer besser heraushören.«

Von der andern Seite von Madrid her kommen zum erstenmal sechsunddreißig republikanische Jäger geflogen.

Es sind die Flugzeuge, welche die Sowjetunion nach Aufkündigung der Nichtintervention der spanischen Regierung verkauft hat und deren Montage endlich beendet ist. Einige dieser Maschinen haben bereits bei Getafe gekämpft, und die überholten Maschinen der Internationalen haben über Madrid Zettel abgeworfen, auf denen die Reorganisation der republikanischen Luftwaffe bekanntgegeben wurde. Aber diese vier Staffeln von je neun Flugzeugen, die unter dem Befehl von Sembrano in Rhombusformation angeflogen kommen, übernehmen zum erstenmal den Schutz der Stadt Madrid.

Die Junkers an der Spitze biegt erst nach rechts, dann nach links ab, kann sich nicht entschließen. Die republikanischen Jägerstaffeln stürmen mit voller Geschwindigkeit auf die feindliche Bombergruppe los. Die Hände der Männer umfassen krampfhaft die Schultern oder Hüften der Frauen. Aus allen Straßen, von allen Dächern, aus allen Kellerluken, aus allen Eingängen zur Untergrundbahn schauen die Menschen, die seit achtzehn Tagen stündlich Bomben erwarten, unverwandt nach oben. Endlich macht das feindliche Geschwader kehrt und fliegt gegen Getafe ab, während aus fünfhunderttausend Kehlen ein wildes, unmenschliches Geschrei des Hohnes und der Befreiung zum grauen Himmel aufsteigt, an dem die Madrider Flugzeuge dahinjagen.

In der Abenddämmerung betrachtet Heinrich durch das Fenster die Menge der von ihren Einheiten abgeschnittenen Soldaten, die heranströmen, um sich wieder eingliedern zu lassen. Vor ihm liegt die Landkarte, in die er die Angaben Alberts einträgt, der wie gewöhnlich am Telefon hängt. Von überallher wird bestätigt, daß die Faschisten infolge der Sprengung ihres Munitionszuges durch die Kolonne Uribarri keine Munition mehr haben.

»Der Angriff auf Pozuelo-Aravaca ist zurückgeschlagen, Herr General!«

Heinrich zeichnet auf der Karte die neuen Stellungen ein. Die Falten seines weißen Nackens sehen aus, als lächelten sie.

»Der Angriff auf Las Rosas ist zurückgeschlagen«, meldet ein anderer Offizier.

Wieder klingelt das Telefon.

»Gut, danke«, erwidert Albert.

»Der Angriff auf Moncloa ist zurückgeschlagen!«

Alle beglückwünschen sich.

»Kognak für alle bei der nächsten Siegesmeldung«, verkündet Heinrich.

Das Kriegsministerium gibt durch Alberts Hörer der Reihenfolge nach die Stellungen durch; die Brigaden rufen über den andern Apparat an.

»Den Kognak für mich!« sagt Albert. »Wir rücken an der Puerta de Hierro vor, die Straße von La Coruña ist entsetzt.«

»Villaverde ist zurückerobert!«

»Wir marschieren auf Quemada und auf Garalito, Herr General!«

DRITTES BUCH

Die Hoffnung

Die Hoffnung

ERSTES KAPITEL

8. Februar

Magnin fand Vargas im Luftfahrtministerium in Valencia wieder, wie er ihn in Madrid am Abend von Medellin angetroffen hatte. Die Minister waren nicht mehr die gleichen, die Kämpfer trugen eine Uniform. Franco hatte Madrid nicht nehmen können, die Volksarmee war im Entstehen; aber der Krieg war immer noch der Krieg, und wohl waren viele Männer gefallen oder hatten Entscheidungen erlebt, doch weder Vargas noch Magnin hatten sich sehr verändert. Genau wie in Madrid ließ Vargas Whisky und Zigaretten bringen, und genau wie in Madrid hatten alle beide ein übernächtigtes Gesicht.

»Málaga ist verloren, Magnin«, sagte Vargas.

Das überraschte Magnin nicht. Seiner Meinung nach war die Republik nicht in der Lage, ihre vom Zentrum abgeschnittenen Fronten gegen die italienischen und deutschen Truppen zu halten. Hatte doch García selbst ihm vor acht Tagen gesagt: »Ich erwarte alles vom Zentrum und nichts von den kleinen Fronten. Málaga ist wie Toledo.«

»Magnin«, sagte er jetzt, »der Strom der Flüchtlinge übersteigt alle Vorstellungen ... Mehr als hunderttausend Einwohner auf der Flucht ... Es ist furchtbar ...«

In dem Salon des Hauses, das früher einem reichen Kaufmann gehört hatte, schwebte gerade über ihnen ein ausgestopfter Adler, der den Kronleuchter hielt.

»Und die italienischen Flieger verfolgen sie. Dazu sind auch noch die Lastwagen hinter ihnen her. Wenn es gelingt, die Lastwagen aufzuhalten, werden die Flüchtlinge Almeria erreichen ...«

Magnin, mit traurigen Augen und traurig hängendem Schnurrbart, machte eine Handbewegung, die heißen sollte: »Wann starten wir?«

»Unsere besten Flugzeuge müssen in Madrid sein, Magnin, ich weiß es.«

Die Faschisten griffen energisch am Jarama an.

»Wir brauchen für die Landstraße bei Málaga zwei mehrsitzige Kampfflugzeuge und haben hier fast keine Jagdflieger mehr ... Aber es ist auch eine Aufgabe über Teruel zu erfüllen. Niemand von den Internationalen kennt Teruel so gut wie Sie. Ich wünsche, daß Sie nicht ...« Er fuhr auf spanisch fort: »Ich möchte, daß Sie nicht die größere Gefahr wählen, sondern die wichtigere Mission auf sich nehmen. Sie in Teruel, Sembrano bei Málaga. Er ist jetzt hier ... Sie müssen wissen«, fügte er hinzu, »auch Teruel ist ganz ohne Jäger ...«

Seit zwei Monaten kämpfte die Internationale Luftwaffe an den Fronten der Ostküste: Balearen, Süden, Teruel. Die Zeit der Pelikane war vorbei. Mit zwei Einsätzen am Tag und einem beträchtlichen Anteil von Lazarettflügen stand der Flugverband, der während der ganzen Schlacht bei Teruel die Internationale Brigade unterstützt hatte, in unablässigem Kampf, reparierte selbst seine Maschinen, fotografierte seine Bombardierungen, während er kämpfte. Die Flieger bewohnten unweit eines geheimen Flugplatzes ein verlassenes Schloß in einem Orangenhain. Sie hatten während der Schlacht und unter dem Hagel der Flugabwehr den Bahnhof und das Stabsgebäude von Teruel in die Luft gesprengt, und eine vergrößerte Fotografie der Explosion schmückte die Wand ihres Speisesaals. Magnin und seine Piloten kannten diese Front besser als ihre Landkarten.

»Bei Tagesanbruch?« fragte Magnin.

Sie begaben sich in das Kartenzimmer.

Jaime und Scali, Gardet und Pol, Attignies, Saidi, ein von den Brigaden zu ihnen gestoßener Mechaniker, und Karlitsch saßen im Café und tranken Manzanilla.

In ihrem Rücken, draußen hinter den Scheiben des Cafés, gab es einen kleinen Jahrmarkt, dessen Musik bis in den Saal drang. Losbuden, Zuckerbäcker, Schießbuden, ein Fest für die Kinder. Die Maschinengewehrschützen waren wegen der Schießbuden gekommen, in denen sie unermüdlich Tonpfeifen und aufgeblasene Gummischweinchen abknallten; sie hatten dort Karlitsch inmitten eines Kreises von Bewunderern angetroffen. Gardet und Saidi waren weniger wegen des Schießens als wegen der Kinder da. Ihr ganzes Geld war für Kuchen draufgegangen. Gardet liebte Kinder, wie Shade

Tiere liebte: aus seinem verbitterten Gemüt heraus. Saidi liebte sie aus der ihm selber eigenen Kindlichkeit und mit seiner mitleidigen Moslemseele.

»Die Amerikaner sind feine Kerle«, sagte Pol.

Die ersten amerikanischen Freiwilligen der Luftwaffe waren soeben angekommen.

»Weißt du, was mir an ihnen gefällt?« sagte Gardet. »Daß sie nicht mit jeder Drehung des Propellers die Demokratie zu retten behaupten.«

»Und sie haben ihre Söldner weggeschickt«, fiel Attignies ein. Er haßte alle Söldner ohne Unterschied.

»Aber der neue Kommandant«, sagte Pol, »ist einfach ein ausgemachter Trottel.«

Es war zum erstenmal der Fall, daß der spanische Kommandant, der zusammen mit Magnin den Flugplatz befehligte, als Vorgesetzter völlig unmöglich war.

»Lassen wir das«, sagte Attignies. »Wir können nicht verlangen, daß bei uns alles vollkommen ist. Es wird ja nur eine Zeitlang dauern, Sembrano kommt wieder zurück. Tun wir unsere Arbeit, das genügt. Der spanische Hauptmann der Bréguet-Maschinen ist fabelhaft.«

»Es gehört schon eine Mordsgeduld dazu, um mit dem da wochenlang gegen moderne Flugzeuge zu kämpfen!«

»Wißt ihr, was seltsam ist?« sagte Scali. »Daß kein Land die Gabe des Stils besitzt wie Spanien. Man nehme einen Bauern, einen Journalisten, einen Intellektuellen und gebe ihm ein Amt. Er wird es entweder gut oder schlecht versehen, aber fast immer mit einem Stil, von dem Europa lernen kann. Dieser Kommandant hat keinen Stil, und wenn ein Spanier den Stil verliert, hat er alles verloren.«

»Gestern abend habe ich im Alhambra folgendes erlebt«, sagte Karlitsch. »Eine Tänzerin tritt auf, ziemlich nackt. Sie ist ganz nah. Zum Greifen. Ein besoffener Milizmann rennt auf sie los und streicht liebkosend mit seinem ganzen Arm über ihren Körper. Das Publikum lacht, reißt Witze. Da wendet der Milizmann sich um; seine Augen sind geschlossen, auch seine Hand ist geschlossen, als hätte er durch seine Liebkosung die ganze Schönheit des Mädchens an sich gerissen und in seiner Hand eingeschlossen. Er dreht sich zum Publikum um und wirft ihm ihre Schönheit zu. Voll Verachtung für das Publikum. Großartig! So etwas ist nur hier möglich.«

Er sprach viel schlechter Französisch als vorher. Er war Führer eines Freikorps, von Kopf bis Fuß gestriegelt und schien aus einer Badeanstalt zu kommen, in der statt des Kölnischwassers Kampfer verwendet wurde. Als er seine Hauptmannsmütze abnahm, sah Scali seinen harten, schwarzen Schopf wieder.

»Was mir hier gefällt«, sagte Pol, »ist, daß ich mich bilde. Das muß ich zugeben. Aber was unsern Kommandanten anbetrifft, so ist er trotz alledem ein Tropf.«

»Von einem Kommandanten in dieser Weise zu reden, ist unzulässig!« sagte Karlitsch grob.

Da er sich den Schnurrbart hatte wachsen lassen, wirkte sein Gesicht nun weniger kindlich, härter. Scali fühlte, daß in ihm der ehemalige Wrangeloffizier wieder zum Vorschein kam.

Pol zuckte mit den Achseln und hob den Zeigefinger. »Ich sage: ein ausgemachter Tropf.«

»Das könnte ein schlechtes Ende nehmen«, dachte Attignies.

Er wandte sich an Saidi. »Wieso bist du zu uns gekommen?« fragte er ihn.

Der Araber hob kindlich den Zeigefinger. »Als ich erfuhr, daß die Mauren für Franco kämpfen, habe ich zu meiner sozialistischen Sektion gesagt: ›Es muß etwas geschehen. Was würden sonst unsere Genossen, die Arbeiter, von den Arabern sagen?‹«

»Ich sehe Lichter«, sagte Jaime, der mit einem Stück Draht herumbastelte. Er fertigte aus Draht Flugzeuge an, deren Steuerung funktionierte. Die Flieger rissen sich darum.

Seit einem Monat sah er täglich Lichter. Anfangs bemühten sich seine Freunde, in der Außenwelt ein Phänomen zu finden, das diesen Erscheinungen entsprach; sie fanden aber keine Lichter, sondern immer nur die Trauer in ihren Herzen. Scali und Gardet befanden sich neben ihm, die andern ihm gegenüber.

»Also, Albarracin haben wir genommen«, sagte Karlitsch. »Dort gab es einen der schlimmsten Faschisten. Ganz jung, vielleicht zwanzig Jahre alt. Er hatte sich versteckt. Wir sind hingegangen, es waren nur zwei alte Weiber dort. Der Junge hatte denunziert, vielleicht fünfzig von den Unseren. Dazu noch viele andere, die nicht einmal zu uns gehörten. Er hat sie angegeben, und alle wurden erschossen.«

»Es gibt nichts Schlimmeres als diese ganz jungen Bürschchen«, sagte Scali.

»Eine der Alten sagt: ›Nein, nein, es ist niemand hier, nur mein zweiter Neffe ...‹ Die beiden Alten waren seine Tanten. Und da passiert dann folgendes: Ein Junge kommt aus dem Haus mit Söckchen und einem Hut, so ...«

Und Karlitsch beschrieb um seinen Kopf einen Kreis, der eine Matrosenmütze mit Bändern andeuten sollte. »... Matrosenanzug, kurze Höschen ... ›Da sehen Sie‹, sagen die Alten, ›da sehen Sie!‹ Es war die Kanaille, die wir suchten, aber die Alten hatten ihn in die Kleider seines kleinen Bruders gesteckt, um uns zu täuschen ...«

»Die Lichter drehen sich«, sagte Jaime, der die schwarze Brille abgenommen hatte.

Karlitsch lachte auf. Es war das gleiche Lachen, das Scali damals im August so auf die Nerven gegangen war.

»Erschossen haben wir ihn!«

Alle wußten, daß Karlitsch zweimal verwundete Kameraden mitten aus dem feindlichen Feuer herausgeholt hatte. Und daß es ihn einmal den Kopf kosten würde. Dienen war bei ihm eine Leidenschaft, die er aber auch bei denen, die unter ihm dienten, anzutreffen wünschte. Als er unter seinen Leuten zum erstenmal Verwundete sah, die von den Mauren verstümmelt worden waren, knallte er ihre Offiziere eigenhändig ab. Alle diese Dinge beunruhigten Scali und Attignies. Die andern hielten Karlitsch für etwas verrückt, Saidi wollte die ganze Geschichte nicht recht glauben.

Scali erinnerte sich an Karlitschs Ankunft. Er hatte prächtige Reiterstiefel an. Dem ersten Schuhputzerjungen, auf den er stieß, hielt er sie gleich zum Putzen hin. Aber das Wichsen schöner Kosakenstiefel ist nicht wie das Wichsen gewöhnlichen Schuhwerks, und dreißig Spezialisten – der Wagen hatte sie alle gebracht – warteten eine halbe Stunde lang auf den vor Ungeduld auf den Tisch trommelnden Karlitsch, dessen zweitem Stiefel den gehörigen Glanz zu verleihen dem Schuhputzer noch nicht gelungen war.

»Die Lichter stehen still«, sagte Jaime.

Diese sich immer von neuem kundgebende Hoffnung versetzte seine Umgebung jedesmal in einen Zustand schmerzlichen Unbehagens. Zumal sich der Unglückliche seiner Blindheit fast zu schämen schien und sich bemühte, Humor zur Schau zu tragen. Er hatte seinen Freunden Austern versprochen, die er durch einen außerordentlichen Glücksfall aufgetrieben zu haben glaubte. Das stellte sich als Irrtum heraus. Und die Zuerstgekommenen (Scali und er waren zuletzt eingetroffen) fanden im Café ein Billett vor: *Nach reiflicher Überlegung haben wir beschlossen, nicht zu erscheinen. – Die Austern.*

»Gefällt dir dieses Leben?« wandte sich Attignies an Karlitsch.

»Als mein Vater starb, ich habe drei Brüder, war ich bei . . . bei der Armee. Und schon mein Vater hat gesagt: ›Die drei sollen glücklich werden, und der vierte – der soll Sieger sein.‹«

Wieder einmal fand sich Scali der Menschengattung gegenüber, die ihm seit zwei Monaten Unruhe schuf. Der Fachmann nennt sie »die Krieger«. Scali liebte die kämpfenden Zivilisten, mißtraute den Militärs und verabscheute die Krieger. Karlitsch war ein gar zu simpler Fall. Aber die andern? . . . Und bei Franco gab es sicher Tausende von dieser Sorte.

»Ich hoffe, zu den Tankwagen hinüberzuwechseln«, sagte der Maschinengewehrschütze.

Tankschützen, Flieger, Maschinengewehrschützen – würden die Landknechtshorden wieder über Europa hereinbrechen?

»Sag mal, Karlitsch, wovor hast du im Krieg Angst empfunden?«

Er wollte eigentlich auch Abscheu oder Mitleid sagen, aber er mochte nicht zu subtil werden.

»Angst? Im Anfang habe ich eigentlich vor allem Angst gehabt.«

»Und später?«

»Später? Ich weiß nicht.«

»Seht ihr die Lichter?« fragte Jaime.

»Doch«, sagte jetzt Karlitsch, »es gibt etwas, was mir Angst macht, wirklich Angst. Die Erhängten. Dir auch?«

»Ich habe nie welche gesehen.«

»Da hast du Glück gehabt ...«

»Ja, die machen mir Angst. Weißt du, das ist so: Wenn Blut da ist, ist alles natürlich. Aber die Erhängten sind unnatürlich. Wenn kein Blut da ist, ist es nicht natürlich, und wenn es nicht natürlich ist, kriegt man Angst.«

Seit zwanzig Jahren hörte Scali von dem »Begriff Mensch« reden. Und zerbrach sich darüber den Kopf. Wie jämmerlich stand es um solche Begriffe angesichts des Menschen, der sich auf Tod und Leben einsetzt! Scali wußte weder ein noch aus. Es gab die Unerschrockenheit und den Edelmut – und es gab die physiologischen Reaktionen. Es gab die Revolutionäre – und es gab die Massen. Es gab die Politik – und es gab die Moral. »Ich will wissen, wovon ich rede«, hatte der alte Alvear gesagt.

»Jetzt setzen sich die Lichter wieder in Bewegung«, sagte Jaime.

Scali sprang auf, sein Mund stand offen, die Hände hatte er auf den Tisch gestemmt, das Miniaturflugzeug stieß er weit von sich; Gardet hielt Jaime an den Schultern, und alle beide starrten durch das Fenster des Cafés auf die dicken, erhellten Milchglaskugeln des Karussells, das sich wieder zu drehen begann.

Jaime und seine Freunde, vor Freude total verrückt, fuhren pfeifend wie die Stare zum Flugplatz zum Appell – und nach Málaga. In einem andern Auto folgte Magnin. Ein feindliches Fliegergeschwader bombardierte den sechs Kilometer entfernten Hafen. Über Valencia fiel ein feiner kalter Nebelregen und beperlte die Blätter der Orangenbäume. Die Arbeiterverbände hatten beschlossen, für das Kinderfest einen Umzug von nie gesehener Pracht zu veranstalten. Die um ihre Meinung befragten Abordnungen der Kinder hatten die Gestalten der Trickfilme verlangt, und die Gewerkschaften ließen aus Pappe riesige Porträts von Micky-Maus, von Felix dem Kater, von Donald Duck anfertigen (denen immerhin ein Don Quijote und ein Sancho Pansa voranzogen). Unter den Tausenden von Buben und Mädchen, die aus der ganzen Provinz zu dem den Flüchtlingskindern aus Madrid gewidmeten Fest kamen, gab es viele, die kein Obdach hatten. Auf dem äußeren Boulevard waren die Festwagen nach ihrem triumphalen Umzug einsam stehengelassen worden, und auf einer Strecke von zwei Kilometern erschienen im Scheinwerferlicht der vorbeifahrenden Autos die sprechenden Tiere der modernen Märchenwelt – einer Welt, in der alle Gemordeten wieder lebendig werden ... Obdachlose Kinder hatten auf den Sockeln aus Pappe und zwischen den Beinen der künstlichen Mäuse und Katzen Unterschlupf gesucht. Die feindlichen Flieger bombardierten den Hafen immer noch, und die im Rhythmus der Explosionen unter der Obhut des nachts umherziehenden Don Quijote im Regen zitternden Tiere wackelten über den eingeschlafenen Kleinen mit den Köpfen.

Attignies war Bombenschütze in dem Flugzeug Sembranos. Die Mannschaften der beiden Maschinen waren gemischt: in der Sembranos war außer Attignies noch Pol, als Mechaniker. Sembrano hatte seinen zweiten Piloten, den Basken Reyes, mitgenommen. Auf dem letzten Flughafen des Südens hatten sie Bomben vorgefunden, die sie gegen die ihren umtauschen mußten, es herrschte dort ein Wirrwarr, der Toledos würdig war. Kurz vor Málaga stießen sie auf den Exodus von hundertfünfzigtausend Menschen, die sich auf der am Meer entlang führenden Landstraße in endloser Reihe vorwärtsbewegten; dahinter die faschistischen Kreuzer mit Kurs auf Almería, die in dem wunderbaren Morgenlicht ein langes Gekräusel von Rauchfahnen hinter sich herzogen; endlich die erste der italo-spanischen motorisierten Kolonnen; von den Flugzeugen aus hatte man den Eindruck, daß sie den Flüchtlingszug binnen weniger Stunden erreichen mußte. Attignies und Sembrano wechselten einen Blick des Einverständnisses und gingen so tief wie möglich. Von der Kolonne blieb nichts übrig.

Um schneller zurückzukommen, wählte Sembrano den kürzeren Weg über das Meer.

Als Attignies sich umwandte, rieb der Mechaniker die Hände ab, die er sich an den Griffen des Bombenschachtes mit Öl beschmiert hatte. Attignies sah noch einmal hin: Vor ihm war der Himmel voll von runden Kumuluswölkchen wie Trickfilmzeichnungen. Achtzehn feindliche Jagdmaschinen kamen verspätet in zwei Gruppen angeflogen. Und weitere vermutlich hinter ihnen.

Die Kugeln durchschlugen die vordere MG-Kanzel.

Sembrano empfand einen furchtbaren Schlag auf den rechten Arm, der sofort schlaff herabhing. Er wandte sich zu dem zweiten Piloten um: »Nimm du das Steuer!« Reyes hielt nicht das Steuer, sondern er hielt sich mit beiden Händen den Bauch. Ohne den Gurt, mit dem er festgeschnallt war, wäre er auf Attignies gefallen, der hinten in der Kabine lag, den einen Fuß im Blut. Zweifellos würden die feindlichen Jäger, die sich nun hinter dem Flugzeug befanden, von oben herunterfeuern. Eine Möglichkeit, sich zu schützen, gab es nicht. Angesichts der großen Zahl der Feinde mußten sich die fünf republikanischen Jäger damit begnügen, die Flucht ihres zweiten Bombers zu decken, dessen Position günstiger war. Die Löcher im Flugzeugrumpf stammten von kleinen Geschossen: Die Italiener hatten Schnellfeuergeschütze. War der Maschinengewehrschütze im Heck verwundet oder nicht? In dem Augenblick, da Sembrano sich umwandte, fiel sein Blick auf den rechten Motor: Er brannte. Sembrano drosselte ab. Keiner seiner Maschinengewehrschützen feuerte mehr. Das Flugzeug verlor von Sekunde zu Sekunde an Höhe. Attignies beugte sich über den von seinem Sitze gerutschten Reyes, der unaufhörlich zu trinken verlangte. »Bauchschuß«, dachte Sembrano. Eine neue feindliche Salve fegte über das Flugzeug hin, traf aber nur die rechte Tragfläche. Sembrano steuerte mit beiden Füßen und dem linken Arm. Über seine Wange floß langsam Blut; zweifellos war er auch am Kopf verletzt, aber er hatte keine Schmerzen. Das Flugzeug sank stetig. Hinter ihnen lag Málaga, unter ihnen das Meer. Dort vorne ein etwa zehn Meter breiter Sandstreifen, dem eine Reihe von Klippen vorgelagert war.

Ein Abspringen mit Fallschirmen kam nicht in Frage, die feindlichen Jäger verfolgten sie, und die Maschine war schon zu tief. Höher zu gehen war unmöglich; das zweifellos durch die Explosivgeschosse zerrissene Höhensteuer reagierte kaum. Die Wasserfläche war jetzt so nahe, daß der untere Maschinengewehrschütze die Rumpfwanne einzog und sich in der Kabine ausstreckte, auch er hatte blutige Beine. Reyes lag mit geschlossenen Augen da und sprach Baskisch. Die Verwundeten schauten nicht mehr auf die feindlichen Jagdflugzeuge, von denen noch einzelne Kugeln herüberspritzten, sie schauten auf das Meer. Einige konnten nicht schwimmen – außerdem: Wie schwimmt man mit einem Explosivgeschoß im Fuß, im Arm oder im Unterleib? Sie befanden sich wohl einen Kilometer von der Küste und dreißig Meter über dem Meer, das an dieser Stelle vier bis fünf Meter tief war. Die feindlichen Jäger kamen zurück und feuerten von neuem aus allen ihren Maschinengewehren; die Leuchtspurmunition zeichnete um Sembranos Flugzeug ein Spinngewebe aus roten Strichen. Unter ihm spiegelten die klaren, ruhigen Wellen des morgendlichen Meers mit unbeirrter Heiterkeit das Sonnenlicht. Am besten war es, die Augen zu schließen und sich mit dem Flugzeug langsam sinken zu lassen, bis ... Plötzlich traf sein Blick auf das Gesicht Pols, das, besorgt und blutbeschmiert, immer noch munter wirkte. Die roten Blitze der Leuchtspurmunition umzuckten die Maschine, die voller Blut war und in der Attignies sich jetzt über den von seinem Sitz gesunkenen Reyes beugte, der zu röcheln schien; über Pols Gesicht, das einzige, das Sembrano von vorne sah, rieselte es auch, aber die glatten Wangen des dicken, lustigen Juden strahlten einen solchen Lebenswillen aus, daß der Pilot einen letzten Versuch machte, sich seines rechtes Armes zu bedienen. Der Arm war nicht da. Unter Aufwendung seiner ganzen Kraft, mit beiden Füßen und dem linken Arm zog er die Maschine vorn hoch.

Pol hatte das Fahrgestell niedergelassen und holte jetzt wieder ein: Der Rumpf glitt nun wie bei einem Wasserflugzeug dahin; die Maschine wurde einen Augenblick langsamer, tauchte dann in den Schaum der ruhigen Wellen ein und überschlug sich. Wie Katzen, die man in den Fluß geworfen hat, zappelten alle in dem einströmenden Wasser: Zum Glück stieg es nicht bis oben in die Kabine, die jetzt auf dem Kopfe stand. Pol stürzte sich auf die Türe und versuchte, sie auf die gewöhnliche Weise, nämlich von oben nach unten, zu öffnen. Es gelang ihm nicht, er begriff, daß er, da das Flugzeug sich umgedreht hatte, den Griff oben suchen mußte; aber der Einschlag eines Geschosses hatte die Tür verklemmt. Sembrano, der sich wieder aufgerappelt hatte, sah jetzt den umgekehrten Führersitz vor seiner Nase. Wie ein Hund seinen

Schwanz, suchte er seinen Arm; in dem schon rötlich schimmernden Wasser in der Kabine hinterließ seine Wunde rote Flecken; immerhin war der Arm an seinem Platz. Der vordere Maschinengewehrschütze stieß eine Glimmerscheibe seiner Kanzel ein, die sich infolge des Aufpralls geöffnet hatte. Sembrano, Attignies, Pol und ihm gelang es, sich durchzuzwängen: Den Oberkörper in der freien Luft, die Beine im Wasser, fanden sie sich vor der endlosen Reihe des Flüchtlingszuges.

Sich auf den Mechaniker stützend, rief Attignies aus Leibeskräften, aber das Geräusch der Wellen übertönte seine Stimme; die fliehenden Bauern konnten bestenfalls seine Gebärden bemerken, und Attignies wußte, daß jeder einzelne in einer Menge der Meinung ist, daß ein Anruf nicht ihm, sondern den andern gilt. Ganz nahe am Strand selbst ging ein Bauer. Attignies kroch auf allen vieren bis zum Sande und rief, sobald er in Hörweite war: »Komm und hilf ihnen heraus!« – »Ich kann nicht schwimmen«, rief der Mann. – »Es ist doch hier ganz seicht.« Attignies kam dem Bauern immer näher. Dieser rührte sich nicht. Als Attignies dann aus dem Wasser heraus war und sich neben ihm aufrichtete, entschloß er sich endlich zu den Worten: »Ich habe Kinder«, und ging weiter. Vielleicht hatte er die Wahrheit gesprochen; und welche Hilfe war schließlich von einem Manne zu erhoffen, der angesichts dieses tollen Fluchtgewühls seelenruhig die Ankunft der Faschisten zu erwarten schien? Vielleicht war er auch mißtrauisch: Das energische Gesicht des blonden Attignies entsprach zu sehr der Vorstellung, die sich ein Bauer aus Málaga von einem deutschen Piloten macht. Im Osten, hart über dem Kamm der Berge, verschwanden die republikanischen Flugzeuge. »Hoffentlich schicken sie ein Auto«, dachte Attignies.

Pol und Sembrano hatten inzwischen alle Verwundeten aus der Maschine gezogen und sie auf den Strand gebracht.

Aus der dahinströmenden Menge kam jetzt eine Gruppe von Milizsoldaten hervor. Reglos auf der Straßenböschung stehend und dadurch viel größer wirkend als die anderen, schienen sie eher den Felsen und schweren Kumuluswolken zugehörig als etwas Lebendigem; denn alles, was nicht floh, schien nicht zu leben. Den Blick auf das Flugzeug gerichtet, das langsam niederbrannte und dessen kurze, aus den Wellen auflodernde Flammen die Farbe seiner Streifen verbargen, überragten sie den Strom vorgeschobener Schultern und gehobener Hände, wie einst die Strandwächter der Sage. Gegen den Meerwind gestemmt, standen sie mit gespreizten Beinen, zwischen denen wie welkes Laub der Zug der Köpfe dahintrieb; endlich entschlossen sie sich und kamen auf Attignies zu. »Helft den Verwundeten!« rief er. Schritt für Schritt, vom Wasser behindert, näherten sie sich dem Flugzeug. Der letzte, der bei Attignies geblieben war, legte den Arm des Fliegers um seine Schulter.

»Weißt du, wo das nächste Telefon ist?« fragte dieser.

»Ja.«

Die Milizsoldaten gehörten zur Schutztruppe des Dorfes. Ohne Kanonen, ohne Maschinengewehre waren sie dennoch gewillt, ihren Steinhaufen gegen die motorisierten Kolonnen der Italiener zu verteidigen. Und ihre Gesinnungsgenossen auf der Landstraße – von den zweihunderttausend Einwohnern Málagas hundertfünfzigtausend – flohen auf Leben und Tod vor dem »Befreier Spaniens«.

Auf halber Höhe der Böschung mußte Attignies mit seinem Begleiter haltmachen. »Welche Frechheit«, dachte er, »zu behaupten, daß Schußverletzungen nicht weh tun!« Und das Meerwasser hatte auch keine lindernde Wirkung. Über ihm auf der Landstraße bewegten sich die nach vorn gebeugten Oberkörper, langsamer oder schneller, immer nach Westen. Viele Münder gab es, vor die eine Hand einen unbestimmbaren Gegenstand hielt, als bliesen alle diese Menschen auf einer unhörbaren Trompete. Sie aßen. Es war eine kurze, breitgeformte Pflanze, vielleicht Sellerie. »Dort ist ein ganzes Feld davon«, sagte der Milizmann. Ein altes Weib torkelte schreiend den Abhang hinab und hielt Attignies eine Flasche hin: »Meine armen Kinder, meine armen Kinder!« Sie sah die anderen unten, nahm Attignies die Flasche weg, bevor er noch daraus getrunken hatte, und eilte, immer dieselben Worte rufend, so schnell sie konnte, zu ihnen.

Gestützt auf den Milizmann, setzte Attignies seinen Weg nach oben fort. Frauen liefen vorüber, blieben stehen und begannen zu kreischen, sobald sie die verwundeten Flieger und das verlöschende Flugzeug sahen, dann rannten sie weiter.

»Der Sonntagskorso«, dachte Attignies bitter, als er endlich auf der Landstraße angelangt war. Dem rhythmisch vom Anprall der Meereswellen untermalten Lärm der Flucht gesellte sich bald ein anderes Geräusch zu, das Attignies nicht unbekannt war: das Surren eines feindlichen Jagdfliegers. Die Menge stob auseinander, sie war bereits bombardiert und mit Maschinengewehren beschossen worden.

Der Jäger flog geradewegs auf das Kampfflugzeug zu, dessen letzte Flammen soeben im Meer erstarben. Milizmänner trugen die Verwundeten; sie würden noch vor der Ankunft des feindlichen Flugzeugs auf der Landstraße sein. Man hätte der Menge zurufen müssen, sich auf den Boden zu werfen, aber niemand hörte. Auf Sembranos Anweisung legten die Milizmänner die Verwundeten längs einer kleinen Mauer nieder. Der feindliche Jäger ging sehr tief, umkreiste das Kampfflugzeug, das sich, das Untergestell nach oben und mit verlöschenden Flämmchen bedeckt, wie ein Huhn am Spieß ausnahm, photographierte es wahrscheinlich und flog wieder fort. »Aber auch die Lastwagen strecken alle viere in die Luft.«

Ein Karren kam vorbei. Attignies löste sich von der stützenden Schulter des Milizmannes und hielt das Fahrzeug an. Ein Bauernmädchen räumte ihm ihren Platz ein und setzte sich zwischen die Beine einer Alten. Der Karren fuhr weiter. Fünf Bauersleute waren darin. Keiner hatte eine Frage gestellt, und Attignies hatte kein Wort gesprochen. Die ganze Welt schien sich in dieser Minute in einer einzigen Richtung zu bewegen.

Der Milizmann schritt neben dem Karren her. Nach einem Kilometer bog die Landstraße vom Meere ab. In den Feldern waren Feuer angezündet; diese Feuer und die an ihnen hokkenden oder liegenden Menschen boten das Bild der Angst, die sich sowohl in der Erstarrung wie in der Flucht kundtat. Zwischen ihnen trieb die passive Masse der Obdachlosen auf ihrer verzweifelten Wanderschaft nach Almería weiter und weiter. Das Gedränge der Gefährte wurde immer schlimmer. Der Karren kam nicht vom Fleck.

»Ist es noch weit?« fragte Attignies.

»Drei Kilometer«, antwortete der Milizmann.

Ein Bauer auf einem Esel überholte sie. Die Esel, die, wenn es sein mußte, die Straße verließen und sich überall durchwanden, kamen viel schneller vorwärts.

»Leih mir deinen Esel! Du sollst ihn im Dorfe vor der Post

wiederhaben. Es handelt sich um die Rettung verwundeter Flieger.«

Der Bauer stieg wortlos ab und nahm den Platz Attignies im Karren ein.

Zwei junge Menschen, ein Mann und ein Mädchen, vermutlich Student und Studentin, fast elegant gekleidet, überholten den Esel. Sie schritten ohne jedes Gepäck aus und hielten sich bei der Hand.

Attignies wurde sich jetzt erst bewußt, daß er bis dahin nur eine Menge armseliger Menschen gesehen hatte, die zum Teil dem Arbeiter-, überwiegend dem Bauernstande angehörte. Und über allen Schultern die mexikanischen Decken. Man sprach nicht untereinander: Schreie oder Stille.

Die Straße führte durch einen Tunnel.

Attignies suchte nach seiner Taschenlampe, doch es war zwecklos, sie aus der triefend nassen Tasche zu ziehen. Allenthalben kleine Lichter, Lampen aller Art, Streichhölzchen, Fackeln, Holzscheite, die meist mit gelbem oder rötlichem Schein aufflammten und erloschen, bisweilen aber, von einem Lichthof umgeben, weiterleuchteten zu beiden Seiten des Stromes von Menschen, Tieren und Karren. Hier im unterirdischen Bereich war, geschützt vor den Flugzeugen, zwischen den beiden blauen Ausblicken auf den fernen Tag der Lagerplatz einer Völkerwanderung entstanden. Ein Schattenvolk regte sich geschäftig um unbewegliche Fackeln oder Windlichter; Oberkörper und Köpfe hoben sich zuweilen als Silhouetten ab, während die Beine sich in Dunkelheit verloren. Und in dem Schweigen, das so mächtig war, daß sogar die Tiere sich ihm unterwarfen, toste das Rasseln der Karren wie ein unterirdischer Fluß durch das Felsloch.

Der Tunnel umhüllte Attignies mit Wärme, die von der eng zusammengedrängten Menge herrührte oder von seinem steigenden Fieber kam. Er mußte das Telefon erreichen, selbstverständlich mußte er das Telefon erreichen, aber vielleicht war er auf dem Wege dahin gestorben, vielleicht waren der Karren, der Esel nur Traumbilder einer sanften Agonie; aus dem Wasser, das ihn überspült hatte, glitt er nun in die dichte Geborgenheit des Erdinnern hinüber. Weit stärker als alle Gewißheiten der Lebendigen, verband sich das rieselnde Blut in der Flugzeugkabine mit diesem stickigen Tunnel; alles, was

Leben gewesen war, löste sich gleich armseligen Erinnerungen in eine tiefe, trübe Betäubung auf; in diesem wohligen Dunkel führten die leuchtenden Punkte das Leben von Tiefseefischen, und der Politkommissar glitt reglos, schwerelos, schon jenseits der Schwelle des Todes, auf einem Schlummerstrom dahin.

Das Tageslicht, das näher rückte und, da die Straße eine Biegung machte, plötzlich über ihn hereinbrach, rüttelte seinen ganzen Körper wach, als wäre das Licht eine kalte Dusche. Erstaunt fand er seine Besessenheit, das Telefon zu erreichen, wieder, seinen schmerzenden Fuß, den Esel zwischen seinen Beinen. Während er aus dem Flugzeug wie aus einer Schlacht gekommen war, fühlte er sich jetzt vor dem Mysterium des Lebens wie ein aus der Unterwelt Zurückgekehrter. Wieder ergoß sich die Flut des fliehenden Volkes, und darüber hinaus erstreckte sich weithin bis ans Mittelmeer die okkerfarbene Erde Spaniens mit ihren Felsen und den schwarzen Ziegen darauf.

Die sich in allen Richtungen durcheinanderschiebende Menge brodelte um das erste Dorf und ließ an den ersten Mauern allerlei Geräte zurück, so wie das Meer, das zurückfällt, auf dem Strande Geröll und Abfall hinterläßt. Ein Wirrwarr von Kleidern, aus denen einige Waffen hervorragten, ergoß sich zwischen die Mauern wie eine Viehherde in einen Pferch. Der Exodus hatte seine elementare Gewalt verloren, war nur noch eine hilflose Menge.

Dank dem Milizmann konnte Attignies, der immer noch auf dem Esel saß, bis zum Telefonamt vordringen. Die Drähte waren zerschnitten.

Nachdem Pol die Verwundeten am Fuße der Mauer hatte niederlegen lassen, fragte er die Milizleute, wo er Lastwagen auftreiben könne. »In den Bauernhöfen. Aber es gibt kein Benzin!« Er eilte zum ersten Bauernhof, fand ein Lastauto, aber der Treibstoffbehälter war leer. Er lief weiter, holte einen Eimer, und es gelang ihm, einen Teil des im Tank des Flugzeugs noch vorhandenen Treibstoffs in ihn abzufüllen. Darauf ging er zum Gehöft zurück. Immer seinen Eimer mühsam im Gleichgewicht haltend, immer am Rande des unabsehbaren Flüchtlingszugs der Bauern, immer in Erwartung der feindlichen Lastwagen, die den in die Luft gesprengten unweigerlich nachfolgen mußten, kam er nur langsam vorwärts. Endlich war er da und versuchte, das Lastauto in Gang zu setzen: Der Magnetzünder war gebrochen.

Er lief zum nächsten Bauernhof. Sembrano, der zweifelte, daß Attignies in dem Wirrwarr Erfolg haben würde, setzte mehr Hoffnung auf ein zufällig vorhandenes Fahrzeug als auf eines, das ihnen erst geschickt werden mußte. In dem villenähnlichen, völlig ausgeräumten Gebäude, in dem die maurischen Kacheln und die falsche Romantik der von Papageien bevölkerten Fresken auf die Feuersbrunst zu warten schienen, wirkte die Erschütterung des Bodens durch die fliehende Menge wie eine ständige Drohung des sich nähernden Feindes. Diesmal wurde er von Sembrano begleitet, der seinen von einem spanischen Maschinengewehrschützen fest gewickelten rechten Arm in der linken Hand hielt. Als sie ein Lastauto gefunden hatten, hob Sembrano die Motorhaube: Die Treibstoffleitung war zerstört. Alle Wagen waren systematisch unbrauchbar gemacht worden, damit die Faschisten sie nicht benutzen konnten. Sembrano, der sich über den Motor gebeugt hatte, richtete sich mit offenem Mund und halb geschlossenen Augen wieder auf – ein fassungsloser Voltaire – und bewegte sich, nach wie vor mit offenem Munde, mit dem Schritt eines groggy geschlagenen Boxers, in Richtung auf das nächste Gehöft.

Mitten auf einem Feld hörte er seinen Namen rufen. Der spanische Maschinengewehrschütze, noch immer blutbeschmiert, das Gesicht ganz rund wie ein jubilierender Apfel, kam, vor Freude hüpfend, auf ihn zugerannt. Attignies war mit einem Auto da. Die republikanischen Jagdflieger hatten das Spital benachrichtigt. Sembrano und Pol brachten die Verwundeten auf dem Boden des Wagens und auf dem Rücksitz unter: Der Maschinengewehrschütze blieb bei ihnen.

Ein Arzt, der Chef des kanadischen Bluttransfusionsdienstes, war in dem Auto mitgekommen.

Seit das Flugzeug abgestürzt war, hatte keiner der Flieger von der bevorstehenden Ankunft der Faschisten gesprochen; und doch sah jeder von ihnen, genau wie Attignies, die motorisierten Kolonnen, die sie bei ihrem Auszug aus Málaga mit Bomben beworfen hatten, im Geiste vor sich.

Das vorn dicht besetzte Auto schien hinten leer zu sein. Alle Kilometer wurde es von Milizmännern aufgehalten, die ihnen Frauen mitgeben wollten, aber wieder vom Trittbrett stiegen, wenn sie die Verwundeten sahen. Anfangs hatte die Menge gemeint, die Komitees seien auf der Flucht. Als sie dann in jenem scheinbar leeren Auto die darin liegenden Verwundeten sah, gewöhnte sie sich daran, dem Wagen düster und freundschaftlich nachzublicken. Reyes röchelte. »Wir wollen es mit Blutübertragungen versuchen«, sagte der Arzt zu Attignies, »aber ich habe wenig Hoffnung.« Am Rande der Straße lagen so viele hingestreckt, daß es unmöglich war, zu unterscheiden, ob es sich um Verwundete oder um Schlafende handelte. Oft legten sich Frauen unmittelbar vor dem Auto quer über die Chaussee; der Arzt stieg aus und redete auf sie ein; sie kamen, blickten in den Wagen, ließen ihn schweigend weiterfahren und warfen sich wieder hin, um auf den nächsten zu warten.

Ein Alter, der nur aus Sehnen und Knochen bestand, von jener knotigen Verschrumpftheit, die es nur bei Bauern zu geben scheint, rief sie an; er trug auf seinem linken Arm ein wenige Monate altes Kind. Sicher gab es längs dieser Chaussee viel vergleichbares Elend, aber vielleicht rührt die Schwäche eines Kindes das menschliche Herz eher als die Hilflosigkeit anderer. So ließ der Arzt trotz dem Röcheln Reyes' den Wagen halten. Es stellte sich als unmöglich heraus, den Bauern im Innern unterzubringen; er hockte sich, das Kind noch immer im linken Arm, auf den Kotflügel, fand aber nichts, woran er sich hätte festhalten können. Pol, der auf dem andern Kotflügel saß und mit der rechten Hand den Türgriff gefaßt hielt, streckte ihm die linke Hand hin, die der Alte ergriff. Der Chauffeur sah sich fast immer genötigt, den Wagen in halb aufgerichteter Stellung zu lenken, denn die Hände der beiden trafen sich vor der Windschutzscheibe.

Der Arzt und Attignies konnten von den beiden die Augen nicht lassen. Vor den Liebesszenen im Theater und im Kino fühlte sich der Doktor stets als indiskreter Zuschauer. So war es auch hier: Der Anblick dieses fremden Arbeiters, der nächstens wieder kämpfen würde und jetzt angesichts des fliehenden Volkes das Handgelenk des andalusischen Bauern umfaßt hielt, machte ihn verlegen, und er bemühte sich, nicht hinzusehen. Und dennoch fühlte er sich im tiefsten Wesensgrund mit jenen beiden Händen verbunden – demselben Teil seines Innern, der ihn soeben den Wagen hatte anhalten lassen und der selbst unter den primitivsten Erscheinungsformen den Anruf der Mutterschaft, der Kindheit oder des Todes erkennt.

»Halt!« brüllte ein Milizmann. Der Chauffeur verlangsamte sein Tempo nicht. Der Milizmann legte auf den Wagen an.

»Verwundete Flieger!« rief der Chauffeur.

Der Milizmann sprang auf das Trittbrett. »Halt, zum Teufel!«

»Verwundete Flieger, wenn ich's dir doch sage, du Schafskopf! Hast du denn keine Augen?« Ein kurzer Wortwechsel, den die Verwundeten nicht verstanden, und der Milizmann schoß. Der Chauffeur fiel vornüber auf das Lenkrad. Das Auto wäre beinahe gegen einen Baum gefahren. Der Milizmann hielt an, sprang ab und ging auf der Straße davon.

Ein anarchistischer Milizmann mit rot-schwarzem Käppi, einen Säbel an der Seite, sprang jetzt in den Wagen. »Warum hat euch dieser rohe Bursche angehalten?« fragte er.

»Ich weiß es nicht«, antwortete Attignies. Der Anarchist sprang wieder heraus und lief dem andern nach. Beide verschwanden hinter Bäumen mit in der Sonne dunkelgrün glänzendem Laub. Das Auto blieb führerlos zurück. Keiner der Verwundeten konnte fahren. Der Anarchist erschien wieder, als käme er aus der Kulisse, in der Hand hielt er den von Blut geröteten Säbel. Er holte aus dem Auto den toten Chauffeur heraus, legte ihn am Straßenrand nieder, nahm den Platz vor dem Lenkrad ein und fuhr los, ohne weiter zu fragen. Zehn Minuten später drehte er sich um und zeigte auf seinen blutigen Säbel.

»Schweinehund! Volksfeind! Der fängt nicht wieder an.«

Sembrano zuckte angewidert die Achseln.

Der Anarchist wendete ärgerlich den Kopf ab. Er fuhr und tat, als ob er seine Nachbarn nicht sähe; er fuhr nicht nur sorgsam, sondern auch vorsichtig, bemüht, das Rütteln des Wagens zu vermeiden.

»Das nenne ich mir einen tüchtigen Milizmann!« sagte Pol, dessen Gesicht ganz nahe dem rot-schwarzen Käppi war, auf französisch.

»Sobald er ausgeschmollt hat, wird er uns sicherlich was erzählen!«

Attignies betrachtete das verschlossene und feindselige Gesicht des Anarchisten hinter den beiden vor der Windschutzscheibe vereinten Händen.

Endlich langten sie vor dem Spital an.

Ein leeres Spital, noch voll von Apparaten, Bandagen und allen Zeichen des Leidens, das hier durchgegangen war. Es schien, als ob in den ungemachten, oft noch blutbeschmierten Betten, deren Leere so grausam gesprenkelt war mit Spuren, noch frisch von Gegenwart, nicht lebendige oder sterbende Menschen gelegen hätten, ein jeder mit seinem besonderen Gesicht, sondern die Verwundungen selbst – da war das Blut an der Stelle des Armes, des Kopfes, des Beines. Der reglosschwere Glast des elektrischen Lichts verlieh dem ganzen Saale den Anschein der Unwirklichkeit, und das einheitliche Weiß hätte etwas vom Traum gehabt, wäre ihm nicht durch die Blutflecken und durch einige Körper von Menschen der Stempel der Realität gewaltsam aufgedrückt worden. Drei nicht transportfähige Männer erwarteten, den Revolver neben sich, die Faschisten.

Diesen drei blieb nichts, als darauf zu warten, ob der Tod von selbst oder durch die Hand der Feinde zu ihnen käme, es sei denn, daß ein Sanitätsflugzeug sie holte. Schweigend sahen sie die Neuen hereinkommen: den großen kraushaarigen Pol, Sembrano mit der vorgeschobenen Unterlippe und die anderen, die nur noch das Gesicht der vom Schmerz Gezeichneten hatten. Und die Brüderlichkeit der Schiffbrüchigen erfüllte den Saal.

ZWEITES KAPITEL

Guadalajara

Vierzigtausend Italiener in vollständig motorisierten Einheiten samt Tanks und Flugzeugen hatten bei Villaviciosa die republikanische Front durchbrochen. Es handelte sich nun für sie darum, durch die Täler des Ingria und des Tajuna hinabzusteigen, Guadalajara und Alcalá de Henares zu nehmen, sich dann mit der bei Arganda aufgehaltenen Südarmee Francos zu vereinigen und so Madrid von jeder Verbindung abzuschneiden.

Die Italiener, noch ganz hitzig von Málaga, fanden vor sich keine fünftausend Mann. Aber in Málaga hatten sich die Milizen wie in Toledo geschlagen, und hier schlug sich die Armee wie in Madrid. Am elften brachten die Spanier, Polen, Deutschen, Franko-Belgier und Garibaldianer der Ersten Brigade – der Zahl nach eins gegen acht – den italienischen Angriff zu beiden Seiten der Straßen nach Saragossa und nach Brihuega zum Stehen.

Kaum brach das erste bleiche Morgenlicht unter den schweren Schneewolken hervor, als schon die ersten Granaten die Baumgruppen und den spärlichen Wald zu zerhacken begannen, auf den sich die Deutschen des Bataillons *Edgar André* und die schnell zusammengerafften Freiwilligen stürzten. Von einer einzigen Granate aus der Erde gehoben, sprangen Olivenbäume mitsamt den Wurzeln hoch, stießen an den niedern Himmel, der seinen Schnee nicht hergeben wollte, und fielen mit brechenden Ästen, die beim Zersplittern wie Papier knisterten, wieder zurück.

Die erste italienische Angriffswelle kam heran. »Kameraden«, sagte ein Polit-Kommissar, »das Schicksal der Republik wird sich in den nächsten zehn Minuten entscheiden.« Alle Schützen von der Abteilung der schweren Maschinengewehre blieben tot auf ihren Geschützen, die sie, kurz bevor sie starben, unbrauchbar machten. Den Republikanern gelang es, unter dem feindlichen Feuer eine Verteidigungslinie zu errichten und ihre Flanken zu verstärken.

Zuweilen explodierten die Granaten der Faschisten nicht.

Dann stand der Kommissar der neuen Kompanie auf und rief: »Ein Hurra auf die in Mailand wegen Sabotage erschossenen Munitionsarbeiter!«

Alle erhoben sich und stimmten ein, die Arbeiter der Waffenfabriken freilich nur zögernd, denn sie wußten, daß Granaten nicht immer explodieren.

Dann kamen die faschistischen Tanks.

Aber die Internationalen und die Dinamiteros hatten sich in der Schlacht am Jarama an die Tanks gewöhnt. Sobald die Tankwagen auf offenes Terrain gelangten, zogen sich die Deutschen in den Wald zurück und kamen nicht wieder heraus. Die Tanks hatten Maschinengewehre, aber die Deutschen hatten auch welche, so daß sich vor den eng beieinanderstehenden Bäumen die Tankwagen wie riesige Hunde vergeblich herumtrieben; nur ab und zu hüpfte eine kleine Eiche bis an die Schneewolken.

Von dem beschossenen Wald aus nagelten die flämischen Maschinengewehre die feindlichen Angriffslinien am Boden fest. »Solange wir Niete für unsere Niethämmer haben, ist alles in Ordnung«, brüllte der Chef der Maschinengewehrschützen durch das gewittergleiche Tosen, gemischt aus dem Dröhnen der Kanonen, den Gewehrschüssen, den MG-Salven, dem Krepieren der Explosivgeschosse, dem scharfen Pfeifen der Tankgranaten und dem beängstigenden Brummen der Flugzeuge, denen es nicht gelang, aus den tiefliegenden Wolken hervorzustoßen.

Am Abend griffen die Italiener mit Flammenwerfern an und kamen ebensowenig durch wie mit den Tanks.

Am Zwölften griffen die italienischen Stoßtruppen wiederum an und stießen auf die Brigaden des 5. Korps, auf die von Manuel, auf die Franzosen und Deutschen. Als der Tag zu Ende ging, waren die Italiener auf ein enges Gelände zusammengedrängt, ihre Zugangswege verstopft; ihr Proviant, ihre schwere Munition gelangten nicht mehr an die Front, und es begann zu schneien. Die Landstraße war noch immer bedroht, aber die Italiener waren es nicht minder.

Am Dreizehnten hörte der Schneefall auf, und die Soldaten kamen vor Kälte fast um.

In der Nacht trafen zur Verstärkung die spanischen Brigaden aus Madrid, die Reserven der Internationalen und die Karabiniere von Ximenes ein. Die Republikaner waren nur noch einer gegen zwei. Die Internationalen gingen in tadelloser Montur, wenn auch nicht gut bewaffnet, an die Front; parallel mit ihnen rückten auf der andern Seite der Straße die Leute Manuels und der Brigade Lister in Bastschuhen vor. Noch nie seit drei Monaten in all den gemeinsamen Kämpfen hatten sich Siry und Maringaud (die jetzt dem französisch-belgischen Bataillon zugeteilt waren) den Spaniern so verbunden gefühlt wie an diesem eisigen Märzabend, an dem, bis nachts der Schneefall einsetzte, das Volksheer in zerfetzten Bastschuhen dem von Geschossen durchzuckten Horizont entgegenstieg. Zuweilen bellte ein schweres Geschütz in schnellerem Tempo; dann antworteten ihm viele andere, genau wie vorzeiten die Hunde in den Gehöften von Guadalajara. Je stärker das Dröhnen der Kanonen wurde, um so enger preßten sich die Menschen aneinander.

Am Vierzehnten griffen die Truppen des 5. Korps und Manuels Leute Trijueque an und nahmen es ein. Die andere Flanke des Feindes war von dem Palast Ibarra gedeckt, in dem hinter jedem Fenster ein leichtes Maschinengewehr postiert war. Die Franko-Belgier und die Garibaldianer suchten ihn seit zwei Uhr nachmittags zu stürmen.

Sechzig Prozent der Garibaldianer waren über fünfundvierzig Jahre alt.

Jetzt konnten sie durch die Bäume des Waldes in dem sinkenden Abend und dem neuerlich einsetzenden Schneetreiben von dem niedrigen Palast mit dem flachen Dach nur das kurze Aufflammen der Schüsse sehen. Das Feuer ließ allmählich nach; sie hörten nur noch vereinzeltes Knallen. Und eine gewaltige Stimme, die sich zur Menschenstimme verhielt wie die Kanone zur Flinte, begann dröhnend in italienischer Sprache: »Kameraden! Arbeiter und Bauern Italiens! Warum kämpft ihr gegen uns? Ihr wißt doch, daß jeder Lärm, der diesen Lautsprecher übertönt, todbringend ist. Wollt ihr sterben, um die Arbeiter und Bauern Spaniens daran zu hindern, frei zu leben? Man täuscht euch, Kameraden! Wir . . .«

Der wilde Ausbruch der Kanonen und des Granatfeuers übertönte die Stimme des republikanischen Lautsprechers, der, einem liegenden Petroleumtank nicht unähnlich und größer als das Lastauto, das ihn trug, sich beinahe allein und verlassen hinter der Wand des Waldes befand, aber doch ein lebendiges Wesen war, denn er sprach. Und dieses Gebrüll, das zwei Kilometer weit hallte, diese Stimme, geeignet, den Weltuntergang zu verkünden, rief in der Einsamkeit sehr langsam und deutlich, damit jedes Wort verständlich sei, in die Dämmerung und in die im Kugelregen und Schneefall brechenden Äste der Bäume hinein.

»Kameraden! Diejenigen von den Euren, die bei uns gefangen sind, werden euch sagen, daß die ›roten Barbaren‹ ihnen ihre Arme weit geöffnet haben, diese Arme, die noch bluteten von den Wunden, die ihr ihnen geschlagen . . .«

Durch den Wald und den Schnee, die von der Stimme des Lautsprechers erfüllt waren, marschierte eine faschistische Patrouille. Ein Schuß: Einer der Faschisten fiel.

»Werft eure Waffen weg!« rief es während einer kurzen Feuerpause auf italienisch.

»Stellt doch das Schießen ein, ihr verdammten Schafsköpfe!« rief der Offizier. »Das sind doch wir!«

»Werft eure Waffen weg!«

»Aber wenn ich euch doch sage, daß wir es sind!«

»Wir wissen es. Werft eure Waffen weg!«

»Werft doch ihr die euren weg!«

»Wir zählen jetzt: eins, zwei, drei. Bei drei schießen wir.«

Die Soldaten der Patrouille begannen zu begreifen, daß die Italiener, mit denen sie sprachen, nicht zu den Ihren gehörten.

»Eins! Ergebt euch!«

»Niemals!«

»Zwei! Ergebt euch!«

Die Patrouille legte die Waffen nieder.

Die Garibaldianer griffen den Palast von der einen Seite an, die Franko-Belgier von der andern. Über dem Wald stieg eine Rakete auf und erhellte grell die schwarzen Zweige unter dem Schneegestöber.

Ein Baum mit tiefem, engstehendem Geäst machte einen Hopser. Während er in einiger Entfernung mit splitternden Ästen wieder zu Boden fiel, sah Siry, wie fünf seiner Gefährten liefen und vier von ihnen stürzten. Der Kopf seines Nachbarn zur Rechten verschwand, die Kugeln wühlten überall die Erde auf, ein Kerl, der auf etwas zeigte, zog schnell die Hand zurück: Sie war blutig. Noch ehe Siry ganz begriffen hatte, daß er sich nach dem Verschwinden des Baumes direkt im Schußfeld eines Fensters des Palastes Ibarra befand, trabte er schon davon. Er zog die Rückenmuskeln krampfhaft zusammen, als wollte er dadurch die Kugeln am Eindringen hindern. In einem plötzlichen Anfall von gesundem Menschenverstand warf er sich platt auf den Bauch, und zwar unmittelbar neben einem auf dem Rücken liegenden Leutnant, der sich halb aufrichtete, aber gleich darauf mit einem überraschten, stöhnenden »Oh!« wieder zurückfiel. »Was hat er denn?« fragte Siry, gewissermaßen in die Kulisse hinein. »Ist er verwundet?« – »Tot«, antwortete eine Stimme. Siry hatte sich mit seinen Kameraden der Umfassungsmauer des Palastes genähert, aber die große Lücke, die durch die Entwurzelung des Baumes entstanden war, lenkte auf sie die Schüsse aus zwanzig Fenstern, die samt und sonders mit leichten Maschinengewehren garniert waren. Die Soldaten wichen zurück, krochen krebsend, den Bauch auf dem Boden, als hätten sie alle Bauchschüsse. Ein Bursche zog einen andern weg, ungeschickt wie ein großer Käfer, langsam, Schrecken auf dem Gesicht, aber er ließ ihn nicht zurück. Siry, der, den Kopf auf den linken Arm gestützt, dalag, hörte durch den Lärm der Kanonen, der Gewehre, der Maschinengewehre und der Explosivgeschosse das leise Ticken seiner Uhr: Solange er diesen Laut vernahm, war er am Leben. Er hatte das unbestimmte Gefühl, daß er etwas zu verbergen hatte, ähnlich seiner Furcht vor dem Flurwächter, wenn er als Knabe Birnen stahl. Endlich gelangte er in Deckung, zugleich mit dem Mann, der einen Verwundeten hinter sich herzog.

Maringaud war von der Mauer, die den Palast umfaßte, zehn Meter entfernt; von da aus konnte man Handgranaten werfen. In Nacht und Schnee liefen die Schüsse der Feinde über die Kappe der Mauer und über den Boden hin, blitzten in jedem Fenster, als stünde das Gebäude in Brand. Der dicke Maringaud schoß und schoß auf das rote Aufleuchten und auf die Detonationen und fühlte sich seelenruhig.

Jemand beugte sich von rückwärts über ihn: sein Hauptmann. »Brüll doch nicht so, du verrätst deine Position!« Einer der Internationalen schien mit beiden Händen wie an die Mauer des Palastes angeklebt, sicherlich war er tot. Inmitten des Getöses der Maschinengewehre, der Handgranaten, des sinnlosen Gebrülls, der schweren Geschosse rückte Maringaud vor, ohne zu feuern aufzuhören, seine Kameraden zur Rechten taten das gleiche. Wieder eine Rakete zwischen den Bäumen; ihr Licht fiel auf die zuckenden Flecken der Handgranaten, Äste, einen abgerissenen Arm mit gespreizten Fingern. Maringauds Gewehr brannte. Er legte es auf den Schnee und begann Handgranaten zu werfen, die ihm ein verwundeter Internationaler reichte. Ein anderer öffnete und schloß abwechselnd den Mund, wie ein Fisch auf dem Trockenen. Drei andere schossen. Noch zwei Meter: Er war jetzt ganz nahe der

Mauer mit seinen Handgranaten und einer Zigarette im Mund, die er zu rauchen glaubte.

»Was treiben denn die Leute links?« rief eine gebieterische Stimme durch das Schneegestöber. »Schneller schießen!«

»Sie sind tot«, antwortete eine andere Stimme.

Die mutigsten unter den Faschisten versuchten die Mauer zu verteidigen, und ihre Scharfschützen hatten das Gefühl, schlecht zu zielen, weil die Garibaldianer und die Franko-Belgier, in ihrer Wut und vor Kampfbegier und Schnee halb verrückt, auf die Mauer losrannten und erst einige Sekunden, nachdem sie getroffen worden waren, umsanken. Plötzlich erschallte ein beängstigendes Geschrei, das aus dem Palaste oder vom Walde herkam, und eine sekundenlange Stille trat ein, als beim Lichte einer aufsteigenden Rakete die Faschisten und die in allen Winkeln Siziliens zusammengelesenen Hungerleider sich im bläulich schimmernden Schnee einem Sturmangriff der ältesten Garibaldianer mit ihren grauen Schnauzbärten gegenübersahen. Dann setzte das Getöse wieder ein. Hatten die Angreifer die Mauer erreicht? Oder griff die geheimnisvolle Stille, die in Cafés und Volksversammlungen zuweilen über dem Raume schwebt, auch hier um sich? Das rasende Gebelfer der Explosionen schien plötzlich fortgeweht zu werden, zugleich mit den wirbelnden Schneeflocken, die ein wütender Wind gegen den schwarzen Himmel zurücktrieb. Und in diese Stille hinein (auf die die Leute vom Lautsprecher gewartet hatten) vernahmen die Faschisten, die Garibaldianer und die Franko-Belgier die Worte: »Hört auf mich, Kameraden, hört auf mich! Es ist alles Lüge! Glaubt mir, ich bin es, Angelo, der zu euch spricht. Erstens mal haben sie Tanks, ich hab' sie selbst gesehen! Und Kanonen haben sie auch! Und Generäle, sie haben uns verhört! ... Und es ist nicht wahr, daß sie uns erschießen! Ich bin es, Angelo, der euch das sagt! Ich bin noch nicht erschossen! Im Gegenteil. Man hat uns einfach angeschwindelt und will uns alle in den Tod schicken. Lauft über, Kinder, lauft über!«

Siry, der an der Mauer stand, lauschte. Die Garibaldianer lauschten; Maringaud und die Franko-Belgier errieten den Sinn der Rede. Alle leichten Maschinengewehre der Faschisten knatterten Antwort. Der Wind hatte nachgelassen, und wiederum fiel der Schnee unbeirrt und lastend.

Siry stand an der Ecke der Mauer. Etwas weiter unter den Bäumen gab es Hütten; die rechts gehörten den Republikanern, die links den Faschisten. Und Siry hörte die Stimmen der am Vortag gemachten Gefangenen, die jetzt an der Seite der Garibaldianer kämpften. Wie leise klangen doch diese Stimmen nach dem Dröhnen des Lautsprechers, beinahe wie die von Verwundeten!

»Carlo, Carlo!« rief es durch den Schnee, »sei kein Dummkopf, bleib doch nicht dort drinnen! Ich Guido, bin's! Du brauchst nicht für dein Leben zu fürchten, ich werde alles in Ordnung bringen.«

»Kanaillen, Verräter!«

Ein Befehl erscholl. Eine Salve der Maschinengewehre folgte.

»Bruno, wir sind's, deine Freunde! Schieß nicht!«

Das Kampfgetöse wurde bald stärker, bald schwächer, wogte zugleich mit dem Schneetreiben auf und ab, als regierte der Wind nicht nur den Tanz der Flocken, sondern auch die Schlacht. Maringaud warf seine letzte Handgranate und griff wieder zu seinem Gewehr, das ihm im gleichen Augenblick aus den Händen gerissen wurde, während seine drei Gefährten, die Arme an den Leib gepreßt, in einer Flamme in die Luft flogen. Er lief zur Mauer, drückte sich eng an sie und hob das Gewehr des Kameraden auf, der mit beiden Händen an den Steinen haftete.

Es hörte auf zu schneien.

Abermals trat eine plötzliche Stille ein, wie wenn die Elemente stärker wären als der Krieg, wie wenn die Beruhigung, die von dem von Flocken nicht mehr verschleierten Winterhimmel ausströmte, sich auch dem Kampf der Menschen mitteilte. Eben schob sich aus einem großen Wolkenriß der Mond heraus, und der Schnee, der im Licht der Raketen immer bläulich ausgesehen hatte, war zum ersten Male weiß. Im Rücken der Internationalen, auf einem Gelände, das ganz aus kleinen umfriedeten Anwesen und gestaffelten Mäuerchen bestand, griffen die Polen mit blanker Waffe an. Nicht in Massen, sondern in kleinen Einzelgruppen, die an den niedern, halb unter dem Schnee begrabenen Mauern Deckung fanden. Die Franko-Belgier und die Garibaldianer konnten sie kaum sehen, aber jedesmal, wenn der Vorstoß mit dem Bajonett aufhörte, war das Näherrücken ihres Feuerns deutlich zu vernehmen, so daß diese beinahe unsichtbaren Männer, deren Gewehrschüsse unter dem Toben der Detonationen und Explosionen wie eine unterirdische Attacke hartnäckig näher kamen, den wie eine ungeheure, schneebedeckte Treppe ansteigenden Hang durch den großen, niederwallenden Schleier friedlich im Mondschein glitzernder Flöckchen erklommen, als wären sie eine jener geheimnisvollen Heerscharen, wie sie in alten Sagen die Götter schicken.

Aus der Ferne hörte Siry das unverständliche Gebell eines spanischen Lautsprechers, durch welchen Vater Barca, Manuels und Garcías alter Freund, sprach.

Und plötzlich fragten sich Siry und Maringaud und die Franko-Belgier und die Garibaldianer, die an ihrer Seite kämpften, ob sie ihren Ohren trauen dürften: aus dem Palast ertönte ein Gesang, den sie nur allzu gut kannten. Die Internationalen griffen von drei Seiten her an, und es war durchaus möglich, daß andere Kompanien in das Gebäude eingedrungen waren, während sie selbst hier an der Umfassungsmauer festgehalten wurden. Andrerseits erinnerten sich alle daran, wie in der Schlacht am Jarama die Faschisten die Internationale sangen, dieselben Faschisten, die später in ihren Schützengräben den Tod gefunden hatten. »Werft erst mal eure Waffen weg!« riefen sie. Keine Antwort: Das Artilleriefeuer dauerte an, das Schießen ließ nach, das Schneetreiben wurde dichter. Aber hinter diesem weißen Gestöber waren die roten Flämmchen in den Fenstern des Palastes erloschen, und der Gesang ertönte noch immer. Französisch oder Italienisch? Es war unmöglich, ein Wort zu verstehen . . . Sie wurden nicht mehr beschossen. Und durch die der Äste beraubten Bäume rief der Lautsprecher in spanischer Sprache: »Stellt das Feuer ein. Der Palast Ibarra ist genommen.«

Und alle hatten geglaubt, daß sie am nächsten Morgen erneut würden angreifen müssen.

Am folgenden Abend an der östlichen Front

Das Telefon des Flugplatzes war in einem Schilderhäuschen untergebracht. Magnin, den Hörer am Ohr, sah zu, wie der *Canard* in dem von der Abendsonne beschienenen Staub langsam landete.

»Hier Einsatzleitung. Haben Sie zwei Maschinen zur Verfügung?«

»Jawohl.«

Die täglich gegen Teruel verwendeten, mit unzureichenden Ersatzteilen geflickten Maschinen waren jetzt beinahe ebenso unzuverlässig wie in den Zeiten von Talavera. Die Reparaturmannschaft mußte sich unausgesetzt mit den Vergasern befassen.

»Kommandant García schickt Ihnen einen Bauern aus der Gegend nördlich von Albarracin. Er hat heute nacht die faschistischen Linien überschritten. Es soll bei seinem Dorfe einen mit vielen Maschinen besetzten Flugplatz geben. Und zwar ohne unterirdische Hangars.«

»Ich glaube ohnehin nicht an die unterirdischen Hangars der Feinde. Ebensowenig wie an die unseren. Ich habe das schon in meinem gestrigen schriftlichen Bericht erwähnt. Wir haben den Flugplatz an der Straße nach Saragossa vergeblich bombardiert, weil die Flugzeuge sich auf den geheimen Flugplätzen befinden, nicht, weil sie unter der Erde sind.«

»Wir schicken Ihnen also den Bauern. Befassen Sie sich mit dieser Sache und rufen Sie wieder an.«

»Hallo!«

»Hallo? Noch etwas?«

»Wer bürgt mir für diesen Bauern?«

»Der Kommandant. Und ich glaube, auch sein Verband.«

Eine halbe Stunde später brachte ein Unteroffizier von der Einsatzleitung den Bauern. Magnin ergriff ihn am Arm und ging mit ihm neben dem Flugplatz auf und ab. In den letzten Strahlen des sinkenden Tages beendeten die Flugzeuge ihre Probeflüge.

Bis an den Kamm der Hügel breitete sich Abendfriede – Abend über großen leeren Flächen, Abend über dem Meer, über Flugplätzen. Wo hatte Magnin dieses Gesicht schon gesehen? Überall. Es war das Gesicht der spanischen Zwerge. Aber der Mann war robust und größer als er.

»Du hast die Linien überschritten, um uns zu helfen. Ich danke dir im Namen von uns allen.«

Der Bauer lächelte. Es war das feine Lächeln der Verwachsenen.

»Wo sind die Flugzeuge?«

»Sind im Wald.« Der Bauer hob den Zeigefinger. »Im Wald.« Er betrachtete zwischen den Olivenbäumen die leeren Streifen, wo die Internationalen ihre Flugzeuge versteckten. »Solche Rinnen, genau wie hier. Aber viel tiefer, weil es dort ein richtiger Wald ist.«

»Wie ist das Flugfeld?«

»Der Platz, wo sie wegfliegen?«

»Ja.«

Der Bauer blickte um sich.

»Nicht wie hier.«

Magnin zog sein Notizbuch heraus. Der Bauer begann das Feld zu zeichnen.

»Ist es sehr schmal?«

»Nicht breit, aber die Soldaten arbeiten tüchtig, sie wollen es vergrößern.«

»In welcher Richtung verläuft das Flugfeld?«

Der Bauer schloß die Augen und markierte mit ausgebreiteten Armen eine Wetterfahne.

»In Richtung des Ostwinds.«

»Hm – aha! Dann läge also der Wald westlich vom Flugfeld? Bist du ganz sicher?«

»Kannst dich drauf verlassen.«

Magnin schaute auf die Windfahne: Über den Olivenbäumen kam der Wind in diesem Moment von Westen. Nun müssen auf einem kleinen Flugplatz die Flugzeuge gegen den Wind starten. Wenn in Teruel der gleiche Wind herrschte wie hier, waren diese Flugzeuge im Falle eines Angriffs genötigt, mit dem Wind im Rücken aufzusteigen. »Weißt du noch, welcher Wind gestern war?«

»Aus Nordwest. Die Leute haben gesagt, daß es regnen wird.«

Demnach befanden sich die Flugzeuge vermutlich noch immer an Ort und Stelle. Wenn dieser Wind anhielt, würde alles gut gehen.

»Wieviel Flugzeuge sind dort?«

Der Bauer hatte über der Stirnmitte einen hochstehenden Schopf wie ein Kakadu. Wieder hob er den Zeigefinger.

»Weißt du, ich, ich hab' sechs kleine gezählt. Freunde von mir haben sich auch dort umgesehen. Sie sind über die Zahl nicht ganz einer Meinung. Wenigstens ebenso viele große, sagen sie. Wenigstens. Es können auch mehr sein.«

Magnin überlegte. Er zog eine Karte aus der Tasche, aber, wie er sich gleich gedacht hatte, kannte der Bauer sich darauf nicht aus.

»Davon versteh' ich nichts. Aber nimm mich doch ganz einfach in deine Maschine, und ich zeig' es dir.«

Jetzt begriff Magnin, warum García für den Bauern bürgte.

»Bist du schon einmal mit einem Flugzeug gefahren?«

»Nein.«

»Ist dir nicht bange davor?«

Der Bauer verstand nicht recht.

»Ich meine, ob du Angst hast.«

Der Bauer dachte nach.

»Nein.«

»Wirst du den Flugplatz wiedererkennen?«

»Ich wohne doch im Dorf seit achtundzwanzig Jahren. Und ich habe in der Stadt gearbeitet. Finde mir die Straße nach Saragossa, und ich finde dir den Flugplatz. Kannst dich drauf verlassen.«

Magnin schickte den Bauern in das Schloß und rief neuerlich die Einsatzleitung an.

»Es scheint, daß ungefähr zehn feindliche Flugzeuge dort sind ... Zweifellos wäre es am günstigsten, bei Tagesanbruch zu bombardieren; aber ich habe für morgen früh nur zwei mehrsitzige Maschinen, und die Jagdflieger befinden sich alle über Guadalajara. Ich kenne die Gegend recht gut, und die Sache würde sich lohnen. In dieser Jahreszeit ist das Wetter dort selten ganz klar ... Ich würde also folgendes vorschlagen: Ich telefoniere um fünf Uhr früh mit der meteorologischen Station in Sarrion, und wenn das Wetter ein bißchen diesig ist, wage ich das Unternehmen.«

»Oberst Vargas überläßt Ihnen die Entscheidung. Falls Sie

starten, würde er Ihnen das Flugzeug von Hauptmann Moros zur Verfügung stellen. Vergessen Sie auch nicht, daß Sie in Sarrion vielleicht Jagdflieger zur Deckung vorfinden.«

»Gut, danke ... Ah, noch etwas. Ein Start in der Dunkelheit ist eine schöne Sache, aber unser Flugplatz hat keine Beleuchtungsvorrichtung. Haben Sie Scheinwerfer?«

»Nein.«

»Sicher nicht?«

»Sicher nicht. Wir werden dauernd danach gefragt.«

»Und beim Kriegsministerium?«

»Steht die Sache genauso.«

»Mhm – aha! Autos vielleicht?«

»Sind alle im Einsatz.«

»Na schön. Ich will sehen, was sich machen läßt.«

Er rief das Kriegsministerium an. Die Antwort war die gleiche. Er stand demnach vor der Aufgabe, in der Dunkelheit von einem kleinen unbeleuchteten Flugplatz aufzusteigen. Wenn man auf drei Seiten Autos aufstellte, ging es vielleicht ... Also handelte es sich jetzt darum, die Autos aufzutreiben. Magnin setzte sich in das seine und fuhr durch die dunkle Nacht zum Komitee des nächsten Dorfes. Requirierte Gegenstände aller Art, Nähmaschinen, Bilder, Hängelampen, Betten, dazu noch mancherlei Gerümpel, zwischen dem im Scheine der Stehlampen, die auf einem Tisch im Hintergrund brannten, die Stiele von Werkzeugen hervorstachen – all das verlieh dem Raume den Aspekt einer systematisch geordneten Ausstellung von Beutegut, wie ihn meist Auktionshallen aufweisen. Die Bauern zogen einer nach dem andern an dem Tisch vorbei. Einer der Verantwortlichen kam auf Magnin zu.

Magnin schüttelte ihm die Hand und sagte: »Ich brauche Autos.«

Der Bauerndelegierte hob wortlos die Arme zum Himmel. Magnin kannte diese Delegierten der Dörfer gut: es waren selten junge Menschen, sondern meist gesetzte und gewitzte Männer (deren Zeit zum guten Teil damit hinging, von ihrem Komitee die Profitmacher abzuwehren), und fast immer waren sie tüchtig.

»Paß auf«, sagte Magnin, »wir haben einen neuen Flugplatz gemacht. Aber wir haben noch keine Beleuchtungsvorrichtungen für das Aufsteigen oder das Landen in der Dunkelheit. Bleibt uns nichts übrig, als den Umriß des Flugplatzes mit den Scheinwerfern von Autos zu markieren. Unser Ministerium hat keine Autos. Das Kriegsministerium hat ebenfalls keine. Du aber hast welche. Also mußt du sie mir für heute nacht leihen.«

»Es wären ein Dutzend nötig, und ich habe nur fünf, davon sind drei Lieferwagen. Wie soll ich sie dir borgen? Allerhöchstens eines . . .«

»Nein, eines nützt uns nichts. Wenn unsere Flugzeuge nach Teruel fliegen, können sie die Faschisten aufhalten. Andernfalls wären die Faschisten dort, und die Milizen wären kaputt. Verstehst du? Darum brauchen wir Autos, gleichgültig, ob Lieferwagen oder nicht. Es geht um Tod und Leben unserer Genossen dort oben. Sag mal, wozu brauchst du eigentlich hier deine alten Ratterkasten?«

»Wenn es nur das wäre! . . . Aber schau, wir haben nicht das Recht, die Autos ohne die Chauffeure auszuleihen. Nun haben die Chauffeure aber bereits fünfzehn Stunden Dienst hinter sich . . .«

»Wenn sie in ihren Karren schlafen wollen, habe ich nichts dagegen. Ich kann die Autos von den Mechanikern des Flugplatzes fahren lassen. Wenn du wünschst, daß ich mit den Chauffeuren rede, werde ich mit ihnen reden, und ich bin sicher, daß sie ja sagen werden. Sie werden bestimmt auch dann ja sagen, wenn du selbst ihnen auseinandersetzt, worum es geht.«

»Heute nacht um vier.«

Der Delegierte besprach sich mit zwei anderen, die hinter dem Tisch mit den Petroleumlampen saßen. Als er zurückkam, sagte er: »Wir werden tun, was wir können. Ich verspreche dir drei. Vielleicht auch mehr, wenn es uns möglich ist.«

Magnin fuhr von einem nächtlichen Dorf zum andern, betrat Gemeindestuben, die wie Trödelbuden aussahen, und weite kalkgetünchte Räume, an deren Wände die Gestalten der Delegierten und der Bauern in schwarzen Kitteln die Fresken ihrer Schatten malten. Die Dorfplätze, die Theaterdekorationen glichen, wurden immer menschenleerer, und die Lichter aus den Kneipen oder einige verspätete Gaslaternen warfen auf die violetten Kuppeln der nicht mehr dem Gottesdienst geweihten Kirchen große irisierende Flecken.

Alle Dörfer zusammen besaßen dreiundzwanzig Autos. Neun wurden ihm zugesagt.

Es schlug halb drei Uhr morgens, als er wieder durch das erste Dorf fuhr. In dem Zwielicht, das die Fassade des Gebäudes erhellte, in dem das Komitee seine Sitzung abhielt, sah er Männer, die, einer hinter dem andern, mit Säcken auf dem Rücken gingen, wie wenn auf Schiffen Kohle geladen wird. Da dieser Zug die Straße überquerte, mußte Magnins Chauffeur halten. Einer der Männer, tief gebeugt unter der Last eines halben gehäuteten Ochsens, keuchte an der Motorhaube des Wagens vorbei.

»Was geht hier vor?« fragte Magnin einen Bauern, der neben der Tür seines Hauses saß.

»Das sind die Freiwilligen.«

»Was für Freiwillige denn?«

»Sie tragen den Proviant. Es wurden Freiwillige für den Transport gebraucht, und unsere Autos sind zur Luftwaffe abgegangen, um Madrid zu helfen.«

Als Magnin zum Flugplatz zurückkam, trafen gerade die ersten Autos ein. Um halb fünf waren zwölf Personenwagen und sechs kleine Lastwagen samt den Chauffeuren da. Einige von ihnen hatten aufs Geratewohl Windlichter mitgebracht.

»Gibt es noch eine Arbeit, die wir machen könnten?«

Einer der Freiwilligen fluchte, niemand wußte warum.

Magnin wies ihnen ihre Plätze an, befahl ihnen, die Scheinwerfer erst einzuschalten, wenn sie die Motoren der Flugzeuge hörten, und begab sich ins Schloß.

Dort erwartete ihn Vargas.

»Magnin«, sagte er, »García ist der Meinung, daß es auf diesem Flugplatz mehr als fünfzehn Flugzeuge gibt.«

»Um so besser!«

»Nein. Denn in diesem Falle wären sie für Madrid bestimmt. Sie wissen doch, daß seit vorgestern in der Gegend von Guadalajara gekämpft wird. Die Feinde haben die Front bei Villaviciosa durchbrochen; wir halten sie bei Brihuega in Schach. Sie wollen auf Arganda vorstoßen.«

»Wer sind diese ›sie‹?«

»Vier motorisierte italienische Divisionen samt Tanks und Flugzeugen.«

Im vergangenen Monat, vom Sechsten bis zum Zwanzigsten, hatte in der mörderischsten Schlacht dieses Krieges der deutsche Generalstab versucht, Arganda vom Süden her zu nehmen.

»Ich reise bei Tagesanbruch wieder ab«, sagte Vargas.

»Auf baldiges Wiedersehen!« erwiderte Magnin, wobei er abergläubisch den hölzernen Griff seines Revolvers berührte.

Fünf Uhr morgens. Es war kalt, wie immer vor Anbruch des Tages.

Magnin wollte Kaffee. Vor dem Schloß, dessen kalkige Farbe in der Dunkelheit blau schimmerte, beleuchtete sein Auto den einen Obstgarten, in dem sich die Schatten der schon startbereiten Internationalen bewegten, die an den Bäumen hochsprangen und Orangen pflückten, weiß wie Reif und blinkend von Tau. Am Ende des Flugfeldes warteten in der Finsternis die Autos.

Während des Appells setzte Magnin den Chefs der Besatzungen den Auftrag auseinander, den sie, sobald die Flugzeuge aufgestiegen waren, weitergeben sollten. Er vergewisserte sich, daß alle Maschinengewehrschützen ihre Handschuhe hatten. Hinter dem Auto, dessen Licht auf die Orangenbäume gefallen war und das bis zum letzten Augenblick die Verbindung zwischen den Flugzeugen sichern sollte, überquerten die Mannschaften, in ihrer schwerfälligen Fliegermontur wie ungeschickte junge Hunde wirkend, das Flugfeld, über dem noch die letzten Düfte der Nacht hingen.

Ein paar Tragflächen waren andeutungsweise gegen den Himmel zu erkennen, die Flugzeuge warteten. Benommen von den unerwarteten Lichtern hier draußen und eher deprimiert als erfrischt von dem Wind, der ihnen das eisige Wasser, mit dem sie sich benetzt hatten, auf dem Gesicht gefrieren ließ, gingen die Männer wortlos mit schleppenden Füßen. Im Frösteln nächtlichen Aufbruchs wird einem jeden bewußt, daß er seinem Verhängnis entgegengeht.

Die Mechaniker begannen beim Licht der Taschenlampen ihre Arbeit. Die Motore des ersten Flugzeuges liefen an. Ganz hinten auf dem Flugplatz leuchteten in der Unbewegtheit der Nacht zwei Scheinwerfer auf.

Noch zwei: Die Chauffeure hatten die Motore der Flugzeuge gehört. Magnin vermochte kaum die fernen Hügel zu erkennen und gerade über seinem Kopf den hohen Bug eines Mehrsitzers zu unterscheiden. Etwas später wurde der Flügel einer andern Maschine über dem bläulichen Kreis eines Propellers sichtbar. Zwei weitere Scheinwerfer wurden eingeschaltet: Diese drei Autos bezeichneten das eine Ende des Flugfeldes. Dahinter waren die Mandarinenhaine, und in derselben Richtung lag Teruel. Dort irgendwo neben einem Kirchhof oder in den Bergschluchten mit den gefrorenen Wasserfällen lag eine internationale Brigade, lagen mit mexikanischen Mänteln ausstaffierte anarchistische Kolonnen und warteten auf den Angriff.

Nun wurden Feuer aus verdorrten Orangen angezündet. Ihr rotes närrisches Flammengezüngel verbreitete zwischen den Scheinwerfern nur ein schwaches Licht, aber ihr bitterlicher Geruch, den der Wind zuweilen über das Flugzeug wehte, hatte etwas Beizendes wie Rauch. Allmählich gingen auch die Scheinwerfer der anderen Autos an. Und Magnin dachte an jenen Bauern, der den halben gehäuteten Ochsen auf seinem Rücken getragen, an alle die anderen Freiwilligen, die das Lebensmittelmagazin wie ein Schiff beluden. Die Scheinwerfer wurden jetzt auf drei Seiten zugleich eingeschaltet; zwischen ihnen waren die Orangenfeuer, um die herum sich Mäntel bewegten. Als eine kurze Weile lang die Motoren der Flugzeuge aussetzten, wurde das Brummen der achtzehn aus den Dörfern geschickten Autos vernehmlich. Inmitten des von den einzelnen Streifen der Lichter noch unangetasteten gewaltigen Schattenkerns schienen die in ihm verborgenen Flugzeuge, die plötzlich alle auf einmal zu dröhnen anhoben, gleichsam Abgesandte der gesamten Bauernschaft Spaniens zum Schutze Guadalajaras.

Magnin startete als letzter. Die drei nach Teruel bestimmten Maschinen zogen hoch über dem Flugfeld hin, ein jeder orientierte sich an den Positionslichtern der andern, um in Formation zu gehen. Das Trapez des Flugplatzes unten war jetzt ganz klein, verschwand in der unermeßlichen Weite der nächtlichen Landschaft, deren Mittelpunkt für Magnin doch diese armseligen Lichter dort unten blieben. Die drei Mehrsitzer wendeten. Magnin knipste seine Taschenlampe an, um auf einer Landkarte die Zeichnung des Bauern einzutragen. Durch die Öffnung der Rumpfwanne drang die Kälte herein.

»In fünf Minuten muß ich meine Handschuhe anziehen, dann kann ich den Bleistift nicht mehr halten.« Die drei Maschinen flogen in Linie. Magnin steuerte auf Teruel zu. Das Innere des Flugzeuges war noch ganz dunkel, erfüllt von dem Geruch der Orangenfeuer, den der Wind noch immer herauftrug, dann plötzlich beleuchtete die aufgehende Sonne die grinsende, knallrote Fratze des Maschinengewehrschützen in der Rumpfwanne.

»Guten Morgen, Chef!«

Magnin konnte keinen Blick wenden von diesem durch das Lachen in die Breite gezogenen Mund mit den Stummelzähnen, die in der Morgenröte seltsam rosa aussahen. Im Flugzeug wurde es ein wenig heller, auf der Erde war es noch Nacht. Die Maschinen flogen in dem noch zögernden Tageslicht der ersten Gebirgskette entgegen; unten begannen sich die Umrisse der Gegend wie primitive Landkarten abzuzeichnen. »Wenn ihre Flugzeuge noch nicht aufgestiegen sind, kommen wir gerade zurecht.« Magnin unterschied bereits die Dächer von Bauernhäusern: Auf der Erde begann der Tag.

Magnin hatte an der Teruel-Front, die sich etwa in der Form der malaiischen Halbinsel nach Süden hinzog, so oft gekämpft, daß er sie im Kopf hatte und gewissermaßen nach dem Gefühl flog. Seit die Maschinengewehrschützen und die Mechaniker, die sich vor jedem Kampf in einem Zustand äußerster Anspannung befanden, es aufgegeben hatten, in die Richtung von Teruel zu starren, wandten sie verstohlen ihre Aufmerksamkeit dem Bauern zu, wobei ihr Blick bald auf den Kakaduschopf eines hartnäckig gesenkten Kopfes, bald auf ein angstverzerrtes Gesicht mit in die Lippen beißenden Zähnen traf.

Die feindlichen Batterien feuerten nicht: die Flugzeuge waren durch die Wolken gedeckt. Auf der Erde war es jetzt zweifellos schon völlig Tag. Magnin beobachtete zur Rechten den *Canard déchainé*, den Gardet befehligte, zur Linken den spanischen Mehrsitzer des Hauptmanns Moros. Beide lagen ein wenig zurück, waren mit dem *Marat* verbunden wie zwei Arme mit einem Körper. So flogen sie in der stillen Weite zwischen Sonne und Wolkenmeer. Jedesmal, wenn ein Vogelschwarm unter der Maschine durchzog, hob der Bauer den Zeigefinger.

Hier und dort durchschnitten die scharfen schwarzen Grate der Berge von Teruel den Dunst, und zur Rechten ragte das Gebirgsmassiv, das die Flieger den Schneeberg nannten, im blendenden Glanz der Wintersonne leuchtend aus dem matteren Weiß der Wolken. Magnin war jetzt an diesen urweltlichen Frieden gewöhnt, der über den sich zerfleischenden Menschen herrschte; aber diesmal waren nicht die Menschen die Besiegten. Dieses empfindungslose Wolkenmeer war nicht stärker als die Schwinge an Schwinge dahinschwebenden Flugzeuge, Schwinge an Schwinge vorstoßend gegen den einen gemeinsamen Feind, einmütig in der Freundschaft wie vor der Drohung, die unter diesem ruhigen Himmel überall lauerte. Es war auch nicht stärker als diese Männer, die alle eingewilligt hatten, für eine Sache zu sterben, nicht für sich selbst, vereint durch die Bewegung der Magnetnadel in dem gleichen brüderlichen Geschick. Teruel war unter den Wolken zweifellos in Sicht; aber Magnin wollte nicht tiefer gehen, um nicht Aufmerksamkeit zu erregen. »Wir werden gleich durch die Wolken stoßen«, schrie er dem Bauern ins Ohr, denn er fühlte, daß dieser sich fragen mußte, wie er sich zurechtfinden solle, wenn er nichts sah.

Bis an die schmale silberne Barriere der Pyrenäen folgten einander längliche Flecke, die, gleich dunklen Seen im Schnee, ihnen entgegenrückten: die Erde. Wieder einmal genügte es, zu warten.

Die Maschinen kreisten mit der drohenden Beharrlichkeit der Kriegsflugzeuge. Dort unten lagen jetzt die feindlichen Linien.

Endlich schien sich in der Wolkenschicht ein grauer Fleck zu bewegen. In dem Fleck kamen einige Ziegeldächer zum Vorschein, die sich, wie stehende Goldfische in einem Becken, von einem Rande des Flecks zum andern schoben; dann ein Geäder: die Wege – alles in flacher Gegenstandslosigkeit. Noch einige Dächer und ein sehr großer heller Kreis: die Stierkampfarena. Und gleich darauf war das Wolkenloch von einem großen Geschuppe von Dächern erfüllt, rostrot und gelb in dem fahlen Licht. Magnin packte den Bauern an den Schultern.

»Teruel!« rief er.

Der Bauer verstand nicht.

»Teruel!« brüllte Magnin ihm ins Ohr.

In dem grauen Loch wuchs und wuchs die Stadt, ganz allein inmitten der bis an den Horizont hin sich kräuselnden Wolken, Teruel mit der umgebenden Landschaft, seinem Fluß, den immer deutlicher werdenden Schienensträngen.

»Ist das Teruel? Ist das Teruel?«

Seinen Schopf hin und her werfend, betrachtete der Bauer das wirre, landkartenartige Gebilde mit den ausgezackten Rändern.

Im Norden des Friedhofs, den die republikanische Armee angriff, zog sich die Straße nach Saragossa, die in dem trüben Licht wie ein bleifarbenes Band aussah, über die verdüsterte Fläche der Felder. Magnin war jetzt über seine Position völlig orientiert; sofort stieß er wieder durch die Wolken zurück.

Die Flugzeuge folgten geradewegs der Straße nach Saragossa, ohne sie zu sehen. Das Dorf, das der Bauer bewohnte, lag ungefähr vierzig Kilometer weiter ein wenig rechts von der Straße. Der andere, am Tag vorher vergeblich bombardierte Flugplatz lag nur zwanzig Kilometer entfernt. Zweifellos flogen sie in diesem Augenblick über ihn hinweg. Magnin berechnete die zurückgelegte Strecke nach Sekunden. Wenn sie den zweiten Flugplatz nicht sehr schnell fanden, wenn unten Alarm gegeben wurde, würden sie die feindlichen Jäger von Saragossa und Calamocha auf dem Halse haben, und, falls es dort unten wirklich Flugzeuge gab, würden auch die dazukommen, um ihnen den Rückzug abzuschneiden. Ihr einziger Schutz waren die Wolken. 31 Kilometer von Teruel, 36, 38, 40: Das Flugzeug stieß jäh nach unten. Kaum staken sie im weißen Nebel, als der Kampf zu beginnen schien. Magnin schaute auf den Höhenmesser. In diesem Teil der Front gab es keine Hügel mehr; aber lauerten dort unter der Wolkenbank Jagdflieger auf sie? Der Bauer drückte seine Nase gegen die Scheibe. Die Landstraße sah jetzt wie ein Strich auf dem Nebel aus, und nun erschienen die roten Häuser des Dorfes, wie eingetrocknete Blutflecken auf der Scharpie der Wolken. Noch immer keine Jagdflugzeuge, auch keine Batterien. Aber im Osten des Dorfes gab es mehrere längliche Felder, und alle waren auf derselben Seite durch kleine Wälder begrenzt.

Sie durften ihre Zeit nicht mit Kreisen verlieren. Aller

Köpfe reckten sich vor. Das Flugzeug flog über die Kirche hinweg, seine Richtung war parallel zur Dorfgasse. Wieder packte Magnin den Bauern an den Schultern und zeigte auf die Dächer, die wie eine Viehherde unter ihnen hinflitzten. Der Bauer schaute und schaute mit äußerster Anstrengung; sein Mund stand halb offen, die Tränen rollten ihm im Zickzack über die Wangen: Er erkannte sein Dorf nicht wieder!«

»Die Kirche!« rief Magnin. »Die Dorfgasse! Die Straße nach Saragossa!«

Der Bauer erkannte alles, nachdem Magnin es ihm gezeigt hatte, aber es gelang ihm nicht, sich zu orientieren. Unter seinen unbewegten Wangen, über die Tränen flossen, zuckte krampfhaft sein Kinn.

Blieb nur noch eines übrig: ihm das Dorf in einer Perspektive zu zeigen, die ihm vertraut war.

Die Erde unten begann wild hin und her zu schaukeln, als hätte sie das Gleichgewicht verloren, Vögel spritzten nach allen Seiten auseinander, sie hob sich brutal dem Flugzeug entgegen. Magnin flog jetzt nur dreißig Meter über dem Boden.

Hinter ihm flogen der *Canard* und die spanische Maschine. Das Terrain war völlig eben; von der Bodenabwehr hatte Magnin kaum etwas zu befürchten, und falls Fliegerabwehrgeschütze zum Schutze des Flugplatzes vorhanden waren, konnten sie nicht so niedrig schießen. Beinahe hätte er Befehl gegeben, die Maschinengewehre in Aktion zu setzen, doch fürchtete er, dadurch den Bauern noch mehr aus der Fassung zu bringen. Knapp über dem Boden rasten sie etwa mit der Perspektive eines Rennautos auf die Gehölze zu. Unter ihnen flüchtete in Panik das Vieh. Wenn man an angestrengtem Hinschauen und Suchen sterben könnte, wäre der Bauer schon gestorben gewesen. Plötzlich schlang er seinen Arm um Magnins Mitte und zeigte mit dem Finger.

»Was? Was?« rief dieser und riß seine Kappe ab.

»Dort!«

»Was ist denn dort, zum Teufel?«

Der Bauer stieß ihn aus Leibeskräften nach links, als wäre Magnin das Flugzeug, und zeigte auf das schwarzgelbe Reklameschild einer Wermutfirma, wobei sein gekrümmter Finger auf dem Glas der Kanzel hin und her fuhr.

»Wo?« brüllte Magnin.

Sechshundert Meter vor ihnen lagen vier Waldstreifen. War es das Gehölz ganz links?

»Das dort?«

Magnin schaute sich die Augen aus dem Kopf. Der Bauer zuckte mit den Lidern und heulte, ohne ein Wort hervorzubringen.

»Das dort?«

Der Bauer bejahte mit Kopf und Schultern, ohne seinen noch immer ausgestreckten Arm zu rühren. Im gleichen Augenblick wurde am Waldsaum ein Propeller in Gang gesetzt, dessen blinkender Kreis sich von dem dunklen Hintergrund des Laubes abhob. Ein feindliches Jagdflugzeug wurde aus dem Wald hervorgezogen.

Der Bombenschütze drehte sich um; auch er hatte den Vorgang gesehen. Aber zum Bombardieren war es zu spät, auch flogen sie zu tief. Der Vordermann hatte nichts gesehen und infolgedessen auch nicht geschossen.

»Schieß auf den Wald!« brüllte Magnin dem Maschinengewehrschützen in der Rumpfwanne zu, während er zugleich ein Bombenflugzeug bemerkte, das ungedeckt neben dem Walde stand.

Der Mann trat die Fußhebel, um die Wanne zu drehen, und feuerte. Schon verdeckten Bäume die Sicht auf das Jagdflugzeug.

Aber Gardet hatte begriffen, daß ein solches improvisiertes Manöver nur bei äußerster Aufmerksamkeit gelingen konnte. Seit einigen Minuten stand er, den Blick unverwandt auf den *Marat* gerichtet, am vorderen Maschinengewehr des *Canard*. Er sah das Feuer, sah gleich darauf, wie sich der glänzende Propeller vor dem dunkelgrünen Hintergrund des Waldes drehte, murmelte »Moment!« und begann zu schießen.

Seine Leuchtspurmunition zeigte Scali, der die Rumpfwanne des *Canard* bediente, die Fiat-Maschine. Seit seine Probleme unsagbar schmerzhaft geworden waren, warf er nicht mehr Bomben, sondern schoß mit dem Maschinengewehr; die Passivität genügte ihm nicht länger. Mireaux in der hinteren MG-Kanzel konnte nicht schießen, das Schwanzsteuer behinderte ihn, aber die Maschine von Moros konnte aus allen drei Maschinengewehren feuern.

Magnin, der beim Wenden Höhe gewonnen hatte, sah beim Rückflug, daß der Propeller des Jagdflugzeugs stehenblieb. Bodenpersonal schob den Bomber unter die Bäume. Zweifellos riefen in diesem Augenblick die Faschisten dort im Walde ihre andern Flugplätze an.

Der *Marat* ging in Spiralen höher, um beim Abwurf seiner Bomben nicht selber Schaden zu nehmen; dabei mußte er freilich seine Kreise erweitern, damit der Bombenschütze Zeit zum Zielen gewann und Darras den Moment nicht verpaßte, wenn sie den Wald überflogen. »Ein einziger Überflug wird genügen«, dachte Magnin: der Wald bot ein sehr deutliches Ziel, und wenn, wie es wahrscheinlich war, das Treibstofflager sich dort befand, so würde die ganze Geschichte hochgehen. Er wandte sich an den Bombenschützen (wie sehr fehlte ihm jetzt Attignies!) und befahl: »Alle Bomben auf einmal!«

Das Flugzeug wackelte zweimal, um den anderen die Art des Bombenabwurfs anzugeben. Bei vierhundert Metern hörte es zu steigen auf und stieß mit höchster Geschwindigkeit und aus allen Maschinengewehren feuernd in gerader Linie auf den Wald zu. So hatten die Bombenschützen Zeit, ihr Zielgerät auf 400 einzustellen. Der Bauer kauerte neben dem Mechaniker und gab sich Mühe, niemandem im Weg zu sein. Der Mechaniker, beide Hände an den Hebeln, schaute auf die erhobene Hand des Bombenschützen, der seinerseits den Eintritt des Waldes in das Blickfeld seines Zielgeräts beobachtete. Alle Hände senkten sich.

Erst als die Maschine um neunzig Grad gedreht hatte, konnte Magnin das Resultat sehen. Die beiden anderen Flugzeuge folgten; es hatte ganz den Anschein, als ob sie diese schräge Kreisbahn weiter verfolgen sollten. Aus dem Wald quoll eine große finstere Rauchmasse empor, ein allen wohlbekannter Anblick: Benzin. Der Qualm kam brodelnd und stoßweise, so, als würden unter diesem ruhigen Wäldchen, das im grauen Morgen aussah wie alle anderen, unterirdische Öllager brennen. Etwa zehn Männer kamen laufend unter den Bäumen hervor, in wenigen Sekunden waren es schon hundert; sie rannten genauso verstört und plump davon wie kurz vorher die Viehherden. Der Rauch, vom Wind gegen die Felder hin getrieben, entfaltete sich zur majestätischen Kurve der Treibstoffbrände. Jetzt waren die feindlichen Jäger sicherlich in der Luft. Der Bombenschütze machte Fotoaufnahmen: Sein Auge ging vom Rahmensucher des kleinen Apparates zum Zielgerät des Flugzeugs. Der Mechaniker wischte sich die Hände ab, die die Griffe der Bomben losgelassen hatten. Der Bauer trampelte vor Freude wie vor Kälte mit den Füßen, seine dicke Nase, die er so lange an das Glas gedrückt hatte, war hochrot. Das Flugzeug hob sich in die Wolken und nahm Richtung auf Valencia.

Sowie Magnin die Wolken durchstoßen und wieder freien Blick ins Weite hatte, begriff er, daß die Sache schiefgehen würde.

Die Wolkenschicht zerfiel allmählich, und jenseits von Teruel legte ein gewaltiger Riß Himmel und Erde in einer Breite von fünfzig Kilometern frei.

Wollte man zurückkehren, ohne die Wolken zu verlassen, so war ein langer Umweg über die faschistischen Linien erforderlich. Und auch dort konnten die Wolken sich sehr bald zerteilen.

Immerhin blieb die eine Hoffnung, daß die Jagdstaffel von Sarrion früher eintreffen würde als die feindlichen Jäger.

Magnin war begeistert über seinen Erfolg und wünschte sehnlichst, nicht gerade heute zu fallen; er zählte die Minuten. Wenn sie nicht binnen zwanzig Minuten erwischt würden ...

Doch plötzlich war der Himmel über ihnen völlig unbedeckt.

Eines nach dem andern brachen eins, zwei, drei, vier, fünf, sechs feindliche Flugzeuge aus den Wolken hervor. Die republikanischen Jagdflieger, Einsitzer mit niedrigen Tragflächen, konnte man nicht mit den Heinkel-Maschinen verwechseln; Magnin senkte sein Fernglas – es war kein Zweifel – und ließ die drei Flugzeuge eng aufschließen. »Hätten wir anständige Maschinengewehre, so könnten wir das Ding durchstehen«, dachte er. Aber er hatte immer noch die alten, ungekoppelten Lewis; »800 Schuß in der Minute mal 3 Rohre macht 2400. Jede Heinkel-Maschine hat 1800 Schuß mal 4 Rohre macht 7200.« Er wußte das, aber es machte immer Spaß, es sich zu wiederholen.

Die Faschisten stießen auf die Gruppe der drei mehrsitzigen Kampfflugzeuge zu, in Linksrichtung, entschlossen, sich zunächst einen einzigen Bomber vorzunehmen. Weit und breit am Himmel kein republikanischer Jagdflieger.

Unter den Flugzeugen zog ein Wachtelschwarm auf seiner jährlichen Wanderung dahin.

Die Maschine ganz links war die von Gardet.

In dieser Maschine hatte Pujol, der Erste Pilot, zum Zeichen der Siegesfreude gerade durch Saidi Kaugummi verteilen lassen. Pujol hielt sich an die von Leclerc eingeführten Sitten: Mit seinem nur auf einer Gesichtsseite rasierten Bart (in Erfüllung eines entimentalen Gelübdes), dem mit scharlachroten Federn garnierten Gärtnerhut, den er nach Beendigung der Bombardierung wieder aufgesetzt hatte, seinen vierundzwanzig Jahren, seiner Stülpnase und seinem Halstuch von der F. A. I. (zu der er nicht gehörte) glich er ungefähr dem Bilde, das sich die Faschisten von den roten Banditen machten. Die andern sahen normal aus, wenn man von einigen zusammengerollten Strümpfen unter den Kappen und von der kleinen Flinte Gardets absah. Dieser, der mit entschiedener, aber sanfter Festigkeit die für die militärische Stoßkraft erforderliche Ordnung aufrechterhielt, ließ doch gerne pittoreske Absonderlichkeiten wie z. B. seine hölzerne Flinte zu; und Magnin kam den Narrheiten, falls sie den Kampf nicht hemmten, mit besonderer Nachsicht entgegen, zumal wenn er fühlte, daß etwas von Fetischglauben in ihnen steckte.

Gardet hatte das Manöver der Deutschen gleichfalls erfaßt. Er sah, daß Magnin die beiden Flugzeuge unter den *Canard* gehen ließ, um, sowie dieser angegriffen wurde, das Feuer der Maschinengewehre konzentrieren zu können. Er kontrollierte die Maschinengewehre seiner Maschine, setzte sich an das vordere, stellte wieder einmal fest, daß die Lewis nichts taugten, und drehte seine Waffe in Richtung auf die Heinkel-Maschinen, die er über dem Zielpunkt größer werden sah.

Einige Kugeln spritzten.

»Nur keine Angst«, rief Gardet, »es kommen noch mehr!«

Pujol flog S-Kurven. Zum erstenmal sah er sich von feindlichen Jägern mit äußerster Geschwindigkeit von vorne angegriffen und empfand die Bitterkeit, die jeden Piloten am Steuer einer schwerfälligen und langsamen Maschine überkommt, wenn er von schnellen Flugzeugen angefallen wird. Die Pelikane wußten genau, daß die tüchtigsten ihrer eigenen Jäger sie mühelos abgeschossen hätten. Und wie vor jedem

Kampfe durchdrang sie alle plötzlich das Bewußtsein des leeren Raumes unter ihnen.

Scali, der sein Maschinengewehr in Stellung brachte, bemerkte jetzt links von sich eine der großen Bomben: Sie hatte sich während des Abwurfs nicht gelöst.

»Da sind sie!«

Magnin hatte die Entfernungen gut berechnet: Die Heinkel-Maschinen konnten den *Canard* nicht umzingeln. Zwei drüber, zwei drunter, drei seitlich, so wurden sie größer und größer, bis man die Ohrenklappen der Piloten erkennen konnte.

Der ganze *Canard* bebte unter der Erschütterung durch seine Maschinengewehre, die alle zugleich feuerten. Zehn Sekunden lang herrschte ein Höllenlärm, dazu kam das Geräusch des unter den Kugeln splitternden Holzes, ein Netz von Leuchtspurmunition umgab die Maschine.

Gardet sah, wie eine der unteren Heinkel-Maschinen senkrecht abstürzte; sie war von Scali oder von den Maschinengewehren der anderen getroffen worden. Abermals hatte er das Gefühl des leeren Raumes unter sich. Mireaux kam von hinten nach vorn, der Mund stand ihm offen; aus seinem schlaff herabhängenden Arm floß das Blut wie aus einer Gießkanne in den Flugzeugrumpf. Scali stieg aus der Wanne heraus und legte sich hin: sein Schuh schien geplatzt.

»Abbinden!« brüllte Gardet, schleuderte das Bordverbandzeug wie eine Wurfscheibe zu Mireaux hinüber und sprang in die Wanne. Saidi übernahm sein Maschinengewehr und der Bombenschütze das von Mireaux. Die Piloten schienen nicht getroffen zu sein.

Die Heinkel kamen zurück.

Sie flogen jetzt tiefer. Die Angreifer waren dem Feuer des Maschinengewehrs in der Wanne und der sechs Maschinengewehre des *Marat* und des Flugzeugs von Moros ausgesetzt; durch die Leuchtspurmunition entstand unter dem *Canard* ein Netz von Rauchstreifen. Die Maschine, die neben der abgeschossenen Heinkel geflogen war, befand sich jetzt über ihnen. Pujol stob, seine S-Kurven immer mehr verlängernd, mit voller Geschwindigkeit davon.

Wiederum Leuchtspurmunition, wiederum das gleiche Gepolter und das gleiche Splittern von Holz. Saidi verließ seinen

Platz am Heck, ohne etwas zu sagen, und legte sich, auf die Ellbogen gestützt, etwas höher als Scali hin, an dessen Seite Mireaux lag. »Wenn sie die Frechheit haben, sich uns anzuhängen. . .«, dachte Gardet. In der Dämmerung des Flugzeugrumpfes stach durch die von den feindlichen Kugeln geschlagenen Löcher das Tageslicht wie Flämmchen herein. Der linke Motor funktionierte nicht mehr. Der *Marat* und der Spanier hielten sich zu beiden Seiten dicht an den *Canard.* Pujol auf seinem Führersitz beugte den blutigen Kopf vor, auf dem noch der Gärtnerhut mit den roten Federn saß. »Sie drücken sich!«

Die Heinkel-Maschinen rissen aus. Gardet blickte durch sein Fernglas: vom Süden her kamen die republikanischen Jäger.

Er sprang aus der Wanne, öffnete die Schachtel mit dem Verbandzeug, die noch keiner berührt hatte, und verband Mireaux (drei Kugeln im linken Arm, eine in der Schulter) und Scali (ein Geschoß im Fuß). Saidi hatte eine Kugel im rechten Oberschenkel, aber nur geringe Schmerzen.

Gardet ging zum Führersitz. Die Maschine, die nur noch einen Motor hatte, flog auf dreißig Grad. Langlois, der zweite Pilot, zeigte stumm auf den Zähler: 1400 statt 1800 Umdrehungen. Bald würde der Apparat sich nur noch als Segelflugzeug in der Luft halten können. Und sie näherten sich den Schneebergen. Von einem Hausdach unten stieg friedlicher Rauch auf – kerzengerade.

Pujol, der mit Blut besudelt, aber nur leicht verletzt war, fühlte das Höhensteuer als Schmerz in seinem Körper wie die andern ihre Wunden. Der Tourenzähler ging von 1200 auf 1100 herunter.

Das Flugzeug sank in jeder Sekunde um einen Meter.

Unter ihnen die Vorberge. Hier der Absturz in die Schluchten, Tod einer berauschten Wespe, die sich an einer Wand den Kopf einrennt. Weiter weg der Schnee in breiten welligen Flecken. Doch was war unter ihm?

Sie gerieten in eine Wolke. In der absoluten Weiße war der Boden des Flugzeugrumpfes mit blutigen Sohlenspuren ganz befleckt. Pujol versuchte, aus der Wolke durch Höhersteigen hinauszukommen. Sie kamen hinaus, aber indem sie sanken: Der Berg lag nur noch sechzig Meter unter ihnen. Die Erde warf sich ihnen entgegen, doch diese sanften Schwellungen aus Schnee ... Sie wollten verdammt gern davonkommen, jetzt, da die Bombardierung geglückt, die Beschießung durch den Feind vorüber war.

»Die Bombe!« rief Gardet.

Wenn sie sich auch dieses Mal nicht löste, waren sie beim Aufprall alle verloren. Saidi drückte beide Ablaßhebel zugleich aus Leibeskräften nieder. Die Bombe fiel, und, als hätte sich die Erde dem Flugzeug entgegengeschleudert, erhielt jeder eine Ladung Schnee an den Leib.

Pujol, plötzlich unter freiem Himmel, sprang von seinem Sitz. War er taub geworden? Nein, das war nur das Schweigen der Gebirgswelt nach dem Getöse des Sturzes, denn er hörte eine Krähe krächzen und rufende Stimmen. Blut rieselte ihm über das Gesicht, in lauen Tropfen, die in den Schnee zu seinen Füßen rote Löcher höhlten. Nichts als seine Hände, um das Blut wegzuwischen, das ihn blind machte und durch die er wie durch einen Schleier ein schwarzes metallisches Gestrüpp, erfüllt mit menschlichem Geschrei, wahrnahm: das unentwirrbare Durcheinander zertrümmerter Flugzeuge.

Magnin und Moros war es gelungen, ihre Maschinen zurückzubringen. Der Operationsstab hatte telefonisch durchgegeben, daß die Verwundeten in dem kleinen Lazarett von Mora aufgenommen worden seien. Die Flugzeuge mußten überholt werden und konnten erst am nächsten Tag wieder aufsteigen. Magnin hatte die nötigen Weisungen erteilt und war sofort wieder weggefahren. Eine Ambulanz sollte folgen.

»Ein Toter, zwei Schwerverletzte, alle andern Verwundungen sind leicht«, hatte der diensthabende Offizier am Telefon gesagt.

Die Namen der Verwundeten und des Toten waren ihm nicht bekannt, das Ergebnis der Bombardierung hatte er noch nicht erhalten. Magnins Auto raste zwischen den ausgedehnten Orangenwäldern dahin. Viele Kilometer erstreckte sich, zuweilen von Zypressen gesäumt, dieses Früchtemeer, überragt von Sagunt und den Ruinen seiner Festungen – christliche Wälle unterhalb römischer Wälle, römische Wälle unterhalb punischer Wälle: der Krieg ... Hoch darüber hob sich flimmernd gegen den nun wieder wolkenlosen Himmel der Schnee der Berge von Teruel ab.

An die Stelle der Orangenbäume traten Eichen: Das Bergland begann. Magnin rief neuerlich den Operationsstab an. Auf dem von dem Bauern angegebenen Flugplatz hatten sechzehn feindliche Maschinen gestanden; sie waren alle verbrannt.

Das Lazarett von Mora war in der Schule untergebracht, Flieger gab es dort nicht. Ein anderes Lazarett befand sich im Rathaus; auch dort keine Flieger. Beim Komitee der Volksfront riet man Magnin, nach Linares zu telefonieren; von dort aus war in Mora ein Arzt für Verwundete angefordert worden. Magnin machte sich, begleitet von einem Mitglied des Komitees, auf die Suche nach dem Telefonamt; unter hölzernen Balkonen, durch Gassen mit rosa, blauen und pistaziengrünen Häusern, über spitzbogige Brücken ging es, und an jeder Biegung ragten Ruinen von Schlössern wie aus dem Romanzero.

Der Beamte war ein alter sozialistischer Kämpfer. Sein Junge saß an dem Tisch mit dem Morseapparat.

»Er will auch Flieger werden«, sagte der Vater.

An der Wand waren Spuren von Kugeln zu sehen.

»Mein Vorgänger war Mitglied der C. N. T. Am Tage, als die Revolte ausbrach, hat er unaufhörlich nach Madrid telefoniert. Die Faschisten wußten es nicht, sie haben ihn aber doch umgebracht. Das sind noch die Kugeln . . .«

Endlich antwortete Linares. Nein, die Flieger seien nicht dort. Sie seien in der Nähe des Weilers Valdelinares abgestürzt. Weiter oben im Schnee.

Welches andere Dorf man noch anrufen müsse, fragte Magnin. »Weiter oben im Schnee!« Und trotzdem fühlte Magnin im Tone der Antworten das Dasein Spaniens stärker denn je um sich, als ob ihm aus jedem Lazarett, aus jedem Komitee, aus jedem Telefonamt ein brüderlich gesinnter Bauer entgegenträte. Endlich ein Klingeln: Valdelinares meldete sich. Der Beamte nahm den Hörer ans Ohr und drehte sich um.

»Einer der Flieger kann gehen. Er wird geholt.«

Der Junge wagte nicht mehr, sich zu rühren. Draußen vor dem Fenster schlich lautlos und schattenhaft eine Katze vorbei.

Der Beamte reichte Magnin das alte Hörrohr, aus dem eine verschwommene Stimme sprach: »Hallo! Wer dort?«

»Hier Magnin. Sie sind Pujol, nicht wahr?«

»Ja.«

»Wer ist tot?«

»Saidi.«

»Und wer verwundet?«

»Gardet hat es bös erwischt; wir fürchten für seine Augen. Taillefer hat das linke Bein an drei Stellen gebrochen. Mireaux vier Kugeln im Arm, Scali ein Geschoß im Fuß. Langlois und mir geht's leidlich.«

»Wer kann gehen?«

»Sie meinen hinuntersteigen?«

»Ja.«

»Keiner.«

»Und auf Maultieren reiten?«

»Langlois und ich. Vielleicht auch Scali, wenn man ihn stützt. Es ist aber nicht sicher.«

»Und wie ist die Pflege?«

»Je eher wir hinunterkommen, um so besser. Immerhin tun die Leute, was sie können . . .«

»Gibt es Tragen?«

»Hier oben nicht. Warten Sie, der Arzt, der da ist, will mit Ihnen reden.«

Die Stimme des Arztes.

»Hallo!« rief Magnin. »Sind alle Verwundeten transportfähig?«

»Ja, wenn Sie Tragen haben.«

Magnin fragte den Postbeamten. Er wußte nicht Bescheid; vielleicht gab es Tragen im Lazarett; sicher nicht sechs. Magnin sprach wieder in den Telefonapparat: »Können Sie aus Ästen, Gurten und Strohsäcken Tragen bauen lassen?«

»Ja . . . denke ja.«

»Ich selbst will Ihnen von hier aus an Tragen mitbringen, was ich auftreiben kann. Haben Sie die Güte, die Anfertigung sofort in Angriff nehmen zu lassen, und beginnen Sie baldmöglichst mit dem Abstieg. Ich erwarte hier eine Ambulanz, die so weit hinauffahren wird, als sie kann.«

»Und was soll mit dem Toten geschehen?«

»Bringen Sie auch ihn herunter! Hallo! Hallo! Würden Sie so freundlich sein, den Fliegern mitzuteilen, daß sechzehn feindliche Maschinen zerstört worden sind. Vergessen Sie das bitte ja nicht!«

Wieder begann die Fahrt durch die Gassen mit den bunten Häusern über den Platz mit den Brunnen, über die gewölbten Brücken und das Kopfsteinpflaster, das unter dem niedrigen trüben Himmel noch von dem Regenguß des Vormittags glänzte. Es gab im ganzen zwei Tragen, die oben auf dem Dach des Autos festgeschnallt wurden.

»Wenn das nur nicht zu hoch für das Dorftor ist!«

Endlich fuhr Magnin nach Linares weiter.

Von nun an drang er in ein ewiges Spanien ein. Hinter dem ersten Dorfe mit seinen auf Galerien geöffneten Heuböden gelangte das Auto an eine fahle Klamm, wo vor dem grauen Himmel die Silhouette eines dösenden Kampfstiers mit gebogenen Hörnern stand. Aus dieser durch kurdische Dörfer wie durch Brandflecken entstellten Erde stieg eine urzeitliche Feindseligkeit auf, die um so heftiger wirkte, als Magnin alle fünf Minuten auf seine Uhr sah und diese Felsen mit denselben Blicken betrachtete, mit denen sie die Verwundeten betrachtet hatten. Nirgends eine zur Landung geeignete Stelle, überall Terrassenfelder, Felsblöcke oder Bäume. Das Auto konnte keine Steigung nehmen, ohne daß Magnin im Geiste das Flugzeug vor sich sah, wie es auf dieses Terrain, das jede Hoffnung ausschloß, niederging.

Linares ist ein ummauerter Flecken; zu beiden Seiten des Tores waren Kinder auf die Wälle gestiegen und schauten. Vor dem Wirtshaus, dessen Erdgeschoß mit zweirädrigen Karren, deren Deichseln nach oben zeigten, verstellt war, warteten Maultiere. Beim Komitee fand Magnin den aus dem Tal heraufgekommenen Arzt und etwa fünfzehn junge Männer vor, die neugierig den großen Ausländer mit dem Hängeschnurrbart in der Uniform der spanischen Flieger musterten.

»Wir brauchen nicht so viele Träger«, sagte Magnin.

»Sie möchten aber alle mit«, erklärte der Delegierte.

»Schön. Und die Ambulanz?«

Der Delegierte rief in Mora an; sie war dort noch nicht eingetroffen. Im Hofe der Herberge saßen inmitten des Halbkreises der Karren die Maultiertreiber schmausend um einen Kessel herum, der nichts anderes als eine mächtige Kirchenglocke mit der Öffnung nach oben war. Olivenöl brodelte darin, die Inschrift auf der Außenseite war durch den Ruß verdeckt. Über dem Eingang des Hauses stand: 1614.

Endlich setzte sich die Karawane in Bewegung.

»Wie lange braucht man bis hinauf?«

»Vier Stunden. Aber Sie werden sie früher treffen.«

Magnin schritt ungefähr zweihundert Meter voran, seine schwarze Gestalt – Ledermantel, Uniformmütze – zeichnete sich scharf gegen die Wände des Berges ab. Es gab fast keinen Schlamm, er hatte sich nur mit den Steinen herumzuschlagen. Hinter ihm ritt der Arzt auf einem Maultier; weiter hinten noch die Träger in Wollsweater und Baskenmütze (die einheimischen Trachten wurden nur an Festtagen oder von den Alten getragen); als Abschluß die Maultiere und die Tragen.

Bald gab es weder Stiere noch Felder mehr; weit und breit nichts als Stein, der Stein des Landes Spanien, der in der Sonne rot und gelb aussieht und jetzt unter dem weißlichen Himmel blaß und in den großen vertikalen Schattenflächen bleifarben erschien. Die Schatten liefen in zwei oder drei gebrochenen Linien von dem Schnee hoch oben, der an die Himmelsdecke stieß, bis in den Grund des Tales hinab. Von dem Wege, der am Berghang entlang führte, rollten unter jedem Schritte Kiesel tönend von Fels zu Fels und kamen im Schweigen der Schluchten zur Ruh, in denen tief unten das Rauschen der Bäche verhallte. Nach mehr als einer Stunde endete das Tal, in dessen Mulde man Linares noch erblickte. Dann schob sich ein Bergstück dazwischen, und Magnin hörte das Rauschen des Wassers nicht mehr. Der Pfad schlang sich um einen steilen Felsblock, der stellenweise überhing; dort, wo er entschieden die Richtung wechselte, stand inmitten eines winzigen Feldes ein Apfelbaum, der sich wie ein japanischer Schattenriß gegen den Himmel abhob. Die Äpfel waren nicht gepflückt worden; sie lagen abgefallen in einem dichten Ring um den Baum herum und wurden mählich eins mit dem Gras. Der Apfelbaum allein war lebendig in dieser Steinwelt, lebte inmitten der Fühllosigkeit des Mineralischen das tausendfältige, immer wieder sich erneuernde Dasein der Pflanzen.

Je höher Magnin stieg, um so mehr verspürte er in den Schultern und in den Oberschenkeln die Ermüdung seiner Muskeln; bald nahm die Anstrengung von seinem ganzen Körper Besitz, ja, prägte allen seinen Gedanken ihren Stempel auf: Jetzt waren die improvisierten Tragen auf denselben ungangbaren Pfaden talwärts unterwegs mit Menschen, deren Arme zerfetzt, deren Beine gebrochen waren. Sein Blick ging zwischen dem Fußweg vor ihm und den schneeigen Kämmen, die in den weißlichen Himmel ragten, hin und her, und jeder neue Kraftaufwand festigte in seiner Brust die brüderliche Vorstellung, die er von der Aufgabe eines Vorgesetzten hatte.

Die Bauern von Linares, die alle keinen dieser Verwundeten kannten, folgten ihm wortlos in herber, ruhiger Selbstverständlichkeit. Er mußte an die von den Dörfern gestellten Autos denken.

Schon stieg er wenigstens zwei Stunden lang, als der sich an die Bergwand schmiegende Weg ein Ende nahm. Der Pfad ging jetzt im Schnee aufwärts durch eine Schlucht dem höheren und weit weniger abschüssigen Berge entgegen, den die Flieger auf ihrem Flug nach Teruel neben dem andern gesehen hatten. Von nun an waren alle Bäche zugefroren. An einer Wegbiegung wartete – wie vor einer Weile der Apfelbaum – ein kleiner sarazenischer Reitersmann, schwarz gegen den Hintergrund des Himmels, mit der perspektivischen Verkürzung der Statuen auf hohem Sockel: Das Pferd war ein Maultier, und der Sarazene war Pujol mit Fliegerkappe. Er wandte sich um und rief, in Profilstellung wie auf einem Stahlstich, »da kommt Magnin!« in die Stille hinein.

Zwei lange, steif ausgestreckte Beine zu beiden Seiten eines winzigen Esels, ein in die Höhe stehendes Haarbüschel, das wie ein Rasierpinsel aus dem Verbandzeug hervorkam, tauchten vor dem Himmelshintergrund auf: Das war Langlois, der zweite Pilot. Als Magnin Pujol die Hand drückte, bemerkte er, daß dessen Ledermantel unterhalb des Gürtels so dick mit geronnenem Blut überkrustet war, daß er einer Krokodilshaut ähnelte. Welche Verwundung konnte das hervorgerufen haben? Über der Brust kreuzten sich netzförmig die Strahlen, sie verliefen so schnurgerade, daß man noch das Spritzen des Blutes zu sehen vermeinte.

»Das ist der Ledermantel von Gardet«, sagte Pujol.

In Ermangelung von Steigbügeln, in denen er sich hätte aufrichten können, reckte Magnin den Hals und schaute nach Gardet aus; aber die Tragen waren noch auf der andern Seite des Felsens.

So blieb Magnins Blick wie gebannt auf das Leder gerichtet. Schon begann Pujol seine Erzählung.

Der nur leicht am Kopf verletzte Langlois hatte sich mit einem Fuß freimachen können, der andere war verstaucht. In der langen zertrümmerten Kiste, die einst der Flugzeugrumpf gewesen war, lagen Scali und Saidi. Mireaux war eingeklemmt unter dem Dach der umgestülpten Kanzel, seine Glieder ragten über ihren Stumpf hinweg, dessen Oberteil auf seine gebrochene Schulter drückte, ein Anblick wie auf alten Stichen von Folterszenen. Zwischen den Trümmern lag der Bombenschütze. Besessen von der Erwartung, daß jeden Augenblick Feuer ausbrechen würde, brüllten alle, die noch dazu imstande waren, in das große Schweigen der Berge hinein.

Pujol und Langlois hatten die beiden im Flugzeugrumpf befreit, dann machte sich Langlois daran, den Bombenschützen zu befreien, während Pujol versuchte, die Kanzel zu heben, die Mireaux zerquetschte. Endlich geriet die Kanzel ins Wanken, und mit einem Gerassel von Eisen und Glas, das den im Schnee liegenden Verwundeten durch Mark und Bein ging, rollte sie ab.

Gardet hatte von weitem eine Hütte erblickt und war auf sie zugegangen; seinen zerschmetterten Unterkiefer stützte er mit dem Griff des Revolvers (er wagte nicht, ihn mit der Hand zu halten, das Blut strömte). Ein Bauer sah ihn von weitem und lief davon. In der Hütte, die über einen Kilometer entfernt war, stand ein einsames Pferd, schaute ihn an, stutzte und begann zu wiehern. »Ich muß eine verdammt scheußliche Visage haben«, dachte Gardet. »Immerhin, ein temperamentvolles Pferd kann nur ein Pferd der Volksfront sein . . .« In der Schnee-Einsamkeit bot die Hütte eine warme Zuflucht, er hätte sich gern ausgestreckt und geschlafen. Kein Mensch kam. Gardet nahm mit einer Hand aus einem Winkel eine Schaufel, sie sollte ihm als Stütze auf dem Rückweg zum Flugzeug dienen und als Werkzeug, um Saidi da herauszuholen. Seine oberen Augenlider begannen anzuschwellen; er sah nicht mehr recht, nichts als den Boden vor seinen Füßen. Er fand sich zurück, indem er seinen Blutstropfen im Schnee folgte und seinen Fußspuren, lang und verwischt an jeder Stelle, wo er gefallen war.

Unterwegs fiel ihm ein, daß der *Canard* etwa zu einem Drittel aus den Überresten des vom europäischen Proletariat gestifteten und über der Sierra abgeschossenen Flugzeugs *La Commune de Paris* bestand.

Gerade als Gardet das Flugzeug erreichte, kam ein kleiner Junge auf Pujol zu. »Wenn wir bei den Faschisten sind«, dachte der Pilot, »sind wir verraten und verkauft.« Wo waren nur die Revolver? Mit einem Maschinengewehr kann man sich doch nicht umbringen.

»Wo sind wir hier?« fragte Pujol. »Bei den Roten oder bei Franco?«

Der Junge – leider ein Schlaukopf mit abstehenden Ohren und einem Haarbüschel ganz oben auf dem Schädel – guckte ihn an und sagte nichts. Pujol wurde plötzlich klar, wie unglaublich er aussehen mußte: der Gärtnerhut mit den roten Federn saß noch auf seinem Kopf – oder hatte er ihn unbewußt wieder aufgesetzt? –, er war nur halb rasiert, und das Blut rieselte und rieselte auf seinen weißen Overall.

»Also, wo? Heraus mit der Sprache!«

Er war auf den Knaben zugetreten, der sofort zurückwich. Drohen wäre zwecklos gewesen. Und kein Kaugummi mehr!

»Republikaner oder Faschisten?«

In der Ferne hörte man das Rauschen eines Bachs und das Krächzen einander verfolgender Krähen.

Der Junge besah sich das Flugzeug. Schließlich antwortete er: »Hier gibt's alles: Republikaner und Faschisten.«

»Gewerkschaft?« brüllte Gardet.

Pujol begriff.

»Welcher Verband ist hier der stärkste? U. G. T.? C. N. T.? Oder die Katholiken?«

Gardet war jetzt bei Mireaux angelangt, rechter Hand von dem Jungen, der ihn nur von hinten sah, auf seinem Rücken das kleine hölzerne Gewehr wahrnahm.

»U. G. T.«, sagte schließlich das Kind und lächelte.

Gardet drehte sich um: Sein Gesicht, immer noch auf den Revolvergriff gestützt, war von einem Ohr zum andern zerschlitzt, die Nasenspitze hing herab. Etwas Blut floß noch; vorher war es sprudelnd herausgequollen, jetzt gerann es auf dem ledernen Fliegermantel, den Gardet über dem Overall trug. Der Junge schrie auf und lief davon, seitwärts wie eine Katze.

Gardet half Mireaux, seine verstreuten Gliedmaßen zusammenzubekommen und sich auf den Knien aufzurichten. Sowie er sich vorbeugte, brannte ihm das Gesicht, und er bemühte sich, bei seiner Hilfeleistung für Mireaux den Kopf möglichst aufrecht zu halten.

»Wir sind auf unserer Seite«, rief Pujol.

»Gesicht vollkommen ruiniert diesmal«, sagte Gardet. »Hast du gesehen, wie der Junge Reißaus genommen hat?«

»Bist du zugerichtet!«

»Wie nach einer Schädeloperation.«

»Da kommen Kerle angelaufen.«

Tatsächlich kamen Bauern auf sie zu, angeführt von dem, der beim Anblick Gardets davongerannt war. Jetzt war er nicht mehr allein und traute sich zurück. Als die Bombe explodiert war, hatte sich das ganze Dorf aufgemacht; nun kamen die Mutigsten heran

»Frente popular!« rief Pujol; er warf den Gärtnerhut mit den roten Federn in das Stahlgewirr.

Die Bauern setzten sich in Trab. Sie hatten wohl schon vermutet, daß die abgestürzten Flieger zu den Ihren gehörten, denn sie kamen fast unbewaffnet; auch mochte einer von ihnen vor dem Absturz die roten Streifen an den Tragflächen wahrgenommen haben. Gardet sah, daß der Rückspiegel noch an seinem Platz blinkte, vor Pujols Sitz, in dem Gewirr von Stangen und Drähten. »Wenn ich mich sehe, bringe ich mich um!«

Die Bauern blieben stehen, als sie nahe genug waren, um den Schrotthaufen zu überblicken – das Durcheinander von Tragflächen und Seitenteilen, die versackten Motore, einen Propeller, umgebogen wie ein Arm – und die menschlichen Körper, die ausgestreckt im Schnee lagen.

Gardet ging ihnen entgegen. Die Bauern und ihre Frauen in schwarzen Tüchern erwarteten sie, zu einer unbeweglichen Gruppe zusammengedrängt, so wie man das Unheil erwartet. »Vorsicht!« sagte der vorderste der Bauern, der sah, daß Gardet seinen zerschmetterten Kiefer mit dem Lauf seiner Maschinenpistole stützte. Die Frauen, beim Anblick des Blutes von der Erinnerung an das Geschehene überwältigt, bekreuzigten sich. Dann hob einer der Männer die Faust, weniger vor Gardet und Pujol, der nun auch herankam, als vor den hingestreckten Männern; und nacheinander hoben sich stumm aller Fäuste in Richtung auf das zertrümmerte Flugzeug und auf die Körper, welche die Bauern für tot hielten.

»Damit allein ist nichts getan«, brummte Gardet. Und auf spanisch fügte er hinzu: »Helft uns!«

Jetzt standen sie vor den Verwundeten. Sowie die Bauern begriffen hatten, daß nur einer der Daliegenden tot war, bemächtigte sich ihrer eine rührende und unbeholfene Geschäftigkeit.

»Moment mal!«

Gardet begann, Ordnung zu schaffen. Pujol lief hin und her, aber keiner hörte auf ihn. Gardet galt als Chef, nicht weil er es tatsächlich war, sondern wegen seiner Kopfverletzung. »Wenn der Tod höchstpersönlich heranspaziert«, dachte er, »wie toll würde man ihm gehorchen!« Ein Bauer zum Arztholen! Sehr weit? Macht nichts! Der Abtransport von Scali, Mireaux und dem Bombenschützen schien keine leichte Sache zu sein, aber die Gebirgler sind an Beinbrüche gewöhnt. Pujol und Langlois waren imstande zu gehen. Und er selbst zur Not auch.

So begannen sie den Abstieg zu dem kleinen Dorf; auf dem Schnee sahen Männer und Frauen winzig aus. Bevor er in Ohnmacht fiel, hatte Gardet noch einmal nach dem Rückspiegel geschaut; der war beim Aufschlag in tausend Stücke zerspellt: In den Trümmern gab es gar keinen Spiegel.

Vor Magnin tauchte die erste Trage auf. Vier Bauern, jeder eine Tragstange auf der Schulter; vier andere folgten unmittelbar. Der Bombenschütze lag darauf.

Er sah nicht aus wie ein Mensch mit gebrochenem Bein, sondern wie einer, an dem seit Jahren die Tuberkulose nagt. Aus seinem eingefallenen Gesicht leuchteten die Augen mit verdoppelter Kraft und verwandelten diesen derben Soldatenkopf mit dem kleinen Schnurrbart in eine romantische Maske.

Mireaux, der der nächste war, hatte sich nicht weniger verändert, aber auf völlig andere Art: Hier hatte der Schmerz die Kindheit zurückgebracht.

»Wir sind dort oben im Schneegestöber aufgebrochen«, sagte er, als Magnin ihm die Hand drückte. »Komisch, was?« Er lächelte und schloß die Augen.

Magnin schritt weiter, die Träger aus Linares hinter ihm. Die nächste Trage war sicherlich die mit Gardet; ein Verband bedeckte fast das ganze Gesicht. Als einzige bloße Stelle seines Leibes waren die bis zum Platzen angeschwollenen Augenlider sichtbar: Sie preßten sich blaßlila verfärbt aneinander zwischen der Kappe und dem flach anliegenden Verband, der dadurch festgehalten wurde, so daß die Nase fast völlig verschwand. Als die beiden vorderen Träger merkten, daß Magnin sprechen wollte, setzten sie die Trage früher nieder als die hinteren. So stand der Körper einen Augenblick lang schräg wie eine Darbringung im Tempel des Schlachtengottes. Keine Gebärde war Gardet möglich: seine beiden Hände lagen unter der Decke. Zwischen den Lidern des linken Auges glaubte Magnin einen feinen Spalt wahrzunehmen.

»Kannst du sehen?«

»Nicht viel. Immerhin seh' ich dich.«

Magnin hätte ihn vor Freude am liebsten umarmt und geschüttelt.

»Kann man etwas für dich tun?«

»Sag der Alten, sie soll mich mit ihrer Bouillon in Ruh' lassen. Wann sind wir im Lazarett?«

»Unten, anderthalb Stunden von hier, steht das Krankenauto. Am Abend seid ihr im Lazarett.«

Die Trage setzte sich wieder in Bewegung, die Hälfte der Einwohnerschaft von Valdelinares hinterdrein. Als die Trage mit Scali an Magnin vorüberkam, trat eine Alte mit schwarzem Kopftuch heran und gab dem Verwundeten Bouillon zu trinken. Sie trug einen Korb und in dem Korb eine Thermosflasche und eine japanische Tasse, die wohl ihr bestes Stück war. Magnin verfolgte den Vorgang, wie der Tassenrand sich unter den hochgehobenen Verband schob.

»Dem mit der Kopfverletzung wollen wir lieber nichts davon geben«, sagte er zu ihr.

»Es war das einzige Huhn im ganzen Dorf«, entgegnete sie feierlich.

»Trotzdem.«

»Ich habe ja auch einen Sohn an der Front . . .«

Magnin ließ Tragen und Bauern an sich vorüberdefilieren bis zu den letzten, die den Sarg trugen. Den hatte man schneller fertiggestellt als die Tragen: Übungssache . . . Auf dem

Deckel hatten die Bauern eines der verbogenen Maschinengewehre des Flugzeugs angebracht.

Alle fünf Minuten lösten sich die Träger ab, doch setzten sie die Tragen dabei nicht nieder. Magnin war verblüfft über den Kontrast zwischen der augenscheinlichen äußersten Armut der Frauen und den Thermosflaschen, die mehrere von ihnen in ihrem Korbe trugen. Eine wendete sich an ihn.

»Wie alt ist er?« fragte sie und deutete auf Mireaux.

»Siebenundzwanzig Jahre.«

Seit einigen Minuten folgte sie, in dem Bestreben, sich irgendwie nützlich zu erweisen, den Tragen. Mit liebevoller und gleichzeitig präziser Zartheit der Gesten verstand sie es, in den Momenten, in denen die Träger bei einem steilen Abstieg einen Halt für ihre Füße suchten, ihre Schultern zu stützen; für Magnin ein Bild der ewigen Mütterlichkeit.

Nun ging es immer entschiedener bergab. Auf der einen Seite des Tales stiegen die Schneehänge farblos und zeitlos zum Himmel empor, auf der andern glitten düstere Wolken längs der Grate hin.

Die Männer sagten kein Wort. Wieder näherte sich eine Frau Magnin. »Was für Ausländer sind das?«

»Ein Belgier, ein Italiener, die andern sind Franzosen.«

»Ist das die Internationale Brigade?«

»Nein, aber es ist ungefähr dasselbe.«

»Und der da . . .?«

Sie deutete mit einer unbestimmten Geste auf den verbundenen Kopf. »Ein Franzose«, sagte Magnin.

»Und der Tote, ist der auch Franzose?«

»Nein, Araber.«

»Araber? Na, so was! Ach, er ist ein Araber!«

Und sie gab die Nachricht weiter.

Fast vom Ende des Zuges ging Magnin zu Scalis Trage vor. Der war der einzige, der sich aufstützen konnte. Vor ihm führte der Pfad in fast gleichen Serpentinen hinab bis zu Langlois, der vor einem schmalen zugefrorenen Bach wartete. Pujol befand sich jetzt weiter hinten. Jenseits des Wassers bog der Weg im rechten Winkel ab. Zwischen den Tragen war ein Abstand von ungefähr zweihundert Metern. Langlois – ein ausgefallener Pfadfinder mit seinem phantastischen Haarpinsel –, der etwa einen Kilometer voraus war, wirkte auf seinem

Esel in dem mählich aufsteigenden Nebel wie ein Gespenst. Hinter Scali und Magnin kam nur noch der Sarg. Die Tragen setzten nacheinander über den Bach: Der Zug zeichnete sich nun im Profil gegen den gewaltigen, von senkrechten Schatten durchschnittenen Felsenhintergrund ab.

»Weißt du«, fing Scali an, »da hab' ich doch mal . . .«

»Schau nur, welch ein Gemälde!«

Scali verschluckte seine Geschichte; sie wäre wohl Magnin ebenso auf die Nerven gegangen, wie der Vergleich dessen, was sie hier vor sich sahen, mit einem Gemälde Scali auf die Nerven ging.

Zur Zeit der Ersten Republik hatte ein Spanier Scalis Schwester, der er weder besonders gefiel noch mißfiel, den Hof gemacht und sie eines Tages in sein Landhaus in der Gegend von Murcia eingeladen. Ein Lustschlößchen aus dem Ende des 18. Jahrhunderts: cremefarbene Säulen vor orangenen Mauern, Stuckdekorationen in Tulpenform und im Garten zackig zugestutzter Zwergbuchs unter granatroten Rosen. Einer der früheren Eigentümer hatte darin ein winziges Schattentheater von dreißig Plätzen errichten lassen. Als die beiden eintraten, brannte die Laterna magica, und die Schattenfiguren huschten über die Miniaturleinwand. Der Spanier erreichte, was er wollte: Sie schlief noch in derselben Nacht mit ihm. Scali hatte damals seine Schwester um dieses Traumgeschenk beneidet.

Während er dem Bach entgegengetragen wurde, dachte er an die vier Logen, lachsfarben und golden, die er nie gesehen hatte – ein Haus, voller Vogelgezwitscher, mit Gipsbüsten zwischen dem dunklen Laub der Orangenbäume . . . Seine Trage wurde über den Bach gehoben und machte eine scharfe Wendung. Plötzlich sah er die Stiere vor sich. Das Spanien seiner Jugend, die Szenerie seiner Schwärmereien, wo waren sie hin? O Jammer! Spanien, das war jetzt das verbogene Maschinengewehr auf dem Sarge des Arabers und die fröstelnden Vögel, die in den Schluchten kreischten.

Die vorderen Maultiere machten eine Wendung, schlugen wieder die ursprüngliche Richtung ein, verschwanden hinter der Bergwand. Von nun an ging der Weg direkt nach Linares hinunter: Magnin erkannte seinen Apfelbaum wieder.

Auf welchen Wald mochte dort hinter dem Felsen ein solcher Platzregen niedergehen? Magnin setzte sein Maultier in Trab, überholte alle und gelangte an die Biegung. Es war kein Platzregen, sondern das Rauschen der Sturzbäche, das ihm der Fels wie eine Aussicht verborgen hatte und das man auf der andern Seite nicht hörte. Es schien aus Linares heraufzutönen, als sendeten die Ambulanzwagen und die wiedergefundene Menschenwelt dieses Rauschen wie das eines ständig im Laub wühlenden Windes aus dem Talgrund empor. Noch sank der Abend nicht, aber das Licht verlor schon an Kraft. Magnin, ein Reiterstandbild, quer auf seinem ungesattelten Maultier, betrachtete den Apfelbaum im Kreise seiner gestorbenen Äpfel. Langlois' Kopf mit dem blutigen Rasierpinsel oben schob sich jetzt an seinen Zweigen vorbei. In der plötzlich von dem Tosen lebendigen Wassers angefüllten Stille schien dieser Ring, voll von Verwesung und von Keimen, jenseits des Lebens und des Todes der Menschen den Rhythmus des Lebens und des Todes der Erde darzustellen. Magnins Blick irrte zwischen dem Baumstamm und den alterslosen Schluchten hin und her. Die schwankenden Tragen zogen eine nach der andern an ihm vorüber. Wie über den Kopf Langlois', breiteten sich die Äste über sie, jetzt über das leichenhafte Lächeln Taillefers, dann über Mireaux' kindliches Gesicht, über den flach anliegenden Verband von Gardet, über die aufgeschlitzten Lippen von Scali, über jeden der blutbefleckten Körper, die in einer brüderlichen Wiegebewegung zu Tale getragen wurden. Der Sarg mit seinem wie ein knorriger Ast verbogenen Maschinengewehr folgte als letztes. Magnin ritt weiter.

In einem dumpfen Begreifen fühlte er eine Übereinstimmung zwischen den Schluchten, in die sie jetzt wie in das Erdinnere selbst hinabstiegen, und der Ewigkeit der Bäume. Er dachte an die Steinbrüche, in denen man einst die Gefangenen umkommen ließ. Aber dieses zerschmetterte Bein, das nur noch durch einige Muskeln zusammenhielt, dieser wie tot hängende Arm, dieses zerfetzte Gesicht, dieses Maschinengewehr auf dem Sarg, all die willig hingenommenen, ja gesuchten Gefahren, der feierliche, urzeitliche Zug dieser Tragen, all das war ebenso unabdingbar wie die fahlen Felsen unter dem lastenden Himmel, wie die ewige Wiederkehr der auf der Erde verstreuten Äpfel. Wiederum hörte man hoch am Himmel Raubvögel schreien. Wie lange hatte er noch zu leben? Zwanzig Jahre?

»Warum ist der arabische Flieger mit euch gekommen?«

Eine der Frauen kam mit zwei anderen auf ihn zu.

Dort oben kreisten die Raubvögel mit unbewegten Flügeln wie Flugzeuge.

»Ist es wahr, daß man Nasen jetzt wieder zusammenflicken kann?«

Je mehr sie sich in der Schlucht Linares näherten, um so breiter wurde der Weg; die Bauern gingen jetzt neben den Tragen her. Die Frauen in Schwarz mit dem Kopftuch und dem Korb am Arm traten in ihren hilfreichen Bemühungen an die Verwundeten immer von derselben Seite heran, nämlich von rechts. Die Männer hingegen gingen hinter den Tragen her, ohne sie jemals zu überholen, und zwar in einer Reihe nebeneinander und sehr aufrecht, wie Menschen es tun, denen eben eine Last von den Schultern genommen worden ist. Bei jeder Ablösung wechselten die neuen Träger den steifen Marschtritt gegen die behutsamen und liebevollen Bewegungen, mit denen sie die Tragstangen ergriffen. Doch gleich darauf setzten sie mit dem kräftigen Hopp! der täglichen Arbeit ihren Weg fort, als schämten sie sich der Gebärde, durch die sie ihr Herz offenbart hatten. Einzig den Steinen des Pfades zugewandt und nur bemüht, die Tragen nicht zu erschüttern, bewegten sie sich im Gleichschritt, der sich bei jeder stärkeren Senkung verlangsamte; und dieser auf der ganzen langen Strecke dem Schmerze angepaßte Rhythmus schien die tiefe Schlucht, über der hoch oben die letzten Vögel kreischten, gleich dem Trommelwirbel eines Trauermarsches zu erfüllen. Doch war es nicht der Tod, der hier im Einklang mit dem Maß der Berge war, nein, der Wille der Menschen.

Unten am Ausgang der Schlucht wurde ein Teil von Linares sichtbar, und der Abstand zwischen den Tragen wurde geringer; der Sarg kam nun dicht hinter Scalis Trage. Das Maschinengewehr war dort befestigt, wo gewöhnlich Kränze liegen; der ganze Zug verhielt sich zu einem Leichenzug, wie sich das verbogene Maschinengewehr zu Trauerkränzen verhielt. Weit drüben an der Landstraße nach Saragossa brannten rings um die faschistischen Maschinen die Bäume des schwarzen Wäldchens im sinkenden Tag noch immer. Die werden nicht nach Guadalajara fliegen! Und der Marsch dieser schwarzgekleideten Bauern, dieser Frauen mit dem unter zeitlosen Kopftüchern verborgenen Haar schien nicht so sehr das Geleite von verwundeten Soldaten als ein strenger Triumphzug zu sein.

Der Hang fiel jetzt sanft ab. Die Träger hatten mit ihrer Last den Weg verlassen und gingen quer über den grasigen Boden, umringt von den Bergbewohnern. Aus Linares kamen Kinder gelaufen; hundert Meter von den Tragen traten sie zur Seite, ließen diese vorbei und schlossen sich dann dem Zuge an. Die Straße mit dem Kopfsteinpflaster, die schlüpfriger war als die Bergpfade, führte an den Wällen entlang bis zum Tore.

Hinter den Zinnen drängte sich ganz Linares. Das Tageslicht nahm ab, doch war es noch nicht Abend. Obgleich es nicht geregnet hatte, glänzte das Pflaster, und die Träger nahmen sich beim Gehen in acht. In den Häusern, deren obere Stockwerke über die Wälle schauten, brannten einige spärliche Lichter.

Der erste war immer noch der Bombenschütze. Die Bäuerinnen auf dem Wall schauten ernst, aber nicht erschreckt drein, denn aus der Decke blickte nur das Gesicht des Verwundeten hervor, und das war unverletzt. Das gleiche galt für Scali und für Mireaux. Langlois in seinem donquijotesken Aufzug mit blutiger Binde und zum Himmel weisenden Zehen (er hatte von seinem verstauchten Fuß den Stiefel abgezogen) rief ihr Erstaunen hervor. War es möglich, daß die romantischste aller Kriegsarten, der Luftkrieg, ein solches Ende nahm? Die Stimmung wurde lastender, als Pujol vorbeikam: Noch war es so hell, daß die aufmerksam spähenden Augen die großen Blutkrusten auf dem Ledermantel erkennen konnten. Als Gardet vorbeigetragen wurde, senkte sich über diese schon schweigende Menge eine solche lautlose Stille, daß plötzlich das ferne Rauschen der Sturzbäche zu hören war.

Alle andern Verwundeten konnten sehen und hatten sich beim Anblick der Menge bemüht, zu lächeln, sogar der Bombenschütze. Gardet aber war blicklos. Er lebte noch – von den Wällen aus konnte die Menge hinter ihm den Umriß des Sarges erkennen. Bis zum Kinn in die Decke gehüllt, glich

Gardet mit seiner helmartigen Kappe über dem flachen Verband, unter dem sich keine Nase befinden konnte, genau der Vorstellung, die sich die Bauern seit Jahrhunderten vom Kriege machen. Und doch hatte diesen Mann da niemand gezwungen zu kämpfen! Einen Augenblick lang standen sie reglos, aber dennoch entschlossen, etwas zu tun. Endlich hoben sie, wie die von Valdelinares, schweigend die Faust.

Ein kalter Sprühregen setzte ein. Links die großartige Felsenszenerie, in der sich der abendliche Regen zusammenbraute, rechts zu Hunderten das Volk, reglos mit erhobener Faust; dazwischen zogen die letzten Tragen, die Bergbauern und die Maultiere hindurch. Die Frauen weinten still vor sich hin, und es war, als wollte der Zug mit dem Geklapper seiner Holzschuhe dem seltsamen, vom ewigen Schrei der Raubvögel und unterdrücktem Schluchzen erfüllten Bergesschweigen entrinnen.

Der Krankenwagen ist abgefahren.

Durch das Guckfenster, das die Verbindung mit dem Chauffeur herstellt, kann Scali viereckige Ausschnitte der nächtlichen Landschaft sehen. Ab und zu ein Stück der Wälle von Sagunt, Zypressen, gewaltig und schwarz im vom Mondlicht durchfluteten Nebel, der vor den Nachtbombardierungen schützt; unwirkliche weiße Häuser, Häuser des Friedens, phosphoreszierende Orangen in schwarzen Gärten.

Shakespearesche Gärten, italienische Zypressen ... »In einer solchen Nacht, o Jessica ...« In dieser Welt gibt es auch Glück. Der Bombenschütze auf seiner Trage stöhnt bei jedem Stoß des Wagens.

Mireaux denkt an nichts; er hat hohes Fieber; mühselig schwimmt er in einem brennend heißen Wasser.

Der Bombenschütze denkt an sein Bein.

Gardet denkt an sein Gesicht. Gardet liebt die Frauen.

Magnin hört, was Vargas ihm durchs Telefon sagt: »Dies ist jetzt der Entscheidungskampf, Magnin. Schaffen Sie alles herbei, was Sie können. Auf welche Weise immer!«

»Die Höhensteuerung des *Marat* ist so gut wie hin ...«

»Auf welche Weise immer ...

VIERTES KAPITEL

Guadalajara, 18. März

Die Italiener waren zum Gegenangriff auf Brihuega angetreten; kamen sie dort durch, so faßten sie die gesamten republikanischen Streitkräfte im Rücken. Das bedeutete neuerliche Bedrohung von Guadalajara, Abschneidung der Mittelgruppe der Armee von Madrid, so daß die Stadt faktisch ohne Verteidigung wäre, keine Rückzugslinie mehr für die Bataillone Dimitroff, Thälmann, Garibaldi, André-Marty, Sechster Februar; den Verlust von Trijueque und Ibarra und die Unmöglichkeit, Campesino in seinem Wald zu unterstützen.

Die Bataillone Thälmann und Edgar André hatten sich wieder einmal festgebissen.

Das Bataillon Dimitroff – Kroaten, Bulgaren, Rumänen, Serben, alle Balkanvölker und die jugoslawischen Studenten aus Paris – griff im Schrapnellfeuer an. Das waren die Burschen, die in den Faschisten ihnen gegenüber die Mörder der Ihren sahen; die Burschen, die vierundzwanzig Stunden den italienischen Kampfwagen, die vor ihrem Waldstück lauerten, Schimpfworte zugebrüllt hatten (genau wie in der Schlacht am Jarama); die Burschen, die einen mühsam eroberten Kilometer, schäumend vor Wut, wegen einer Frontbegradigung wieder aufgeben mußten; die Burschen, die, um sich vor der Kälte zu schützen, zu viert und zu fünft aneinandergedrängt wie die Fliegen schliefen.

Ein verwundeter Zugführer, ein Montenegriner, der auf seinem Weg nach hinten seinen linken zerschmetterten Arm mit dem rechten stützte, brüllte: »Kümmert euch um eure Stellung, verdammte Bande, und nicht um mich!«, als ihm ein im Schneegestöber heransausendes Explosivgeschoß den Schädel zertrümmerte.

Es hatte wieder zu schneien begonnen, und an der ganzen Front war den Männern, die vorgingen, den Kopf zwischen den Schultern und in der Erwartung, getroffen zu werden, die Bauchmuskeln verkrampft, zumute, als tanzten die Bleikugeln der Schrapnells wie die Flocken um sie.

Beim Bataillon Thälmann hörte man nur noch die Worte: »Zu fressen!« und »Mensch, kein Krieg ohne Opfer!« Der Politkommissar der Maschinengewehrkompanie, der einen Bauchschuß hatte und delirierte, schrie: »Schickt unsere

Tanks! Schickt unsere Tanks!« Das Bataillon hatte seit Beginn der Schlacht den elften Angriff abgewiesen. Von den Bäumen waren nur noch Stämme ohne Äste übrig.

»Das ist ja kein Krieg mehr«, brüllte Siry bei den Franko-Belgiern, »das ist wie der Tripper – so was endet nie!«

Und er pfiff sein unvermeidliches Amsellied. Die Gewehre begannen ihnen die Hände zu verbrennen. Bei Manuel blieben Pepes Leuten nur siebenhundertfünfzig Schuß für ein Maschinengewehr, das sechshundert in der Minute feuerte. Die Hälfte wurde an die Infanterie verteilt. Über die unbenutzbaren Gewehre kamen den Neulingen die Wuttränen. »Hierher das Maschinengewehr!« schrie der Zugführer. Als sich der Rauch der ersten Granate verzog, lag er tot auf der Stelle, auf die er gewiesen hatte. Aber die Munition traf ein und auch ein paar jämmerliche Gewehre.

Endlich erscholl aus den Wäldern und Äckern, die sich gegen Brihuega hinunterzogen, ein Schrei, trotz dem wieder einsetzenden Geschützfeuer nicht zu überhören; er stieg auf aus den Olivengärten, von den Mäuerchen, an die sich die Republikaner wie Insekten festklammerten, aus den Gehöften und den aufgewühlten Feldern. Der Himmel schien unter dem wütenden Krachen aller faschistischen Batterien zu zerreißen: Die republikanischen Tanks rollten heran.

An der ganzen Front in einer Breite von fünfzig Fahrzeugen griffen sie an, von einem Ende des je nach der Dichte des Schneefalls bald verhüllten, bald entschleierten Horizonts zum andern. Die Männer, die zwanzig Minuten lang unter den bereiften Olivenbäumen sich einem quälenden, unruhigen Schlummer hingegeben, andre, die, vor Erschöpfung zusammengerollt, geschlafen hatten und wie zu Holz erstarrt erwacht waren, liefen nun hinter den letzten Kampfwagen her, die ihren Blicken von Zeit zu Zeit im Schneesturm entschwanden.

Beim 5. Korps war der Kommandeur der 1. Kompanie der erste, der fiel. Einige Minuten später erfolgte die furchtbare Explosion eines republikanischen Tanks, dessen Flammen das schneebedeckte Feld und die gleichsam in der Luft stehengebliebenen Flocken darüber mit bläulichem Licht übergossen. Im Kreuzfeuer der feindlichen Maschinengewehre gruben die hinter Baumstümpfen platt auf dem Bauche liegenden Männer sich mit Hilfe ihrer Magazine und ihrer Stahlhelme ein (beim Gebrauch der Bajonette hätten sie sich aufrichten müssen), sprangen für eine Sekunde hoch, schleuderten ihre Handgranaten und warfen sich wieder hin, während die feindlichen Maschinengewehre das Feld bestrichen. Von sechs Freiwilligen, die ihren verwundeten Hauptmann zurückbringen wollten, fielen vier. Die im Anschluß liegenden Internationalen hörten nur, wie die Explosivgeschosse über sie hinwegpfiffen und manchmal eine Stimme, die rief: »Holla, geht's noch immer?«, worauf andere antworteten: »*Muß* gehen, und bei euch?« Und wie ein Grundbaß, wie ein Chor der Verzweiflung ertönte über das ganze Feld hin der Ruf: »Nachschub! Nachschub!«

Schließlich um drei Uhr überwältigte sie vor Müdigkeit doch der Schlaf; wieder wurde Kaffee verteilt; die Soldaten fürchteten die Kälte der Nacht. Eingehüllt in ihre Kapuzenmäntel, mußten sie an die Schützengräben in Madrid denken, wo sie manchmal gleichzeitig aßen und schossen, wo die Lustigmacher Mäuse dressierten, wo die Soldaten in Erwartung der Granaten in aller Ruhe Kinderbilder beschauten; oder sie dachten an die Schlacht von Jarama, wo sie hinter den faschistischen Tankwagen zum Angriff vorgegangen waren, wenn diese ihre Munition verschossen hatten, oder an jene Kerle, die nach Urin brüllten, um die Rohre ihrer Maschinengewehre zu kühlen.

»Kein Tank ohne Kugel, keine Kugel ohne Tank«, sagte Pepe, stolz auf seine Formulierung, zu seinen vorgehenden Leuten. Rechts von ihm fanden die vom 5. Korps die Luft gespickt von Kugeln und rückten trotzdem vor und gingen im Schutze des Feuers der gesamten Artillerie los, das von einem spanischen Offizier ausgezeichnet gelenkt wurde. Die Pazifisten des Hilfsdienstes ohne Armbinde bekämpften die Tanks mit Handgranaten, um ihre Verwundeten freizubekommen.

Die von einigen angestimmte Internationale wurde sofort von einem gewaltigen Wutgebrüll der Spanier und dem sehr kurzen in zehn Sprachen hervorgestoßenen Ruf der Internationalen »Vorwärts!« übertönt.

»Die Faschisten werden von ihrer Fliegertruppe nicht genügend unterstützt«, hatte ein Offizier des Luftstabes gesagt.

Die Wolken hingen bis auf zweihundert Meter herab, und neuer Schneefall stand bevor.

»Ihre Flughäfen liegen jenseits der Sierra«, hatte Sembrano geantwortet. »Es ist wenig wahrscheinlich, daß sie herüberkommen.«

Er trug den Arm in der Binde und war nicht imstande, ein Flugzeug zu führen. Die italienischen Truppen lagen zwischen den Republikanern und der Sierra.

Vargas sagte nichts.

»Nach menschlicher Berechnung«, hatte einer der Offiziere geäußert, »riskieren wir den Verlust unserer ganzen Luftwaffe, wenn wir aufsteigen: Es braucht nur ein Unwetter auszubrechen ... Keine militärische Befehlsstelle würde die Verantwortung für eine solche Katastrophe übernehmen ...«

Vargas hatte darauf den Ordonnanzoffizier gerufen.

»Ihre Flugzeuge in Teruel können selbst bei solchem Wetter die Sierra umfliegen«, meinte Sembrano.

»Ich glaube nicht, daß welche übriggeblieben sind«, erwiderte Vargas.

»Hallo«, sagte der Ordonnanzoffizier am Telefon. »Alcalá? Schicken Sie sofort alles Verfügbare nach Flughafen 17, Guadalajara! Hallo! Ist dort Flughafen 21? Schicken Sie alles Verfügbare nach Flughafen 17, Guadalajara! Hallo? Sarrion? Schicken Sie alles Verfügbare nach Flughafen 17, Guadalajara!«

»Wenn wir diese Schlacht verlieren«, hatte Vargas gesagt, »verlieren wir alles. Immerhin sind wir für unsere Flugzeuge nur dem spanischen Volke Rechenschaft schuldig. Für die Faschisten liegt der Fall komplizierter ... Also los!«

Und zum erstenmal seit Monaten setzte er wieder seine Fliegerkappe auf.

Die Neuen griffen an. Dieses Bataillon, dessen Soldaten noch nicht den nationalen Einheiten zugeteilt worden waren, setzte sich hauptsächlich aus frisch angekommenen Freiwilligen ferner Länder zusammen: Griechen, Juden, Syrern aus Nordamerika, Kubanern, Kanadiern, Iren, Südamerikanern und einigen Chinesen. Zunächst hatten sie kreuz und quer gefeuert: Selten findet man Menschen, die nicht bei ihrem ersten Kampfeinsatz möglichst viel Lärm machen. Beim erstbesten Stoß hielten sie sich für verwundet, weil man ihnen erzählt hatte, daß Verwundungen anfangs nicht schmerzen. Beim ersten Kugelpfeifen riefen einige prahlerisch aus: »Ach, da zwitschern ja die spanischen Vögelchen!« Sie fühlten sich behindert durch die Helme, an deren Schirm oder Nackenschutz sie bei jedem Schusse stießen, verwirrt durch die Unwirklichkeit der Toten, und erstarrten vor den ersten Verwundeten zu Stummheit: So warteten sie auf den Befehl zum Angriff, und auf allen Gesichtern lag das gleiche gezwungene Lächeln. Dann kam ein gedämpftes Geschrei zu ihnen herüber, das bedeutete, daß das Bataillon *Edgar André* rechts von ihnen auf ungedecktes Gelände vorstieß, und sie stürzten mit Handgranaten hinter den Tanks her.

Auf der äußersten Linken waren Manuels Bataillone durch den Beschuß von Maschinengewehren, die mit außerordentlicher Geschwindigkeit die Stellung wechselten, in große Bestürzung versetzt; nun kam auch noch auf ihre Deckungen maurische Kavallerie mit leichten Maschinengewehren zugeritten. Die Wirkung trat unverzüglich ein: Alles, was sich zum erstenmal leichten Maschinengewehren gegenübersah, wandte sich zur Flucht. Aber Manuel hatte zwischen seine Rekruten von Pepe ausgebildete Dinamiteros verteilt. Diese wußten, daß Reiter in Bewegung nicht zielen können, und fühlten sich ganz sicher. Den ersten Ansturm empfingen sie mit Handgranaten. Gleich darauf verschanzten sie sich hinter einem Wall toter Pferde, wobei ihnen die Rekruten halfen, die nun die Situation erfaßt hatten und auf die Kavalleristen schossen, die sich zu sammeln suchten; sie krochen auch unter die Pferdeleichen und holten sich die leichten Maschinengewehre. Einzig die Rekruten vom Lande blieben zurück: Gegen Menschen waren sie bereit zu kämpfen, aber so schöne Pferde umzubringen, wagten sie nicht. Hinter einem Tank stand Gartner und spornte sie durch Reden an, darauf bedacht, daß seine Gebärden vom Turme gedeckt blieben.

Auf der ganzen Länge der Front hatten sich die Hände der Sanitäter rot gefärbt.

Da, als wäre es zwischen dem weißen Schnee des Bodens und dem schmutzigen Schnee der Wolken durchgeschlüpft, tauchte das erste republikanische Flugzeug auf. Dann erschienen eine nach der anderen und sonderbar anzusehen wie verwundete Veteranen der Miliz, die alten Maschinen, die man seit August nicht erblickt hatte, die kleinen Privatflugzeuge der Señoritos, die Transportmaschinen, die Postflugzeuge, die Verbindungsflugzeuge, Leclercs alter *Orion* und die Schulmaschinen; und die spanischen Truppen empfingen sie mit einem gerührten Lächeln der Erinnerung. Als diese Abordnung der Apokalypse unmittelbar über dem Schneefeld auf die italienischen Maschinengewehrnester zustieß, erhielten sämtliche Bataillone der Volksarmee, die noch in Bereitschaftsstellung standen, Befehl zum Vormarsch. Ungeachtet des tiefverhangenen Himmels und des drohenden Schneefalls füllten die Flugzeuge allmählich, erst drei und drei, dann Staffel auf Staffel, wie Vögel gegen eine Zimmerdecke gegen die Wolken stoßend und sich wieder senkend, den ganzen sichtbaren Horizont, der nur noch ein einziger Schlachthorizont war, und erschütterten mit ihrem Dröhnen den Schnee auf der Erde und über den Leichen. Und die trostlosen Linien der Hänge, so düster wie die Wälder selbst, mit ihren Strichen zerschneidend, entfaltete sich wie eine Invasion die Schlachtformation von achtzig republikanischen Flugzeugen.

Unten auf der Erde rückten, in ihre Mäntel eingehüllt, die Republikaner vor, den Kopf wie die Marokkaner mit spitzen Kapuzen bedeckt. Zwischen den vor den Flugzeugen treibenden Wolkenfetzen wurde einen Moment lang eine zitternde Chaussee sichtbar, die sich als eine italienische motorisierte Kolonne entpuppte; und da der Wind aus der Richtung der republikanischen Linien wehte, konnte Magnin vom *Orion* aus nicht erkennen, ob die Kolonne vor den Kapuzen, vor den Tankwagen, die auf den ungeheuren Flächen ganz verloren wirkten, oder vor den Flugzeugen floh. Oder war es der Wind, der sie gleich den endlosen Wolken, gleich der ganzen Welt vor sich herfegte?

Und dennoch: So sehr hatte er sich noch nie in den Kampf verbissen. Ihm schien, als wären Wolken und Kolonnen der Ausdruck des gleichen mysteriösen Willens, als griffen Kanonen, Faschismus und Unwetter ihn gemeinsam an, als hielte ihn diese fahle Welt vom Siege fern. Eine ungeheure Wolke, so dicht und trübe, daß die Flieger die Empfindung hatten, plötzlich blind geworden zu sein, warf sich den Verkehrsflugzeugen entgegen; ihre Tragflächen umränderten sich mit Schnee und begannen zu zittern in dem rasenden Flockentreiben, das sie zuzudecken suchte, ihnen Himmel und Erde verbarg, sie von allen Seiten her umklammerte. Gleichsam zur Unbeweglichkeit verdammt, stemmten sie sich, in allen Fugen knarrend, mit äußerster Kraft gegen den Wind. Magnin stellte fest, indem er sich an einem grauen, fast schwarzen Punkt orientierte, daß der *Orion* sich um hundertachtzig Grad gedreht hatte. Der Kompaß war verklemmt, die Apparate, welche die Fluglage anzeigten, waren zerstört. Darras nahm trotz der Kälte die Kappe ab und beugte den Kopf mit den weißen Haaren, so weiß wie alles ringsum, über den gleichfalls zerstörten Höhenmesser: Vielleicht sausten sie mit einer Geschwindigkeit von dreihundert Kilometern in der Stunde auf die Erde zu und waren doch keine vierhundert Meter über ihr.

Nein, sie durchstießen eben die Wolke.

Zwischen den Wolkenfetzen, die unmittelbar über der Erde hertrieben, und hoch über dem riesigen platten und bleichen Grönland eines zweiten Wolkenmeers flogen alle republikanischen Maschinen in Linie.

Darras versuchte mit den Flügeln zu wackeln, um den Schnee loszuwerden.

»Achtung – die Bomben, um Himmels willen!«

Er stieß wieder nach unten, ohne sich besonders in acht zu nehmen. »Wenn es zum Kampf im Schnee kommt, das gibt eine schöne Bescherung«, dachte Magnin.

Jetzt, da seine Maschinen in alle Winde zerstreut waren, da seine Kameraden – und nicht für nichts – auf allen Friedhöfen Spaniens lagen, bedeutete er gegenüber der neuorganisierten republikanischen Luftflotte kaum mehr als dieser komische *Orion*, mit dem der Schneesturm Ball spielte, als diese lächerlichen Kisten, die wie welke Blätter durcheinandergewirbelt wurden. Und die sauberen, klaren Linien der Kapuzen dort unter dem Wolkengetümmel bedeuteten nicht nur die Einnahme der italienischen Stellungen von gestern, sondern auch das Neue jenseits einer abgelaufenen Epoche. Was Magnin, von dem *Orion* wie von einem toll gewordenen Fahrstuhl hin und her geschüttelt, heute unter sich sah, er erkannte es: Es war die Geburt des Krieges.

Campesino kam aus seinem Walde, die Garibaldianer und

die Franko-Belgier zogen hinter Dombrowski her, die Karabinieri stiegen längs des Tajuna aufwärts. Von einem Ende der Front zum andern wurden Maschinengewehrschützen, die die Rohre ihrer Maschinengewehre auswechselten und bei der Berührung des heißen Metalls hochfuhren, gleich von Kugeln erwischt. Von einem Ende der Front zum andern rückten die Tankwagen vor, und hinter ihnen liefen Soldaten hin und her, um in ihren Decken eine unerschöpfliche Ernte Verwundeter einzubringen. Ein republikanischer Tank, der mit der Hälfte seiner Raupen über die Leere eines Abgrunds ragte, hob sich im Profil vom Hintergrund des niedrigen Himmels ab. Karlitsch, der endlich Kommandeur einer Tankabteilung geworden war, feuerte unablässig auf die feindlichen Tankabwehrabteilungen – augenlose Menschenschatten, geduckt, die Hände voller Handgranaten.

Bei Teruel hatte Magnin vom Flugzeug aus die Umrisse der ausgedehnten Güter erblickt mit ihren gelassenen oder eigensinnigen Stieren, die verstreut in der vom Kriege heimgesuchten Berglandschaft grasten. Hier sah er im Schnee weniger deutliche Umrisse, zwischen die sich die Steinmäuerchen schoben, gegen welche sich unter ihm der Angriff der Internationalen und der Brigaden aus Madrid richtete, jene ganz neuen Steinmäuerchen, dick und niedrig, wie die Soldaten sie schon aus der Gegend von Teruel und aus dem Süden kannten, sie lagen dort, noch ständig bedroht, zwischen den Umrissen der früheren ungeheuren Großgüter. Er gedachte der brachliegenden Felder, welche die verelendeten, kropfbehafteten Landarbeiter nicht bebauen durften ... Die verbissenen Bauern, die dort unten kämpften, sie kämpften für das Recht, diese Mäuerchen aufzurichten: die erste Bedingung ihrer Menschenwürde. Und, was außerhalb des Vokabulars der Städte lag, Magnin empfand es in all den Träumen, mit denen er sich seit Monaten herumschlug, als einfach und grundlegend wie Geburt, Lust, Schmerz und Tod – den uralten Kampf des Mannes, der den Boden bestellt, gegen den Großgrundbesitzer, der ihn ererbt hat.

Als der *Orion*, gefolgt von seinem vorsintflutlichen Geschwader, zum fünften Male drehte, griff die republikanische Luftwaffe, die durch die Wolken gestoßen war, vor der Linie der Kapuzen an. Von faschistischen Fliegern war kaum etwas zu sehen. Unten, in straffer Ordnung wie auf dem Roten Platz, attackierten die republikanischen Tankwagen, drehten, attackierten von neuem. Tief im Talkessel ragten Brihuegas Klöster und Kirchen kaum aus dem Abendnebel hervor, in dem sich die Flammen der Bomben entzündeten. Die Explosionen zeichneten jetzt die Hufeisenlinie nach, mit der die republikanische Armee die Stadt einschloß; an den äußersten Enden der beiden Hufeisenschenkel flammten kläffende Batterien auf, sie glichen Scheiterhaufen, die gegen die drohenden Schneewolken anleckten. Gelang es, die beiden Schenkel zusammenzuführen, so bedeutete das den Rückzug der Italiener auf der ganzen Guadalajarafront.

Vor der Lücke, die sie trennte, wurden Signalzeichen gegeben, aber der Nebel überzog jetzt alles; es war unmöglich, eine Uniform zu erkennen. Falls die Dunkelheit die Italiener rettete, würden sie einen Gegenangriff auf Trijueque unternehmen. Der taumelnde *Orion* nahm nicht mehr am Kampfe teil (er hatte ja auch keine Bomben mehr); hin und her geschleudert, rang er gegen die Nacht, die über das Schicksal Spaniens hereinbrach wie einst über die Rückkehr Marcelinos. Die ganze Masse der Luftflotte lavierte in einer Höhe von weniger als zweihundert Metern über der Schlacht. Auch sie konnte nichts mehr sehen und blieb dennoch. Aus dem Tajunatal quoll immer noch Nebel auf.

Unter dem Dunst ging der wilde Ansturm der Freiwilligen weiter, der Ansturm, der für die neu aufgestellte republikanische Armee Bestätigung oder Untergang bedeuten sollte. Und die Luftflotte, die die Schlacht vielleicht gewonnen hatte, kreiste, statt abzufliegen. Sie lauerte nicht mehr auf den Feind, war nur noch ein einziges Streben nach Sieg, vergaß ihre Flughäfen ohne Befeuerung, blieb wie gebannt in der sinkenden Nacht.

Magnin überflog die Lücke des Hufeisens in der Höhe eines der Wege nach Horca, der hier ziemlich breit und von verlassenen Lastautos gesäumt war. Er raste dicht über der Erde hin wie damals mit dem Bauern auf der Suche nach dem Flugplatz von Teruel; und während die republikanischen Truppen versehentlich seine Tragflächen mit Kugeln durchlöcherten, erkannte er die Zeichen des Anarchisten Mera, der Karabinieri und derer von Campesino.

FÜNFTES KAPITEL

Die letzten Zuckungen der Schlacht verloren sich grollend in der Ferne. Nachdem Manuel seine Stellungen festgelegt hatte, machte er eine Runde durchs Dorf, um Lastwagen aufzutreiben; sein Hund folgte ihm. Er hatte einen prachtvollen, viermal verwundeten Wolfshund adoptiert, der ehemals den Faschisten gehörte. Je mehr er sich den Menschen entfremdet fühlte, desto mehr liebte er die Tiere: Stiere, Soldatenpferde, Wolfshunde, Kampfhähne. Die Italiener hatten eine Menge Lastautos stehenlassen, und jeder Kommandeur einer Einheit versuchte nun, vor der offiziellen Verteilung so viel wie möglich davon zu ergattern (unter dem listigen Vorwand, daß nicht ein einziger übrigbleiben würde, wenn man wartete, bis Campesino durchkam). Vorläufig waren die Wagen in allen hinreichend geräumigen Gebäuden – Kirchen, Rathäusern, Scheunen – untergestellt. In dem Dorf, das von den Karabinieri besetzt war, standen sie in der Kirche. Doch Manuel hatte erfahren, daß Ximenes schon dort war, und zwar in der gleichen Absicht wie er.

Die Stuckornamente der hohen Kirche aus rotem Stein waren von Kugeln zerhackt. Schräge Lichtstrahlen fielen durch die Bogenfenster der Kathedrale und landeten auf einem Haufen ehemaliger Stühle, die nur noch Kleinholz waren, und auf den Lastwagen, die in guter Ordnung im Mittelschiff standen.

Ein Milizmann, der in der Kirche die Wache hatte, kam hinter Manuel und Gartner her.

»Hast du den Oberst gesehen?« fragte dieser.

»Dort hinter den Wagen ist er.«

»Schlimm, schlimm«, brummte Gartner, »er wird sie sich schon beigebogen haben.«

Manuel, dessen Augen sich an die Dunkelheit noch nicht gewöhnt hatten, blieb beim Anblick eines goldenen Wirrsals stehen, das über dem Portal gleich einer reglosen Feuersbrunst flimmerte: ein Heer von schwebenden Engeln bedeckte rings um die Orgelpfeifen die ganze Wand. Eine außergewöhnliche Orgel. Manuel sah eine Wendeltreppe und stieg neugierig hinauf.

Der Milizmann war ihm nachgegangen, während Gartner,

gleichsam als Wächter der Lastwagen, unten blieb und mit ihm der Hund.

»Wieso ist das hier unbeschädigt?« fragte Manuel den Milizmann.

»Das hat der *ästhetische* Revolutionsausschuß so angeordnet. Da sind ein paar Kerle gekommen und haben zum hiesigen Komitee gesagt: ›Die Orgel und der Chor sind von Wichtigkeit. Sie haben recht, es steckt eine Menge Arbeit drin! Da haben wir dann Maßnahmen ergriffen.«

»Und die Italiener?«

»Hier wurde nicht viel gekämpft. Einmal hat ein Anarchist mit dem verkohlten Ende des Holzscheits, mit dem er die Kapelle über dem Grab von Cervantes anzünden wollte, auf die Wand einen Pfeil in der Richtung auf das unangetastete Kruzifix gemalt und dazu geschrieben: ›Cervantes hat dich gerettet.‹«

»Na, und bist du mit den Maßnahmen einverstanden?« fragte Manuel.

»Bei den Schnitzereien da hat der Mann, der sie gemacht hat, Freude an seiner Arbeit gehabt. Ich persönlich war immer gegen die Zerstörung. Mit den Pfarrern bin ich natürlich nicht einverstanden, aber gegen die Kirchen hab' ich nichts. Wenn's nach mir ginge, würde man aus ihnen lauter Theater machen. Sie sind schön ausgeschmückt, und hören tut man auch gut . . .«

Manuel mußte an die Milizmänner denken, die er damals mit Ximenes an der Tajofront ausgefragt hatte. Er durchspähte aufmerksam das Kirchenschiff und entdeckte schließlich neben einem Pfeiler den geschorenen Kopf, der aus dem Dunkel wie der Flaum eines Küchleins aufblinkte. Manuel wußte, daß Ximenes etwas von Musik verstand. Er warf einen zärtlichen Blick auf die weiße Aureole des alten Enterichs, lächelte, als hätte er sich einen guten Scherz ausgedacht, und setzte sich an die Tastatur.

Er stimmte das erste Stück sakraler Musik an, das ihm einfiel, das Kyrie von Palestrina. Durch das leere Kirchenschiff rauschte der feierliche Chor, steif und schwer wie ein gotischer Faltenwurf, schlecht im Einklang mit dem Kriege und nur allzusehr im Einklang mit dem Tode; trotz den zu Brennholz zerhackten Stühlen, trotz den Lastwagen nahm die

Stimme der jenseitigen Welt Besitz von der Kirche. Manuel fühlte sich ergriffen, nicht durch die Musik, sondern durch die Erinnerung an die Vergangenheit. Der Milizmann starrte ganz verdutzt den Oberstleutnant an, der sich hinsetzte und Kirchenmusik spielte.

»Also, der Kasten funktioniert noch«, sagte er, als Manuel geendet hatte.

Manuel kletterte die Wendeltreppe hinunter. Er streichelte den Hund, der nicht gebellt hatte. Er streichelte ihn häufig, denn er hielt jetzt nichts mehr in der rechten Hand. Gartner erwartete ihn unten an der Treppe. Neben den Lastwagen bedeckten große schwarze Flecken die Fliesen. Manuel war seit langem darüber hinaus, sich zu fragen, von welcher Flüssigkeit solche Flecken wohl herrühren mochten.

»Das Kyrie ist herrlich«, sagte er benommen, »und doch habe ich, als ich es spielte, an etwas anderes gedacht. Ich bin fertig mit der Musik . . . Hast du vorige Woche in der Ortsunterkunft den Stoß Noten auf dem Klavier liegen sehen? Chopin, und zwar das Allerbeste von ihm. Ich habe darin geblättert, all das gehört einem anderen Leben an . . .«

»Es war vielleicht zu spät . . . oder zu früh.«

»Vielleicht . . . aber ich glaube es nicht. Ich glaube, daß für mich mit dem Krieg ein anderes Leben begonnen hat, so völlig anders wie damals, als ich zum erstenmal mit einer Frau schlief . . . Der Krieg macht keusch . . .«

»Darüber ließe sich so manches sagen.«

Schließlich stießen sie auf den Oberst, der die Motoren überprüfen ließ.

»Nun, mein Junge, Sie waren es also, der mit seinem Spiel für mich die Engel vom Himmel herunterzauberte? Danke schön. Das haben Sie eigens für mich gemacht, nicht wahr?«

»Ich habe es mit Freuden getan.«

Ximenes sah ihn an. »Manuel, Sie werden vor Ihrem fünfunddreißigsten Lebensjahr General werden . . .«

»Ich bin ein Spanier des 16. Jahrhunderts«, sagte Manuel mit seinem ernsten, gewinnenden Lächeln.

»Aber hören Sie mal, Sie sind doch nicht Berufsmusiker. Wo zum Kuckuck haben Sie denn Orgelspielen gelernt?«

»Das ist das Ergebnis einer Unterschiebung. Der Geistliche, der mir Latein beibringen sollte, ließ von zwei Stunden immer eine ausfallen: die zweite diente meinem Vergnügen. Anfangs war es allerdings mehr sein Vergnügen als das meine. An ein auf dem Trödelmarkt erstandenes altes Trichtergrammophon steckte er eine Nadel aus Elfenbein, damals ein großer Luxus, und spielte Verdi. ›Die Afrikanerin‹ konnte ich auswendig. Später wollte ich in der freien Stunde ›Taktik‹-Unterricht von ihm haben, Taktik, Herr Oberst! Worauf er mir bedeutete, daß ein solcher Unterricht weder mit seinen Kenntnissen noch mit seinem Berufe in Einklang zu bringen sei; aber er schenkte mir einen Schuhkarton voll ausgeschnittener Papiersoldaten.«

Auf Bahren oder in Decken wurden Soldaten aus Fleisch und Blut, lebende oder tote, vorbeigetragen.

»Da kamen die Grammophonplatten mit Palestrina heraus. In der perfiden Absicht, sich vor den Taktikstunden zu drükken, legte er nun diese unter die Elfenbeinnadel und den blumenförmigen Trichter. Voller Erfolg. Ich ließ die Taktik fahren und verlangte Orgelspielen zu lernen. Ich war schon damals ein guter Pianist.«

»Sehen Sie, mein Junge, es gibt also nicht nur schlechte Priester«, bemerkte ironisch der alte Enterich.

Manuel kam listig auf die Lastwagen zu sprechen. Aber kaum hatte er begonnen, als ihm Ximenes das Wort abschnitt: »Da nützt alle Strategie nichts. Bis die Befehle eintreffen, sind die Fahrzeuge hier sakrosankt.«

»Selbstverständlich sind sie es, da sie sich in einer Kirche befinden. Aber Ihre Karabinieri haben doch schon Kleinlastwagen.«

Ximenes kniff ein Auge zu und höhnte: »Nichts zu machen! Sie werden mit dreißig Jahren General sein, aber meine Wagen kriegen Sie nicht. Im übrigen reichen sie nicht einmal für mich. Wir wollen uns zusammen auf die Suche nach weiteren machen.«

»In der Sierra habe ich einmal einem Milizmädchen gesagt, daß sie schöne Haare hat, und sie gebeten, mir eins zu schenken. Sie hat mich abblitzen lassen, Sie, Herr Oberst, sind genauso geizig wie das Mädchen.«

»Requirieren Sie einen Schraubenschlüssel, und kein Wort mehr!«

Sie fuhren los. Schon vor Brihuega hatte jeder drei Lastwagen aufgetrieben. Die von Gartner und Ximenes mitgenommenen Fahrer setzten sich an das Steuer und kamen nach.

»Wir schauen wie ein andalusischer Hochzeitszug aus. Das macht mir Spaß«, sagte Manuel.

»Wir sind schon bei Kilometer 88!« rief ihnen ein Meldefahrer zu.

Der Sieg lag in der Luft.

Auf dem Hauptplatz von Brihuega vor dem Stabsquartier (wo alle höheren Offiziere im Lauf des Vormittags sich melden mußten) standen García und Magnin und hörten einem alten Bramarbasierer mit einer Künstlerschleife zu. Er war seit Tagen unrasiert und allem Anschein nach aus einem Keller auferstanden.

»Als man sich entschloß«, sagte er, »uns samt und sonders rauszuschmeißen, hat man alles entsprechend gedeichselt. Bloß die Drähte, an die wir unsere Hosen hängten, hat man gelassen. Und die Fremdenführer wußten durchaus nicht, wie sie diese Drähte erklären sollten. Bis auf einen. Das war ein alter Kumpan, ein Künstler. Der Kerl ...« Er mimte die Bewegung eines Menschen, der seine lange Mähne kämmt. »... der Kerl malte Aquarelle, machte Verse, kurz alles: mit einem Wort, ein Künstler. Und er sagte zu den Fremden im Alcázar von Toledo: ›Meine Damen und Herren, der Cid Campeador hatte natürlich eine Masse zu tun; und als er alle seine Arbeiten, seine Befehle, seine Schreibereien, seine Feldzüge beendet hatte, kam er in diesen Saal. Ganz allein. Und was glauben Sie, was er hier tat, um sich zu erholen? Er hängte sich an den Draht da und fing, schwuppdich! zu schaukeln an‹.«

»Der Kamerad war nämlich selber Fremdenführer im Palast von Guadalajara«, sagte García zu Manuel und Ximenes, »und früher in Toledo.«

Er war ein alter Mann mit kurzem Backenbart und dem Gesicht und den Gebärden geborener Komödianten, die nur in der Fiktion leben können.

»Auch ich hatte den Rummel gern, alles Originelle, ehe ich meine erste Frau verlor ... Ich bin durch die ganze Welt gekommen, mit einem Zirkus herumgezogen. Wo immer es etwas zu sehen gab, bin ich hingelaufen. Aber diese ganze Geschichte da ...« Dabei zeigte er mit dem Daumen in Richtung Guadalajara, von wo der Wind unter den tiefliegenden Wolken Aasgeruch heraufwehte und wohin die italienischen Gefangenen abtransportiert wurden. »Diese ganze Geschichte und die Kardinäle und sogar die Grecos, die Globetrotter und die ganze Bande, wenn man das fünfundzwanzig Jahre mit angesehen hat, und der Krieg, wenn man den nur sechs Monate gesehen hat ...«

Immer wieder wies er nach Südwesten in die Richtung, wo Guadalajara, Madrid und Toledo lagen, dann machte er eine Gebärde, als wedelte er gleichmütig Fliegen ab.

Ein Offizier erstattete Manuel eine Meldung. »Wir sind bei Kilometer 90«, rief dieser und klopfte seinem Hunde kräftig auf den Rücken. »Der Feind läßt sein ganzes Material im Stich!«

»Soll ich Ihnen was sagen, Herr?« hob der Fremdenführer wieder an. Er zuckte die Achseln und sagte, als fasse er die Erfahrungen seines ganzen Lebens zusammen: »Steine ... Steine ... alte Steine ... Das ist alles. Wenn Sie ein bißchen nachgraben, stoßen Sie vielleicht auf etwas, das die Mühe lohnt, auf Sachen aus den Zeiten der Römer. Über dreißig Jahre vor Christi Geburt! Wohlgemerkt *vor* Christi Geburt. Das ist noch was. Sagunt, das ist was Großartiges! Oder meinetwegen die neuen Stadtviertel in Barcelona. Aber die Denkmäler? Wie der Krieg: nichts als Steine ...«

Unter den italienischen Kriegsgefangenen, die vorbeigeführt wurden, befanden sich etliche Mauren.

García sagte: »Je länger euer Kampf dauert, um so inniger fühlt ihr euch mit Spanien verbunden. Ich hingegen, je länger ich arbeite, um so ferner rückt mir die Heimat. Ich habe heute den Vormittag damit verbracht, maurische Gefangene zu vernehmen. Es gab hier wenige Mauren, aber immerhin gab es welche; überall sind sie. Erinnern Sie sich, Magnin, wie Vargas mir sagte: Die Mauren sind nur zwölftausend Mann? Nun und? Wir haben hier eine ziemlich große Anzahl von Mauren aus den französischen Kolonien. Augenblicklich befindet sich der Islam als solcher, nämlich als geistige Gemeinschaft, fast ganz in den Händen Mussolinis. Die Franzosen und die Engländer verfügen in Nordafrika noch über die Organisationen auf dem Verwaltungsgebiet, aber Italien ist Herr über die religiösen Organisationen. Und das unmittelbare Ergebnis ist, daß wir hier in Brihuega maurische und italienische Gefangene einbringen. Agitation in Französisch-Marokko, in Libyen, Agitation in Palästina, in Ägypten; und Franco verspricht dem Islam die Rückgabe der Moschee von Córdoba . . .«

García liebte es zu reden, und die andern hörten ihm gerne zu.

Sie lasen sonst nur Zeitungen, auf denen der Druck der Kriegszensur lastete; García dagegen war wohlunterrichtet. Trotzdem hörten weder Manuel noch Ximenes auf, an ihre Lastwagen zu denken.

Vor der Tür des Hauses, in das er sich während der italienischen Besetzung geflüchtet hatte, stand eine Frau und rief den Fremdenführer.

»Jetzt«, sagte er zu García, »werden wir Azaña am Werke sehen. Was wird er tun? Das ist die große Frage . . .«

Und er reckte feierlich den Zeigefinger gegen den niedrigen Himmel. Plötzlich fiel er aus dem geheimnisvollen Ton, den er angeschlagen hatte, und sagte mit der größten Wurstigkeit: »Gar nichts. Er wird nichts tun. Man kann ja gar nichts tun . . . Franco, natürlich, das ist ein Gorilla. Aber abgesehen von ihm: ob Azaña oder Caballero, ob U. G. T. oder C. N. T. oder ihr hier allesamt, jetzt, wo ich aus meinem Kellerloch heraus bin, werde ich meine Kunden wieder bedienen und meine Idioten wieder herumführen, und so werde ich in Guadalajara Kunden bedienen und Idioten herumführen, bis ich sterbe . . .«

Die Frau rief noch einmal nach ihm, und er zog ab.

»Der ist gelungen«, sagte Magnin.

»Im leidenschaftlichsten Bürgerkrieg«, erklärte García, »gibt es doch immer einen großen Haufen Gleichgültiger . . . Sehen Sie, Magnin, nach acht Monaten Krieg bleibt mir doch etwas einigermaßen schleierhaft: In welchem Moment fällt ein Mann die Entscheidung, zum Gewehr zu greifen?«

»Unser Freund Barca hat sich über diese Frage ernste Gedanken gemacht«, flocht Manuel ein.

Der Wolfshund bellte zustimmend.

»Über die Gründe, die einen Menschen zum Kampf treiben, gewiß; aber was mich interessiert, ist der Augenblick selbst, die Auslösung. Ich möchte fast sagen, daß der Kampf, die Apokalypse, die Hoffnung nichts als lauter Köder sind, deren sich der

Krieg bedient, um die Menschen zu fangen. Schließlich beginnt auch die Syphilis mit der Liebe. Der Kampf gehört zu der Komödie, die fast jeder Mensch sich selber vorspielt, und er stürzt uns in die Verwicklungen des Krieges hinein, wie fast alle unsere Komödien uns in die Verwicklungen des Lebens stürzen. Jetzt erst beginnt der eigentliche Krieg.«

Das gleiche hatte Magnin im *Orion* gedacht, und viele andere vermutlich auch. Das Gespräch brachte ihm seine Unterhaltung mit García und Vargas am Abend von Medellin in Erinnerung; und abermals überkam ihn das Gefühl, daß es mit der Internationalen Luftflotte vorbei sei.

»Binnen kurzem wird Japan in den Kampf eintreten . . .«, sagte García. »Ein Reich, beinahe so groß wie das britische Empire, ist dort drüben im Werden . . .«

»Wenn man denkt, was Europa bedeutet hat, als wir zwanzig Jahre alt waren«, sagte Magnin, »und was es heute ist . . .«

Manuel, Gartner und Ximenes machten sich wieder auf die Jagd nach Lastwagen; García nahm Magnin am Arm. »Wie steht es mit Scali?« fragte er.

»Er hat über Teruel ein Explosivgeschoß in den Fuß abgekriegt. Wird ihn verlieren . . .«

»Wie hat er sich politisch entwickelt?«

»Hm, hm, na ja; immer mehr nach der anarchistischen Seite, immer mehr von Sorel beeinflußt, beinahe antikommunistisch . . .«

»Seine Opposition gilt der Partei, nicht dem Kommunismus.«

»Sagen Sie, Herr Kommandant, was halten Sie eigentlich von den Kommunisten?«

Schon wieder, dachte García.

»Mein Freund Guernico«, erwiderte er, »pflegte zu sagen: ›Sie sind unerhört tüchtig in der Aktion – aber auch nur darin allein.‹ Aber in diesem Augenblick kommt es eben auf die Aktion an . . .«

Er senkte die Stimme, wie immer, wenn er über ein peinliches Erlebnis sprach: »Heut früh war ich bei den italienischen Gefangenen. Da war einer, nicht mehr ganz jung, der heulte wie ein Schloßhund. Ich frage ihn, was er hat; er weint und weint und weint . . . Endlich stößt er heraus: ›Ich habe sieben Kinder . . .‹ – ›Na, und?‹ frage ich.

Schließlich geht mir ein Licht auf: Der Mann ist überzeugt, daß wir alle Kriegsgefangenen erschießen. Ich setze ihm auseinander, daß das nicht der Fall ist, und er glaubt mir schließlich. Auf einmal gerät er in Rage, springt auf eine Bank, hält eine wutbrüllende Rede – zehn Sätze: Man hat uns in Italien belogen usw. – und brüllt zum Schluß: ›Nieder mit Mussolini!‹ Er findet keinen rechten Widerhall, fängt also wieder von vorne an. Und diesmal wiederholen die Gefangenen rings um ihn ganz leise, wie ein Chor mit zugenähten Lippen ›Nieder . . .‹ und dabei schielen sie ängstlich nach den Türen . . . und doch sind sie bei uns . . . Was hier den Ausschlag gab, Magnin, war nicht die Furcht vor der Polizei oder gar vor Mussolini selbst, sondern die Furcht vor der faschistischen Partei. Und in Spanien? Zu Beginn des Krieges starben begeisterte Falangisten mit dem Rufe: ›Es lebe Spanien!‹ Später aber riefen sie: ›Es lebe die Falange!‹ . . . Sind Sie sicher, daß die orthodoxen Kommunisten unter Ihren Fliegern, die im Anfang mit den Worten ›Es lebe das Proletariat!‹ oder ›Hoch der Kommunismus!‹ auf den Lippen fielen, heute nicht im gleichen Falle ›Es lebe die Partei!‹ schreien?«

»Sie werden nicht viel Gelegenheit zum Schreien haben, da sie fast alle im Lazarett oder unter der Erde sind . . . Übrigens kommt es wohl auf das Individuum an. Attignies würde zweifellos ›Hoch die Partei!‹ rufen, andere wieder etwas anderes . . .«

»Zudem führt das Wort Partei irre. Es ist kaum angängig, Menschengruppen, die allein durch die Gleichheit des Stimmzettels vereint sind, unter einen Hut zu bringen mit den Parteien, deren Hauptwurzeln sich innig an das Elementare und Irrationale im Menschen klammern. Das Zeitalter der Parteien bricht an, mein lieber Freund . . .«

Magnin dachte: »García hat mir versichert, daß Sowjetrußland nicht eingreifen kann. Er ist interessant, aber ein Orakel ist er doch nicht.«

Der Kommandant drückte kräftig seinen Arm, den er noch immer festhielt.

»Wir wollen unseren Sieg nicht übertreiben; es handelt sich keineswegs um eine Marneschlacht. Aber ein Sieg ist es immerhin. Wir hatten es diesmal mehr mit Arbeitslosen als mit Schwarzhemden zu tun; darum habe ich, wie Sie ja wissen, so viel mit Lautsprecherpropaganda gearbeitet. Aber schließlich waren die Offiziere Faschisten.

Wenn wir auch über das Nest hier die Achseln zucken, so war es doch unser Valmy. An dieser Stelle haben zum ersten Male die beiden Parteien als solche ihre Kräfte gemessen.«

Aus dem Stabsquartier kamen Offiziere, klopften einander fröhlich auf die Schultern und riefen in die Runde: »Kilometer 92!«

»Sind Sie durch Ibarra gekommen?« wandte sich Magnin an García.

»Ja, aber während der Schlacht.«

»Dort stehen in allen Winkeln Becken mit Reis. Es scheint, daß es Milchreis ist, daß die Garibaldianer seit langem welchen verlangten – sie hassen das spanische Öl – und daß man nun endlich ihren Wunsch erfüllen konnte. Jetzt ist der Reis in den Kesseln mit Schnee bedeckt, und die ersten Gefallenen waren es auch. Von diesen wurde, bevor man sie begrub, der Schnee abgeklopft: Alle diese Toten hatten glückliche Gesichter, ein befriedigtes Lächeln auf den Lippen – man sah noch, wie es ihnen geschmeckt hatte . . .«

»Das Leben ist schon eine komische Sache . . .« sagte García.

Magnin mußte an die Bauern denken. Er war in der Welt der Ideen lange nicht so zu Hause wie García; aber die tägliche Beschäftigung mit der Fliegerei verlieh seinem Denken eine gewissermaßen natürliche Sachlichkeit, die zuweilen an Tiefe grenzte. Er war besessen von dem Gedanken an die Bauern: an jenen, den García ihm geschickt hatte, an die in den Dörfern, von denen er Autos verlangt hatte, an alle, die beim Abstieg vom Gebirge den Tragen gefolgt waren, an die Kämpfer, die er gestern vom Flugzeug aus beobachtet hatte.

»Und die Bauern?« fragte er nur.

»Auf dem Wege hierher trank ich in Guadalajara einen Kaffee mit Anis, Zucker gibt es noch immer nicht. Der Wirt ließ sich von seiner kleinen Tochter, die lesen kann, die Zeitung vorlesen. Entweder muß Franco dort, wo er Sieger ist, das einführen, was wir eingeführt haben, oder einen endlosen Guerillakrieg auf sich nehmen. Erst durch Konstantin hat Christus triumphiert; Napoleon wurde bei Waterloo zermalmt, aber es war unmöglich, zugleich mit ihm die französischen Freiheitsrechte zu beseitigen. Eines der Dinge, das mich am meisten verblüfft, ist die Tatsache, in welchem Maße im Kriege jeder, ob er will oder nicht, vom Feinde lernt...«

Plötzlich stand der Fremdenführer wieder hinter García, der seine Rückkehr nicht bemerkt hatte. Er hob den Finger, kniff die Augen zusammen, sein ganzes Gesicht drückte trotz der Trinkernase ein geheimnisvolles Wissen aus.

»Meine Herren, der Hauptfeind des Menschen ist der Wald. Er ist stärker als wir, stärker als die Republik, stärker als die Revolution, stärker als der Krieg... Wenn der Mensch seinen Kampf gegen ihn einstellt, bedeckt der Wald in weniger als sechzig Jahren ganz Europa. Er wäre hier, in dieser Straße, machte sich in den offenen Häusern breit, die Äste würden aus den Fenstern ragen, die Wurzeln sich um die Klaviere flechten. Ja, ja, meine Herren, da haben Sie's...«

Einige Soldaten, die in die aufgerissenen Häuser eingedrungen waren, klimperten mit einem Finger auf den Klavieren.

»Kilometer 93!« rief aus einem Fenster eine Stimme.

Wieder überquerten Kriegsgefangene den Platz.

»Schweinehunde!« grollte der Führer hinter ihnen her. »Konnten sie nicht bei sich zu Hause bleiben?«

Er senkte die Augen, dabei traf sein Blick seine neuen Schuhe.

»Sogar meine Schuhe gehören ihnen! Was für eine Menge Material sie zurückgelassen haben!... Es gibt auch brave Jungen unter ihnen«, fuhr er fort. »Singt doch!« rief er, mit den Armen fuchtelnd, denen zu, die an ihm vorbeikamen. Einer der Gefangenen antwortete etwas, aber der Fremdenführer verstand es nicht.

»Was sagt er?« fragte er.

García übersetzte: »Die Unglücklichen singen nicht.«

»Singe doch deinen Schmerz, du Dummkopf!« antwortete der Führer auf spanisch.

Schon waren die Gefangenen vorüber, er folgte ihnen mit dem Blick.

»Hat nichts auf sich, mein armer Junge! Hat nichts auf sich!«

In der Ferne hörte man beim Bataillon Garibaldi eine Ziehharmonika.

»Wie wenig das alles auf sich hat!... In Guadalajara bin

ich Wächter in einem Garten. Dann kommen die Eidechsen ... Als ich mit dem Zirkus in Indien war, habe ich eine indische Melodie gelernt. Wenn ich sie pfeife, kommen die Eidechsen auf mein Gesicht. Man braucht nur die Augen zu schließen und die Melodie zu können. Und dann, was sonst? Da ist der Krieg, der Krieg und die Gefangenen und die Toten ... und wenn das alles vorüber ist, werde ich mich wie gewöhnlich auf die Bank hinstrecken und pfeifen, und die Eidechsen werden auf mein Gesicht gekrochen kommen ...«

»Das möchte ich später einmal sehen«, sagte Magnin und zerrte an seinem Schnurrbart.

Der Fremdenführer blickte ihn an und hob wieder den Zeigefinger. »Niemand, Señor, niemand.«

Und mit dem Finger nach der Türe deutend, aus der er eben wieder gerufen wurde: »Nicht einmal meine zweite Frau.«

»Kilometer 94!« rief ein neuer Meldefahrer.

SECHSTES KAPITEL

Vom Hauptquartier war der Befehl zur Requisition der italienischen Lastautos eingetroffen. Manuel hatte Ximenes verlassen und begab sich zu Fuß zu den Ortsquartieren seiner Brigade, den Wolfshund an seiner Seite. Gartner brachte die bereits ergatterten Wagen wieder zurück.

Seltsam müßig, mit leeren Händen strichen die Soldaten in Brihuega herum. Die lange Straße mit ihren gelben und rosafarbenen Häusern, den strengen Kirchen und den gewaltigen Klöstern war so mit Trümmern angefüllt, und so viele aufgerissene Gebäude hatten ihre Möbel in sie entleert, sie war so sehr ein mit dem Kampfe verquicktes Sein, daß sie, wenn der Kampf ruhte, unwirklich und sinnlos wurde, so wie Tempel und Friedhöfe fremder Völkerschaften es für uns sind, wie diese Soldaten selbst es waren, die ohne Gewehre mit der Miene von Arbeitslosen durch die Verwüstung irrten.

Andere Straßen schienen unzerstört. García hatte Manuel von Jaipur in Indien erzählt, wo alle Fassaden täuschend bemalt sind und jedes Lehmhaus einen rosenfarbenen Dekor wie eine Maske vor dem Gesicht trägt. In zahlreichen Straßen war Brihuega nicht eine Stadt aus Lehm, sondern hinter all seinen Siesta- und Ferienfassaden, den lässig angelehnten Fensterflügeln eine Stadt des Todes unter dem trostlosen Himmel.

Manuel vernahm jetzt nichts als das Rauschen der Brunnen. Tauwetter hatte eingesetzt; das Wasser ergoß sich unter steinernen Rittern oder einfach in die Tröge, rieselte dann über das Katzenkopfpflaster des alten Spanien in alle die Rinnen, schoß mit dem Plätschern kleiner Gebirgsbäche zwischen den in die Straße geworfenen Familienbildern, dem zerbrochenen Hausrat, den Pfannen und Trümmern dahin. Kein Tier war übriggeblieben; aber in dieser von den Geräuschen des Wassers erfüllten Öde glichen die Milizmänner, die von Zeit zu Zeit stumm um eine Ecke bogen, umherstreichenden Katzen. Und je näher Manuel der Stadtmitte kam, um so deutlicher mischte sich in die Geräusche des Wassers ein anderer Ton, gleichfalls silbern, ihnen beigeordnet wie eine Begleitung: Klavierklänge. Ganz nahe in einem Hause, dessen Fassade in die Straße gestürzt war – alle Zimmer waren gegen den Himmel offen – spielte ein Milizmann mit einem Finger ein sentimentales Lied. Manuel lauschte aufmerksam: Neben dem Rauschen des Wassers hörte man drei Klaviere, jedes mit einem einzigen Finger gespielt. Keinem von diesen Soldaten kam die Internationale in den Sinn: Jeder dieser drei Finger tippte ein Lied, langsam, als spielte er für die endlose Traurigkeit der mit zertrümmerten Lastwagen übersäten Hänge, die von Brihuega aus gegen den bleiernen Himmel anstiegen.

Manuel hatte zu García gesagt, er sei der Musik entfremdet, und in diesem Augenblick, allein in der Straße einer eroberten Stadt, wünschte er doch nichts sehnlicher, als Musik zu hören. Aber er verspürte keineswegs Lust, selbst zu spielen, und wollte allein bleiben. Im Speiseraum seiner Brigade gab es zwei Grammophone. Die Platten, die er Anfang des Krieges in seinem Handkoffer mitgeführt hatte, besaß er nicht mehr, aber in dem Kasten des großen Grammophons gab es viele: Gartner war Deutscher.

Er fand Sinfonien von Beethoven und »Les Adieux«. Beethoven war zwar nicht seine große Leidenschaft, aber darauf kam es jetzt nicht an. Er trug das kleine Grammophon in sein Zimmer und zog es auf.

Da die Musik die Willenskraft in ihm auslöschte, verlieh sie der Vergangenheit ihre ganze Gewalt. Er sah die Bewegung vor sich, mit der er Alba seinen Revolver gereicht hatte. Vielleicht hatte er, wie Ximenes sagte, damals sein wahres Leben gefunden, war neu geboren worden für den Krieg, für die Verantwortlichkeit über Leben und Tod. Wie dem Nachtwandler, der jählings am Rande des Daches erwacht, senkten ihm diese tief eindringenden, getragenen Töne das Bewußtsein seines furchtbaren Gleichgewichts in die Brust – eines Gleichgewichts, aus dem der Sturz nur im Blute enden kann. Er entsann sich eines blinden Bettlers, dem er in der Nacht der Kämpfe bei Carabanchel in Madrid begegnet war. Manuel fuhr mit dem Chef der Sicherheitspolizei in dessen Wagen. Plötzlich beleuchteten die Scheinwerfer die Hände, die der Blinde vor ihm ausstreckte, Hände, durch die Projektion auf das Gefälle der Gran Vía ins Ungeheure vergrößert, gebuckelt durch die Pflasterung der Straße, zerschnitten durch die Trottoire, überfahren von den wenigen noch in Betrieb gehaltenen Kriegsautos, lang wie die Hände des Verhängnisses.

»Kilometer 95! Kilometer 95!« riefen Stimmen hier und dort in der Stadt, alle mit demselben Klang.

Er spürte das Leben in sich, wimmelnd von Vorbedeutung, als erwarteten ihn hinter diesen tiefliegenden Wolken, die vom Kanonendonner nicht mehr erschüttert wurden, schweigend blinde Schicksalsmächte. Der Wolfshund, hingestreckt wie auf einem Relief, spitzte die Ohren. Eines Tages wird es Frieden geben. Und Manuel wird ein anderer Mensch sein, sich selber unbekannt, so wie der Kämpfer von heute dem Manne unbekannt gewesen war, der sich ein kleines Auto anschaffte, um mit ihm in die Sierra zum Skilaufen zu fahren.

Und zweifellos ging es allen den Männern so, die draußen auf der Straße vorüberschlenderten, die auf den Klavieren unter freiem Himmel hartnäckig ihre Romanzen klimperten, die gestern noch unter ihren schweren spitzen Kapuzen eine Schlacht geschlagen hatten. Früher hatte Manuel sich erforscht, indem er über sich nachdachte; heute war es so: Ein Zufall entriß ihn der Aktion und stellte ihn plötzlich vor seine Vergangenheit. Und so wie er, wie jeder dieser Männer, wurde das ausgeblutete Spanien sich seiner selbst bewußt – wie ein Mensch, der sich in der Stunde des Sterbens plötzlich befragt.

Den Krieg entdeckt man nur einmal, aber das Leben immer wieder.

Diese Musikstücke, die, eingehüllt in seine Vergangenheit, einander folgten, sprachen zu ihm, wie diese Stadt, die einst die Mauren aufgehalten hatte, hätte sprechen können, wie dieser Himmel, wie diese ewigen Gefilde. Und Manuel vernahm zum erstenmal die Stimme dessen, das schwerer wiegt als das Blut des Menschen, das beunruhigender ist als ihr Dasein auf der Erde: die unbegrenzte Schöpferkraft ihres Schicksals. Und er fühlte diese Gegenwart, vermischt mit dem Rauschen der Bäche und dem Schritt der Kriegsgefangenen, fühlte sie anhaltend und tief wie das Schlagen seines Herzens.

Nachwort

1934, zwei Jahre vor seiner Teilnahme am Spanischen Bürgerkrieg, schreibt Malraux in einer Buchbesprechung: »Gegenwärtig entsteht in Europa eine ganze Literatur, deren Wert nicht mehr in der Erfahrung, der Subtilität und Qualität liegt, die der Schriftsteller einer Erzählung hinzufügt, sondern einzig und allein in der Auswahl der wiedergegebenen Ereignisse. In der Sprache des Films würde ich sagen, daß ... sich eine Literatur der Montage herauszubilden beginnt. Das ist die Literatur der Länder, denen durch ein besonders stürmisches Leben (Rußland, Mitteleuropa, China) Tragisches im Überfluß zuströmt ...« Zwei Jahre später hätte er der Aufzählung dieser Länder unbedingt Spanien hinzugefügt. Die Wucht der politischen Tatsachen, mit denen Malraux in den ersten dreißig Jahren seines Lebens konfrontiert war, führte ihn zu der Annahme, daß nicht nur die Innenschau als Thema, sondern sogar subjektive Verarbeitung bei der künstlerischen Umsetzung überlebt seien – von nun an würden die Ereignisse für sich sprechen. Er trat zu Beginn des Spanischen Bürgerkriegs vorbehaltlos in deren Dienst; daß das künstlerische Resultat – der vorliegende Roman – dann doch anders aussah als eine bloße Reihung von Ereignissen, ist dem Umstand zu danken, daß sich ihnen Malraux als Künstler stellte, sich nicht ausschließlich aufs Dokumentarische verlegen konnte, sondern in einem produktiven Spannungsverhältnis zwischen Geschichte und Literatur stand.

Die revolutionären Kämpfe unseres Jahrhunderts waren Malraux' großes Thema beinahe von Beginn seines literarischen Schaffens an. Die Romane *Les Conquérants* (»Die Eroberer«, 1928) und *La Condition humaine* (»So lebt der Mensch«, 1933) zeigen die mächtigen Erhebungen von 1925 und 1927 in den chinesischen Hafenstädten Kanton und Schanghai, zeigen sie jedoch mehr als Operationsbasis für eine machtbesessene Abenteurergestalt bzw. als extreme Bestätigung einer ewigen menschlichen Leidenssituation. Malraux lud damit viel persönlichen Konfliktstoff ab: Überzeugt davon, daß der Mensch zu unaufhörlichem Leiden verurteilt sei, fühlte er sich dazu getrieben, wenigstens ein sichtbares Zeichen seiner Existenz zu setzen; dazu schien ihm politische Wirksamkeit in Krisengebieten der Erde besonders geeignet. So hatte Malraux 1925 in Saigon – der Ferne Osten war für ihn seit je eine Verlockung – die Zeitung »Das gefesselte Indochina« gegründet, in der er Auswüchse der Kolonialpolitik kritisierte. Seine Teilnahme an den chinesischen Aufständen sowie die Verbindung zur Guomindang und Komintern, geheimnisumwitterte Taten, die man Malraux zuschrieb, nachdem er sie dem Publikum mehr oder weniger suggeriert hatte, haben sich jedoch mittlerweile als Legende erwiesen.

1933, mit Hitlers Machtübernahme, wurde auch Mitteleuropa für Malraux ein solches Krisengebiet. Nun sprang er hier mit dem gewohnten Elan in die Bresche: Bereits 1932 war er der »Vereinigung revolutionärer Schriftsteller und Künstler« beigetreten; 1934 wurde er Präsident des Weltkomitees für die Befreiung Dimitroffs und Thälmanns und versuchte, zusammen mit Gide, bei Goebbels zugunsten Dimitroffs zu intervenieren; er nahm am 1. Allunionskongreß der Sowjetschriftsteller teil und leitete, wiederum zusammen mit Gide, den 1. Internationalen Schriftstellerkongreß zur Verteidigung der Kultur 1935 in Paris. Wo immer Malraux auftrat, ob in Paris oder im Ausland, war er ein begeistert begrüßter Redner, eine Symbolgestalt für die Abwehr des Faschismus. Nun, da es Malraux mit einem greifbaren und – wie es den demokratischen Kräften in Frankreich damals noch schien – angreifbaren Gegner zu tun hatte, da er sich damit in Übereinstimmung mit einem großen Teil des Volkes sah, tritt in seinem persönlichen Denken die Überzeugung von unausweichlichem Leiden und hoffnungslos-einzelgängerischem Aktivismus zurück, wird auch sein politisches Engagement zielgerichteter. Das zeigt sich in der Erzählung *Le Temps du mépris* (»Die Zeit der Verachtung«, 1935), in der Malraux den Gefängnisaufenthalt und die Befreiung eines deutschen Kommunisten darstellt. Für diesen Widerstandskämpfer in Einzelhaft wird es zur Frage von Sieg oder Niederlage, ob das Gefühl der Verlassenheit, das sich in ihm auszubreiten beginnt, die Oberhand gewinnt. Da vernimmt er von der anderen Seite der Zellenwand ein Klopfzeichen; als er den Code schließlich entschlüsselt hat und mit seinem unbekannten Mithäftling das Wort *camarade* klopft, ist das für ihn ein erschütterndes Erlebnis der Verbundenheit. So kann er dem Prinzip von Verachtung und Grausamkeit, das die gegnerische Seite verkörpert, sein Ideal der »männlichen Brüderlichkeit« entgegensetzen (daß die Brüderlichkeit ausschließlich »männlich« ist, widerspricht freilich den weiteren Wendungen der Erzählung, da die Frau des Kommunisten dessen Leben und Kampf teilt; auch Malraux' Frau Clara, die mit dem Autor durch dick und dünn gegangen war, konnte das nicht einleuchten).

In der Hochstimmung der Volksfront-Zeit war Malraux eine Gallionsfigur. Clara erinnert sich: »In Versammlungen, so herzlich wie Bankette, hielt André lyrische Ansprachen. Die Menge rief ihn beim Vornamen ...«

Dem Sieg der französischen Volksfront im Mai/Juni 1936 war der der spanischen um drei Monate vorangegangen. Auf Einladung des antifaschistischen katholischen Schriftstellers José Bergamín reiste Malraux bereits im Mai 1936 nach Spanien, um die Verbindung zwischen den beiden parallelen Bewegungen zu stärken. Die spanische Regierungskoalition erwies sich allerdings bei der Durchsetzung demokratischer Reformen als zögernd oder unfähig: Selbst auf Unruhen und Mordanschläge der Rechten, Anzeichen faschistischer Putschvorbereitungen, antwortete sie unentschlossen. Denn die liberale Bourgeoisie hatte nur eine bedingte Motivation zum Widerstand; sie sah sich von den echten Konsequenzen der spanischen Volksfrontbewegung – Agrarreform vor allem, Demokratisierung der Armee, Antiklerikalismus, Lösung des Kolonial- und Nationalitätenproblems – auf andere Weise, aber auch bedroht wie von einem Putsch der Rechten. Die faschistische Rebellion, geführt von einigen Generälen der spanischen Armee, unter ihnen Franco, brach am 17. Juli in Marokko los; am 18. bereits waren 185 der 200 spanischen Generäle zu den Putschisten übergetreten. Dennoch war die Rebellion fürs erste ein Mißerfolg: Die Generäle hatten sich nicht, wie gehofft, in wenigen Stunden die Macht aneignen und das Ruder herumreißen können, weil ihnen in den meisten großen Städten die Arbeiterorganisationen Widerstand leisteten;

auch die Flotte und Teile der Armee waren der Republik treu geblieben. Die Regierung, eher um eine Verständigung mit den rebellierenden Generälen bemüht, weigerte sich zwei Tage lang, Waffen an das Volk zu verteilen. Am 19. Juli endlich gab eine neugebildete Regierung dem Druck der Massen nach; es kam zur Waffenverteilung, mit der der Roman »Die Hoffnung« beginnt.

Der Auftakt des Romans läßt glauben, Malraux sei zu diesem Zeitpunkt in Madrid gewesen. Tatsächlich traf er erst einige Tage später dort ein. Kurz nach Ausbruch der Rebellion waren nämlich die Telefonverbindungen unterbrochen, die Grenzen geschlossen, und die Faschisten nutzten die eroberten Radio-Sender zur Desinformation – in Frankreich war es vorerst nicht möglich, ein Bild der Vorgänge zu gewinnen. So beschloß man in der französischen Regierung halboffiziell, einen Gewährsmann nach Spanien zu schicken, der sich an Ort und Stelle informieren und die Solidarität mit der spanischen Republik zum Ausdruck bringen sollte. Dieser Gewährsmann war Malraux. Er flog mit seiner Frau am 25. Juli von Biarritz ab; bei der Landung in Madrid wußten sie nicht, ob sie von Republikanern oder Putschisten empfangen würden. Während des zweitägigen Aufenthalts in Spanien besuchte Malraux eine heißumkämpfte Kaserne, führte Gespräche mit Journalisten, sprach selbst im Radio und gab ein Interview. Er brachte – für die gesamte französische Linke – seine tiefe Sympathie mit dem Kampf des spanischen Volkes zum Ausdruck, zumal der Triumph über den faschistischen Aufstand eine noch engere Bindung zwischen der französischen und spanischen Republik herbeiführen werde. Von Barcelona, dem Zentrum der anarchistischen Bewegung, kehrte er am 27. Juli nach Frankreich zurück und wurde die Zielscheibe wütender Angriffe der Rechtspresse. In die Auseinandersetzung um die geplanten Waffenlieferungen an die spanische Volksfrontregierung griff er sogleich ein: Auf einer Solidaritätsveranstaltung am 30. Juli mit etwa 30000 Teilnehmern teilte er dem Publikum seine Begeisterung über die Volksbewegung mit, erwähnte allerdings auch den Mangel an ausgebildeten, disziplinierten Kräften; von offizieller Regierungshilfe riet er ab, da dies Deutschland und Italien zum Interventionsvorwand dienen könne (eine Vorsichtsmaßnahme, die das massive Eingreifen der faschistischen Staaten keineswegs verhinderte); statt dessen sollte jede andere inoffizielle Hilfsmöglichkeit genutzt werden.

Eben das tat Malraux in der Folgezeit. Er hatte erkannt, daß die Schwachstelle in der Verteidigung der spanischen Republik deren Luftwaffe war. Zwar verfügte die Regierung über eine ganze Anzahl von Flugzeugen, aber die Putschisten erhielten von Deutschland und Italien Zufuhr an modernen Maschinen, während die regierungseigenen technisch weit zurückgeblieben waren. Ilja Ehrenburg schreibt dazu in seinen Memoiren: »Auf der Erde tobte der Kampf. Am Himmel aber konnten die Faschisten frei schalten und walten: Junkers, Heinkel, Savoy, Caproni, Fokker – die Luftflotte zweier mächtiger Staaten: Deutschland und Italien.« Offizielle Lieferungen von Frankreich nach Spanien kamen nicht zustande; also versuchte Malraux im Auftrag der spanischen Regierung, aber doch beinahe als Privatmann, in Frankreich für die spanische Republik moderne Flugzeuge einzukaufen und dann den Transport über die Grenze zu organisieren. Vor der ausdrücklichen Beistandsabsage an die spanische Republik – dieses beschämende Dokument unterzeichnete die französische Regierung am 8. August 1936 – gelang es Malraux, an die zwanzig Flugzeuge über die Grenze zu bringen, und auch später noch konnte er bei seinem ständigen Pendeln zwischen Madrid und Paris hier und da ein Flugzeug überführen. Er hatte die Aufgabe, Flieger – vorerst bezahlte, keine Freiwilligen – für die regierungstreue Luftwaffe anzuwerben. Er fungierte als Verbindungsmann zwischen der französischen und spanischen Regierung und war laut Vertrag als Chef der von ihm gebildeten Fliegerstaffel »España« eingesetzt.

Über Malraux' »Nützlichkeit« als exponierter Teilnehmer am bewaffneten Kampf gibt es unterschiedliche Meinungen. Malraux konnte kein Flugzeug führen. Er hat sein Publikum nie selbst darüber aufgeklärt; da es ihn aber allzu rasch mit seinen Helden gleichsetzte, wurde ihm diese Fähigkeit – wie vormals die Beteiligung an den chinesischen Aufständen – unversehens zugeschrieben. Trotz einiger anderslautender Aussagen sind die meisten Augenzeugen jedoch der übereinstimmenden Meinung, daß Malraux durch den erstaunlichen Mut, den er bei der Teilnahme an vielen Flügen bewiesen hat, eine große moralische Autorität und verbindende Kraft für die Staffel darstellte. Auch seine Beziehungen im politischen, diplomatischen und intellektuellen Milieu, vor allem aber sein Ansehen als Schriftsteller kamen der Staffel und in weiterem Sinne der spanischen Republik zugute. Was Malraux selbst betrifft, so kann sein Engagement bei seinem gewohnten Aktivismus und der allgemeinen Sympathie, die der Verteidigungskampf der spanischen Republik bei allen demokratisch und fortschrittlich gesinnten Menschen fand, nicht verwundern. »In unserem Kampf mit den spanischen Republikanern und Kommunisten verteidigten wir die Werte, die wir für universell hielten (und die ich noch jetzt dafür halte)«, schrieb Malraux viele Jahre später.

Viele Schriftsteller haben in Spanien unter Einsatz ihres Lebens diese Werte verteidigt. Georges Soria, der Madrider Korrespondent von »l'Humanité«, schrieb über das Madrider Hotel »Florida«, in dem auch Malraux wohnte: »Da waren die Russen Ehrenburg und Kolzow, der Chilene Pablo Neruda, der Amerikaner John Dos Passos, der große spanische Dichter Rafaël Alberti.. Das war im Moment der glänzendste literarische Salon.« Viele weitere Namen kommen hinzu: Hemingway und Auden, Bates, Caudwell, Fox, Bloch und Saint-Exupéry, Guillén, Kisch, Renn, Regler, Toller, Bredel, Uhse, Weinert und Claudius. Die linke künstlerische Intelligenz begriff Spanien offenbar als Prüfstein für die Berechtigung und weitere Geltung der humanistischen Werte, denen sie mit ihrem Werk verpflichtet war, begriff den Einsatz des Lebens für Spanien als Prüfstein für die Echtheit des Werkes. Albert Camus hat über eine solche von den Zeitereignissen heraufbeschworene Prüfung wenige Jahre später geschrieben: ». . . wieviel schwieriger ist die Aufgabe [eine kollektive Leidenschaft zu gestalten. B. S.] – 1. weil die kollektive Leidenschaft die ganze Zeit des Künstlers aufzehrt, wenn es stimmt, daß nur erlebte Leidenschaften formuliert werden können; 2. weil die Wahrscheinlichkeit des Todes dabei größer ist – und auch, weil die einzige Art, die kollektive Leidenschaft zu erleben, in der Bereitschaft besteht, dafür zu sterben. Hier ist also die größte Wahrscheinlichkeit der Echtheit zugleich die größte Wahrscheinlichkeit des Scheiterns für die Kunst.« – »Überlebt man ein solches Tätigsein«, so sagte aber die proletarische amerikanische Journalistin Martha Gellhorn 1937 auf dem New-Yorker Schriftstellerkongreß über die in Spanien kämpfenden Schriftsteller, »so ist das, was man danach zu sagen hat, die Wahrheit; es ist etwas Notwendiges und Wirkliches und wird bleiben.« Leben und Kunst treten hier in ein extremes Spannungs- und Bedingungsverhältnis zueinander. Malraux meinte, wie das Eingangszitat zeigt, daß sich unter diesen Umständen eine neue, anders strukturierte und nicht mehr vom Individuum getragene Kunst herausbilden werde.

Der Roman »Die Hoffnung« kann als eine Chronik der ersten neun Monate des Spanischen Bürgerkriegs gelesen werden, der Phase, da der Kampf um Madrid im Mittelpunkt stand. Er ist von solcher, oft bis ins Detail gehenden historischen Genauigkeit, daß er von Historikern gelegentlich als Quelle benutzt wird. Er ist aber beileibe keine pure Chronik; durch seinen Aufbau, seine Gestalten, durch Veränderungen in der zeitlichen Struktur wird eine Tendenz, ein Sinn, eine Hoffnung umrissen und freigesetzt. Diesen Prozeß zu verfolgen und nachzuvollziehen ist die Aufgabe und Chance des Lesers, die allein es ihm ermöglicht, aus der umfangreichen Stoffmasse des Romans ein ordnendes und bindendes Prinzip herauszulösen. Denn fürs erste präsentiert sich der Roman wahrhaftig als verwirrend und schwer zugänglich: Kein hervorstechender, deutlich profilierter Held mit chronologisch aufgebauter Lebensgeschichte; die Handlung folgt keiner durchgehenden Linie, sondern pendelt zwischen Kampfdarstellungen und Dialog hin und her. Ein – wenn auch ungewohntes und herkömmlichen Romandefinitionen nicht entsprechendes – Ordnungsprinzip gibt es dennoch: Es sind die thematischen Zentren, um die Malraux die Erzählmasse gruppiert hat und auf die letztlich alle Einzelvorgänge bezogen werden können. Diese thematischen Zentren lassen sich etwa mit folgenden Schlagworten kennzeichnen: Hoffnung und Absurdität; Brüderlichkeit und militärische Effektivität; Leiden und Größe des Menschen; Kunst und Krieg; Faschismus und Kommunismus; Christentum und institutionalisierte Kirche. Diese Begriffe setzt Malraux in ein Oppositionsverhältnis zueinander – wobei sie freilich alle in ein gemeinsames Beziehungsgeflecht verwoben sind. Diese Oppositionsbeziehungen aber geben den Grundraster der Romanstruktur ab; sie bilden das Spannungsgerüst für die Handlungs- wie die Dialogsequenzen. Und auch zwischen Handlungs- und Dialogteilen scheint eine solche Oppositionsbeziehung zu walten: Die Handlung ist das jeweilige Exemplifikationsfeld für die Suche nach Sinn, die in den Gesprächen aufgenommen wird.

Zu Beginn beinahe jedes Kapitels wird ein anderer Schauplatz mit anderen Personen präsentiert. Die verschiedenen Schauplätze und Personengruppen werden sprunghaft in späteren Kapiteln, niemals in durchgehender Weise weitergeführt. Zu den beiden Hauptgestalten, Mañuel und Magnin, treten mehr als fünfzig namentlich genannte Gestalten mit individuellen Konturen, dem Zivilberuf nach meist Künstler und Intellektuelle; kein Wunder, daß der Dialog zwischen ihnen blüht. Alle diese Gestalten sind fiktiv; authentische Figuren werden nur genannt, treten nicht auf. In den langen Gesprächspassagen des Romans werden die Themen in ihrem Oppositionsverhältnis oft direkt gestellt und behandelt; wichtig ist dabei, daß keiner der von den Gesprächspartnern geäußerten Ideen und Anschauungen ausschließliche Berechtigung zukommt, sondern daß sie stets in der einander relativierenden Dialogbeziehung zu sehen sind.

In diesem Roman sind nicht eigentlich die Figuren, sondern ist die Aktion der Träger der Entwicklung. Die Gestalten haben von vornherein fest umrissene Konturen und Meinungen und bleiben sich, bei vielfältigem und starkem Erleben, im Grunde doch immer gleich. Das gilt auch für Magnin, die Gestalt, der Malraux in etwa sein eigenes Erleben zugeschrieben hat. Einzig Mañuel ist einer Entwicklung unterworfen, die die Ereignisse ihm abfordern: In dem Bewußtsein, daß es den Verteidigern der Republik an Effektivität und Disziplin mangelt, übernimmt er Kommandofunktionen; er muß damit Entschlossenheit, Mut zu einsamen Entscheidungen, auch Härte entwickeln. Diesen Preis, und viele andere bis hin zu schwerster physischer Qual und Tod, muß der einzelne zahlen, damit die Hoffnung, das Gegengewicht zur Absurdität des Daseins, erhalten bleibt.

Mit seinem Spanien-Roman gibt Malraux ein in seinem Schaffen seltenes Bekenntnis zum Kampf im Zeichen der Hoffnung. Fast könnte die Beschränkung auf die erfolgreiche Anfangsphase des Spanischen Bürgerkriegs tendenziös wirken, so wie die optimistische Zukunftsvision am Schluß des Romans unzutreffend und blind erscheinen mag. Nun, zum einen hat Malraux den Roman bald nach seinem Ausscheiden aus dem direkten Kampfgeschehen, und das war schon Anfang 1937, geschrieben. Vor allem aber – und das ist ein viel tieferer Grund als der rein zeitliche – behalten all jene Widerstandshandlungen und -haltungen gegen den Sog von Defätismus, Resignation und Mißachtung menschlichen Lebens, von denen »Die Hoffnung« spricht, ihren weit über das unmittelbare Geschehen hinausreichenden Ernst und ihre Gültigkeit. Ilja Ehrenburg sagt dazu in seinen Memoiren: »... Europa der dreißiger Jahre ... Jahre des Linsengerichts ... Und plötzlich nahm ein Volk den Kampf auf. Es rettete sich nicht, es rettete auch nicht Europa, doch wenn für Menschen meiner Generation die Worte ›menschliche Würde‹ noch einen Sinn behielten, so nur dank Spanien.« Doch auch im unmittelbaren Geschehen kam Malraux' Roman eine große propagandistische Bedeutung zu: Er war eine eindeutige, kompetente und von einem breiten Publikum wahrgenommene Widerlegung des franquistischen Bildes von »Rotspanien« als Tummelplatz für Terroristen, Priestermörder und Kulturbarbaren. Er begegnete vor allem der Behauptung, Franco habe die unmittelbare Machtergreifung durch die Kommunisten vereitelt und führe einen Kampf im allgemeinen nationalen Interesse, ja einen »heiligen Kreuzzug«. Malraux griff mit dem Roman in die öffentliche Kontroverse um den Spanischen Bürgerkrieg, die in Frankreich besonders heftig ausgetragen wurde, entscheidend ein.

Dies sei, so meinte Malraux' Freundeskreis, freilich auch das ihm gemäßere Betätigungsfeld als die todesmutigen und in ihrer Wirkung doch zweifelhaften Flüge. Im Dezember 1936 war Malraux' Maschine abgeschossen worden, er allerdings mit leichten Verletzungen davongekommen. Nachdem schon García Lorca Opfer des Spanischen Bürgerkrieges geworden war, wollte man Malraux aus dem Kampfgeschehen entfernen. Nach Clara Malraux' Darstellung war sie es, die ohne Wissen Malraux' beim spanischen Botschafter in Paris eine offizielle Mission für ihn erwirkte: Auf einer mehrwöchigen Vortragsreise durch die USA und Kanada sollte Malraux ein wahrheitsgemäßes Bild der Vorgänge in Spanien liefern und so die amerikanische Öffentlichkeit für die Unterstützung der republikanischen Position gewinnen. Nachdem seine Staffel Anfang 1937 in die republikanische Armee integriert worden war, nahm Malraux diese neue Aufgabe bereitwillig an. Bei seinem Eintreffen in New York empfingen ihn linke Sympathisanten zwar mit Begeisterung, aber ein eigentlicher Erfolg war seiner Amerika-Reise nicht beschieden: Weder die nordamerikanische noch die kanadische Regierung gaben den »Nichteinmischungs«-Standpunkt auf; Malraux wurde nicht offiziell von der Regierung empfangen, sondern sprach meist vor Auditorien ohnehin schon überzeugter Republikaner.

Ende 1937 erschien »Die Hoffnung«. Malraux' Engagement für die spanische Republik aber ging weiter. Mit starker Unterstützung der spanischen Regierung nahm er 1938 die Dreharbeiten zu dem Film *Sang de gauche* (»Blut der Linken«) auf, den er später *Sierra de Teruel* * nannte. Er brachte hier, wenngleich er Roman und Film als zwei eigenständige Arbeiten ansah, wesentliche Episoden des Romans auf die Leinwand. Szenarium, Regie, Schnitt und Montage lagen in seiner Hand. Der Film wurde im Studio von Barcelona produziert; im Januar 1939, einen Tag bevor die Franco-Truppen in Barcelona einzogen, wurden die Dreharbeiten abgeschlossen.

»Nicht nur auf Siege ist der Mensch stolz . . .«, schreibt Ehrenburg in seinen Spanien-Erinnerungen. Und Malraux nennt seinen Einsatz für die spanische Republik, zusammen mit dem Widerstandskampf in Frankreich, »die Ehre meines Lebens«.

Berlin, im Februar 1985 Brigitte Sändig

* 1945 unter dem Titel *L'Espoir* aufgeführt

Inhalt